U0127745

广视角·全方位·多品种

权威·前沿·原创

能源蓝皮书

BLUE BOOK
OF ENERGY

中国能源发展报告
（2011）

主　编／崔民选
副主编／王军生　陈义和

ANNUAL REPORT ON CHINA'S ENERGY
DEVELOPMENT(2011)

社会科学文献出版社
SOCIAL SCIENCES ACADEMIC PRESS (CHINA)

法律声明

"皮书系列"（含蓝皮书、绿皮书、黄皮书）为社会科学文献出版社按年份出版的品牌图书。社会科学文献出版社拥有该系列图书的专有出版权和网络传播权，其 LOGO（▧）与"经济蓝皮书"、"社会蓝皮书"等皮书名称已在中华人民共和国工商行政管理总局商标局登记注册，社会科学文献出版社合法拥有其商标专用权，任何复制、模仿或以其他方式侵害（▧）和"经济蓝皮书"、"社会蓝皮书"等皮书名称商标专有权及其外观设计的行为均属于侵权行为，社会科学文献出版社将采取法律手段追究其法律责任，维护合法权益。

欢迎社会各界人士对侵犯社会科学文献出版社上述权利的违法行为进行举报。电话：010 - 59367121。

社会科学文献出版社

法律顾问：北京市大成律师事务所

能源蓝皮书编委会

摘　要

　　《中国能源发展报告（2011）》总共分为三部分：第一部分为总报告，第二部分为行业运行篇，第三部分为热点专题篇。总报告立足于中国经济发展面临转型的新形势，逐一盘点了能源行业的运行和发展态势，深入剖析了如何构建安全、稳定、经济、清洁的现代能源产业体系；行业运行篇对煤炭、石油、天然气、电力、新能源等能源重点行业的发展历程和运行现状进行分析，在此基础上，展望了各个行业的发展前景；热点专题篇则紧密结合当前能源领域的热点问题，如山西转型综改试验区、低碳与能源产业结构转型、合同能源管理、能源财税体制等进行深入剖析，通过借鉴国内外发展经验，并结合中国的具体国情，为我国能源行业的可持续发展出谋划策。

　　本报告立足于客观翔实的数据，从宏观和微观层面，运用定量与定性相结合的分析方法，紧密结合国内外政治和经济格局的变化，针对产业结构转型、发展方式转变带来的机遇和挑战，对我国能源领域各行业的运行特征进行了深度剖析与探讨，并提出了对未来走势的预测和切实可行的对策建议，力图为提高科学发展能源水平作出一定的贡献。

Abstract

Annual Report on China's Energy Development (*2011*) contains three parts, each of which is general report, industry operation and hot topics. Basing on a new changing economic situation in China, General report makes an inventory of the major industries' operation and development trend, and deeply analyzes the way to build a safety, stable, economical and clean energy industry in China. The section of industry operation thoroughly expounds the development courses and current situations of coal industry, petroleum industry, natural gas industry and new energy industry. On this basis, it makes the prospect forecasts of them. Hot topics tightly concerns the hot issues of energy industry, such as Reform Pilot Area in Shanxi Province, Low-Carbon, restructuring in energy industry, Energy Performance Contracting, fiscal and taxation system in energy industry. By referring to the experience both at home and abroad and combining with concrete national conditions of China, it gives advice and suggestions for the sustainable development of energy industry.

Based on detailed and objective data and closely combined with the changes of international politics and economy structure, this book conducts profound analysis of the running features of industries in energy from the perspective of both macro and micro, which aims at grasping the opportunities and fighting against the challenges of restructuring in energy industry and the transformation of development patterns. At the same time, it predicts the future trends and puts forward practical corresponding measures, which strives to make contribution to enhance the scientific development level of energy industry.

序

　　能源是人类赖以生存的基础,能源发展是关系经济社会发展全局的重大战略问题。国际金融危机以来,国际经济贸易结构和能源供求格局发生重大变化,气候变化和温室气体排放的约束更加严格,以低碳、清洁、可再生为方向的新能源产业正在兴起,为我国能源发展带来了重大机遇与挑战。2010 年,党的十七届五中全会通过了《中共中央关于制定国民经济和社会发展第十二个五年规划的建议》,提出以科学发展为主题,以加快转变经济发展方式为主线,要求大力节约能源,降低温室气体排放强度,发展循环经济,推广低碳技术,积极应对气候变化。2011 年年初,第十一届全国人大四次会议通过的《国民经济和社会发展第十二个五年规划纲要》进一步提出,推动能源生产和利用方式变革,构建安全稳定经济清洁的现代能源产业体系,把大幅度降低能源消耗强度和二氧化碳排放强度作为约束性指标。合理控制能源消费总量,提高能源利用效率,调整能源消费结构,大力推进节能减排,已成为新形势下我国能源工作的总体要求,成为转变经济发展方式的重要着力点。

　　"十一五"是我国能源发展史上非常重要的阶段,能源行业自身由弱至强逐步完善,对国民经济发展的贡献有目共睹,主要表现在:能源建设成就卓著,供给能力明显增强;能源结构不断优化,清洁能源快速发展;节能减排成效明显;能源科技水平大幅提升,自主创新能力不断增强;民生能源工程进展显著,城乡居民用能条件明显改善;能源体制机制改革持续推进,能源行业管理不断加强;国际能源合作成果丰硕,能源安全保障能力提升。在取得这些举世瞩目成就的同时,也应看到,我国能源发展依然面临许多深层次矛盾和问题,尤其是资源环境约束与能源需求矛盾加大,能源价格改革推进迟缓,能源利用技术和效率有待提高,能源安全形势不容乐观等。这就要求我们,必须转变能源发展方式,统筹国内国外"两种资源、两个市场",强调保障能源供给,优化能源结构,强化节能,加快创新,理顺机制,为我国经济社会又好又快发

展提供强大动力和有力支撑。

崔民选博士主编的《中国能源发展报告（2011）》，紧密结合国内外新形势、新变化，立足翔实的数据信息，合理运用科学分析方法，坚持围绕可持续发展这一主题，针对如何应对当前我国面临的能源发展困局，以及在中长期内资源与环境双制约条件下如何实现能源行业可持续发展等重大问题，提出了实用性较强的对策建议，有利于我们深刻把握我国能源与环境发展现状和趋势，有针对性地改善能源工作。

《中国能源发展报告（2011）》共分三个部分：第一部分为总报告，聚焦现代能源产业体系构建；第二部分为行业篇，分别就煤炭、石油、天然气、电力、新能源等重点行业和关键领域进行了研究；第三部分为专题篇，就能源价格、节能减排等2010年热点问题进行了阐述。特别值得一提的是，在这个报告中，对世界和中国新能源产业发展的态势、可再生能源的研发和应用前景等，从不同角度进行了展望和描述，给人以深刻的启迪、信心和希望。就在这个报告即将付梓之际，媒体传来一个令人振奋的消息，联合国近日发布的《可再生能源特别报告》称，若有恰当的政策支持，到2050年，太阳能、风能及水电等可再生能源，有望满足全球近八成的能源需求。这无疑使人们在能源供求日趋紧张的困境和对化石能源日渐减少乃至枯竭的担心中，看到了新的曙光。果真如此，则人类幸甚，地球其他生命幸甚，我们赖以生存的这个星球幸甚。

展望"十二五"，我国能源发展处于关键转折期，国内外环境对我们提出了新的要求和挑战。相信《中国能源发展报告（2011）》的出版，将有助于我们审时度势，认清形势，加快转变能源发展方式，对构建安全稳定经济清洁的现代能源产业体系、促进中国能源可持续发展提供重要的参考借鉴。

信云春

2011 年 5 月 26 日

目 录

BⅠ 总报告

BⅡ 行业运行篇

BⅢ 热点专题篇

皮书数据库阅读 使用指南

CONTENTS

B I General Report

B II Section For Industry Operation

B Ⅲ   Section Topic

总 报 告

General Report

B.1

总报告

构建安全、稳定、经济、清洁的现代能源产业体系

崔民选　王敬敬*

摘　要：本文分析了能源行业 2010 年的运行态势，并对煤炭、石油、电力等能源产业的发展热点问题进行了盘点；然后结合"十二五"规划对构建安全、稳定、经济、清洁的现代能源产业体系的有关要求，对现代能源产业体系的定义及特征进行了阐述；在此基础上，结合构建现代能源产业体系的目标要求，提出了中国能源行业在构建现代能源产业体系上的政策建议。

关键词：能源行业　重大事件　"十二五"规划　现代能源产业体系

---

* 崔民选，工业经济学博士，研究员，现任中国社会科学院民营经济研究中心副主任，中国社会科学院研究生院教授，博士后合作导师，研究重点领域为政府政策、工业结构与能源战略、生态环境及管理创新、投资银行等；王敬敬，中国社会科学院研究生院经济学硕士，主要研究方向为能源经济学、制度经济学。

　　2010 年，我国经济进一步巩固和扩大了应对国际金融危机冲击的成果，实现回升向好后的平稳较快发展。国家统计局发布的数据显示，2010 年全年国内生产总值为 397983 亿元，比上年增长 10.3%，增速同比加快 1.1 个百分点（见图 1）。同时，内需增长动力从政策推动转向市场驱动，出口恢复快速增长，显示我国经济运行已成功摆脱国际金融危机的负面冲击，开始进入常规增长轨道。在宏观经济运行趋稳的形势下，能源行业加快转变发展方式，加大结构调整力度，供应保障能力进一步增强，较好地支撑了经济社会发展对能源的需求。

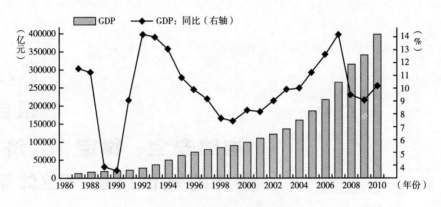

图 1　我国近年 GDP 走势

资料来源：Wind 资讯。

一　2010 年能源运行形势

　　与宏观经济回升向好相关联，我国能源行业回升向好态势不断巩固，供应保障能力进一步增强，能源消费持续回升，全年能源运行总体保持平稳。据国家统计局公布的数据，我国 2010 年全年能源消费总量 32.5 亿吨标准煤，比上年增长 5.9%；一次能源生产总量达到 29.9 亿吨标准煤，比上年增长 8.7%。

（一）煤炭行业总体运行健康稳定

　　2010 年，全国煤炭工业总体运行健康稳定，煤炭企业管理水平不断提高，安全生产状况有所好转，运输条件不断改善，运输能力不断增加，煤炭进口渠道不断拓宽，煤炭产销量及进口煤炭数量均创历史新高，煤炭产品的保障供应能力不断增强，整个煤炭市场供求基本平衡，运行基本平稳，煤炭生产供应基本上满足了国民经济高速发展的需求，保障了煤炭供应。全年煤炭市场上虽然出现了区域性、阶段性的供应紧张以及价格剧烈波动，但从总体上看尚在掌控范围之内。

1. 煤炭供需两旺

2010 年全国煤炭产量和 2009 年相比有了较大幅度增长。2010 年，全年原煤产量完成 32.4 亿吨，同比增加 2.67 亿吨，增长 8.9%。2011 年一季度，全国原煤产量累计达 8.39 亿吨，同比增长 18.79%（见图 2）。但是经过年初的高位运行，煤炭需求受政策抑制逐渐回落，从总体上看，煤炭生产已随之回落到历史中间状态。

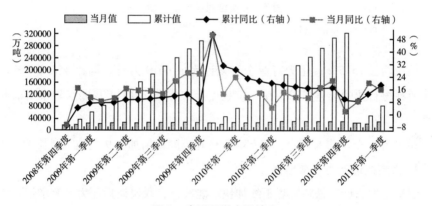

图 2 我国原煤产量情况

资料来源：Wind 资讯。

从分类型煤矿产量来看，国有重点煤矿产量仍占全国原煤产量的一半以上，但乡镇煤矿产量增速较快。据统计，2010 年，全国国有重点煤矿产量完成 16.94 亿吨，同比增长 12.21%；国有地方煤矿产量完成 5.16 亿吨，同比增长 10.72%；乡镇煤矿产量完成 12.02 亿吨，同比增长 22.22%（如图 3 所示）。

煤炭行业运行的外部环境得以持续改善，国内主要下游耗煤行业均维持较快增速。占我国煤炭消费近 70% 的火电行业全年累计发电量 3.3 万亿千瓦时，同比增长 11.7%。其他主要耗煤行业中，生铁产量全年累计生产 5.9 亿吨，累计同比增长 7.4%；粗钢产量全年累计生产 6.3 亿吨，同比增长 9.3%；钢产量全年累计生产 7.9 亿吨，同比增长 14.7%。建材行业水泥产量全年累计生产 18.7 亿

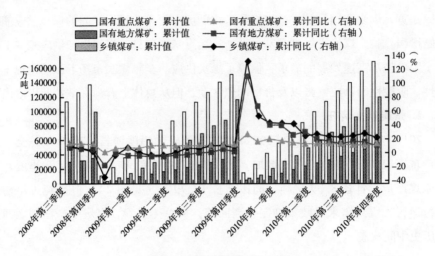

图3 分类型煤矿原煤产量

资料来源：Wind 资讯。

吨，同比增长 15.5%；化肥行业全年累计完成 6619 万吨，同比增长 2.5%。相关下游耗煤行业的旺盛需求，在一定程度上支撑着 2010 年我国煤炭市场的旺盛消费。

2010 年，全年煤炭销量完成 28.92 亿吨，同比增加 3.9 亿吨，增长 15.6%。

2. 煤炭调运能力显著增强

煤炭运输方面，铁路运煤干线加快扩能改造，煤炭调运能力显著增强，大秦线、侯月线等主要煤运通道运输能力和曹妃甸等港口中转能力明显提高，支撑了煤炭发运量的快速增加。

根据 Wind 资讯统计，2010 年全国铁路煤炭总运量完成 15.49 亿吨，同比增长 16.9%。从全年分月数据来看，各月运量总体上呈前低后高态势，但分配较为均衡。与 2009 年相比，各月铁路煤炭总运量均有较大幅度增长，其中 1 月份同比增长 24.51%，创年内单月最大增幅。在主要煤运通道中，大秦线完成煤炭运量 4.05 亿吨，同比增长 22.7%；侯月线完成 8876 万吨，同比增长 13%（见图4）。

煤炭铁路日均装车量也有较大幅度增加。据统计，2010 年，全国煤炭铁路日均装车量累计达 62591 车，同比增长 15.5%；2011 年一季度，全国煤炭铁路日均装车量累计为 69130 车，同比增长 11.9%（见图5）。

2010 年，主要港口煤炭发运完成 5.56 亿吨，同比增加 9854 万吨，增长

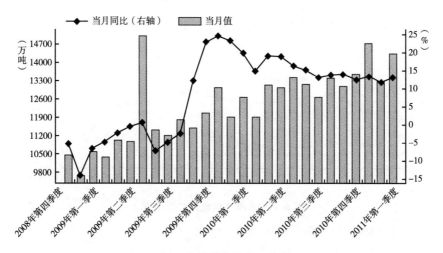

图4　全国煤炭铁路总运量

资料来源：Wind 资讯。

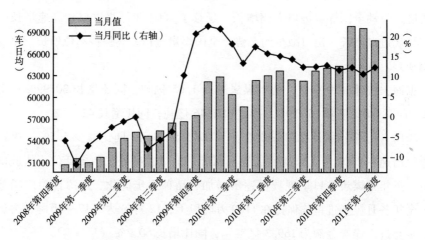

图5　全国煤炭铁路日均装车量

资料来源：Wind 资讯。

21.5%。其中内贸煤炭发运5.38亿吨，同比增加1.05亿吨，增长24.2%；外贸煤炭发运1810万吨，同比减少611万吨，下降25.2%。

3. 煤炭库存增加

截至2010年12月末，全社会煤炭库存2.06亿吨，较2010年初增加4797万吨，增长30.3%。其中，煤炭企业库存5168万吨，较年初增加14.2%。截至2010年12月31日，重点电厂煤炭库存（日）为5607万吨，比年初增长

165.6%；可耗用天数从年初最低时的 8 天提高到 15 天。主要煤炭发运港口煤炭库存 2234 万吨，同比增长 55.6%（如图 6 所示）。

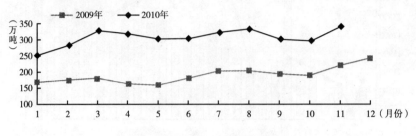

图6　2010 年直供电厂耗煤情况

资料来源：秦皇岛煤炭市场网。

4. 煤炭进口增加，出口减少

2010 年国际煤炭市场需求相对疲软、价格走低，东南沿海电厂加大海外采购力度，带动全国煤炭进口大幅增长，延续了 2009 年原煤进口量高速增长的局面，呈现进口增长、出口减少的态势，全国煤炭进口始终保持高位增长，出现了大幅逆差。

据海关统计，2010 年，全年煤炭进口 1.65 亿吨，同比增长 30.99%；出口 1903 万吨，同比下降 15.03%；净进口 1.46 亿吨，同比增长 42.37%。

2010 年，全年累计出口煤炭金额为 22.5 亿美元，同比减少 5.5%。煤炭出口总值增速在 2009 年年末探底后逐月回升，出口总额处于历史低位。从进口情况看，近年来煤炭进口呈现数量逐年增加、品种逐步优化、来源日趋广泛等特点。全年各月煤炭进口均保持在 1100 万吨以上，12 月份达到 1734 万吨，再创新高。全年进口煤炭金额为 169.3 亿美元，同比增长 60.2%（见图 7）。

目前，印尼成为我国最大煤炭进口国，澳大利亚、越南、蒙古和俄罗斯紧随其后，上述五国进口煤炭占全部进口量的 84%；从出口情况看，煤炭出口呈逐年递减、地区相对集中等特点。2010 年全年煤炭出口均在低位徘徊，各月煤炭出口量都在 200 万吨以下，主要出口到韩国、日本和我国台湾等地。预计今后一段时间我国煤炭进口量有可能出现继续增长态势，有人士认为甚至可能取代日本成为全球第一大煤炭进口国。

5. 煤炭价格在波动中调整

煤炭价格阶段性波动特征明显。2010 年全国煤炭价格呈 "W" 形走势。

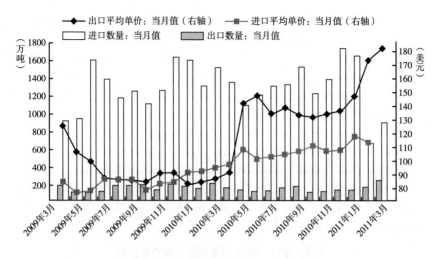

图7 近两年我国煤炭进出口情况

资料来源：Wind 资讯。

2010 年初极端低温天气带动取暖负荷大幅上升，火电量快速增长，加之枯水期水电减发，煤炭需求旺盛，价格处于较高水平，秦皇岛港 5500 大卡煤炭价格在 805 元/吨左右。春节过后气温回升，煤炭需求和价格逐渐回落，3 月下旬降至年内最低的 675 元/吨左右。二季度，工矿企业生产持续复苏，高载能行业用能快速增加，西南地区干旱，火电满负荷运行，加之发电企业提前储煤迎峰度夏，拉动煤炭需求"淡季不淡"，5 月份秦皇岛港 5500 大卡煤价升至 760 元/吨。迎峰度夏期间，水电满发，重点发电企业库存充裕，煤炭消费"旺季不旺"，价格回落至 720 元/吨左右。10 月下旬以来，受国际能源价格上涨和我国冬储煤在即等因素影响，国内煤炭价格快速上涨，11 月底达到 807 元/吨，恢复至年初水平（见图8）。

6. 安全生产形势明显好转

煤矿企业生产事故减少，死亡人数下降，2010 年我国安全生产"十一五"规划的各项指标均已圆满完成。2010 年前 11 个月，全国煤矿企业生产事故 1256 起，同比下降 15.8%；死亡人数 2209 人，同比下降 9.7%；百万吨死亡率 0.727，同比下降 20.4%。

（二）石油行业持续向好

全球经济危机困局逐步缓解，世界经济迈向复苏前景更为明朗。国内经济企

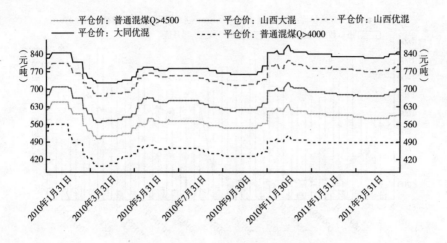

图8　2010~2011年秦皇岛煤炭价格走势

资料来源：Wind资讯。

稳向好势头显著。在此背景下，2010年我国石油和化工行业得以摆脱了危机时的剧烈震荡，保持了持续向上态势。具体来看，石油行业生产经营总体向好，市场运行保持平稳，经济效益继续好转，结构调整逐步推进，企业综合实力不断提升，国际地位和市场影响力日益显著，实现了"平稳较快发展"的预期目标。

1. 产业结构调整步伐加快

2010年，我国石油石化行业经济规模再上台阶。据中国石油化工联合会数据，截至年末，全行业规模以上企业3.67万家，实现总产值8.88万亿元，同比增长34.1%。分行业看，各细分行业2010年的产值相较于2009年也均有较大提升（见图9、图10）。石化行业产值占全国规模工业总产值比重的12.7%，创5年来之最；全年行业利润总额6900亿元，同比增长36%；进出口总额达4587.81亿美元，同比增长40.3%，其中，进口总额3244.61亿美元，出口总额1343.2亿美元。随着石油和化工行业产业结构调整力度加大，经济增长的结构也出现明显变化，上游资源型产业在经济增长中的比重呈逐步下降趋势，下游技术密集型产业比重上升。随着化工比重稳步攀升，经济结构继续优化。2010年，石油和天然气开采行业产值占全行业的比重为11.4%，比2008年下降4个百分点；而化工行业2010年产值占全行业的比重达59%，比2008年提高5个百分点。

2. 行业投资利润稳步提高

2010年，我国石油和化工行业投资同比增长13.8%，低于同期城镇投资增幅，

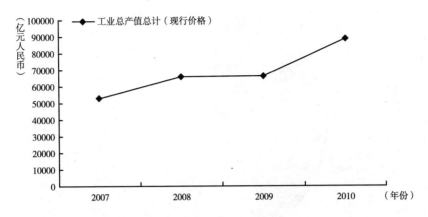

图9　2007～2010年全国石油和化学工业产值变化

资料来源：中国石油化工联合会。

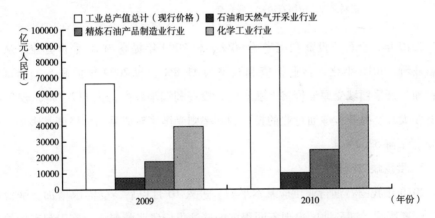

图10　2009～2010年全国石油和化学工业产值分行业对比

资料来源：中国石油化工联合会。

增速总体放缓，价格涨势逐步趋缓，产销衔接基本顺畅。投资增速放缓的同时，行业经济结构继续优化，化工比重稳步攀升。随着石油和化工行业产业结构调整力度加大，上游资源型产业在经济增长中的比重呈逐步下降趋势，下游技术密集型产业比重上升。2010年，化工领域投资比重持续上升，占全行业比重为62.7%，较2009年提高1个百分点，比2008年提高5个百分点，化工行业产值比重上升至59%。上游油气开采领域投资占全行业比重为22.4%（产值结构见图11）；较2009年下降1.4个百分点，较2008年下降约5个百分点。

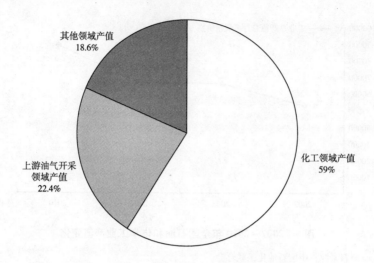

图11　2010年我国石油和化工行业产值结构

资料来源：中国石油化工联合会。

2010年，全行业投资利润率为60%，较2009年提高约10个百分点。从三大行业看，2010年化工行业投资利润率为41.8%，较2009年提高5.7个百分点；油气开采领域受原油价格上涨影响，投资利润率较高，为117.7%，较2009年有较大幅度提升；炼油行业的投资利润率则受国家对成品油价格调整影响，比2009年下降57.2%。

3. 供需缺口继续扩大

2010年我国石油行业供应基本平稳。进入10月份后，受需求增加、涨价预期等因素影响，部分地区出现不同程度的柴油供应紧张状况，一度引起市场的恐慌，但通过采取综合措施，目前除个别地区库存相对薄弱外，成品油供应基本恢复正常。12月底，全国主要石油企业成品油库存较10月底回升约170万吨。

据国家发改委公布的数据，2010年，我国累计生产原油2.02亿吨，同比增长6.9%，是过去18年中增长最快的年份（近几年我国原油产量变化见图12）。在大庆油田保持稳产4000万吨的同时，长庆油田产量突破3500万吨，海上油气产量突破5000万吨当量，西部接替东部、海上补充陆上的大格局基本形成。我国石油产量大幅提升，但依然未能追赶上石油需求强劲增长的脚步，供需缺口进一步扩大。

国家发改委公布的数据表明，2010年，我国成品油表观消费量比上年增长

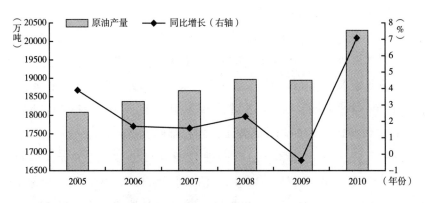

图12 2005~2010年我国原油产量变化

资料来源：国家统计局。

11.3%，其中汽油、柴油分别增长7.6%和12.6%，均高于生产增速。中国石油经济技术研究院发布的《2010年国内外油气行业发展报告》显示，2010年，在经济快速发展的带动下，中国油气行业继续保持快速发展的势头：石油需求强劲反弹，出现21世纪以来第二个增速超过两位数的年份，全年石油表观消费量达4.55亿吨，比2009年增加4700万吨，增长11.4%。2006~2010年，我国原油表观消费量年均增幅高达8%。由于统计口径差异等因素，各机构得出的数值虽然略有不同，但统计结果相近。根据石化协会的数据，2010年我国原油表观消费量为4.38亿吨，与我国原油加工差值达4828万吨（见图13）。

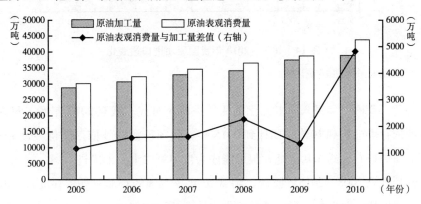

图13 2005~2010年我国原油加工量及表观消费量变化

资料来源：石化协会。

4. 对外依存度进一步提升

2010 年，我国累计加工原油 3.9 亿吨，同比增长 14%，成品油产量增长
10.3%，其中汽油、柴油产量同比分别增长 6.4% 和 11.7%。由于国内原油产量
增长不能满足需求，因而原油加工量的增长很大一部分需要靠进口来满足。

2010 年，我国原油进口量达到 2.39 亿吨（见图 14、图 15），同比增长
17.5%；进口额达到 1351.51 亿美元，同比增幅为 51.4%。全年累计进口成
品油 3688 万吨，同比下滑 0.1%；进口总额 223.43 亿美元，同比增长
31.3%。全年累计出口成品油 2688 万吨，同比增长 7.5%；出口总额 170.44
亿美元，同比增长 35.9%。在 2009 年我国原油对外依存度突破 50% 的原油
对外依存度"警戒线"后，2010 年对外依存度进一步提升，达到 55%。我们
预计，2011 年我国石油产量将相对稳定，而石油需求将继续保持高速增长，
原油的对外依存度将进一步加大。

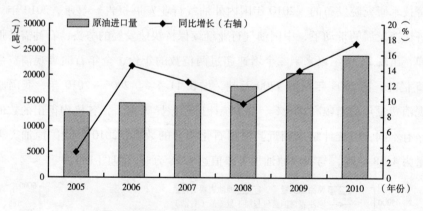

图 14 2005~2010 年我国原油进口量变化

资料来源：国家统计局。

目前，我国已经进入了多元化的油气进口新时代。截至 2010 年底，我国能
源对外依存度已达到 10%，预计到 2015 年，我国能源对外依存度将超过 15%。
其中，净进口石油约 3.0 亿吨，很可能成为世界第二大石油净进口国。据《全国
矿产资源规划 2008~2015》预测，到 2020 年，我国的石油对外依存度将上升至
60%，严峻的能源形势，考验着能源供应企业的保障能力。

5. 石油储备建设提速

石油储备是稳定供求关系、平抑油价、应对突发事件、保障国民经济安全的

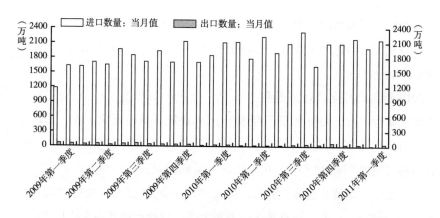

图15 我国原油进口分月情况

资料来源：Wind 资讯。

有效手段。所谓"石油储备"，是指为保障国家、社会与企业的石油供应安全而储存的石油。一般而言，石油储备可分为两类：即由政府所拥有的战略石油储备，以及由进口商、炼油商、销售商和消费者所拥有的商业储备。

在对外依存度不断高企的情况下，我国在制定政策鼓励国有资本、民间资本和境外资本积极参与商业储备建设的同时，也在积极加快原油战略储备建设步伐。截至2010年底，我国石油战略储备和商业储备能力分别达到1.78亿桶和1.68亿桶，形成了36天消费量的储备能力。根据初步规划，中国准备用15年时间分三期完成油库等硬件设施建设，储备油投入也将到位，预计总投资将超过1000亿元。首批国家战略石油储备基地有4个：镇海、舟山、黄岛、大连。中石油、中石化和中海油这三大国内石油公司受国家委托，负责工程总体建设，4个基地分别于2007年底和2008年竣工验收，2008年竣工的舟山、黄岛、大连3个项目，已经在2008年以前注油完毕，储油成本平均为58美元/桶。目前，国家战略石油储备二期建设进展顺利，第二批石油储备基地也已经选址并建设，预计2012年全面完工后，总储备能力可达2.74亿桶。三期的储量安排大致是：第一期石油储备基地储量为1000万~1200万吨；第二期和第三期分别为2800万吨。到2020年这些项目完工后，储备量将相当于90天的石油净进口量，这也是国际能源署（IEA）规定的战略石油储备能力的"达标线"。

6. 下游石化产业回稳反弹

目前，我国产业布局形成了长江三角洲、珠江三角洲、环渤海地区三大石化集聚产业区和上海漕泾、南京扬子、广东惠州等具有国际水平的大型石油和化工基地，建成了上海化学工业区、宁波化工园区等一批具有国际化管理水平和地方产业特色的化工园区。

2010年我国石化产业回升势头明显，产业产值和主要产品产量持续增长，产业增速高位运行，对外贸易不断攀升。2010年，我国石化工业产值跨上5万亿元台阶，达5.23万亿元，比上年增长32.6%，按汇率计算已突破7700亿美元，超越美国的7340亿美元，化工经济总量跃居世界第一位。2010年，我国主要石化产品产量保持快速增长势头，成品油产量2.53亿吨，同比增长10%。在产量增加的同时，行业价格总水平也不断走高，行业产销基本平衡，经济效益显著改善。2010年，石化产业进出口贸易继续保持快速增长态势。全年进出口总额3171亿美元，同比增长35.5%。其中，进口总额1854亿美元，同比增长34.5%；出口总额1317亿美元，同比增长36.9%。2010年，我国成品油出口金额达170.44亿美元，比上年增长36%（见图16、图17）。

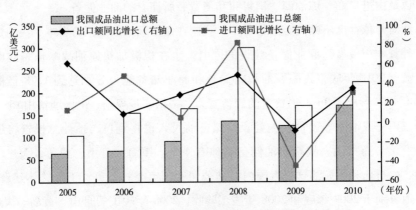

图16　2005～2010年我国成品油进出口贸易变化

资料来源：Wind资讯。

根据目前的发展形势判断，2011年我国石油和化工行业经济将继续保持平稳较快增长势头，全行业产值将迈上10万亿元台阶，经济增长保持在两位数。中国炼化工业经过快速发展与结构调整，规模迅速扩大，产品质量持续上升，技术不断进步，效益明显提高。当前，扩大炼厂规模、提高集约化程度，已经成为中国炼油业的发展趋势。镇海炼化以2300万吨/年的炼油能力、大连石化以2050万吨/年的炼油能力，先后跻身于能力超2000万吨/年世界级炼厂行列。2008

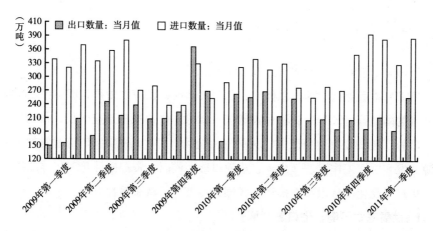

图17　成品油进出口情况（分月）

资料来源：Wind 资讯。

年，中国石化茂名石化开始进行改扩建，工程完工后，其炼油能力将由 1350 万吨/年扩大至 2550 万吨/年，也成为世界大型炼厂之一。到目前为止，中国已形成一批大型炼化一体化基地，全国千万吨级以上的炼油厂原油一次加工能力已占全国总加工能力的 60%；炼油企业平均规模达到 570 万吨/年。

7. 竞争格局更趋向多元化

在国家鼓励民营企业参与能源开发的政策指引下，我国石油石化行业投资主体多元化的格局正在逐步形成，尤其是在下游的石化行业，竞争环境日益优化。

目前，除国有大型石化企业外，我国市场上活跃着大量地方炼油企业。2010年 3 月，国家统计局统计在列的全国炼油厂共 264 家，其中地方炼油厂已达 177家。在各省区，山东、辽宁两省的地方炼油能力最强，产值约占全国的 30%。

除地方企业外，外资公司在华炼油业务也取得重大进展。我国炼油企业正在形成多元竞争的格局。继道达尔于 20 世纪 90 年代中期参股建成大连西太平洋石化公司之后，埃克森美孚、沙特阿美参建的福建炼化一体化项目也已于 2009 年正式投产，外资在华的权益炼油能力达 1050 万吨/年，占我国炼油总能力的2.2%。此外，中俄天津东方石化项目、委内瑞拉与中国石油合资广东揭阳项目、卡塔尔与中国石油的合资项目、科威特与中国石化广东湛江东海岛项目等中外合资项目也都在推进。中国炼油工业呈现以两大集团为主导的多元化市场竞争格局。

（三）天然气行业发展迅猛

2010 年，我国天然气产业继续发展壮大，生产、消费、进口规模迅猛增长，供应需求基本面保持平衡。总体上，我国气体能源供应能力得到增强：从国际市场获得的陆地管道天然气和液化天然气（LNG）进口规模迅速增长，作为气体能源"替补"的煤层气、页岩气、天然气水合物（即"可燃冰"）等非常规天然气资源开发和勘探工作迅速起步，且成效显著。同时，资源国际化和气体能源供给格局呈现多元化，从根本上推动了我国天然气产业链整体提升。

1. 供需基本平衡，进口稳步增长

2010 年，我国天然气供需基本面总体保持平衡，消费区域市场快速扩张，天然气上下游产业链初步实现全面发展。

在供应方面，天然气产量稳步增长，国际天然气资源进口规模迅速扩大。2010 年，我国天然气供应总量为 1153.8 亿立方米。其中，天然气产量达到 944.8 亿立方米，同比增长 12.1%。进口 LNG 934 万吨，增长 75%；首次进口管道气 44 亿立方米。同时，我国非常规天然气开发取得积极进展，煤层气利用量达到 36 亿立方米，同比增长 42.3%。

2010 年，我国全年天然气表观消费量接近 1100 亿立方米规模，同比激增 20.4%。天然气在一次能源消费总量中天然气的结构占比为 4%，比 2009 年（3.67%）约提高 0.4 个百分点（见表 1）。

2. 管网建设提速

经济体内部系统所能提供的天然气产量的多寡，总体供应能力的高低，除受自身资源条件的客观制约外，更决定于输气管线的总体"送达"能力。特别是，当天然气资源地区远离消费市场时，长输干线管网建设规划与实施的影响因素尤显突出。客观上，我国天然气资源存在着在中西部主力生产区与东部沿海主力消费区"空间错位"的分布特征。

自 21 世纪开端建设"西气东输"干线起，从川气出川到西气东送万里长输，我国的天然气基础设施建设全面提升。经过"十一五"的全面发展，迄今，我国已初步形成层次清晰、结构完整的"横跨东西、纵贯南北、覆盖全国、连通海外"的油气管道干线网络格局。截至 2010 年底，石油天然气长输干线管道总长度近 8 万公里，海上油气管道近 5000 公里，国内天然气管道里程已达到 3.4 万公里（2009 年底）。

表1 2010年我国天然气供需总体基本平衡

类 别	2010 年	同比增长	2009 年	同比增长
计量单位	（亿立方米）	（%）	（亿立方米）	（%）
生产	981	11.8	877	6.4
（1）天然气	945	12.1	852	6.4
（2）煤层气	36	42.3	25	36.6
进口*	173	126.5	76	73.4
（1）管道天然气	44	—	—	—
（2）液化天然气** ***	934（万吨）	75	553（万吨）	65.8
供应总量	1153	20.5	953	6.4
表观消费量	1073	20.9	887	9.4

＊2009 年国际资源依存度约为 8.6%，2010 年国际资源依存度约为 15.6%。

＊＊ 折合标况下气态天然气，2010 年进口 LNG 约为 129 亿立方米，2009 年进口约为 76.3 亿立方米。

＊＊＊ 除已投运的广州大鹏、福建莆田和上海洋山港三个 LNG 接收站进口的"长协"LNG 外，为应对 2009 年底的"气荒"，2010 年初中石油进口了少量现货液化天然气（6.5 万吨，约合 0.9 亿立方米）。

资料来源：国家能源局综合司。

2010 年，随着"西气东输"二线东段和川气东送等大型天然气管网基础设施相继建成投运，围绕"西气东输、北气南下、海气登陆、就近供应"的建设目标，我国目前已初步形成三条管网主干，包括"西气东输"、"西气东输"二线等陆地进口天然气管线，川气东送、涩宁兰输气管道（复线）、忠武线等四大主力气区（新疆、青海、陕甘宁、川渝）外输管线，以及陕京线系统（陕京一线、二线、三线）等环状供气管网，辅之以淮武线、冀宁线、中卫—贵阳管道等联络线，覆盖全国的天然气长输主干管网系统已经形成。

与此同时，自 2006 年以来，中海油、中石油等油气领军企业，还积极引进海外液化天然气（LNG），大力建设液化天然气（LNG）上岸接收站和管线等管网基础设施。

以天然气长输主干管网为主线，围绕海外液化天然气（LNG）接收站线管网形成的散点状布局，目前，我国正在积极兴建川渝地区、环渤海地区、长江三角洲地区、中南地区和华南地区等区域性管网。

3. 海内外液化天然气（LNG）迅速发力

2010 年，我国进口天然气总量约为 173 亿立方米，其中，陆上管道天然气首次进口 44 亿立方米，海上液化天然气（LNG）进口规模达到 934 亿吨，约合 129 亿立

方米。随着能源供求的进一步紧张，我国势必会进口更多的天然气。供需分析表明，中国天然气供应量将从2010年的1100亿立方米/年，增长至2020年3000亿立方米/年的规模。其中，进口液化天然气（LNG）将在中国天然气市场占超过1/3的比例。

从"十一五"中后期起，为促进海上天然气资源的引进，我国液化天然气（LNG）利用基础设施建设也快速起步。截至2010年底，在中海油主导下，广东深圳大鹏、福建莆田、上海洋山港三个LNG接收站已相继建成投运，总接收能力为930万吨/年；江苏如东和辽宁大连湾的两个LNG接收站已建成尚待投运，宁波北仑、珠海高栏岛、青岛胶南董家口、唐山市曹妃甸以及海南洋浦等五个接收站正在建设中。按目前确定的规划，预计到2015年，我国接收和转化液化天然气（LNG）资源的总规模有望达到每年3000万吨级（见表2）。

4. 非常规气体能源发展迅速

2010年，我国化石能源产业界加快了非常规天然气资源的勘探、开发和产业化利用。总体来看，致密气已进入规模开发阶段；煤层气、页岩气的开发利用正在起步，有望加速；天然气水合物的科研也逐步加强，并在一些领域形成具有世界先进水平的技术领先之势。此外，作为煤炭化工的重要内容之一，煤制天然气产业也有望走出"要不要气化"的技术和逻辑争鸣，积极投资、"扩军"。按照已公布的"十二五"能源规划纲要，与煤层气的开发一同，煤制天然气有望成为"十二五"能源消费和利用中重要的"替补"气体能源。

（1）煤层气占比缓慢提升。目前我国的煤层气抽取利用量在天然气能源总供应量中的比例约为3%左右，产量规模远远低于美国、澳大利亚等煤层气开发和生产大国。较为乐观的判断是，从开采和利用的规模看，目前我国所处的阶段和技术能力大致相当于"气体能源大国"美国在1989～1990年的产业化水平。

据统计，截至2009年年底，中国的煤层气产量仅为71.85亿立方米，其中地面抽采量仅为10.15亿立方米；利用量为25亿立方米，仅占总供应天然气产量的2.9%。2010年，我国天然气利用量为36亿立方米，占比约为3.8%。

（2）页岩气开发加速启动。与煤层气类似，页岩气也可代替天然气，但在我国仍处于起步阶段。

截至目前，我国尚无页岩气的商业开采。国土资源部计划到2020年把中国页岩气产能提高到每年150亿～300亿立方米。2009年8月，国土资源部油气资源战略研究中心在重庆市綦江县启动了全国首个页岩气资源勘查项目。

表2 已建、在建、规划中液化天然气（LNG）接收站及管线项目

单位：万吨/年

序号	类　　　　别				
	项目名称	建设地点	规　模	投产（预期）时间	运营商
1	广东 LNG 项目	深圳大鹏湾	370 + 470 *	2006 年	中海油
2	福建 LNG 项目	福建莆田	260 + 260	2009 年/2012 年	中海油
3	上海 LNG 项目	上海洋山港	303 + 300	2009 年	中海油
已投运			(933 + 1030)		
4	大连 LNG 项月	辽宁大连湾	300 + 480	2011 年 3 月	中石油
5	江苏 LNG 项目	江苏如东太阳岛	350 + 300	2011 年 4 月/2013 年	中石油
已建成 **			(650 + 780)		
6	宁波 LNG 项目	浙江宁波北仑港	300 + 300	2012 年/2017 年	中海油
7	珠海 LNG 项目	珠海高栏岛平排山	350 + 350	2013 年 *** /2015 年/2020 年	中海油
8	山东 LNG 项目	青岛胶南董家口	300 + 500	2012 年	中石化
9	海南 LNG 项目	海南洋浦黑岩港	200 + 300	2014 年/2015 年	中海油
10	粤东 LNG 项目	广东揭阳	200	2012 年/2020 年	中海油
11	粤西 LNG 项目	广东湛江东海岛	300	2015 年	中海油
12	北海 LNG 项目	广西北海	300 + 900	2013 年	中石化
13	唐山 LNG 项目	唐山曹妃甸	350 + 650	2013 年 ****	中石油
在建/规划中			(2303 + 3200)		
合计 *****			(3883 + 4810)		

＊表明此 LNG 项目设计规模，一期为 370 万吨/年，二期为 470 万吨/年，下同。

＊＊ 为完建时间，截至资料时间尚未投运。

＊＊＊ 珠海 LNG（中海油）项目一期于 2010 年 10 月 20 日开建，预期 2013 年投运。

＊＊＊＊ 唐山 LNG（中石油）项目一期于 2011 年 3 月 23 日开建，预期 2013 年投运。

＊＊＊＊＊ 此外，由于环境评价、规划调整、金融危机冲击、国际油气价格高企而下游传导机制不顺畅等内外因素所限，中石化主导的珠海海黄茅岛（澳门外海）500 万吨级 LNG 项目，以及中石油深圳大铲湾 300 万吨级 LNG 项目事实上陷于停滞状态，且投建前景极不明朗。

资料来源：崔民选等著《天然气战争》，石油工业出版社，2010，第 116 页；《中国能源发展报告（2010）》，崔民选主编，社会科学文献出版社，2010；其余相关数据来自中海油、中石油、中石化等公开信息披露。

2010 年 7 月，中石油川庆钻探工程有限公司井下作业公司顺利完成了中石油第一口页岩气井——威 201 井的加砂压裂施工任务。威 201 井是中石油针对页岩气开发的第一口试探井，这次"试水"标志着中石油进入页岩气开发的实战阶段。

此外，中石化、中海油，以及相关科研机构、高等院校等，也已开始对页岩

气进行研究和部署。

（3）天然气水合物（可燃冰）勘探步伐加快。"十一五"中后期以来，我国新型能源的资源调查成果喜人，在我国南海北部和祁连山冻土区，首次发现天然气水合物。

近年来，我国对"可燃冰"勘探的步伐加快。2011年1月，由广州海洋地质调查局完成的《南海北部神狐海域天然气水合物钻探成果报告》通过终审，《报告》明确指出，科考人员在我国南海北部神狐海域钻探目标区内圈定11个可燃冰矿体，储量约为194亿立方米，显现出良好的天然气资源潜力。南海可燃冰勘探露出"冰山一角"。

相比其他国家而言，我国的天然气水合物勘探和开采尚处于早期研究阶段。

中国从1999年起对可燃冰进行前瞻性研究，目前已在中国海域内发现大量可燃冰储量，仅在南海北部的可燃冰储量估计相当于中国陆上石油总量的50%左右，中国将在未来10年投入8亿元进行勘探研究，预计2010～2015年前后进行试开采。

（四）电力行业"质""量"继续改善

2010年，我国用电量持续增长，电力规模继续增大，结构有所改善，质量和技术水平进一步提高，节能减排成效显著。全年全社会用电量41923亿千瓦时，基建新增装机容量9127万千瓦，发电装机容量达到9.6亿千瓦；供电标准煤耗335克/千瓦时，线路损失率6.49%，水电装机已突破2亿千瓦，在运核电装机容量突破1000万千瓦，水电、核电、风电等非火电装机比重为26.53%。±800千伏高压直流输电工程和百万千瓦空冷机组顺利建成投运。

1. 电力供应持续增长

2010年，全国发电量41413亿千瓦时，比上年增长13.3%，增幅较上年提高7个百分点。其中，火电34145.24亿千瓦时，增长11.7%；水电6863.07亿千瓦时，增长18.4%；核电734亿千瓦时，增长70.3%；风电430亿千瓦时，增长73.4%。回顾2010年发电量走势，出现了两次阶梯式的下滑。一次是6月份，这是当时经济景气下滑和基数效应综合作用的结果；另一次是9月份以来，主要由"十一五"节能减排压力所致。

2010年全年，发电设备平均利用小时为4660小时，同比增速为3.42%。从单月发电设备平均利用小时来看，2010 年 9 月份以来平均利用小时明显低于 2009 年同期发电设备平均利用小时，考虑到我国电力装机容量自 2009 年以来出现了大幅增长，所以平均设备利用小时较 2009 年有效降低也属情理之中。另外，拉闸限电对用电量需求的抑制也是限制发电设备平均利用小时的主要因素之一。其中火电设备平均利用小时为 5031 小时，同比增速为 4.87%；水电设备平均利用小时为 3429 小时，同比增速为 1.52%。

2. 电力需求大幅提升

2010 年，全社会用电量 41923 亿千瓦时。在同比增速方面，2009 年基期因素仍是导致同比增速进一步收窄的影响因素之一，所以全年同比增速呈逐步下滑趋势。从环比方面来看，2010 年 11 月份开始环比增速已由负转正，用电数据作为更能明确表现拉闸限电影响的逐步消退，当然其中也包含逐渐进入冬季用电高峰期的原因。拉闸限电也对用电量刚性需求起到了抑制作用（见图 18）。

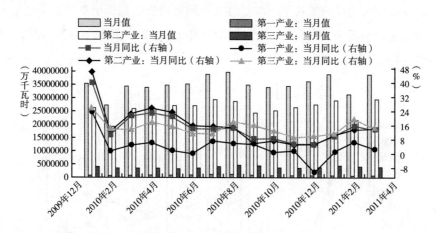

图 18　全社会用电量情况统计

资料来源：Wind 资讯。

2010 年，第一产业用电量 984 亿千瓦时。第一产业用电量具有明显的季节性，从历年数据来看，9 月、10 月、11 月农业用电量均为低谷，2010 年用电数据与往年走势一致。

2010 年，第二产业用电量 31318 亿千瓦时，2010 年 10 月份第二产业单月用电量为 2641 亿千瓦时，环比升高 4.43%，这也是继 9 月份第二产业环比增速出现 14.84% 的大幅下滑后，连续两个月企稳回升，而且环比增速在进一步提升。

第二产业用电量同比增速持续下滑，其中 2009 年的基期因素仍为主要原因之一。第二产业用电量作为国家拉闸限电政策的主要影响行业，其用电量数据能较好地反映出拉闸限电作用的消散的效果。总体来看，第二产业用电量同比增速在 2010 年内仍继续保持下滑趋势，环比数据将企稳后小幅回升。

2010 年，第三产业用电量 4497 亿千瓦时。从第三产业用电量同比数据来看，第三产业用电量继续保持较快的增长速度，同比增幅也均高于 2009 年我国经济回升时的同比增速。随着国家产业结构的调整，第三产业的用电量将稳步提升。

2010 年，工业用电量 30887 亿千瓦时，同比增速为 16.92%。但工业用电仍处于较低水平，这主要是受节能减排、拉闸限电的影响，使得重工业用电增速走低，而轻工业用电整体保持相对平稳的增长，最终导致整个工业用电水平较低。

2010 年，轻工业用电量 5187 亿千瓦时，同比增速为 12.74%。"十一五"期间，轻工业用电量年均增长 7.01%，轻工业用电增长明显低于重工业用电增长，轻工业用电量占工业用电量的比重从 2005 年的 20.05% 持续下降到 2010 年的 16.80%（见图 19）。

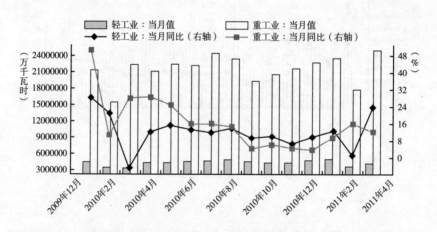

图 19　轻、重工业用电量分月统计情况

资料来源：Wind 资讯。

2010 年全年，全国重工业用电量为 25699 亿千瓦时，轻工业各月用电量增长相对平稳，重工业回落明显。

2010 年，居民生活用电量 5125 亿千瓦时。从同比数据来看，虽然累计同比增速略有下降，但我国居民生活用电近年来一直保持较快的增长速度。随着"十二五"期间收入结构调整，我国居民生活用电量将继续保持快速增长的势头（如图20所示）。

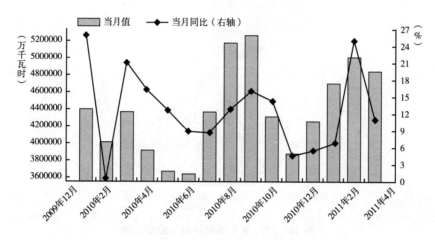

图20 城乡居民生活用电量

资料来源：Wind资讯。

3. 电力投资继续增长，投资结构进一步优化

2010年，新增火电装机容量5872万千瓦。火电投资完成1311亿元。火电新增装机所占比重从2005年的81.00%下降到2010年的64.34%。新增水电装机容量1661万千瓦，同比下降10.2%。水电投资完成791亿元。新增风电装机容量1399万千瓦，完成投资额891亿元。风电由高速增长转向逐步企稳的态势没有发生明显改变，作为可再生能源中重要的应用技术之一，"十二五"期间风电仍将保持较快的增长速度。

在我国各类电源总装机容量中火电仍居主要位置，占比达76.06%，而2010年累计新增装机容量中火电占比仅有67.12%。在电源建设投资方面，火电占比下降至36.11%，较10月份火电投资占比37.08%略有下降。从新增装机容量占比来看，水电和风电占比明显较高，分别为20%和10.31%，从电源投资额来看，水电、风电和核电更是明显的投资重点，在总投资额中的占比分别为22.03%、23.72%和17.58%（见图21、图22）。

2010年，全国电力工程建设完成投资7051亿元，比上年降低8.45%。其

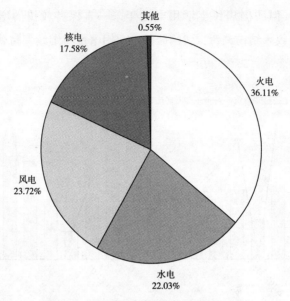

图 21　2010 年各类电源建设投资比例

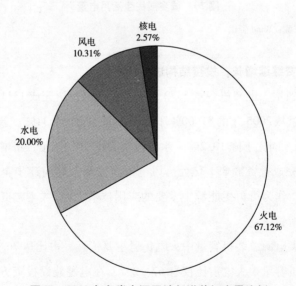

图 22　2010 年各类电源累计新增装机容量比例

资料来源：中电联，Wind 资讯。

中，电源工程建设完成投资 3641 亿元，比上年降低 4.26%；电网投资完成 3410 亿元，比上年降低 12.53%。

从我国电力投资的历史来看，"重电源、轻电网"是我国电力投资结构中存在的问题，随着电力供给基本能够满足发展需要后，电网的输配电可靠性以及不能满足长距离、跨区域送电将成为我国电力系统中明显的"短板"。在"十二五"期间，随着农网改造和智能电网建设的全面开展，我国电力投资结构也有望发生明显的改变，电网投资占比将有望明显升高。

二 2010 年能源行业重大事件盘点

（一）煤炭行业政策点评

1. 煤炭企业兼并重组影响深远

2010 年是煤炭企业兼并重组年。2010 年 8 月 25 日，国务院总理温家宝主持召开国务院常务会议，研究部署推进煤炭企业兼并重组。10 月，国务院办公厅转发了国家发改委《关于加快推进煤炭企业兼并重组的若干意见》，进一步明确了企业兼并重组的目标和任务。

截至 2010 年 12 月，煤炭大省山西重组整合煤炭企业正式协议签订率 99.5%，主体接管到位率 98%，采矿许可证变更率 97.16%，煤炭企业注册登记 120 家。目前，山西省矿井数由 2598 座压减到 1053 座，70% 的矿井规模达到年产 90 万吨以上，保留矿井将全部实现机械化开采。通过这次重组整合，形成了以股份制为主要形式、国有企业办矿占 20%、民营企业办矿占 30%、混合所有制股份制企业办矿占 50% 的格局。

河南省参加兼并重组的 466 座小煤矿中，有 4 座自动退出，6 座被法院冻结资产，剩余 456 座均已签订正式协议。此外，山东、陕西、贵州等产煤大省的资源整合工作也相继启动。

加快推进煤矿企业兼并重组，稳步推进矿业权整合，建设大型煤炭基地，是规范煤炭开发秩序、保护和集约开发煤炭资源的战略之举，也是调整优化产业结构、转变经济发展方式的有效途径。下一步，煤矿企业兼并重组需要稳步推进矿业权整合，科学合理划分矿区，制定矿区总体规划，整合分散矿权的矿区，整合小矿业权和不合理矿业权，提高资源勘查规模化，并应该进一步制订好整合后的煤矿企业的煤炭产量、煤炭开采机械化目标、矿区环境治理目标、资源回收率目标、安全目标和循环经济发展目标。在改革过程中，能否顺利高质量完成转型，

还需要抓好几个关键问题：第一是优秀专业人才的短缺，这会影响重组煤矿企业从业人员的升级换代和管理团队的稳定；第二是短期内大量补偿、交易、重建资金难以筹措，势必会影响整合的进度；第三是新的企业的接管掌控可能不到位，这会影响煤炭安全生产责任主体的落实；第四是省市县煤炭安全监管部分的执法力量亟待加强，这样才能给安全生产提供有力保障。

煤炭企业兼并重组的浪潮从山西、河南开始席卷全国，引发煤炭工业发展史上一场意义深远的重要变革。

2. 推动区域煤炭消费总量控制试点是转变发展方式的新机遇

根据环保部、国家发改委、国家能源局下发的《关于推进大气污染联防联控工作改善区域空气质量指导意见的通知》，区域煤炭消费总量控制试点工作将在 1～2 年内开展。

区域煤炭消费总量控制试点的重点区域应包括京津冀、"长三角"和"珠三角"地区，以及辽宁中部、山东半岛、武汉及其周边、长株潭、成渝、台湾海峡西岸等区域（简称"三区六群"），以上这些也是"十二五"区域大气环境管理的重点。

实际上区域燃煤总量控制并非新鲜事物，在"十一五"期间已经有一些地区做了尝试，比如烟尘控制区的建设，这已经具备了总量控制的内涵。

根据各地的"十二五"规划，"十二五"期间全国煤炭消费增长可达 19 亿吨，煤电机组装机容量增长 4.5 亿千瓦，因此带来的新增二氧化硫和氮氧化物的排放量，将分别为 600 万吨和 500 万吨。如果不控制能源消费总量，无法实现主要污染物继续削减的目标，能源和环境规划的目标将得不到实现，原来设定的环境保护目标会因为经济的发展而被突破。而目前流行的节能指标控制，通过每万元 GDP 的能耗进行控制，这是强度控制的概念，不是总量控制的概念。强度概念最大的问题，虽然规定了一定的能耗下降幅度，但因为 GDP 的增速没有而且很难受到限制，所以它对能源总量是放开的，总量是不受限制的。因此，节能指标从本质上来看是一个 GDP 驱动型的思路，无法约束能源消费总量的急剧增长。

所以区域煤炭消费总量控制是一个新的思路，为煤炭消费总量设置一个"天花板"，从污染物的末端治理变为前端治理，从而以最有效的方式同时减少多种污染物排放，实现环境效益的最大化。

3. 煤电价格之争问题依旧

2010年12月6日，国家发改委下发了《关于做好2011年煤炭产运需衔接工作的通知》，要求2011年煤炭产运需衔接中，年度重点电煤合同价格维持上年水平不变，不得以任何形式变相涨价。此外，《通知》还提出，煤炭订货实行网上汇总，提出了2011年跨省区煤炭铁路运力配置指导框架，调控目标为9.32亿吨，重点保障电力、化肥、居民生活等的煤炭需求。

但受结构性矛盾和不确定因素影响，我国部分地区个别时段仍有可能出现供需失衡。同时，消费价格指数（CPI）持续居高不下，煤价按市场需求状况调高也需要谨慎，因为"控通胀"是政府宏观经济调控的主要任务之一。但是，总体来说，煤炭市场化改革的方向是确定的，是顺应市场经济发展客观要求的，同时，煤炭市场化改革也是一个逐步推进的过程，煤炭价格改革应继续坚持市场化方向，继续推进企业自主衔接、协商订货的市场机制，加快建立政府宏观调控与市场主体自主交易相结合的现代煤炭交易体系。

4. 山西省资源"综改区"获批

2010年12月1日，经国务院同意，国家发改委正式批复设立"山西省国家资源型经济转型综合配套改革试验区"，成为我国设立的第九个综合配套改革试验区。

与浦东新区、滨海新区、武汉城市圈、湖南长株潭城市群、沈阳经济区等区域综改区不同，山西省综改区是我国第一个全省域、全方位、系统性的国家级综合配套改革试验区，旨在推进全省产业结构调整和优化升级。

山西省政府将转型期设定为10年。从2011年到2015年，经过5年实践，初步建立促进资源型经济转型的体制机制，巩固能源基地的战略地位，初步建立以煤和煤炭加工转化为基础，现代煤化工、装备制造、新材料、文化旅游和现代物流等多元发展的现代产业体系，新型工业化水平达到60%；到2020年，促进资源型经济转型的体制机制基本形成，全国重要能源基地战略地位全面提升，现代煤化工等非煤产业比重大幅提高，多元化产业体系形成。

山西省必须从战略层面上，借建设转型综改试验区契机，实现由"能源基地"向"能源中心"转变，即由原有的"基地"式平面发展模式转向新的"中心"式立体发展模式，将山西省打造成为集能源、原材料生产加工、技术研发、产品交易、金融服务为一体的全国性"能源中心"。如何深化煤炭产业链的延伸

问题，这是山西省工业新型化的基础所在，也是打造全国性"能源中心"的根基。

（二）石油行业政策点评

我国的成品油定价机制经过多次改革后，正沿着与国际市场接轨的方向逐步迈进，在指导价格的控制之下，一定程度上减少了国际油价大幅波动对我国经济的冲击，对经济平稳运行起到了一定的积极作用。但是，无可否认的是，在运转中，我国成品油定价机制的一些问题也不断凸现出来，并造成了一些不良后果，因此饱受诟病。

2010 年 11 月，一场严重的"柴油荒"蔓延全国，同时，油价上涨的消息在全国扩散，工业依赖程度高的柴油更是成为"稀有资源"，被竞相抢购。为了囤货赚取价差利润，许多加油站或明或暗地进行限量供应，甚至出现停售现象，用油单位受损严重。"柴油荒"的持续蔓延以及价格飞涨，也引起了政府部门的严重关切。从 2010 年 10 月份开始，政府的各项市场整治活动开始加强。但是限制价格的行政行为引起的负面效应也不容回避：如果坚决要求地炼不涨价，地炼宁愿停产也不愿意低价售油，这样又会使得供应短缺加剧。

其实，成品油生产经营企业的违法涨价和囤油投机并不是导致本次"油荒"的最根本原因。归根结底，价格始终是市场供求的集中反映。如果没有当前成品油市场的资源垄断、突击式拉闸限电拉高的需求以及不合理的成品油定价机制，或许本次"油荒"也不会发生。定价规则直接影响着企业的经营方式、供给的有效性和市场效率。如果能够采取更加符合市场规律的定价机制，一方面可以缓解炼油企业承受的原料上涨压力，另一方面也能大幅减少市场囤油投机行为的发生，促进企业生产的积极性，有效增加供给。换言之，采取有效的价格形成机制，才是解决市场问题的根本之策。

1. 通胀压力成为成品油价格改革阻力

2010 年我国 CPI 指数一路高企，引起各方忧虑。成品油作为产业链顶端产品价格十分敏感，油价变动牵涉工、农、运输等多行业的成本，因此，在抑制涨价和促进资源流通的压力下，政府会更加谨慎地对待成品油价格变化。从种种迹象上看，成品油上涨同样将得到国家的"谨慎处理"。纵观 2010 年，国内成品油价格共三次上调、一次下调，调整频率相应放缓。

2. 市场化改革依然是大方向

目前，国际油价波动频繁，国内市场竞争环境不充分，完全放开国内油价的时机尚未成熟，因此采取有控制的市场化调整是必要的。短期内，我国成品油定价应该在坚持改革的市场化取向的同时，多方面积极引入市场竞争，使市场尽可能反映市场供求的真实信息，增强政府定价或政府指导价的灵活性与及时性，在政府规制和市场定价之间找到一个契合点，采取稳步推进的方式逐步走向市场化，使我国成品油价格形成机制更趋合理。

（三）电力行业政策点评

1. 煤电之争风波再起

在煤电产业链上，电价的市场化形成机制并未最终形成，这就导致煤价越市场化，煤电矛盾就越大。而受制于当前物价压力，"煤电联动"机制这一权宜之举又常常在物价压力下难以祭出。自 2006 年以来，全国煤炭订货会正式改为"煤炭产运需衔接会"，煤炭供求双方自主衔接一直是该会的宗旨。而在煤炭市场化的第五个年头，国家发改委再次对已经市场化的煤炭价格进行干预，其背后正是应对物价上涨压力的无奈。

煤电矛盾的根源——"市场煤计划电"的体制得不到理顺，煤电之间的痼疾就难以化解，煤电矛盾的化解最终必须依靠电力体制改革的不断推进。"十一五"期间，我国以每年新增约 1 亿千瓦发电装机的速度加快电力建设，基本解决了长期困扰中国经济社会发展的"电荒"问题，2010 年底电力装机已达 9.6 亿千瓦。

眼下我国的结构性缺电已经不再是装机容量不足的问题，而是煤电矛盾积压造成的燃料供应问题。整体"电荒"的解决也为我国继续推进电力体制改革提供了契机。

建议采取切实可行的措施，进一步推进电价改革。一是在合理的电价机制形成过程中，继续坚持"煤电联动"的原则和机制，同时解决热电价格长期倒挂的问题。二是加大需求侧管理力度，发挥价格对需求的引导调节作用；理顺各种终端能源之间的比价关系，引导用户合理消费各种能源。三是加快资源性产品价格机制改革步伐，尽快研究符合市场规律、适应我国国情的科学合理的电价形成机制。

2. 结构调整仍将是行业长期主题

目前我国电力需求保持持续增长，电力供需仍存在不平衡现象，电煤供应保障能力比较脆弱，一些地区还不同程度地存在电力送出受限情况，因此，"十二五"期间电源发展任务依然十分艰巨。按照"十一五"的发展趋势，据初步估算，"十二五"末期，我国投入运行的装机总量需要达到12.6亿千瓦，电源装机总量将超过美国，位居世界第一。

"十二五"期间，电源结构调整已成重中之重。首先应加大清洁能源开发力度，提高清洁能源开发利用水平；还要优化发展煤电，提高煤炭清洁高效利用程度。要加快建设大型煤电基地，继续实施"上大压小"，大力发展循环经济，积极发展冷热电多联产，深入推进节能减排。

建议一是要把水电作为结构调整的重要措施，尽早开工建设一批大中型水电项目，统一出台完善移民管理政策。二是要有序安全地开发核电，注重完善核电投资市场，对特大型发电集团放开核电控股投资权，实现核电控股业主多元化。三是要着力推进风电、太阳能等可再生能源的产业化。四是大力推进煤电一体化，做好大型煤电基地的输电规划，积极鼓励输煤、输电并举，构建绿色综合的能源运输体系。

3. 煤电联营势头加快

一场向煤炭行业进军的运动，在中国电力行业悄然兴起。2010年，华能、大唐、国电、华电、中电投等五大发电集团都在大力扩充自己的煤炭产能，其中中电投的煤炭产能高达7275万吨。2010年8月底，国务院常务会议提出，鼓励煤矿企业与电力等其他行业企业兼并重组。乘着政策的东风，电企在煤炭行业的地盘必将日益扩大。业内人士预计，到2015年，五大发电集团控股和参股的各类煤矿总产能将超过4亿吨。

三 构建安全稳定经济清洁的现代能源产业体系

十七届五中全会通过的《关于制定国民经济和社会发展第十二个五年规划的建议》，首次确定了现代产业体系的具体内涵，即"发展结构优化、技术先进、清洁安全、附加值高、吸纳就业能力强的现代产业体系"。可以看出，该内涵既准确把握了现代产业发展的新趋势，也反映了中国产业发展的基本特征，从政策指向上清晰勾勒出我国后工业化时期现代产业体系的发展路径，对中国"十二五"及未来一段时期的产业发展具有极强的指导意义。

能源是国民经济发展的物质基础和基本保障。"十二五"规划在强调构建现代产业体系的基础上，明确提出，要坚持节约优先、立足国内、多元发展、保护环境，加强国际互利合作，调整优化能源结构，构建安全、稳定、经济、清洁的现代能源产业体系。

转变能源发展方式是"十二五"时期能源行业的一项非常重要的任务，所谓转变就是要多元发展，变革能源的生产、利用方式，总的指导思想是节约优先、保护环境，目的是调整优化能源结构，构建现代能源产业体系。

能源产业本身具有双重性质。一方面，为其他各行业发展提供必要的能源资源，以保障生产、生活的可续性；另一方面，其自身所生产的能源资源也需提供给能源产业自身，以供生产之需。因而，能源产业发展方式的转变不仅关乎能源产业自身，更与国民经济、人民生活息息相关。同时，整个经济发展方式的转变又引导能源产业发展方式变革。从这个角度来看，构建现代能源产业体系，不仅是能源产业自身转变发展方式，更是整体上转变经济发展方式的题中之义。

（一）能源产业体系转变路径回顾

新中国成立以来，我国的能源工业发展大致经历了三个阶段。

其一，以外部需求为首要导向，以自身粗放式生产满足粗放型经济发展。此阶段，以尽可能满足经济增长需求、缓解能源短缺困境为主要目的，强调能源行业生产能力的扩张。据此而为，"有水快流"、大干快上，以拓展能源供给的新开发、新利用源。在新中国成立初期百废待兴的局势下，强调能源供给能力的快速释放，为满足当时能源需求、促进国民经济发展起到了一定的保障作用。但由此引致的是对能源持续供应能力的担忧。

其二，自身供给结构调整为导向，转向注重行业发展质量、结构。经历短暂几年的能源短缺之后，能源产业生产能力得以释放，供应能力加强。能源供应紧张局面逆转，能源生产总量大于消费总量，部分行业产能过剩或潜在产能过剩苗头显现。在此基础上，能源产业开始逐步注重自身内部结构调整和发展质量的提升，以期提升产业可持续发展能力。

其三，注重自身供给和外部需求综合协调，以自身集约式发展满足经济发展

方式转变要求，支撑经济社会可持续发展。与工业化、城市化进程加速相伴随的是整个经济社会对能源需求的急剧膨胀，这一时期，能源供需偏紧或紧张成为常态。在国内"富煤、贫油、少气"的客观资源禀赋与世界能源利用向油气等优质能源转变为主流的双重制约下，能源供需紧张不仅面临难以满足能源需求的"量"上难题，还面临为能源结构调整亟须紧跟经济结构调整大流的"质"上桎梏。同时，能源发展将环境保护纳入发展战略内生决策要素，能源供应从以简单满足经济发展的基本需求为目标，转向在满足需求的基础上重视环境效益的双重目标，实现经济、社会、环境的协调发展。

粗略地看，能源工业总体运行经历"短缺—供需基本平衡—短缺"的循环。从更长时间范围来看，能源资源的稀缺仍将是人类发展面临的重大难题。需要注意的是，新中国成立初期的能源"短缺"与现阶段的能源"短缺"虽然在供求总量上表现一致，但其背后所反映的经济逻辑却大有不同。初期的能源短缺更大程度上是由于供给侧在新中国成立初期生产能力不足所导致的，而现阶段的能源短缺更主要表现为需求侧的高速扩张，得因于经济的高速发展和粗放型发展方式所引致的对能源的超额需求。

（二）构建现代能源产业体系

业界有关"现代能源产业体系"的研究很少，现代能源产业体系的定义尚不明晰。本报告认为，所谓现代能源产业体系，指立足于新型工业化、信息化之上，适应市场需求，依据本国资源禀赋和经济社会发展状况，顺应科技进步新趋势，充分发挥能源产业比较优势，所形成的结构优化、布局合理、技术先进、清洁安全、附加值高、吸纳就业能力强，与相关产业实现集约、协调、高效发展的有机体系。

现代能源产业体系以能源资源产品生产为核心，以科技创新、资本运营、信息共享、能源服务等高效运转的产业辅助系统为支撑，以基础设施完善、管理机制健全、政策配套良好的产业发展环境为依托，是具有相互协调、相互制约及高度开放性的全新产业体系。其建设目标在于促进能源生产和利用方式的变革，加快能源发展方式转变，以能源产业自身的优化发展，为经济社会的可持续发展提供安全、稳定、清洁、高效的能源保障。

现代能源产业体系的构建本质上是能源产业结构不断优化升级演进的动态过

程，包括能源产业结构（产品结构）向横向协调化和纵向高度化方向演进及能源产业结构从低级水平状态向较高水平状态发展的动态过程。主要包括两方面含义：一是结构效益优化，即能源产业结构演进过程中经济效益不断提高；二是转换能力优化，即能源产业结构对技术进步、社会资源供给状况和市场需求状况的适应能力优化。

与之相适应，需要构建现代能源产业体系，其主要特征和基本内涵应包括以下几个方面。

1. 能源结构的合理化

主要依附于经济发展的能源需求不断增加，而能源产品结构变化相对缓慢，这一既定事实凸显了能源对经济发展的约束作用。能源的流量约束主要体现在能源结构方面，科技进步、产业升级、生活水平提高、环境保护等也对能源结构优化提出了新的要求。

能源结构合理化的核心是能源生产结构和消费结构的合理化，突出表现在能源生产结构和消费结构的多元化、低碳化。

（1）能源结构的多元化。随着国民经济持续较快发展，能源资源约束矛盾日益突出，仅靠传统能源已经难以满足发展需要。必须加快开发新能源和可再生能源，实现能源结构多元化，增强能源可持续发展能力。

（2）能源结构的低碳化。随着各国对环保的重视，人们对清洁能源、环保能源的需求剧增，能源结构的低碳化趋势更是成为关乎社会经济可持续发展能否顺利实现的关键点。目前，西方国家大量使用被称之为清洁能源的天然气，但发展中国家，尤其是中国和印度对于煤炭的需求持续增加，使用煤炭的比例要大于使用天然气的比例。因此，以节能减排措施倒逼为契机，实现清洁能源、替代能源在能源结构中比例的增加，将有助于环境改善。在未来情景下，还必须促进以低碳为核心的能效变革。所谓以低碳为核心的能效变革就是指以提高能效为目标，以低碳技术为依托，大力发展低碳、清洁能源，走低碳经济的发展路线。能效变革的实施路线就是尊重自然生态的承载力，在现有资源的前提下，大力发展能源技术，开发清洁高效的能源，从而实现能源、环境与经济的和谐发展。

（3）能源区域结构的合理化。从更广义的角度来看，能源结构的合理化还应包含能源区域结构的合理化，即能源生产布局与能源消费市场实现最优化衔接。我国能源资源主要分布在西部，能源消费主要集中在东部，长距离、大规模的北煤南运、西电东送、北油南运、西气东输是我国能源运输的基本格局。这一格局决定了现代能源产业体系的构建必须要统筹考虑我国能源分布状况和区域经济发展不平衡的特点，进一步优化能源布局和运输布局，着力提高一些能源供求压力较大省区的能源保障能力。综合考虑能源资源储存、水资源分布、生态环境承载能力和区域经济发展水平等因素，统筹东、中、西部能源开发，按照"加快西部、稳定中部、优化东部"的原则，构筑区域能源优势互补、资源高效配置、能源开发与环境相和谐的能源发展布局和现代能源储运体系。

从总体上看，合理控制能源消费总量，提高清洁能源、高效能源比重，减少化石能源使用是能源结构优化趋势所在。但必须注意的是，能源结构的优化还应立足于国情之上，逐步建立适应国内资源禀赋状况、经济发展需求的合理结构。放至国内，就是必须立足于我国"富煤、贫油、少气"的基本国情，在以煤为基础能源的体系上，强化煤炭等传统能源的清洁、高效利用，努力提高优质能源的比重，提升能源利用效率。

2. 产业组织的现代化

现代化的产业组织形态是现代能源产业体系得以建立健全的保障。能源产业组织水平与能源生产经济性、技术水平和安全水平息息相关，相对优化的产业集中度和市场竞争态势往往代表着更为经济、高效、安全的产业发展水平。以煤炭行业为例，我国长期以来分散的产业结构严重制约了行业的发展，煤炭开采浪费严重、环境破坏大、技术水平提升难等与转变能源发展方式要求不相符合的现象比比皆是。

能源产业多数具有自然垄断属性且与国计民生关联紧密，鉴于此，世界上通行的做法是政府对相关自然垄断环节或具规模经济环节实行管制，而其他环节则以市场机制为主。由此产生的一大问题是，一旦出现一方垄断而另一方市场化的上下游之间产业组织不对等形态，双方的市场地位不平等，相关竞争机制作用弱化，则极易催生垄断组织出于自身利益考虑控制市场行为，从而引发能源市场波动的现象。

此外，产业组织的现代化理应包括能源企业的现代化。我国能源企业以国企为主，难以称得上纯粹市场化的经济主体。国有企业的预算软约束导致不断扩大规模成为其首选目标。规模的庞大并不代表着实力的强大，片面的追求规模导致重复建设和能源的低效使用。国有资本的高度垄断弱化能源产业的竞争强度，从而导致企业运营的低效率。在市场经济条件下，能源企业必须具备充分的活力、拥有自主创新能力和核心竞争力。

因此，构建现代能源产业体系必须在坚持能源领域国有资本占主导的前提下，增强市场结构的竞争性，促进能源行业投资主体的多元化，吸引和鼓励民营企业和外资参与到能源产业的发展建设中来。要坚持走规模化的发展道路，提高应用先进技术的能力，以提高产业竞争力为核心，优化资源配置，进一步进行产业重组，尤其是提高能源资源开采业的市场准入标准和市场集中度。促进能源上下游产业的分工与协作，促进能源资源开发、能源装备制造、能源运输、能源利用和能源服务的协调发展。培育面向市场、具核心竞争力的企业集团。

3. 能源发展的科技化

当前，全球范围内的能源经济转型是大势所趋，尤其是金融危机爆发后，新能源产业正加速成长为世界经济增长的新引擎。无论各国推动能源转型的驱动因素是基于能源安全保障、拉动经济增长还是缓解资源环境双重制约之上，科技进步都是推动能源经济转型的重要支撑，也是化解能源资源和环境约束的根本途径。

世界主要国家都把科技进步作为未来能源发展的战略保障。对我国而言，以煤炭为主体的能源结构决定了我们在未来的转型战略选择中，必须同时注重传统化石能源的创新利用技术与新能源的开发利用技术，尤其应关注洁净煤技术、非常规天然气开发和利用技术。建设现代能源产业体系，必须以自主创新能力建设为核心，逐步缩小能源科技与国际先进水平的差距，依靠科技创新不断提高能源可持续发展能力。

4. 体制机制的市场化

加快能源行业市场化进程，充分发挥市场配置资源的基础性作用，是构建现代能源产业体系的关键所在，也是难点所在。与其他产业相比，能源产业大多具有自然垄断属性，且关系经济命脉和国计民生，因而在政府与市场边界的界定上，通常会选择对能源行业进行一定程度的管制。但随着近20年来科技进步和生产力的迅速发展，能源产业的自然垄断性在很大程度上发生了变化，产业中具有自然垄断属性的因素在逐步减少。基于此，各国先后在石油、电力等传统具有

自然垄断属性的能源领域进行了以放松规制、规制再造、有效竞争等为主要取向的市场化改革。这是世界各国通行的做法，但市场化的运行机制仍是基础。建立健全市场化机制，完善能源市场交易方式和发展机制，无疑是促进能源产业有效率、有活力发展的基石。

我国能源市场化改革推进多年，取得了许多重大成就，但市场化体系仍未完全建立。以电力行业为例，电力体制改革自 2003 年提出以来，经过 7 年多时间的发展，电力市场体系并没有建立。这几年间积累起来的矛盾，比如煤电价格之争的矛盾、部分地区闹"电荒"的事件表明，加速深化电力体制改革，构建现代电力市场，已经迫在眉睫。以市场体系最为核心的能源价格为例，我国的能源价格机制并没有真正反映市场供需、资源稀缺程度和环境污染等外在成本。煤炭价格"双轨制"依然存在、成品油调价机制频遭质疑、电价倒挂难有改观等一系列因能源价格市场化不完全而显示出来的矛盾，严重影响了能源行业和国民经济的发展。

5. 产业发展的国际化

中国的能源市场在世界能源供求格局中的地位越来越重要。国内能源市场与政策对国外市场的影响已经非常明显。例如，一旦国内集中进口原油、炼厂检维修，国际市场便随之波动。国外许多机构在跟踪研究我国国内能源需求、政策变化，将其作为产业投资、竞价、规划的依据。

国内市场受国外影响也已经很明显，原油价格已经与国际接轨，成品油正在逐步接轨。从产业的国际化角度看，现代能源产业体系要求建立国际协调型的产业结构，产业的开放度不断提高，产业结构不再是自身封闭式地维持均衡发展，而是通过国际投资、国际贸易、技术引进等国际交流方式，实现与产业系统外的物质能量交换。

因此，"统筹"国内外能源市场必须基于多层次视角，需要涵括包括国家外交大战略、大型企业"走出去"等在内的一系列配套政策扶植。而通过强化能源外交和加强与有关国家的合作，一方面有利于保证国内能源供应安全，另一方面还可稳定国际能源市场秩序和价格。

6. 城乡用能的一体化

我国正处于城市化、工业化加速阶段，农业人口仍占大多数。随着中长期城镇化、工业化进程的加快，农民和城市居民生活方式越来越趋同，传统的能源不能满足农村生活用能，农民生活水平的改善对能源供给将提出更高的要求。我国当前重大战略之一就是统筹城乡发展，推进社会主义新农村建设，形成城乡经济社会发展一体化新格局。适应城镇化和新农村的发展，必须加快能源供应体系向农村的延伸，加强农村能源建设，改善农村用能条件，在用能水平、保障程度、服务体系等方面逐步缩小城乡差距，实现城乡一体化。

（三）构建现代能源产业体系的目标指向

构建现代能源产业体系的目标指向是通过转变能源生产和利用方式，为经济社会的可持续发展提供安全、稳定、清洁、高效的能源供应，其中：

——安全是构建现代能源产业体系的首要目标。从现状看，我国能源供需总量失衡和结构性失衡并存。能源供需缺口的加大及优质能源比例的偏低使得我们必须将安全置于能源供需整体能否实现平衡的最基本面加以考虑。安全通常不仅包括能源生产安全，如煤炭行业开采的安全、核能发展的安全等，还应包括能源供应不受外界影响而中断的供应安全及与能源生产和使用相关的生态环境安全。

——稳定包括三层含义。其一是能源供给与能源需求总体上保持平衡，不出现短期内供给与需求大范围失衡，这是实体层面的稳定。其二在经济层面上，要保持价格稳定。随着能源金融属性的逐步释放，能源金融化趋势加强，投机资本对能源资源的青睐一定程度上放大了能源价格波动的范围与频率，这需要我们有能力防止能源价格的大起大落，减少因能源价格大幅震荡给经济社会造成的损失。其三从技术层面来看，如何保证新能源供应如风电供应的平稳性也是有待进一步深化的方向。如果说保证能源安全供应是长期指向，那么维持能源的稳定供应则应是短期需要实现的重要目标。

——经济是指现代能源产业体系能以合理的成本向经济社会提供持续的能源产品，其至少应包含两层含义：技术性上能以更少的投入生产出更多的产品；经济性上能以更小的成本获取更大的收益。实现经济的能源供应，意味着应在气候变化的紧迫性和资源的短缺性要求下提高能源效率，转变能源生产和利用方式，使有限的能源发挥最大的效用。

——清洁重在强调能源发展要减少污染物排放，走低碳化、集约化发展之路。这要求我们必须同时注重传统能源的清洁利用和新兴清洁能源发展。注重清洁发展，与我国的能源资源特点有重要关系。在我国的一次能源构成中，由于短期内根本无法改变煤炭主导的情况，我国长期内仍将面临"多煤、少油、缺气"的资源禀赋格局。煤炭在保障我国能源安全中，仍将起着基础性作用。而能源发展面临一系列富有挑战性的约束性条件：根据"十二五"规划纲要设立的主要目标，非化石能源占一次能源消费比重达到11.4%；单位国内生产总值能源消耗降低16%；单位国内生产总值二氧化碳排放降低17%；主要污染物排放总量显著减少，化学需氧量、二氧化硫排放分别减少8%，氨氮、氮氧化物排放分别减少10%。

（四）构建现代能源产业体系的政策建议

一是优化能源结构，合理控制能源消费总量。加大煤炭高效、清洁利用力度。不断提高水电、核电、风电、太阳能等清洁能源的比重。倡导清洁节约的能源消费理念，加快发展热电联产，完善城市供气管网设施，合理利用可再生能源，使新增能源消费中非煤能源比例逐步提高。

二是调整能源产业布局。继续加强传统能源资源和新兴能源资源的勘探开发和综合利用，重点推进大型能源基地的开发建设，配套推进能源输送大通道建设。推进能源各行业之间，以及能源与相关产业之间的重组与融合，建立现代能源产业体系，实现能源与相关产业集约、高效发展。合理引导能源企业跨地区、跨行业兼并重组，提升产业集中度，发展有国际知名度和核心竞争力的大中型企业，鼓励和引导民营企业进入。

三是推进能源科技创新。大力发展风能、太阳能、生物质能以及清洁煤利用、核能、智能电网、新能源汽车、分布式能源等新兴能源科技装备技术，逐步向国外输出先进的能源技术、设备和产品，发展中国特色的新能源经济，实现我国由能源大国向能源强国的跨越。一方面，要利用当前时机，争取以较低成本引进更多更好的先进能源技术、装备和优秀人才，开展同有关国家在洁净煤利用、可再生能源、核能、氢能等重大能源技术方面的合作；另一方面，要加强能源技术自主研发，提高自主创新能力。逐步建立以企业为主体、以市场为导向、产学研相结合的技术创新体系。增加科研投入，大力组织先进能源技术的研发和推广应用。依托国家重点能源工程，带动装备制造业技术进步。落实鼓励购买和使用首台首套重大技术装备的优惠政策。要大力推进烟气脱硫、脱氮、等离子点火、

60万千瓦循环流化床锅炉、百万千瓦空冷机组、特高压输电、非粮生物质能源、生物柴油、深海勘探、煤清洁燃烧利用、煤层气开发、瓦斯综合利用等能源技术。组织好大型压水堆和高温气冷堆、大型油气田和煤层气勘探开发两个重大科技专项的实施。

四是完善能源宏观调控体系。构建科学合理的能源开发利用和宏观调控体系，高度重视生态环境对能源开发利用的约束，不断提升应对全球气候变化的能力。健全能源战略储备和应急保障体系，提高国家对能源的综合调控力。不断加强能源基础设施和公共服务体系建设，提高能源的"公共福利"水平。

五是深化能源体制改革。有计划、有步骤地开展能源价格、财税、资源和流通体制等改革，同时积极培育多元化市场主体，形成统一开放、竞争有序的现代能源市场体系。具体地看，首先，要加强统一管理，形成政府层面的统一战略规划、产业政策、技术政策体系、相关制度机制体系以及相关法律、法规体系。其次，必须打破行业垄断，并有效降低行政依赖，引入市场化机制，有效促进持久的科技创新。再次，应加强制度供给，实行有利于节能减排、促进技术创新、促进可持续发展政策目标的能源财税政策；以财税体制为核心，通过产业政策、技术标准体系、法律手段、环境政策机制创新、金融体系建设等有机组配，完善配套保障机制，有力地支持能源产业实现清洁化技术革命。

六是进一步建立能源可持续发展的政策标准体系。加快推进有利于能源产业健康发展的政策、标准体系建设，近期有效缓解能源安全和环保压力，中远期逐步形成新的能源可持续发展系统，实现能源永续发展。

七是扩大能源国际合作。积极参与国际能源对话交流，加大同能源生产国及周边国家的能源合作力度，重点加强和周边国家以及中东、非洲、南美等地区国家的油气资源勘探开发合作；鼓励和支持企业利用自身优势，加大同有关国家的能源资源合作力度，利用海外能源资源和开拓海外市场，保障我国能源和经济安全；进一步扩大国际合作的领域和范围，从以油气为主扩展到煤炭、电力能源、重大能源装备等。

八是高度重视安全生产。抓好煤矿安全生产，坚决淘汰技术落后的小煤矿，加大煤矿安全投入，重点对隐患大、效益差、历史欠账多的企业进行安全改造，加强煤矿瓦斯防治的力度；高度重视核电安全，组织开展核电安全生产大检查；加强对油气生产环节和油气管道安全隐患的排查和整改。

参考文献

崔民选:《中国能源发展报告》,社会科学文献出版社,2008、2009、2010。

国家统计局:《中国统计年鉴 2010》,中国统计出版社,2010。

BP 公司:《BP 世界能源统计 2010》,2010。

国际能源署:《中国洁净煤战略》,2009。

国际能源署:《世界能源展望 2009》,2009。

国家发展改革委:《能源发展"十一五"规划》,2007。

江泽民:《对中国能源战略的思考》,《中国能源》2008 年第 4 期。

赵小平:《贯彻落实科学发展观,加快建设现代能源产业体系》,《财经界》2008 年第 1 期。

Construction a Safe, Stable, Economic, Clean and Modern Energy Industrial System

Abstract: This article analyzes the running situations of energy industry in 2010, and discusses the hot topics on coal industry, oil industry, electric power industry, and so on. Finally, combining with the Twelfth Five-Year Plan, which proposes specific requirements on constructing a safe, stable, economic, clean and modern energy industrial system, this article elaborates the definition and characteristics of modern energy industrial system. Based on it, we offer some policy suggestions for China's energy industry on how to build a modern energy industrial system.

Key Words: Energy Industry; Key Issues; Twelfth Five-Year Plan; Modern Energy Industrial System

行业运行篇

Section For Industry Operation

.2

分报告一

依托煤炭整合，提高煤炭行业竞争力

赵乐 谢辉*

：2010年，中国煤炭行业产销两旺，煤炭进口进一步增加。"十一五"期间，中国煤炭市场化改革取得突破性进展，科技化水平不断提高，产业结构逐步优化。2011年是煤炭整合工作全面和深入展开的一年，我国煤炭产业将进一步提高产业集中度，鼓励大型企业集团提高产业集中度，建设大型高效现代化矿井。这都将大大提高煤炭行业的竞争力。

关键词：煤炭 整合 发展

---

* 赵乐，中国人民大学经济学硕士，曾在国务院发展研究中心、《中国经济时报》等长期从事采
  编、咨询及管理工作，主要研究领域为能源经济、经济转型；谢辉，中国人民银行研究生部硕
  士，中国社会科学院金融研究所博士，主要研究领域为货币政策、房地产金融、产业结构。

一 我国煤炭行业运行基本概况

我国传统能源禀赋的特点是富煤、贫油、少气。截至 2009 年底，我国探明煤炭储量为 1145 亿吨，占全球探明煤炭储量的 13.9%；石油探明储量 148 亿桶，仅占全球的 1.1%；天然气探明储量 1.12 万亿立方米，仅占全球的 0.6%。因此，从能源安全的角度讲，煤炭是中国最安全和最可靠的一次能源，未来相当长的一段时间内这种角色不会改变。

煤炭是中国的主体能源，分别占一次能源生产和消费总量的 77% 和 70%（见图 1）。四大下游工业行业（电力、钢铁、建材、化工）煤炭消费占比为 80% 左右（见图 2）。

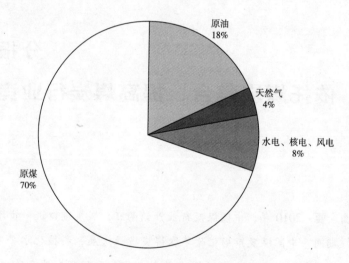

图 1　2009 年中国一次能源消费结构

资料来源：CEIC。

在节能减排的大环境和国家政策的鼓励下，风能、太阳能、核能、生物质能等替代能源快速发展，但是总量规模仍然较低。截至 2009 年底，风能、核能和水能等新能源消费共占中国能源消费的 7.8%。根据《国家中长期科学和技术发展规划纲要（1996～2020 年）》，即便到 2020 年，这一比重也仅达到 16%。造成这种状况的根本原因是资源和能源的经济性以及可获得性，因此，在中短期内替代能源对煤炭消费的替代作用有限。预计 2015 年煤炭在一次能源消费中的比重

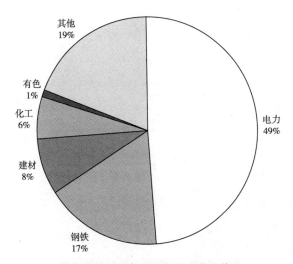

图 2　2009 年中国煤炭消费结构

资料来源：CEIC。

由 2009 年的 70.3% 下降至 65% 左右，2020 年则进一步下降至 60% 左右（参见图 3 和图 4）。

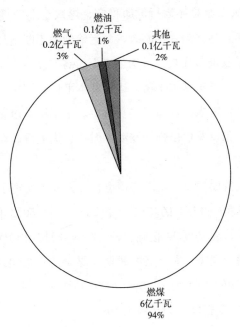

图 3　2009 年中国火电装机结构

资料来源：CEIC。

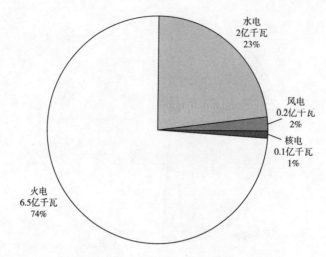

图4 2009年中国发电设备装机结构

资料来源：CEIC。

（一）2010年我国煤炭行业运行状况

2010年全国煤炭工业总体运行健康稳定，煤炭企业管理水平不断提高，安全生产状况有所好转，运输条件不断改善，运输能力不断增加，煤炭进口渠道不断拓宽，煤炭产销量及进口煤炭数量均创历史新高，煤炭产品的保障供应能力不断增强，整个煤炭市场供求基本平衡，运行基本平稳，煤炭生产供应基本上满足了国民经济高速发展的需求，保障了煤炭供应。全年煤炭市场上虽然出现了区域性、阶段性的供应紧张以及价格剧烈波动，但从总体上看尚在掌控范围之内。

1. 煤炭产销两旺

受益于产能的大规模建设，煤炭产量也在过去五年实现了持续高增长，全国原煤产量从2002年底的13.9亿吨激增至2009年的30.5亿吨，复合增速达11.8%；2010年煤炭产量达到34亿吨，较2009年增长约14%（见图5）。

在重化工业推动宏观经济大发展的时期，煤炭需求也出现了爆发式高增长，煤炭消费量从2002年的13.6亿吨增至2009年的30.2亿吨，复合增速12%；2010年煤炭消费量约33亿吨，同比增长10%。

2. 煤炭价格总体稳定

煤炭市场淡季不淡、旺季不紧，煤炭市场价格涨幅趋稳，但区域性、阶段性

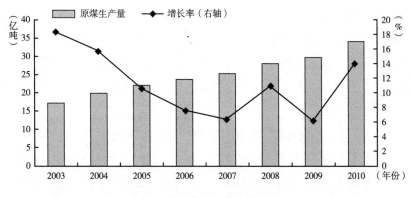

图 5 　我国原煤产量及增长率

资料来源：Wind。

供应偏紧，煤炭价格在波动中调整。2010 年全国煤炭价格呈 "W" 形走势。

　　2010 年初极端低温天气带动取暖负荷大幅上升，火电量快速增长，加之枯水期水电减发，煤炭需求旺盛，价格处于较高水平，秦皇岛港 5500 大卡煤炭价格在 805 元/吨左右。春节过后气温回升，煤炭需求和价格逐渐回落。据秦皇岛煤炭市场网统计：1 月中旬秦皇岛煤炭价格达到自 2008 年四季度以来的最高峰值，也是全年的最高价。此后，煤炭价格持续下滑，下滑速度之快、下降幅度之大、持续时间之长是很少见的。以发热量为 5500 大卡/千克以上山西优混电煤为例，秦皇岛港一票平仓价格 1 月 4 日为 780~790 元/吨，1 月 11 日上涨为 800~810 元/吨，随后经过短暂的平稳后，煤炭价格急速下滑，至 3 月 8 日该种优质动力煤价格已经下滑到 670~680 元/吨。3 月份秦皇岛煤价下滑到全年的谷底，3 月下旬降至年内最低 675 元/吨左右。

　　2010 年二季度，受工矿企业生产持续复苏、高耗能行业快速增长拉动、西南地区干旱来水偏枯、恶劣天气频繁、火电满负荷运行以及部分产煤省区资源整合、安全整顿等因素影响，供需处于紧平衡状态。加之发电企业提前储煤迎峰度夏，拉动煤炭需求"淡季不淡"。5 月份秦皇岛港 5500 大卡煤价升至 760 元/吨。迎峰度夏期间，水电满发，重点发电企业库存充裕，煤炭消费"旺季不旺"，价格回落至 720 元/吨左右。

　　自 2010 年 5 月中下旬开始，秦皇岛煤炭市场一改近两个月煤炭供应持续偏紧、煤炭价格持续攀升的运行格局，煤炭市场运行由连续动荡到趋于平稳，煤炭价格由迅速攀升到稳定运行，由价格相对稳定到持续小幅度下滑。

进入迎峰度夏后，随着南方地区普降暴雨、水电增发以及节能减排政策实施力度不断加大、高耗能行业增幅下降、火电增幅明显回落，煤炭市场旺季不紧，供应宽松。秦皇岛煤炭市场经历了从5月底以后煤炭价格较大幅度下降后，煤炭价格走出自5月下旬至9月中旬持续疲软的历程。9月底秦皇岛煤炭市场再次回暖，煤炭价格较快上扬。

2010年10月下旬到年底，受国际能源价格上涨和我国冬储煤在即等因素影响，国内煤炭价格快速上涨，经过9月、10月两个月的持续攀升，到11月24日，秦皇岛港煤炭市场发热量为5800大卡/千克、5500大卡/千克、5000大卡/千克、4500大卡/千克的动力煤市场交易价格分别为855~865元/吨、800~810元/吨、710~720元/吨、625~635元/吨，煤炭价格攀升到新的高价位峰值，达到807元/吨，恢复至年初水平。

3. 煤炭行业固定投资稳步增长

与宏观经济和重化工业发展同步，过去的五年也是煤炭行业产能建设的集中释放期，行业固定资产投资额从2003年的436亿元急速增长至2009年的3021亿元。2010年全行业固定资产投资额达3770亿元，较2009年增长近25%（见图6）。

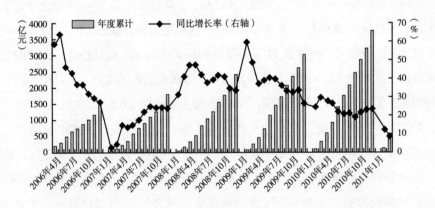

图6 我国煤炭开采及洗选业固定资产投资及同比增长率

资料来源：Wind。

4. 煤炭调运能力显著增强

铁路运煤干线加快扩能改造，煤炭调运能力显著增强。

大秦线、侯月线等主要煤运通道运输能力和曹妃甸等港口中转能力明显提高，支撑了煤炭发运量的快速增加。2010 年全年全国煤炭发送量累计完成 18.27 亿吨，运量增长 15.3%；主要煤炭中转港口发运煤炭 5.1 亿吨，增长 23.1%。

2010 年全国煤炭产运销较快增长，全国铁路运输煤炭的数量提高较快，有力地保障了煤炭供应。2010 年，全国铁路煤炭发运量完成 19.99 亿吨，同比增加 2.48 亿吨，增长 14.2%。其中电煤发运量 14.02 亿吨，同比增加 2.63 亿吨，增长 23.1%。主要港口煤炭发运量完成 5.56 亿吨，同比增加 9854 万吨，增长 21.5%。其中内贸煤炭发运量 5.38 亿吨，同比增加 1.05 亿吨，增长 24.2%；外贸煤炭发运量 1810 万吨，同比减少 611 万吨，下降 25.2%。煤炭运量快速增加。其中电煤发送量累计完成 127120 万吨，同比增加 25087 万吨，增长 24.6%。在主要煤运通道中，大秦线完成煤炭运量 4.05 亿吨，同比增加 7487 万吨，增长 22.7%；侯月线完成 1.79 亿吨，同比增加 1771 万吨，增长 11.0%。

5. 煤炭进口增加，出口减少

"十一五"期间，我国从过去传统的煤炭出口国变成了煤炭进口国，2009 年净进口已超 1 亿吨。2010 年国际煤炭市场需求相对疲软、价格走低，东南沿海电厂加大海外采购力度，带动全国煤炭进口大幅增长，延续了 2009 年原煤进口量高速增长的局面，呈现进口增长、出口减少的态势，全国煤炭进口始终保持高位增长，出现了大幅逆差（见图7）。

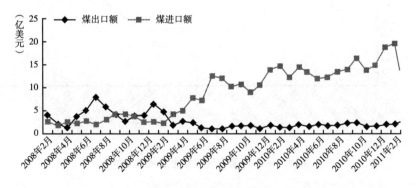

图7　我国煤进出口额

资料来源：Wind 资讯。

据海关统计，2010 年，全年煤炭进口 1.65 亿吨，同比增长 30.99%；出口 1903 万吨，同比下降 15.03%；净进口 1.46 亿吨，同比增长 42.37%。煤炭出口总值增速在 2009 年年末探底后逐月回升，出口总额处于历史低位。随着经济回

暖，开始出现回升趋势。

从进口情况看，近年来煤炭进口呈现数量逐年增加、品种逐步优化、来源日趋广泛等特点。2010年全年各月煤炭进口均保持在1100万吨以上，12月份达到1734万吨，再创新高。目前，印尼成为我国最大煤炭进口国，澳大利亚、越南、蒙古和俄罗斯紧随其后，上述五国进口煤炭占全部进口量的84%。从出口情况看，煤炭出口呈逐年递减、地区相对集中等特点。全年低位徘徊，各月煤炭出口量均在200万吨以下，主要出口到韩国、日本等国家和我国台湾地区。

预计今后一段时间我国煤炭进口量有可能出现继续增长态势，可能取代日本成为全球第一大煤炭进口国。

6. 煤炭行业景气指数转升为降

2010年四季度，煤炭行业的景气指数为154.9点，较2009年同期上升9.1点，比2010年三季度下降0.4点，煤炭行业景气指数转升为降。受节能减排影响，煤炭行业景气在持续4个季度的上升后开始下跌，预计下降趋势还将持续（见图8）。

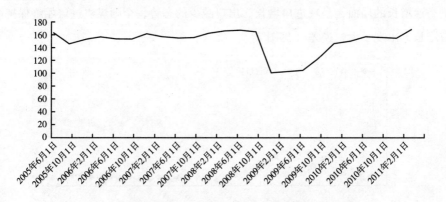

图8 煤炭开采和洗选业企业景气指数

资料来源：Wind资讯。

与2010年三季度相比，构成煤炭行业景气指数的5个指标（经季节调整剔除季节因素和随机因素）中，有3个指标表现出小幅下滑：煤炭行业税金总额发展速度、煤炭行业从业人员发展速度和原煤产量发展速度；有2个指标处于上升态势：煤炭行业利润总额发展速度和煤炭行业产品出厂价格指数。

7. 煤炭预警指数重返"绿灯区"

2010 年四季度，煤炭行业预警指数为 32 点，与 2010 年三季度相比，下降 4 点，从"黄灯区"落回"绿灯区"。自 2009 年二季度起，煤炭行业预警指数持续上行，从"浅蓝灯区"经"绿灯区"冲至"黄灯区"，2010 年四季度，首次出现回落（见图 9）。

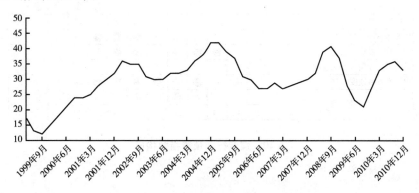

图 9 煤炭行业预警指数

资料来源：中国网。

2010 年四季度，煤炭行业预警指数的 10 个构成指标中，有 6 个指标处于"绿灯区"：煤炭行业税金总额发展速度、煤炭开采和洗选业产品出厂价格指数、销存比、煤炭行业销售收入发展速度、固定资产投资发展速度和出口额发展速度；2 个指标处于"橘红灯区"：煤炭行业从业人员发展速度和原煤产量发展速度；1 个指标处于"红灯区"：煤炭行业利润总额发展速度；1 个指标处于"浅蓝灯区"：煤炭行产应收账款周转率（见图 10）。

整体看来，煤炭行业当前处于"稳定"状态。

（二）"十一五"期间我国煤炭行业回顾

"十一五"以来，在《国务院关于促进煤炭工业健康发展若干意见》（国发〔2005〕18 号）的指引下，我国新型煤炭工业体系建设稳步推进，表现在以下几个方面。

1. 煤炭产业结构逐步优化

大型煤炭基地建设稳步推进，大型煤炭企业集团快速成长。像我国的神华集

景气灯图													
指标名称	2007年	2008年				2009年				2010年			
	12月	3月	6月	9月	12月	3月	6月	9月	12月	3月	6月	9月	12月
利润总额发展速度（TC）	●	●	●	●	●	●	●	●	●	●	●	●	●
税金总额发展速度（TC）	●	●	●	●	●	●	●	●	●	●	●	●	●
从业人员年平均数发展速度（TC）	●	●	●	●	●	●	●	●	●	●	●	●	●
产品出厂价格指数（TC）	●	●	●	●	●	●	●	●	●	●	●	●	●
原煤产量发展速度（TC）	●	●	●	●	●	●	●	●	●	●	●	●	●
销存比（TC）	●	●	●	●	●	●	●	●	●	●	●	●	●
应收账款周转率（TC）	●	●	●	●	●	●	●	●	●	●	●	●	●
销售收入发展速度（TC）	●	●	●	●	●	●	●	●	●	●	●	●	●
固定资产投资额发展速度（TC）	●	●	●	●	●	●	●	●	●	●	●	●	●
出口额发展速度（TC）	●	●	●	●	●	●	●	●	●	●	●	●	●
预警指数	●	●	●	●	●	●	●	●	●	●	●	●	●
	30	32	39	41	37	28	23	21	27	33	35	36	32

图10　煤炭行业预警指数构成

资料来源：中国网。

团，煤炭年产销量已经达到4亿吨，产销量世界排名前两位。同时，淘汰煤炭落后产能也成效显著，煤矿企业兼并重组取得了新的进展。

结构调整取得重大进展。到2009年底，全国煤矿数量约1.5万座，比2005年减少了40%；平均单井规模达20万吨，比2005年增加了108%；大型煤炭基地产量达到26亿吨，占全国的87%；年产量超过千万吨的企业43家，产量17.28亿吨，占全国总产量的58.12%，比2005年提高了22个百分点；年产120万吨以上的大型矿井434座，核定能力12.63亿吨，占全国煤矿总核定能力的50.6%，比2005年提高了13个百分点。煤炭企业多元产业发展格局初具规模，煤电一体化发展进程加快，新型煤化工产业逐渐兴起，初步建立了煤炭上下游产业联合发展机制，多数大型煤炭企业非煤产业产值已超过50%。

2. 煤炭科技水平不断提高

行业自主创新能力增强。"十一五"以来，煤炭行业完成国家"863"计划、"973"计划等科研项目31项，重点科研课题336个；实施国家科技大型示范工程项目13个。建成一批企业技术中心，其中国家级技术中心12个。2006~2010年共评审出煤炭工业协会科技奖974项，获得国家科技进步奖30项。2010年，煤矿冲击地压预测与防治成套技术、富含腐殖酸的劣质煤梯级综合利用技术及其应用、大型矿山提升装备关键技术及应用、特厚煤层安全开采关键装备及自动化技术、大型露天矿开采新技术与应用研究、中国煤炭地质综合勘查关键技术与工程运用等 6 项技术获国家科学技术进步奖。煤矿装备国产化水平不断提高，具有世界先进水平和自主知识产权的煤炭直接液化和煤制烯烃技术取得突破，煤矿充填开采、矿区环境治理等绿色开采技术研发取得进展。神华集团特大型矿区群资源与环境协调开发、晋城煤层气开发与关键技术产业化、大同塔山循环经济工业园区建设等重大工程项目取得成功。

煤矿设计理念与时俱进，煤矿装备水平大幅度提升。煤炭液化、煤制天然气、煤制烯烃、煤炭地下气化等示范工程稳步推进。比如在包头的 60 万吨煤制烯烃项目和在宁夏的宁东煤制烯烃项目均已投产，神华集团在内蒙古 100 万吨煤炭直接液化的生产线也运行正常。

中国煤炭工业装备水平已经是世界一流。我国现代化的矿井，比如宁夏的羊场湾矿井、神东的矿井等，都是世界一流的现代化矿井，年产都在 1000 多万吨，而井下的用工人数只有几十个人，操作工人平均文化程度都达到中专水平。

煤炭循环经济体系建设全面推进。煤炭行业循环经济园区迅速发展，资源综合利用渐成规模，煤层气开发利用进展加快。

3. 煤炭市场化改革取得突破性进展

"十一五"期间，我国煤炭市场经济体制逐步完善。区域性煤炭交易中心和国家煤炭储备体系开始建立。煤炭投融资体制改革，企业主体地位提升。煤炭价格形成和供需双方自主订货机制逐步建立。

2005 年，延续了几十年的全国煤炭订货会改为煤炭产运需衔接会；2006 年，取消了由政府主导的煤炭订货及合同汇总会；2007 年，全国煤炭产运需衔接会改为电视电话会；2009 年，国家发展改革委结合国民经济的发展和煤炭订货产运需衔接的需要，不仅取消了 2007 年以后的全国煤炭产运需衔接订货会，还取消了全国煤炭产运需衔接订货合同汇总会，国家明确宣布不再组织召开任何形式的年度煤炭产运需衔接会；2010 年，国家决定继续推进煤炭订货市场化改革。从 2010 年煤炭产运需的运行情况来看，全国煤炭订货及合同汇总会的取消并没有给煤炭产运需工作带来不利影响，基本上没有影响全年煤炭产运需工作的正常进行。

4. 煤炭企业"走出去"步伐加快

"十一五"期间，我国煤炭行业对外开放水平提高，煤炭企业"走出去"战

略取得较快发展。

2009 年金融危机期间，兖矿集团旗下的兖州煤业把握机会，以 33 亿澳元收购澳大利亚菲利克斯资源公司，是当时中国企业在澳洲的最大一笔收购案。菲利克斯煤矿原为澳大利亚上市公司，一年来，菲利克斯煤矿成长良好，2009 年煤炭产量 1700 万吨左右。2010 年，兖矿集团煤炭产量完成 6000 万吨，销售收入达 600 亿元，利润总额 87 亿元，资产总额达到 1100 亿元。其业绩支撑在很大程度上得益于集团收购的澳洲菲利克斯煤矿。继菲利克斯煤矿之后，兖矿收购澳洲艾诗顿煤矿 30% 股权，出售米诺华煤矿 51% 股权的举措也在有序推进。此外，该集团拟优化和延伸煤电铝产业链，收购澳大利亚铝土矿资源公司 8.5% 股权，签订《进一步合作框架协议》，同时，集团亦在积极推进澳大利亚铁矿资源合作项目。资本运营已成为兖矿集团转方式、调结构的重要手段，未来兖矿集团在国际上将进一步加大收购兼并重组力度，同时亦有整体上市的意向。

开滦集团海外扩张的主攻方向是市场热销且稀缺的煤种。2010 年 9 月，开滦集团、首钢集团、加拿大德华三方签约合作开发加拿大盖森煤田。根据协议，2010 年年底盖森煤田将完成矿井设计并开工建设，2012 年建成投产。墨玉河北部煤田的煤种属于稀缺品种，大部分是低灰、低硫的优质炼焦煤。北部煤田计划 2011 年上半年完成地质勘探，下半年完成矿井设计，年底具备开工建井条件。矿井设计规模为原煤 500 万吨/年，2013 年建成投产。2010 年 10 月 18 日，加拿大开滦德华矿业有限公司 2010 年第一次股东会、董事会召开，标志着开滦集团海外扩张战略取得了重大成果。

神华集团所属国华电力在印尼南苏门答腊投资年产 150 万吨露天煤矿开工建设。南苏煤电项目是神华国华（印尼）公司在印尼的第一项工程，也是印尼在建的第一个煤矿坑口电站，上网电量约 16 亿千瓦时，届时可供应南苏省 1/3 的电力。决策开发该项目伊始，公司领导就明确提出了项目建设方针："要以中国国产设备，建设印尼一流煤电项目，展现中国电力建设水平。"该项目采取煤矿坑口建设形式，煤电联营，本期工程安装 2 台 150 兆瓦发电机组，配套露天煤矿年产量约 150 万吨，并留有扩建的可能性，计划 2010 年双机投产发电。与大多数外企公司以 EPC 合同方式（"交钥匙"工程）承包工程不同，神华国华（印尼）公司以 IPP（独立发电商）方式与印尼签订了为期 30 年的购售电合同（PPA），以确保发电运营商获得长期经营效益，使印尼国家电力公司得到长期稳定可靠的电力供应。项目的成功对于煤企今后海外发展以及树立中国企业在国外的良好形象具有深远意义。

此外，江西煤炭集团在印尼形成了年产120万吨产量规模；徐州、中煤地质总局等企事业单位都在积极开展境外资源开发工作。中煤装备、郑煤机、三一重装等煤机企业的技术装备已出口到主要产煤国家，以一流的品质取得了良好的信誉。

（三）"十二五"期间煤炭行业展望

国内经济增长目标明确，国际突发因素频现，但总体有利于行业景气。随"两会"及"十二五"规划纲要的提出，国内经济未来增长目标确定，缓解了市场对煤炭下游需求下滑的担忧；国际油价受北非局势影响走高，有利于国际煤价上行；日本地震短期或致国际煤价走低，但中长期重建需求或将拉升国际煤价。总体而言，国内外因素有利于煤价走势及未来行业景气。

"十二五"规划鼓励建设大型煤企，行业重组整合力度或将加大。"十二五"规划纲要中提出，发展安全高效煤矿，推进煤炭资源整合和煤矿企业兼并重组，发展大型煤炭企业集团。未来行业集中度将进一步提高，产量将更容易调控，资源整合也将导致供给放缓，预计"十二五"末煤炭年产量或控制在40亿吨。"十二五"期间，有效供给偏紧仍是大概率事件。

煤炭"十二五"规划为我国煤炭工业未来的科学发展指明了道路，给煤炭工业带来了新的机遇，也对新形势下的煤炭工业提出了挑战。

1. 从产能建设变为结构调整，价格或将上升

"十一五"期间，尽管煤炭产能过剩的压力一直存在，但煤炭消费量一直处于高位增长态势，煤炭供需总体上处于平衡状态。2008年由于金融危机影响，国内经济增速急剧下滑，主要耗煤行业的增速也大幅下挫，煤炭价格高位跳水，煤炭产能过剩的压力再次凸显；而与此同时，以煤矿兼并重组、煤炭资源整合为表现形式的行业结构调整在山西、内蒙古、河南等产煤大省（区）恰逢其时地轰轰烈烈展开，需求急剧变化的同时产量的控制力也显著提高，煤炭行业度过了平稳的2009年，煤炭价格并未出现持续性的大幅下跌。

如果说"十一五"期间煤炭行业的主旋律是产能建设的话，随着中国经济转型的大力推进，"十二五"期间煤炭行业的主旋律将从产能建设转为结构调整。

（1）国家发改委规划煤炭产能计划。"十二五"规划确定了"以需定供"的煤炭产业政策，我国煤炭产量的"天花板"将被设定在 37 亿吨左右，从 2011 年开始，煤炭产能增速将会明显放缓，煤炭有效供给偏紧将成为大概率事件。

（2）保障性住房利好煤炭行业发展。城镇化、鼓励建设保障性住房等政策将拉动煤炭需求："十二五"规划中，新提出 2011 年将兴建 1000 万套保障性住房，2011～2015 年总计将建造 3600 万套。可以对保障性住房建设对焦煤需求产生的影响做一个简单的测算：根据住建部相关文件的规定，新建廉租房的建筑标准为 50 平方米，经济适用房为 60 平方米。取 55 平方米平均值计算，那么 2011 年 1000 万套的保障性住房和棚户区改造房总计建筑面积约为 5.5 亿平方米。多层建筑则每平方米用钢 50～60 公斤，6～8 层的小高层住宅每平方米的耗钢量在 58～65 公斤之间。2011 年的保障性住房用钢量将达到 2750～3575 万吨。吨钢耗煤量大概在 0.7 吨左右，所以 1000 万套保障性住房将增加焦煤需求 2500 万吨左右。

"十二五"规划有利于延续目前的供需格局。就供给而言，"十二五"规划鼓励资源整合，提高行业集中度，或减缓供给增速。发改委对煤炭产量设置上限，年均增速 3.3%，远低于下游行业增速（例如，根据电力工业"十二五"规划，火电装机年均增速为 5.7%），未来煤炭可能供求偏紧。就需求而言，保障性住房建设等措施将有效稳定煤炭需求，加之火电对核电的替代，"十二五"期间，在建核电项目若推迟一年投产，那么增加电煤需求 9500 万吨，年均 1900 万吨，约占动力煤原煤供给增量的 20%。综合判断，"十二五"期间将延续目前的供需格局，煤价长期仍是上涨趋势。

2. 科学发展是煤炭工业前进的方向

我国煤炭行业要转变发展方式，优化产业布局，推进兼并重组，调整产业结构，提高准入门槛，实行更严格的资质管理，提升生产力水平。推进《能源法》出台，修订《煤炭法》。完善煤炭产业发展的法律法规，认真贯彻落实《国务院办公厅转发国家发展改革委〈关于加快推进煤矿企业兼并重组若干意见〉的通知》（国办发〔2010〕46 号），调整优化煤炭产业结构，提高煤炭生产集约化程度和生产力水平，促进煤炭工业持续稳定健康发展。稳步推进大型煤炭基地建设，提高大基地煤炭产量比重。推进煤炭成本完整化，取消不合理收费，清理违规收费项目，稳定煤炭经济发展态势，提高煤炭经济运行质量。煤炭在井口的价格约每吨 300 元，但是到了港口的价格就变成 700 多元，到了消费地就变成 900 多元，在煤炭产业链上的各个环节上收费，在当前还是很普遍的现象。

（1）节约发展是煤炭工业发展的全新理念。要根据国家总体战略和各地资源条件、能源供需等，合理确定各地煤炭资源开发强度。在前几年取消电煤指导价格的基础上，加快建立真正反映市场供求关系、资源稀缺程度的资源定价机制，用市场手段控制煤炭资源开发节奏，节约和高效利用资源，保护矿区生态环境。

各地方政府都有发展经济的积极性，都想把自己的资源优势变成经济优势，所以现在探明的煤炭都想在本届政府开发出来。但是如果已知的煤炭储量都在本届政府开发出来，是不行的。科学发展，不仅是量的增加，还包括结构调整、科学开发、安全生产、清洁利用。不能"有水快流"，有了煤炭资源都要规划成矿井，都要开发出来。我们还要为子孙后代、为可持续发展留下一些财富。比如新疆也有大量的煤炭，储量占全国的40%，新疆愿意把煤炭的开发作为发展新疆经济的一个推动力，也规划了很多类似于哈密、伊犁等的大煤矿，但是如何使用、如何运输、如何消化都是大课题。如果要把煤炭变成电，则要长距离地把电输送出来；如果要做煤化工，那制造出来的产品需要销售；如果要把煤炭运出去，则要修铁路，都是很复杂的问题。

（2）必须不断加大科技创新力度。在"十二五"期间，要不断加大科技创新力度，提高资源开发和利用效率，大力推进煤矿瓦斯（煤层气）的产业化发展，培育新的经济增长点。

在煤层气开发方面，这几年我国有很大的进步，但是和美国等一些先进国家相比，还有很大差距。美国现在开发煤层气至少 800 亿立方米，几乎等于我国全国天然气的产量，相比之下，我国还是微乎其微的。那么是什么影响我国大规模地开采煤层气呢？除了基础比较薄弱外，还有很多问题，比如矿权的重复设置，煤层气开发与煤炭开采分设不同矿权，如何使两者协调一致，把矿权合并成一家，有待于未来去解决。

最近这几年煤制烯烃、煤制油示范工程都陆续开展，但是煤制烯烃到底该不该发展也是有争议的。现在规划部门把煤化工划分成传统煤化工和现代煤化工，传统煤化工用煤做化肥和甲醇，现代煤化工把煤制成油、烯烃、天然气等。目前现代煤化工领域非常热，各个地方都争相要上煤制油、煤制天然气、煤制烯烃项

目。作为一个煤炭清洁使用的方向，今后煤炭在这方面的应用肯定会增加，特别是煤制烯烃。过去制烯烃的大量产品都是走石油化工的路线，现在中国用于石油化工的原油消耗量大概一年是 7000 万吨。随着石油价格的连续上涨，煤制烯烃与原油相比，在成本上肯定具有竞争力。所以搞石油化工的人也应该冷静、客观地来看待煤制烯烃这个行业的竞争。

关于煤制天然气，现在有鄂尔多斯到北京的 40 亿立方米，有内蒙古到阜新、阜新到沈阳的 40 亿立方米，新疆在伊犁地区也规划了几个煤制天然气项目，各地也纷纷要核准煤制天然气项目。煤制天然气在技术上是成熟的、可靠的，但是在世界上应用是很稀少的，真正在国际上投入产业化运营的只有美国大平原一家，并且迄今为止也只有这一家。技术上完全可以行得通，但在这个过程中会产生大量的二氧化碳，争上煤制天然气项目的单位也应该客观、冷静、实事求是地看待这个产业。对于拾遗补缺适当地搞一些是可以的，但是遍地开花各个地方一哄而上搞煤制天然气是不妥的。

3. 限产、限量调控与煤炭产能释放机遇与挑战并存

2011 年山西、内蒙古等主要产煤省区将进入产能集中释放期，包西、太中银等多条铁路运输通道的投运和改造，将加快陕西北部、内蒙古西部煤炭产能的释放。在国际市场上，澳大利亚、印尼、南非、哥伦比亚、俄罗斯等产煤国家产量增加，将继续增加对我国出口份额。我国煤炭消费仍将保持适度增长，但受宏观调控政策影响，旺盛的能源需求势必与限产、控制消费总量形成较大的矛盾。

2010 年 5 月 26 日，由环保部、国家发展改革委、国家能源局等 9 部门出台的《关于推进大气污染联防联控工作改善区域空气质量指导意见的通知》首次提出，我国将开展区域煤炭消费总量控制试点工作。在 2010 年 10 月 27 日发布的《中共中央关于制定国民经济和社会发展第十二个五年规划的建议》中，亦提出"合理控制能源消费总量"。根据环保部的规划，自 2012 年开始，我国将在"三区六群"地区实施区域煤炭消费总量控制试点。"三区"是指京津冀地区、长三角地区、珠三角地区，"六群"是指辽宁中部城市群、山东半岛城市群、武汉城市群、长株潭城市群、成渝城市群、海峡西岸城市群。试点的具体方案还有待进一步明确，试点地区可能有先有后。限制经济的核心动力区域用煤总量，将促进能源结构的优化，进一步加快转变经济发展方式，推进地方经济又好又快发展。试点政策有助于加强大气污染治理，有助于转变粗放式经济增长方式，但也有可能给经济增长造成一定的压力。

4. 节能减排机遇与挑战并存

2009年，我国政府在哥本哈根会议上明确承诺：到2020年我国单位国内生产总值二氧化碳排放比2005年下降40%～45%，作为约束性指标纳入国民经济和社会发展中长期规划，并制定相应的国内统计、监测、考核办法。我国政府还承诺，通过大力发展可再生能源、积极推进核电建设等行动，到2020年我国非化石能源占一次能源消费的比重达到15%左右；通过植树造林和加强森林管理，森林面积比2005年增加4000万公顷，森林蓄积量比2005年增加13亿立方米。不言而喻，煤炭作为我国的主要能源，其节能减排任重道远。特别是受可再生能源发展目标和"十二五"节能减排任务分工影响，煤炭需求增速将有所放缓。全年煤炭供需总体平衡趋于宽松。

煤炭行业是资源开发型产业，位于产业链的最前端，具备发展循环经济的基础和条件。高度重视煤炭资源的科学开发与利用，构建有利于煤炭循环经济发展和节能减排的体制机制，是实现煤炭科学开发、高效利用的重要保障。目前国内众多煤炭企业结合自身特点，已摸索了各具特色的节能减排及发展循环经济的经验。进一步确立煤炭行业循环经济发展理念，促进节能减排工作，保护矿区生态环境，切实转变煤炭经济发展方式，努力构建清洁高效的新型煤炭工业体系。"高效利用、低碳运行"发展潜力巨大。但是，资源治理等费用的增加势必将推高煤炭价格，使之继续高位运行。

5. 煤炭行业投资主体已出现多元化格局

随着煤炭企业兼并重组的深入，煤炭行业投资主体已出现多元化格局。目前，除大型煤炭企业集团之外，五大电力集团努力培育本集团的亿吨级煤矿基地，预计"十二五"末将实现3亿吨的煤炭自给；中石油将目光投向海内外的煤化工产业，通过并购、控股等方式多渠道在煤炭领域寻找新的市场机遇。预计"十二五"期间，能源领域的竞争将进一步加剧，形成"你中有我、我中有你"的新的能源格局。

6. 行业秩序有待进一步规范

煤炭开发秩序不够规范、资源配置不合理、重特大事故时有发生、矿区生态环境治理相对滞后等问题必须引起高度重视。尽管安全生产取得了进展，但有关矛盾、问题和隐患依然突出，形势不容乐观，安全生产不容松懈，需要抓紧解决

安全生产领域的各类问题。安全生产形势依然严峻，事故总量仍然过大，重特大事故尚未得到有效遏制，安全生产基础仍然薄弱，非法违法行为、违规违章现象屡禁不止。除安全事故外，近年来，煤矿职业病危害防治工作依然严峻。2009年，全国共报告职业病18128例，同比上升32%，其中煤炭行业是新发职业病最多的行业，占到总数的41.38%；全部新发职业病中尘肺病达14495例，占总数的79.96%。目前全行业每年尘肺病死亡病例已超过生产安全事故死亡人数的两倍，切实做好职业安全健康工作已十分迫切。

7. 加强国际煤炭合作

中国始终坚持在互惠互利、共同发展的基础上，积极参与国际煤炭领域的合作。中国是世界煤炭生产的第一大国，中国煤炭企业在煤炭资源勘探开发过程中积累了丰富的经验，部分企业在井工矿与露天矿开采方面都达到了较高水平。"十二五"期间，我们要加大煤炭的国际合作。

目前，中国与美国、澳大利亚、俄罗斯、加拿大、蒙古、印度尼西亚、越南等国在煤炭（包括煤层气）资源的勘探、设计、开发、加工转化、贸易与服务等领域开展了广泛的合作，并取得了丰硕的成果。中国应通过国际煤炭发展高层论坛等平台，与各国政府、科研机构及企业一道，进一步加强煤炭领域全方位合作，积极开创互利共惠的双赢局面。

二 煤炭行业相关专题分析

（一）绕不开的矿难问题

煤炭工业的成绩是巨大的，贡献也是巨大的，中国矿难的死亡人数和重大矿难发生的起数是每年都有所下降的，但是最大的问题是几十人的特大矿难仍然没有能够有效遏制，影响恶劣（参见表1）。

几十人死亡的事故在世界上已经很少有，如果发生1起就影响巨大，可在中国还时有发生。实际上，政府和社会各界对遏制煤矿的矿难是十分重视的。国家发展改革委从2001年开始，已经连续10年，每年从国家掌握的预算内资金中拨款30亿元来治理煤矿瓦斯，10年累计就是300亿元，加上企业自筹和社会筹集的资金，用于矿难防治的资金早已超过1000亿元，不能说是不重视。但是几十人

表1 中国煤矿事故造成的伤亡情况

事故类型	伤亡人数	2006年	2007年	2008年
塌顶	人数（人）	1902	1518	1222
	占总数比重（%）	40	40	38
瓦斯事故	人数（人）	1319	1084	778
	占总数比重（%）	28	29	24
运输事故	人数（人）	517	453	400
	占总数比重（%）	11	12	12
其他事故	人数（人）	1005	731	815
	占总数比重（%）	21	19	25
总计（人）		4743	3786	3215

资料来源：国家安全生产监督管理总局。

的矿难还是没有能够消灭掉。所以不仅要在投入上下大工夫，还要在别的方面寻找更深层次的原因。加强煤炭的管理，在煤炭的体制上也要找原因。煤炭行业管理体制变化频繁，每次变化都在简政放权，职能分散，多头管理，权责不清，行业管理弱化，监管监察不到位仍然没有改观，这是事故多发的深层次原因。

关于矿难的成因是多方面的，既有中国煤炭产量大、煤炭地质条件和自然禀赋差、高瓦斯矿井多等客观因素，也有管理体制上的因素和技术上的因素，人类对煤矿瓦斯突出机理的认识和掌握现在还有差距。但是我们可能更应该在煤炭的管理上多寻找自己的原因，比如说现在煤炭资源分配和大型煤矿规划实际上是脱节的。前些年，鉴于对贫困地区的扶持，国家也曾经提出过"有水快流"的方针，各个地方为了解决当地的经济发展，办了很多村、乡、县的小煤矿，而这些煤矿的整合需要花大的代价，也涉及很多法律方面的问题。

山西进行煤炭资源整合，受到了一些社会舆论的指责和批评，但是，大量小煤矿的存在，不仅破坏了资源，影响了可持续发展，而且矿难也不能有效地遏制。遏制矿难，一定要提高矿井的现代化水平，必须采用先进的机械代替人力，而当前同时下井几百人的矿井还有很多。例如河南矿难，当时在井下有200多人，大部分人员升井了，但是还有33人遇难。如果都能实现机械化，下井人数就能控制在100人以下，在国外的一些矿井同时下井几百人的并不是很多。

（二）从源头对煤炭行业规模进行控制

2011年春节过后，国土资源部密集发布了《关于继续暂停受理煤炭探矿权

申请的通知》和《关于进一步完善采矿权登记管理有关问题的通知》。两则通知意在规范国内探矿区及采矿权办理,进一步从供给端规范国内煤炭市场的长期开发。通知的主旨基本上集中于新增矿权的申办与审批,与以往相比有一些新变化,但对存量矿权的影响相对较小。

1. 通知一:《关于进一步完善采矿权登记管理有关问题的通知》

《关于进一步完善采矿权登记管理有关问题的通知》就国内矿山资源采矿权的范围;采矿权的新立、延续和审批;采矿权转让与变更;采矿权抵押备案与注销等方面做了综合规划。通知包括 5 个方面的 40 项内容,重点内容见表 2。

表 2　《关于进一步完善采矿权登记管理有关问题的通知》重点内容

通知条目	重　点　内　容
一、规范划定矿区范围管理	已设采矿权利用原有生产系统申请扩大矿区范围的,应符合国家产业政策、矿产资源规划和矿业权设置方案。扩区范围的地质工作应满足设立采矿权的要求;不能满足的,应申请探矿权。
	满足设立采矿权要求的,申请人应在完成资源储量评审后,申请划定矿区范围;依据划定矿区范围批准文件,申请资源储量备案;涉及采矿权价款的,应按规定完成价款评估。采矿权扩区范围原则上限于原采矿权深部及周边零星分散且不宜单独另设采矿权的资源。
	应申请探矿权的,第一类矿产的勘查空白区,按新立探矿权办理;其他勘查区,原则上按周边及深部不宜单独另设探矿权、采矿权的范围办理
二、进一步规范采矿权新立、延续和审批管理	申请采矿权应具有独立企业法人资格,企业注册资本应不少于经审定的矿产资源开发利用方案测算的矿山建设投资总额的 30%,外商投资企业申请限制类矿种采矿权的,应出具有关部门的项目核准文件。申请人在取得采矿许可证后,必须具备其他有关法定条件后方可实施开采作业
三、严格采矿权转让、变更条件和审批管理	有下列情形之一的采矿权不得转让: a. 采矿权部分转让的; b. 被纳入矿产资源开发整合方案的采矿权向非整合主体转让的; c. 按国家产业政策属于关闭矿山的; d. 按国家有关规定属于禁止开采区域的; e. 采矿权抵押备案期内未经抵押权人同意的; f. 采矿权处于国土资源行政主管部门立案查处、法院查封、扣押或公安、税务、检察机关等通知立案查处状态的。 除母公司与全资子公司之间的采矿权转让外,以协议出让方式取得的采矿权投产未满 5 年不得转让,确需转让的按原协议出让程序办理

资料来源:国土资源部。

通知对涉及国内矿山资源采矿权的各个方面均有较为详细的规定,其中在新立采矿权方面的新要求明确申办矿权的主体单位必须具有独立企业法人资格,企业注册资本应不少于经审定的矿产资源开发利用方案测算的矿山建设投资总额的30%。另外，在采矿权转让过程中对采矿权的部分转让、整合矿的采矿权等方面也进行了明确规范。

此次通知对采矿权申请方的资质、运营能力设置了新的准入门槛，有利于避免游资进行采矿权炒作，对整个煤炭行业控制非理性投资和交易有非常明确、严厉的控制。

2. 通知二：《关于继续暂停受理煤炭探矿权申请的通知》

该文件为国土资源部对煤炭产业政策的延续。在2007年2月，针对探矿权设置不合理，一些企业出现了"跑马占地"、炒买炒卖探矿权的问题，国土资源部曾出台《关于暂停受理煤炭探矿权申请的通知》，暂停时间从2007年2月2日起到2008年12月31日。之后，2009年3月26日，国土资源部再次下发通知，暂停受理煤炭探矿权的申请，截止到2011年3月31日前。本次下发文件的背景，是从源头上遏制煤炭产业投资过快增长，保护煤炭资源有序合理开发（见表3）。

表3　《关于继续暂停受理煤炭探矿权申请的通知》的重点内容

通知条目	重　点　内　容
一、可不暂停受理新的煤炭探矿权申请的特例	除下列情形外，全国继续暂停受理新的煤炭探矿权申请： a. 国务院批准的重点煤炭资源开发项目及使用中央地质勘查基金开展的煤炭资源预查、普查和必要的详查项目； b. 使用省级财政安排的地质勘查专项资金开展的煤炭资源预查、普查和必要的详查项目，并由省级人民政府正式来函商国土资源部同意的项目； c. 为国家煤炭工业发展"十二五"规划中煤炭资源开发项目配套的勘查项目和大中型矿山企业资源枯竭的已设煤炭采矿权周边及深部的不宜单独设置采矿权的零星分散煤炭资源勘查项目，并由省级人民政府正式来函商国土资源部同意的项目
二、专项资金勘查项目的相关规定	使用中央地质勘查基金或省级财政安排的地质勘查专项资金的煤炭资源勘查项目，不吸收社会资金参与勘查，申报时还应提交项目立项文件和勘查专项资金计划（或预算）文件，在完成预查、普查和必要的详查工作后，依法注销探矿权，实行矿产地储备，不得在勘探后直接设置采矿权
三、其他规定	暂停期间，国土资源部和各省级国土资源行政主管部门继续暂停受理第一条规定以外的煤炭探矿权申请。同时要加强对煤炭资源勘查工作的监管，做好煤炭探矿权的管理。如发现有违规出让煤炭探矿权行为的，将依法追究相关负责人和工作人员的责任

资料来源：国土资源部。

设置煤炭产量的"天花板","十二五"期间煤炭供给过剩的概率不是很大。经济结构转型导致对能源消费需求结构也将发生变化,从需求总量来看,虽然能源消费弹性系数会减小,煤炭在一次能源消费中的比重也可能从目前的70%降到65%,但工业产值对应能耗难以有效降低,只要我国经济保持适度增长,煤炭消费需求将巨量惯性增长,2015年煤炭消费总量将超过44亿吨。而在供给方面,我们认为"十二五"期间,政府将通过提高新项目审批规格、资源整合等措施严格控制煤炭总产量,提高产业集中度。综合供需结构以及产业政策导向,煤炭进口可能长期维持高位。

从中长期的角度看,对煤炭企业构成利好。探矿权价值提升,一方面煤炭资源将有序开发,有利于行业竞争格局向健康方向发展;另一方面,对于现有煤炭企业来说,其拥有的煤炭采矿权价值将水涨船高——资源的市场价值得到体现。从大的方向看,"十一五"期间煤炭固定资产投资高速增长,按照煤炭行业目前的赢利能力,现在已经进入收获期。"十二五"期间,煤炭行业将受益于产业集中度的提升和市场化程度的提高,"蜜月期"可能会比之前预期得要长久得多。

(三) 煤电价格的矛盾

1. 概述

电力是我国重要的支柱产业和基础产业。近年来,我国电力体制改革等不断深化,为国民经济又好又快发展提供了有力保障。但是,电煤价格上涨给生产经营带来沉重负担,一直困扰着发电企业,影响电力行业的健康发展。为理顺煤电价格关系,我国于2004年出台煤电价格联动机制,并于2005~2008年间先后组织实施了四次煤电价格联动,对缓解发电企业困难起到了积极作用。然而,煤电联动不到位甚至滞后的现象仍然存在。

火电企业的燃料成本占全部发电成本的70%左右,所以煤、电价格倒挂问题影响很大。从近期看,要尽快调整火电上网电价,特别是中西部地区的上网电价。从长远看,则要建立煤电价格联动常态机制。同时,要加快煤炭和电力市场化改革,既要规范煤炭市场,整顿煤炭销售中间环节,又要进一步规范电力市场,保证国家已核定的上网电价能执行到位。总体来说,电价轻微上调对民生影响不大,但也应注意不要集中调整电价,同时应该对特困群体给予一定的补贴,避免他们的生活受到影响。

根据煤电价格联动机制，以6个月为一个联动周期，只要煤价涨幅达到或超过5%，就应实施煤电联动。实际上，目前电煤价格的累计涨幅与2008年煤电联动相比，已超过5%。但受各种因素影响，煤电机组的上网电价不仅没有上调，反而在2009年有所降低，加剧了发电企业的经营困难。应尽快组织实施新一轮煤电联动，同时继续完善煤电联动机制，包括：取消发电企业自行消化30%煤价涨幅的规定，实施全额联动；将煤炭从产地到电厂经过的多个中间环节费用纳入联动，实施综合联动。对部分经营特别困难的电厂，特别是一些山区电厂给予一定的倾斜。

2. 煤电运一体化

长远来看，煤电矛盾最终解决只能依靠理顺市场机制。但在目前煤电两大行业利润分化严重、分歧难以化解的形势下，煤电运一体化的做法不失为在经济欠发达的西部地区值得推广的一种模式。

煤炭是支撑一些西部省份经济快速发展最具优势的资源，可过去因为交通运力不足，资源优势难以转化为经济优势。近几年，一些企业先后启动了煤电运一体化项目，有力地拉动了当地经济。实行煤电运一体化，发电用煤从露天煤矿通过皮带直接送到电厂，不仅可以解决当前交通运力不足，降低发电燃料成本，实现环保，而且还有利于实现煤炭与电力作为上下游产业的有机衔接，缓解由于煤炭价格而引起的供需关系紧张。

3. 国家的限价政策

（1）《关于做好2011年煤炭产运需衔接工作的通知》。2010年12月6日，国家发展改革委下发了《关于做好2011年煤炭产运需衔接工作的通知》。该通知强调，在2011年煤炭产运需衔接中，年度重点电煤合同价格维持上年水平不变，不得以任何形式变相涨价。"限价令"要求"2011年产运需衔接中，年度重点电煤合同价格维持上年水平不变，不得以任何形式变相涨价"。

不仅如此，在上述通知中，国家发展改革委还提出，煤炭订货将实行网上汇总，并为2011年跨省区煤炭铁路运力配置提出了指导框架。调控目标为9.32亿吨，重点保障电力、化肥、居民生活等的煤炭需求。

（2）《关于切实保障电煤供应稳定电煤价格的紧急通知》。2011年3月28日，国家发改委发布了《关于切实保障电煤供应稳定电煤价格的紧急通知》，要求各地采取包括专项检查在内的有力措施，保障电煤供应，稳定电煤价格，并告

诚相关企业"要识大体、顾大局",认真落实国务院及国家发展改革委文件精神,切实加强电煤产运需衔接和价格调控工作,整顿规范煤炭市场秩序,将2011年重点合同电煤价格维持2010年的水平不变,不得以任何形式变相涨价。

紧急通知强调,各产煤省(区)要妥善处理好煤炭安全生产和稳定供应的关系,加大电煤产运需协调力度,不得分割市场、限制煤炭出省。煤炭产运需企业要诚实守信,严格按照合同约定的数量、质量、价格和时间进行交易。同时,对涉煤收费进行认真清理,减轻煤炭企业负担。

此次通知的出台,是2010年底国家发改委要求重点电煤合同价格不得涨价的延续,也是最近配合通胀管理、稳定物价的系列措施之一。预计在限价的压力下,电力煤及动力煤价格走势在短期内将维持平稳;市场对动力煤2011年全年均价的预期也将维持稳定。

目前国内通胀压力的预期有所显现。因此,政府采取一揽子政策进行通胀管理。对电煤价格进行检查,也是为了稳定电企成本,降低电价上调预期。

2010年四季度以来,市场动力煤价格一直维持高位。按中转地煤价统计,2011年一季度秦皇岛港大同优混、山西优混和普通混煤的价格分别为831元/吨、777元/吨和594元/吨,比2010年全年均价分别上涨5.17%、3.97%、3.48%。而根据2011年初国家发改委要求,重点电煤合同价格2011年不得涨价。因此,就造成市场煤及合同煤价差不断拉大的现象,也导致部分企业合同电煤执行率不高的问题。

此次通知虽然主要着眼于重点合同煤价,但显示出政府抑制电价上涨及维持市场煤价稳定的意图。因此,动力煤价格短期大幅上涨概率不大。

(四) 焦炭期货上市

2011年4月15日,随着中国证监会主席尚福林敲响开盘交易鸣锣,全球首个焦炭期货在大连商品交易所上市。

随着全球钢铁需求量增加以及化工产业发展,国内外对焦炭的需求量将进一步增加。目前我国焦炭对外出口实行配额制度,随着各种政策的变化,焦炭相关企业将面临更加复杂的市场体系,因此,焦炭期货上市恰逢其时。

1. 焦炭价格的频繁波动提供了巨大的套期保值需求

实践证明,价格波动具有周期性特征的商品作为期货品种前景广阔。长期以来，我国焦炭价格存在着"蛛网现象"，使焦炭价格波动呈现出典型的周期性特点。

焦炭的"蛛网现象"成因在于：一是焦炭的生产规模不能及时调整，存在时滞；二是焦炭的当期产量决定当期价格；三是由于产量调整需要时间，当期价格不能决定当期产量，只能决定下一期的产量。我国焦炭生产行业由众多独立的企业组成，分布在山西、河北、内蒙古、辽宁、山东、河南、云南等地区，它们缺乏统一的安排，各自独立决策，对市场价格的变动独立地做出反应，对价格的变化相当敏感。如果价格上涨，各个企业都会加快生产；若价格下跌，企业又会减产或停产。由于生产企业多、进入壁垒低、退出成本低，因此我国的焦炭生产企业对价格敏感，价格稍微波动就能引起产量的较大波动，导致焦炭供给曲线相对平缓。

焦炭的消费企业是钢铁冶炼、有色金属冶炼、化工等企业。这些企业对焦炭的需求具有一定的刚性，与供给企业相比，它们对价格反应不够敏感，需求弹性较小，需求曲线比供给曲线陡峭。焦炭的供给曲线比需求曲线平缓，意味着价格变动对供给的影响大于对需求的影响，一旦偏离均衡点，价格波动对产量的影响越来越大，价格与产量的波动将越来越剧烈，远离均衡点，形成发散型"蛛网"。焦炭的"发散型蛛网"特征决定了焦炭价格波动频繁，波动程度剧烈。

2. 当前焦炭价格波动程度加剧，是推出焦炭期货的绝佳时机

目前，正是焦炭价格波动较大的时期，焦炭出口单价 1995~2002 年期间最低每吨 55.27 美元，最高每吨 79.69 美元，极差 24.42 美元。从 2003 年起，焦炭价格巨幅波动，极差达到了 350.4 美元，5 年多来波动幅度是之前 8 年的 14 倍。从目前看，焦炭的波动幅度还在进一步扩大，从标准差看，2006 年焦炭出口单价月度标准差为 12.1 美元，2007 年为 44.7 美元，2008 年 1~5 月为 62.7 美元。标准差一直在扩大，意味着我国焦炭价格波动程度加剧。目前焦炭价格正处于高涨时期，对于焦炭产业链上的众多企业而言，具有强烈的规避价格风险愿望，正是推出期货品种的绝佳时机。

3. 焦炭市场已经具备相当的规模，流通量大

我国焦炭现货市场已经具备相当规模，2006 年生产量和消费量分别达到 2.98 亿吨和 2.62 亿吨（参见图 11）。焦炭供需存在严重的地区性失衡，山西、陕西、山东、贵州、河南、黑龙江焦炭产量过剩，是主要调出地，调出量均大于350万吨，河北、江苏、辽宁、湖南、广东、浙江、福建、广西、甘肃、天津、安徽缺口较大，不能自给，调入量均在100万吨以上。撇开焦炭的省内流通量不计，省区间的流通量以及出口流通量在1.52亿吨以上。如此大规模的流通量，再加上焦炭的使用企业和生产企业集中度均较低，市场上并不具有控制焦炭价格波动的垄断力量，焦炭作为期货品种的现货基础已经具备。

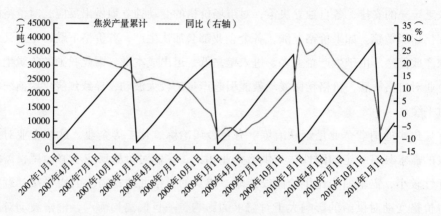

图11 焦炭产量累计和同比增长率

资料来源：Wind。

（五）日本地震对煤炭行业的影响

1. 福岛核电站事故或使全球核电发展放缓

2011年3月11日，日本发生里氏9级地震，并引发海啸。受此影响，日本境内10座核电站紧急关闭停产，其中，服役40年、世界最大核电站福岛核电站受损严重，第一核电站发生放射性物质泄漏事故。

核安全问题再次成为能源利用的焦点问题，多数国家在坚持发展核能的同时，开始提高核电站建设、运行安全监督标准，部分新建项目或延迟。

美国表示吸取日本核泄漏教训，监管部门要求设计、建造的核电站必须能够躲过地震、海啸等最坏情况，并有议员提交了临时停止新建核电站计划的议案。

德国决定暂停延长核电站运营期限的8座核电站3个月，在此期间，德国将彻查全部17座核电站的安全性。

英国、法国、荷兰、马来西亚、意大利和西班牙等国政府表示会吸取日本的经验教训，强化核设施的安全性，并考虑调整核电站建设计划。

菲律宾、委内瑞拉则表示要暂停核能利用。

综观全球核电发展历史，在20世纪80年代前后，美国三里岛核电站事故和俄罗斯切尔诺贝利核泄漏后大约10多年的时间，各国对核电的建设和发展迅速降温，全球核电总装机容量增速从1990年的17%下降到2004年的2%。

此次日本核事故后，世界核电发展可能再次放缓，全球能源政策或重塑，部分核电或被火电、水电等传统能源以及太阳能、生物质发电等新能源替代。

2. 日本地震短期或影响需求，长期将利好煤价

（1）受制钢厂停产影响，日本焦煤短期需求下降，中期需求或增加。日本为煤炭进口大国，2009年，全球煤炭贸易量为8.25亿吨，日本进口量为1.65亿吨，占比约为20%（见图12）。其中，又以动力煤以及炼焦煤占进口煤炭的比例较大，分别达到了60%与35%。2010年日本进口焦煤超过5000万吨，本次地震对日本部分沿海地区钢铁厂造成一定影响，短期内国际焦煤需求将受制于钢厂停产和港口运输中止，但随着灾后重建展开，钢铁、建材等行业需求将恢复。因此，从短期而言，日本进口需求的下降将导致这两个煤种价格的小幅下降。

此次地震对不同煤种的进口需求影响也不同。

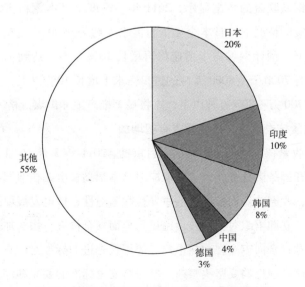

图12　2009年各国进口量占全球煤炭贸易比重

资料来源：Sxcoal。

就炼焦煤而言，日本在地震发生区域有 5 家大型钢厂出现了结构性的破坏并暂停了生产，预计其他地区的钢厂也将进行停工检修或基于安全减少生产，这将使得短期内对于炼焦煤的需求出现下降，预计钢铁厂恢复至正常水平需要 4 ~ 6 个月的时间。

就动力煤来说，火电厂与沿海主要运输港口的受损，也会使得短期动力煤需求下降。但动力煤需求锐减可能只是暂时现象，因为核电站的爆炸和关闭将使得火电发电量有所上升，加之港口与火电厂恢复生产的时间相对较快，预计需要 2 个月左右的时间日本动力煤需求将恢复至震前水平。

在地震的影响下，国际煤炭需求短期将出现下滑，动力煤长协价格及 2011 年二季度日澳焦煤合同价也将下降。预计短期内动力煤长协价格将在 100 ~ 110 美元/吨之间，之后将企稳回升。而具体分煤种来看，动力煤的价格将相比于炼焦煤出现更快的恢复。而对于国内的煤炭行业来说，我国近两年出口到日本的动力煤和炼焦煤的量相对于全国 30 多亿吨级的需求，即便这些出口煤全部转内销，国内的供需基本面也不会出现太大的影响，因此地震对于国内煤价的影响有限。

（2）中长期重建需求将助国际煤价反弹。在这次日本地震中，房屋等建筑受到了很严重的损失，重建需要大量的钢材和水泥，从而推高日本国内的煤炭进口需求。日本钢铁联盟的数据显示，2011 年一季度全日本钢材需求 2422 万吨。在没有发生地震的情况下，日本全年钢材需求大约为 9600 万吨左右。在灾后重建的需求刺激下，预计钢材需求增速将再增长 10% 左右，达到 1.2 亿吨。焦煤需求也将在原有 7000 万 ~ 8000 万吨的进口需求上增长 10% 以上，中长期增加国际焦煤需求量 700 万 ~ 800 万吨以上，这将显著推高国际焦煤价格。

3. 中国收紧核电政策，火电需求有望增加

（1）明确收紧核电政策，冻结新项目审批。2011 年 3 月 16 日，国务院总理温家宝主持召开国务院常务会议，听取应对日本福岛核电站核泄漏有关情况的汇报。会议强调，要充分认识核安全的重要性和紧迫性，核电发展要把安全放在第一位，并决定：立即组织对我国核设施进行全面安全检查，切实加强正在运行核设施的安全管理；全面审查在建核电站，要用最先进的标准对所有在建核电站进行安全评估，存在隐患的要坚决整改，不符合安全标准的要立即停止建设；严格审批新上核电项目；抓紧编制核安全规划，调整完善核电发展中长期规划，核安全规划批准前，暂停审批核电项目包括开展前期工作的项目。

（2）火电有可能替代部分核能。根据中电联 2010 年 12 月发布的《电力工业"十二五"规划》，到 2015 年，我国核电总规模将达 4300 万千瓦。

"十二五"期间是核电计划开工建设规模最大的 5 年，多数项目目前都处于开展前期工作、审批或者建设阶段，因此，此次核电政策收紧，一方面在建项目可能放缓进程，另一方面冻结新项目审批，那么 2015 年 4300 万千瓦以及 2020 年 8600 万千瓦的目标可能调低。

如果核电项目建设进程放缓，缺口可能主要通过火电机组提高发电小时弥补，那么无论是短期在建核电项目进度推迟，还是未开建项目延后或者停止都会增加电煤需求。

三　加快煤矿企业兼并重组，提升煤炭产业竞争力

煤炭资源整合，就是防止煤炭生产事故的频发、防止煤炭资源的过度浪费。不论是国有的还是民营的，都要把小煤矿整合为大煤矿，把小规模生产能力的矿井整合为 90 万吨以上的大规模矿井。从 2010 年掀起的煤炭整合潮无疑为各大煤炭企业业绩上了保险，兼并重组过程中特大型煤炭企业集团将成为最大赢家。"产业整合、兼并重组"不仅提升了了行业集中度，更提高了集约化生产效率和技术进步竞争力，使大型煤企赢利能力增强。

（一）能源政策鼓励建立大型煤矿

2010 年国家发展改革委、国家能源局等 4 部门联合发布《关于进一步淘汰煤矿落后产能推进煤矿整顿关闭工作的通知》。一些主要产煤省资源整合、兼并重组取得阶段性成效，资源进一步向大集团企业集中。山西、河南等地在总结 2009 年兼并重组经验的基础上，进一步加快了推进煤炭资源整合的步伐，"关、停、并、转"了一批小煤矿。2010 年，全国全年关闭小煤矿 1693 处，淘汰落后产能 1.55 亿吨，目前全国年产 30 万吨以下小煤矿已减少到 1 万座以内。

1. 我国鼓励煤炭整合的政策

2011 年 3 月 16 日，新华社受权发布《中华人民共和国国民经济和社会发展第十二个五年规划纲要》。"十二五"规划中指出，要发展安全高效煤矿，推进煤炭资源整合和煤矿企业兼并重组，发展大型煤炭企业集团。实际上，近年来政

府已经出台大量文件，支持进行淘汰落后产能的小型煤炭企业，组建大型煤炭企业集团（见表4）。

表4　近几年关于煤炭整合的政府文件

2005 年	《关于促进煤矿工业健康发展的若干意见》	国务院
2005 年 8 月 20 日	《关于进一步推进煤炭资源整合和有偿使用实施办法的通知》	内蒙古自治区政府
2008 年 9 月 2 日	《关于加快推进煤矿企业兼并重组的实施意见》	山西省政府
2008 年 10 月 7 日	《关于下达"十一五"后三年关闭小煤矿计划的通知》	国家发改委等 4 部委
2009 年 4 月 15 日	《关于进一步加快推进煤矿企业兼并重组整合有关问题的通知》	山西省政府
2009 年 4 月 16 日	《山西省资本市场 2009～2015 年发展规划》	山西省政府
2009 年 5 月 8 日	《山西省煤炭产业调整和振兴规划》	山西省政府
2009 年 8 月 19 日	《关于深化煤矿整顿关闭工作的指导意见》	国家安监总局等 14 部委
2009 年 8 月 20 日	《中央财政整顿关闭中小煤矿专项资金管理办法》	财政部等 3 部委
2009 年 10 月 26 日	《关于进一步推进矿产资源整合工作的通知》	国土资源部等 12 部委
2010 年 2 月 6 日	《国务院关于进一步加强淘汰落后产能工作的通知》	国务院
2010 年 2 月 26 日	《河南省煤炭企业兼并重组实施意见》	河南省政府
2010 年 10 月	《关于加快推进煤矿企业兼并重组的若干意见》	国务院、国家发改委

资料来源：各大门户网站。

2. "十二五"煤炭整合目标

"十二五"深度整合拉开帷幕，行业集中度有望大幅提升。根据 2009 年煤炭产量，我国目前排名前四位的煤炭集团占行业份额的比例仅为 20%，远低于美国 50% 的比例，也低于国际上公认的合理范围 30%～50%。中国 5000 万吨以上企业仅 9 家，前 20 大煤炭企业产量仅占全国产量的 45%。

2010 年 10 月 16 日，国务院办公厅下发《关于加快推进煤矿企业兼并重组的若干意见》。在意见中明确提出兼并重组的目标：通过兼并重组，全国煤矿企业数量特别是小煤矿数量明显减少，形成一批年产 5000 万吨以上的特大型煤矿企业集团，煤矿企业年均产能提高到 80 万吨以上，特大型煤矿企业集团煤炭产量占全国总产量的比例达到 50% 以上。预计在政策推动下行业集中度将大幅提高，前 20 大煤炭企业产量占比提升至 65% 以上，煤炭行业竞争将更加有序，国家对煤价的控制能力有所增强。

"十二五"期间，我国煤炭产业将进一步提高产业集中度，使 30 万吨/年以下的小煤矿逐步退出生产领域，鼓励大型企业集团提高产业集中度，建设大型高效现代化矿井，规划到 2015 年我国煤炭产量将达到 38 亿吨。其中大型煤矿进一步成为产煤主导，产量 25 亿吨，占 66% 以上；30 万吨级以上中小型煤矿产量 8 亿吨；30 万吨以下小煤矿产量控制在 5 亿吨以内，占全国煤炭总产量的 13%。此外，规划还将煤矿企业的数量目标控制为 4000 家，对煤炭企业的总量进行更为具体和准确的控制与定位。

煤炭工业的"十二五"煤炭建设布局将西移，"北煤南运、西煤东调"的规模将进一步扩大。东部的煤炭产量控制在 5 亿吨以内，中部煤炭产量占 35% 左右，西部煤炭产量增量占 65%。除了产业布局上的变化，大集团发展、企业兼并重组及小煤矿关停仍为重点。小煤矿方面将继续延续关停方针，山西、内蒙古、宁夏、甘肃和新疆 6 省区将以整合改造为重点，使 30 万吨/年的小煤矿退出生产领域；云南和贵州采取上大压小、整合改造和关闭淘汰相结合的方式减少小煤矿数量；辽宁、吉林、黑龙江、河北、河南和安徽 6 省由于靠近煤炭主产区，小煤矿要大幅减少；而江苏、福建、江西、湖北、湖南、广西、四川、重庆 8 省区市的小煤矿也将逐步关闭和淘汰。

3. 以大型企业为主体的整合战略

以大型企业为主体的整合战略将增强国家对煤炭供给的控制能力。由于中国煤炭传统供应基地通过整合逐渐实现了大型企业为主的格局，而新基地包括内蒙古、陕西、宁夏和新疆等均以大型企业和大型现代化煤矿开发为主，国家对煤炭行业的控制力大大提升，供给出现严重过剩的可能性较小。

大规模储煤基地的建设将有利于防止供应过紧或过剩。与粮食、石油等战略资源储备基地功能类似，由国家或央企主导建设的煤炭储备基地将有利于对煤炭市场进行更好的监测和调控。例如在中间商囤货拉高煤价时，煤炭基地将通过释放库存平抑煤价，而在经济不景气时可以通过收储来稳定煤价。在储煤基地的调节作用下，煤炭供需将逐步达到动态平衡，煤价大幅波动的概率将减小。

4. 山西试点逐步推开

山西、内蒙古、河南、陕西等重点产煤省（区），要坚决淘汰落后小煤矿，大力提高煤炭产业集中度，促进煤炭资源连片开发。黑龙江、湖南、四川、贵州、云南等省，要加大兼并重组力度，切实减少煤矿企业数量。

在山西小煤矿整合试点完成情况良好的情况下，在"十二五"期间将会有

全国范围内的煤炭行业兼并重组，煤炭开采将会更加健康、有序。

对于煤炭行业，要加快陕北、黄陇、神东、蒙东、宁东煤炭基地建设，稳步推进晋北、晋中、晋东、云贵煤炭基地建设，启动新疆煤炭基地建设，依托以上煤炭基地建设若干大型煤电基地。从能源规划角度来看，"十二五"期间煤炭增产主力将继续向西转移，短期内供给格局变化不大。

5. 煤炭整合的影响

（1）炼焦煤受资源整合的影响较大。从不同的煤种来看，炼焦煤受煤炭资源整合的影响较大。主要原因在于：

主要参与整合的省份中，晋、豫、贵、云、等地区的炼焦煤产量占比较大，而陕、新、宁动力煤超过80%；

各省整合目前以山西和河南力度最大，二者炼焦煤产量占全国约30%（且焦煤、肥煤占比较大），供给在2年内仍将受到影响，"十二五"期间云、贵整合力度加大可能继续影响供给；

动力煤产区集中在中西部地区，煤炭供给相对充足，整合对全国供给冲击不是很大。

（2）分区域而言，晋、陕、新、豫、贵等地区整合潜力较大。

中西部地区：根据规划，晋、蒙、陕、新、甘、宁等地资源条件较好，"十二五"期间将逐步关闭30万吨以下小煤矿，其中，陕、新、宁的小矿产量超过50%，山西约36%；

东部地区：豫、鲁、皖、黑、冀、小矿产量将逐步下降，其中河南小矿占40%，其他小矿占比较低；

西南地区：贵州、云南小矿产量在80%左右，"十二五"期间将采取上大压小整合改造的政策。

（二）2010年煤炭行业整合情况

2010年，在我国煤炭供需整体平衡的基本态势下，煤炭行业围绕结构调整和资源整合，加快推进大型煤炭企业的建设，提高大基地煤炭产量的比重，支持大型煤炭企业兼并重组，推动了煤炭行业的科学发展。

国家规划的14个大型煤炭基地有12个产量超过亿吨，总产量28亿吨。整合后的单井产量扩大以及机械化水平的提高，将使矿井生产效率显著上升，一大批新建、改扩建现代化矿井陆续投产。晋、陕、蒙、宁等主要产煤省区煤炭产能大幅提升，其中内蒙古、山西产能分别达到 9 亿吨/年、8.5 亿吨/年。截至 2010 年 12 月 15 日，中煤平朔煤业有限责任公司全年原煤产量突破亿吨，全国首座单一的露井联采的亿吨级矿区正式建成。12 月 17 日，陕西煤业化工集团全年煤炭产销量双双突破亿吨大关，提前完成了"十一五"目标任务，实现了"每两年翻一番"。12 月 25 日，山西焦煤集团原煤产量突破亿吨大关，销售收入达到千亿元，成功实现企业年初提出的双亿跨越目标。12 月 26 日，山西大同煤矿集团煤炭产销总量达到 1.5 亿吨，其中原煤产量突破亿吨大关，创造了历史最好成绩。形成了神华、中煤、同煤、山西焦煤和陕西煤化 5 家亿吨级特大型煤炭生产企业，淮南矿业等 9 家年产量在 5000 万吨以上的企业，千万吨以上煤炭企业集团超过 50 家，产量达到 17.3 亿吨。

综合来看，2011 年将是我国煤炭资源整合的又一个重要的年份，河南、山东、陕西等产煤省都在加快煤炭资源整合的步伐。短期来看，这将使得上述省份的中小煤矿停产，煤炭产量有可能出现一定下滑。此外，在矿井整合完成后，大型煤炭集团协同效应和规模效应的产生也需要一定的时间。2011 年煤炭的产能增速将继续放缓，预计 2011 年产能增速在 7% 左右。

（三）分区域的整合情况

从全国范围内主要煤炭产区的资源整合进度来看，山西率先迈步，河南也已开始实施，蒙、陕、甘、宁将是下一个大规模实施资源整合的煤炭主产区。

从各个省区煤炭资源整合进展来看，大型煤炭企业之间的兼并重组已经快速推进。虽然各个煤炭主产省区的资源禀赋存在较大差别，但是煤炭产业发展模式基本上是一样的。煤炭资源整合除了"大型煤炭企业对中小型煤矿的整合"之外，更包含了"大型煤炭企业之间的整合重组和上下游产业的融合"，使煤炭资源整合、煤炭企业兼并重组全面展开。在各地逐步推进煤炭资源整合、小煤矿关停整顿的过程中，部分省区大型煤炭企业之间的兼并重组也在不断推进。大型煤炭企业整合重组之后，产业集中度有所提高，企业产量规模大幅提升。

1. 各省规划情况

在煤炭工业局提出 10 个亿吨、10 个 5000 万吨煤炭集团发展规划后，6 个产煤大省也提出了适合自身的发展规划（见表5）。

表 5　主要产煤省份的近期煤炭整合计划

省　份	煤炭整合计划
山西省	提出组建 4 个年生产能力亿吨级企业、3 个 5000 万吨级以上大型煤炭企业集团、11 个 1000 万吨级以上大型煤炭企业集团
内蒙古自治区	计划到 2015 年重组 2 个亿吨级以上煤炭企业、9 个 5000 万吨级煤炭企业、19 个千万吨级以上煤炭企业。届时，内蒙古煤炭产能达到 10 亿吨，占全国煤炭产能的 25%
山东省	正在酝酿组建"山东能源集团有限公司"，意在将其培养成为该省首个亿吨级煤炭集团；同时兖煤集团未来产能也可突破亿吨
甘肃省	"十二五"煤炭发展的目标，是形成 1 个亿吨级、3~4 个千万吨级大型煤炭企业集团
河南省	计划在"十二五"期间组建 1~2 个亿吨级的煤炭集团
陕西省	将陕西煤业化工集团打造成该地亿吨级煤炭航母

资料来源：各大媒体和网站公开报道。

仅上述 6 个资源省份，即已规划超过 10 个亿吨级煤炭企业。如果再加上神华、中煤两个早已超过亿吨的煤炭"大鳄"，到"十二五"末国内"亿吨级煤炭俱乐部"成员将超过 14 个，5000 万吨以及多个千万吨级煤炭集团也将超过 16 个。目前煤炭行业普遍存在"大集团、小公司"的格局，且多数上市公司上市之初集团均做出集团整体上市的承诺，因此在"十二五"期间多数煤炭上市公司均存在集团资产注入的可能。

2. 各省资源整合情况

（1）山西省。山西省煤炭资源整合效果显著。2009 年 4 月，山西省人民政府下发了《关于进一步加快推进煤矿企业兼并重组整合有关问题的通知》，要求到 2010 年底全省矿井数量控制目标由原来的 1500 座调整为 1000 座，兼并重组整合后煤矿企业规模原则上不低于 300 万吨/年，矿井生产规模原则上不低于 90 万吨/年。山西省"十二五"期间将继续推进煤炭资源整合和煤矿兼并重组工作，将工作重点转到"关小改中建大"。根据国家晋北、晋中、晋东三大煤炭基地总体规划和 18 个矿区总体规划，加快推进大基地大集团建设，形成若干个亿吨级和千万吨级大型煤炭企业集团，优先建设特大型安全高效现代化矿井（见表 6）。

煤炭资源整合工作已经基本结束，2010 年煤矿数量由 2005 年的 4278 座减少到 1053 座，压减比例 75%；矿井平均规模由 2005 年的 16.8 万吨/年提高到 120 万吨/年，提升了 7 倍；煤矿资源回收率由平均 15% 提高到 80% 以上；30 万吨/年以下的矿井全部淘汰，办矿企业由 2200 多个减少到 130 个左右，平均单井规模由 30 万吨/年提升到 100 万吨/年以上；形成 4 个年生产能力亿吨级的特大型煤炭集团，3 个年生产能力 5000 万吨级以上、11 个千万吨级以上的大型煤炭企业集团，还有 72 个 300 万吨左右的煤炭企业。同时，山西煤炭行业的竞争力和整体实力得到了进一步提升。随着山西省煤炭资源整合和兼并重组工作不断深入推进，整合主体——大型煤炭集团公司的一批整合技改矿井将陆续投产，煤炭产能明显增加，产量持续稳定增长，将成为煤炭行业兼并重组的最大受益者（见表6）。

表6 山西省煤炭行业"十二五"规划部分要点

总体战略目标	产能规划	区域规划	运煤通道规划
山西煤炭工业的结构调整分为："煤矿重组整合→技术改造→高产高效"三个阶段；目前，第一个阶段任务已基本完成，"十二五"期间的主要任务是第二阶段和第三阶段的工作	"十二五"期间煤矿建设坚持"重组整合矿井为主、新规划矿井为辅"的原则，优先安排生产矿井复产、整合矿井技术改造和"十一五"结转新建项目的落实；"十二五"末，全省煤矿产能将控制在 10 亿吨/年以内，煤矿数量控制在 1000 座左右。大集团煤炭产量达到全省的 80% 以上	加快建设：煤—电—路—港—航为一体的晋北动力煤基地；煤—焦—电—化为一体的晋中炼焦煤基地；煤—电—气—化为一体的晋东无烟煤基地	重点加强北、中、南三大煤炭外运通道建设；推进山西中南部出海大通道建设；加快大秦线、邯长复线、侯月线等国家干线铁路扩能改造

资料来源：煤炭运销协会。

2011 年山西将形成 4 个亿吨级的特大型煤炭集团，即平朔煤炭总公司、同煤集团、山西焦煤集团和山西煤炭运销集团（见表7）。

表7 山西5大煤炭集团占山西煤炭比例情况

单位：万吨

年 份	2006	2007	2008	2009
同煤集团	6175	6550	6891	7450
焦煤集团	6995	7237	8029	8079
阳泉集团	3542	3303	3729	4346
潞安集团	3160	3578	3488	4181
晋煤集团	3002	3221	3744	4261
5 大集团合计	22874	23889	25881	28317
山西煤炭产量	57604	59796	65577	61535
5 大集团占比（%）	40	40	39	46

资料来源：山西煤炭信息网。

2011 年 1 月，山西原煤产量 5817 万吨，同比减少 4.70%。整合矿井将在 2011 年陆续复产，预计 2011 年山西原煤产量将超过 8 亿吨（参见表 8）。

表 8　山西省主要整合主体整合的煤炭资源概况

集团名称	整 合 区 域	整合后规划产能（万吨）
同煤集团	大同、朔州、忻州、古交等	2760
山西焦煤集团	临汾、吕梁、忻州、运城、晋中等	5076
阳煤集团	阳泉、临汾、忻州、朔州等	2900
潞安集团	长治、临汾、晋中、忻州等	2820
晋煤集团	晋城、临汾等	3045
山西煤炭进出口集团	大同、长治、朔州、忻州、临汾等	4010
山西煤炭运销集团	大同、长治、朔州、太原、晋城、临汾、晋中等	11220
合　计		31831

资料来源：山西煤炭信息网。

（2）河南省。2010 年 3 月，河南省下发了《河南省煤炭企业兼并重组实施意见》，重点要求年生产规模在 15 万 ~ 30 万吨的煤矿参加兼并重组。对全省 466 家年产规模 15 万 ~ 30 万吨的小煤矿进行兼并重组，由河南煤化集团等 6 家骨干煤企具体实施煤炭资源的优化整合。实施兼并重组后，全省煤炭企业数量由原来的 500 家锐减到目前的 31 家，煤矿数量下降到 742 座。截至 2010 年 12 月，河南省参加兼并重组的 466 座小煤矿中，有 440 座已完成资产评估，363 座办理了新的工商营业执照；已审查批准 358 座小煤矿可以办理新的采矿许可证，307 座办理了采矿许可证变更手续。全省已有 3 座矿井通过验收恢复生产。

经过多轮整合后，已经形成平煤集团和神马集团重组成立的中国平煤神马能源化工集团，以及由永煤集团、鹤煤集团、焦煤集团等企业整合的河南煤业化工集团。此外，郑州煤电的大股东郑煤集团和借壳欣网视讯上市的义煤集团年产量都在 2000 万吨左右。

2011 年，河南省将会继续推进资源整合，培育大型煤炭企业集团，推进省煤炭骨干企业进一步整合重组，实施上下游的联合经营和跨行业的战略重组，形成 1 ~ 2 个亿吨级的煤炭集团。根据河南省的规划，到"十二五"末省骨干煤炭企业将控制全省 80% 以上的资源量，产量要达到全省 95% 以上。预计河南省 2011 年实际产能达到 2.7 亿吨左右。

（3）内蒙古自治区。新兴煤炭输出大省区内蒙古已拉开了煤炭资源整合的大幕。2010 年 10 月，内蒙古自治区发出煤矿整合通知，要求今后在配置煤炭资源时，将向国家和自治区重点煤炭转化、综合利用项目倾斜。同时，除了招标、拍卖等方式获得的矿权在配置资源时条件适当放宽外，在配置特殊稀缺性煤种资源时，项目的煤炭就地转化率必须达到 60% 以上。通知还指出，凡是新建的井工煤炭资源开发项目，单井的煤炭生产能力不得低于每年 120 万吨。新建的露天煤矿开发项目，每年开采能力不得低于 300 万吨。这意味着民营小煤矿的生存将被大大压缩。

面对政策变局，新的煤炭市场结构正在逐渐形成。继神华集团后，内蒙古相继引入国家五大电力公司、两大石油石化集团、中国烟草总公司、山东临矿集团、河北冀中能源等大型煤、电、煤化工企业和投资企业 20 多家，共同开发建设了 20 余个煤田矿区。近些年来，随着国有重点煤矿企业兼并重组，内蒙古煤矿数量由 2001 年的 2009 个减少到了 501 个。目前内蒙古自治区年产 120 万吨以上的大型煤矿有 105 座，占全区煤矿总数的 20%，占全区煤炭总产能的 70%。大产业、大规模、大基地形式的煤炭工业集群将是今后内蒙古自治区煤炭行业的新格局。

（4）陕西省。近年来陕西省关闭整合小煤矿 400 多座，有力地促进了煤矿安全生产形势不断好转和煤炭产业健康有序发展，连续 5 年实现了煤矿事故死亡人数和百万吨死亡率的大幅下降。陕西省政府提出，到 2011 年 6 月底，全省煤炭开采主体企业要由现在的 522 家减少到 120 家左右；2012 年底，再关矿井 150座，保留矿井 450 座左右，陕北取缔年产 30 万吨以下的矿井，关中取缔年产 9万吨以下的矿井，年平均单井产能达到 100 万吨以上，采煤机械化程度达到90% 以上。逐步形成 1 ~ 2 个年产亿吨级、3 ~ 5 个 3000 万吨以上的大型煤炭企业集团，一批 300 万吨以上的煤炭企业。另外，在未来 10 年中神华集团将在陕北投资 2400 多亿元，建设煤化工基地。考虑到资源整合对产能的影响，预计 2011年陕西省煤炭产量增速将减至 5% 左右，2011 年产能将达到 3.6 亿吨。

（5）山东省。山东煤炭资源整合也正在积极进行当中，山东省"6 + 1"煤炭重组模式开启了全国煤炭资源整合的又一先河。按照方案，作为龙头企业的兖矿集团保持不动，枣庄矿业、淄博矿业、新汶矿业、龙口矿业、肥城矿业、临沂矿业等 6 个省管煤炭企业联合组建"山东能源集团有限公司"。山东省能源集团

有限公司注册地在济南市，注册资金 100 亿元，2010 年底前达产 7500 万吨，到 2011 年底，将达到 1.5 亿吨。至此，山东煤炭行业形成了山东能源和兖州煤业双寡头的格局。按照规划，山东能源集团到 2011 年底产能将达到 2 亿吨。

（6）贵州省。贵州省加大煤矿资源整合和大矿建设力度，培育一批年产 3000 万吨以上的大型煤炭企业或企业集团，到 2015 年，全省原煤产量将达到 2.5 亿吨。未来几年，贵州将深入实施"西电东送"工程，新建一批火电厂，继续推进乌江等流域水电资源开发。根据规划，到 2015 年，贵州电力装机容量将达到 4500 万千瓦以上，其中外送 1400 万千瓦；到 2020 年，贵州电力装机容量将达到 6000 万千瓦。

（7）四川省。早在 2007 年底，四川已分三个阶段对全省 784 座煤矿实施关闭，提前完成了《国家煤炭工业发展"十一五"规划》的要求，在此基础上，全省连续 3 年对小煤矿继续实施关闭，以推动全省煤炭产业结构进一步调整。按计划，全省 1249 个小煤矿，将被整合成 849 个单井规模在 9 万吨以上的煤矿。预计到 2012 年，四川煤矿单井产能均将达到 9 万吨以上，届时全省煤炭年产量将突破 1.2 亿吨，比目前增加逾 50%

（8）蒙陕甘宁"金三角"地区资源整合将是未来亮点。国家发改委、国家能源局在 2010 年 11 月初召开了蒙陕甘宁"金三角"能源综合开发指导意见起草工作会议，决定由国家能源局牵头，会同国家有关部委、单位和内蒙古、陕西、甘肃、宁夏 4 省区，在调查研究的基础上，提出《蒙陕甘宁"金三角"能源综合开发指导意见》报国务院审定，从国家战略层面推进"金三角"及关联地区能源综合开发利用。

"金三角"地区能源发展规划的启动，是全国范围内煤炭资源整合和结构调整的深化。"金三角"地区煤炭产量占全国 1/4 强，且是未来煤炭产量的主要增量地区。

蒙陕甘宁地区乡镇煤矿占比大，缺乏大的煤炭企业集团，未来整合空间巨大。蒙陕甘宁地区乡镇煤矿占比大的最主要原因是各省均缺乏山西省那样可作为整合主体的本地大型能源企业，地方经济和财税的增长需要乡镇煤矿的存在，而外部大型企业尚难以大举进入。

蒙陕甘宁是我国重要的煤炭产地和输出地，但在煤炭企业分布上，外部企业布局较多，本地缺乏大的煤炭企业。例如内蒙古，蒙西地区煤炭资源主要集中在鄂尔多斯地区，该地区的优质资源基本掌握在神华集团、中煤集团、兖矿集团这些大的煤炭集团手中；蒙东地区的一些本地煤炭企业近年来逐渐被几个大电力集团控制。陕西煤炭资源最丰富的榆林地区的主要资源也被神华集团等大企业所控制。神华神宁分公司几乎占据宁夏煤炭产量的绝大部分。

将要出台的蒙陕甘宁能源发展规划，将会以内部结构调整为重点，地方乡镇煤矿很可能成为大型煤炭企业的整合对象，这给在这一地区布局较早的企业带来了扩张机会。

此外，内蒙古和宁夏联手打造宁东—上海庙国家级能源化工基地。

参考文献

李朝林、张明华：《对 2010 年煤炭市场运行情况的基本评估》，中国煤炭资源网，2010年 12 月 30 日。

张国宝：《以科学发展理念为指导加快推动煤炭行业科学发展》，2010 年 11 月 26 日《人民日报》。

刘雪：《煤炭行业兼并重组：政策主导仍需市场手段配合》，新华网，2010 年 9 月 15 日。

新华网：《国家能源局局长张国宝：煤炭工业成就巨大 最大问题是大型矿难未有效遏制》，2010 年 10 月 27 日。

《煤电价格再被施压暴露市场煤管理困境》，2011 年 4 月 6 日《北京商报》。

刘振秋、唐瑱：《对当前煤电价格矛盾的再认识》，国家发展改革委价格司，2010 年 12月 28 日。

张临山、张巨峰：《焦炭期货昨在大商所挂牌上市》，山西新闻网，2011 年 4 月 16 日。

《日本地震刺激全球煤炭需求》，2011 年 3 月 23 日《中国证券报》。

凤凰网：《日本地震引发安全思考 中国传统能源备受重视》，2011 年 3 月 21 日。

李亮：《启动蒙陕甘宁（金三角）能源综合开发》，宁夏新闻网，2011 年 3 月 4 日。

路透新闻网：《信达资产转型试点方案正式获批，股份公司有望本月挂牌》，2010 年 7月 1 日。

Sharpening the Competitiveness of Coal Industry by Integrating Coal Enterprises

Abstract：In 2010，both the productions and sales of coal industry are thriving，

and the exportations are steadily increasing. During the Eleventh Five-Year period, the market-based reform of coal industry in China has made a breakthrough, the level of technology has been improved, and the industrial structure has also been gradually optimized. 2011 is an important year that promotes the overall integration and furthers the development of coal industries. The ratio of industrial concentration will be raised with large scale enterprises' clusters boosting it. In addition, the construction of efficient modern mines will greatly upgrade the competitiveness of coal industry.

Key Words: Coal; Integration; Development

分报告二
通胀下稳步推进石油价格市场化改革

摘　要：2010 年，全球经济危机的阴霾日渐褪去，中国经济成就令世界瞩目，高速发展浪潮下，我国石油化工行业正加速前行。当前，石油定价改革已成为行业发展道路上不可回避的重要议题，推动价格形成机制的市场化进程是必然选择。然而，就在大家以为改革的时机已趋成熟之时，不断扩张的通胀压力却让中国的价改之举陷入两难。但是，无论前进的道路上有多少困难，改革的市场化方向不会改变。为了配套市场化改革，必须要采取多种综合配套措施，建立竞争性市场结构，逐步培育和完善健康有序的市场环境，为价改创造有利条件。可以预见的是：未来，随着定价机制改革的稳步推进，我国石油化工行业的国际化发展步伐也将日益加快，其国际竞争力、影响力亦将愈加彰显。

关键词：石油　成品油　定价改革　市场化

一　"后危机时代"的石油行业发展环境

（一）世界经济逐步回暖带动石油行业发展

1. 世界经济曲折复苏

2010 年，世界经济逐步摆脱衰退而回暖，但复苏之路并不平坦。根据亚太

---

* 陈义和，研究员，现任中国能源产业协会副理事长，能源储备领导小组办公室副主任，世界石油大会中国国家委员会副理事长，兼任中油新兴能源产业集团董事长；丁润逸，北京航空航天大学硕士，现任中咨公司研究员，主要研究领域为能源政策、现代企业管理；缪彬，中国地质大学（北京）硕士，中国石油化工股份有限公司石油勘探开发研究院高级研究师，主要研究领域为石油信息管理、计算机应用、数据库建设等。

经合组织工商咨询理事会（ABAC)① 发布的《当前经济展望》报告显示：2010年全球经济增幅约为5%，增长速度高于预期。经济增长中，"新兴经济体"和"发达经济体"呈现分化趋势，新兴经济体的增速将明显高于发达经济体，并且今后一两年这一分化态势将持续。报告同时预测，受通货膨胀、政府债务等因素影响，2011年经济增速将放缓。预计2011～2012年，世界经济增速估计会放缓到4.5%。发达经济体增速约为2%～3%，而新兴经济体增速高达8%。预计2011年，发展中国家工业化和城镇化进程仍会不断加快，这些国家对食品、能源和金属的需求会进一步上升；另一方面，诸如恶劣天气和自然灾害等造成食品供给紧张的因素也将继续存在，需求和供给的矛盾将加剧新兴经济体所面临的通胀压力。此外，国际货币基金组织（IMF)② 也发表了世界经济正在向好发展的观点，尽管增速比2010年有所下降，但呈现"普遍增长"的态势。据其预测，2011年全球经济有望增长4.2%，其中，美国增长2.2%；日本增长1.7%；经合组织成员国平均增长2.3%；欧元区增长1.7%。全球经济"二次探底"基本不会出现。

2. 石油供需均有增长

全球经济发展整体向好的态势为石油需求的增长提供了强有力的支撑，世界石油需求迅速反弹，重新进入上升通道。2009年全球石油需求相比2008年小幅下跌1.7个百分点（2000～2009年世界石油消费变化见图1），2010年需求恢复强劲增长势头。中国经济技术研究院发布的《2010年国内外油气行业发展报告》表明，2010年全球石油需求已经恢复到2008年金融危机爆发前的水平，200万桶/日的增长超出预期。国际能源署（IEA)③ 资料则显示，由于全球经济回暖，2010年原油需求达到8770万桶/日，同比增长3.2%，是近30年来的几个高点之一。

---

① ABAC是亚太地区工商界参与亚太经合组织（APEC）的主要渠道，也是APEC中唯一代表工商界的常设机构，该机构每年会直接向APEC各经济体最高领导人呈交咨询报告，传达来自工商界的声音。

② IMF于1945年12月27日成立，与世界银行并列为世界两大金融机构之一，其职责是监察货币汇率和各国贸易情况，提供技术和资金协助，确保全球金融制度运作正常；其总部设在华盛顿。

③ IEA是总部设于法国巴黎的政府间组织，是经济合作与发展组织为因应能源危机于1971年设立的。国际能源署致力于预防石油供给的异动，同时亦提供国际石油市场及其他能源领域的统计情报。

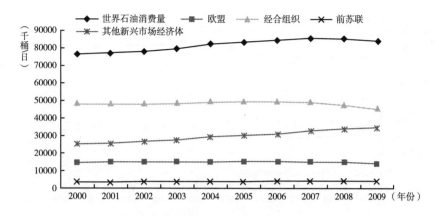

图1 2000~2009年世界石油消费变化

资料来源：BP世界能源统计2010。

　　虽然业内也普遍认为经济复苏势头将在2011年有所减缓，但石油需求稳步增长的步调不变。当前，除新兴经济体在经济迅猛增长下带来的强大能源需求之外，美国、日本等发达国家经济在经过新一轮政策刺激后表现也颇为抢眼。基于此，各方观点均对2011年的石油需求增长持积极态度：IEA发布的报告中，将2011年全球石油需求增长预期由此前的平均每日133万桶上调至141万桶，预计需求将增长1.6%；欧佩克发布报告预计，2011年世界石油需求增长将达到120万桶/日，国际石油市场整体需求水平有望恢复到国际金融危机之前的水平；路透社的调查也显示，2011年全球石油日均需求将增150万桶，至8860万桶，主因是发展中国家需求强劲；中国石油经济技术研究院则认为2011年，全球石油需求可能增长120万桶/日，增幅低于2010年。

　　受不断上涨的需求带动，全球石油产量也在增加。在2009年全球石油产量下跌2.6%之后（2000~2009年全球石油产量变化见图2），2010年产量增长由负转正。国际能源署的研究表明，2010年全球原油产量同比增长210万桶/日。欧佩克国家2010年产量为2960万桶/日，创2008年欧佩克限产以来的新高。虽然欧佩克曾于2010年底宣布维持产量配额不变，并称在2011年6月的会议前不会实施产量调整。但随后不久，多位欧佩克成员国能源高官松动口风称，在国际油价触及每桶110美元的情况下，该组织可能增产。国际能源署认为，从独立的油轮追踪系统得到的出口数据来看，沙特阿拉伯等部分石油输出国组织（欧佩克）成员国目前已开始通过增加产量来满足需求平抑油价。

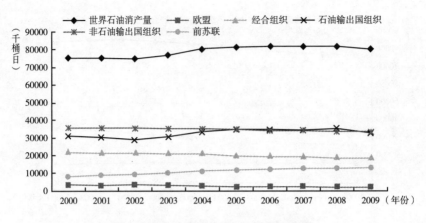

图2　2000~2009年世界石油产量变化

资料来源：BP世界能源统计2010。

从供求关系上来看，全球石油供需正从基本平衡趋向供给相对偏紧。中国石油经济技术研究院发表的报告显示，2010年全球石油供应和需求各增长200万桶/日，上半年市场供大于求15万桶/日，下半年供不应求95万桶/日，全年呈现供求基本平衡、逐渐收紧的态势。

3. 油价继续高位运行

2004年以后国际原油价格持续上升，从2007年开始上升程度进一步增强，2008年7月WTI原油一度超过140美元/桶，创历史最高纪录。其后，随着世界金融危机的爆发，国际油价犹如过山车一般在2009年初下跌至30美元/桶，之后再次攀升，直至2010年再次突破90美元/桶的关口。从全年的均价来看，2010年布伦特原油平均价格约为80美元/桶，较2009年62美元/桶大幅上涨（2000~2010年布伦特原油价格变化见图3）。欧佩克认为，油价维持在每桶90美元是合理的。应该说，2010年国际油价处于一个供需双方都认为"相对合理"的区间。

对于2011年的油价走势，大部分的观点均认为油价将可能震荡上行，并可能再次冲击每桶100美元的高位。当前，"低油价"时代已经结束。逐步复苏的世界经济、美元贬值预期及供需偏紧等因素均使得2011年油价上涨的预期增强。应对经济危机所采取的一系列刺激政策也在推高石油价格。2010年下半年，为刺激疲弱的经济、刺激增长，美国、欧盟、日本三大经济体陆续采取了传统的和非传统的扩张性货币政策，持续释放流动性。日本于2010年10月5日将政策利

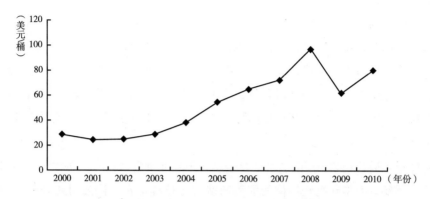

图3 2000～2010年布伦特原油现货价格变化

资料来源：中咨能源评价中心。

率从0.1%降至0～0.1%。2010年11月3日美联储决定，到2011年中之前将购买总额为6000亿美元的美国长期国债，平均每个月为750亿美元，加上到期收回的国债，总额和月均购买额将分别达到9000亿美元和1100亿美元，比同期美国国债发行额高出10%。与此同时，联储宣布维持0～0.25%的基准利率区间不变。2010年12月2日，欧洲央行将年底到期的"无限向市场提供6个月期限信贷"的有效期延长至2011年4月12日，并计划扩大购买欧洲主权债券。如此巨大的流动性，再加上因气候、需求等各方面因素影响，国际粮食、铁矿石等原材料产品价格持续上涨，全球通胀预期逐步升高。在通胀预期下，大量资金将涌入石油期货市场，市场投机活动将会再次抬头甚至盛行，推动油价上涨。国际能源署也指出，随着常规石油产量下降，石油需求量上升（尤其是亚洲国家），国际油价将会进一步攀升，到2035年有可能达到135美元/桶。中国经济技术研究院的观点认为，2011年国际油价走势仍将由经济复苏质量和美元币值变化主导。目前世界经济仍未恢复到危机前的水平，2011年经济增速将有所放缓，同时美元将先弱后强但总体呈贬值态势，这些决定了2011年油价总体水平将进一步提高，但涨幅有限。预计年均价为85～90美元/桶，总体波动区间为70～100美元/桶。如果欧债危机继续恶化，油价可能跌破70美元/桶；也不排除在伊朗问题等地缘政治事件的刺激下，油价上冲100美元/桶的可能性。

面对不断上涨的国际油价，一些国际投资机构也开始提高了对后市原油价格的预测。他们分析认为，国际油价很可能在不久的未来突破100美元。高盛在发

布的 2011 年商品市场展望中称，随着全球石油库存水平从之前因经济衰退导致的高企中回归正常化，欧佩克国家闲置产量将降低，石油市场复苏进入第二阶段。高盛研究认为，全球经济前景好转，有望实现可持续的强劲增长，因此国际油价将回归牛市。该公司同时预计："2011 年欧佩克的有限产能会将油价推到 100 美元之上，预料 2011 年全年国际油价平均达到 100 美元，2012 年会达到 110 美元。"

摩根大通公司 2010 年 12 月 3 日表示，国际油价将在 2012 年底之前达到 120 美元，主要原因是新兴经济体的能源消费将会持续增长。该公司还分别上调了 2011 年纽约商品交易所西得克萨斯轻质原油和伦敦北海布伦特原油期货价格的平均预期，由 89.75 美元和 91.75 美元上调至 93 美元和 95 美元。

（二）中国经济快速增长，通胀压力下政策转向

1. 中国经济快速平稳发展

2010 年，在复杂的国际环境中，我国国民经济继续保持平稳较快的增长，GDP 年均增长 10.3%，经济总量持续提升，民生显著改善，经济结构有所优化，经济增长趋稳。2010 年，中国的经济总量已超过 4 万亿美元，跃居世界第二大经济体，每年新增消费需求相当于整个韩国的产值，但是，中国国内消费占经济的比重仅为 36%，不仅在世界同等收入国家中的比重最低，在亚洲新兴经济体中也是最低的，消费增长的空间依然巨大。

2010 年，我国经济结构进一步优化。首先，中国经济增长的需求结构的协调性增强，2010 年，最终消费加资本形成对中国经济的贡献率在 92% 左右，投资、消费对经济的推动更加平衡；其次，2009 年包含新兴战略产业在内的高新技术产业增长 16.6%，增速比 2009 年加快了 8.9 个百分点；再次，区域发展的协调性有所增强，主要表现在东部沿海地区经济增长的质量较高，而中西部经济发展的速度比较快；最后，节能减排、节能降耗取得了明显的成效，根据初步测算的结果，2010 年和整个"十一五"期间，节能降耗的目标基本上可以实现。

另一方面，经济总量的提升并没有改变我国发展中国家的属性。GDP 是衡量一国经济实力的核心指标之一，但不是唯一指标，相对于 GDP 总量，人均 GDP 能更好地反映一国的经济发展水平。当前，我国人均 GDP 不但只有日本的 1/10，甚至不到世界平均水平的一半，发展方式粗放、人均国民收入不高、发展

不均衡等问题依然突出。

2. 人民币面临升值压力

2005 年人民币汇改，特别是 2010 年 6 月中国人民银行宣布二次汇改后，人民币对美元汇率一路攀升。由于当前世界经济增长冷热不均，也增加了我国经济环境的复杂性和不稳定性，并使得贸易摩擦和汇率之争不断增加。2010 年，中美两国在人民币汇率问题上可谓针锋相对，两国贸易也处于多事之秋。奥巴马政府不断就人民币汇率问题向中国施压；在美国中期选举前的半个月里，美国发起的对华贸易救济相关案件达到 24 起之多；美国贸易代表办公室 10 月宣布，启动对中国清洁能源有关政策和措施的 301 调查。时至 2010 年末，美国贸易代表罗恩·柯克又在 12 月 22 日宣布，已请求世贸组织对"中国向其风力发电设备制造商提供高达数亿美元补贴"一事展开调查。有学者称，中美两国间的经贸摩擦已出现"常态化"特点，经贸矛盾会在今后相当长一段时间内成为两国的最主要矛盾。此外，中国与日本的稀土争端、中欧争端等也不断闪现。综合来看，2011 年人民币升值的压力依然较大。

人民币升值对于石油行业的下游影响尤为显著。以出口型石化企业而言，由于原料要按照未变的人民币价格购入，然后将产品按照美元价格卖出，在其他未变而人民币升值的情况下，显然产品的收益会受到不利影响。

3. 通胀压力不断增强

伴随着中国经济回升，中国的消费物价指数（CPI）从 2009 年 11 月开始由负转正后，2010 年呈现逐季加快的趋势，CPI 同比涨幅在 2010 年 11 月份达到5.1%，创下 28 个月来的新高，通胀成为我国经济的热点话题（2010 年各月我国 CPI 走势见图 4）。2011 年的通胀压力依然不容忽视，物价上涨压力主要来自以下几个方面：若干发达经济体采取量化宽松的政策，导致国际大宗商品价格上涨；为了应对国际金融危机的冲击，中国近两年来累积了较多的货币量；劳动力、土地资源等成本的上升也将推高物价。

在诸多通胀影响因素中，输入型通胀或将成为 2011 年通胀压力的主因。美联储 2010 年 11 月启动的第二轮"定量宽松"计划，对全球经济的影响尤为引人关注。美联储"定量宽松"的货币政策，使得美元贬值在一定程度上有利于美国出口和美国整体经济。但该政策的实施，也存在极大的风险，海量的货币供应量，意味着将大量流动性重新投入市场，势必导致美元的大幅贬值，同时带来资

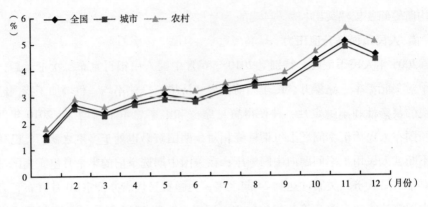

图4　2010年1～12月我国CPI走势

资料来源：国家统计局。

产泡沫，并加大美国国内通货膨胀的风险。而美国作为全球最大的经济体，其货币政策对世界经济的影响更为深远。受美国"量化宽松"政策影响，新兴经济体通胀压力必将整体上升，而通胀一旦形成，资产价格飞涨，大量投机者进入市场，对能源和有色金属类价格的影响尤为巨大。在通胀压力之下，我国的石油行业发展不确定性也在增加。

4. 经济政策转向"收缩"

面对新的经济形势，我国经济政策在从"宽松"向"紧缩"转向。为了更好地控制通胀，实现经济"稳增长"，中央政治局会议提出，做好2011年经济社会发展工作，实施积极的财政政策和稳健的货币政策，增强宏观调控的针对性、灵活性、有效性。央行年度工作会议也表示，稳物价是当前和今后一个时期的首要任务，2011年将实施稳健的货币政策，着力提高政策的针对性、灵活性和有效性，保持价格总水平基本稳定。我国2011年宏观调控的目标是：要控制物价总水平上涨，CPI控制在4%以内，GDP保持增长在8%左右。

（三）最新重要石油产业政策盘点

1. 能源委员会成立

2010年1月，国家能源委员会成立，并由国务院总理温家宝兼任主任。国家能源委员会的主要职责是，负责研究拟定国家能源发展战略，审议能源安全和能源发展中的重大问题，统筹协调国内能源开发和能源国际合作的重大事项。该部门的成立将进一步强化能源行业的政府管理职能，并加强能源重大问题的协调领导能力，对确保稳定、安全、可持续的能源供应体系发挥积极作用。能源委员会的成立，是改革开放以来我国能源管理体制的又一次重大改革与创新，将为我国能源行业的建设发展保驾护航。

2. 管道保护法出台

2010 年 6 月，《中华人民共和国石油天然气管道保护法》出台，并于 2010 年 10 月 1 日起施行，这是新中国成立以来专属于本行业的首部大法。《管道保护法》首次从法律层面对输油气管道的规划与建设、运行中的保护、管道建设工程与其他建设工程关系的处理等作了规范，明确了政府、主管部门、相关部门、管道企业、有关单位及个人的责任和义务，为我国输油气管道的安全保护工作奠定了法律基础。对于增强全社会的管道保护意识、加强和规范管道保护工作、维护能源安全等，具有十分重要的意义。

3. 资源税改革试行

2010 年 6 月，新疆在全国率先进行石油、天然气资源税改革，由过去的从量定额征收改为从价定率征收，税率为 5%，由此，我国资源税改革迈出坚实的一步，为新疆发展注入了活力。此次改革涉及的油田企业有 5 家：塔里木油田公司、新疆油田公司、吐哈油田分公司、中石化西北油田分公司和河南分公司新疆勘探中心。2010 年 7 月 7 日，国务院再次宣布，在新一轮西部大开发的背景下，资源税改革由新疆扩大至整个西部 12 省区市，对石油、天然气资源税征收的税率同样设定为 5%，资源税改革再度深化。

4. "新 36 条" 鼓励民间投资

2010 年 5 月 13 日，国务院发布了《关于鼓励和引导民间投资健康发展的若干意见》（"新 36 条"），较之 2005 年的《关于鼓励支持和引导个体私营等非公有制经济发展的若干意见》（"非公经济 36 条"），"新 36 条"针对民间资本、民营企业范围缩小；划清了政府和市场、国有企业和民间资本以及民间资本进入社会事业的边界，受到各方关注。"新 36 条"提出，要"鼓励民间资本参与石油天然气建设。支持民间资本进入油气勘探开发领域，与国有石油企业合作开展油气勘探开发。支持民间资本参股建设原油、天然气、成品油的储运和管道输送设施及网络"。

5. 加强流通市场管理

商务部 2011 年 1 月印发《商务部 2011 年石油流通市场管理工作要点》的通知，通知提出 2011 年石油流通市场管理工作要点，贯彻落实好石油分销体系"十二五"发展规划，探索建立地方成品油储备制度，提高商务系统石油市场供应保障能力，加强石油市场管理工作法制化、标准化、规范化、信息化建设，加大石油市场管理和行业指导工作力度，稳步推进石油市场健康有序发展。

二 我国石油行业运行态势分析

（一）整体经济效益再创佳绩

2010 年，肆虐全球的经济危机"魔咒"逐步消除，世界经济走向复苏，国内经济快速发展，我国石油和化工行业在国内外复杂多变的经济环境中，面对多种风险的严峻挑战，渡过了与危机抗争的关键时刻。这一年，借助经济发展的东风，在调整和振兴规划等一系列政策措施推动下，我国石油和化工行业得以摆脱危机时的剧烈震荡，保持了持续向上的态势，生产经营总体向好，市场运行保持平稳，经济效益继续好转，结构调整逐步推进，企业综合实力不断提升，国际地位和市场影响力日益显著，实现了"平稳较快发展"的预期目标。

1. 行业经济规模再上台阶

2010 年，我国石油石化行业经济规模再上台阶。据中国石油化工联合会数据，截至 2010 年年末，全行业规模以上企业 3.67 万家，实现总产值 8.88 万亿元，同比增长 34.1%（2007～2010 年全国石油和化学工业产值变化见图 5）。分行业看，各细分行业 2010 年的产值相较于 2009 年也均有较大提升（2009 年与 2010 年产值变化对比见图 6），占全国规模工业总产值比重的 12.7%，创 5 年来之最；全年行业利润总额 6900 亿元，同比增长 36%；进出口总额达 4587.81 亿美元，同比增长 40.3%，其中，进口总额 3244.61 亿美元，出口总额 1343.2 亿美元。随着石油和化工行业产业结构调整力度加大，经济增长的结构也出现明显变化，上游资源型产业在经济增长中的比重呈逐步下降趋势，下游技术密集型产业比重上升。随着化工比重稳步攀升，经济结构继续优化。2010 年，石油和天然气开采行业产值占全行业的比重为 11.4%，比 2008 年下降了 4 个百分点；而化工行业 2010 年产值占全行业的比重达 59%，比 2008 年提高了 5 个百分点。

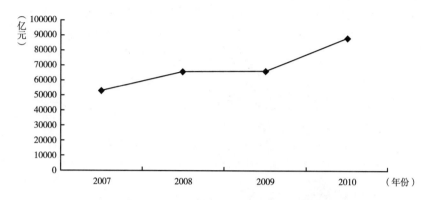

图5 2007～2010 年全国石油和化学工业产值变化

资料来源：中国石油化工联合会。

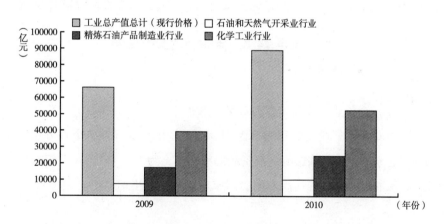

图6 全国石油和化学工业产值分行业对比

资料来源：中国石油化工联合会。

2. 行业投资利润稳步提高

2010 年，我国石油和化工行业投资同比增长 13.8%，低于同期城镇投资增幅，增速总体放缓，价格涨势逐步趋缓，产销衔接基本顺畅。投资增速放缓的同时，行业经济结构继续优化，化工比重稳步攀升。随着石油和化工行业产业结构调整力度加大，上游资源型产业在经济增长中的比重呈逐步下降趋势，下游技术密集型产业比重上升。2010 年，化工领域投资比重持续上升，占全行业的比重

为62.7%，较上年提高了1个百分点，比2008年提高了5个百分点，化工行业产值比重上升至59%。上游油气开采领域投资占全行业的比重为22.4%（产值结构见图7），较上年下降了1.4个百分点，较2008年下降约5个百分点。

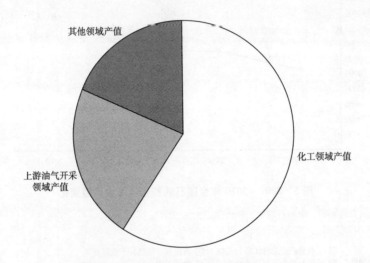

图7 2010年我国石油和化工行业产值结构

资料来源：中国石油化工联合会。

2010年，全行业投资利润率为60%，较上年提高约10个百分点。从三大行业看，2010年化工行业投资利润率为41.8%，较上年提高5.7个百分点；油气开采领域受原油价格上涨影响，投资利润率较高，为117.7%，较上年有较大幅度提升；炼油行业的投资利润率则受国家对成品油价格调整影响，比2009年下降57.2%。

（二）供需缺口提高对外依存度

2010年，我国石油行业供应基本平稳，农业生产、抗灾救灾和上海世博会、广州亚运会等重点用油需求得到有效保证。进入10月份后，受需求增加、涨价预期等因素影响，部分地区出现不同程度的柴油供应紧张状况，一度引起市场的恐慌，但通过采取综合措施，目前除个别地区库存相对薄弱外，成品油供应基本恢复正常。12月底，全国主要石油企业成品油库存较10月底回升约170万吨。

据国家发改委公布的数据，2010年我国累计生产原油2.02亿吨，同比增长

6.9%，是过去18年中增长最快的年份（近几年我国原油产量变化见图8）。在大庆油田保持稳产4000万吨的同时，长庆油田产量突破3500万吨，海上油气产量突破5000万吨当量，西部接替东部、海上补充陆上的大格局基本形成。我国石油产量大幅提升，但依然未能追赶上石油需求强劲增长的脚步，供需缺口进一步扩大。国家发改委公布数据表明，2010年我国成品油表观消费量比上年增长11.3%，其中汽油、柴油分别增长7.6%和12.6%，均高于生产增速。中国石油经济技术研究院发布的《2010年国内外油气行业发展报告》显示，2010年，在经济快速发展的带动下，中国油气行业继续保持快速发展的势头：石油需求强劲反弹，出现新世纪以来第二个增速超过两位数的年份，全年石油表观消费量达4.55亿吨，比2009年增加4700万吨，增长11.4%，2006～2010年，我国原油表观消费量年均增幅高达8%。由于统计口径差异等因素，各机构得出的数值虽然略有不同，但统计结果相近，根据石化协会的数据，2010年我国原油表观消费量为4.38亿吨，与我国原油加工差值达4828万吨（我国原油加工量及表观消费量变化见图8、图9）。

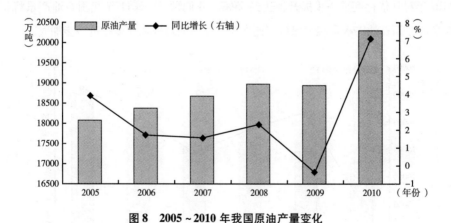

图8 2005～2010年我国原油产量变化

资料来源：国家统计局。

2010年，我国累计加工原油3.9亿吨，同比增长14%，成品油产量增长10.3%，其中汽柴油产量同比分别增长6.4%和11.7%。由于国内原油产量增长不能满足需求，因而原油加工量的增长很大一部分需要靠进口来满足。2010年我国原油进口量达到2.39亿吨（2005～2010年原油进口量变化见图9），同比增长17.5%，进口额达到1351.51亿美元，同比增幅51.4%。全年累计进口成品

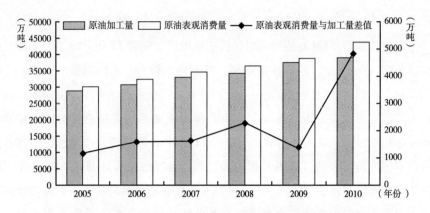

图9　2005～2010年我国原油加工量及表观消费量变化

资料来源：石化协会。

油 3688 万吨，同比下滑 0.1%，进口总额 223.43 亿美元，同比增长 31.3%。全年累计出口成品油 2688 万吨，同比增 7.5%；出口总额 170.44 亿美元，同比增 35.9%。在 2009 年我国原油对外依存度突破 50% 的原油对外依存度"警戒线"后，2010 年对外依存度进一步提升，达到 55%。我们预计，2011 年我国石油产量将相对稳定，而石油需求将继续保持高速增长，原油的对外依存度将进一步加大。

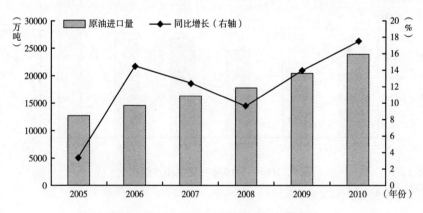

图10　2005～2010年我国原油进口量变化

资料来源：国家统计局。

目前，我国已经进入了多元化的油气进口新时代。截至 2010 年底，我国能源对外依存度已达到 10%，预计到 2015 年，我国能源对外依存度将超过 15%。其中，净进口石油约 3.0 亿吨，很可能成为世界第二大石油净进口国。据《全国矿产资源规划（2008~2015）》预测，到2020年，我国的石油对外依存度将上升至60%，严峻的能源形势，考验能源供应企业的保障能力。

（三）我国原油储备建设提速

石油储备是稳定供求关系、平抑油价、应对突发事件、保障国民经济安全的有效手段。所谓"石油储备"，是指为保障国家、社会与企业的石油供应安全而储存的石油。一般而言，石油储备可分为两类：即由政府所拥有的战略石油储备，以及由进口商、炼油商、销售商和消费者所拥有的商业储备。

石油商业储备一般是指石油生产流通企业（通常指原油炼制商、石油进口商和批发商等主要从事石油业务的石油公司）根据政府有关法律、法规的规定，为承担社会责任而必须保有与其生产经营规模相匹配的最低库存量。真正的商业储备不是指正常商业周转库存，而必须是指除正常周转库存以外的剩余库存，从这种意义上来看，我国的商业库存量微乎其微。作为战略储备的有益补充，近两年来石油商业库存日益受到重视，建设提速。除了中石油这样的国有龙头企业开始多处、大规模地开展商业储备库建设外，少量民营资本也获准参与商业储备库的建设。2010年，6家民营企业创纪录地入围国家石油战略储备体系，今后，国家石油商业储备体系的大门或将向民企日渐敞开。

从国际经验上看，商业储备量往往还高于战略石油储备。以美国为例，其商业储备就明显占优，美国石油市场的供求和价格的波动，主要是石油企业根据市场进行调节，一般情况下不动用政府战略储备。从美国有关石油储备的法律、法规、计划、管理和资金筹措来看，几乎完全指向战略石油储备。对于民间储备，政府没有任何资金支持，也没有纳入管理范围。因此，美国民间储备既不承担应急义务，也不受政府约束，其发展变化主要受市场力量的支配。德国的石油商业储备制度被欧盟和国际能源署认为具有经济、高效等优点，并建议欧盟的中、东欧成员国学习借鉴。这一制度有两个原则，分别是重视地区平衡和力求节省、灵活。德国将全境分为5个供应区，按区设立对应的储油库，每个供应区的储量不低于15吨的消费量，同时，成品油以地上油罐储存居多，原则上不允许利用运输或生产设施进行储存。而储备基地大多接近主要港口与输油管道，便于输送。参照这些发达国家的建设经验，不难看出，未来我国石油商业储备在进一步改革和建设中还有很长的路要走。

战略储备也称政府储备，为政府拥有，以应对全国性的石油供应短缺与油价暴涨风险，对稳定国际油价、影响石油输出国的政策及调整市场心态具有静态威慑性作用，因而具有商业储备无法取代的特殊战略意义。目前由于对外依存度的不断高企，我国在制定政策鼓励国有资本、民间资本和境外资本积极参与商业储备建设的同时，也在积极加快原油战略储备建设步伐。截至 2010 年底，我国石油战略储备和商业储备能力分别达到 1.78 亿桶和 1.68 亿桶，形成了 36 天消费量的储备能力。根据初步规划，中国准备用 15 年时间分三期完成油库等硬件设施建设，储备油投入也将到位，预计总投资将超过 1000 亿元。首批国家战略石油储备基地有 4 个：镇海、舟山、黄岛、大连。中石油、中石化和中海油这三大国内石油公司受国家委托，负责工程总体建设，4 个基地分别于 2007 年底和 2008 年竣工验收，2008 年竣工的舟山、黄岛、大连 3 个项目，已经在 2008 年以前注油完毕，储油成本平均为 58 美元/桶。目前，国家战略石油储备二期建设进展顺利，第二批石油储备基地也已经选址并建设，预计 2012 年全面完工后，总储备能力可达 2.74 亿桶。三期的储量安排大致是：第一期石油储备基地储量为 1000 万吨至 1200 万吨；第二期和第三期分别为 2800 万吨。到 2020 年这些项目完工后，储备量将相当于 90 天的石油净进口量，这也是国际能源署（IEA）规定的战略石油储备能力的"达标线"。

（四）下游石化产业回稳反弹

目前，我国产业布局形成了长江三角洲、珠江三角洲、环渤海地区三大石化集聚产业区和上海漕泾、南京扬子、广东惠州等具有国际水平的大型石油和化工基地，建成了上海化学工业区、宁波化工园区等一批具有国际化管理水平和地方产业特色的化工园区。进入 21 世纪的 10 年来，我国炼油能力增加了 72.8%，年均增速达 6.3%。2010 年我国石化产业回升的势头进一步明显，产业产值和主要产品产量持续增长，产业增速高位运行，对外贸易不断攀升。2010 年，我国石化工业产值跨上 5 万亿元台阶，达 5.23 万亿元，比上年增长 32.6%，按汇率计算已突破 7700 亿美元，超过美国的 7340 亿美元，化工经济总量跃居世界第一位。2010 年，我国主要石化产品产量保持快速增长势头，成品油产量 2.53 亿吨，同比增长 10%。在产量增加的同时，行业价格总水平也不断走高，行业产销基本平衡，经济效益显著改善。2010 年，石化产业进出口贸易继续保持快速增长态势，全年进出口总额为

3171 亿美元，同比增长 35.5%。其中，进口总额 1854 亿美元，同比增长 34.5%；出口总额 1317 亿美元，同比增长 36.9%。2010 年，我国成品油出口金额达 170.44 亿美元，比上年增长 36%（2005～2010 年我国成品油贸易情况见图 11）。

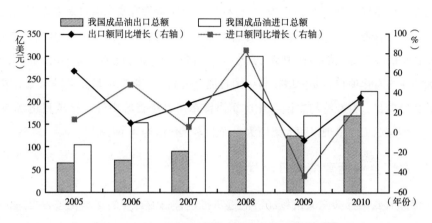

图 11　2005～2010 年我国成品油进出口贸易变化

资料来源：Wind。

根据目前的发展形势判断，2011 年我国石油和化工行业经济将继续保持平稳较快增长势头，全行业产值将迈上 10 万亿元台阶，经济增长保持两位数。中国炼化工业经过快速发展与结构调整，规模迅速扩大，产品质量持续上升，技术不断进步，效益明显提高。当前，扩大炼厂规模、提高集约化程度，已经成为中国炼油业的发展趋势。镇海炼化以 2300 万吨/年的炼油能力、大连石化以 2050 万吨/年的炼油能力，先后跻身于能力超 2000 万吨/年世界级炼厂行列。2008 年，中国石化茂名石化开始进行改扩建，工程完工后，其炼油能力将由 1350 万吨/年扩大至 2550 万吨/年，也将成为世界大型炼厂之一。到目前为止，中国已形成一批大型炼化一体化基地，全国千万吨级以上的炼油厂原油一次加工能力已占全国总加工能力的 60%；炼油企业平均规模达到 570 万吨/年。

（五）竞争格局更趋向多元化

在国家鼓励民营企业参与能源开发的政策指引下，我国石油石化行业的投资主体多元化的格局正在逐步形成，尤其是在下游的石化行业，竞争环境日益优化。目前，除国有大型石化企业外，我国市场上活跃着大量地方炼油企业。2010 年 3 月国

家统计局统计在列的全国炼油厂共 264 家，其中地方炼油厂已达 177 家。在各省（自治区、直辖市），山东、辽宁两省的地方炼油能力最强，产值约占全国的 30%。除地方企业外，外资公司在华炼油业务也取得重大进展。我国炼油企业正在形成多元化竞争的格局。继道达尔于 20 世纪 90 年代中期参股建成大连西太平洋石化公司之后，埃克森美孚、沙特阿美参建的福建炼化一体化项目也已于 2009 年正式投产，外资在华的权益炼油能力达 1050 万吨/年，占我国炼油总能力的 2.2%。此外，中俄天津东方石化项目、委内瑞拉与中国石油合资的广东揭阳项目、卡塔尔与中国石油的合资项目、科威特与中国石化广东湛江东海岛项目等中外合资项目也都在推进。中国炼油工业呈现以两大集团为主导的多元化市场竞争格局。

（六）企业运营情况日趋优化

伴随着我国社会主义市场经济的逐步推进，石油行业的市场化进程提速，我国三大石油巨头的建设取得了令人瞩目的成果，管理制度不断优化，石油储量日益增长，企业规模合理扩张，供给能力和效益均获提高，我国石油企业的国际化发展步伐进一步加快，企业的国际地位更加彰显。

作为石油行业的老大哥，中石油自 2006 年开始积极推行整体部署、整体评价、整体开发，以及勘探工程技术攻关、储量增长高峰期、水平井规模应用和老油田二次开发等一系列重点工程，直接推动油气储量产量上新台阶。中石油原油年产量自 1995 年突破 1 亿吨后，一直保持着年产量的高增长，是我国原油出产的"领头羊"，拥有我国产量最大的两个油气田——大庆油田和长庆油田。中石油所属的大庆油田自开发以来，已经累计生产原油 20.7 亿吨，占我国同期陆上原油总产量的 40% 以上。大庆油田曾经创造了我国原油 5000 万吨连续稳产 27 年的辉煌纪录，2010 年，又连续 8 年实现原油 4000 万吨以上稳产，蝉联了中国石油企业年产原油之最的桂冠。2010 年，石油集团旗下长庆油田公司全年生产油气当量 3500 多万吨，比上年净增产 500 万吨，相当于一个中型油气田的增产量，长庆油田这一数据也确保其占据中国第二大油气田的位置。

中石化围绕"二次创业"，大力实施以"稳定东部、发展西部、准备南方、开拓海外"为主要内容的油气资源战略，全面加大油气勘探开发力度，保持了原油出产的稳定增长。作为中石化的主力油田——胜利油田，面对高勘探程度、高采出程度、高含水的严峻考验，坚定地向科技进军，向深层进军，向滩海进军，向西部进军，向海外进军，创造了老油田科学发展持续稳产的奇迹。2010年，胜利原油产量2734万吨，稳坐国内第三大油田的宝座。

中海油坚持"狠抓基础研究，坚定地寻找大中型油气田"的勘探工作原则，不断提升勘探工作量，在中国近海整装大中型油气田不断被发现的同时，深水勘探也取得突破。除了勘探获取的新增储量外，中海油的既有油田产出也是捷报频传。渤海的优质油田勘探继续向好，近年在渤海的新发现中，轻质油已占八成，改变了以往渤海多稠油的局面，而通过压裂技术在勘探中的运用，则进一步解放了东海低孔低渗油气储量。2010年，中国海域油气产量突破5000万吨油当量，中海油的油气产量得到了快速增长。

从下游来看，三大巨头在经营中也各有斩获。自1998年两大集团重组以来，由于实现了上下游一体化和产供销一体化，我国炼油企业和炼厂的发展步伐明显加快，在国际炼油业中的地位不断提升，中石化已成为仅次于埃克森美孚和壳牌的世界第三大炼油商，中石油也已发展成为世界第八大炼油商。伴随着全球炼油工业布局的调整和大型化、一体化浪潮的推进，中国炼油与石化产业正朝着炼化一体化、装置大型化、产业基地化和提高产业集中度的方向发展。

中石化10年来的炼油能力增长迅速。炼油能力由2000年的1.43亿吨增至2009年的2.235亿吨，占全国产能的46.9%。炼厂平均规模也从432万吨/年攀升至570万吨/年。截至2009年底，该公司1000万吨/年以上的炼厂有11家，其中镇海炼化的炼油规模超过2000万吨/年。

"十一五"期间，中石油通过对兰化与兰炼、南充炼厂与四川石化、宁夏炼化与宁夏石化等企业重组整合，对未上市炼化企业进行托管，对油田炼化企业进行业务管理等一系列持续重组，使炼化业务在"合理布局，规模发展"方面取得可喜进步。同时，通过改扩建，传统炼化基地得到巩固，一批特色炼化基地相继建成；通过完善炼化布局，弥补了南方市场的不足。中石油2009年的炼油能力达1.425亿吨，占全国产能的29.9%。炼厂平均规模从352万吨/年增至540万吨/年。截至2009年底，公司规模达1000万吨/年以上的炼厂有5家，其中大连石化的炼油规模超过2000万吨/年。

发展炼化和销售业务，实现产业结构从上游到上下游一体化发展，成为中海油建设国际化一流能源公司的强烈追求。中海油充分发挥炼化板块的生产、市场营销的资源优势，进一步充实"两洲一湾"炼化产业战略布局的内涵，实现炼

化板块的优化管理、集约管理。2009 年，国内单套规模最大的惠州炼油项目一次性投产成功，不仅结束了中海油"有采无炼"的历史，也使中海油大步跨上了炼油项目的高端。2009 年 5 月，中海油兴建的 1200 万吨/年惠州炼厂投产，标志着中海油正式大规模进军炼油业。目前，中海油的炼油能力为 1950 万吨，占全国产能的 4.1%。

（七）技术不断改变储量认知

1. 技术对石油储量的影响

当前，世界石油工业正在发生着深刻的变化：世界经济的持续发展使人类对石油的需求日益增加，而石油的供应却面临挑战。石油是一种有限的不可再生资源，油田开发均会经历"兴起—成长—成熟—衰退"的自然过程。由于资源的有限性而导致的石油产量的最大值被认为是石油峰值，并由此产生了有关"峰值论"的争议。部分学者和机构纷纷对世界石油产量峰值做出了预测（对世界石油峰值的不同预测见表 1）。谨慎的观点认为：地下石油储量取决于地质学，这是新科技或经济规律所不能改变的事实；相对乐观的观点则认为：技术进步将根本扭转石油递减的趋势，同时，石油产量不断向新领域、新区域扩展，从而使得石油产量峰值不断向后延续。虽然这样的观点受到持谨慎观点的学者、专家的质疑，但是至少有一点是肯定的，技术会改变人类对石油储量的评估。

表 1　对世界石油峰值的不同预测

峰值时间	预测者	预测者背景
2006 ~ 2007 年	Bakhitari, A. M. S.	石油业务主管（伊朗）
2007 ~ 2009 年	Simmons, M. R.	投资银行家（美国）
2007 年后	Skrebowski, C.	石油杂志主编（美国）
2009 年之前	Deffeyes, K. S.	石油地质学家（美国）
2010 年之前	Goodstein, D.	加州理工学院副教务长（美国）
2010 年前后	Campbell, C. J.	石油地质学家（爱尔兰）
2010 年后	World Energy Council	世界非政府组织
2010 ~ 2020 年	Jean H. Laherrère	石油地质学家（法国）
2016 年	EIA	美国能源部的专家（美国）
2025 年后	Shell	国际大石油公司（英国）
2030 年后	CERA	能源咨询公司（美国）

资料来源：赵林、连勇：《世界石油峰值研究现状及其引发的思考》。

资源量是一个变量，随着勘探开发工作不断深入、技术不断升级，世界油气可采资源量评估值将不断提高，换言之，勘探技术的提高正在改变人们对油气资源的储量认知。美国《油气杂志》于2010年12月6日发布的世界年度储量调查统计报告认为，2010年世界油气总储量和生产量均有增长。随着非洲一些大型石油储藏的发现，以及委内瑞拉储藏量的提升，2010年世界石油储藏量已从2009年的1.35万亿桶（1849.5亿吨）提高到1.47万亿桶（2013.9亿吨）。

在资源短缺、技术革新的背景下，非常规油气资源日益受到重视。非常规油气资源是未来常规油气资源的重要补充。据目前测算的数据，全球非常规石油技术可采资源量达6000亿吨，是常规石油资源量的1.2倍。非常规石油将在弥补常规石油产量短缺中扮演日益重要的角色。据预测，到2035年，其产量将从2009年的230万桶/日增加到950万桶/日。加拿大油砂将为维持全球石油产量稳定作出巨大的贡献。据预测，如果生产过程中的环境影响能够得到有效控制，到2035年油砂产量将从2008年的130万桶/日上升至420万桶/日，其中新增产量的约2/3将来自现有油砂开采项目。油价也是影响非常规石油资源开发的重要因素。由于非常规油气生产成本高于常规油气，油价偏低时，受成本影响其往往不具备大规模开采价值；只有当油价上升到适度的价位时，才更加有利于非常规油气资源大规模的商业性开发。

2. 我国油企的"科技兴企"之路

为了实现油气增储，我国各大石油公司面对与日俱增的勘探开发难题，坚定地走"科技兴企"之路，运用科技创新，突破关键技术"瓶颈"，不断提升我国石油储量水平和石油产出水平。

中石油加大工程技术攻关和投入，高含水与低渗透等复杂油气藏开发和三次采油等特色技术达到国际先进水平，技术成为加快油气田转变发展方式、实现科学发展的强大推动力。在科学资源观的指导下，油田开发管理走向精细化。"十一五"期间，中国石油深化剩余油分布潜力研究，启动油田二次开发、稳定并提高单井产量的"牛鼻子"等工程，油田开采效率明显提高。科技为大庆油田"三高症"开出"良药方"，使4000万吨稳产继续挺进，依靠科技进步，扎实开展精细挖潜，连续5年实现原油4000万吨稳产，为大庆建设百年油田打下了坚实基础；科技让长庆油田在"三低"油气藏上实现大跨越——2009年油气当量突破3000万吨，2010年油气当量跃上3500万吨台阶，连续几年油气当量增幅超

过 500 万吨/年，正在向着 5000 万吨挺进；科技助塔里木油气当量从 2005 年的 1000 万吨增长到 2000 万吨，成为我国第四个年产超过 2000 万吨的大油气田，并向着 4000 万吨远景目标迈进；科技让辽河油田稠油开发不再"愁"，"千万吨级"大油田有望延寿 20 年。

中石化利用一体化优势，产学研相结合，突出核心技术与专有技术开发，在诸多新业务领域实现技术突破。2005～2009 年，中石化科技投入 235 亿元。截至 2009 年底，先后获得国家最高科学技术奖 1 项，国家技术发明奖 44 项，国家科技进步奖 289 项。申请中国专利 8514 件，其中 5182 件获得授权；申请国外专利 1104 件，其中获得授权 413 件。在技术力量的有力支撑下，中石化顺利实现了老油田的增产增效、新油田的加速勘探开发，石油储量及产量稳步提高。

在"寻找大中型油气田"的勘探思想指导下，中海油的勘探工作同样成绩斐然，在一系列关键领域获得重大进展：突破恩平凹陷、莱州湾凹陷、秦南凹陷、渤中凹陷深层、莺歌海盆地中层等新区新领域，涠西南凹陷、黄河口凹陷等成熟区滚动勘探硕果累累，深水勘探不断获得商业性油气发现，为中海油可持续发展奠定了坚实基础。创业 28 年来，中海油已建立了 77 个油气田，2010 年将实现 5000 万吨油当量，建成"海上大庆"。

（八）管网建设保障供应安全

油气资源输送通道是一个国家经济发展和能源安全供应战略的重要保障，也是整个国家能源产业发展战略体系的重要组成部分。一直以来我国石油进口主要依赖海上运输，而马六甲海峡成为海上运输的最重要关口，以至于马六甲海峡的海运风险直接关系到我国能源供给安全。破解"马六甲困局"，已成为我国石油安全战略中最核心的问题。石油管道和运油通道的建设投运，极大改善和提高了我国进口通道的安全性，对我国的能源安全具有重大意义。近年来，我国积极与周边国家合作，建设石油进口管道通道，取得了积极成果。

2006 年 5 月，我国首条跨国原油管道——中哈原油管道正式输油，这标志着中国首次实现以管道方式从境外进口原油。中哈原油管道一期工程年设计输油量 2000 万吨，初期能力为年 1000 万吨，2009 年运输量达到 773 万吨，远期规划还将西延至里海。中缅管线 2009 年 11 月开工，马德岛是中缅原油管道的起点，经缅甸若开邦、曼德勒省，从云南瑞丽进入中国，管道全长 771 公里，一期设计年输量1200万吨。它可以把中国从中东及非洲地区采购的石油，直接从印度洋经缅甸过境进入中国。与通过马六甲海峡将原油运抵湛江和宁波的"太平洋线路"相比，这条"印度洋线路"不但要近1300多公里，而且也安全得多。2010年11月2日，中俄原油管道正式投油运行，漠大线开始输送俄油。中俄原油管道设计年输油能力1500万吨。中哈、中缅、中俄等陆上管道的建设和开通，直接打破了我国油气进口对海上运输的依赖。陆上油气通道完全建成后，每年至少可为我国输送原油5700万吨，占我国目前进口原油量的1/4，将有力地缓解我国油气供应不足的状况，促进国内新的能源供应格局的形成，优化我国能源消费结构。

相应的，我国国内管道的建设也开展得如火如荼，管网迅速延伸，形成了"横跨东西、纵贯南北、覆盖全国、连通海外"的管网大格局。2010年底，中国已建成投入运营长输油气管道8万多公里（包括原油管道、成品油管道、天然气管道、海底管道）。中国的油气管道建设规模大、速度快、亮点多，创造了世界油气管道建设史上的奇迹（近几年我国油气管道建设的主要成就见表2）。

表2 我国油气管道建设成就回顾

时 间	建 设 成 就
2006年7月	中哈原油管道正式投运
2006年10月	西部成品油管道投产一次成功
2007年8月	西部原油管道顺利投产；兰郑长成品油管道试验段开工；"川气东送"正式开工建设
2008年2月	"西气东输"二线工程开工建设
2008年7月	兰郑长兰州首站正式进场施工；"西气东输"二线首站工程开工建设
2008年9月	涩宁兰复线工程开工，分西东两段建设
2009年3月	兰郑长成品油管道工程兰郑段投产
2009年5月	中俄原油管道中国境内段工程在黑龙江漠河县兴安镇施工现场开工
2009年6月	陕京三线输气管道工程山西段开工
2009年11月	石空—兰州原油管道工程通信光缆定向钻黄河穿越工程开工
2009年12月	中亚天然气管道成功实现通气并投产
2010年3月	"川气东送"工程建成投产。
2010年6月	中缅石油天然气管道工程举行开工仪式，境外段开工
2010年9月	中缅油气管道工程中国境内段开工；涩宁兰复线管道工程建成投入运营；中俄原油管道竣工仪式在北京举行
2010年10月	中亚天然气管道B线全线投产完毕，双线通气成为现实
2010年11月	中俄原油管道漠河站投产进油；"西气东输"二线中卫—黄陵段干线投产进气

资料来源：作者根据相关资料整理。

目前，我国油气管道建设还处于大发展时期。"西气东输"基干管道完成之后，我国国内连通海外、资源多元、调度集中的油气供应体系已经初步形成。随着"西气东输"、西部原油成品油管道等重点工程建成投产，一个"西油东送、北油南运、西气东输、北气南下、海气登陆"的油气供应格局正在形成。

2010年是我国"十一五"规划的收官之年，回顾这5年我国石油管道建设的成就可谓可圈可点。"十一五"期间，国内油气骨干管网建设加快推进。兰郑长成品油管道、"西气东输"二线管道西段、涩宁兰复线管道、"川气东送"管道和漠大管道等支干线相继投产，与原有的油气管线纵横交织，密布全国。

"十一五"期间，我国成品油管道迎来发展高峰。目前我已在西北、西南和"珠三角"地区建成了骨干输油管道，横穿国内的兰郑长管道、锦州—郑州管道已经开始建设，其中，兰郑长管道是国内最长的成品油管道，干线全长2069公里，横穿大半个中国。按照规划，我国的成品油管道将覆盖东北、西北、华北、中南、鲁西的成品油管网系统。这些管道建成后，我国将逐渐形成"北油南运、西油东送"的成品油管网格局。"十一五"期间，我国原油管道建设有序进行。目前，我国已经形成以长江三角洲、珠江三角洲、环渤海、沿长江、东北以及西北地区为主的原油加工基地的布局，原油管道运输也随之迅速发展。同时，东北、华北、华东和中南地区初步形成了东部输油管网，西北各油田内部管网相对完善，外输管道初具规模。

（九）深海石油提供开发机遇

21世纪是海洋开发的时代。随着现有油田产量的不断减少，在高油价的推动下，世界各国石油公司均不同程度地走向深海，深海油气勘探开发迎来发展良机，深海开发也给各大石油公司带来了新的机遇与挑战。据国际能源署预计，在将来很长一段时期内石油需求将大幅增长，至2030年石油需求量将达到每天1.18亿桶。为了满足石油需求，在开发技术水平逐步提升的支撑下，油气资源开发从陆地转向海洋、浅海转向深海成必然趋势。对于陆地资源日益枯竭、对外石油依存度居高不下、环境不断恶化的中国来说，将目光瞄准海洋，是一项影响深远的战略选择。因此，我国要把握深海石油开发机遇，致力推动深海工程的发展。

深海开发前景广阔。石油等化石资源仍是未来世界很长一段时间内能源消费的主要来源，目前陆地油气资源探明率已达70%以上，反观海洋油气资源探明率，仅30%左右，开发潜能巨大。据剑桥能源咨询公司统计，2009年海洋石油产量占全球石油总产量的33%，预计到2020年这一比例将升至35%。未来，海洋工程作业市场将成为全球经济增长的一大亮点。面对深海时代的机遇与挑战，深海工程是开启深海时代的一把"钥匙"。近20多年来，向深海进军已成为发达国家海洋开发研究的重点。经过10多年的努力，我国深海技术和装备有了突破性的进展，但与先进国家相比仍处于起步阶段。2010年9月23日，科技部网站上发布了一条关于深海开发的消息：作为国家"十一五""863"计划之一的深海重大技术装备——4500米级深海作业系统总体实施方案已正式启动。通过这一深海工程项目的实施，将可以把握深海潜水器的关键技术，基本实现装备研制的国产化，形成国家级共享共用试验平台，奠定今后包括深海潜水器研制在内的科研基础。这一信息也从一个侧面表明了国家对于深海开发的支持姿态。

从企业层面上来看，中国海洋石油总公司是我国挺进海洋开发领域的主力军。几十年来，中海油通过引进、消化、吸收和再创新，已建立了与国际惯例接轨、专业配套齐全的管理体系和技术体系。特别是"十一五"期间，中海油投资150亿元建造了超深水半潜式钻井平台"981号"、深水物探船、深水多功能勘察船、深水大马力起抛锚三用工作船、深水起重铺管船等大型装备。目前，中海油已经掌握了300米水深的油气勘探开发成套技术体系，具备了在1500米水深条件下的作业能力并正积极向3000米水深迈进。2010年岁末，中海油海洋油气年产量达到5000万吨油当量，成功建成了一个"近海大庆"，而深水油气资源正在加紧勘探开发，投资150亿元建造的深水钻井船、深水起重铺管船、深水多功能勘察船等大型装备，将于2011年陆续投入运营。公司致力于在不久的将来再建一个"深水大庆"。中海油"海上大庆油田"的建成表明，中国海域已成为陆上油气开发最重要、最现实的接替区，标志着我国能源开发步入"海洋时代"。"十二五"期间，中海油将投入3500多亿元用于中国海域的油气资源勘探开发，其中将投资200多亿元用于深水大型装备建设。在深海石油开发的巨大机遇面前，我国其他两大石油巨头也不甘示弱。虽然在深海勘探开发上不及中海油的优势明显，中石油、中石化等国内石油巨头也开始加快"下海"步伐，并将目标锁定在深海油气开采领域。

（十）国际化发展是大势所趋

通过并购、合资等方式与海外其他公司合作，寻求国际化的发展道路，是我国各大石油公司的必然之选，也是国际形势的大势所趋。我国近 10 多年来大力实施"走出去"战略，以中国石油、中国石化、中国海油三大国家石油公司为主体的中国石油工业海外业务已遍及全球 50 多个国家和地区，形成了多元化的格局。海外石油合作主要通过合作开采、产量分成、风险勘探、购买石油作业权、购买油气资源、参股或收购具有石油资源的公司等方式获得份额油，也通过参与勘探作业服务或油田其他服务在获得收益的同时获得一定的石油贸易话语权。2009 年，在全球金融危机影响下，我国成功创造了"贷款换石油"模式，签署了一系列大单，为缓解我国石油供应不足作出了巨大贡献。2009 年以来，中国石油集团、中国石化集团、国家开发银行利用全球金融危机带来的机遇，在贷款换石油资源上获得一系列成果，先后和俄罗斯、巴西、委内瑞拉、安哥拉、哈萨克斯坦签署了一系列贷款换石油（或石油资产）的协议，每年可获得 7000 万吨原油保障，为我国未来长期稳定的石油供应提供了保证，保障了中国未来的能源安全，也在一定程度上分散了中国外汇储备资产的风险。

近两年，我国油企海外资产并购异常活跃。而在国际油价走高的背景下，中国加大了对海外资源的收购力度。类似中石化收购瑞士油企 Addax 的全部股权、中海油和中石化收购安哥拉 3 个区块的部分股权、中石油收购新加坡石油公司和日本大阪炼厂股权等大手笔的股权收购活动时有发生。2010 年，我国三大公司均有较大规模的海外收购，并购金额合计超过 300 亿美元，再创历史新高。而英国能源咨询公司 WoodMackenzie 公布的调查数据显示，2010 年 1～10 月份，中国企业在海外收购石油和天然气资源的投资高达 246 亿美元，在全球此类交易中所占的比例高达 20%，与两年前相比激增近 5 倍。2010 年，中石油与壳牌联合宣布，与澳大利亚最大的煤层气生产企业 Arrow 能源有限公司达成收购协议，将以 35 亿澳元收购 Arrow 公司 100% 的股权。中石化斥资约 131 亿美元收购了加拿大油砂项目和巴西石油公司的股权。中海油以 31 亿美元收购阿根廷布利达斯能源控股有限公司（简称 BEH）的全资子公司布利达斯公司 50% 的股权。2010 年 10 月，中海油全资子公司中国海洋石油国际有限公司以 10.8 亿美元购入切萨皮克公司鹰滩页岩油气项目 33.3% 的权益，通过参股控股石油公司获得权益份额油。

此外，中国企业还在非洲和南亚等地区完成了几笔规模可观的收购。

在下游，我国炼油工业也正在加快对外合资合作以及拓展海外市场的步伐。中石化于2009年5月宣布与科威特石油公司合资的炼油石化联合装置，将从原计划的广州南沙移址至湛江附近的东海岛，该联合装置将包括1500万吨/年炼油厂和100万吨/年乙烯装置。中石油的中俄大型炼油项目落户天津临港工业区，该项目的投资总额将达600亿元人民币，已经列入临港工业区未来10年发展的规划。中石油和委内瑞拉于2009年3月15日宣布将在中国合建一炼油厂，双方计划在广东省揭阳市投资建设大型炼油厂，首期2000万吨产能，项目主要引入委内瑞拉的重油为原料。在拓展国外炼油业务方面，中石油和中石化也成效卓著。中石油与日本JX石油能源公司日前就组建大阪炼油合资企业完成洽谈，中石油将负责销售，并持有大阪炼油厂49%的股权。中石油将扩建苏丹炼油厂和交换石油生产资产。中石化于2009年底宣布，计划投资220亿美元在俄罗斯远东基洛夫斯基区建设一座2000万吨/年炼油厂，这将是中国的石油企业首次在俄罗斯建设炼油厂。除了炼油设施外，中石化还将兴建一个发电厂、管道和一个港口。该炼油厂将分两个阶段建设，计划于2014年投入开工。此外，中石化也与伊朗国家石油炼油销售公司达成协议，提供65亿美元资金用于在伊朗建设和改造炼油厂。

三　我国成品油定价改革的两难选择

（一）我国成品油定价机制概述

1. 我国石油定价机制的改革之路

改革开放以来，我国石油流通体制改革走过了一条渐进的市场化开放之路。对比来看，我国原油定价机制已在1998年实现与国际市场的完全接轨，但关乎国计民生的成品油定价机制，还处于"有控制地与国际市场价格间接接轨"的过渡状态。回顾我国成品油定价机制的形成过程，主要经历了以下几个阶段。

20世纪80年代以前，石油流通体制处于国家严格管制阶段，石油定价执行的是计划经济下的单一价格，全部石油及其产品纳入国家综合平衡计划实行统一分配、分级管理，在国内形成统一的石油购销渠道。在此期间，中国的成品油用

户享受着低油价的待遇，往往是一次调整，长时期内不变。

1981～1994年实行多种价格形式并行，国家对石油的分配由过去的完全指令性计划改为指令性计划和指导性计划两种；将原油和石油产品的价格由单一的计划平价划分为平价和议价两类，从此石油流通体制开始脱离计划经济体制下的运作方式，进入了由完全计划统配转向以计划分配为主、市场调节为辅的管理体制过渡阶段。在此阶段的后期，市场进一步放开，国家指令性计划品种减少，以至出现了包括三大石油公司（中石油、中石化和中海油）、地方政府部门、集体部门、个体户多方混战油品批发零售市场的局面，从而导致价格失控。为了控制局面，1994年，国务院批转国家计委、国家经贸委关于改革原油、成品油流通体制的意见，对国产原油、成品油资源实行国家统一配置，对石油进出口实行统一管理，对国产原油、成品油实行国家统一定价。这一举措在稳定中国石油市场的同时，也使得政府价格管制功能再次强化。

从1993开始，中国成为石油净进口国，在此条件下，如果依然不顾国际市场环境而完全由政府定价显然已经不合时宜，也不符合市场经济的趋势。在这样的背景下，1998年，随着中石油、中石化两大集团重组，油价改革也拉开了序幕，步入与国际接轨的新阶段：1998年6月3日，原国家计委出台了《原油成品油价格改革方案》，规定国内原油、成品油价格按照新加坡市场油价相应确定，原油价格自1998年6月1日起执行，成品油价格自1998年6月5日起执行，原油、成品油价格与国际市场初步接轨。从2000年6月份开始，国内成品油价格随国际市场油价变化相应调整，国内成品油价格与国际市场的接轨进一步增强。从2001年11月份开始，国内成品油价格接轨机制进入进一步完善阶段，国内成品油价格实行更有效的"挂钩连动"，主要内容是由单纯依照新加坡市场油价确定国内成品油价格改为参照新加坡、鹿特丹、纽约三地市场价格来调整国内成品油价格。同时，为调动两大石油集团公司的积极性，规定两大石油集团可以在中准价上下8%的范围内浮动，来制订具体的成品油零售价。该机制一直沿用至2008年。

2009年《石油价格管理办法（试行）》出台，国家发展改革委拟定成品油价格形成机制改革方案，将成品油零售基准价格允许上下浮动的定价机制，改为实行最高零售价格，并适当缩小流通环节差价。新的管理办法规定：我国原油价格由企业参照国际市场价格自主制定；成品油价格区别情况，实行政府指导价或政府定价。此管理办法沿用至今。

2. 我国现行成品油定价机制

我国现行成品油价格形成机制规定：国家发改委根据新加坡、纽约和鹿特丹等三地市场情况对国际油价进行评估，当国际市场原油连续 22 个工作日移动平均价格变化超过 4% 时，可相应调整国内成品油价格并向社会发布相关价格信息。当国际市场原油价格低于每桶 80 美元时，按正常加工利润率计算成品油价格；高于每桶 80 美元时，开始扣减加工利润率，直至按加工零利润计算成品油价格。高于每桶 130 美元时，按照兼顾生产者、消费者利益，保持国民经济平稳运行的原则，采取适当财税政策保证成品油生产和供应，汽油、柴油价格原则上不提或少提。国家发改委制定各省（自治区、直辖市）或中心城市汽油、柴油最高零售价格。汽油、柴油最高零售价格以国际市场原油价格为基础，考虑国内平均加工成本、税金、合理流通环节费用和适当利润确定。国家发展改革委根据实际情况，适时调整有关成本费用参数。按照规定。汽油、柴油零售价格和批发价格，以及供应社会批发企业、铁路、交通等专项用户汽油、柴油供应价格实行政府指导价；国家储备和新疆生产建设兵团用汽油、柴油供应价格，以及航空汽油、航空煤油出厂价格实行政府定价。在此机制下，成品油经营企业可根据市场情况在不超过最高零售价格、最高批发价格或最高供应价格的前提下，自主确定或由供销双方协商确定具体价格。由于企业可以在最高限价之下自行定价，因而类似加油站这样的促销行为可以自主决定，也因而更加有利于市场竞争体制的形成。

（二）改革呼声与日俱增

1. 成品油定价的弊端

经过多次改革后，我国的成品油定价机制沿着与国际市场接轨的方向逐步迈进，在指导价格的控制之下，一定程度上减少了国际油价大幅波动对我国经济的冲击，对经济平稳运行起到了一定的积极作用。但是，不可否认的是，在运转中，我国成品油定价机制的一些问题也不断凸现出来，并造成了一些不良后果，因此饱受诟病。

（1）价格调整滞后。现行定价机制，未能及时灵敏地反映市场变化，调价时间明显滞后。根据目前的定价政策，国家确定的成品油销售最高销售价要在国

际市场三地价格加权平均变动超过一定幅度时才做调整，且每次调整之前均要报国务院批准，因此当国家发改委宣布调价之时，往往已经远远落后于当时的市场情景。近几年，我国国内石油需求迅速增加，进口量攀升，原油的对外依存度也在不断提高，国际油价对国内油价的影响作用越来越明显。在这种条件下，当前的定价体系对国际油价波动的迟钝反映显然成为一大弊病。

（2）只涨不落的质疑。国际油价的高位运行以及波动的频繁性使得当前我国成品油价格的刚性特点愈加鲜明，只涨不落的矛盾突出。目前我国的成品油价格形成机制实行的是"22 个工作日＋4%"的原则，举例来说，如果国际原油价格在连续 22 个工作日从 70 美元涨到 72.8 美元，涨幅达到 4%，根据现行的机制油价会做出上调；但当原油从 72.8 美元跌回 70 美元，跌幅却不到 4%，油价维持不变；之后，若原油价格再次从 70 美元回涨到 72.8 美元，涨幅又一次达到 4%，油价将会再次上调，如此循环往复，国内成品油价格自然会给人涨多跌少的感觉，甚至被质疑油价因此推高。

（3）扭曲供需关系。一般而言，价格是供需关系的最直接体现。基于此，价格变化也会在很大程度上影响资源的合理配置。就我国的成品油定价而言，由于定价依据的是国际市场原油价格变化，因而并不能真实地反映国内的经济形势，以及成品油的供求、消费等实际情况，加之调价的时滞性，使得成品油定价更容易偏离国内实际的供求关系。此外，世界各地成品油消费结构、习惯及季节变化等因素与国内市场不尽相同，而且国内各地市场的需求情况也不尽相同，按照国际市场油价制定国内统一限价，必然使得供求关系更加扭曲。

（4）刺激投机现象。现行定价机制除了具有滞后性外，另一鲜明特点就是定价相对透明。滞后性会给投机经营预留较大时间空间，而透明性会为投机者提供更多的便利条件，助长了流通体制中的投机现象。按照现行定价规则，根据国际油价的走势，对未来我国成品油价格是上调还是下调很容易做出判断。在做出价格预期后，国内销售企业就能选择合适的时机进行囤积等行为，以谋求巨额利差，这样的行为无疑会干扰正常的经营和市场秩序。2010 年的市场上出现的囤积油票、囤积油品的现象，就是这种投机行为的作用使然。另一方面，由于有了投机，就会使政府定价异化，从而造成政策稳定市场的效果减弱。

（5）造成油价倒挂。目前，原油价格与成品油价格接轨不对称，不利于成品油生产经营的正常安排。按照价格运行的一般规律，上游产品与原材料价格的变动会反映在下游产品价格和生产资料上。原油和成品油是上下游关系，原油价格的变动应该传递到成品油价格而引起相应变动。但是，从我国情况来看，目前国内的进口原油价格已与市场接轨，完全按照国际油价变动情况随之波动，而成品油价格则要在一定的管控下滞后调整。因此，在油价大幅度波动的时候往往形成原油大幅度提价时，成品油价格不提；原油降价时，成品油不降等现象，因而造成生产企业原油进价与成品油销价不匹配，产销衔接不畅，影响了市场的正常运作。在国际油价高涨时，由于成品油价格不能相应上调，就会出现油价倒挂现象，并使得上涨的原油价格转化为加工企业的生产成本，从而导致利润减少甚至亏损。如果石油加工企业亏损严重，产量自然会下滑，就会造成石油零售企业供应短缺或产生"油荒"。

（6）降低资源利用效率。由于成品油在价格管控中要兼顾企业、消费者、经济运行状况等多方面的因素，因此国家发改委的每次价格调整都比较谨慎。在当前国际油价高企的背景下，我国成品油价格调整幅度往往要低于国际油价，这就在一定程度上造成了我国成品油价格被低估。当国内成品油价格与国际油品价格相比明显偏低时，其差价一般由政府补贴，这样不仅造成了沉重的财政负担，还容易误导消费行为，间接鼓励了能源高消费，不利于资源的合理配置，降低了资源利用效率，也不能达到节约能源的目的。

2. "油荒"推高价改呼声

（1）"柴油荒"蔓延全国。在中国市场上，"油荒"、"气荒"并不是一个新鲜词。从 20 世纪末期，"油荒"开始在"珠三角"等经济发达地区出现，此后蔓延范围不断扩大，在广东等部分地区，"油荒"甚至会如大自然的季节交替般频繁造访，出现了年年荒的局面。2010 年末，一场更严重的"柴油荒"蔓延全国，其影响尤为引人关注。自 9 月开始，桂、粤、苏、浙地区出现局部柴油供应短缺，之后市场恐慌再行北上西进，柴油短缺局面影响大半个中国。进入 10 月份，中石油、中石化在全国大部分地区采取控销停批的销售策略，多地"油荒"加剧，供应紧张的局面一时无法缓解。同时，油价上涨的消息在全国扩散，工业依赖程度高的柴油更是成为"稀有资源"，被竞相抢购。为了囤货赚取价差利润，许多加油站或明或暗地进行限量供应，甚至出现停售现象，用油单位受损严重。11 月，市场炒作氛围日盛，价格持续上扬。数据显示，在 8 月底时，京津唐地区主营单位零号柴油每吨售价在 6850 元左右，地炼在 6600 元左右，及至 11

月 9 日，中石化报价零号柴油涨至 7500 元左右，地炼价格更是高达 8200 元。批零倒挂成为市场上普遍存在的现象。即使是涨幅如此之大，主营单位也只有报价，实际经常是无货可拿，拉油的罐车经常在厂区外通宵达旦地等待争抢货源。在限购之下，彻夜排队等待加油的现象更是屡见不鲜。2010 年 11 月，在川陕高速路段，时常可以看到上千辆等待加油的大卡车，造成的拥堵距离达 20 余公里，而即便经过数小时的苦等，轮到的每一辆车只能限量加 300 元的柴油。与此类似，104 国道浙江上虞段大堵车、国道 312 甘肃段大堵车，无不显示着这次"油荒"的严峻程度（2010 年汽油、柴油分季度产销情况见表 3）。

表 3　2010 年汽油、柴油分季度产销情况

	2010 年一季度	2010 年二季度	2010 年三季度	2010 年四季度
汽油年度累计产量(万吨)	1827.78	3758.5	5665.95	7675.3
汽油年度累计销量(万吨)	1753.7	3619.6	5501.4	7433.8
汽油年度累计产销率(%)	101.8	100.5	100.7	100.3
汽油产销率同比增长率(%)	3.9	2.2	1.7	1.1
汽油库存同比增长率(%)	−16.7	−8.9	−18.8	−10.6
柴油年度累计产量(万吨)	3702.57	7647	11631.38	15887.4
柴油年度累计销量(万吨)	3599.1	7570	11528.1	15758.2
柴油年度累计产销率(%)	98.7	100.4	100.3	100.1
柴油产销率同比增长率(%)	1.8	0.9	1.2	0.5
柴油库存同比增长率(%)	17.5	−11.8	−14.4	−9.4

资料来源：中国石油化工联合会。

（2）政府部门出面干预。"柴油荒"的持续蔓延以及价格飞涨，也引起了政府部门的严重关切。从 2010 年 10 月份开始，政府的各项市场整治活动加强。在地炼最为集中的山东，由于柴油的实际批发价远远高于限价（依照国家发改委 10 月 25 日的调价通知，零号柴油零售最高限价为每吨 7445 元，但山东地区实际批发价却高出了 700 余元），当地物价部门展开了大规模检查地炼销售价格的行动。但是，本次查价行动能否收效却令人怀疑，而且这一行政行为可能引起的负面效应也不容回避：如果坚决要求地炼不涨价，地炼宁愿停产也不愿意低价售油，这样又会使得供应短缺加剧。11 月 23 日，国家发改委再出重拳，通报了 6 起柴油价格违法典型案件的查处状况。这 6 起案件牵涉方包括中

石油、中石化两大巨头地方分公司，以及4家地炼企业。对这些价格违法案件，国家发改委责成当地价格主管部门依法从重从快予以严肃处理，除没收高价售油多收价款外，最高处以5倍的罚款。国家发改委的处罚令一经颁出，中石油和中石化随即回应将在12月结束柴油紧张局面，同时市场层面的紧张程度也有所缓解，炒作的气氛开始动摇，汽油、柴油批发价应声而下（2010年全国柴油月度产量变化见表4）。11月25日，北京、山西、河北、山东等地的中石油和中石化下属单位和社会单位柴油价格下滑幅度均在百元左右。

表4　2010年全国柴油月度产量变化

时　间	年度累计柴油产量（万吨）	同比增长率（%）	当月产量（万吨）
2010年1月	1267.41	27.89	1267.41
2010年2月	2436.67	24.9	1169.25
2010年3月	3702.57	22.07	1263.04
2010年4月	4985.76	21.31	1269.65
2010年5月	6316.69	19.08	1330.2
2010年6月	7646.95	17.52	1333.7
2010年7月	8992.23	15.18	1345.37
2010年8月	10320.34	13.78	1326.93
2010年9月	11631.38	12.37	1311.04
2010年10月	12987.23	11.99	1360.7
2010年11月	14428.55	12.35	1417.75
2010年12月	15887.7	11.96	1463.56

资料来源：Wind。

政令之下，"柴油荒"真的能够就此缓解吗？业界对此还是发出了怀疑的声音。市场人士认为，虽然两大石油公司宣布增加供应，但从当前市场旺盛的需求程度看，预计短期内供应短缺还将持续。国际能源署（IEA）的预测同样认为"油荒"还将继续，这可能迫使中国政府调整柴油供应的政策。从市场反应来看，严令之下，仍有大批成品油批发企业的柴油批发价高于国家发改委的最高限价，国家发改委处罚的几个典型企业，恐怕也是"冰山一角"，到底能够起到多大的威慑作用还有待检验。

（3）定价机制改革成众望所归。我们认为，成品油生产经营企业的违法涨

价和囤油投机并不是导致本次"油荒"的最根本原因。归根结底,价格始终是市场供求的集中反映。如果没有当前成品油市场的资源垄断、突击式拉闸限电拉高的需求以及不合理的成品油定价机制,或者本次"油荒"绝不会发生。

由于缺乏竞争,石油巨头们控制着我国市场的主要资源,中石油和中石化两大集团对成品油市场更是具有绝对的影响力,两大公司的经营策略直接影响着市场的供给能力。2009 年,受全球金融危机影响,国内汽柴油需求量持续疲软,市场供应过剩,中石油、中石化库存严重,及至 2010 年初,销售依然不畅(2010 年成品油产销情况见表 5)。在销售压力之下,石油巨头更多地瞄准了海外市场,大规模增加出口。海关总署统计数据显示,2010 年 1 月,中国成品油出口量为 270 万吨,同比增长了 138.7%。此后,成品油出口量持续保持在 200 万吨以上的高位,及至 10 月微降至 188 万吨。2010 年 1~10 月中国成品油出口总量为 2290 万吨,同比劲增 19.8%,及至年底回落至 7.5%(成品油出口情况见图 12)。大量出口为石油巨头消耗了大量库存,减少了国内供给。

表5　2010 年成品油产销总量平衡表

产品名称	项　目	产量(万吨)	进口量(万吨)	出口量(万吨)	表观消费量(万吨)	产量/表观消费量(%)	进口/表观消费量(%)	对外依存度(%)
成品油(汽煤柴合计)	2010 年合计	25277.4	830.0	1592.8	24514.6	103.1	3.4	-3.11
	2009 年合计	22979.4	800.3	1539.7	22240.0	103.3	3.6	-3.32
	同比增长(%)	10.0	3.7	3.5	10.2	-0.2	-0.2	0.21
汽油	2010 年合计	7675.3	0.0	517.1	7158.2	107.2	0.0	-7.22
	2009 年合计	7301.0	4.4	494.3	6811.1	107.2	0.1	-7.19
	同比增长(%)	5.1	-99.7	4.6	5.1	0.0	-0.1	-0.03
煤油	2010 年合计	1714.7	650.1	608.5	1756.3	97.6	37.0	2.37
	2009 年合计	1487.7	612.2	594.7	1505.2	98.8	40.7	1.16
	同比增长(%)	15.3	6.2	2.3	16.7	-1.2	-3.7	1.21
柴油	2010 年合计	15887.4	179.9	467.3	15600.0	101.8	1.2	-1.84
	2009 年合计	14190.7	183.7	450.7	13923.7	101.9	1.3	-1.92
	同比增长(%)	12.0	-2.1	3.7	12.0	-0.1	-0.2	0.08

资料来源:中国石油化工联合会。

拉闸限电引爆了需求。根据"十一五"规划,我国单位 GDP 能耗在 5 年内必须下降 20%,从 2010 年第三季度起,各省市为了完成节能减排目标,进入了

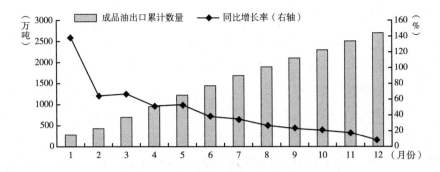

图12 2010年我国成品油累计出口量及增长情况

资料来源：海关总署。

最后的冲刺阶段，不惜采取大规模地拉闸限电措施。由于汽油、柴油消耗没有列入节能减排指标，有些企业为保证生产的正常运行，不得不惜砸下重金购买柴油发电机保障运转，这导致柴油需求大幅上升，另一方面，部分炼油厂也因停电而减产，供需紧张加剧。

如果说资源垄断和拉闸限电对"油荒"的形成起到了直接的拉动作用，那么滞后于市场变化的定价机制可以说是导致"油荒"的根本症结所在。定价规则直接影响着企业的经营方式、供给的有效性和市场效率。如果能够采取更加符合市场规律的定价机制，一方面可以缓解炼油企业承受的原料上涨压力；另一方面也能大幅减少市场囤油投机行为的发生，促进企业生产的积极性，有效增加供给。换言之，采取有效的价格形成机制，才是解决市场问题的根本之策。

针对"柴油荒"引发的社会各界对现行成品油价格形成机制的质疑，国家发展改革委价格司有关负责人表示，将在充分听取各方面意见的基础上，进一步完善成品油价格形成机制，以更好地灵活反映市场供求变化，使其更加透明。

（三）通胀压力导致价改陷入两难

此次"柴油荒"的显现，再次将有关成品油定价机制改革的讨论推到了风口浪尖上，而国家发改委将如何推动价改的进行更成为业界关注的焦点。根据国家发改委负责人此前的表态及专家的分析，业内曾普遍认为国家发改委将在2010年底启动新的成品油定价机制改革，但是不期而遇的通货膨胀却改变了人

们的预期。

2010年我国CPI同比增长3.3%，国内通胀压力不断加大，尤其是下半年，CPI指数一路高企，引起各方忧虑。目前处于国内物价通胀较敏感的时期，成品油作为产业链顶端产品价格十分敏感，油价变动牵涉工、农、运输等多行业的成本，有机构测算，当国内油价每上涨300元/升时，国内CPI就可能会有0.07%的变化幅度。若成品油调整太频繁，特别是上调次数较多或幅度较大时，会造成很多不稳定因素，也会致使国家在稳定物价方面处于被动地位，因此，在抑制涨价和促进资源流通的压力下，政府会更加谨慎地对待成品油价格变化。国家发改委2010年11月25日发文称："各级政府要认真贯彻落实国务院有关稳定价格总水平的通知精神，把握好政府管理价格的调整时机、节奏和力度，并充分考虑社会承受能力，统筹协调，审慎出台。"国家发改委还要求，相关企业承担起相应的社会责任。值得注意的是，与成品油同属资源产品的天然气价格上涨方案已经在北京和广东等地暂停执行。从种种迹象上看，成品油上涨同样将得到国家的"谨慎处理"。纵观2010年，国内成品油价格共三次上调、一次下调，调整频率相应放缓（2010年成品油调价情况见表6）。

表6 2010年成品油调价情况

时　间	汽油出厂价(元/吨)			柴油出厂价(元/吨)		
	调整后	本次变动	调整前	调整后	本次变动	调整前
2010－12－22	7730	310	7420	6980	300	6680
2010－10－26	7420	230	7190	6680	220	6460
2010－06－01	7190	－230	7420	6460	－220	6680
2010－04－14	7420	320	7100	6680	320	6360

资料来源：国家发改委。

虽然目前有关价改的呼声日盛，但现实中推行起来却不是那样简单。在国际油价持续在高位徘徊的背景下，如果马上出台改革新政，国内成品油价格跟涨的速度必将更快，并致使通胀加剧；但另一方面，如果机制不调整，则原有机制的积弊难除，类似囤油、投机等现象难以杜绝，炼油成本与利润增长不匹配问题无法解决，企业积极性受到打击，供需扭曲现象将更加严重。因此，在国内通货膨胀的经济压力下，国家发改委的价改之举陷入两难的境地。

116

（四）市场化改革依然是大方向

1. 逐步推进市场化进程

石油产业具有竞争性、基础性的双重特性。作为竞争性产业，成品油价格理论上应在政府宏观调控下，由市场供求形成，完全按照市场规律完成定价；作为基础性行业，成品油价格关系到国计民生，不宜完全放开。因此推进成品油价格市场化将是一个艰难的历程。但是无论如何，稳步推进我国的成品油价格体制改革，实现我国国内成品油与国际市场的接轨，保证国内油气工业的健康发展，将是未来发展的不变方向。

从国际石油市场发展趋势上看，目前全球多数国家都实行了市场化的成品油定价机制，由政府定价的国家越来越少。欧美发达国家的成品油价格早就由市场形成。美国从1979年开始废除了第一次石油危机时采用的政府价格管制政策，重新采用市场定价机制。欧洲主要国家也都在20世纪80年代基本实现了成品油价格市场化。在这种以欧美等发达国家为代表的市场化定价机制下，市场里存在充分的竞争，炼厂生产的成品油在国内外市场的最终售价完全由供求关系决定。政府主要作为管理者，建立并确保公平竞争的交易环境，通过油品储备、利率等间接经济手段管理价格。

石油定价机制反映了成品油最终零售价格的形成规则与过程，是成品油流通体制的重要组成部分，相应的，石油流通的诸多矛盾都源于定价机制，进行我国成品油定价机制改革势在必行。目前，国际油价波动频繁，国内市场竞争环境不充分，完全放开国内油价的时机尚未成熟，因此采取有控制的市场化调整是必要的。国家发改委负责人也指出，成品油价格形成机制总的来说是逐步走向市场化的，但并不是说简单地与国际市场接轨，因为成品油价格背后还负载着社会各方承受能力与企业经济效益的平衡，以及保障国家能源安全等因素。要尽量采取更灵活的价格形成体系，但在现阶段中国的成品油定价还不可能完全推向市场。短期内，我国成品油定价应该在坚持改革的市场化取向的同时，多方面积极引入市场竞争，使价格尽可能反映市场供求的真实信息，增强政府定价或政府指导价的灵活性与及时性，在政府规制和市场定价之间找到一个切合点，采取稳步推进的方式逐步走向市场化，使我国成品油价格形成机制更趋合理。

2. 短期内价改的两大方向

在新机制下国家发改委或将缩短调价周期。从当前的定价机制来看，22 个工作日的国际原油价格跟踪周期显然太长，不利于国内的油价与国际油价的接轨和联动，不能及时反映石油的供求关系，并可能加重炼油商的政策性亏损。同时，周期太长也是加剧投机和造成油价倒挂的最主要原因之一。因此，从发展上看，缩短跟踪周期、简化报批手续必将是改革的方向之一。

调整 4% 的幅度界限，也被认为是新机制将可能采取的举措之一。不同于简单变化 4% 的幅度，新定价机制或将更加细化相关条款。为了国内与国际油价的衔接，也为了配合调价周期的缩短措施，调整幅度也许会适当降低。由于在统一的百分比幅度作用下，存在相对幅度与绝对幅度的差异问题：同样绝对值的油价上涨和下跌，反映的上涨和下跌的比例并不一样，上涨的百分比幅度会比下降的百分比幅度大，这样显然会让消费者不满意。为了改变消费者对当前定价体系涨多降少的质疑，国家发改委也可能不再使用统一的百分比幅度来作为调整价格的依据。

3. 多种举措配套市场改革

影响我国成品油定价体制改革进程的一个很重要因素是市场的发育程度。市场经济本身的进步与发展，其根本的动力主要是源自公平的市场竞争，健康的石油市场也需要通过市场竞争来平衡供求、理顺价格。在市场条件不成熟的情况下，冒进式地推行市场化改革，反倒有可能适得其反。因此，采取综合配套措施，建立竞争性市场结构，逐步培育起健康有序的市场，是定价机制改革过程中必不可少的环节。

为了建立有效竞争的市场体系首先要从体制改革着手。新中国成立 60 多年来，我国内外部的政治经济环境都发生了巨大变化，石油体制改革却似坚冰难融。从国际上看，发达国家的垄断企业往往是通过市场竞争而形成的，成品油市场均拥有多个竞争主体，任何一个公司占有的市场份额均不足以完全操纵市场。中国三大石油公司的地位和结构在世界上是独一无二的。它们不仅垄断着国内的石油天然气资源，控制着绝大部分炼厂、加油站和油品的进出口，而且作为最高层级的"央企"，它们被赋予部分政府职能，时至今日，在企业内部，行政性管理仍占主导地位，管理体制改革亟待突破。加速体制改革的步伐，将为我国石油行业营造有序的竞争环境扫除障碍，为成品油定价机制市场化改革的实质性突破创造有利条件。

适度降低标准，建立公平的市场准入制度，培育多元化的市场主体，营造竞争性的市场环境，是实现成品油市场有效竞争的关键。2010 年 7 月，国务院办公厅下发通知，将"新 36 条"分工至各个部委，明确了 40 项工作任务，每一项具体任务都有专门的部门负责。但是，哪一级政府部门负责与民企对接、怎样有针对性地帮助民企进入这些行业，尚不明确。因此，为了降低门槛、鼓励竞争，各地方、各级政府如果可以加速落实中央精神，细化各项具体措施，积极鼓励民营、外资等多种资本参与成品油市场的竞争，促进建立以中石油、中石化、中海油等国有公司为主，国内民营中小石油石化企业及外资石油企业积极参与的市场体系，必将为切实保证成品油市场的健康发展起到巨大的推动作用。

提升国际话语权。如今我们已经成为世界第二大石油消费国，但是我国所拥有的贸易规模与我们对国际石油价格的影响力却完全不成正比，我们仍是国际石油价格的被动接受者。今后我们应在加速推进成品油定价机制改革的同时，进一步完善我国石油市场统计、分析和发布制度，形成信息平台，并积极推进与OPEC 为代表的石油生产国和以 IEA 为代表的石油消费国的合作，建立利益协调和合作应对机制，提高国际石油价格的影响力。

参考文献

崔民选：《中国能源发展报告》，社会科学文献出版社，2008、2009、2010。

国家统计局：《2010 中国统计年鉴》，中国统计出版社，2010。

BP 公司：《BP 世界能源统计 2010》，2010。

国际能源署：《中国洁净煤战略》，2009。

国际能源署：《世界能源展望 2009》，2009。

国家发展改革委：《能源发展"十一五"规划》，2007。

江泽民：《对中国能源战略的思考》，《中国能源》2008 年第 4 期。

刘克雨：《金融危机以来资源国对外合作政策和国际油气合作趋势》，中国石油经济技术研究院，2010 年 1 月。

张抗：《高油价时代辨析》，《石油科技论坛》2009 年第 1 期。

张抗：《从石油峰值论到石油枯竭论》，《石油学报》2009 年第 1 期。

张抗：《高油价的回顾和反思》，《中外能源》2009 年第 2 期。

雷群、王红岩等：《国内外非常规油气资源勘探开发现状及建议》，《天然气工业》2008 年第 12 期。

赵林、冯连勇：《世界石油峰值研究现状及其引发的思考》，《国际石油经济》2007 年第 11 期。

中国石油和化学工业联合会：《2010 年石油和化工行业经济运行报告》，2011 年 1 月 27 日《中国化工报》。

邓郁松：《高油价背景下中国能源价格机制改革建议》，第三届中国金融市场投资分析年会会议报告，2008 年 7 月 5 日。

国务院办公厅：《石化产业调整和振兴规划（2009～2011）》，2009 年 5 月 18 日。

李天星、赵秀娟、张建：《我国石油石化工业"十一五"回顾》，2011 年 1 月 24 日《中国石油企业》。

李天星、赵秀娟、张建：《我国石油石化工业"十二五"展望》，2011 年 1 月 24 日《中国石油企业》。

《2015 年我能源对外依存度将超 15%》，2011 年 1 月 26 日《中国能源报》。

《今年中国石油需求增速将下降》，2011 年 1 月 25 日《中国经济时报》。

《中国助力全球油气行业》，2011 年 1 月 25 日《中华工商时报》。

《研究称世界石油需求重回上升通道》，新华网，2011 年 1 月 24 日。

《化石能源价格上涨是大趋势》，中国能源网，2010 年 12 月 16 日。

《"十一五"中国油气骨干管网初步建成》，新华网，2010 年 12 月 7 日。

《中国海外油气投资两年激增五倍》，2010 年 12 月 7 日《中国产经新闻报》。

《成品油调价让步物价治理大局》，2010 年 11 月 29 日《国际金融报》。

中石油、中石化、中海油等上市公司公开资料。

Steadily Promoting the Market-based Reform of Oil Price in the Inflation Conditions

Abstract：The haze of global financial crisis has gradually vanished, and China's economic achievement has attracted the world's attention in 2010. In the wave of rapid development, the petrochemical industry is accelerating. Currently, the oil pricing reform is becoming an indispensable issue for its future development, so promoting the market-based reform is an inevitable choice. However, when the reform time is right, the growing inflationary pressures force the reform to face a dilemma. Even though it is difficult to carry out this reform, the direction of market-oriented will not change. In order to coordinate the reform, the integrated package of measures must be implemented, such as building competitive market structure, progressively cultivating and improving healthy market environment, and creating favorable conditions for oil pricing. Predictably, with the steady progress of the reform of pricing, the pace of international development of petrochemical industry will speed up, which will exert considerable influence on the world by its increasingly rising international competitiveness.

Key Words：Oil；Refined Oil；Reform of Pricing；Marketization

B.4

分报告三

天然气：资源国际化促进产业链升级

王军生 刘 飞*

摘 要：2010 年，我国天然气产业继续发展壮大，生产、消费、进口规模迅猛增长，供需基本面保持平衡。在资源国际化的推动下，我国天然气产业链全面发展，整体提升。同时，我国天然气价格形成机制市场化改革步伐加快，产业链和价值链得以进一步理顺。进口天然气资源规模迅速放大，非常规天然气能源加快开发利用，我国天然气资源供应能力整体明显增强，并已基本形成城市清洁型、工业燃料替代型、化工型及发电型等多种消费需求特征的区域性天然气消费市场。

关键词：资源国际化 产业链 价格改革

一 2010 年我国天然气产业概述

2010 年，我国天然气产业继续发展壮大，生产、消费、进口规模迅猛增长，供应需求基本面保持平衡。总体上，我国气体能源供应能力得到增强：从国际市场获得的陆地管道天然气和液化天然气（LNG）进口规模迅速增长，作为气体能源"替补"的煤层气、页岩气、天然气水合物（即"可燃冰"）等非常规天然气资源开发和勘探工作也迅速起步，且成效显著。同时，资源国际化和气体能源供给格局呈现多元化，从根本上推动了我国天然气产业链整体提升。

---

* 王军生，经济学博士，现任中国民主同盟中央经济委员会副主任，兼任中国社会科学院中国经济技术研究咨询有限公司研究员；刘飞，财政部财政科学研究所博士，国防大学国防经济研究中心助理研究员、经济师，主要研究方向是财政政策和宏观经济运行、能源政策。

尤其是资源国际化程度加深，也为我国天然气产业链的协调发展提出了新的课题：国际天然气市场定价机制中的"不完善"，以及我国国内天然气价格形成机制固有的"制度性"缺陷双重叠加，直接强化了我国气价改革的压力。从根本上看，天然气资源加速国际化，推动我国天然气产业链和价值链亟须进一步理顺。

总体上，2010年，"十一五"规划期经济和社会发展实现完美"收官"，随着我国能源保障战略思路逐渐明晰，措施渐进落实，天然气产业在我国能源战略中作为"首席低碳能源"的基础地位逐渐明确，发展前景看好。我国天然气产业，在资源保障能力、储量建设、储运等基础设施规划建设、战略转型、价格形成机制深入改革、消费市场促进，以及非常规天然气资源发展等方面，都呈现出欣欣向荣的态势。

在可展望的"十二五"规划时期，天然气等气体能源将在我国经济和社会生活中扮演日益重要的角色。我国能源产业正在进入一个全新的剧烈"气化"的新的历史时期！

（一）供需基本平衡，进口稳步增长

根据2011年1月28日国家能源局发布的统计数据，2010年，我国天然气供需基本面总体保持平衡；消费区域市场快速扩张；天然气上下游产业链初步实现全面发展。

在供应方面，天然气产量稳步增长，国际天然气资源进口规模迅速扩大。2010年，我国天然气供应总量为1153.8亿立方米。其中，天然气产量达到944.8亿立方米，同比增长12.1%。进口LNG 934万吨，增长75%；首次进口管道气44亿立方米。同时，我国非常规天然气开发取得积极进展，煤层气利用量达到36亿立方米，同比增长42.3%。

2010年，我国全年天然气表观消费量接近1100亿立方米规模，同比激增20.4%。在一次能源消费总量中天然气的结构占比为4%，比2009年（3.67%）约提高1个百分点（见表1）。

从宏观能源来看，在2010年全国能源消费增量中，天然气能源的地位显著增强。根据国家统计局统计公报，2010年，全国能源消费总量为32.5亿吨标准煤，比上年增长5.9%。其中，煤炭消费量增长5.3%；原油消费量增长12.9%；天然气消费量增长18.2%；电力消费量增长13.1%。而全国万元国内生产总值能耗下降4.01%（见图1）。

表1　2010 年我国天然气供需总体基本平衡

单位：亿立方米

类　别	2010 年	同比增长	2009 年	同比增长
（计量单位）	（亿立方米）	（%）	（亿立方米）	（%）
生产	981	11.8	877	6.4
（1）天然气	945	12.1	852	6.4
（2）煤层气	36	42.3	25	36.6
进口*	173	126.5	76	73.4
（1）管道天然气	44	—	—	—
（2）液化天然气** ***	934（万吨）	75	553（万吨）	65.8
供应总量	1153	20.5	953	6.4
表观消费量	1073	20.9	887	9.4

＊2009 年国际资源依存度约 8.6%，2010 年国际资源依存度约为 15.6%。

＊＊折合标况下气态天然气，2010 年进口 LNG 约为 129 亿立方米，2009 年进口约为 76.3 亿立方米。

＊＊＊除已投运的广州大鹏、福建莆田和上海洋山港三个 LNG 接收站进口的"长协"LNG 外，为应对 2009 年底的"气荒"，2010 年初中石油进口了少量现货液化天然气（6.5 万吨，约合 0.9 亿立方米）。

资料来源：国家能源局综合司。

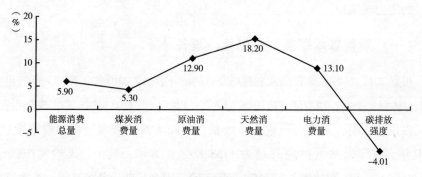

图1　2010 年我国天然气能源消费继续高速增长

资料来源：国家统计局。

　　在消费区域市场培育方面，2010 年，我国天然气市场规模快速扩张。随着"西气东输"二期万里长输管道等长距离主干网络以及区域管网的逐步完建，天然气主要消费地也从各类气体能源资源产地，向中东部经济发达地区集中。

　　需要特别指出的是，从能源战略总体安排来考察，从资源禀赋、经济性、技术条件、替代能源适用性，以及能源的"可达性"等多方面比较，尤其是考虑到我国居民对于民生能源相对较低的可支配水平，天然气并非我国的"优势能源"。因此，在2004 年"西气东输"一期工程完建之前，天然气能源在我国能源利用中占比极为有限，长期远低于煤炭、石油、水电在一次能源消费结构中的比重。2003 年，天然气在我国一次能源消费中占比仅为2.9%，甚至仅为水电占比（7.7%）的1/3强。如图2和表2显示，"十一五"时期，随着我国天然气基础设施的不断建设，天然气消费总量也实现了迅速成长。截至2010年年底，我国能源气体化水平提高到4.7%。

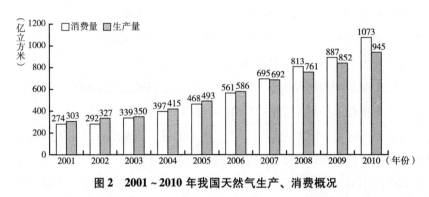

图2 2001～2010年我国天然气生产、消费概况

表2 2001～2010年我国天然气生产和消费情况

年 份	2001	2002	2003	2004	2005	2006	2007	2008	2009	2010
消费量（亿立方米）	274	292	339	397	468	561	695	813	887	1073
同增（%）	11.8	6.6	16.1	17.1	17.9	19.9	23.9	17	9.1	21
产量（亿立方米）	303	327	350	415	493	586	692	761	852	945
同增（%）	11.4	7.9	7.0	18.6	18.8	18.9	18.1	9.9	6.1	10.9

数据来源：历年国家统计局统计公报相关统计数据，《BP世界能源统计2010》。

目前，我国天然气市场已进入快速发展阶段。普遍预测显示，2020～2030年，天然气在我国能源利用中的占比将提高到10%～15%。对于我国天然气产业的全面、可持续发展，这意味着在未来的10～15年中，我国将逐步形成多来源、多气源、多层次的气体能源供应格局。

按照我国2008年以来形成的西北（中亚）、东北（俄罗斯）、西南以及东南海上等四大能源进口战略通道的总体布局，预计"十二五"时期，我国将在目前形成的"西气东输、北气南下以及海气登陆"供应格局基础上，形成国产气、进口气；常规气、非常规气；气态气、液化气等多类气源并存的多元化新格局。其中，国产气包括以塔里木、鄂尔多斯、川渝、青海四大气田为主的陆上天然气，以南海气田为主的海洋天然气；以沁水盆地、鄂尔多斯盆地等区块为主的煤层气，以及以内蒙古、新疆等地区为主的煤制天然气。进口气则包括通过管道进口的中亚天然气、拟议中的俄罗斯天然气，以及通过广东大鹏、福建大鹏等多个

沿海 LNG 接收站为主的进口液化天然气（LNG）。

经过"十一五"时期的建设和发展，随着川气东送、福建 LNG 等项目建成投产，目前除西藏外的各省（自治区、直辖市）均已用上管道天然气或液化天然气（LNG）。继产区周边、环渤海城市群、长江三角洲城市群、珠江三角洲地区之后，江西、广西、福建等华中地区、华南地区开始大规模采用天然气。

目前，我国正在形成多种消费需求特征的天然气消费市场，主要包括：环渤海地区的城市清洁型天然气市场；东北地区的工业燃料替代型和发电型天然气市场；长江三角洲地区的城市清洁型、化工型和发电型相交织的混合型天然气市场；东南沿海地区的发电型天然气市场；中南地区、西南地区的化工型天然气市场；西北地区的发电型、化工型和城市清洁型天然气市场。

从消费结构来看，按照国家发改委的分类，我国天然气消费的主要领域是工业部门，其次是生活和交通运输[1]。见表3。

表3　我国天然气市场的需求构成

单位：%

需求类别	比例	能　源　替　代
发　电	42	天然气将是替代煤炭发电的主要能源,特别是在人口密集、污染严重、经济发达的东南沿海地区,天然气将成为新建电厂的主要能源
城市燃气	22	城市燃气前景十分好,不仅可与液化石油气竞争,也可替代煤炭、燃油甚至煤炭。预计到2020年我国城镇天然气用户将达到40%,需求将达到440亿立方米
化工用气	16	目前化工领域是天然气的第二大用户,近1/4的天然气被用于化工原料,其中90%以上用于生产化肥。另外,天然气化工在制氢、甲醇、乙烯等方面也会有所发展。预计2020年,化工领域对天然气需求将达到325亿立方米
工业等其他用户	20	随着我国经济中高质量、高附加值产品比重的提高以及天然气管网的不断完善,预计2020年,工业等其他用户的天然气需求将达391亿立方米

资料来源：崔民选主编《中国能源发展报告（2010）》，社会科学文献出版社，2010。

随着我国发展天然气能源战略层面的思路进一步明确，在"十二五"经济和社会发展新时期开局之年，天然气资源具有传统经济性化工原料的角色逐步淡出，作为清洁低碳能源的地位进一步凸显。我国的"天然气时代"，正在来临！

---

[1]　目前阶段，我国天然气消费呈现三个特点：相对低廉的用气价格以及天然气供应基础设施建设在全国范围内展开，推动我国城市"燃料气化"进程；由于我国运输用途的燃料需求迅猛增长，交通运输用天然气受政策鼓励，得到迅速发展，民用天然气增长迅猛；我国政府鼓励使用替代燃料，特别是生物燃料、压缩天然气和煤基液体燃料作为车用燃料。

（二）储量建设成效卓著，资源保障度有所提高

"十一五"期间，我国天然气产业加强资源储量建设，成效卓著，资源保障度有所提高。

化石资源具有不可再生的耗竭属性，储量建设始终是油气能源的"生命线"。2011 年，中石油、中海油、中石化等石油巨头，以及中联煤层气有限责任公司、晋煤集团等煤炭企业，纷纷"出海登陆"、"增储上产"，大力开发各类气体能源。2010 年，我国天然气和非常规气体能源的国内外储量建设成效显著。

在最新一轮全球性开发气体能源资源浪潮中，世界各国油气能源巨头企业"大动作"频频，折射出气体能源资源储量建设的一些特点：

首先，经过"十一五"时期以三大国有油气巨头企业集团为主的大力"走出去"，我国对国际油气资源的投资、勘探、开发，以及生产建设的路径熟稔且程序相对流畅。在世界能源市场逐渐重视气体能源开发的大趋势之下，我国油气企业将沉淀厚重的国际能源投资能力向天然气领域扩展，此正其时，顺理成章。

其次，在进行天然气等资源全球性开发的同时，中石油、中海油、中石化等大型油气企业，也极为重视对国内的煤层气、页岩气、天然气水合物（可燃冰）等非常规天然气资源的开发。显然，在本轮"气体能源内部争夺战"中，资金、技术、机制、政策力度的影响力（"游说"能力）相对占优的国有油气巨头企业，比之经营方式相对传统、各层面创新显著不足的大型煤炭企业集团，或略胜一筹。

再次，在国内外气体能源资源的积极获取过程中，中石油、中海油等油气龙头企业扮演了"领航员"和"先锋队"的关键角色。而同时，近年来国际能源领域此起彼伏的"斗气"风波，以及此一轮国内气体资源争夺的"暗战"，使全社会上下逐渐认识到：为确保我国经济和社会长期可持续发展提供切实可靠的能源保障，应加强对煤炭衍生资源煤层气和页岩气等非常规天然气能源的开发利用。能源多元化战略和"气体能源"战略的逻辑脉络逐渐明晰。

由此，从国际化企业到地方国有企业，以及民营能源企业，企业界对资源储量丰富的煤层气、页岩气等非常规天然气能源，投资、开发热情空前高涨。

正在进行的新一轮矿产资源（油气资源）"家底"勘察工作阶段性成果显示，确保我国国民经济和社会发展的资源保障水平有所提高（见表4）。

能源蓝皮书

表 4 我国油气资源储量现状

类 别	单位	远景资源量	地质资源量	可采资源量	探明储量①	勘探阶段	年产能水平	储采比②	储量替代率③
常规油气资源									
石油	亿吨	1086	765	212	31.4④	中期	2	15.5/年	>1(1.03)
天然气	亿立方米	558900	350300	220000	39000⑤	早期	950	41.3/年	>1(3.04)
非常规油气资源									
油页岩（折合页岩油）	亿吨	—	476	120	—	探索起步阶段	—	—	
油砂油	亿吨	—	60	23	—	探索起步阶段	—	—	
煤层气	亿立方米	—	368100	108700	1700	早期	25	68/年	>1
页岩气	亿立方米	—	260000	260000	—	探索起步阶段			

说明：①④⑤根据国土资源部 2011 年 2 月 23 日发布的统计数据。全国 2010 年新增石油探明地质储量 11.5 亿吨，新增探明技术可采储量约 2.1 亿吨。同期，天然气新增探明地质储量 5945.5 亿立方米，新增探明技术可采储量 2875 亿立方。截至 2010 年底，全国石油累计探明地质储量 312.8 亿吨，剩余技术可采储量 31.4 亿吨，同比增长 6.5%；天然气累计探明地质储量 9.3 万亿方，剩余技术可采储量 3.9 万亿方，同比增长 3.7%。同期，我国石油产量为 2.03 亿吨，天然气产量为 944.8 亿立方米。

②③一般以储量替代率、储采比两个指标反映油气资源开发潜力。储量替代率，表明储量增加与储量消耗之间比例关系，用以考察当年新增的油气储量是否可以弥补储量的生产性消耗，是衡量油田相对稳产的重要指标。储采比，则反映了目前国内剩余石油资源在当前生产能力下可供开采时间的长短。1990～2006 年之间，中国天然气的探明储量为 2.46 万亿立方米，储采比约为 32.3（年）。截至 2009 年底，中国石油的探明储量为 20 亿吨，储采比为 10.7（年）；中国天然气的探明储量为 1700 亿立方米，储采比持在 11（年）左右的水平，储采比有所下降。"十一五"中后期，我国油气产业加强了西部、海上以及传统主力油田周边的油气勘查工作，以切实提高资源保障程度。2009 年，凭借在南海深水勘探取得新突破，获得 15 个自营油气新发现，中海油的储量替代率达到 163%。

资料来源：公开发布的统计数据，国土资源部、国家能源局，2008 年 8 月，2010 年 10 月，2011 年 2 月。

以上油气资源评价结果表明：从中近期发展来看，我国油气资源储量替代率和储采比将获得较大提升，将在一次能源领域形成"油气并举"的格局。近海以及传统油气产区（扩边）等天然气资源主要分布区仍有勘探潜力可挖，而西部、沿海大陆架，以及深海、高原等地区的天然气资源的资源探明率亟待提高，勘探前景可期（见表5）。

表5　我国天然气资源分布情况

天然气田分布地区	面积（万平方公里）	远景资源量（万亿立方米）	地质资源量（万亿立方米）	剩余资源量（万亿立方米）	探明地质储量（万亿立方米）	资源探明率（%）
塔里木盆地	56.0	11.34	8.86	10.38	0.96	8.47
鄂尔多斯盆地	25.0	10.70	4.67	8.69	2.01	18.79
四川盆地	20.0	7.19	5.37	5.49	1.70	23.64
东海	24.1	5.10	3.64	5.03	0.07	1.37
柴达木盆地	10.4	2.63	1.60	2.34	0.29	11.03
南海莺琼盆地	14.0	4.17	2.40	3.91	0.26	6.24
渤海湾	22.2	2.16	1.09	1.84	0.32	14.81
松辽盆地	26.0	1.80	1.40	1.41	0.39	21.67
准格尔盆地	13.4	1.18	0.65	0.97	0.21	17.80
其他		9.62	5.35	9.50	0.12	1.25
合　计*	>211.34	55.89	35.03	49.55	6.34	11.34

＊为查清我国油气"家底"，2009年9月～2010年11月，国土资源部部署开展全国油气资源储量利用调查，成果汇总和成果验收目前尚未发布。此次全国矿产资源利用现状调查主要包括：以石油、天然气、煤层气为核查矿种，以全国现有油气资源储量数据库和登记统计表确定的800多个油气田为单元，核查统计截至2009年年底的资源储量（累计探明地质储量、累计技术及经济可采储量、累计采出量、剩余技术及经济可采储量），以及剩余储量的已开发和未开发情况等。

资料来源：崔民选主编《中国能源发展报告（2010）》，社会科学文献出版社，2010。

清洁环保、热效率高的天然气能源在我国能源消费结构中比例的提升，能够在一定程度上舒缓我国对国际原油资源进口的压力。同时，页岩气和煤层气等非常规天然气资源潜力可观，有望在中近期对我国常规天然气资源形成重要补充。资源储量丰富，资源替代需求强烈，以及经济社会发展对低碳清洁环保型能源的迫切呼吁，使我国能源产业建设已站在"气体能源时代"大发展的开端。

（三）基础设施建设：从"西气东输"到四通八达

1. 天然气具有"管网依赖"的能源特性

作为一种气体能源，天然气具有对管输设施高度依赖的特殊性。在上游资源开发、中游管网输送能力以及下游消费市场促进和能源替代升级这三个产业发展关键点中，我国天然气产业天然气管网规模不足、能源送达能力受到局限，仍然是产业发展的最"短板"，不仅严重制约了我国天然气工业的供给能力，更限制了我国天然气产业下游消费市场规模的发展。这种有别于石油和煤炭能源的独特属性，决定了天然气市场具有突出的区域性以及地缘性特点。天然气管网设施的建设在行业发展中具有极为重要的战略意义。

经济体内部系统所能提供的天然气产量的多寡，总体供应能力的高低，除受到自身资源条件的客观制约外，更决定于输气管线的总体"送达"能力。特别是，当天然气资源地区远离消费市场，长输干线管网建设规划与实施的影响因素尤显突出。如不能协调处理上游气源供应和下游消费市场应有的竞争属性，与输配系统自然垄断属性之间的关系，则很可能导致类似 2009 年秋冬爆发的大面积天然气供应短缺。①

这使得全面科学规划、合理布局、建设天然气基础设施，成为促进我国天然气能源中极为重要的环节。

客观上，我国天然气资源存在着在中西部主力生产区与东部沿海主力消费区"空间错位"的分布特征。从国内资源利用的角度来考察，尤其是"十五"时期，超过 80% 的国内天然气主力产量来自西部油气田，而环渤海、"长三角"、"珠三角"等东部沿海地区，经济发展水平较高，经济社会对于能源消费需求水平和支付能力较高，但清洁能源供应相对短缺、稀缺，经济发展的能源动力不足，对于能够有效替代煤炭等高碳排放能源具有强劲的内在需求。这使得进入 21 世纪的前 5 年，建设横跨东西的"西气东输"主干管道，成为必然选择。

---

① 一般认为，影响甚巨的 2009 年冬季集中爆发的所谓"气荒"，本质上是由于"管网制约"这一天然气行业特性所造成的。同时，从产业链协调发展的角度看，运输管网等基础设施被垄断，尤其是被"同时拥有天然气能源产品和管网设施两种资源"的企业所垄断，则很可能制约气源建设的多元化和保障供给，难以形成有效率的市场化竞争价格。

同时，随着我国能源战略"走出去"的步伐加快，国际油气能源进口四大通道的迅速形成，也为天然气管网基础设施建设的布局，提供了资源依托方向。截至 2010 年年底，我国对天然气能源的开发和获取，从西部等主力气田，向西部、北部的中亚和俄罗斯，东部、南部的海上，以及遥远的国际市场不断扩展和延伸。在此基础上，我国已明确输气基础设施建设主要包括两方面：来自中亚或我国中西部内陆的陆上天然气气源的内陆 LNG 项目；以及海外液化天然气（LNG）的接收站和管线等设施的建设。

2. 我国已建成覆盖全国的天然气长输干线管网

自 21 世纪初建设"西气东输"干线起，从"川气出川"到"西气东送"万里长输，我国的天然气基础设施建设全面提升。经过"十一五"时期的全面发展，迄今，我国已初步形成层次清晰、结构完整的"横跨东西、纵贯南北、覆盖全国、连通海外"的油气管道干线网络格局。截至 2010 年底，目前石油天然气长输干线管道总长度近 8 万公里，海上油气管道近 5000 公里，国内天然气管道里程已达到 3.4 万公里（2009 年底）。

"十一五"期间，我国天然气管道建设①的重点包括："川气东送"、"西气东输"二线、东北天然气管网、进口输气管线、沿海管线以及完善区域性管网（见表6）。

表6 我国天然气干线管线布局及建设

单位：公里

管线项目	大致走向	总长度	建设及投产运营情况
"西气东输"一线*	新疆塔里木轮南—上海白鹤镇	4200	2002 年 7 月开工,2004 年 10 月投产,途径 9 省区
"西气东输"二线	新疆霍尔果斯—粤、港、沪	9102	2008 年 2 月开工,2009 年 12 月 15 日西二线西段建成投产,东段 2009 年 2 月开工,计划 2011 年底投产,途径 14 省区,1 干 8 支
"川气东送"	四川普光气田—上海	1702	2007 年 8 月开工,2009 年 10 月投产,途径 8 省区

① 据我国《天然气管网布局及"十一五"发展规划》，从 2006 年到 2010 年，规划建设天然气管道约 1.6 万公里，到 2010 年总长度达到 4.4 万公里，实现天然气"西气东输、北气南下、海气登陆、就近供应"的目标。

续表

管线项目	大致走向	总长度	建设及投产运营情况
陕京一线	陕西靖边—北京石景山区	1256	1996 年 3 月开工,1997 年 9 月投产,途径 4 省区
陕京二线	陕西靖边—北京大兴区	935	2004 年 3 月开工,2005 年 7 月投产,途径 4 省区
陕京三线	陕西长庆—河北永清—良乡,连通"西气东输"一线、二线管道、冀宁线和永唐线等管网	851	2009 年 6 月开工,2010 年 10 月投产,途径 3 省区
涩宁兰输气管道	青海涩北气田—西宁—兰州西固	1876	2000 年 5 月开工,2001 年 9 月投产;复线于 2008 年 9 月开工,2009 年 12 月投产,途径 3 省区
忠武线	重庆忠县—湖北武汉	1352	2003 年 8 月开工,2004 年 11 月投产,途径 3 省区,1 干线 3 支线
秦沈天然气管道	河北秦皇岛—辽宁沈阳,连接华北天然气管网、东北天然气管网	477.9	2009 年 6 月开工,2010 年 6 月投产,3 月 1 日通气投产,途径 2 省区,1 干线 3 支线
冀宁线	"西气东输"联络线,河北石家庄—江苏南京	1498	2005 年 1 月开工,2006 年 1 月投产,途径 4 省区,1 干线 9 支线
淮武线	"西气东输"联络线,湖北武汉—河南淮阳	443	2006 年 12 月投产,途径 2 省区
榆林—济南输气管道	陕西榆林—山东济南	1045	2008 年 11 月开工,2010 年 9 月投产,途径 4 省区
中卫—贵阳线	宁夏中卫—四川—贵阳,连接川渝管网干线,中缅天然气管道	1613	2011 年重点建设管线,北起宁夏中卫,向南至四川、重庆市境内,继续向南止于贵阳末站,途经 6 省市
"西气东输"三线 **	新疆霍尔果斯—韶关	300	已开工建设,西起新疆霍尔果斯首站,东达广东韶关末站,途经 8 省区。西三线西段(霍尔果斯—宁夏中卫)在建,预计 2012 年投产。东段(宁夏中卫—广东韶关),预计 2014 年投产。设计年输气能力 300 亿立方米
国内已投产、在建、规划中主要管线 ***			
中亚天然气管道	土库曼斯坦—中国新疆霍尔果斯	1801	2008 年 6 月开工,2009 年 12 月 A 线投产,B 线 2011 年投产,途径土、乌、哈 3 国
中缅天然气管线	缅甸西海—中国南宁	2806	2010 年 6 月 3 日,中缅油气管道正式开工建设。2011 年 2 月 10 日,中缅油气管道中国境内段开工建设

续表

管线项目	大致走向	总长度	建设及投产运营情况
俄罗斯天然气西线（阿尔泰管线）	西西伯利亚—中国新疆	2000	原设计总长度约4000公里，俄罗斯境内1960公里，中国境内约2000公里，截至2011年3月，已通过中国专家评审，环境影响评价正在进行中。如无其他意外，中俄输气西线（阿尔泰）管道将在2015~2018年间建成输气
俄罗斯天然气东线（萨哈林管线）	东西伯利亚、远东萨哈林—中国黑龙江	380	原计划2015年以后投产，现实际处于停滞中
国际天然气管线			

* 目前，我国建设的中亚—中国天然气管道气源包括两类：来自中石油在土库曼斯坦阿姆河右岸区块生产的130亿立方米/年天然气，以及土库曼斯坦康采恩供应的170亿立方米/年天然气。截至2010年底，通过中亚—中国天然气管道我国已进口天然气44亿立方米。

** 此外，"西气东输"四线已规划，大致方向为从新疆吐鲁番到宁夏中卫。

*** 随着中哈、中俄、中缅等国际油气管道陆续建成，截至2009年底，国内天然气管道里程已达到3.4万公里，形成跨国境和跨区域的输气干线管网。到"十二五"末，我国长输油气管道总里程将超过10万公里。为此，2010年10月1日，《石油天然气管道保护法》实施，以加强油气等重要能源输送设施的保护。

资料来源：崔民选主编《中国能源发展报告（2010）》，社会科学文献出版社，2010；《中国石油天然气股份有限公司2010年年度报告》，中石油公司。

目前，川气东送、中亚—中国天然气管道的日供气规模分别达到1500万立方米和2500万立方米，供应能力明显增强。同时，上海、安徽等地相继建成了小型LNG调峰站，应急调峰能力有所增强。

2010年，随着"西气东输"二线东段和"川气东送"等大型天然气管网基础设施，相继建成投运，围绕"西气东输、北气南下、海气登陆、就近供应"的建设目标，我国目前已初步形成三条管网主干，包括："西气东输"、"西气东输"二线等陆地进口天然气管线；"川气东送"、涩宁兰输气管道（复线）、忠武线等四大主力气区（新疆、青海、陕甘宁、川渝）外输管线；以及陕京线系统（陕京一线、二线、三线）等环状供气管网；辅之以淮武线、冀宁线、中卫—贵阳管道等联络线，覆盖全国的天然气长输主干管网系统已经形成！

与此同时，自2006年以来，中海油、中石油等油气领军企业，还积极引进海外液化天然气（LNG），大力建设液化天然气（LNG）上岸接收站和管线等管网基础设施。

以天然气长输主干管网为主线，围绕海外液化天然气（LNG）接收站线管网形成的散点状布局，目前，我国正在积极兴建川渝地区、环渤海地区、长江三角

洲地区、中南地区和华南地区等区域性管网。

展望"十二五"期间，我国天然气管道建设将围绕全国天然气管道联网，进行配套城市分输支线建设，"加密"天然气运输管网①，并通过在区域管网之间建设联络线，构建环状管网结构，提高供气资源总量，提高陆上管道进口天然气、国产管道天然气、国产液化天然气、进口 LNG 以及方兴未艾的煤层气、煤制天然气等"补充"气源的资源调配水平，促障安全、可靠、高效和具有竞争力的全国性天然气管网供应能力。

3. 海内外液化天然气（LNG）迅速发力

近年来，在积极引进陆上国际天然气资源的同时，我国利用 LNG 快速起步，发展迅猛。以华南地区、华东地区、华北地区为重点，沿海各地区也分布建设了多个液化天然气（LNG）接收站及管线设施。

2003 年，我国的国际液化天然气（LNG）进口量仅为 488.99 万吨。主要进口来源为沙特、阿联酋、泰国、马来西亚、阿尔及利亚、韩国、澳大利亚等国。LNG 出口量仅为 2.10 万吨，主要出口对象为中国澳门和香港。2006 年我国 LNG 进口量为 10 亿立方米，2007 年我国 LNG 进口量已经增长到 38.7 亿立方米，增速惊人。2010 年，我国进口天然气总量约为 173 亿立方米，其中，陆上管道天然气首次进口 44 亿立方米，海上液化天然气（LNG）进口规模达到 934 亿吨，约合 129 亿立方米。随着能源供求的进一步紧张，我国势必会进口更多的天然气。供需分析表明，中国天然气供应量将从 2010 年的 1100 亿立方米/年，增长至 2020 年 3000 亿立方米/年的规模。其中，进口液化天然气（LNG）将在中国天然气市场占有超过 1/3 的比例。

从"十一五"中后期起，为促进海上天然气资源的引进，我国液化天然气（LNG）利用基础设施建设也快速起步。截至 2010 年底，在中海油主导下，广东深圳大鹏、福建莆田、上海洋山港 3 个 LNG 接收站已相继建成投运，总接收能力为 930 万吨/年；江苏如东和辽宁大连湾的两个 LNG 接收站已建成尚待投运，宁波北仑、珠海高栏岛、青岛胶南董家口、唐山市曹妃甸以及海南洋浦等 5 个接

---

① 随着 2008 年以来我国天然气消费市场的迅速扩大，围绕环渤海、"长三角"、"珠三角"等东部沿海区域经济"增长极"城市，东部、中部省会等大中型经济核心城市的区域输运管网和储运设施，以及从北到南遍布海岸线的 LNG 储运设施和城市输运终端管网，在各地方政府和城市燃气运营商的积极投资中得到进一步"加密"建设。

收站正在建设中。按目前确定的规划，预计到 2015 年，我国接收和转化液化天然气（LNG）资源的总规模有望达到每年 3000 万吨级（见表 7）。

表 7　已建、在建、规划中液化天然气（LNG）接收站及管线项目

单位：万吨/年

序号	类　别				
	项目名称	建设地点	规　模	投产（预期）时间	运营商
1	广东 LNG 项目	深圳大鹏湾	370＋470*	2006 年	中海油
2	福建 LNG 项目	福建莆田	260＋260	2009 年/2012 年	中海油
3	上海 LNG 项目	上海洋山港	303＋300	2009 年	中海油
已投运			（933＋1030）		
4	大连 LNG 项月	辽宁大连湾	300＋480	2011 年 3 月	中石油
5	江苏 LNG 项目	江苏如东太阳岛	350＋300	2011 年 4 月/2013 年	中石油
已建成**			（650＋780）		
6	宁波 LNG 项目	浙江宁波北仑港	300＋300	2012 年/2017 年	中海油
7	珠海 LNG 项目	珠海高栏岛平排山	350＋350	2013 年***/2015 年/2020 年	中海油
8	山东 LNG 项目	青岛胶南董家口	300＋500	2012 年	中石化
9	海南 LNG 项目	海南洋浦黑岩港	200＋300	2014 年/2015 年	中海油
10	粤东 LNG 项目	广东揭阳	200	2012 年/2020 年	中海油
11	粤西 LNG 项目	广东湛江东海岛	300	2015 年	中海油
12	北海 LNG 项目	广西北海	300＋900	2013 年	中石化
13	唐山 LNG 项目	唐山曹妃甸	350＋650	2013 年****	中石油
在建/规划中			（2303＋3200）		
合计*****			（3883＋4810）		

＊ 表明此 LNG 项目设计规模，一期为 370 万吨/年，二期为 470 万吨/年，下同。

＊＊ 为完建时间，截至资料时间尚未投运。

＊＊＊ 珠海 LNG（中海油）项目一期于 2010 年 10 月 20 日开建，预期 2013 年投运。

＊＊＊＊ 唐山 LNG（中石油）项目一期于 2011 年 3 月 23 日开建，预期 2013 年投运。

＊＊＊＊＊ 此外，由于环境评价、规划调整、金融危机冲击、国际油气价格高企而下游传导机制不顺畅等内外因素所限，中石化主导的珠海海黄茅岛（澳门外海）500 万吨级 LNG 项目，以及中石油深圳大铲湾 300 万吨级 LNG 项目事实上陷于停滞状态，且投建前景极不明朗。

资料来源：崔民选等著《天然气战争》，石油工业出版社，2010，第 116 页；崔民选主编《中国能源发展报告（2010）》，社会科学文献出版社，2010；其余相关数据来自中海油、中石油、中石化等公开信息披露。

同时，中石油公司和中石化公司也积极加入海上 LNG 资源进口及陆地 LNG 接收站等设施建设与运营中来，促使 LNG 消费在我国沿海及内陆地区兴旺发展；

以城市用气为主的"LNG时代"正在拉开大幕①。

此外，配合我国石油化工和油气资源战略发展的大格局，以我国内陆油气田为主，建设、规划了大批陆上天然气液化装置。目前多通过专业 LNG 槽车等陆路运输的方式作为城市燃气调峰能源（见表8）。

表8　中国已建、在建的陆上天然气液化装置

单位：万立方米/日

项目名称	规模	建设地点	（拟）投产时间	液化工艺类别
上海浦东 LNG 装置	10	上海浦东	2000 – 02	引进技术
中原绿能 LNG 项目	15	河南濮阳	2001 – 11	
新疆广汇 LNG 装置	150	新疆鄯善	2005 – 08	
新澳润洲 LNG 装置	15	广西北海	2006 – 03	
海南海燃 LNG 装置	25	海南福山	2006 – 03	
中海油珠海 LNG 装置	60	广东珠海	2008 – 10	
鄂尔多斯 LNG 装置	100	鄂尔多斯	2008 – 12	
龙泉驿 LNG 工厂	10	四川成都	2008 – 08	国产技术
宁夏 LNG 工厂	30	宁夏银川	2009 – 10	
鄂尔多斯 LNG 工厂	15	鄂尔多斯	2009 – 06	
犍为 LNG 工厂	4	四川犍为	2005 – 11	
江阴 LNG 工厂	5	江苏江阴	2006 – 10	
沈阳 LNG 工厂	2	辽宁沈阳	2007 – 09	
西宁 LNG 工厂（一期）	6	青海西宁	2008 – 01	
西宁 LNG 工厂（二期）	20	青海西宁	2008 – 08	
安阳 LNG 工厂	10	河南安阳	2009 – 02	
晋城 LNG 工厂	25	山西晋城	2008 – 10	
晋城 LNG 工厂（二期）	60	山西晋城	2009 – 09	
内蒙古时泰 LNG 工厂	60	鄂托克前旗	2009 – 04	
西宁 LNG 工厂（三期）	20	青海西宁	2009 – 06	
合肥 LNG 工厂	8	安徽合肥	2009 – 05	
泸州 LNG 工厂	5	四川泸州	2007 – 03	
山西顺泰 LNG 工厂	50	山西晋城	2008 – 11	
泰安 LNG 工厂	15	山东泰安	2008 – 03	
苏州 LNG 工厂	7	江苏苏州	2007 – 11	
LNG 试验装置	2	黑龙江大庆	2007 – 12	
合　计	729（其中引进技术规模为375，国产技术规模为354）			

资料来源：邢云等：《中国液化天然气产业现状及前景分析》，《天然气工业》2009 年第 1 期，第 120～123 页。

---

① 以 2009 年为分界，之前的液化天然气（LNG）气化中转站建设工作运营商主要为中海油公司，2009 年以后中石油公司和中石化公司的建设速度和规模都大大提高。这一发展趋势，充分反映了我国对于海上 LNG 资源需求量大增，国内相关油气管网规划及建设大大提速，以及各大石油公司"走出去"积极开拓国际油气资源进入深化阶段等阶段性建设特点。

"十一五"期间，运输管网等基础设施的完建，有力地促进了我国天然气消费市场的形成。

目前我国"城市气化"正进入一个前所未有的高速发展的新时期！

（四）我国发展天然气能源仍大有可为

进入2010年，中亚—中国万里长输管道建成并实现单管通气，我国天然气进口贸易掀开了陆地管道天然气贸易新的篇章。"西气东输"二线西线工程的贯通，以及一大批沿海LNG接收设施的建成，我国进入大规模进口天然气的新时代。按照目前已确定的合同贸易量规模，预计到"十二五"末期，我国进口天然气的数量将从2008年的44亿立方米迅速上升到2000亿立方米的规模。

一般认为，随着低碳排放要求获得落实以及我国城市化度进一步深化，我国天然气消费量规模将从2008年的813亿立方米，上升到2010年1200亿立方米的规模，在2015年有望达到2400亿立方米。相应的，国际资源依存度，将从2008年的5.4%和2009年的8.6%，迅速超过50%。

按照2010年1月7日召开的"2010年全国能源工作会议"的部署，2015年我国天然气供应结构初步定为："国产1700亿立方米、净进口900亿立方米"，以国内外两个市场的两类资源充分满足快速增长的天然气需求。

相比在世界能源结构中占24%甚至1/3的比例，目前天然气在我国能源结构中的比例还不到4%。按照我国已确定的"十二五"时期相关发展规划，天然气在我国能源结构中的比例将提高到8.3%。

作为与人民群众生活息息相关的城市燃气领域的应用，目前我国城市能源气化率较高，但天然气的覆盖率还有待提高。截至2010年1月，我国城市燃气覆盖比率为87%，城市天然气覆盖比率为17%。截至2008年，我国城市燃气结构中天然气与液化石油气、煤气的比例约为52∶27∶20；相对于2001年35∶47∶18的比例关系，已有较大改善。

此外，在目前世界最发达经济体中，美国、日本、欧盟在天然气发电领域的应用比例较高[1]。而在我国，根据2007年版《天然气利用政策》，除少数调峰调

---

[1] 其中，美国的天然气主要应用于燃气/燃油电站、工业、民用和商业部门。发电厂的主要燃料是煤炭和天然气。以等热值计算，煤炭价格低于天然气。天然气的主要竞争能源是（转下页注）

度之外，天然气发电尚属于"不被鼓励"以及"限制"② 的产业发展领域。

在我国，天然气更多作为工业原料消费，最大的应用领域是化肥生产等化工领域，其次是民用和工商业用户。由于燃煤电站和其他新型可再生能源发电对上网电价成本和经济性的有力冲击，天然气发电的比例不到10%。由于我国的电源建设仍以占比约七成的煤炭发电为主，新能源及可再生能源等清洁电源建设刚刚起步，多数尚达不到工业化规模，因此，相对于燃煤电厂，燃气电厂不具有经济性。在东部及东南沿海一带，也建有一些燃油电厂，如同电煤价格市场化机制不完善等体制性因素。这些燃油电厂的原料成本，也存在着产业链理顺不畅等现象。一个最直接的表现是：在我国目前，对比石油和电力具有的竞争力，天然气发电在价格方面不具有经济性。

已确定的"十二五"国民经济发展规划中，将推进和完善水、电、煤炭、油气等资源价格形成机制市场化，理顺各能源产业链上下游关系，作为经济体制深入市场化的一个重点。显然，我国大力发展天然气能源仍大有空间。

二 非常规气体能源成为天然气"替补"

2010年，我国一次能源消费结构迅速实现"气体化"。常规天然气资源相对稀缺，可预期的价格改革将带来的潜在经济收益，从根本上推动了各种非常规天然气能源加速发展。有权威人士认为，中国非常规天然气资源量是常规天然气的5倍，且国际上已开发的多种非常规气体能源在技术、产业、市场经验等方面可资借鉴者甚多。从资源禀赋、国情适应性、作为后备能源的产业兼容性以及低碳气体能源战略的内涵兼容性等多个角度考察和实践，煤层气、页岩气、"气体

（接上页注①）石油和电力，天然气价格低于石油和电力价格。日本和欧洲的天然气价格也低于石油和电力价格。显然，天然气在价格方面比石油和电力具有竞争力。

② 为缓解天然气供需矛盾，优化天然气使用结构，促进节能减排，国家发改委于2007年8月30日正式颁布实施《天然气利用政策》。其中，提出7项保障措施："搞好供需平衡，制定利用规划与计划，加强需求侧管理，提高供应能力，保障稳定供气，合理调控价格，严格项目管理。"《天然气利用政策》将天然气利用领域归为四大类，即城市燃气、工业燃料、天然气发电和天然气化工。并根据不同用户用气的特点，将天然气利用分为优先类、允许类、限制类和禁止类。其中，"非重要用电负荷中心建设利用天然气发电项目"属于"限制类"。

煤"（煤炭气化以及煤制天然气）、天然气水合物等多种非常规气体能源闪亮登场，成为我国气体能源最为可靠、有力的"替补力量"。

2010 年，我国化石能源产业界加快了非常规天然气资源的勘探、开发和产业化利用。总体来看，致密气已进入规模开发阶段，煤层气、页岩气的开发利用正在起步，有望加速，天然气水合物的科研也逐步加强，并在一些领域形成具有世界先进水平的技术领先之势。此外，作为煤炭化工的重要内容之一，煤制天然气产业也有望走出"要不要气化"的技术和逻辑争鸣，积极投资、"扩军"。按照已公布的"十二五"能源规划纲要，与煤层气的开发一同，煤制天然气有望成为"十二五"能源消费和利用中重要的"替补"气体能源。

以"气体能源大国"美国开发利用非常规天然气能源的经验为例，目前，美国的页岩气和煤层气等非常规天然气已形成产业化规模。2009 年，美国非常规天然气（包括煤层气、页岩气和致密气）产量一举突破 2917 亿立方米，已占其天然气总产量的"半壁江山"，并历史性地超越俄罗斯成为"世界第一产气大国"。

在世界范围内，一般认为，预计在 2030 年前后，包括天然气、煤层气和页岩气在内的燃气能源在世界一次能源消费结构中的比重，将超过煤炭和石油，成为"首位能源"，从此，人类将全面步入一个"气体能源"的新时代！

（一）具有国情特色的气体能源"新宠"：煤层气

煤层气（煤层甲烷气），俗称"瓦斯"，其主要成分为 90% 以上高纯度的甲烷，是成煤过程中生成的自储式天然气体，以吸附和游离状态赋存于煤层及岩层，属于非常规天然气。煤炭是我国具有禀赋优势的"首席能源"，煤层气与煤制天然气、煤炭地下气化、焦炉煤气等，共同构成了具有储量丰富、经济性优越、发展潜力巨大、具有中国特色、规模庞大的"煤基气态能源产业"。

煤层气和煤层瓦斯，是煤炭安全生产中引发诸多煤矿瓦斯爆炸等事故的"元凶"，在我国煤炭工业史上可谓家喻户晓、耳熟能详，被称为"煤矿第一杀手"。同时，煤层气的温室效应约为二氧化碳的 21 倍。传统煤矿开采作业中对煤层气大量抽取排空，对全球气候环境变化也具有较大影响。但从资源利用来看，煤层气适于工业用途、化工原料、发电燃料以及居民生活燃料，更是一种热值

高、污染少、安全性高的清洁优质能源①。因此，从资源开发和环境治理的角度看，资源化开发和产业化利用煤层气，实有一举多得之益！

目前我国的煤层气抽取利用量在天然气能源总供应量的比例约为3%左右，产量规模远远低于美国、澳大利亚等煤层气开发和生产大国。较为乐观的判断是，从开采和利用的规模看，目前我国所处的阶段和技术能力大致相当于"气体能源大国"美国在1989~1990年的产业化水平。②

据统计，截至2009年年底，中国的煤层气产量仅为71.85亿立方米，其中地面抽采量仅为10.15亿立方米。利用量为25亿立方米，仅占总供应天然气产量的2.9%。2010年，我国天然气利用量为36亿立方米，占比约为3.8%。

1. 我国发展煤层气产业具有资源优势

从世界范围来看，非常规天然气能源家族三大成员之煤层气、致密气与页岩气的勘探开发，日益成为世界各国现实可依赖的天然气"后备"能源。

多家权威机构预测，在2030年前后，包括天然气、煤层气和页岩气在内的气体能源在世界一次能源消费结构中的比重将超过煤炭和石油，成为"首位能源"，从而使人类社会全面步入"气体能源"时代。

就资源禀赋而言，我国煤层气资源极为丰富。根据目前国际公认的能源统计数据，我国是世界上继俄罗斯、加拿大之后的第三大煤层气储藏国，占资源总量的13%。③

---

① 数据显示，每1000立方米煤层气相当于1吨燃油和1.25吨标准煤；煤层气发热量可达8000大卡。

② 得益于技术创新、政策扶持得力、管网设施健全以及市场化定价机制完善，美国煤层气产量在20世纪90年代得以迅速提高。1989年是其煤层气产量起飞的"前夜"，产量约为42亿立方米，在其天然气总产量中的占比约为0.87%。1990年，美国煤层气产量迅速提高到68亿立方米，占比1.3%。仅在10年后，2000年美国煤层气年产量达到396.48亿立方米，占比提高到7.3%。而同期，我国天然气总产量仅为272亿立方米。进入21世纪后的10年间，美国煤层气产量在天然气总产量中的占比长期保持在8%~10%之间，经过2007~2008年的"页岩气革命"之后，美国的煤层气和页岩气两大类非常规能源的产量，分别登上了700亿立方米和900亿立方米的产量新高峰。非常规天然气产业的成功发展，在保障美国能源供应安全和经济发展方面，扮演了与常规能源不相上下的重要角色。2009年以来，包括煤层气、页岩气和致密气等非常规天然气产量约为美国天然气总产量的50%，跃居全球第一大产气国。迄今，美国仍是无可争议的全球非常规天然气商业化开发最为成功的"领军者"。

③ 国际能源机构（IEA）统计数据显示，我国煤层气资源量位列俄罗斯（113万亿立方米）、加拿大（76万亿立方米）之后，排名居"天然气大国"美国之前，居世界第三位。

根据国土资源部油气中心的新一轮煤层气资源评价结果，我国埋深 2000 米以浅的煤层气资源量达到 36.81 万亿立方米，其资源量相当于 450 亿吨标煤、350 亿吨标油①。其资源量与我国国内陆上常规天然气资源量 38 万亿立方米相当；其中，可采储量为 10.87 万亿立方米，探明储量约为 1700 亿立方米。迄今，我国煤层气资源累计探明地质储量约为 1023 亿立方米，可采储量约为 470 亿立方米。

作为煤炭的伴生资源，煤层气资源的地域分布受煤炭资源分布的制约，二者的分布状况基本一致。我国的煤层气资源集中分布于晋陕—内蒙古区、新疆区、冀豫皖和云贵川渝等四大煤层气赋存区。其中，晋陕—内蒙古含气区煤层气资源量最高，为 17.25 万亿立方米，约占全国煤层气资源总量的 50%。

我国煤炭资源禀赋突出，煤层气有望成为我国常规天然气最现实、最可靠的补充能源，开发和利用煤层气可以有效地弥补我国常规天然气在地域分布和供给量上的不足。

储量等资源条件相对有利，积极助推了我国煤层气产业的发展。据目前发展状况来看，我国煤层气资源发现趋势预测良好。类比美国煤层气勘探开发的发展路径和模式、经验，2010 年以后，随着对外合作技术引进以及资源开发"专营权"的进一步打破，以及我国天然气定价机制市场化改革的全面深入和坚定推进，我国煤层气产业将迎来快速发展的"黄金时期"。随着煤层气的勘探开发技术日趋成熟，勘探范围将进一步扩大到华南、东北及西北地区。

随着鄂尔多斯盆地和西北几大盆地低煤级煤层气勘探取得工业性突破后，预计 2020 年产量将超过 300 亿立方米，其中，煤矿瓦斯抽采利用量可达 100 亿立方米，地面抽采量约 200 亿立方米以上。煤层气在气体能源消费中的比重达到 15% 左右，将成为常规能源的必要补充。而产业界对于我国煤层气开发和利用的中远期展望（2020～2030 年）更为乐观、积极。②

---

① 我国埋深 2000 米以浅煤层气地质资源量约 36.81 万亿立方米，98.7% 的煤层气地质资源分布于富煤藏的华北、西北和西南地区，占比分别为 56.3%、28.1% 以及 14.3%。

② 有权威人士指出，随着勘探开发技术的提高和开采成本的降低，我国煤层气开发利用的规模化、产业化将进一步加速。2020～2030 年，我国累计获得煤层气可采储量将超过 12000 亿立方米，逐渐形成 20～30 个煤层气生产基地，产量规模有望达到 470 亿立方米。2030 年以后，我国煤层气开发技术水平将会实现更大突破，处于 2000～4000 米深层的煤层气资源得以探明和开采，预计探明储量和产量还会大幅度增加。

2. 我国煤层气产业化开发与利用稳步前行

2009 年 9 月 22 日，胡锦涛主席在联合国气候变化峰会开幕式上明确指出："中国将继续采取强有力的措施，积极发展低碳经济，争取到 2020 年，国内单位 GDP 总值二氧化碳排放比 2005 年下降 40% ~ 45%。"我国政府的庄严承诺，从根本上决定了我国"能源结构气体化"将大有可为。

近年来，由于能源清洁环保的要求，天然气能源得到重视，相应的，也带动了我国煤层气产业化的良好发展势头。截至目前，我国地面煤层气产业加快开发，储量和产能得到了迅速发展。①

国土资源部油气资源战略研究中心权威数据显示，截至 2009 年底，我国煤层气探明储量达到 1700 亿立方米，全国共施工各类煤层气井近 4000 口，建成煤层气地面开发产能 25 亿立方米/年，年产量达 7 亿立方米，煤层气抽采率约 30%，外输能力达 40 亿立方米/年。

目前，在开发与利用技术创新方面，我国在煤层气利用方面技术已逐渐成熟。经过多年攻关，我国地面煤层气钻探、测试、排采等技术取得了长足进步，羽状水平井已推广应用。在一些地区，煤层气地面开发已经攻克了无法抽采利用、抽采利用不经济的难题，奠定了产业化开发利用煤层气的技术、经济基础。

从危害治理，到资源开发，我国已实现了对煤层气"资源化"的重大转变，并站在资源战略和科技创新的高度，加强对煤层气产业化规划及开发利用。

从单纯的危害治理，到治理与资源开发并重②，再到作为主力气体能源重点开发，"十一五"中后期以来，在逐渐明确其"资源化属性"的过程中，我国已加强了对煤层气产业化规划力度，煤层气商业化开发利用的步伐也渐趋稳健。

"十一五"中后期，我国发展煤层气的总体战略环境相对有利，产业化技术条件、制度条件渐趋成熟。总体上，我国煤层气产业化目前已进入快速发展轨道。

---

① 根据国家能源局 2011 年 3 月发布的统计数据，截至 2010 年底，我国煤层气产量约为 36 亿立方米。

② 2005 年 6 月，《国务院关于促进煤炭工业健康发展的若干意见》（国发［2005］18 号）指出："（应）推进资源综合利用。按照高效、清洁、充分利用的原则，开展煤矸石、煤泥、煤层气、矿井排放水以及与煤共伴生资源的综合开发与利用。鼓励瓦斯抽采利用，变害为利，促进煤层气产业化发展。"

从产业推进方面看，我国煤层气产业已具备规模化技术条件，获得了政策的有力扶持，产业发展得以迅速推进。一方面，随着煤层气资源开发生产经营被独家垄断的格局被打破①，资源利用和经济效率、科技创新水平、产业化开发与经营呈现了百花齐放、欣欣向荣的新局面。

目前，我国已形成中石油、中海油、中石化、中联公司、晋煤集团等油气国际巨头企业、地方大型煤炭企业集团以及专业煤层气企业积极参与，海外资本、国有资本、民营资本与国内外科研院所共同合作开发煤层气资源的多层次多元化新格局。

自2009年积极开发山西沁水盆地的优质煤层气资源以来，2010年，中石油借助资源优势和"西气东输"山西煤层气管道优势，全面进军煤层气开发和利用。迄今已形成13亿立方米的产能规模。此外，中石油在国内外，对煤层气资源的勘探开发和获取的步伐继续加快。

2010年，中石油煤层气业务新增探明储量首次突破1000亿立方米，并已规划，在"十二五"期间进一步发展这种非常规能源，力争到"到2015年达到40亿立方米的规模"。

此外，在国际油气资源领域，2010年3月，中石油联合荷兰皇家壳牌有限公司，斥巨资35亿澳元收购澳大利亚第一大煤层气生产商Arrow能源有限公司，获得了昆士兰州的煤层气等资产。

相比中石油加速开发利用煤层气的水到渠成、顺理成章，2010年对煤层气产业上游的积极介入，对于中海油来说，2010年是"煤层气之年"，几乎实现了中海油多年来所有的"梦想"。

2010年3月，中海油总公司与英国天然气集团在京签署为期20年的液化天然气（LNG）购销合同，以及澳大利亚柯蒂斯液化天然气项目有关协议，总采购量达到7200万吨规模。这是世界上首个以煤层气为原料的液化天然气项目，也是澳大利亚迄今最大单一买家的液化天然气协议之一。

中海油对于非常规油气能源的需求极为旺盛。继2010年11月中海油完成与美国切萨皮克能源公司之间大约11亿美元的交易，收购美国鹰滩岩页岩油气项目33.3%的权益之后，很快，12月8日，中海油又与澳大利亚Exoma能源公司

---

① 2007年9月，中国政府结束了中联公司独享与海外投资者联手开发煤层气的垄断地位。

签署协议，计划投资 5000 万澳元（约合 3.26 亿元人民币），获得昆士兰加里里盆地五个煤层气区块 50% 的直接权益，中海油还承诺在 2013 年 8 月 31 日之前支付 5000 万澳元用于区块的勘探和评估。

之后，中海油的非常规油气"组合拳"完成了最关键的布局。

2010 年 12 月，中海油宣布以 12.03 亿元收购中联煤层气有限责任公司 50% 的股权，从而进入煤层气行业，不仅实现了"上岸"开发陆地油气资源的多年夙愿，更为中海油"气体能源"的完整布局画下一个圆满的句号。至此，中海油的天然气业务已经囊括几乎所有的常规和非常规天然气品类，包括：海上常规天然气、进口液化天然气、煤制气、页岩气、煤层气以及煤制天然气等。①

企业界的积极行动，也带动了行业宏观管理层面的工作热情。"十一五"中后期以来，随着对非常规天然气能源认识的逐渐深化，我国加强了煤层气产业化规划和实施力度。2009 年 4 月 27 日，国家能源局发布《关于组织开展全国重点煤矿区煤矿瓦斯抽采利用规模化建设工作的通知》，提出：2010 年的发展目标是"建成年煤层气抽采量超过 1 亿立方米的矿区 18 个，煤层气民用用户 200 万户以上，煤层气发电装机容量 150 万千瓦以上，到 2015 年建成 36 个煤层气抽采利用亿立方米级矿区"。目前，主要的煤层气矿业权企业，都在其出台的"十二五"发展规划中，给予煤层气重要的"一席之地"：承诺加大投资力度勘探开发煤层气，以及建设运输管网等基础设施等。

另一方面，自 2006 年将"煤层气开发"列入"十一五"能源发展规划以来，我国在财税制度方面给予煤层气开发提供了一系列税收优惠、财政补贴等扶持政策，包括"抽采销售煤层气实行增值税先征后退政策②"，"对地面抽采煤层气暂

---

① 据称 2010 年 6 月，在与山西省政府签订的《发展煤基清洁能源合作框架协议》中，中海油表示："不仅要在山西发展煤制气，也要发展煤层气。"这意味着，中海油已经连续翻越了国际煤层气资源、国内优质区块资源以及煤化工行业准入资质"三座大山"，在创新能源的领域开拓了一条极有前景的发展道路。

② 业界权威人士普遍认为，在美国煤层气商业化开发和利用高速"起飞"的 10 多年间，为鼓励开采煤层气，并对投资人可能面临的可比较经济成本以及天然气市场价格未来走低等潜在的风险进行有效分摊，美国联邦政府及一些地方政府制定"特别条款"，提供补贴以及扶持性税收优惠，大大激励了开采煤层气的发展。在我国现行能源财税体制下，实现对煤层气商业化开发利用的有力支持，或可借鉴。

不征收资源税"，"减免企业所得税"，以及"煤层气开采企业可获得 0.2 元/立方米的财政补贴"① 等。

在消费市场开发与促进方面，由于长输能力和经济性的相对制约，来自煤层气制成的天然气资源还难以像进口管道天然气和液化天然气（LNG）一样实现全国范围内的最优资源调配。目前，煤层气的首选市场主要在距离资源地近、经济相对发达的环渤海城市群和华北地区，包括京、津、冀、晋、豫等地。目前看来，随着"十二五"天然气基础管网设施向区域间联络管线建设以及促进区域经济管网"加密"的规划方向发展，在满足中部地区煤层气资源需求的同时，丰富的煤层气能源或将并入"西气东输"主干网，输往长江三角洲等地区。

"十一五"期间，参照天然气产业的发展经验，我国不断完善建设基础管网设施，力促煤层气资源建设。

根据国家发改委能源局制订的《煤层气（煤矿瓦斯）开发利用"十一五"规划》，2006～2010 年，中国已着手统筹规划煤层气管线和天然气管网建设。"十一五"期间，规划建设的主要煤层气输气管道 10 条，线路全长 1441 公里，设计总输气能力 65 亿立方米（见表 9）。

国家发改委能源局在《煤层气（煤矿瓦斯）开发利用"十一五"规划》提出，我国煤层气开发利用，到 2010 年应实现如下四个目标：全国煤层气（煤矿瓦斯）产量达 100 亿立方米，其中地面抽采煤层气 50 亿立方米，井下抽采瓦斯 50 亿立方米；利用 80 亿立方米，其中地面抽采煤层气利用 50 亿立方米，井下抽采瓦斯利用 30 亿立方米；新增煤层气探明地质储量 3000 亿立方米；逐步建立煤层气和煤矿瓦斯开发利用产业体系。由于种种制约因素，截至 2010 年底，全国煤层气（煤矿瓦斯）抽采量虽已达到 130 亿立方米量级，但利用水平较低，仅为 36 亿立方米。同时，煤层气长输管道建设也不尽如人意。截至目前，国内煤层气管道总长度不到 100 公里，尽管拟建和在建的管线长度已经超过 1000 公里，但年输送能力还不到规划目标的一半。

---

① 《国务院办公厅关于加快煤层气（煤矿瓦斯）抽采利用的若干意见》（国办发［2006］47 号），国务院办公厅，2006 年 6 月 15 日。此外，截至 2011 年 3 月，正在制定中的《新能源产业振兴发展规划》草案提出：我国将对煤层气矿权使用费和价款进行适当减免，并把煤层气的开发补贴标准由现行的 0.2 元/立方米提高到 0.3 元/立方米。

表9 煤层气长输管道建设规划

规划管线(起点—终点)	管径(毫米)	长度(公里)	压力(百帕)	输气能力(亿立方米)	投资(亿元)	建设概况
沁水—晋城	508	51	4	8	1.4	2007年11月建成投运
端氏—晋城 博爱(接豫北支线)*	426	120	6	10	2.88	2010年12月完建
端氏—长治—林州—安阳—邯郸	426	245	6	10	5.88	※
松藻—重庆	400	175	1.47	2.3	2.1	2006年
韩城—侯马—临汾	325	180	4	5	3.96	※
大宁—吉县—临汾—霍州	325	240	4	5	5.28	※
宁武—原平—大盂—太原—寿阳—阳泉	325	300	4	5	6.6	※
三交—陕京二线	219	70	11	5	1.4	2007年
端氏—八甲口(接西气东输管线)	426	40	15	10	0.96	2008年
保德—陕京线	325	20	7	5	0.44	2008年
合　　计		1441		65.3	30.9	

资料来源:《煤层气(煤矿瓦斯)开发利用"十一五"规划》,国家发改委能源局,2006年(注释※表示视煤层气开发利用情况进一步论证)。

*端氏—晋城—博爱煤层气管道工程,是全国第一条跨省煤层气主干长输管道工程,是列入国家发改委《煤层气开发利用"十一五"规划》的重点工程。该工程实现了我国首个整装大型煤层气田的煤层气"晋气入豫",扩大了煤层气消费区域,更可以将沁水煤层气输送进"西气东输"管线,实现了煤层气的合理调配使用,解决了煤层气开发的下游瓶颈,也调动了上游投资开发煤层气企业的积极性。"端氏—晋城—博爱煤层气管道"起自山西省的沁水县端氏镇,途径山西省阳城县、泽州县、河南省沁阳市,终点为河南省的博爱县磨头镇。该管线全长98.2公里,其中山西境内76.2公里,河南境内22公里,一期工程设计输气能力为10亿立方米,二期设计工程输气能力达到20亿立方米。总投资为4.58亿元。该管线由民营企业山西通豫煤层气输配有限公司承建,2008年12月开始建设,2010年12月1日全线完工,年底投入使用。

3. 煤层气产业开发面临的挑战分析

煤层气资源开发,对于保障煤矿安全生产、丰富能源品种、提高能源利用水平,以及保护大气环境,均具有重要意义。

目前,国际上煤层气产业已比较成熟,主要产煤国对煤层甲烷的资源化开发利用程度较高,主要方法是地面钻井开采。根据IEA 2009年统计数据,世界上有74个国家蕴藏着煤层气资源,全球埋深浅于2000米的煤层气资源约为240万亿立方米,是常规天然气探明储量的两倍多。世界上主要产煤国对煤层甲烷的资源化开发利用程度较高，主要方法是地面钻井开采。其中，美国、英国、德国、俄罗斯等国煤层气的开发利用起步较早，主要采用煤炭开采前抽放和采空区封闭抽放方式抽放煤层气，产业发展较为成熟。对比来看，我国煤层气的开发利用程度相对较低，主要是采取井巷抽放，气体利用价值低。

在我国，煤层气实现产业化开发，使煤层气成为具有规模和稳定供应能力的工业化能源，目前还存在一些制度方面的障碍和问题。

总体而言，我国煤层气资源从"替补"能源实现"转正"，还需要面临战略和产业两个层面的多个"瓶颈"。直观来看，无论是作为能源还是作为化工原料，煤层气具有资源储量优势，潜在的经济优势和规模经济优势，以及作为清洁型气体能源的"低碳"优势。从 15 ~ 20 年的中长期角度来考察，煤层气可作为中型以上城市燃气能源，在某些经济区可作为城市的发电燃料，或压缩天然气（CNG）等交通用气体能源，以及作为调峰能源的液化天然气（LNG）制气原料，都具有明显的比较优势。

换言之，相对于廉价但高碳排放的煤炭等固体能源，煤层气具有清洁、高热值、使用便利等比较优势。而相对于同为气体能源的天然气等能源，煤层气又因为资源储量的"先天"优势而具有突出的经济性方面的比较优势。

尤其在定价机制的市场化形成方面，作为具有区域市场定价特征的本地化资源，煤层气在价格机制方面的灵活性以及"价值公允性"，是显而易见的。

一方面，制约于资源的国际化水平，我国常规天然气在定价水平和机制方面，因"资源国际化依赖"等输入因素和制度积习，而难以理顺上下游产业链和价值链关系；另一方面，煤层气在资源储量方面具有比较优势，因此，在定价水平上话语权相对有所提高，而其定价机制的完善或应相对顺畅。

改革开放 30 多年来，我国的经济体制逐渐向市场化机制进行转轨。关乎国计民生的资源大宗产品的定价机制的市场化改革，尤其是关乎民生的能源价格改革，始终是我国经济转轨和经济体制改革中的重点、难点及核心要点。而诸如煤层气等具有"国情型"比较优势的资源进行具有规模经济性的产业化开发和利用，对于我国经济和社会转变增长方式调整结构，对于我国深化经济体制改革，都具有重要的意义。

综上，我国煤层气作为资源和能源的利用，选择何种方式和路径，其宏观层

面的"瓶颈"在于"我国的能源战略如何转型，以及煤层气等煤基清洁能源的战略定位"。而其产业层面的"瓶颈"则在于，在中近期，"各个典型区域经济系统中的能源结构将如何调整、转型，其低碳能源及增长方式将如何定位，作为接续能源的煤层气能源与现有主导能源之间如何通过经济系统自身的调整和运行，实现接替和置换"。

这些"瓶颈"，体现在产业发展方面，则具体表现为：矿业权分散，矿业权制度安排有待完善；尤其是上下游市场结构和投融资结构相对固化，具有活力的民营资本难以进入，竞争明显不足，资源有效供给能力不足，下游生机勃勃的消费需求被客观上供给不足压制；资本化能力严重滞后，对于产业链和资金链较长的气体能源产业而言，资本化能力不足即意味着产业严重"贫血"，而上游勘探开发中进行科技创新，以及建设管网等基础设施等，将无从谈起。此外，价格机制作为战略"瓶颈"和产业"瓶颈"的交会点，集中体现了一个新兴的能源产业的生命力和发展潜力。因此，我国天然气能源定价机制市场化改革的缜密思路和理性方向，值得期待。

在这些"瓶颈"中，"煤层气的气权（煤层气抽采权）与煤矿的矿权长期分置"堪称至为重要的"两难困境"。从煤层气等非常规型清洁能源的能源战略地位来看，"气权与矿权"长期对立，难以统一的问题，涉及煤层气和煤炭的能源比例关系，关乎低碳能源对高碳排放的传统化石能源的革命性替代问题，更决定了以主体能源为核心支撑的经济系统的转型和低碳化改造等更为宏观的"大格局"等问题。从同样作为天然气能源的煤层气等非常规型能源全面开发和产业链完善的中观来看，"气权与矿权"所有者及其准入的资本格局，则映射了我国发展新型清洁能源的战略定位的模糊性，以及在一定程度上的"摇摆不定"。

专栏1 民营资本跻身非常规能源开发仍面临准入"樊篱"

宏观上，我国能源领域由"国有资本"专营的特征明显，行业准入仍处于"收缩"态势。一般而言，常规油气等产业的投资和开发生产，由负有国家石油公司责任的大型国有油气企业担纲。这些领域多呈现多寡头垄断甚至单一寡头垄断的局面。在煤、油、气三个能源大类中，允许其他资本投资，呈现多元化资本竞争性格局的能源领域，目前，只停留在天然气下游终端接驳型管网的建设、运营和服务，以及煤层气中游的管道运输环节。

自2009年以来，石油和煤炭领域，上游资源端"收缩"态势更为明显。通过上游的资源整合以及全面资本化，国内外能够获得的资源多集中在中石油、中海油和中石化等油气"三巨头"手中。经过2009年的资源集约开发和矿权整顿，煤炭行业的资源集中度和生产集中度也大有提高。

因此，在煤层气开发和利用的上游资源领域，存在着"向左走还是向右走"的不确定性和"两难"抉择：毕竟煤层气是伴生于煤炭资源的一种并非绝对独立的衍生能源。同时，执行"先采气后采煤"的行业政策硬性要求，或可能影响煤炭资源自身的开采。

因此，"谁来开采"，"气，还是煤，谁将获得优先开采权"，是目前处于起步阶段我国煤层气开发利用必须解决的核心前提。由于我国对于煤层气资源相关的地质理论研究、勘探技术能力、生产能力等均处于严重不足的"准空白"状态，或加剧了如此"两难"的困境。

就目前而言，打破"煤层气单一专营权"后，中石油、中海油和中石化等大型国有油气企业集团，纷纷获得投资和资源开发准入的资格。油气领域的国有资本垄断的格局，或可能再度复制到煤层气产业的上游领域，影响其开发利用的产业进程。同时，中石油、中海油和中石化等大型国有油气企业，已具备较高的资本化水平、经验和资本安排等金融能力。

由于资本具有"短期收益最大化"和"资源的低成本扩张"的天然属性，对于同时对国际、国内常规天然气资源进行大量投资的各大型国有油气企业来说，在短期内，与现有常规天然气、进口管道天然气以及进口液化天然气相比，如果煤层气开发的综合收益不具有比较优势，则"国有资本们"极有可能本着逐利的天性，延缓甚至停滞有关煤层气开发的地质研究、勘探、科技创新以及工程实施等工作。

尤其是当前已基本建成的覆盖我国全境的天然气管输主干网，仍掌握在中石油等手中。相应的，其他煤层气企业对于"入网权"价格的话语权和影响力，以及建设主干网与煤层气田相连接的联络线管网的经济性等，或可能面临中石油等"国有资本们"优先输送自产天然气和煤层气的"挤出"风险。

同时，从煤层气产业化开发的技术条件来看，这种"两难"也是客观存在的。必须看到，在我国，煤层气从根本上仍是煤炭生产的一种衍生副产品，保障煤炭行业安全生产，仍然是国家力促煤层气产业化开发的"第一动因"。将煤层气进行资源化开发，甚至实现规模化开采和利用，从目前看来，仍然要让位于"确保煤炭安全"这一首要目标。由于煤层气与煤炭相伴而生，如采用井下采气则在生产技术方式上必然与煤炭生产形成相互影响。这意味着，同一煤田采煤与采气主体的不一致，导致煤层气的开采"缺乏独立性"，必须"服从服务于煤炭的生产"。而采煤与采气主体的即使统一归并到煤炭能源企业，作为传统能源行业的煤炭企业，目前也不具备提高抽采率和利用率的技术创新能力，以及对于气体能源的开发和运营经验。这就要求煤层气产业化的"主角"，必须实现专业化。根据美国、英国、德国等国开发利用煤层气的国际经验，"气权与煤矿的矿权孰为优先"的关系，在法理明确的基础上，技术方面的问题，多是通过谈判、协商，最终由高度专业化的煤层气公司予以解决的。

"气权"与"矿权"的不确定性，直接影响到我国商业化开发利用煤层气的阶段性进展。由于煤层气的气权（煤层气抽采权）与煤矿的矿权长期处于分置，产业化发展后劲严重不足。煤层气开发和利用，存在资源分散、产量不稳、收集成本高、浓度低等现象，资源难以实现稳定供给，资源集中开采应具有规模经济性难以体现，实现产业化所需要的基本经济条件无法达产。这使煤层气开发和生产中投入—产出核算的结果极不理想，往往经济效益不佳。①

显然，实现商业化开发利用煤层气资源，需要首先重新确定煤层气的能源定位。矿权气权分置现状等制度性约束，则从根本上限制了多元化社会资本的进入，"扼杀"了商业性风险资本在这一新兴能源领域中的投资和创新活力。是"煤炭生产头号杀手"，还是"稳定可靠的补充型气体能源"，为实现可持续的产业化开发，煤层气资源必须在产业定位和商业化规模扩张之间找到最适合的平衡点。

---

① 以"中联煤"为例。中联煤层气有限责任公司是我国首家独享煤层气专营权的煤层气专业企业，成立于1996年，直至2008年11月中石油正式签署协议与之"分家"之前（在此前后中石油斥资10亿元成立中石油煤层气公司，"单飞"挺进煤层气开发领域），发展仍较为迟缓，未能形成具有商业化规模的地面抽采生产能力。自成立12年来，截至2007年底，中联煤层气公司的煤层气产量仅为0.6亿立方米，约占我国当期天然气总产量的0.087%。

（二）页岩气：世界气体能源市场的颠覆力量

页岩气是指以吸附或游离形式赋存于泥岩、高碳泥岩、页岩及粉砂质岩夹层中的一种非常规天然气，具有低孔、低渗透性、气流阻力大等特点，储量规模大，生产效益好，但开采难度较大。[①] 其主要成分是甲烷，具有较低的碳排放量，开发过程中所带来的负面环境影响是各种化石燃料能源中最小的。

目前，全球非常规天然气资源量的50%为页岩气。据初步评价，全球页岩气资源量高达456.2万亿立方米，相当于煤层气与致密砂岩气的总和。

其中，北美地区页岩气资源量达108.7万亿立方米，占全球总资源量的23.8%。中亚和中国为99.8万亿立方米，占21.9%。中东—北非72.2万亿立方米、拉丁美洲59.9万亿立方米，分别占全球总资源量的15.8%和13.1%。日本、韩国、澳大利亚、新西兰等经合组织太平洋国家的页岩气资源量为65.5万亿立方米，占总资源量的14.4%。其他国家和地区50.1万亿立方米，占11%。

页岩气开发已成为全球范围内油气资源勘探开发的新亮点，将引发石油天然气资源格局的重大变革。目前世界范围内只有美国掌握商业开采页岩气的技术，仅美国和加拿大有商业开采页岩气气田。

专栏2　美国非常规能源的商业化开发引爆"气体能源革命"

美国天然气技术学院勘探生产技术中心主任 Kent F. Perry 将非常规天然气分为四大类：致密气、煤层气、泥盆纪页岩气和天然气水合物（可燃冰）。目前，致密气、煤层气和页岩气资源的开发，约占美国总产气量的一半，已能有效弥补美国常规天然气供应的不足。

其中，致密气是指渗透率小于0.1毫达西（md）的砂岩地层天然气。美国几乎所有的地质盆地都含有致密气分布，但在现有技术条件下具有经济可采性的资源仍然有限。致密气是目前美国勘探开发最广泛的非常规天然气资源之一。

煤层气是赋存在煤系及其围岩中的一种自生自储式非常规天然气，是

---

① 与常规气藏相比，页岩气具有分布范围广、埋藏浅（目前探明最浅的仅8米）、开采周期较长（可开采30～50年甚至更长时间）等特点，因此页岩气的勘探开发资源规模大、经济效益好。

"21世纪重要接替型气体能源"。目前美国煤层气的产量规模约为700亿立方米。美国煤层气产业的成功发展,为世界其他国家开发非常规气体,提高能源供应安全保障水平,树立了良好的典范。

在非常规气体能源中,页岩气最富有产业化挑战性。作为一种从页岩层中开采出来的天然气,页岩气分布广泛,很早就已经被人们所认知,但开采难度远高于传统天然气,被称为"在石缝中挖掘出的真金"。目前,只有在天然气技术、政策、市场方面都具有较高发育水平的北美地区——美国和加拿大实现了对页岩气的规模化商业开发。

作为"未来的能源之星",总体上,天然气水合物(可燃冰)的开发利用还处于勘探前期和实验室科研阶段。一般认为,2030年前后,天然气水合物(可燃冰)的开发利用将逐步进入商业化。也有激进人士认为,目前投资巨大、研发态势良好和需求驱动力强大,或在2015年,天然气水合物(可燃冰)的开发利用有望迅速取得商业化成果。

在世界范围内,美国对非常规天然气资源的成功开发,不仅为能源可持续发展提供了良好的样板,更为世界天然气市场的融合发展提供了源源不断的动力。

尤其是2007年以来,页岩气接替煤层气,成为美国气体能源市场的"新宠";在传统油气替代和低碳的双重驱动下,目前美国页岩气产量已达到1000亿立方米,产能或已达到1500亿立方米的量级。这一产量水平,相当于同期中国天然气市场的总供应能力。

此外,引发全世界关注的是:美国"页岩气革命"不仅仅是技术创新或能源定价市场化机制的优秀典范,更在世界范围内改变了现有天然气市场供应需求的格局和产业化生态;制约于管道天然气的输运设施"话语权",以及全球液化天然气(LNG)贸易的分散性。

国际天然气市场并非统一市场,而是长期处于分散性区域市场状态。在北美、欧亚、东亚三大区域市场中,价格机制的话语权和气体能源财富的分配,过度集中在具有资源话语权和管道话语权的资源国。2006年以来在欧亚等地,掌控这些气体能源财富的资源国,甚至将天然气能源管道的建设与其国家政治、经济、军事、社会、文化等多方面的利益紧密锁定在一起,在油气等化石能源供需总体处于脆弱的"紧平衡"的前提下,形成实质上的"天然气能源禁运"

等多轮"天然气战争"势态，且屡屡得手。同时，由于当前世界天然气市场的分散性，各区域市场的定价机制也多"跟随"风险迭起投机横行的国际原油期货市场的价格走势。显然，在世界范围内气体能源财富的分配，充满了不确定性和鲜明的不公平性。传统的天然气能源市场供需基本面处于"紧平衡"，则加剧了这种"气体能源财富"从需求国到资源供给国被"洗劫"和转移的合法性及隐秘性。

而美国"页岩气革命"的爆发，使中短期内世界范围内的天然气等气体能源的供应迅速增加，可获得资源"紧平衡"状态的改变，则从根本上扭转了世界能源失衡的局面，有效地纠正了以上"市场失灵"的不公正态势。

一方面，由于美国国内油气替代需求旺盛，常规资源供应能力的不足，更多需求转向国际液化天然气（LNG）市场；但页岩气实现千亿立方米量级的商业化开采之后，"闲置"出的巨量国际液化天然气（LNG）产能，在其能源特征的约束下，以及在经济性和需求的驱动下，必然转而"补充"到不断"争气"、"斗气"、"断气"的欧亚地区，并及时提供给因定价机制不完善而导致季节性"气荒"频发的新兴市场经济体国家。携带着可观的"气体能源"如此大规模的全球资源大挪移，在扭转气体能源导致的地缘政治经济危机方面，以及在纠正区域性液化天然气（LNG）定价失衡方面，都扮演了极为重要的角色。从这个意义上看，源自技术创新的美国"页岩气革命"，如同在地球的另一端煽动"蝴蝶的翅膀"，却渐次掀起了影响欧洲、亚洲乃至全世界能源格局变迁和能源财富运移路径的"大风暴"！

另一方面，从人类利用能源的历史来看，世界能源产业目前正处于从"液体能源"时代向"气体能源"时代转换的第三次能源革命的"前夜"。美国的"页岩气革命"为人类可利用的气体能源打开了资源极为丰富的非常规能源的"大门"，使能源气体化成为现实上的可能，必将加速"气体能源革命"的到来！人类调整经济增长方式，改善工业文明的"外部性"，能源的低碳化利用"首当其冲"！随着低碳经济在全球范围内的迅速引爆，而非化石能源的新型可再生能源实现工业化发展路径的模糊和踟蹰不前，留给气体能源迅速发展的历史空间可谓巨大！热值高、清洁化、高效率的气体能源，必然走上世界经济和能源产业的最前台。各界权威人士普遍认为，2030年，天然气等气体能源有望成为世界的"首席能源"，人类社会必将昂首跨入一个能源高效、低碳排放、清洁环保、环境友好的"天然气时代"！

1. 美国页岩气：一飞冲天

在能源技术创新方面，长期引领世界科技浪潮的美国，在气体能源时代，依然不倦息、不落后。2007 年，美国能源信息署（EIA）的统计数据显示，美国拥有丰富的天然气等气体资源。美国可采的天然气储量超过 49.38 万亿立方米，已探明的天然气可采储量达到 5.97 万亿立方米。其中，页岩气、致密型砂岩气和煤层气等非常规天然气占 60%。

2007 年以来，作为常规能源的一种重要补充，随着技术创新的进步，页岩气在美国、加拿大等北美地区已成为重要的替代能源；并广泛应用于燃气化工、汽车燃料等方面。

2007 年，美国的天然气产量达到 5470 亿立方米的规模，约为中国同期产量能力的 7 倍。而在进入 21 世纪短短的 10 年间，美国的非常规天然气产量增长近 65%，从 1998 年的 1530 亿立方米增长到 2007 年的 2520 亿立方米，其中，非常规天然气产量占天然气总产量的比例也从 1998 年的 28% 增加到 2007 年的 46%。无论从资源储量到产量，美国已昂首进入"天然气世纪"，其中页岩气开采的相关技术创新居功至伟。

据美国能源信息署（EIA）估算，美国在其本国 48 个州内广泛分布着有机页岩，承载了极为丰富的天然气资源。

EIA 甚至认为，21 个已知的陆上页岩盆地和其他潜在页岩层的生产潜能将显著改变美国的能源前景。EIA 预测，美国页岩气产量占天然气总产量的比例将从 2007 年的 12% 上升到 2013 年的 35%。

储量占据了气体能源的半壁江山，产量则是三分天下有其一——美国页岩气的迅速开采和利用，将促进气体能源尽快成为美国一次能源消费结构中的首位能源。目前美国页岩气年产量约 900 亿立方米，占天然气年总产量的约 10%，几乎相当于我国各类气体能源年产量的总和。

截至 2009 年，美国的页岩气产量已达到 1000 亿立方米，已形成页岩气年产量超过 1500 亿立方米的能力。

据国际能源署（IEA）数据预测，世界页岩气的资源量预计有 456 万亿立方米，其中主要分布于北美、中亚、中东、北非、拉丁美洲、俄罗斯等地区，初步估计资源量与常规天然气相当或大于常规天然气储量。其中，中国的页岩气可采资源储量约为 26 万亿立方米，与美国的储量（约为 28 万亿立方米）相当。

值得一提的是，这种革命性的进步，几乎完全来源于科技进步！

为解决页岩气开发生产的经济性问题，位于美国得克萨斯州沃思堡巴涅特页岩地层实验室开展了长期技术攻关，最终通过融合"水平钻井技术"和"水力压裂技术"实现了历史性突破。①

该创新技术的采用使得技术的拥有者——得克萨斯州的页岩气产量从1998年的9.7亿立方米迅速增加到2007年的312亿立方米，10年增长了30倍！这一产量目前已占到美国本土48州天然气总产量的6%。此外，已基本完成勘探工作的包括海恩斯维拉、费耶特维尔、马赛卢斯和伍德福德盆地等四个新的页岩气盆地。目前的页岩气产量已达850亿～1130亿立方米/年。

此外，与美国毗邻的加拿大页岩气开发，基于地缘和能源地理优势，首先获得了"技术扩散"的能源财富的福利！20世纪末，大约在10年前，加拿大即开始了页岩气的商业开发，钻探了大量页岩气井。从21世纪初到现在，加拿大西部地区的页岩气年产量已达到40亿立方米的规模。

2. 中国页岩气：加速启动

致密气、页岩气，以及天然气水合物（俗称"可燃冰"），是世界上储量极为丰富、能源蕴藏巨大的三大非常规天然气能源。2007年以前，由于技术经济条件的限制，世界能源领域对其商业化利用的主流认识还停留在"看起来美好"的阶段。

2003年以来，随着世界经济的整体增长，世界各国对石油、天然气等不可再生的化石能源的需求迅猛增长。21世纪首轮世界经济增长，开始不得不正视日益严重的"能源短缺危机"现实。自2007年以来，根源于常规能源供应总体偏紧，而导致国际油气资源价格不断攀升、屡创新高，世界范围内"能源危机"呼声再起：人类的工业文明是否正在抵达其"发展的极限"？世界经济的可持续增长的动力何来？在能源压力日益增大的背景下，美国能源资本创新与技术进

---

① 美国开采页岩气的这种突破性技术，被称为"裂纹法"。非常规天然气一般分布广泛，相对容易发现，但难以采集，或在当前的技术条件下采集缺乏经济性。"裂纹法"的基本工作原理是：通过融合水平钻井技术和水力压裂技术实现页岩气产量采集历史性突破。水力压裂技术则是通过向页岩内高压注入水和砂浆混合物，造成岩层出现多向裂痕，从而将困在页岩层中的页岩气释放出来，并流到钻井巷道中。新技术增加了单井页岩气产量，并能够有效降低生产成本。

步，再次引领了世界范围内的新型气体能源革命。尤其在 2009 年，美国页岩气生产量高达 900 亿立方米，使之少有地超过世界第一气体能源大国俄罗斯。这使全世界经济体为之一振。除了同在北美地区的加拿大之外，欧洲地区，尤其是饱受俄罗斯气体供应不稳定所苦的欧亚各国，纷纷积极引进美国相关技术，谋求天然气"能源独立"。对于中国来说，美式页岩气的技术革命，也在掀开中国发展天然气能源的历史新篇章。

3. "页岩气革命"：能源领域的"蝴蝶振动翅膀"

由于天然气等气体能源的经营和发展，需要上下游，气源供应方、管道或 LNG 运输商，以及需求方三者保持相对平衡。反之，气体能源产业链极为脆弱。而在世界范围内构筑平衡、完整的产业链，则充满了变数和不确定性。

值得一提的是，随着全球化和资本化的深入，世界天然气市场的一体化正处于深刻变革中，天然气的应用市场具有短期的阶段性；因此，美国页岩气等非常规天然气产量的迅速增长，必然带来全球天然气市场的根本性变革。

长期以来，作为当今世界最集中的油气资源供应地区，中东地区在供需两方面均处于脆弱的平衡中。中东的天然气以液化天然气（LNG）的方式进入美国市场，但随着美国发生了替代性气体能源革命，全球的天然气供应格局正在为之改变。金融危机后，美国迅速开发本土页岩气，以满足美国本土气体能源的充分自给。这使世界最大的天然气供应国之一的卡塔尔 LNG 供应大规模过剩，富余出来的中东天然气自然要流向其他地区，进入东方市场，会降低澳大利亚和东南亚等资源输出国的价格谈判话语权；而进入欧洲，则将深刻地改变对欧亚陆上天然气"一边倒"的局面。总体上，世界天然气等气体能源的供应总量已明显大于需求的规模，卡塔尔的 LNG 出口到欧洲，从而迅速填补了俄罗斯管道天然气供应不足带来的策略型"真空"。欧亚之间，由于欧洲集体能源安全战略的空洞和无为，更由于欧洲对来自俄罗斯的天然气能源的严重依赖（占比超过 40%），自 2006 年以来多次因俄罗斯与管道过境国之间的诸多纷争甚至短期断供而饱受冻馁之苦。

根源于技术创新而爆发的美国"页岩气革命"，促成页岩气产量的革命性增长，从而将世界天然气供应的"疆土"扩展到更为广大的非常规能源领域——如同混沌理论认为"北半球的蝴蝶振翅引发南半球的海啸"，美国的页岩气革命，正在影响全世界的天然气贸易流向、定价规则，以及能源财富的二次分配。

截至目前，我国尚无页岩气的商业开采。国土资源部计划到 2020 年把中国页岩气产能提高到每年 150 亿~300 亿立方米。2009 年 8 月，国土资源部油气资源战略研究中心在重庆市綦江县启动了全国首个页岩气资源勘查项目。

与煤层气类似，页岩气也可代替天然气，但在我国仍处起步阶段。

我国在政府层面已将页岩气的勘探开发列入国家能源战略规划。2009 ~ 2010 年间，中国与美国政府就页岩气达成多项合作意向。

同时，国内三大石油公司积极调整结构和重点，将页岩气勘探开发列为非常规油气资源的首位。

2010 年是中石油重新审视非常规油气资源的一年。中石油与国际大石油公司在天然气开发、煤层气、页岩气、致密油气等领域进行合资合作及联合研究，并取得了新的突破。

其中，中石油对页岩气的开发利用极为重视。

2007 年，中石油与美国新田石油公司签署了《威远地区页岩气联合研究》。2009 年，中石油又与壳牌公司在前景较好的重庆富顺—永川区块启动合作勘探开发项目。2010 年 7 月，中石油川庆钻探工程有限公司井下作业公司顺利完成了中石油第一口页岩气井——威 201 井的加砂压裂施工任务。威 201 井是中石油针对页岩气开发的第一口试探井，这次"试水"标志着中石油进入页岩气开发的实战阶段。

此外，中石化、中海油，以及相关科研机构、高等院校等，也已开始对页岩气进行研究和部署。

在非常规天然气中页岩气近年来已成为全球油气资源勘探开发的新亮点。在当前能源紧缺的背景下，我国应尽快制订页岩气勘探开发的长远规划，加强页岩气资源战略调查，提高页岩气勘探开发技术水平，加快相关技术标准和规范体系建设，推进页岩气勘探开发。

（三）天然气水合物（"可燃冰"）：低碳能源之王

1. "可燃冰"——储量巨大、能量密度极高的超级能源

常规天然气的资源毕竟是有限的，人类已经处于不断寻找新的清洁高效能源的过程中。就目前而言，天然气水合物是科学家发现的众多可替代的一次能源中最为理想的能源之一。若能充分开采这种能源，将能满足石油、天然气等一次能

源用尽后近百年的能源消耗。

天然气水合物（Gas Hydrate），俗称"可燃冰"。天然气水合物是由甲烷气和水在海底高压低温下相互作用形成的白色固态结晶物质，外观极像冰雪或固体酒精，可以被直接点燃。因此又被称为"气冰"、"固态甲烷"。

天然气水合物的能量密度极高。在标准状态下，水合物分解后气体体积与水体积之比为164:1，也就是说，1立方米天然气水合物可释放出164立方米甲烷和0.8立方米的水，其能量密度，是常规天然气的2~5倍，是煤的10倍，而且燃烧后几乎不产生环境污染物质，污染比煤、石油、天然气等要小得多，堪称低碳社会的理想能源。再加上它埋藏浅、规模大的特点，人类如果能够充分开发利用这种能源，将会步入一个新的能源时代。

由于其形成需要一定的外部环境条件（包括合适的温度、压力、气体饱和度、水的盐度、pH值等），资料显示，天然气水合物主要蕴藏在陆地永久冻土带以及深海沉积物中。在深海中，它主要分布在深水特定区的未固结沉积层域或是水深100~250米以下的极地陆架海域。截至目前，已有超过40个国家开展了天然气水合物研究，世界上100多个国家已发现了其存在的实物样品和存在标志，其中海洋78处，永久冻土带38处，中国发现的3处为南海北部陆坡、南沙海槽和东海陆坡。

由于"可燃冰"埋藏于海底的岩石中，和石油、天然气相比，它不易开采和运输，世界上至今还没有完美开采方案。国际科学界普遍预测，"可燃冰"是石油、天然气之后最佳的替代能源，一些技术相对发达、发展新替代能源态度激进的发达国家，将规模化开发和利用天然气水合物的时间表定在2015年。

2. 我国"可燃冰"资源勘探初见成效

在国家层面，对天然气水合物的开发利用研究比较重视。国务院已于2006年1月先后颁发了《国家中长期科学和技术发展规划纲要（2006~2020年）》和《国务院关于加强地质工作的决定》。前者将天然气水合物的开发技术列为22项前沿技术之一，后者也将天然气水合物等非常规能源资源的调查评价和勘查列为地质工作的主要任务。

为尽早在我国南海北部发现具有开采价值的天然气水合物矿藏，"南海天然气水合物富集规律与开采基础研究"项目已通过国家"重大基础研究发展计划"（"973"计划）组织的审查。"973"计划是以国家重大需求为导向，对我国未来发展和科学技术进步具有战略性、前瞻性、全局性和带动性的基础研究发展计划。这是"973"计划首次对有关可燃冰研究给予支持。

"南海天然气水合物富集规律与开采基础研究"项目，以我国南海北部天然气水合物发育区为研究对象，围绕其成藏机制、富集规律及开采理论基础，建立南海北部陆坡天然气水合物成藏理论及更深层次的综合识别方法，研究其富集规律，探索开发相关的技术机理，为我国天然气水合物资源勘查、评价提供有效的基础理论指导，促进国家能源战略目标的实现。该项目已于 2009 年 1 月正式启动。

"十一"五中后期以来，我国新型能源的资源调查成果喜人，在我国南海北部和祁连山冻土区，首次发现天然气水合物。[①]

近年来，我国对"可燃冰"勘探的步伐加快，2011 年 1 月，由广州海洋地质调查局完成的《南海北部神狐海域天然气水合物钻探成果报告》通过终审，报告明确指出，科考人员在我国南海北部神狐海域钻探目标区内圈定 11 个可燃冰矿体，储量约为 194 亿立方米，显现出良好的天然气资源潜力。南海可燃冰勘探露出"冰山一角"[②]。

专栏 3　世界天然气水合物储量巨大开发利用前景可期

天然气水合物在世界范围内广泛存在。"可燃冰"大都蕴藏在全球各地的海床上。在地球大约有 27% 的陆地是可以形成天然气水合物的潜在地区，而在世界大洋水域中约有 90% 的面积也属这样的潜在区域。已发现的天然气水合物主要存在于北极地区的永久冻土区和世界范围内的海底、陆坡、陆基及海沟中。迄今为止，在世界各地的海洋及大陆地层中，已探明的"可燃冰"储量

---

① 通过最新一轮全国国土资源大调查，我国新能源资源调查评价取得一系列新突破。在能源矿产方面，证实松辽盆地外围、银额盆地、中上扬子盆地和羌塘盆地等区域具有良好的油气资源前景。海洋油气调查圈定 38 个含油气盆地，在南海北部发现了巨厚的中生代含油气地层。资料来源：全国地质调查工作会议，2011 年 1 月。

② 此次我国神狐海域天然气水合物勘探取得了重大突破，被称为"不亚于发现海上大庆"。研究人员在 140 平方公里的钻探目标区内圈定出 11 个"可燃冰"矿体，含矿区总面积约 22 平方公里，矿层平均有效厚度约 20 米，预测储量约 194 亿立方米。钻探区水合物富集层位气体主要为甲烷，其平均含量高达 98.1%，主要为微生物成因气。资料来源：广州海洋地质调查局，2011 年 1 月。

超过 16.7 万亿吨油当量，相当于全球已知煤、石油、天然气、油页岩等传统化石能源探明储量的两倍以上，可满足人类千年的能源需求。仅目前已探明的储量，就比地球上石油的总储量还大几百倍。如果预计属实的话，天然气水合物将成为一种未来丰富的重要能源。

我国拥有着相当丰富的天然气水合物资源，综合资料表明：南海陆坡和陆隆区应有丰富的天然气水合物矿藏，估算其总资源量达 643.5 亿 ~772.2 亿吨油当量，大约相当于我国陆上和近海石油天然气总资源量的 1/2。据初步预测，我国南海北部陆坡天然气水合物远景资源量可达上百亿吨油当量。我国天然气水合物调查研究水平步入世界先进行列。

2009 年，我国在青海发现巨大储量的天然气水合物，并成功钻获"可燃冰"样品，吸引了全球目光。青海的天然气水合物为陆上资源，基本处于地表之下 130~198 米，一些地方的矿藏离地表仅 20 米，开采十分便利。

资料显示：青海发现的陆上可燃冰远景储量达到 350 亿吨油当量，如能合理开发，可以维持中国能源消耗近 90 年。

据估算，我国可燃冰资源量超过 438 亿吨油当量。其中，南海海域约 185 亿吨，位于青藏和黑龙江的冻土带则有 253 亿吨。此外，我国冻土带面积达 215 万平方公里，占国土总面积的 22.4%，是世界上仅次于俄罗斯、加拿大的第三冻土大国。但历史上我国冻土带上的可燃冰大规模资源调查研究几乎处于空白状态。鉴于冻土区"可燃冰"的重要意义，中国地质调查局已于 2004 年设立"我国陆域永久冻土带天然气水合物资源远景调查"地质调查项目。

"可燃冰"项目受到地理条件、环境条件的限制导致其应尽快开发。预计我国陆域天然气水合物在 10~15 年内、海域在 20 年后可进入商业开发。我国"可燃冰"虽然发现较早，但欧美发达国家已经有了在 2015 年投入开发的具体规划，对比来看，在天然气水合物的开发利用研究方面我国还显落后。

3. 因技术条件所限短期内无法进行商业开发

各国均处于研究阶段，短期内无法进行商业开采。

自 20 世纪 60 年代开始，俄罗斯、美国、德国、英国和加拿大等许多发达国家就开始"可燃冰"的研究。美国参议院于 1998 年通过决议，把"可燃冰"作为国家发展的战略能源列入国家级长远计划，要求能源部和美国地质调查局等部门组织实施，包括资源详查、生产技术、全球气候变化、安全及海底稳定性等五方面问题，要求 2010 年达到计划目标，2015 年投入商业性开发。

相比而言，我国的天然气水合物勘探和开采尚处于早期研究阶段。

中国从 1999 年起对"可燃冰"进行前瞻性研究，目前已在中国海域内发现大量"可燃冰"储量，仅在南海北部的"可燃冰"储量估计相当于中国陆上石油总量的 50% 左右，中国将在未来 10 年投入 8 亿元进行勘探研究，预计 2010～2015 年前后进行试开采。

然而，由于天然气水合物物理化学属性以及自然资源的赋存特点，在其大规模开采过程中，可能导致大量温室气体排放污染环境；天然气水合物特殊赋存条件的人为变动，也极有可能诱发海底滑坡等地质灾害；因此，在目前技术条件下开采天然气水合物，技术复杂，成本高昂，尚不适合大规模作业。天然气水合物的商业开发还有待技术上的突破开采，开采过程中将面临油气管道堵塞、海底滑坡、海水毒化等问题的挑战。相信日益不断发展的科技中将会解决这一系列难题。

（四）其他气体能源："气化的煤炭"借势腾飞

我国是煤炭资源极为丰富的国家。就中长期能源战略而言，除了大力创新发展可再生和新型能源之外，传统的"黑金"——煤炭的清洁化利用，也大有前途。在化石能源煤炭的诸多形式转化中，煤炭的汽化利用，对于我国极具现实意义。

将煤炭转化为气态进行资源利用，是能量储存形式的转变。广义的煤炭转化为气态，包括两类：煤气化，即"将煤炭压碎气化后转化天然气的过程"；以及抽取或收集固态煤炭资源的伴生产物——非常规天然气体煤层气，并进行资源化开发。这里侧重探讨"煤炭转化为人工天然气的煤制天然气"[①] 领域。

---

① 煤炭气化是指煤在特定的设备内，在一定温度及压力下使煤中有机质与汽化剂（如蒸汽/空气或氧气等）发生一系列化学反应，将固体煤转化为含有 CO、H_2、CH_4 等可燃气体和 CO_2、N_2 等非可燃气体的过程。煤炭气化技术用途广泛，可作为工业燃气、民用煤气、化工合成和燃料油合成原料气、冶金还原气，还可作为联合循环发电（IGCC）燃气。煤炭气化技术与高效煤气化结合的发电技术就是"煤炭气化燃料电池技术"，其发电效率可高达 53%。此外，作为基础技术，煤炭气化制氢广泛用于电子、冶金、玻璃生产、化工合成、航空航天及氢能电池等领域。尤其，煤炭直接液化以及间接液化，都离不开煤炭气化。

在能效方面，与其他煤资源转化的能源产品和生产工艺相比，煤制天然气的能源转化效率较高，可达50%~52%，煤制油为34.8%、煤制二甲醚为37.9%，煤制甲醇为41.8%，而最先进的IGCC发电电站能效为45%。

此外，煤制天然气单位热值水耗在煤化工所有项目中最低，为0.18~0.23吨/吉焦，煤制油为0.38吨/吉焦，煤制二甲醚为0.77吨/吉焦，煤制甲醇为0.78吨/吉焦。

在资源布局和统筹发展方面，由于我国煤炭能源的分布和水资源等其他资源之间呈现逆分布，也远离经济发达的主要能源消费市场，长期受制于综合运输系统及物流能力的不足，煤炭制成气体能源后，依托现有或新建的天然气管网运输，不仅能够降低运输成本，节约大量运输资源，在煤化工一体化建设过程中，更能够有效配置当地各类经济资源，带动当地区域经济实现共同发展。

在技术装备方面，目前，国内煤制天然气主要采用鲁奇气化炉法，除甲烷化装置需要引进高压蒸汽过热器、循环气压缩机等个别国外先进设备以外，其余大部分已基本实现了技术设备国产化。自主研发与引进国际先进技术的相结合，既能保证技术的成熟性，具有一定的产业化张力，也能符合企业投资能力，具有一定经济性。

在技术路线和产业化应用方面，结合发达经济体的发展经验，从长远发展来看，煤基气态能源产业化开发的重点应是：选择煤气化循环发电（IGCC）技术以改造现有老电厂；以及实现煤基合成油和合成化工产品综合开发。

与石油、天然气等高热值能源相比，在经济性、易于运输的属性以及清洁性比较优势的相对变化，长期以来，多家国际能源企业积极参与建设和开发"煤制气"项目。不过，总体来看，煤制气的产业化仍然处于发展初期。[①] 目前，大规模的产业化项目仅有美国大平原公司一家，运行了20多年，综合经济效益良好。

在我国，自2009年第三季度国内出现严重的"天然气荒"以来，现实、有

---

① 此外，印度和澳大利亚等煤炭大国也积极介入这一领域。由于适于气化的褐煤资源丰富，澳大利亚北悉尼煤炭公司正在研究新的气化技术，并希望进一步用于煤制油产业，在2013~2014年能产出成品汽油。世界上第三大煤炭生产国印度，其褐煤储量约为350亿吨，更是密切关注煤炭气化技术的创新和进展。目前，印度石油天然气公司和印度煤炭公司联合建设了地下褐煤气化中试装置，印度Shiv-Vani油气开发服务公司与澳大利亚Linc能源公司也联合建设了褐煤气化和煤制油项目。印度哥达伐里电力和钢铁公司则认为发展煤炭气化，最终形成煤、化、电、冶联产模式，使褐煤资源获得高效利用。

力地提高气体能源供给，成为能源领域关注的焦点之一。囿于定价机制僵化而导致的供应严重不足，使得各界对于天然气行业政府定价机制"松绑"以促进有效供应的呼声高企。巨大的气体能源需求增长，使煤制天然气呈现出前所未有的良好发展时机。据不完全统计，已有神华集团、大唐集团、中海油、中电投集团、广汇集团等各界能源领军企业，在地方政府和企业通力合作之下，在新疆、内蒙古、辽宁、宁夏等地拟建 15 个煤制天然气项目。其中，通过国家发改委批准"国家立项"，以及已开工建设的产能，其总规模接近 200 亿立方米/年，主要位于内蒙古和新疆等地（见表 10）。这一轮投资的热点是，2007 年以来煤炭新增储量巨大，内蒙古和新疆等地成为我国新兴的煤炭资源战略替代区。

表 10　我国当前已规划或投建的主要煤制天然气项目

投建企业	建设资源区	SNG 产能规模	产业化度	总投资
神华集团	内蒙古鄂尔多斯	合成天然气 20 亿立方米/年	已开工建设	一期 140 亿元
大唐国际	内蒙古克什克腾	40 亿立方米/年	已作为"国家级示范工程"列入国家石化振兴规划	226 亿元
大唐国际	辽宁阜新	40 亿立方米/年	已作为"国家级示范工程"列入国家石化振兴规划	约 180 亿元
内蒙古汇能集团	内蒙古	16 亿立方米/年	已作为"国家级示范工程"列入国家石化振兴规划	
神东天隆集团	新疆吉木萨尔五彩湾矿区	13 亿立方米/年	国家发改委已批复	68.46 亿元
新汶矿业集团	新疆伊犁	20 亿～100 亿立方米/年	已开工建设	约 90 亿元
新疆庆华煤化工	新疆伊宁伊犁河谷	55 亿立方米/年	已开工建设	277 亿元以上
华银电力	内蒙古鄂尔多斯	18 亿立方米/年	规划中	174 亿元
中海油总公司/同煤集团	山西大同	40 亿立方米/年	规划中	一期 210 亿元

截至 2010 年 12 月，我国共有近 30 个煤制天然气项目处于计划、前期工作或建设阶段。预计这些项目全部建成后，2015 年和 2020 年我国将先后实现每年 440.5 亿立方米和 1268 亿立方米的产能。

资料来源：《中国化工报》等，2010 年 12 月。

其中，神华集团内蒙古鄂尔多斯项目将"西煤"就地转化为"西气"，然后通过全封闭管道"东输"，进一步提高了煤炭清洁利用水平，丰富了"西气东输"战略的内涵。此外，新汶集团、山东枣庄、潞安集团、庆华集团、永煤集团

等企业的煤制天然气项目前期工作也已陆续启动，一些企业已开工建设。

在寻找天然气替代资源的同时，通过能源之间的转化也能间接实现天然气来源的多元化，特别是煤制天然气近年来就受到了各路资本的追捧。包括产煤地政府、煤炭企业、石化企业，甚至电力企业也加入其中。

值得注意的是，作为新型煤化工的一个领域，煤制天然气或因其煤基能源气体化利用的工业特征，获得了更多的发展中的战略扶持。以往，在业界积极发展煤制油、煤制甲醇、二甲醚和煤制烯烃等用以替代石油的煤基液化燃料时，国家发改委基本上持有"审慎"甚至不支持、限制上马的态度。

因此，尽管2010年6月国家发改委也出台了类似的产业政策①，以规范煤制天然气产业发展，但已申报、获批、开建的煤制天然气项目仍然处在如火如荼的建设中。

业内专家认为，煤制天然气得到产业政策上的"豁免"和实质支持，取决于两个方面的因素。一则，由于中国具有煤炭储量丰富的资源禀赋，发展煤基清洁型气体能源，无论从经济性，还是低碳环保的社会效益来考虑，都是积极、有利于可持续发展的方向。二则，由于我国建设了超过11000公里的超长距离的天然气运输管网。中亚进口的常规天然气抵达我国边境口岸的价格已远远高于内地大部分城市终端用户的价格。在我国天然气市场机制尚不完善、尚未与国际天然气价格水平实现"接轨"之前，从技术上看，如果在管线上游加入相对优质、廉价的非常规天然气能源，通过资源配置，实现总供气成本的大幅度降低，是一举多得的做法。

此外，目前，已从国家发改委和相关机构获得"煤制天然气"项目准入的企业，多是能源领域具有规模性的大型行业领军企业，其能源规划、资金实力、技术能力，以及对产业链管理的能力都足以值得信任。

以大唐集团为例。大唐发电公司目前在拟建设两个大型煤制天然气项目，包括：总投资257亿元的内蒙古赤峰市克什克腾旗煤制天然气项目；以及总投资规模约为245亿元的辽宁阜新煤制天然气项目。这两个项目建成投运后总的年能可

①　国家发改委《关于规范煤制天然气产业发展有关事项的通知》指出，煤制天然气是资源、资金、技术密集型产业，项目建设需要的外部配套支持条件较多，必须在国家能源规划指导下统筹考虑、合理布局。在国家出台明确的产业政策之前，煤制天然气及配套项目由国家发展改革委统一核准。各级地方政府应加强项目管理，不得擅自核准或备案煤制天然气项目。

达到 80 亿立方米，相当于 2010 年天然气国内产量的 8.5%。此外，这些煤制气项目建成后，对于解决区域经济中能源短缺问题、经济增长中碳强度居高不下的问题，以及用外部性最低的方式在区域间调动能源，都极富战略意义和经济意义。

三　年度焦点：资源国际化"倒逼"我国天然气价格改革

刚刚过去的"十一五"规划期，随着能源低碳化结构调整以及资源国际化的迅速开拓，我国天然气市场的国际资源依赖度迅速提高；从 2008 年进口比例不到 1%，迅速冲高到 2010 年接近 15% 的规模！继石油能源之后，我国天然气市场正在直面资源国际化带来的输入性影响。

从战略层面看，在国际化资源及其市场化定价冲击下，在我国天然气定价机制仍不完善的约束下，以及处于可见的低碳技术市场化周期等因素，在一段时间内，我国天然气将处于供需基本面"紧平衡"之中，我国天然气市场已步入输入性价格调整的新阶段！

（一）资源国际化推动我国天然气涨价

我们处在一个"天然气时代"的开启时刻。天然气能源逐渐在我国经济和社会生活中扮演更为重要的角色。截至 2010 年底，我国天然气能源的表观消费量已接近 1100 亿立方米，其中，约 15.6% 以陆上管道天然气或海外液化天然气（LNG）方式进口到国内。受限于我国目前常规天然气能源产能的有限增长，各界纷纷推断，随着下游消费市场的进一步扩大，在 2015～2020 年前后，我国天然气对资源国际的依存度或将超过 50%。

我国的天然气资源国际化速度加快，一方面有能源结构低碳化的影响因素；而另一方面，人量引入国际市场中短期内相对过剩的天然气资源，对我国低碳型能源供给相对不足将形成有力的补充。但同时，尽管由于世界天然气市场总体处于供应偏松因而价格相对走低的价格时点，但由于我国现行天然气价格水平相对较低，以天然气为能源中心的替代过程，面临比较经济性冲击。为此，我国天然气定价机制改革，势在必行。

从总体上看，我国的气价改革，需要在机制上实现市场化，并且，需要在价格水平上，实现与国际天然气市场形成直接或间接的"接轨"。由于我国天然气

定价机制的不完善，长期实施以"政府定价"方式为主的价格形成机制，我国的现行天然气价格水平明显低于国内同等热值的原油、煤炭价格，与国际天然气价格水平相比，更是相距甚远（见表11）。

表11 我国现行天然气定价体系及价值来源

定价类别*	定价方法	定价说明	定价来源
井口气价	采取基准价加浮动幅度的政府指导价形式	基准价格由政府核定,具体核算价格由供应商在中准价上下10%范围内浮动制定	补偿生产成本
管道运价	实行政府定价;属管制价格,其制定原则为成本及利润原则,保证不低于12%的内部收益率	在确定出厂和管输价格时,采取"一线一价"的价格管理方式,即对每条管线,国家除制定该管线管输价格外,还要制定适用于该管线的出厂价格	补偿天然气管道运输建设成本及合理赢利,兼顾销售促进
终端销售价格	自然垄断行业,参照公用事业定价方法	由省级物价部门制定	包括天然气出厂价、城市门站气价、居民户到户价格、管网设施建设费及天然气售后服务价格

资料来源：邓郁松，2008；崔民选：《中国能源发展报告2010》，社会科学文献出版社，2010。

*从生产流程看，在整个天然气产业链上，天然气价格体现为三个部分，即井口价格、管输价格（城市门站价）和终端市场价格。

一般认为，目前我国天然气的生产价格（井口价），约为同等热值原油生产价格的50%～60%。在国际能源市场中，不考虑投机形成的金融溢价因素，同等热值的天然气与原油比价区间大致在0.83～1.2之间。产业界、投资界普遍认为，"十二五"期间，资源产品的价格形成机制改革将不断深入。由于定价制约因素较多，在资源国际化不可逆转的战略考虑中，国内天然气价格偏低的矛盾日益突出，天然气的"制度性低价"难以长期维系，天然气能源价格持续走高或将成为我国天然气市场的一个基本走向。

为此，相隔近5年后，"为促进资源节约，理顺天然气价格与其他可替代能源的比价关系，引导天然气资源合理配置"，2010年5月31日，国家发改委发出"调价通知"[①]：决定适当提高国产天然气出厂价格，以完善天然气相关价格

---

① 《关于提高国产陆上天然气出厂基准价格的通知》（发改电［2010］211号），国家发展改革委，2010年5月31日，http：//www. ndrc. gov. cn/zcfb/zcfbtz/2010tz/t20100531_ 350432. htm。

政策和配套措施。

据通知，从 2010 年 6 月 1 日零时起，国家发改委提高了国产陆上天然气出厂基准价格，每千立方米提高 230 元。此次价格改革并取消了长期存在的各类产能水平不同的油气田出厂（或首站）基准价格的"双轨制"，并在此基础上"扩大出厂基准价格浮动的幅度区间"，即"国产陆上天然气一、二档气价并轨后，将出厂基准价格允许浮动的幅度统一改为上浮 10%，下调不限，即供需双方可以在不超过出厂基准价格 10% 的前提下，协商确定具体价格"。

一般认为，2010 年 6 月初对我国天然气市场的最新一轮提价，提价幅度在 18% ~33.3% 之间。一方面，能够在一定程度上形成对"真实价格"的弥补；而另一方面，由于同期国际天然气市场资源供应偏松，价格处于低位运行通道，择时提价改革，有助于在价格水平上促进国内外资源价格的"接轨"。

值得关注的是，此次调价适度考虑到 2010 年及以后进口中亚天然气的相关价格政策。其中，特别提到："鉴于 2010 年进口中亚天然气数量较少，进口中亚天然气价格暂按国产天然气供同类用户价格执行。"此中隐含着"中亚天然气进口规模扩大后再次调价的可能"。穿越土库曼斯坦、乌兹别克斯坦和哈萨克斯坦，从我国霍尔果斯口岸入境并连接"西气东输"二线"输气大动脉"的中亚—中国天然气管道，实际上是一条绵延近 11000 公里的超长输气管道。传统观点认为，超过 2000 公里的长输管道，其经济性将有所降低。同时，土库曼斯坦天然气入境在口岸首站的价格已经超过 2000 元/千立方米，远远高于"西气东输"调价后的 790 元/千立方米的出厂价格。产业链上游价格居高不下，与国际资源价格"接轨"的难度可想而知。这使业界普遍猜测，我国天然气定价机制改革的思路或将出现较大的突破。

（二）复杂的国际天然气定价惯例及机制

1. 天然气能源价格具有多重属性

在主要化石能源中，由于具有气体形态、高热值及低碳环保的优势，以及从生产、运输到消费的全产业链呈现出的高度资本密集型特征，天然气能源的价格具有多重属性和复杂性。

目前，在国际能源和资源利用领域，随着我国能源企业积极"走出去"开拓和获取世界市场的资源，我国在能源结构低碳化、高效能等方面，也受到国际

化的影响。在天然气价格机制和价格水平方面，尤其受到来自国际天然气定价机制的复杂性和不确定性的深入影响。

一方面，国际上天然气产业发展的长足经验表明，"天然气革命"是个复杂的、充满不确定性和各种挑战的过程。由于天然气不易储存，也不易运输，因此天然气工业发展的全过程，不仅仅是工业化力量驱动之下基于经济性和便利性的简单能源替代或技术革新，更贯穿了供需双方对天然气能源价值、运输的服务价值以及定价方法等，从"彼此理解存在巨大差异到获取谈判共识"的激烈博弈过程。

另一方面，天然气产业链实现协调、均衡以及可持续的发展，十分重要。从经济后果而言，这种协调和动态均衡，是一个上游资源方、中游管道或设施输运方以及下游终端消费用户三者之间共同承担和分摊风险的动态机制的形成过程。受制于天然气的这些特殊性，目前世界天然气市场并没有形成全球统一的定价市场。而各个区域市场的天然气定价机制，以及对国际天然气市场价格的影响，对我国这个世界天然气市场"后来者"，尤其在定价基准和定价水平方面，势必形成较大影响。

目前，世界天然气消费主要集中在三个地区：美国等北美地区、以中日韩消费为核心的东亚地区，以及欧盟地区。对应于上游资源勘探、开发和生产环节，中游管道输送环节，以及下游资源配送到最终用户的环节，由于产业链不同环节的产品或服务形成的价值属性不同，天然气价格一般分为井口价、城市门站价和终端用户价。三类价格的形成机制，在资源市场发育水平不同的区域性市场中，表现迥异，甚至千差万别。

专栏4　天然气价格因素的五重"属性"

在价格形成的因素中，天然气的价格具有"极为丰富"的内涵。

第一，作为能源品类，天然气具有与石油和煤炭相同的因不可再生性而形成的资源"耗竭属性"，理论界认为，这是油气等化石能源强大的金融属性的根本来源。

第二，天然气受制于管道运输，在能源的最终抵达能力方面，其"可获得性"的风险，又远远高于石油和煤炭"可获得"的风险。尤其在跨国和跨区域长距离运输中，不仅资源国具有资源定价的话语权，对于管道过境国和区域来说，"管道输送权"同时意味着管输费用的定价权，以及意味着对该资源能够安全连续稳定地抵达目的地的某种绝对影响力。

第三，与石油资源类似，天然气资源在全球的分布与需求也呈现相对"逆向"，因此，相对单一的资源供应方，与相对分散的资源需求方之间，必然形成长期的、动态的甚至激烈的经济"博弈"。

第四，由于液化天然气（LNG）技术以及非常规气体能源的开发，虽能有效提高天然气能源的总供给能力，但也必然导致天然气资源经济性比较优势的部分丧失。长期来看，这些"能源革命"的最终经济性成本还是由能源产业链条上最低端的广大消费者来承担的。事实上，在一个化石能源仍然长期牢牢把握一次能源主体消费地位的经济世界里，每一次因短期技术革命而最终导致长期的能源品价格大幅度上涨的过程，从"价格是财富分配最有力的手段"这一论断出发，可见能源资本所形成利益集团对于能源价格的最终形成的话语权几乎是"天然的"。而天然气这种产业链较长而且具有资本密集型特征的能源产业中，能源资本在价格形成机制运行中施加话语权影响的"合理边界"，也是模糊的。

第五，也就是最重要的一点，能源市场价格的形成，最终取决于有效供应和有效供给动态"博弈"的结果。在可替代能源有效供给的影响下，资源的总供应能力，最终决定了能源的价格。在天然气方面，由于在人类的工业史上，天然气长期处于"替代"和"被替代"的双重角色中，仅就目前而言，能源结构实现"气化"的国家或区域，仍为数不多；多是天然气储量丰富、开放利用历史悠久的产地国，或者对液化天然气（LNG）的昂贵经济性成本具有较高的支付能力；而非一个相对普遍的、自然发育而成的自在自为的市场状态。这就决定了天然气的终端用户价格具有与其他能源迥然不同的分散性，以及对产业链上中游巨大投资成本和"抵达"风险的分摊的属性。因此，天然气具有更为强烈和鲜明的保险型金融属性。对于经济发展水平，消费者个体支配能力相对有限的国家和地区来说，天然气能源的价格水平，显然是不适当，或者不可持续的。

由于天然气的价格形成受到多种因素的影响，因此，在区域型市场结构中，世界天然气市场一般分为垄断型市场和竞争型市场两类。政府或监管机构定价型或"垄断价格型"天然气市场，多采用"成本加利润与市场净值回推"相结合的定价

方式。其定价方式的主旨是："保障生产开发者确定的利润率水平的同时防止垄断利润的形成。""市场竞争型"天然气市场，则根据竞争方式、竞争程度以及可替代能源转换便利性等不同，采用"捆绑式"销售价格，或者完全由市场竞争的力量决定价格。比如，目前唯一开行了天然气期货的美国天然气市场，由于发电企业在燃料方面具有技术上可行的"燃料转换的便利性"；以天然气期货市场价格作为气体能源定价的"风向标"，在对每百万英热当量的天然气现货价格与煤炭的比较中，即使只有几天，也会将发电燃料迅速转换成相对廉价的一种能源。这种在分散供给、分散消费之间，在产业力量、投机力量之间，在经济性燃料选择的理性标准，以及技术条件上确保的高可替代性之间，形成了长期的、成熟的经济性"博弈"动态平衡，确保了美国天然气市场成为典型的竞争型天然气市场格局。

总的来看，在世界范围内，天然气能源工业发展和利用历史悠久，资源相对丰富，市场化体制发育较为成熟，以及能源金融市场制度供给充分的国家，包括美国、加拿大、澳大利亚、新西兰、阿根廷、英国等实行"市场竞争型"定价机制。其中，美国和英国的天然气市场分别实现了："以天然气期货市场价格作为定价中准"，以及"以远期价格作为现货市场的定价基准"两种市场化定价特征。然而，限于资源禀赋、经济发展水平、资源品市场的规制能力，以及对地缘因素的弱势等多个局限性，世界上大多数天然气消费国，仍采用以"政府定价型"为主的垄断性定价机制。以我国为例，在储量资源保障和开发利用能力方面，在资源进口的比较经济性方面，在管道网络布局规划提高下游消费区资源"可达性"方面，尤其在我国以相对廉价的煤炭等基础能源为主的现有能源战略格局等方面，我国发展天然气产业，先天禀赋明显不足，只有在可持续发展亟须能源保障的巨大发展型压力和动力，以及在低碳经济的大力推动下，天然气资源才有可能如此迅速地站到我国基础能源的舞台上，扮演重要的角色。

随着全球范围内低碳经济浪潮的助推，以及石油等昂贵能源价格长期高位运行，以天然气和非常规气体能源为核心的"能源气体化"已渐成风气；能够反映气体能源"真实价值"的市场化型定价机制，成为世界天然气市场的发展方向。显然，从发展角度看，包括我国在内很多国家也都在积极探讨引入竞争，放开市场，以推动定价机制市场化改革。

2. 北美、东亚及欧洲地区定价市场化水平差距明显

其中，北美、东亚及欧洲等三大区域性天然气市场的定价方式及其市场化差距甚为明显。

在北美地区，由于资源禀赋优势，经济发展水平和消费水平也较高，天然气产销两旺；市场高度发达，天然气价格由市场竞争定价，现货市场参照"交付地点在国内亨利管道汇集中心（Henry Hub）的 Nymex 主力期货合约价格"波动。

对比而言，由于领土狭小，资源禀赋和地缘均居于劣势，长期居于液化天然气（LNG）贸易进口国第一和第二地位的日本、韩国等东亚海岛国家，以进口液化天然气为主，定价方式则基本与原油价格挂钩。由于资源成本和费用成本较高，20 世纪中后期，世界液化天然气（LNG）市场规模有限。资源严重短缺、经济发展和能源消费水平较高的日本，则成为液化天然气（LNG）的"积极分子"。早在 20 世纪 70 年代中后期，由于两次席卷工业化国家的所谓"石油危机"的冲击，日本等西方工业国家逐渐开始采用"以气代油"的能源替代过程。作为长期的、大宗贸易量的液化天然气（LNG）第一进口国，日本的"LNG 价格公式"迄今仍是世界液化天然气（LNG）贸易中的"标杆"价格公式。

而在跨国的天然气贸易中，欧洲的天然气贸易价格情况最为复杂，定价公式的形成也极富层次。从气源来说，除了欧盟地区内部自产沿海天然气以外，欧洲地区也大量进口俄罗斯管道天然气，近年来，由于地缘和其他因素的交织，形成了天然气供应的多次中断等不确定性能源战略风险，因此欧盟各国也将天然气能源的气源"获得"的目光进一步向东扩展，甚至瞄向了数千里之遥的中亚和里海各国丰富的天然气资源。此外，2008 年以来，由于中东等地的海外液化天然气（LNG）供应增加和全球范围内的天然气等气体能源供应过剩，欧盟各国从中东等国进口液化天然气（LNG）的比例也在迅速提高。进入 2010 年，由于美国等北美国家开发页岩气的创新技术日渐成熟，欧亚一些国家甚至积极开发本国和本地区的非常规天然气，以谋求从气源等资源端提高天然气能源供应的战略安全。

相应的，由于气体能源的供应，更为依赖于管道、液化天然气（LNG）登岸接收站以及调峰储气等基础设施，因此，大规模的多种来源气源，也导致天然气能源经济性成本高企。在定价基准方面，由于液化天然气（LNG）价格长期挂钩国际原油期货价格，受到后者金融属性等大宗投机因素的影响，总体上，长期处于高位运行。而来自欧盟区内以及从俄罗斯进口的管道天然气，一般为经过供需双方多轮谈判激烈博弈后约定的价格（见表 12）。

表 12　多层次、复杂的国际天然气定价机制

贸易方式	管道天然气			液化天然气（LNG）		
气源	陆地或近海			海外		
区域性市场	北美	欧洲	东亚	北美	欧洲	东亚
作价方法	供需双方议定长期供应合同价格①			参考 Nymex 天然气期货价格	液化天然气（LNG）作价公式②	
竞争性	竞争性明显	不显著	需要保持一定的竞争性	竞争性明显	不显著	不显著
定价市场化程度	高	中等	低	高	中等	高
价格类别						
定价基准	围绕 Nymex 天然气期货价格波动，需要具有竞争性	以国际原油期货价格为基准，配比现货价格		参考 Nymex 天然气期货价格，需要具有竞争性	挂钩 Nymex 原油期货价格	
价格指数参考	Nymex 天然气期货价格；加拿大 Albert 天然气现货价格	英国 Heren Nbp 价格指数	供需双方议定长期供应合同价格③	Nymex 天然气期货价格④，需要具有竞争性	德国 LNG 到岸价格（CIF）	日本 LNG 到岸价格（CIF）⑤
价格基准类别	期货价格；现货价格	现货；远期价格指数	现货及远期价格混合类型	期货价格；现货价格	现货价格	现货价格
价格水平⑥	低	中等	高	中等	中等	高
经济性⑦	高	高	低	高	高	一般
波动性⑧	低	中等	高	低	中等	高

注：①是一种"长协价格"。

②依照"日本 LNG 公式"的贸易参数确定"长协价格"。

③中国进口中亚管道天然气，基本参考俄气输欧的定价方法，适当参考欧洲定价水平，并"配比"东亚地区可替代燃料价格，以保持必要的经济竞争性。

④Nymex 天然气期货价格，一般在交割日收敛于交割点为亨利管道汇集中心（Henry Hub）的天然气现货价格。

⑤中国广东、福建沿海在进口 LNG 的早期，定价中对本地区竞争燃料价格参考比例较高；需要保持必要的竞争性，但随着国际原油价格的长期高位振荡，在实践中"长协"执行率不高。

⑥以美元/百万英热单位计价，对比"OECD 一揽子原油进口到岸价格 CIF"衡量。

⑦按等热值原则，参考本区域内一次能源中竞争性能源价格。

⑧以美元/百万英热单位计价，对比"OECD 一揽子原油进口到岸价格 CIF"衡量。

资料来源：2007～2010 年，各年度出版的《中国能源发展报告》，社会文献出版社；各类相关研究综合，2011 年 1 月。

但由于管道天然气长期供应合同仍以国际原油期货价格作为主要定价因子，近年来，"长协"天然气价格条款修改的呼声也日渐高涨。以德国为例，作为欧盟国家中经济体规模巨大、发展势头稳健、政治经济影响力不同凡响的国家，德国也是欧盟中最重要的俄气陆地管道天然气进口国之一。德俄已签订的天然气贸易长期供应合同中现货比例仅为15%，主要定价因子挂靠国际原油期货价格。但2009年以来，国际天然气价格与国际原油期货市场的走势"背离"趋势明显。由于天然气生产过剩，2010年度在场外和交易所内的天然气现货价格均有下降，但与德国天然气进口商意昂能源集团（E. ON）天然气长期合同供应成本挂钩的原油价格已经上升将近80%。2010年，与原油挂钩的天然气长期供应合同价格预计比现货市场价格高出50%以上，2011年这一差距甚至将扩大至62%。而且可能还会持续几年。为此，意昂能源集团多次要求俄罗斯天然气工业公司（"俄气"）修改定价条款，降低俄德天然气贸易价格中与国际原油期货价格"挂钩"的比例。[1] 此外，其他"俄气"的大型欧洲客户，包括法国 GDF Suez、意大利 ENI 等，也像德国 E. On 一样，在经济危机期间要求将部分天然气按照现货价格销售。[2]

3. 两种力量博弈之下世界天然气市场的当前价格水平

总体上，自2007年以来，两种相反的力量博弈，决定着世界天然气价格的走势。一方面，由于储量区与消费区分布"极不均衡"，加之陆地管道天然气对于运输管网的依赖，价格话语权被迫分享给管道过境国；对天然气进口国而言，增加了价格风险。尤其是，由于地缘政治、资源国加紧资源控制等因素影响，2008年以来，天然气资源的垄断性从根本上促进了天然气市场价格上涨迅猛。由于资源国主权意识增强，资源民族主义已有抬头之势，各种油气利益集团更是结成联盟，加大对油气资源的控制力度。近两三年，众多资源国相继通过修改法律、法规，提高出口关税和国家出口管制以及对跨国公司进行调查等方式，加强对油气的国家控制，争取更大的利润份额。而类似石油输出国组织欧佩克（OPEC）一类的"世界天然气出口国论坛"国家组织的成立，则使这种资源控

---

[1] 德国经济学家认为，世界天然气供应基本面的过度宽松，与国际原油市场的高位盘整局面，正在进一步脱节，与原油挂钩的天然气长期供应合同的价格劣势日益明显。

[2] 2011年2月，"俄气"已应客户要求同意修改有关"价格条款"，将其中与现货挂钩的比例做一提高。

制以及增强天然气的定价权的策略，推到极致。①

而另一方面，天然气价格的另一部分决定权，也存在于"市场机制"和价值规律的手中。持续过剩的天然气供应，或将迫使天然气价格脱离"与石油价格挂钩"的定价机制。根据国际能源署的研究，自 2006 年以来，全球天然气生产的增速，长期快于消费的增速。有数字显示，2009 年全球天然气过剩规模为 1300 亿立方米，占当年生产量的 4.35%；2011 年这一数字将超过 2000 亿立方米，预测占比超过 6%。全球天然气供过于求，除了受到经济危机影响消费量萎缩之外，也与美国非传统天然气开采的成功及液化天然气产量的猛增有关。

在供应过剩的压力下，国际天然气价格也受到压制。2010 年底以来，天然气标杆价格——美国 Nymex 天然气期货价格持续走低，甚至一度跌至 4 美元/百万英热单位的低价区间。2011 年 1 月初，美国 Nymex 天然气期货价格暂时保持在 4.11 美元/百万英热单位附近，与上一年同期企及 6 美元/百万英热单位的较高价位，已不可同日而语。

与国际供需基本面宽松相背离的，还有紧紧"挂钩原油"的 LNG 贸易价格。近年来，随着原油价格的不断走高，LNG 价格也随着走高。尤其是 2008 年，当年美国 Nymex 原油期货在 7 月中旬创出 147 美元/桶的历史高点，当年 OECD "一揽子原油进口价格"达到 16.76 美元/百万英热单位。同期，日本 LNG "到岸价格（CIF）"也相应冲高到创纪录的 12.55 美元/百万英热单位。但也应该看到，进入 21 世纪的 10 年来，总体上，国际原油价格长期高位振荡。以 OECD 国家原油进口一揽子"到岸价格（CIF）"为例，从 2003 年的 4.89 美元/百万英热单位，飙升到 2008 年的 16.76 美元/百万英热单位，及至 2009 年又暴跌到 10.41 美元/百万英热单位；涨幅高达 242.74%，跌幅也达到 37.89%。而同一

---

① 世界"首席能源资源输出国"俄罗斯，对油气资源的控制和战略调整力度最大。为在全球市场范围内更大程度地掌握"天然气能源话语权"，尤其是通过控制气源资源增强天然气的定价权，在俄罗斯联邦现任政府总理的直接领导下，大多数天然气出口国联合在一起，成立了一个类似石油输出国组织欧佩克（OPEC）的"天然气出口国联盟"国家组织。2008 年 12 月 24 日，"世界天然气出口国论坛"第七届部长级莫斯科会议召开，云集于此的 12 个天然气出口大国中，仅最核心的五国——俄罗斯、伊朗、卡塔尔、委内瑞拉和阿尔及利亚——拥有的天然气探明储量已超过全世界总探明储量的 2/3，产量则高达 42%；而全盛时期的石油输出国组织（OPEC）12 国最多时也只是拥有全世界 43% 的原油产量。

时期，日本 LNG "到岸价格（CIF）"分别为 4.77 美元/百万英热单位、12.55 美元/百万英热单位和 9.06 美元/百万英热单位，其涨幅和跌幅范围分别收缩到 163.10% 和 27.81%。气价波动程度远远小于油价的波动幅度，这正是日本 LNG 公式中 "S 曲线定价机制"保障气价不随高油价过于剧烈振荡的结果（见表 13）。

表 13　世界天然气主要市场价格（年度比较）

单位：美元/百万英国热量单位

年份	日本 LNG 进口价（CIF）	德国天然气平均进口价（CIF）	英国天然气 Heren NBP 指数	美国天然气期货价格（亨利管道中心）	加拿大阿尔伯塔天然气现货价格	OECD 一揽子原油进口价格（CIF）
1998	3.05	2.32	1.86	2.08	1.42	2.16
1999	3.14	1.88	1.58	2.27	2.00	2.98
2000	4.72	2.89	2.71	4.23	3.75	4.83
2001	4.64	3.66	3.17	4.07	3.61	4.08
2002	4.27	3.23	2.37	3.33	2.57	4.17
2003	4.77	4.06	3.33	5.63	4.83	4.89
2004	5.18	4.32	4.46	5.85	5.03	6.27
2005	6.05	5.88	7.38	8.79	7.25	8.74
2006	7.14	7.85	7.87	6.76	5.83	10.66
2007	7.73	8.03	6.01	6.95	6.17	11.95
2008	12.55	11.56	10.79	8.85	7.99	16.76
2009	9.06	8.52	4.85	3.89	3.38	10.41

资料来源：《BP 世界能源统计（2010）》。

以 1990 年、1996 年、2003 年、2008 年和 2009 年为例（见图 3），每百万英热单位的美国天然气期货市场的价格分别为 1.64 美元、2.76 美元、5.63 美元、8.85 美元和 3.89 美元。显然，对比北美地区的现货价格，欧洲地区的一揽子现货价格，以及液化天然气价格，美国天然气期货市场价格并非 "最便宜"，但对比同期国际原油期货价格却是最 "稳健"的，并能够反映出即时供需关系以及替代能源竞争性的最为 "真实"的市场价格。

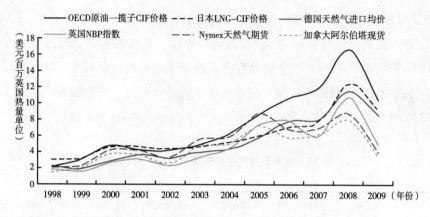

图 3　世界天然气主要市场价格（年度比较）

资料来源：《BP 世界能源统计（2010）》。

专栏 5　国际天然气贸易中两类价格机制

目前，世界天然气消费主要集中在三个地区：北美、东亚和欧洲地区。这些地区发展天然气产业有几十年历史，已形成比较成熟的定价机制。

从贸易形式来看，世界天然气贸易方式主要包括陆地管道天然气和海上液化天然气（LNG）两种。

由于天然气具有"依赖管道"以及"依赖下游用户消费需求稳定"的产业链特性，长期以来，天然气在国际和区域间的传统贸易方式极为单一、有限。一般而言，广袤面积的大陆地区注重管道天然气，而岛屿或沿海等不具有"纵深"等地缘优势的消费地区才会关心液化天然气（LNG）。因此，传统的天然气消费和使用的格局相对稳定：天然气生产巨头、消费大国、贸易关系、管道运输路线，甚至定价方式、消费模式和运输都是长期约定、固定不变的。然而，液化天然气（LNG）技术，以及海上大型液化 LNG 运输设备的出现，彻底改变了天然气是陆地能源的状态，打破其"依赖管道的宿命"。虽然昂贵，液化天然气（LNG）的出现，将天然气"改造"为一种独立于管道的流动性资源，从根本上促成了天然气市场实现"全球化"。

一般来说，目前国际上天然气贸易长期供应合同，在确定管道天然气贸易价格条款中，同时参考期货市场和现货市场价格，比例不同。目前只有美国纽约商品期货市场（Nymex）和英国的国际石油交易所（IPE）推出了天然气期货及其他衍生产品，其中，国际天然气价格水平中期货价格，参考 Nymex 的天然气期货价格水平；以天然气期货的交割地"亨利管道交汇中心（Henry Hub）"的天然气现货价格作为天然气基准价格。在现货或远期价格方面，具有权威性的可参考价格指数还包括英国"Heren NBP 价格指数"，以及加拿大 Albert 天然气现货价格等。

其中，美国的天然气市场价格机制，经历长期的一系列变革后，逐渐解除行业管制，形成完全竞争的市场机制。尤其在终端市场定价机制方面，目前美国的天然气市场发展到了市场竞争阶段，天然气价格主要由市场的供求关系决定，即采用现货或期货价格，或者由买卖双方在此基础上进行协商确定。

与陆地管道天然气不同，液化天然气（LNG）可以抵达世界的任何角落，因此，液化天然气（LNG）的价格或者更具有"世界价格"的代表性。由于在一定程度上摆脱了对陆地天然气管网的严重依赖，世界液化天然气（LNG）贸易，成为尤其是海岛型国家十分重要的能源获得方式。在天然气贸易中，日本长期处于液化天然气（LNG）第一大国地位，在长期贸易实践中，总结出的"日本 LNG 贸易公式"，成为迄今仍被广泛采用的"LNG 定价公式"。以"美元/百万英热单位"计价的日本液化天然气（LNG）到岸价格（CIF），一般作为确定液化天然气（LNG）长期贸易合同的价格参照系。在欧洲，位于德国南部城市莱比锡的欧洲能源交易所（EEX）在推动和促进电力以及天然气等能源期货交易方面长期雄心勃勃，因此，德国 LNG 到岸价格（CIF），也被当做欧洲液化天然气（LNG）的参照价格之一。

1. 陆地管道天然气定价机制：美式完全竞争型

2008 年以前，美国的天然气消费来源大部分由本国生产，仍有较少一部分需要进口。美国进口的天然气主要来自两个途径，一是通过管道从近邻加拿大进口，加拿大的 Albert 天然气现货价格也是当今世界天然气市场的重要参考价格指标。另一个来源，则通过液化天然气（LNG）的形式从海外进口，进口来源地包括中东的卡塔尔等国。2008 年前后，由于美国天然气工业的技术革新飞跃，其本土的页岩气开采量大幅度提高，2009 年美国甚至凭借页岩气的大量开发，劲超世界油气霸主俄罗斯，一跃成为世界第一天然气生产国。

在定价机制和价格水平方面，由于天然气能源消费和使用的区域性约束，无论美国所进口的天然气形式或来源，其进口天然气价格与其国内生产的天然

气出厂价格变化趋势基本一致，气价水平也基本相同。这也说明进口天然气和LNG能够在价格上与美国国内生产的天然气竞争。

此外，美国的天然气消费结构较为均衡，作为发电电源的天然气在价格方面呈现出典型的替代型竞争特征。由于美国引入天然气发电所替代的能源为取暖油，当天然气价格高涨到某个"临界点"时，具有灵活燃料转换能力的发电厂则转换为取暖油；直到天然气发电具有比较经济性之后，电厂则转换为燃气发电的燃料模式。这种发电燃料灵活转换性，确保了美国天然气市场价格无论在期货市场还是在现货市场，都能够有效规避原油期货市场投机资本大量涌入所带来的金融属性或投机力量的价格冲击。并且，总体上，最近20多年来，美国天然气期货市场价格的走势，与 Nymex 原油期货市场价格走势的相关性极为不明显。

2. 海上液化天然气定价方法："日本 LNG 公式"

由于领土狭小，散落海上，日本国内能源严重匮乏，经济发展和社会生活所需要的天然气能源，大多从遥远的海外以 LNG 的形式进口，相对于美国和欧洲气价偏高。以 2009 年为例，日本进口 LNG 的"到岸价格"（CIF）为9.06 美元/百万英热单位，2008 年则为 12.55 美元/百万英热单位。

自 20 世纪 80 年代开始大量进口海外 LNG 以来，日本先后"发明"和改进了 3 个 LNG 价格公式，迄今仍对全世界各个区域的进口 LNG 的定价方式形成巨大的影响。换言之，世界上几乎所有的 LNG 甚至管道天然气的定价公式，都可在著名的"日本公式"中找到其雏形、定价原则和"影子"。

日本自 1969 年开始进口 LNG。当时的气价是在"成本加成"的定价基准的基础上，由买卖双方协商确定的。日本大规模进口 LNG，发生在 20 世纪 70年代以后——由于 20 世纪 70~80 年代相继爆发了两次"石油危机"，石油资源完全依赖进口的日本，为减少"石油冲击"对本国经济和社会生活的振荡和损害，必须通过寻找替代能源而降低对石油的依赖度。

日本早期进口的 LNG 主要用于替代电厂使用的石油，为使天然气在价格上比石油有优势，开始采用"与石油价格挂钩"的定价方式，并沿用至今。这种方法是目前使用最多的方法。

作为世界 LNG 定价公式的起源之地，最著名的"日本 LNG 公式"，也是在油气价格谈判中长期疲惫无比的天然气供需双方——世界各国国家油气公司及进口商们最关注的"S曲线定价公式"。

早期的"直线价格公式"虽降低了与原油价格挂钩的比例，但实际上气价受油价影响仍然非常大。特别是当油价剧烈波动时，气价也随着波动，而买卖双方都希望LNG价格能够相对稳定。自20世纪90年代以来，为避免油价波动对LNG价格的影响，出现了"S曲线价格公式"，首先在澳大利亚—日本的LNG项目上采用。当时调整频繁，一般每月调整一次价格。而S体现为"油价过高或过低时的曲线部分"。

其中最为典型的是日本中部电力公司与卡塔尔签订的LNG合同，其价格公式逐渐被大众接受：

$$P(LNG) = 0.1485 \cdot P_{原油} + 0.8675 + S$$

按照这一定价公式，在不同的油价水平之下，S可在以下范围内变动：

当 $23.5 < P_{原油} < 29.0$ 时，$S = (JCC - 23.5) / (23.5 - 29.0)$

当 $16.5 < P_{原油} < 23.5$ 时，$S = 0$

当 $11.0 < P_{原油} < 16.5$ 时，$S = (16.5 - JCC) / (16.5 - 11.0)$

式中，JCC为"一揽子原油进口价格"，为日本当期所有原油进口价格的平均值（CIF价格）。

显然，当油价高于23.5美元/桶时，S为负值，拉低了LNG的价格；当油价在中间区间时，S取值为0，与直线价格公式相同；当油价较低为16.5美元/桶时，S为正值，抬高了LNG的价格。这也避免了油价剧烈变动对LNG价格的影响，使气价维持在一个平稳的区间内。

由于LNG供需双方一般会签订长达15～30年的长期合同，因此，为确保天然气产业链和市场的健康发展，供需双方彼此都能在均衡、分摊、公平的原则下获得利益保护。

此外，由于从热值相关性和市场实际来看，天然气与原油的"挂钩"程度最高。通过"日本LNG公式"可见，LNG价格与原油价格走势基本相同，换算成相同的热值单位后，两者的价格基本一致。当LNG价格低于原油价格时，由于能源之间存在"替代"关系，会迅速抬高LNG的价格；而当LNG价格高于原油价格时，则会拉低LNG的价格。LNG价格基本与原油价格相同，围绕油价上下波动，但一般不会距离油价太远。

资料来源：崔民选等著《天然气战争》，石油工业出版社，2010。

（三）我国天然气定价机制改革的思考及政策展望

在资源国际化、能源资本化以及大宗资源品受到国际货币"膨胀"传导的多因素影响之下，我国长期执行"政府定价型"天然气价格形成机制导致定价因素不完善，因此目前天然气价格的改革，意味着天然气能源价格将进入长期上行的价值通道。

根据"十二五"能源规划纲要，到2015年，天然气利用规模可能达到2600亿立方米，在能源消费结构中的比重从2009年的3.8%提高至8.3%。这意味着到2015年，我国的天然气供应来源将形成多元化格局。一方面，进口的陆上管道天然气和海上液化天然气资源或将在未来的天然气消费格局中占据"半壁江山"；另一方面，重拾商品能源属性，将使天然气的价格水平，在渐进的价格改革中不断走高，这使煤层气、煤制天然气、页岩气甚至"未来能源"天然气水合物等非常规气体，也将纷纷走上主流能源舞台。

目前，我国气价改革面临"资源输入性"的机遇和挑战。从积极的方面看，气价改革能够有力地推动我国天然气产业长足发展，助推能源战略调整和低碳经济的迅速形成。

长期以来，我国对天然气的上游和中游定价实行严格的价格监管①。天然气井口价（出厂价）主要由政府定价。中游的管输价格，实行政府定价或政府指导价，主要以生产成本为基础定价。

由于天然气是清洁、高能效的低碳能源，对于天然气"出厂价"的价格构成，国内也有研究认为，天然气市场应在逐步引入竞争的基础上，建立包括碳排放和碳管理等内容的"完全成本"定价机制，将能源的外部性充分加以考虑，同时应在财政税收领域，构建完备的辅助配套措施体系，以辅助社会上支配能力相对弱势的消费者，逐渐适应和提高承受能力。

由于多种气源、多类成本、复杂的定价影响因素等，我国天然气定价机制的

---

① 2010年6月之前，我国天然气上游生产价格长期施行"双轨制"。天然气井口价（出厂价）按计划量实行计划内和自销气两种。其中计划内的气量实行政府定价，由国务院价格主管部门制定，按用途可分为化肥用气、居民用气、商业用气和其他用气价格；计划外企业自销气量实行政府指导价，由国务院价格主管部门制定基准价格和浮动幅度，具体价格由供需双方在浮动幅度范围内协商确定。

未来发展方向尚不确定。

截至 2011 年 1 月，我国天然气定价机制改革的最新思路已经初步定为：由目前遵循"成本加利润"的政府定价，转变为依"市场净回值法"定价。

据称，市场净回值定价法是"以天然气市场价值为基础倒推确定上游供气价格，进而确定面向最终用户的终端价格。其中，天然气的市场价值参照竞争性替代能源的热当量价格确定"。

由于我国天然气对国际化资源的依赖有增无减，国际天然气市场定价机制的复杂性和不确定性，与我国国内能源消费实际支付能力差距明显。"高价"进口大量国际天然气能源，转化为国内相对"平价"民用和工业能源，形成"倒挂"，长期形成对天然气能源产业链均衡的损害。一般认为，市场净回值定价法能够缓和"多气源多价格的制度性价格倒挂"矛盾。

专栏 6　我国天然气价格机制存在"制度性缺陷"亟须改革梳理

绝大多数国家的天然气行业发展都经历发展期、成长期、成型期到成熟期四个阶段，各阶段都有其自身的市场特征、发展重点以及产业组织特点。在不同阶段，政府采取的政策目标也有所不同。从阶段市场特征及组织特点来看，我国天然气行业处在后发展期。

目前，我国的天然气价格形成机制，弊端重重。就能源商品的本质而言，对于一种清洁、高热值的低碳能源，以及不可再生的稀缺资源，目前依靠"政府主导"下的阶段性价格的调降，并不能完全反映其商品能源价值，以及环保属性、资源补偿属性。相对于石油、煤炭、液化石油气、管道煤气等"可替代能源"而言，天然气当前的价格水平，与其真实价值是有所偏离的；这其中，既有历史积欠的"惯性"，更存在制度设计上的低估，甚至似有歧视之嫌。

目前，我国的天然气定价机制仍属于"政府定价"型，仍遵循"成本加成（比例利润）"原则。"天然气价格"一般包括井口价、城市门站价和终端用户价。目前我国陆上天然气出厂价由国家发改委制定；陆上天然气的管输价格主要由国家发改委制定；由地方建设的管网，管输价格可以由省级物价部门制定；面向用户终端的价格比如城市燃气价格，则由省级物价部门制定。

海上气源的天然气出厂价格、管输价格，则由供需双方协商确定。

按照等量热值测算，每千立方米天然气与吨原油、吨原煤（非标煤）的表观价格比，约为：1：0.83：1.78。依照2011年1月的国际原油期货价格（91美元/桶）、美国Nymex天然气期货价格（4.11美元/百万英热单位），以及国际煤炭市场平均价格（约120美元/吨），三类能源之间（等热值），大致处于1：4.57：0.83的比较关系。在国内，按照等热值计算现价，"6月调价"前的国内终端居民燃气价格（2050元/千立方米），约为主力煤炭价格（800元/吨）的39%。

国内天然气行业发展空间巨大，而产业链仍需要梳理。

自2009年11月"气荒"卷土重来，每到秋冬季节或存在季节寒冷的不确定性，天然气"保供"和城市气体能源应急调峰的压力，随即骤增。2009年和2010年年底，为扩大供气规模，中石油还"借道"中海油在上海洋山港的LNG上岸接受站线设施，紧急购买了大批液化天然气（LNG）现货。

对此，价格改革的支持者认为，价格杠杆的失灵是导致资源紧张和市场失衡的根本原因。与成品油、电力等相比，中国的天然气价格明显偏低，不仅无法反映资源的真实价值，更满足不了开发企业的投资回报。由于上游价格受到"政府管制"，资源开发力度严重不足，供应能力有限。中下游市场的竞争格局也不够健康。上下游成本构成的差别导致利益分配不均，企业经营积极性受挫，总体上，我国天然气产业链仍需要梳理；定价机制改革的思路，有待进一步明确、落实。

不过，也有一些乐观主义的看法：我国天然气仍处于快速发展的初期阶段，相关的管理体制、价格机制、供应侧与需求侧的管理、应付突发事件的应急预案准备等均尚未完善，亟待改进提高。但天然气产业总体上是个"由下游消费拉动型"的产业，只要下游的消费已成规模，因为天然气消费具有"资本和设施沉淀"的特点，供需缺口的加大和产业结构的调整恰恰带来天然气产业发展的空间。

由于从政府主导定价的原则出发，我国天然气价格明显偏低于其他可替代资源价格，是天然气产业发展的常态。在国际管道天然气、液化天然气等多种气源纷纷东进或上岸之后，受到国际天然气市场复杂的定价机制的"倒逼"和压力，能够真实地反映资源真实价值，以及与其他可替代资源比较关系的市场化气价形成机制改革，正在到来。从而，我国从能源替代的战略高度，全面加速实现能源结构气体化的征程，正在拉开帷幕。

参考文献

崔民选主编《中国能源发展报告（2009）》，社会科学文献出版社，2009。

崔民选主编《中国能源发展报告（2010）》，社会科学文献出版社，2010。

崔民选等著《天然气战争》，石油工业出版社，2010。

《2010年能源经济形势及2011年展望》，国家能源局，2011年1月28日。

国家统计局：《中华人民共和国2010年国民经济和社会发展统计公报》，2011年2月28日。

国家统计局：历年《中国统计年鉴》，中国统计出版社，2006～2010。

《BP世界能源统计（2010）》，BP Statistical Review of World Energy，英国BP公司，2010年6月。

《世界能源展望》，国际能源署（IEA），2010年6月。

《中国石油天然气股份有限公司2010年年度报告》，相关信息披露，中石油公司，2011年3月。

中海油公司、中石化公司，2010年有关季度报告、年度报告；相关信息披露，2011年3月。

《关于提高国产陆上天然气出厂基准价格的通知》（发改电〔2010〕211号），国家发展改革委，2010年5月31日。

《天然气利用政策》，《关于印发天然气利用政策的通知》（发改能源〔2007〕2155号），国家发展和改革委员会，2007年8月30日。

《珠江三角洲基础设施建设一体化规划（2009～2020年）》，广东省人民政府办公厅文件粤府办（2010）43号，2010年7月30日。

邓郁松：《高油价背景下中国能源价格机制改革建议》，《第三届中国金融市场投资分析年会会议报告》，2008年7月5日。

宦国渝等：《天然气行业的经济监管》，《城市燃气》2007年第6期。

霍小丽：《国外天然气定价机制及对我国的启示》，《中国物价》2008年第1期。

林伯强：《天然气价格机制改革：理论完全具备，关键在时间》，2007年9月《21世纪经济报道》。

杨洁：《市场缺位下的能源价格扭曲》，《时代经贸》2007年4月。

邢云等：《中国液化天然气产业现状及前景分析》，《天然气工业》2009年第1期。

黄盛初：《中国煤层气开发利用最新进展》，国家安监总局信息研究院，未公开出版资

能源蓝皮书

料，2008。

任奔等：《国际低碳经济发展经验与启示》，《上海节能》2009 年第 4 期。

张海滨：《浅析我国发展煤制天然气的必要性及其风险》，《中国高新技术企业》2009
年第 6 期。

张亮等：《煤基气态能源产业化发展问题研究》，《中国能源发展报告（2009）》，社会
科学文献出版社，2009。

周志斌等：《中国天然气产业链协调发展的基础、前景与策略》，《天然气工业》2009
年第 2 期。

Natural Gas: Internationalization of Resources Contributing to Upgrading of the Industrial Chain

Abstract: 2010 has witnessed the continued prosperousness of natural gas industry. The production, consumption and importation have gained rapidly growth, and its supply and demand is roughly in balance. Driven by internationalization of resources, China's natural gas industry has entirely advanced and overall upgraded. Meanwhile, the pace of market-based reform of pricing mechanism speeds up. Besides, it further smoothes the relationship between industrial chain and the value chain. The scale of imported natural gas has augmented greatly, the exploitation of unconventional natural gas resources has stimulated, and the influence of the supply capability of natural gas has enhanced, which promotes the form of regional natural gas markets including various demands, such as clean energy for city uses, alternative fuels for industry uses, chemical fuels, and so on.

Key Words: Internationalization of Resource; Industrial Chain; Reform of Pricing

B.5

分报告四
抓住机遇，加快推进电力体制改革

王曦 吕瑞贤*

摘　要：电力是重要的基础产业和公用事业，同时也是用途最为广泛的能源，电力体制改革在我国整个经济体制改革尤其是能源工业体制改革中处于极为重要的地位。与过去几年相比，现阶段进一步推进电力改革的时机已更加成熟。我国宏观经济已从金融危机中迅速复苏，经济运行平稳，社会各方面对电力改革的承受能力有所增强；政府财政状况良好，完全具备提供电力体制改革的财力保证；从 2002 年开始的新一轮电力改革已取得阶段性成果，"厂网分开"基本完成，"主辅分离"即将实施，区域试点建设已积累了一定的经验，这都为下一步的改革打下了良好的基础。

关键词：电力改革　煤电矛盾　阶梯电价

电力是重要的基础产业和公用事业，同时也是用途最为广泛的能源，电力体制改革在我国整个经济体制改革尤其是能源工业体制改革中处于极为重要的地位。深化电力体制的市场化改革对于降低我国经济运行成本，实现资源的有效配置意义重大。纵观我国电力体制发展历程，大体经历了三个重要阶段，从改革开放前的政企合一、纵向一体化的垄断经营体制到 20 世纪 80 年代中期开始的以放宽准入、拓宽融资渠道为切入点的改革，再到现阶段所处的以"厂网分开、竞价上网"为主要内容的新一轮改革，可以说每一次的改革都带来了电力行业的

---

* 王曦，中国社会科学院国民经济管理专业博士研究生，现任中国华电集团财务公司总经理兼党委书记，对能源电力行业具有丰富的实践经验与理论研究；吕瑞贤，中国社会科学院研究生院经济学硕士研究生，现任《中国经济导报》编辑、记者，研究重点领域为能源经济、能源政策。

大发展。从国发〔2002〕5 号文至今,新一轮的电力体制改革已进行了 8 个年头,"厂网分开"的局面总体上已基本形成,"竞价上网"还没有实现。必须看到的是,最近几年电力体制改革进程较缓,突破较少。作为关系国计民生的重要产业,电力行业存在的诸多问题已成为阻碍我国经济持续健康发展的桎梏所在,我国目前这种带有浓厚的计划色彩和垄断色彩的电力体制已严重滞后于我国的经济发展步伐。从表面看,电力短缺、电价上涨等问题是因为电力供应不足所引起的,但其根源与现行电力体制密不可分。由于电网企业一枝独大,价格机制扭曲,市场难以发挥电力资源优化配置的作用,电力企业效率低下,大量电力资源被闲置浪费,电力发展的粗放发展模式始终难以改变,而长期积累的结构性矛盾又导致电力投融资渠道单一,运营机制混乱。电力行业积重难返的局面不仅仅对未来电力清洁化、高效化的发展构成了机制制约,而且进一步制约着我国经济的持续健康发展。可以说,进一步深化电力体制的市场化改革刻不容缓。

与过去几年相比,现阶段进一步推进电力改革的时机已更加成熟。我国宏观经济已从金融危机中迅速复苏,经济运行平稳,社会各方面对电力改革的承受能力有所增强;政府财政状况良好,完全具备提供电力体制改革的财力保证;从2002 年开始的新一轮电力改革已取得阶段性成果,"厂网分开"基本完成,"主辅分离"即将实施,区域试点建设已积累了一定的经验,这都为下一步的改革打下了良好的基础。深化电力改革宜早不宜迟,现阶段电力改革应紧紧围绕电价改革这个核心,着重选择以输配电体制改革为突破口,先易后难,层层推进,逐步完善电力运行的市场化机制,最终形成一个公平竞争、开放有序、多买多卖的电力市场格局。

一　2010 年电力行业总体运行概述

(一) 发电——整体增速略超预期

2008 年金融危机引发的我国发、用电量大幅波动直接导致 2009 年、2010 年电力需求增速分别呈现前低后高、前高后低趋势,并且未来 2～3 年的电力需求同比增速都将不同程度受到这种波动的基数效应影响。

从环比数据来看,发电量增速在 2010 年 9 月份受到节能减排冲击,出现明显的异常波动，进入 2010 年 10 月份之后已逐步趋向正常。

2010 全年总体电力供应宽松平衡，局部地区、局部时段因气候、运输条件等原因出现过电力供应紧张情况。但在我国发电机组利用率 2005～2009 年连续 5 年下降的情况下，全国范围内的电力短缺很难出现。

2010 年，全年全国全社会用电量 41923 亿千瓦时，用电量增速由于基数效应走出了前高后低的趋势。

自 2008 年三季度受国际金融危机冲击、增速出现急速下滑后，重工业用电量同比增速在 2009 年三季度之后出现连续回升势头，在 2010 年一季度更是达到 30.5% 的高增速。但从 2010 年三季度开始重工业用电受到宏观调控影响出现急速下滑，预计 2011 年受"十二五"开局年投资热影响，重工业用电增速将再次回升。

（二）风波再起——煤电之争

国务院 2003 年就制定了《电价改革方案》，确立了电价市场化改革的总体方向。随后颁布的《上网电价管理暂行办法》、《输配电价管理暂行办法》、《销售电价管理暂行办法》等配套实施办法，对电价改革措施进行了细化。然而，电价改革工作刚刚启动的时候，就赶上了电力供应趋紧的状况，电价改革并没有取得实质性成果。

煤电谈判伊始，国家发改委就以红头文件形式要求煤企在 2011 年重点电煤合同中维持 2010 年价格水平不变。此举初衷是下好稳定物价这"一盘棋"，但具体到煤电矛盾的根源——产业链上游的市场化和下游的行政定价，其效果恐难乐观。

在煤电产业链上，电价的市场化形成机制并未最终形成，这就导致煤价越市场化，煤电矛盾就越大。而受制于物价压力，"煤电联动"机制这一权宜之举又常常在物价压力下难以祭出。自 2006 年以来，全国煤炭订货会正式改为"煤炭产运需衔接会"，煤炭供求双方自主衔接一直是该会的宗旨。而在煤炭市场化的第 5 个年头，国家发改委再次对已经市场化的煤炭价格进行干预，其背后正是应对物价上涨压力的无奈。

采用行政手段干预价格，往往会带来一系列不良后果，并不一定能够起到预期的作用。首先，限价的出发点是为了在不提电价的情况下改善电厂经营，但如果重点合同煤价过低，煤炭企业为了保证收益，会采取减少重点合同煤量的办法来进行平衡，对电力企业反而不利。限制煤价或许能在短期内缓解电力企业的成

本压力，但并不足以解决电力行业连续数年的亏损，电力企业仍在期盼"煤电联动"能够实施。

其次，重点合同煤价和市场价格的差距越大，以重点合同煤套取市场价差来赚取利润的空间就越大。事实上，近两年已经有不少电力企业的燃料公司通过倒卖重点合同煤赚取差价来获利，这些价格相对较低的电煤用不到电力企业的生产中，却成了个别企业和个人牟利的途径。

事实上，煤电矛盾的根源——"市场煤计划电"的体制得不到理顺，煤电之间的痼疾就难以化解，煤电矛盾的化解最终必须依靠电力体制改革的不断推进。"十一五"期间，我国以每年新增约1亿千瓦发电装机的速度加快电力建设，基本解决了长期困扰中国经济社会发展的"电荒"问题，2010年底电力装机已达9.6亿千瓦。

眼下我国的结构性缺电已经不再是装机容量不足的问题，而是煤电矛盾积压造成的燃料供应问题。整体"电荒"的解决也为我国继续推进电力体制改革提供了契机。

总而言之，不断高企的煤价已严重制约了电力企业的赢利能力，电价改革亟须解决。

（三）电力行业新方向——智能电网

智能电网是一个完整的信息架构和基础设施体系，实现对电力客户、电力资产、电力运营的持续监视，利用"随需应变"的信息提高电网公司的管理水平、工作效率、电网可靠性和服务水平。

21世纪初智能电网在欧美的发展，为全世界电力工业在安全可靠、优质高效、绿色环保等方面开辟了新的发展空间。虽然国际上对智能电网研究和应用还处于初级阶段，但欧洲、美国、日本等国家和地区已经在智能电网及其相关领域取得明显成果，电网智能化水平不断提高。

近年来，中国电力工业快速发展，跨区跨省电网建设快速推进，电网网架结构得到加强和完善。2009年1月，中国自主研发、设计和建设的具有自主知识产权的1000千伏晋东南—南阳—荆门特高压交流试验示范工程正式投运，标志着中国在远距离、大容量、低损耗的特高压核心输电技术和设备国产化上取得重大突破，建设智能电网已具备了一定的物质基础。

2009年5月，中国国家电网公司正式发布了举世瞩目的"建设坚强智能电网"的研究报告，首次向社会公布了"智能电网"的发展计划。国家电网公司按照"统筹规划、统一标准、试点先行、整体推进"的原则，在建设由1000千伏交流和±800千伏、±1000千伏直流构成的特高压骨干网架、实现各级电网协调发展的同时，围绕主要环节和信息化等方面，分阶段推进坚强智能电网发展。

继2009年开展智能电网项目首批试点之后，2010年国家电网公司启动第二批试点项目。此次试点完成后，中国智能电网将步入规划建设阶段。第二批项目高达16类，包含新建和跨环节试点项目内容，较之第一批试点多7类。

中国将分三个阶段推进坚强智能电网的建设，在三个阶段里总投资预计将超过4万亿元。2009～2010年为规划试点阶段，重点开展"坚强智能电网"发展规划工作，制订技术和管理标准，开展关键技术研发和设备研制，及各环节试点工作；2011～2015年为全面建设阶段，加快特高压电网和城乡配电网建设，初步形成智能电网运行控制和互动服务体系，关键技术和装备实现重大突破和广泛应用；2016～2020年为引领提升阶段，全面建成统一的"坚强智能电网"，技术和装备全面达到国际先进水平。

二 电力行业运行分析

（一）电力供需分析

2010年，我国用电量持续增长，电力规模继续增大，结构有所改善，质量和技术水平进一步提高，节能减排成效显著。全年全社会用电量41923亿千瓦时，基建新增装机容量9127万千瓦，发电装机容量达到9.6亿千瓦；供电标准煤耗335克/千瓦时，线路损失率6.49%，水电装机已突破2亿千瓦，在运核电装机容量突破1000万千瓦，水电、核电、风电等非火电装机比重为26.53%。±800千伏高压直流输电工程和百万千瓦空冷机组顺利建成投运。

1. 电力供给分析

2010年，全国发电量41413亿千瓦时，比上年增长13.3%，增幅较上年提高7个百分点。其中，火电34145.24亿千瓦时，增长11.7%；水电6863.07亿千瓦时，增长18.4%；核电734亿千瓦时，增长70.3%；风电430亿千瓦时，

增长 73.4%。回顾 2010 年发电量走势，出现了两次阶梯式的下滑。一次是 6 月份，这是当时经济景气下滑和基数效应综合作用的结果；另一次是 9 月份以来，这主要是"十一五"节能减排压力导致（见图 1）。

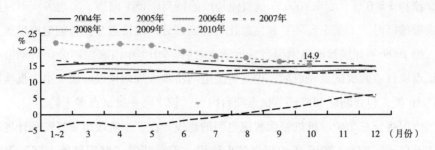

图 1　2010 年 1～12 月全国累计发电量增速

资料来源：国家统计局，中电联。

2010 年，水电供电量累计值为 6863.07 亿千瓦时，最近 5 年内年均增长率达到 11.60%。

从 2009 年 9 月份开始，水电发电量环比出现明显下降，9 月、10 月、11 月 3 个月水电发电量环比下降幅度分别为 18%、23%、16%。这也是导致 2010 年水电发电量累计同比增速明显高于 2009 年的重要原因之一。对比 2006 年至 2010 年 11 月份环比增速数据，除 2008 年 11 月份水电发电量环比为正外，其余年份受冬季枯水期影响，在 11 月份均出现明显的环比增速下滑（见图 2～图 4）。

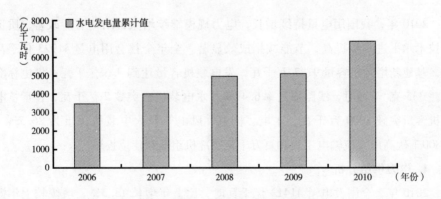

图 2　2006～2010 年水电供电量

资料来源：中电联。

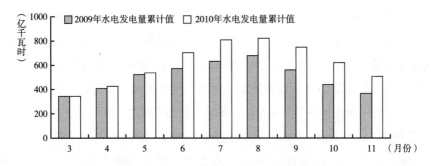

图3　2010 年 3 ~ 11 月单月水电供电量

资料来源：中电联。

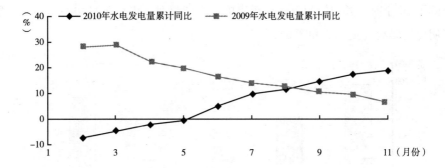

图4　2010 年 2 ~ 11 月份水电供电量同比增速

资料来源：中电联。

从各类电源发电量来看，火电仍为我国电力供给的主力，2010 年火电发电量在总发电量中占比为 80.76%（见表1）。

表1　历年火力发电占总发电量情况

年份	火力发电量(亿千瓦时)	总发电量(亿千瓦时)	占总发电量比例（%）
2004	17955.88	22033.1	81.50
2005	20473.36	25002.6	81.88
2006	23573	25002.6	83.17
2007	27207	32644	83.34
2008	27857.37	34334	81.14
2009	29814.22	36506	81.67
2010	34145.24	42280.15	80.76

资料来源：中电联。

2010 年全年，发电设备平均利用小时为 4660 小时，同比增速为 3.42%。从单月发电设备平均利用小时来看，2010 年 9 月份以来平均利用小时明显低于 2009 年同期发电设备平均利用小时，考虑到我国电力装机容量自 2009 年以来出现了大幅增长，所以平均设备利用小时较 2009 年有效降低也属情理之中。另外，拉闸限电对用电量需求的抑制也是限制发电设备平均利用小时的主要因素之一。

2010 年，火电设备平均利用小时为 5031 小时，同比增速为 4.87%。火电设备平均利用小时同比增速在 2010 年一路下降，其中 2009 年基期因素是主要原因。从单月数据来看，2010 年 8 月份以后火电平均利用小时一改高于 2009 年当月水平，而且差距持续拉大，11 月份当月火电设备平均利用小时较 2009 年同期下降了 56 小时，其中拉闸限电和新建机组投产都对火电设备平均利用小时产生了明显的影响（见图 5 和图 6）。

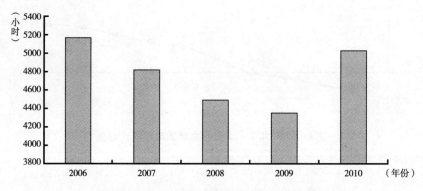

图 5　2006～2010 年火电平均设备利用小时数

资料来源：中电联。

2010 年，水电设备平均利用小时为 3429 小时，同比增速 1.52%。总体来看，2010 年年中水电来水量明显优于 2009 年，但 2010 年年初水电设备平均利用小时明显低于 2009 年同期，综合起来累计同比增速略有增长（见图 7 和图 8）。

2. 电力需求分析

2010 年，全社会用电量 41923 亿千瓦时，在同比增速方面，2009 年基期因素仍是导致同比增速进一步收窄的影响因素之一，所以全年同比增速呈逐步下滑趋势。从环比方面来看，2010 年 11 月份开始环比增速已由负转正，用电数据更能明确地表现出拉闸限电影响的逐步消退，当然其中也包含逐渐进入冬季用电高峰期的原因。拉闸限电也对用电量刚性需求起到了抑制作用（见图 9 和图 10）。

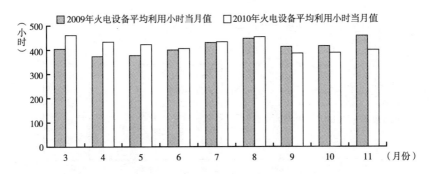

图6　2010 年 3～11 月单月火电设备利用小时数

资料来源：中电联。

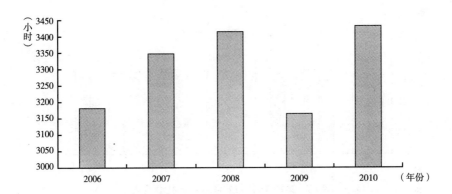

图7　2006～2010 年水电电平均设备利用小时数

资料来源：中电联。

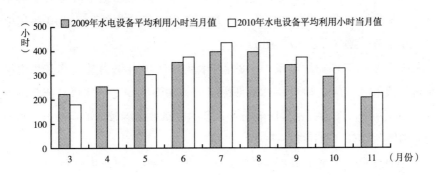

图8　2010 年 3～11 月单月水电设备利用小时数

资料来源：中电联。

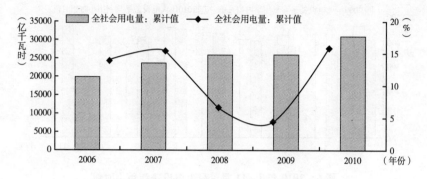

图9　2010 年 1～11 月全社会用电量及同比增速

资料来源：中电联。

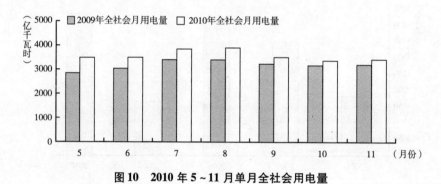

图10　2010 年 5～11 月单月全社会用电量

资料来源：中电联。

2010 年，第一产业用电量 984 亿千瓦时。第一产业用电量具有明显的季节性，从历年数据来看，9 月、10 月、11 月农业用电量均为低谷，2010 年用电数据与往年走势一致（见图 11～图 13）。

2010 年，第二产业用电量 31318 亿千瓦时。2010 年各月第二产业用电量同比增速持续下滑，其中 2009 年的基期因素仍为主要原因之一。第二产业用电量作为国家拉闸限电政策的主要影响行业，其用电量数据能较好地反映出拉闸限电作用的消散的效果（见图 14～图 16）。

2010 年，第三产业用电量 4497 亿千瓦时。从第三产业用电量同比数据来看，第三产业用电量继续保持较快的增长速度，同比增幅也均高于 2009 年我国经济回升时的同比增速。随着国家产业结构的调整，第三产业的用电量将稳步提升（见图 17～图 19）。

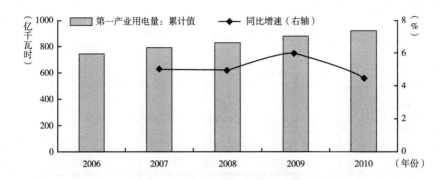

图 11　2010 年第一产业用电量及同比增速

资料来源：中电联，Wind 资讯。

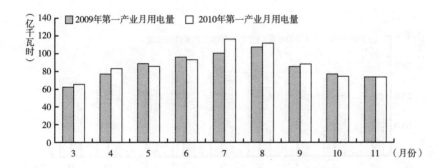

图 12　2010 年 3～11 月单月第一产业用电量

资料来源：中电联，Wind 资讯。

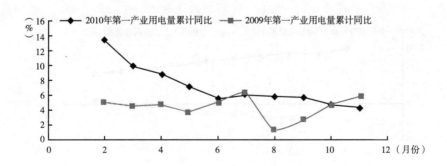

图 13　2010 年 2～11 月第一产业用电量同比增速

资料来源：中电联，Wind 资讯。

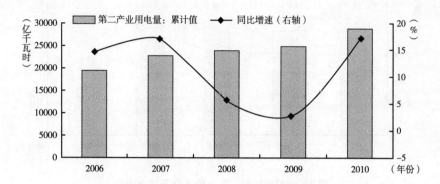

图14　2010年1~11月第二产业用电量及同比增速

资料来源：中电联，Wind资讯。

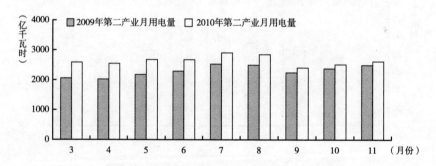

图15　2010年3~11月单月第二产业用电量

资料来源：中电联，Wind资讯。

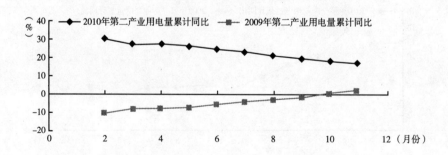

图16　2010年2~11月第二产业用电量同比增速

资料来源：中电联，Wind资讯。

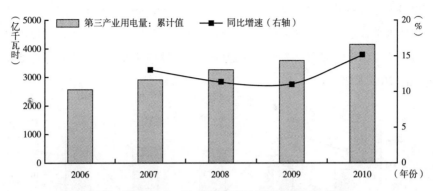

图17 2010年1~11月第三产业用电量及同比增速

资料来源：中电联，Wind资讯。

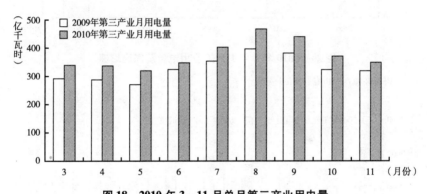

图18 2010年3~11月单月第三产业用电量

资料来源：中电联，Wind资讯。

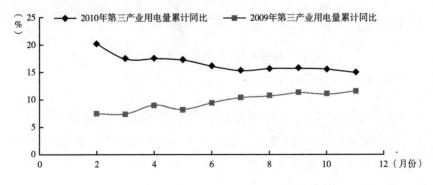

图19 2010年2~11月第三产业用电量同比增速

资料来源：中电联，Wind资讯。

197

2010 年，工业用电量 30887 亿千瓦时，同比增速为 16.92%。但工业用电仍处于较低水平，这主要是受节能减排、拉闸限电的影响，使得重工业用电增速走低，而轻工业用电整体保持着相对平稳的增长，最终导致了整个工业用电水平较低（见图 20 ~ 图 22）。

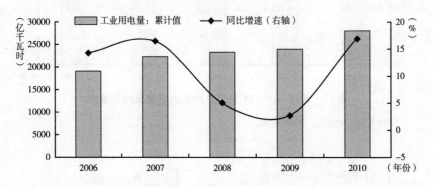

图 20　2010 年 1 ~ 11 月工业用电量及同比增速

资料来源：中电联，Wind 资讯。

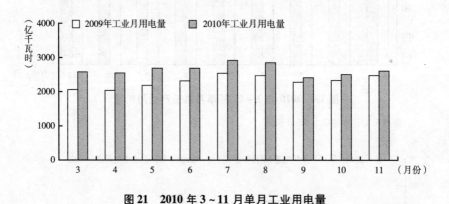

图 21　2010 年 3 ~ 11 月单月工业用电量

资料来源：中电联，Wind 资讯。

2010 年，轻工业用电量 5187 亿千瓦时，同比增速为 12.74%，"十一五"期间，轻工业用电量年均增长 7.01%，轻工业用电增长明显低于重工业用电增长，轻工业用电量占工业用电量的比重从 2005 年的 20.05% 持续下降到 2010 年的 16.80%（见图 23 ~ 图 25）。

2010 年全年，全国重工业用电量为 25699 亿千瓦时，轻工业各月用电量增长相对平稳，重工业回落明显。

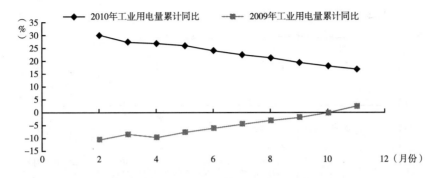

图22　2010年2～11月工业用电量同比增速

资料来源：中电联，Wind资讯。

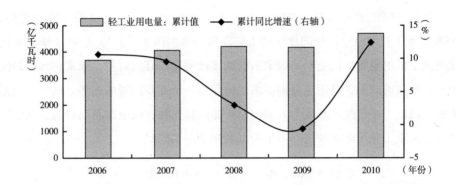

图23　2010年1～11月轻工业用电量及同比增速

资料来源：中电联，Wind资讯。

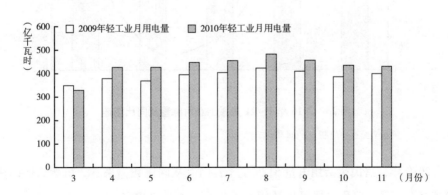

图24　2010年3～11月单月轻工业用电量

资料来源：中电联，Wind资讯。

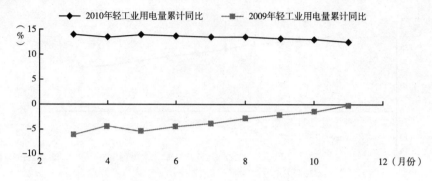

图 25　2010 年 2～11 月轻工业用电量同比增速

资料来源：中电联，Wind 资讯。

从累计同比增速来看，2010 年重工业累计同比增速一直呈现下滑的趋势，2009 年重工业用电量累计同比一路走高导致的基期因素，是导致 2010 年以来同比增速走低的重要原因之一。国家节能减排政策重点盯防对象，未来仍将受到国家相关政策的抑制，其用电量的需求仍将保持一个逐步回暖的态势。从出口数据来看，机电产品已经逐渐成为我国出口产品的新支柱，机电产品出口的迅速发展也将推动重工业用电量的进一步增长（见图 26～图 28）。

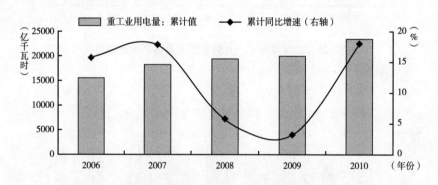

图 26　2010 年 1～11 月重工业用电量及同比增速

资料来源：中电联，Wind 资讯。

2010 年，居民生活用电量 5125 亿千瓦时。从同比数据来看，虽然累计同比增速略有下降，但我国居民生活用电近年来一直保持着较快的增长速度。随着"十二五"期间收入结构调整，我国居民生活用电量将继续保持快速增长的势头（见图 29～图 31）。

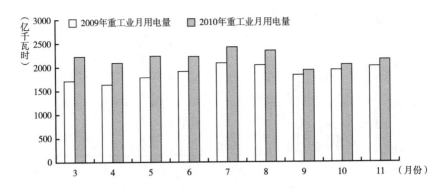

图27　2010年3~11月单月重工业用电量

资料来源：中电联，Wind资讯。

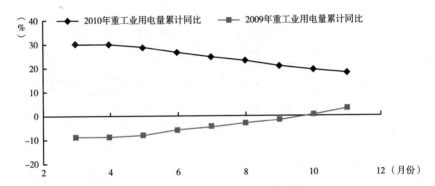

图28　2010年2~11月重工业用电量同比增速

资料来源：中电联，Wind资讯。

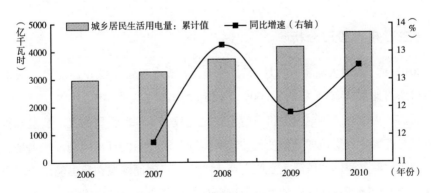

图29　2010年1~11月居民生活用电量及同比增速

资料来源：中电联，Wind资讯。

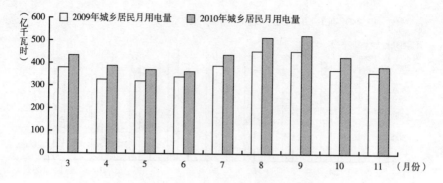

图 30 2010 年 3～11 月单月居民生活用电量

资料来源：中电联，Wind 资讯。

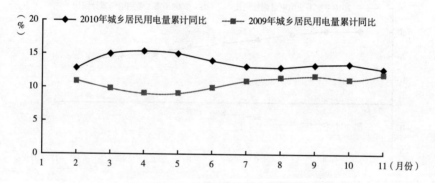

图 31 2010 年 2～11 月居民生活用电量同比增速

资料来源：中电联，Wind 资讯。

（二）电力投资分析

2010 年，新增火电装机容量 5872 万千瓦。火电投资完成 1311 亿元。火电新增装机所占比重从 2005 年的 81.00% 下降到 2010 年的 64.34%。

目前，火电在我国电力装机总容量中占比较高，同时我国的火电装机基本上以燃煤机组为主，煤炭的大量使用使得我国面临着严重的环境问题，特别是温室气体的排放使得我国在国际上承受着巨大的压力，因而煤炭在我国能源结构中的占比将会不断降低，而火电的发展速度会逐步放缓。这也就使得我国火电的投资额及装机容量逐渐下降，所占比重随之而降低（见图 32）。

2010 年，新增水电装机容量 1661 万千瓦，同比下降 10.2%。水电投资完成

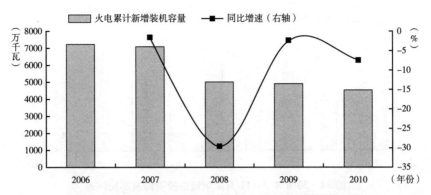

图32　2010 年 1～11 月累计新增火电装机容量及同比增速

资料来源：中电联，Wind 资讯。

791 亿元。

由于"十一五"期间很多水电项目被叫停，整个"十一五"期间水电开工量明显不足，考虑到水电站建设周期较长，开工量不足的问题正在逐渐显现。但 2010 年 8 月份以后水电累计投资额均高于 2009 年同期水平，随着"十二五"期间国家大力发展水电政策逐步推进，水电投资将有望继续攀升，但新增装机容量的明显上升还需要到"十二五"中后期才能明显显现（见图 33）。

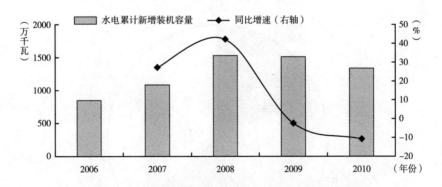

图33　2010 年 1～11 月累计新增水电装机容量及同比增速

资料来源：中电联，Wind 资讯。

2010 年，新增风电装机容量 1399 万千万。完成投资额 891 亿元。风电由高速增长转向逐步企稳的态势并没有发生明显改变，作为可再生能源中重要的应用技术之一，"十二五"期间风电仍将保持较快的增长速度（见图 34）。

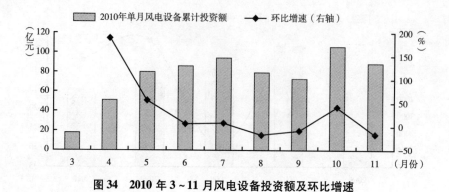

图34 2010年3～11月风电设备投资额及环比增速

资料来源：中电联，Wind资讯。

在我国各类电源总装机容量中火电仍居主要位置，占比达76.06%，而2010年累计新增装机容量中火电占比仅有67.12%。在电源建设投资方面，火电占比下降至36.11%，较10月份火电投资占比37.08%略有下降。从新增装机容量占比来看，水电和风电占比明显较高，分别为20%和10.31%，从电源投资额来看，水电、风电和核电更是明显的投资重点，在总投资额中的占比分别为22.03%、23.72%和17.58%（见图35～图37）。

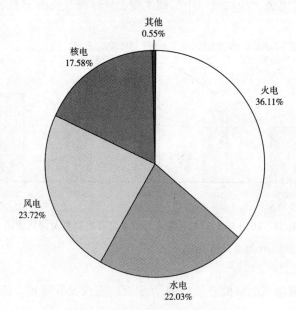

图35 2010年各类电源建设投资比例

资料来源：中电联，Wind资讯。

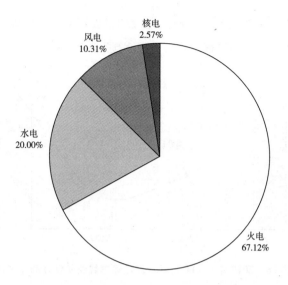

图36 2010年各类电源累计新增装机容量比例

资料来源：中电联，Wind资讯。

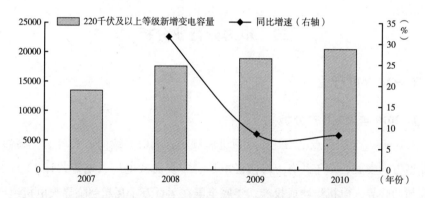

图37 2010年1～11月累计新增变电容量及同比增速

资料来源：中电联，Wind资讯。

2010年，全国电力工程建设完成投资7051亿元，比上年降低8.45%，其中，电源工程建设完成投资3641亿元，比上年降低4.26%；电网投资完成3410亿元，比上年降低12.53%。

从我国电力投资的历史来看，"重电源、轻电网"是我国电力投资结构中存在的问题，随着电力供给基本能够满足发展需要后，电网的输配电可靠性以及不能满足长距离、跨区域送电将成为我国电力系统中明显的"短板"。在"十二

五"期间，随着农网改造和智能电网建设的全面展开，我国电力投资结构也有望发生明显的改变，电网投资占比将有望明显升高（参见图38）。

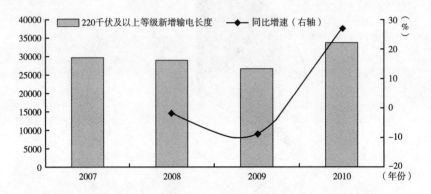

图38　2010 年 1～11 月累计新增输电线路长度及同比增速

资料来源：中电联，Wind 资讯。

三　电力分行业分析

（一）火电行业

1. 2010 年火电投产分析

2010 年，全国重点电力建设项目进展顺利，火电继续向着大容量、高参数、环保型方向发展，全年共有上海漕泾电厂、宁夏灵武电厂二期等共计 12 台百万千瓦超超临界火电机组建成投产，年底全国在运百万千瓦超超临界火电机组已经达到 33 台，还有 11 台百万千瓦火电机组在建。2010 年，全国电力工程建设完成投资 7051 亿元，其中火电 1311 亿元。2010 年火电全年发电量 34145.24 亿千瓦时，"十一五"期间年均增长 10.81%（参见图 39～图 41）。

2010 年全国发电机组利用率增速亦呈现前高后低走势。一季度全国大范围干旱带来部分地区火电机组利用率的超预期回升，随着二、三季度降水量的回归正常甚至出现丰水情况，火电利用率高增长势头逐步放缓。

2010 年全国新增机组约 7000 万～7500 万千瓦，扣除 2010 年关停的约 1000 万千瓦小火电，2010 年实际装机增速为 8%～9%。预计 2011 年该增速还将下降。

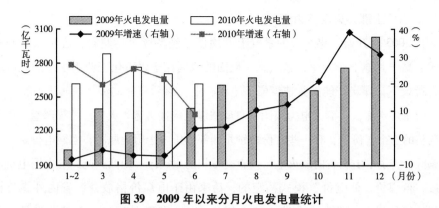

图39　2009年以来分月火电发电量统计

资料来源：中电联。

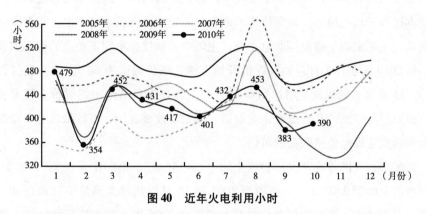

图40　近年火电利用小时

资料来源：中电联。

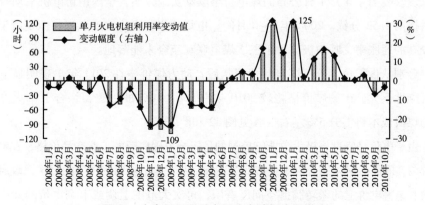

图41　火电机组利用率同比变动幅度及增速

资料来源：中电联。

2. 煤价上涨，火电压力大

自 2003 年开始，煤炭大的景气上升周期已经持续 7 年左右，近年来赢利水平明显高于其他下游行业，造成这一局面的原因在于以重化工业为主导的经济增长大背景下，煤炭产能扩张速度慢于下游行业，落后产能的淘汰快于下游行业。

由于煤炭涨价，五大电力集团一直反映煤电倒挂厉害，火电厂亏损严重。方案待调整的七个省份中，有一些省份特别是西部省份由于历史原因，上网电价定价一直偏低，特别是山西省内的火电厂一直是亏损的重灾区。山西火电厂的上网电价原是按"低煤价、低电价"模式核定的，后来由于电煤价格放开，省内外煤价格拉平，这使得山西发电企业陷入"高煤价、低电价"的困境。而部分省份如海南省即使上网电价不低，但由于当地不产煤，并远离产煤地，使得当地火电厂燃料成本远高于其他地区。如果价格不调整，无疑矛盾会越来越突出。很多发电企业的利润主要来源于煤炭等非电产业，主辅产业倒挂也不利于企业的健康成长。

从 2010 年 6 月 1 日开始，煤价开始上涨，涨价幅度为 60 元/吨。经过调价之后，5500 大卡的煤炭价格达到 680 元/吨，接近秦皇岛港市场煤价。国家发改委已经先后与领涨的几大煤炭企业对话。国家发改委表示，不排除政府干预煤价以及年内实施煤电价格联动的可能。

近年来，我国曾有两次浅尝辄止的"煤电联动"。第一次是在 2005 年 5 月，当时电价上调了 0.0252 元。而随后 2005 年 11 月虽然再次满足了联动条件，但却并未有所动作。第二轮煤电价格联动终于在 2006 年 5 月 1 日开始实施。按照国家发改委当年 5 月 1 日公布的煤电价格联动实施方案，全国销售电价平均每千瓦时提高 2.52 分钱。2008 年 5~6 月间，电煤价格再次大幅度上涨，但是由于当时较高的通胀率，呼声极高的第三次煤电联动至今未能落地。

分别从供需角度分析煤炭行业现状后，动力煤价格在 2011 年出现明显下跌的可能性不大，市场煤价格将较 2010 年有 5%~10% 的上涨，综合下来火电行业的煤炭成本将上升 5% 左右（参见图 42 和图 43）。

由于电价是管理层极少数能够控制的且影响范围广泛的工业产品价格，在考虑电价调整问题时必须结合宏观经济形势进行判断。出于对通胀预期的担忧，政府在上网、销售电价上的辗转腾挪空间已有限，再次大范围上调或下调电价的几率很小，即便因煤价出现超预期上涨而使火电企业再次陷入经营困境（类似 2008 年三季度的情形），电价的调整亦将滞后于电力企业基本面的恶化而在更晚时进行。

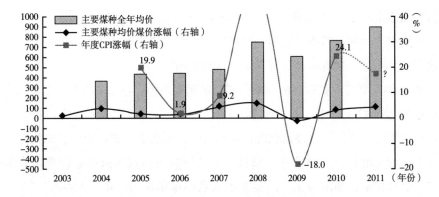

图42 近年来秦皇岛主要煤种平仓价格走势与 CPI 关系

资料来源：煤炭资源网。

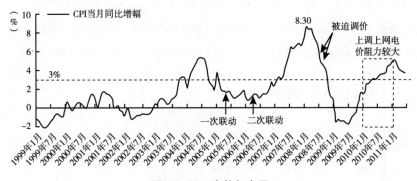

图43 CPI 走势与电网

资料来源：煤炭资源网。

3. 业绩下滑，行业微小赢利

2010 年火电行业赢利状况不够理想。2009 年四季度市场煤价格出现大幅上涨，目前虽有回落但总体仍在高位。2010 年全国重点合同煤均价涨幅约 7% ~ 8%，火电企业综合燃煤成本同比上升幅度超过 10%，达到或接近 15%。简单估算，这将增加火电成本约 500 亿 ~ 600 亿元，由于电价与 2009 年相比无明显变化，2010 年火电全行业只是处于微利状态。

目前电力行业尤其是火电企业所面临的经营形势与 2008 年一季度相比非常类似。首先经济面临下滑风险，其次通胀预期非常强烈，此外煤炭价格高位运行、严重影响行业赢利。如果从 2008 年第一季度到 2009 年第三季度为一个景气小周期，那么认为 2010 年第一季度到 2011 年第三季度是下一个小周期，但其业

绩波动幅度远小于上一周期（2008 年极端情况再次出现的概率极小）。目前行业处于周期中部探底过程中。我国经济目前处于加息周期中，短期可能对电力行业影响不大，不过长期看来还是有一定负面影响的。

2010 年发电行业实现利润总额为 827 亿元人民币，增长 3.6%，而火电企业亏损面却达到 43%，比 2009 年同期增加了 8 个百分点。在各大集团"收煤"大战持续 3 年之久后，火电经营状况并未趋好，相比之下，清洁能源已成为电力企业最大的利润增长点。2010 年，疯狂上涨的煤炭价格成为火电企业难以克服的重负，统计显示，2010 年五大发电集团入场标煤单价同比增幅均高于 17%，平均每吨上涨约 118 元，而对于尚缺乏控制力的中小型企业成本上涨更甚。但是，受电煤价格上涨影响，火电行业资产负债率由 72.7% 上升到 74.3%，主营业务成本同比增加 23%，火电行业实现利润总额为 280 亿元，同比下降 38.8%，全国火电企业亏损面达到 43%，比 2009 年同期增加了 8 个百分点。尽管火电利润出现大幅下降，但相对水电赢利，火电依然具有较大优势（见图 44）。

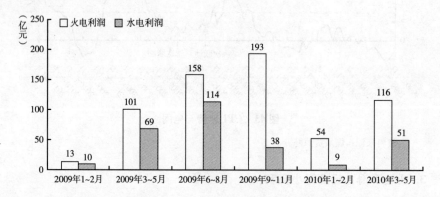

图 44　2009 年、2010 年各时段火电水电赢利情况

资料来源：中电联。

就赢利能力而言，两广地区火电销售利润率近 15%，内蒙古及宁夏等高耗能地区则凭借成本和电量优势，销售利润率也升至 10% 附近，赢利能力甚至略高于华东沿海地区。

从到厂煤价看，广东和江浙一带电厂的到厂煤价不太可能比河南和山西等内陆地区低，加上海运费用的话，甚至会更高。而用电量方面，从上半年的数据看，利用小时上没有多大差别。机组质量上，总体来看，沿海电厂的机组可能更为优质，但不会导致利润上如此大的差别。

根本区别显然就在于上网电价了。华北和中部地区的平均上网电价明显低于广东和东南沿海地区。我国火电上网电价上一次调整是在 2009 年 11 月 19 日，这次调整呈现"东降西升"布局，以陕西、青海、山西为代表的西部 10 省份燃煤机组标杆上网电价每千瓦时上调 0.2 ~ 1.5 分；而以浙江、广东、河南为代表的东部 7 省份燃煤机组标杆上网电价每千瓦时则下调 0.3 ~ 0.9 分。而上网电价进行"东降西升"的一次微调之后，仍然无法扭转这种格局，根源在于两点。第一，地方对于电价的承受能力不同，江浙和广东一带，企业和居民对于终端销售电价的承受能力较强，销售电价较高，因此，也就使得相应的火电上网电价可以处于较高水平，而中西部地区企业对电价承受能力较弱，特别是高耗能企业很多，地方物价部门也有意压抑电价上涨。第二，背后利益驱动不同反映出央企和地方的博弈。以广东为例，广东省粤电集团是广东省实力最强、规模最大的发电企业，是广东省国资控股的公司，近期的重组成功之后，装机容量将近 1000 万千瓦，对于地方拥有的发电企业，地方也有意维护其利益，有动力推高电价。而在中西部地区的电厂，大多数是由五大发电央企投资的，对于地方政府来说，没有动力为其争取高电价，以免地方用电企业承受较高的电价成本。

根据各家大型火力发电企业 2010 年的中报，可计算，中国电力企业的平均火电价格由 2009 年上半年的 0.35 元/千瓦时，提高至 2010 年上半年的 0.355 元/千瓦时，同比上升 1%，但平均煤炭成本却提高了 22% 至 0.27 元/千瓦时，因此发电企业的点火价差同比下跌 35% 至 0.082 元/千瓦时。据 Wind 咨询统计，2010 年 1 ~ 11 月份，火电行业整体利润总额为 279.77 亿元，比上年同期减少 176.97 亿元，下降幅度为 38.7%。

（二）水电行业

1. 水电投资情况分析

我国于 2007 年开始加快水电投资步伐，2007 ~ 2008 年水电投资额度逐年增加。根据中国常规水电发展规划以及中国可再生能源中长期发展规划，2005 ~ 2015 年是我国水电开发的"黄金十年"，预计 2015 年常规水电装机容量将达 27100 万千瓦左右，"十一五"和"十二五"期间水电装机容量将分别增加 7970 万和 7700 万千瓦左右，年平均增长率分别为 14% 和 8% 左右。

新中国成立以来国家重视水电的发展，1980 年水电投资完成额比例达到 48.2%。改革开放以后，由于政策、措施的调整跟不上市场经济的发展，在能源供给过剩的情况下，国家大力投资"短平快"的火电，水电投资完成额比例逐步下降，2000 年该比例为 16.9%。

2003 年三峡电站的投产给中国建设大型水电站积累了丰富经验，以开发"十三大水电基地"为代表，中国开始进入大规模水电开发阶段。尤其是 2007～2008 年，能源危机以及环境污染等问题迫使政府加大对新能源的开发力度，水电和风电等新能源投资额度逐步增加（参见图 45）。

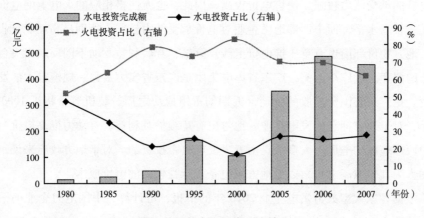

图 45　历年电源投资完成情况

资料来源：《中国电力年鉴 2008》。

根据中国常规水电发展规划以及中国可再生能源中长期发展规划测算，至 2015 年、2020 年，常规水电装机容量将达到 27100 万和 32800 万千瓦左右，水力资源开发利用率将分别达到 50% 和 60% 左右（见图 46）。

按照规划测算，"十一五"和"十二五"期间是中国水电装机规模增长的高峰期，两个五年规划期间，水电装机容量增加 7700 万～7970 万千瓦左右。随着"十三大水电基地"开发进入后期，从"十三五"开始，水电新增装机容量将进入回落期（见图 47）。

"十一五"期间为我国大规模开发水电的初期阶段，主要开发金沙江中下游、澜沧江、雅砻江、大渡河等流域的龙头水库电站，投产容量主要集中在长江上游、黄河上游、大渡河和澜沧江等水电基地。至"十一五"末，其开发程度

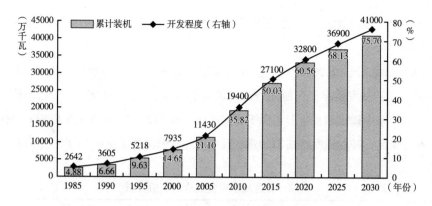

图46　我国水电装机容量预测

资料来源：中电联。

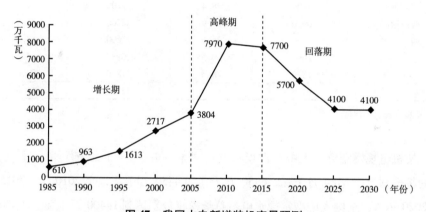

图47　我国水电新增装机容量预测

资料来源：联合证券研究所。

分别达到78.7%、34.4%、25.6%和23.3%左右，"十三大水电基地"综合开发程度达到25.3%左右。

"十二五"期间，随着龙头水库电站的投产，主要流域干流梯级开发进入高峰期。投产容量主要集中在金沙江中下游、雅砻江、大渡河及澜沧江等水电基地。至"十二五"末，其开发程度分别达到29.0%、57.3%、68.7%和57.4%左右，"十三大水电基地"综合开发程度达到49.3%左右。

"十三五"期间，投产容量主要集中在开发程度相对较低的金沙江、澜沧江和怒江流域水电基地。至"十三五"末，其开发程度分别达到54.8%、76.6%和33.6%，"十三大水电基地"综合开发程度达到70.3%左右。"十四五"期

213

间，除继续开发怒江以外，水电建设的重点逐渐转向西藏和新疆地区，将逐步实施"藏电外送"配套工程。

按区域划分，至 2010 年，全国东部和中部水电开发程度分别达到 90% 和 78.4%，接近开发殆尽，而西南地区水电综合开发程度为 24.9%。"十二五"和"十三五"水电规模增长主要来源于西南地区，至 2020 年西南水电装机规模将达到 22700 万千瓦，开发程度达到 51.9%；其中贵州省开发程度达到 94.0%（见表2）。

表2　分区域水电发展规划装机容量

地　区	2010 年		2020 年	
	开发规模（万千瓦）	开发程度（%）	开发规模（万千瓦）	开发程度（%）
东部地区	2700	90	2900	96.7
中部地区	5800	78.4	7200	97.3
西南地区	10900	24.9	22700	51.9
四　川	3190	26.6	7600	63.3
云　南	2090	20.5	6280	61.6
贵　州	1530	78.6	1830	94.0
总　计	19400	35.9	32800	60.7

资料来源：中电联。

按机组规模划分，大中型常规水电在"十一五"、"十二五"和"十三五"期间将分别投产 6764 万千瓦、6450 万千瓦和 4450 万千瓦，至 2010 年、2015 年和 2020 年末，全国大中型常规水电站总规模将分别达到 14400 万千瓦、20850 万千瓦和 25300 万千瓦；小型水电站（装机容量 50 兆瓦以下电站）按每年 250 万千瓦左右投产，至 2010 年、2015 年和 2020 年末，全国小型水电站总规模将分别达到 5000 万千瓦、6250 万千瓦和 7500 万千瓦（见表3）。

表3　常规水电发展规划装机容量

单位：万千瓦

年份	常规水电装机容量	新增	大中型总装机	新增	小型总装机	新增
2000	7382		4532		2850	
2005	11430	4048	7636	3104	3794	944
2010	19400	7970	14400	6764	5000	1206
2015	27100	7700	20850	6450	6250	1250
2020	32800	5700	25300	4450	7500	1250

资料来源：中电联。

我国特大型水电主要集中于"十二五"和"十三五"期间投产。至2020年，西藏地区的水电装机容量约为210万千瓦，西藏水电开发程度为1.5%，2030年以后，全国主要水电基地水力资源开发殆尽，届时西藏水电开始接力。

2. 节能减排，水电首选

我国目前"高投入、高能耗"的经济增长方式，导致能源消费需求增长过快，而目前能源消费结构的不合理性严重制约着中国经济可持续发展。高度依赖化石能源，导致中国资源环境和气候变化压力加大；石油依存度不断提高，能源安全和经济安全受国际能源市场影响加剧。因此，我国目前经济和能源消费结构亟须改变。

中国能源生产和消费结构极不合理，化石能源占能源消耗总量的绝大部分，其中煤炭的消耗超过能耗总量的70%。

我国电力工业的能源结构主要以燃煤为主，在中国煤炭消费量中，火电耗煤占50%以上，火电是我国大气污染物排放的"大户"。火电在耗煤过程中产生大量的大气污染物，包括烟尘、二氧化硫、氮氢化合物、二氧化碳等。按照2008年火电发电量为2.8万亿千瓦时计算，火力发电产生的二氧化硫和二氧化碳分别为2248万吨和24亿吨，二氧化碳排放造成的污染需要环境补偿成本高达1350亿元。

在我国经济发展现阶段，能源替代型方式减排（即大力发展可再生能源）是目前中国最适合的选择。而可再生能源中，除水电外的其他可再生能源由于技术和成本的因素制约，在短时间内难以实现大规模商业化发展。而我国水电成本低廉，运行可靠性高，具备大规模开发的技术和市场条件。另外，我国水力资源丰富，2008年水电开发程度只有31.7%，具有很大的提升空间。因此，水电是中国目前最具开发潜力的可再生能源，也是目前经济条件下实现节能减排的首选（参见图48）。

我国水电经过一个多世纪的发展，其工程建设、水轮发电机组制造和输电技术趋于完善，而且水电成本低廉，运行可靠性高，具备大规模开发的技术和市场条件；另外，中国水力资源非常丰富，根据2003年全国水力资源复查成果显示，中国内地水力资源理论蕴藏量在1万千瓦以上的河流共3886条，以经济可开发水电能源替代型方式大力发展可再生能源是目前中国现实的和最为合适的选择（见表4）。

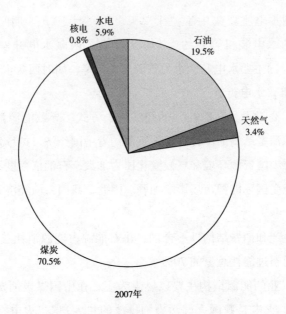

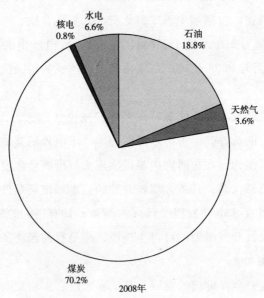

图48 2007年、2008年中国能源消费结构

资料来源：BP。

发展水电可以减少化石能源消耗，减少有害气体的排放，具备良好的社会经济效益和环境效益。

表 4　我国主要地区水电资源开发程度

省　份	技术可开发量		经济可开发量		已开发量(2008 年)		开发程度（装机容量）（%）
	装机容量（兆瓦）	发电量（亿千瓦时）	装机容量（兆瓦）	发电量（亿千瓦时）	装机容量（兆瓦）	发电量（亿千瓦时）	
湖　北	35540	1386	35356	1380	29030	1178	81.7
湖　南	12020	486	113450	458	10550	328	87.8
广　西	18913	808	18575	795	13950	508	73.8
四　川	120040	6121	103271	5233	21850	843	18.2
重　庆	9808	445	8196	378	4330	110	44.1
贵　州	19487	778	18981	752	9470	350	48.6
云　南	101939	4919	97950	4713	15780	595	15.5
西　藏	110004	5760	8350	376	390	14	0.4
陕　西	6623	222	6501	217	1800	57	27.2
甘　肃	10625	444	9009	270	5300	227	49.9
青　海	23140	913	15479	555	5870	215	25.4
新　疆	16564	712	15671	683	2410	81	14.5
全　国	541640	24740	401795	17534	171520	5633	31.7

资料来源：国家发改委。

　　根据有关规定，等效替代方案中水电替代火电装机容量和发电量系数分别取 1.10 和 1.05；目前火力发电煤耗平均为 320 克/千瓦时。从表 5 中可以明显看出，水电替代火电产生的环境效益非常明显。

表 5　水电替代火电产生的环境效益

项　目		技术可开发量	经济可开发量	已开发量
水电	装机容量（万千瓦）	54164	40180	17152
	年发电量（亿千瓦时）	24740	17534	5633
火电替代	装机容量（万千瓦）	59580	44198	18867
	年发电量（亿千瓦时）	25977	18411	5915
替代后效益	标准耗煤量（千克）	83126	58914	18927
	SO_2（万吨）	2086	1478	475
	CO_2（万吨）	222623	157780	50689
	NO_2（万吨）	1792	1270	408
	粉尘（万吨）	19223	13624	4377

资料来源：水利部。

水电属于可再生能源，基本上温室气体的排放为零，即使不申请清洁发展机制（CDM）项目，水电同样减排了温室气体，因此在产生减排效益方面，所有水电在实际上已经产生了减排效益（见表6）。

表6　水电减排效益

项　目		技术可开发量	经济可开发量	已开发量
水电	装机容量（万千瓦）	54164	40180	17152
	年发电量（亿千瓦时）	24740	17534	5633
减排效益	减排量（亿吨）	22.0	15.6	5.0
减排温室气体	减排效益（亿欧元）	220	156	50

资料来源：水利部。

综上所述，水电是未来节能减排的首选。

3. 2010年水电企业赢利情况分析

2010年前3季度，电力行业收入增速较快，其中，水电增速高于火电。水电行业上市公司共实现收入298.88亿元，同比增速为85.9%；净利润达114.83亿元，同比增长84.4%。造成水电利润增加的主要原因是水电期间费用率出现大幅下滑，而毛利率同净利率变化不大。水电行业相对火电行业利润增长较快，是由于水电环保，能够产生减排效益（见图49～图51）。

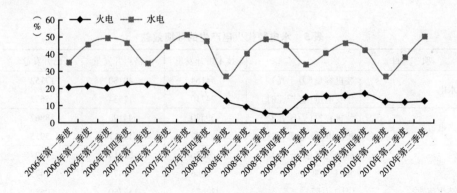

图49　2010年前3季度水电毛利率大幅增长

资料来源：Wind资讯。

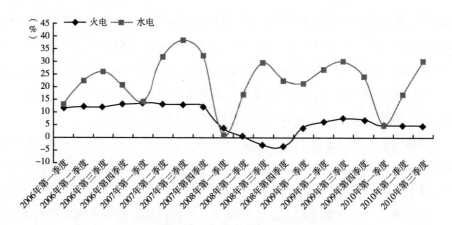

图50　2010年前3季度水电净利率大幅增长

资料来源：Wind资讯。

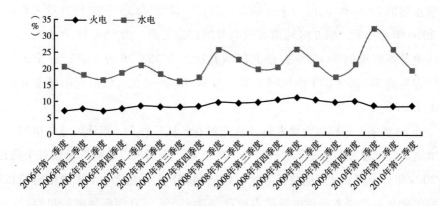

图51　2010年前3季度水电行业期间费用率环比大幅下滑，但同比仍有增长

资料来源：Wind资讯。

（三）风电行业

1. 近年风电发展情况

风能作为一种清洁的可再生能源，越来越受到世界各国的重视。其蕴藏量巨大，全球风能资源总量约为 2.74×10^9 兆瓦，其中可利用的风能为 2×10^7 兆瓦。中国风能储量很大、分布面广，开发利用潜力巨大。

随着世界经济的发展，风能市场也迅速发展起来。2009年全球风力发电新增31%，共增加37500兆瓦新装机容量，全球总装机容量达到157900兆瓦的新

高峰。风能的持续增长，主要来源于世界主要市场积极的国家能源政策，以及许多国家政府将可再生能源作为其经济复苏计划考虑的一部分。

"十五"期间，中国的并网风电得到迅速发展。2006年，中国风电累计装机容量已经达到2600兆瓦，成为继欧洲、美国和印度之后发展风力发电的主要市场之一。2007年以来，中国风电产业规模呈延续爆发式增长态势。2008年，中国新增风电装机容量达到7190兆瓦，新增装机容量增长率达到108%，累计装机容量跃过13000兆瓦大关。内蒙古、新疆、辽宁、山东、广东等地风能资源丰富，风电产业发展较快。

近年来，风力发电发展迅速。2010年，中国内地新增安装风电机组12904台，总装机容量1892.8万千瓦，同比增长37.1%，其中并网风机约1400万千瓦；累计安装风电机组34485台，装机容量4473.3万千瓦，提前10年完成了此前规划的2020年3000万千瓦的装机目标。从分区域并网装机容量来看，截至2010年6月底，华北区域拥有风电并网容量最多，为850.79万千瓦，占全国风电并网容量的38.67%；东北区域其次，为753.76万千瓦，占全国风电并网容量的34.26%；华中区域最少，为24.07万千瓦，仅占全国风电并网容量的1.09%。

近20年来，中国风力发电行业从无到有、从有到大，累计风电装机容量与新增风电装机容量保持连年增长趋势。1990年，全国风电装机容量仅有4兆瓦。到2009年，全国累计风电装机容量已经达到25805兆瓦，占全国发电总装机容量的2.95%，个别省份风电装机占比已经达到5%，20年间风电装机容量增长了6450倍。2009年一年新增的风电机容量占当年发电设备新增容量的15.2%，达到13652兆瓦，超过了截至2008年的全国累计风电装机容量。尤其是近3年，全国的累计装机容量与新增装机容量增幅更明显。2007～2009年，累计风电装机容量增长率分别为127%、106%和112%。2007～2009年，新增风电装机容量增长率分别为148%、89%和119%（见图52）。

从全球看，风电产业的发展同样迅速。2009年，全球风电总装机容量为1.58亿千瓦，增长率达到31%。其中，中国风电市场在全球的份额逐年增大，同时风电的增速超过全球的平均增速。2006年，我国累计装机容量占全球累计装机容量的3.5%，名列全球第六位。2009年，我国累计装机容量占全球累计装机容量的16.3%，排名升为全球第二名。2006年，我国当年新增装机容量占全

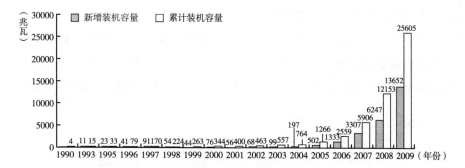

图52　历年风电累计装机与新增装机容量

资料来源：中国风电协会。

球新增装机容量的8.9%，名列全球第六位。2009年，我国当年新增装机容量占全球新增装机容量的36%，为全球第一（见图53）。

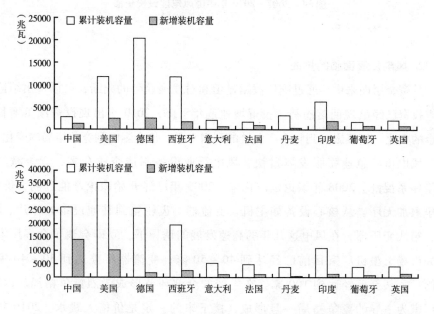

图53　2006年和2009年世界主要国家风电累计装机与新增装机容量变化情况

资料来源：世界风能协会。

国内风电市场投资方面，2007～2009年分别为171.04亿元、527.27亿元和781.78亿元，呈现连续上升的趋势。2010年全年的风电投资额应在651.43亿元。2008～2010年的投资增长率分别为208.27%、48.27%和－16.67%，呈现连续下降趋势，2010 年出现幅度为 16.67% 的负增长（见图 54）。可以看到，尽管风电年新增装机容量近年来爆发式增长，然而从全球和国内的数据都可以看出，风电行业的投资增速呈现连年下降的趋势，尤其是 2009 年以后，出现了投资额下降的现象。在风电建设最高峰时期，投资的下降，具有一定的警示作用。

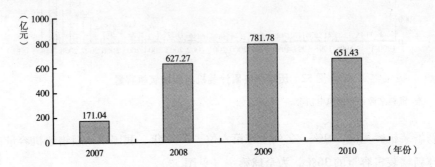

图 54 2007～2010 年中国风电建设投资额

资料来源：中电联。

2. 风电发展面临的挑战

从资金层面来讲，通过统计数据显示和对发展趋势的判断，可以得出结论：风电投资已经呈现回落态势。投资增速逐年下降，2010 年出现投资额负增长。资金的变化，直接影响到整个产业链的利润水平，也会影响到竞争格局的变化。

风电市场急速膨胀发展过快，风电行业设备制造企业众多，竞争激烈，价格体系混乱。2008 年谈论国产化率，2009 年已经开始谈论产能过剩，价格竞争愈加无序。从核心设备如主机、变流器、齿轮箱到其他设备如叶片、塔筒、箱式变压器，在风电这几年的高速发展的诱导下，立即会聚了众多厂家。例如市场上整机厂家目前已经达到 40～50 家；变流器厂家达到 30～40 家；塔筒厂家甚至已经达到 100 家。在生产的全部环节形成激烈竞争格局。以国内厂家为主导的竞争格局一旦形成，接下来的一定是价格大跳水。2010 年，风电综合成本由 2009 年的 8000～10000 元/千瓦下降到目前的 6000～7000元/千瓦，产业链上所有厂家的利润空间被大幅压缩。投资最大头的主机价格已经降至 4200 元/千瓦，不考虑其他设备的投资已经接近火电的投资建设成本。技术核心部件如变流器也由于众多厂家（甚至某些国外厂家带头降价）的激烈竞争而将成本降至 600 元/千瓦以下的水平。其他设备如叶片的造价也下降到单台 1.5 兆瓦风机 120 万元，单台风机配备的 650/35 千伏箱式变压器的价格甚至降至 12 万元的水平。因此，尽管国内的风电建设在各种积极宣传的覆盖下，呈现出如火如荼、欣欣向荣的景象，但国内市场的激烈竞争现状和发展空间约束，已经让任何一个风电企业，甚至中小风电企业的发展规划都已经开始考虑国际市场的开拓。

国内风机制造企业众多，利润率下滑，技术核心竞争力仍有待提高。2 兆瓦以上的大容量风机的技术核心掌握在国外厂家手中，国内厂家消化吸收国外的核心技术甚至创新，需要一定的时间。然而在目前的形势下，片面追求增速的导向使得投资业主对风电项目推进迫切。为使风电建设完成任务，风电行业无法保证给予厂家足够的研发时间，导致设备商核心技术储备不足，研发与新产品滞后于项目进展。目前，在大力推进大容量风机的趋势下，设备商为得到工程项目，只好先引进国外设备与技术临时顶替。尽管中国已经成为年新增装机最多的国家，国内厂家风机核心电控技术如主控、变流器仍然无法完全替代国外产品，更多的是作为与国外品牌价格谈判的筹码而存在。甘肃酒泉 65 万千瓦试验风场，机型确定为 2 兆瓦、2.5 兆瓦、3 兆瓦、5 兆瓦。入围的几家国内厂家如华锐风电的 3 兆瓦、5 兆瓦风机，金风科技的 2 兆瓦风机与东方电气的 2.5 兆瓦风机在电控技术、变流器技术等方面储备尚显不足，体现出产品研发与工程应用上的时间矛盾性，需要引入国外相关产品技术弥补工程项目的相关需求。

风电发展的配套技术条件还有待完善。风电设备、运行控制、电网配套建设等多方面尚不能满足大容量的新增风电容量接入，提高电网对风电的消纳能力和风电场的运行控制能力刻不容缓。2009 年电网对风电上网"卡脖子"后，风机厂家才逐步意识到，他们的工作不仅仅是风机设备的制造，而是应该站在系统的角度去引导，解决风电接入的问题，从而实现可持续发展。考虑到上述诸多因素，预计未来 10 年，风电的发展之路，挑战与机遇共存。需要从电网运行、控制、风电设备、电网设备等环节取得突破，在组织结构环节需要疏导清楚脉络，突破部门之间的壁垒，形成合力。

3. 风电的前景

动态无功补偿设备是风电行业大发展背景下重要的技术热点问题，也是风电市场下的一块可以较为清晰计算预测的明确细分市场。动态无功设备与风机设备具有双向促进的作用。一方面在现有的风电市场规划发展容量下，提供了动态无

功补偿设备发展的市场空间，通过设备的安装优化风电场的运行水平，促进风场与电网系统的协调发展，保证安全稳定运行；另一方面，动态无功补偿市场的发展又可以促进风电的发展，创造、挖掘市场潜力。风电场配置一定比例的无功补偿设备，可以提高电力系统中的风电穿透功率极限，大规模地提高风电接入规模，进而保证风电的增长发展速度。

以目前国内比较典型的风电场为例，单个风场装机容量是 50 兆瓦（49.5 兆瓦），每个风电场装有 33 台 1.5 兆瓦的风机。风机出口电压为 690 伏，在风机塔筒边配置箱式变压器将电压升至 35 千伏，通过地下电缆将电流会聚至风电场的升压变电站，再通过升压变压器将电压升高至 220 千伏，最后经高压架空线送出。其中，一般来说，动态无功补偿设备安装于升压变电站的低压 35 千伏侧，通过对升压站的节电电压进行连续调节发挥功能（见图 55）。

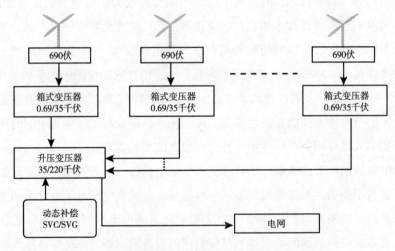

图 55 风电电网介入结构与动态无功补偿形式

资料来源：中信建投研究发展部。

动态无功补偿市场与风电市场的双向互相促进作用从技术角度分析有如下几点：

（1）提高电网对风电的接入容量，增加风电市场的空间。通过动态无功补偿设备对于风电场节点电压的管理，可以有效地提高稳定性。提高了风电场的输送极限，等价于提高了风电场在一定电压约束偏差范围内的接入容量。同时，在故障下提供电压支撑也可以提供一定程度的低电压穿越能力。

（2）参与无功潮流的合理配置，降低线路损耗，节能减排。在保证安全稳定的前提下，通过改变动态无功补偿设备的运行方式和策略，可以有效地减小输电线路损耗。

（3）存留一定余量的无功储备，供调度中心在紧急情况下调用，提高全系统的运行水平。提高了风电场的运行特性，有助于电网公司对风电场的接纳。

随着风电项目的展开，动态无功补偿设备拓展出新的市场增长空间。我国的风电补偿市场兴起于风电发展比较早的几个地区，主要集中在内蒙古、山西和东北三个地区。我国历史上第一套动态无功补偿设备应用于风电的项目归纳如表7。

表7 动态无功补偿项目回顾

国内第一套 TCR-SVC 风电无功补偿项目				
省份	项目中标时间	项目名称	设备容量	中标公司
山西	2007 年 6 月	华电工程右玉败虎堡电场	12MVar	荣信股份
山西	2007 年 6 月	华电工程平鲁小五台风电场	10MVar	荣信股份
国内第一套 MCR-SVC 风电无功补偿项目				
省份	项目中标时间	项目名称	设备容量	中标公司
内蒙古	2007 年 12 月	汗海变电站华电库伦风电场	10MVar	三得普华
国内第一套 SVG 风电无功补偿项目				
省份	项目中标时间	项目名称	设备容量	中标公司
内蒙古	2008 年 1 月	蒙能兴安盟科右前旗风电项目	±6MVar	思源电气
内蒙第一套 TCR-SVC				
省份	项目中标时间	项目名称	设备容量	中标公司
内蒙古	2007 年 11 月	协和能源（中国风电集团）二连浩特风电场	6MVar	宋信股份
东北地区第一套 TCR-SVC				
省份	项目中标时间	项目名称	设备容量	中标公司
辽宁	2008 年 6 月	京能新能源辽宁昌图风电场	10MVar	宋信股份

资料来源：中国风电协会。

风电动态无功补偿市场主要是通过两大上市公司——荣信股份和思源电气推动而产生的，并且通过不断的市场教育逐渐趋向成熟。SVC 市场在 2007 年中，荣信股份在山西省风电项目，上了第一套动态无功补偿设备 SVC，由此揭开了这块细分市场的历史。紧随其后，在 2008 年 1 月思源电气在内蒙古的风电项目中

标国内第一套 SVG 型动态补偿设备。之后，随着风电接入的容量越来越大，并网形势不容乐观，同时在市场的推动下，形成了风电场配置一定比例动态无功补偿的行业标准，市场的需求日渐明朗。近几年，风电补偿行业呈现出爆发性的增长趋势。

以荣信股份为例，近年在风电市场高速发展，从 2007 年开辟市场，经过几年市场的培育与拓展，风电销售额显著增长。几年来，风电销售业绩分别为：2007年 1000 万元，2008 年 8000 万元，2009 年 8000 万元，2010 年前十个月就实现 15000万元的销售业绩，2010 年全年共实现销售业绩 2 亿元（见表 8 和图 56）。

表8　荣信股份历年风电补偿业绩

单位：万元

年　　份	2007	2008	2009	2010
风电行业动态无功补偿市场业绩	1000	8000	8000	20000

资料来源：荣信股份。

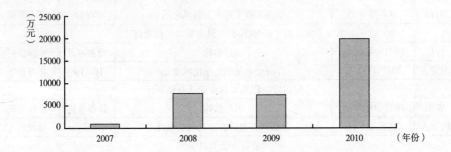

图56　荣信股份近年风电用无功补偿业绩

资料来源：荣信股份。

动态无功补偿市场产品替换趋势明朗，且速度加快。SVG 产品将在风电场升压站替代大部分的 SVC 产品。由于风电 SVG 的市场价格基本稳定，同时伴随着 SVG 产品成熟，单位容量的造价降低，补偿设备的产品利润率有望维持在一个较高水准。

风电场的无功设备的功能要求日益严格，不仅需要完成无功补偿，维持功率因数恒定的功能，还要有在系统运行方式发生显著变化时稳定电压的控制策略。目前部分电网公司已经明文规定，提高风电场配置无功补偿设备的比例。无功补偿的容量与风电装机的比例由原来的 20% 提高到目前的 25%，今后有可能达到 30% 以上。随之而来的机遇是，新设备的需求容量提高，同时已运行风电场技术改造，增加容量。

因此可以推断，今后的风电市场发展空间巨大，技术有待进一步提高。风电与动态无功补偿设备的相互促进指明了将来风电市场的前景。

（四）光伏发电

1. 世界光伏市场情况分析

2009 年全球新增光伏装机容量为 7.2 吉瓦。其中德国新增装机容量为 3.8 吉瓦，占比为 52.66%，意大利新增装机容量为 730 兆瓦，占比为 10.12%。其余新增装机容量在 300 兆瓦以上的国家有日本、美国、捷克、比利时等（见图 57）。

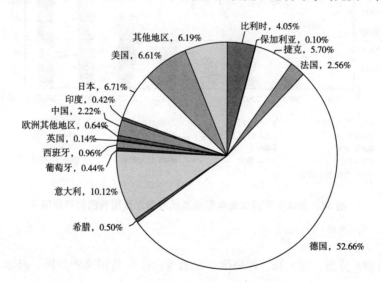

图 57　2009 年光伏装机需求分析

资料来源：EPIA。

2010 年全球新增光伏装机容量超过 16 吉瓦，同比增幅超过 120%。从新增光伏装机容量分布来看，德国依然维持压倒性的优势，全年装机量达到 8 吉瓦以上，依然占据全球光伏装机容量的 50% 左右。其余主要光伏大国的新增装机容量也都维持了 100% 左右的增幅，其中法国增幅较大，装机达到 850 兆瓦，在全球新增装机容量的占比超过 5%。

根据对各国光伏装机容量增长的分析，EPIA 认为，自 2010 年起，未来 4 年内全球光伏年度新增装机容量将保持 40% 以上的复合增长速度。德国市场增速的减缓将被来自美国、日本、意大利、中国等国迅速增长的装机容量所弥补。光伏市场在全球各国间分布的分散化，将使得整体市场摆脱受单一政府政策影响过于强烈的状态，市场变化和发展将逐渐更为稳定和成熟。市场体量的扩大也使得原材料、各环节中间产品和电池组件产品的价格更为稳定，巨幅波动出现的概率将会降低，有利于产业的持续发展（参见图 58）。

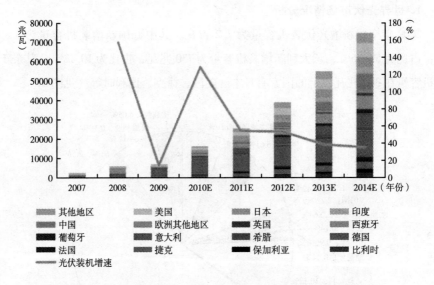

图 58 全球主要国家每年新增装机容量未来增长的保守预期

资料来源：EPIA。

据 EPIA 分析，意大利、西班牙、希腊等南欧半岛国家和美国、日本、中国等大国将成为 2011 年光伏行业需求增长的主要动力。前者凭借优越的光照条件保持较高的光伏装机投资回报率，而后者的动力主要来源于对能源安全保障的强烈渴求，其优势则在于广大的国土面积和强劲的经济实力。其余如法国、印度、英国等国家均有较强的光伏增长预期，而捷克市场则面临崩溃（见表 9）。

2. 光伏产业政策及前景分析

欧盟在 2010 年三季度最新出炉的《2050 年能源发展路线图》中明确提出，乐观情况下 2050 年可再生能源将占总能源构成的 80% 以上，其中太阳能将成为可再生能源中最大的部分，在能源总构成中占据 19% 左右的比例。即使按照略

表9 各国光伏装机容量详细预测

单位:吉瓦

年 份	2007	2008	2009	2010E	2011E	2012E	2013E	2014E
比利时	18	50	292	300	400	500	600	700
保加利亚	0	2	7	20	100	200	400	800
捷克	3	51	411	800	200	200	100	100
法国	11	46	185	850	1000	1500	2000	2500
德国	1107	2002	3800	8000	9500	11000	12500	13500
希腊	2	11	36	115	300	600	1000	2000
意大利	70	338	730	1200	2000	3500	5000	7000
葡萄牙	14	50	32	100	200	400	900	2000
西班牙	560	2605	69	500	1000	1500	2000	2500
美国	4	6	10	100	200	400	800	1500
欧洲其他地区	16	92	46	190	400	700	1000	2000
中国	20	45	160	500	1000	2000	4000	8000
印度	20	40	30	200	500	900	2000	3000
日本	210	230	484	1000	2000	2500	3000	3500
美国	207	342	477	1000	2000	3500	5000	7500
其他地区	168	373	447	900	1400	2100	3000	4500

资料来源:EPIA。

微保守的估计,光伏依然必须占据12%的比例。该路线图的结论还包括:低碳电力成本比先有富碳电力成本更具竞争力;低碳路线所带来的经济利益远超过低碳路线经济负担所带来的挑战;低碳路线将使欧洲最终赢得经济竞争力,从而在全球竞争格局中赢得战略性的胜利。

据估计,上述规划最迟将在2050年实现,而最快2020年就可实现。近期欧盟的计划正向乐观方向移动,即在为了达到上述目标,预计2020年欧洲累计光伏装机容量将达到400吉兆,美国累计装机容量达到350吉兆,全球累计光伏装机容量则达到1000吉兆左右。预计年复合增速超过56%。即使按照保守预计2050年实现,则预计2020年全球累计装机容量达到200吉兆,则年复合增速在35%左右(见图59)。

2010年12月2日,财政部、科技部、住房和城乡建设部、国家能源局等四部门联合在北京召开会议,对金太阳示范工程和太阳能光电建筑应用示范工程的组织和实施进行动员、部署,加快推进国内光伏发电规模化应用。会议强调,要"在继续采取特许权招标支持光资源丰富地区建设大型荒漠电站的同时,积极运

	Coal	Coal CCS	Coal CCS retrofit[1]	Gas	Gas CCS	Gas CCS retrofit	Nuclear	Wind On-shore	Wind Off-shore	Solar PV	Solar CSP	Bio-mass	Geo-thermal	Large Hydro
80%RES 10%CCS 10%nuclear	0	3	2	0	5	0	10	15	15	19	5	12	2	10
60%RES 20%CCS 20%nuclear	0	7	3	0	10	0	20	11	10	12	5	8	2	12
40%RES 30%CCS 30%nuclear	0	7	3	0	10	0	20	11	10	12	5	8	2	12
Baseline: 34%RES 49%coalgas 17%nuclear	21	0	0	28	0	0	17	9	2	1	1	8	1	12

图59 欧盟最新能源路线图

资料来源：中国能源网。

用财政补贴方式加大金太阳和太阳能光电建筑应用示范工程实施力度"。该会议对中国新能源产业具有重大影响：①首次明确了中国政府全面支持光伏市场的态度，并给出强有力的推进方案；②随着系统成本的继续下降，中国各地区将在3～5年内逐步实现平价上网，国内光伏市场的增速将远超政府规划，如5年前的风电市场一样；③中、美两大最具潜力的光伏市场几乎同时启动，源自欧洲市场的不确定性变得无足轻重。

会议公布的首批13个光伏发电集中应用示范区，未来将是国内扩大光伏发电应用的重点。示范区的厂房将有望加速建成大规模屋顶电站，而且未来示范区的数量可能会进一步增加，有利于探索建立适合国情的光伏发电运营模式。

会议还提出了明确的应用规模目标（2012年以后每年不低于1吉瓦），相比以往的规划数量有较大增长。但1吉瓦这一数字仍仅相当于2010年国内电池片与组件厂家产能的1/10左右，离太阳能传统强国也有较大差距，因此未来超额完成的概率较大（见图60和图61）。

由于光伏系统集成商纷纷赶在补贴政策变动前完成安装，2010年光伏装机容量出现了超预期增长。然而这也意味着来年的行情被透支，2011年欧洲光伏市场难以再现2010年的高增长（参见图62和图63）。

总体来看，世界范围内对光伏产业的扶持力度有增有减，欧盟下调光伏补贴不会影响整个光伏产业的景气度，未来一段时间很可能出现"西方不亮东方亮"的局面。

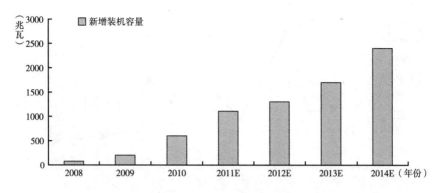

图60 中国历年新增装机容量

资料来源：EPIA。

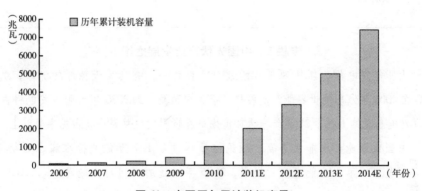

图61 中国历年累计装机容量

资料来源：EPIA。

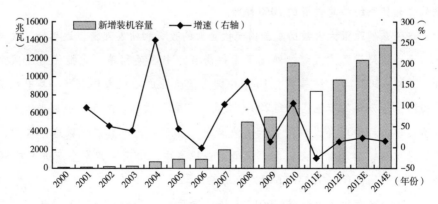

图62 欧洲历年新增装机容量及增速

资料来源：EPIA。

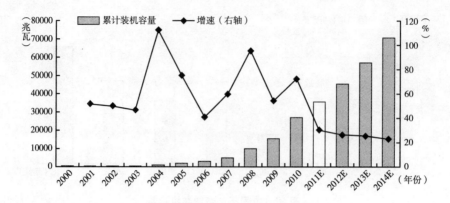

图 63　欧洲历年累计装机容量及增速

资料来源：EPIA。

专栏 1　中国光伏产业发展之困

太阳能发电作为新能源领域的领衔项目之一，有其得天独厚的优势。欧洲 JRC 在 2003 年做出的世界能源发展趋势报告中预测，到 2030 年太阳能发电将占到世界发电总量的 10%，21 世纪末太阳能发电在世界发电总量中将占据半数以上。

中国太阳能资源非常丰富，理论储量达每年 1.7 万亿吨标准煤。近年来，政府高度重视可再生能源产业发展，2005 年通过的《可再生能源法》，2009 年推出的"阳光屋顶"计划和金太阳示范工程规定了一系列对光伏产业的财政补贴政策，包括类似并网光伏发电项目按总投资的 50% 补助，偏远无电地区的独立光伏系统按总投资的 70% 补助。

这一系列政策大大鼓励了国内光伏企业的投资和研发热情，近年来，我国光伏产业取得了骄人成绩，涌现了无锡尚德、中国英利等一大批优秀光伏企业。2005～2007 年，陆续共有 10 家中国光伏企业成功在海外上市。其中 8 家在美国上市公司的市值已达到 200 亿美元。目前，我国已有 500 多家光伏企业和研发单位。2009 年，我国光伏电池产量世界第一，产量占全球总产量的比例超过 40%。在全球太阳能电池产量企业排名中，中国有四家企业进入前 10 强，其中无锡尚德以 704MWp 排名全球第二。

随着经济危机情况好转，2010 年上半年国际光伏行业有回暖趋势。中国光伏企业踌躇满志，大有乘低碳经济之东风席卷世界之势，有人甚至提出了

"光伏产业将启动第四次产业革命"的说法。

与此同时，针对中国光伏产业的质疑和争议也从未停止，争议主要体现在两方面：作为光伏产业链中最上游的一环，中国的多晶硅产能究竟是"大量过剩"还是"严重不足"；光伏发电的上网电价究竟何时出台。从2008年起，关于上述问题的讨论就一直在进行中，各种版本的"内幕消息"也不断在坊间流传。然而时至今日，各方也未能就一些核心问题达成共识。

问题一——技术掣肘低碳环保还是"两高一剩"

多晶硅是目前生产光伏电池的主要材料，2009年中国多晶硅产量呈现井喷式增长，达到1.4万吨。该数字约为2008年的3倍，2007年的5倍。理论上国产多晶硅已经可以满足国内50%以上的太阳能电池制造需求，结束了硅料全部靠进口的时代。然而，中国也为此付出了巨大的环境代价。

抛开环境因素，国产硅料的纯度和品质也是差强人意。用作太阳能电池的多晶硅纯度必须达到99.9999%～99.999999%。在中国，大企业和小厂之间产品质量参差不齐，难以有效供给下游产业。所谓国产硅料满足50%以上太阳能电池制造需求也仅仅是个理论数字，国内企业仍需大量进口高纯度硅料来满足生产需求，而过剩的相对低纯度的硅料则难以消化。

就目前而言，原本带给人类"清洁、免费、永恒"能源的光伏行业却因技术之殇而多少蒙上阴影。技术不足所引起的结构性过剩与空白，在很长一段时间内都将是制约新兴产业发展的瓶颈，同时也是眼下关于多晶硅生产"发展迅速还是刚刚起步；产能过剩还是一片空白"巨大分歧的根源。

问题二——上网电价何时出台

上网电价的不确定一直是阻碍光伏发电商业化的重要因素之一，其根源主要是太阳能发电居高不下的成本。受制于太阳能发电较低的能量转换效率（<20%）和较高的运营成本，太阳能发电平均成本高达每千瓦时1.24元，这个数字虽然比前几年已经有所下降，但仍是燃煤机组的6倍左右。

2010年4月，国家发改委批复核定宁夏发电集团太阳山光伏电站等4个光伏发电项目临时上网电价为每千瓦时1.15元，高出当地脱硫燃煤机组标杆上网电价的部分纳入全国可再生能源电价附加分摊。对于这个价格，部分光伏发电企业认为难以回本，电网方面则由于并网后电网改造成本等问题，也感到压力巨大。

地方政府的补助政策本应作为缓解上网电价争议的有效手段，但这其中存在一个尴尬的矛盾：光伏电站一般都建在太阳能资源丰富的西部地区（如青海、西藏），而当地政府的财政能力却难以支撑如此大型的项目；东部发达地区太阳能资源有限，但地方政府手握重金，较小的财政压力更容易吸引光伏企业落户。在新能源发电商业化的问题上，政府还需要进一步统筹协调。

值得注意的是，我国太阳能发电成本呈现出快速下降的态势。有关部门对成本下降的观望态度也是影响上网电价出台的因素之一。

（五）核电行业

1. 世界与中国核电发展情况

世界上第一座实验性核电站是建于1954年的苏联奥布宁斯克实验性石墨沸水堆核电厂，人类从此进入了和平利用核能的年代。半个多世纪以来，核电经历了20世纪50～60年代的起步阶段、20世纪60～70年代的快速发展阶段、20世纪80年代一直到21世纪初的缓慢发展阶段以及21世纪以来的复苏阶段（参见图64）。

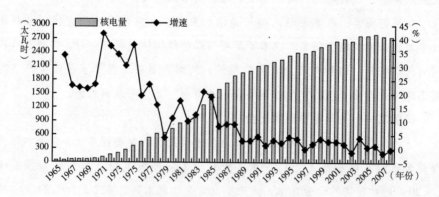

图64　历年全球核电量情况

资料来源：BP公司。

进入21世纪，由于核电安全技术的快速发展，高涨的天然气和煤炭价格使得核电显得便宜以及燃烧化石能源导致的严重环境污染和气候变暖现实，许多国家都将核能列入本国中长期能源政策中。欧共体发表了关于能源供应安全的

"绿皮书"，并重申必须依靠核能减少温室气体排放；美国表示将考虑建造新核电厂并放弃不后处理乏燃料的卡特理论。一些亚洲国家如日本、中国和韩国都制定了重大的核计划。一些欧洲国家也在继续实施核计划或重新考虑核问题，瑞典曾于1980年决定逐步放弃核能，但现已废弃了反核政策（见表10）。

表10　各国在核能发展应用方面采取的行动

美国	2010年2月16日，美国总统奥巴马宣布政府将提供80亿美元贷款担保用于建造两个核电机组，如果这一项目最终开工，将是美国近30年来开建的第一个核电项目
日本	政府积极帮助本国制造商开拓全球市场，有关政府部门、电力公司、核电设备制造商和研究组织成立了"国际核能合作委员会"，以帮助其他国家发展核电并促进制造商扩大海外市场
法国	核电在法国电力及能源中占据重要位置，政府决定在2015～2020年以新一代的核电站代替目前的核电站
意大利	2009年2月，法国与意大利签署协议，宣布两国企业将在核能领域展开合作。7月，意大利通过了复兴核能工业措施的法律。10月，美国能源部和意大利经济发展部签署了多项核能合作协议
瑞典	曾在1980年提出法案，要求到2010年关闭本国的所有核电站。2009年2月，瑞典政府废弃了反核政策，发布了题为《长期、可持续发展的能源和气候政策》的政策性文件，提出将在2050年实现没有温室气体排放的能源供应
比利时	淘汰核能的政策开始松动。2009年10月，比利时政府决定将现有核反应堆的原定淘汰时间推迟10年至2025年。2003年曾通过一项法案，计划在2015～2025年关闭7座核反应堆
印度	2009年9月，印度宣布了世界上最大胆的核能发展计划，称到2050年该国核电装机容量将达到目前的120倍。预计到2050年印度的核电装机容量将达到4.56亿千瓦，而目前印度18座反应堆总装机容量为390万千瓦
俄罗斯	2009年5月，总理普京表示，计划在2020年或2022年之前再建造28台机组，在普京宣布上述计划的同时，俄罗斯的首座浮动式核电站开始建造
英国	正在考虑建造新核电机组以替代即将退役的核电站。2009年10月，英国工业联合会呼吁政府出台核能和其他能源技术的国家政策声明，加快核电建设步伐，在2030年前建造1600万千瓦的新核电装机容量，以满足环境变化目标并确保能源安全
其他国家	土耳其、埃及、越南、尼日利亚、巴基斯坦等国正在积极筹备或发展核能源项目

资料来源：世界新能源网。

截至2007年底，全球发电装机比例：核电占8%，煤电占32%，水电占20%，天然气占26%，燃油占10%，其他占4%。核电与水电、火电（煤、天然气、油）一起构成世界电源的三大支柱，在世界能源结构中占有重要的地位（见图65）。

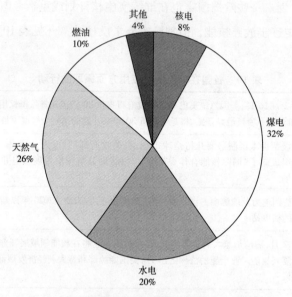

图65 2007年世界电力装机结构

资料来源：IEA。

当前世界运行的441座反应堆堆型（见表11）有压水堆（PWR）、沸水堆（BWR）、重水堆（PHWR）、气冷堆（Magnox & AGR）、石墨水冷堆（RBMK）和快堆（FBR）。其中PWR 268座，装机容量约为249吉瓦；BWR 94座，约为85吉瓦；PHWR40座，约为22吉瓦；Magnox & AGR 23座，约为12吉瓦；快堆4座，约为1吉瓦。

表11 世界核电运行反应堆一览

	代表国家	数量（座）	吉瓦	燃料	冷却剂	缓和剂
压水堆（PWR）	美、法、日、俄	268	249	浓缩铀	水	水
沸水堆（BWR）	美、日、瑞典	94	85	浓缩铀	水	水
气冷堆（Magnox & AGR）	英	23	12	天然铀	CO_2	石墨
重水堆（PHWR or CANDU）	加拿大	40	22	天然铀	重水	重水
石墨水冷堆（RBMK）	俄	12	12	浓缩铀	水	石墨
快堆（FBR）	日、法、俄	4	1	铀、钚	液化钠	无
合　　计		441	381			

资料来源：世界核能协会（WNA）。

截至 2010 年 10 月，已经拥有在役、在建或拟建反应堆的国家和地区共有 47 个，其中有 30 个国家或地区运行着 441 座核反应堆，总装机容量达 376313 兆瓦，有 17 个国家将跨入拥有核反应堆的国家行列。15 个国家或地区正在建设 58 座反应堆，装机容量为 60484 兆瓦。27 个国家已制定了共计 152 座反应堆 167401 兆瓦的建设计划；共有 38 个国家或地区拟建造 337 座 382825 兆瓦。在建的、规划中的、拟建的核电站主要集中在中国、印度、俄国、美国、乌克兰等国，其中中国在建机组占全球在建机组容量的 40% 以上。

目前全球在建、规划和拟建的规模庞大，其装机容量共计 611 吉瓦，是运行机组装机容量的 1.62 倍。根据 WNA 预测，即使按照低方案，2030 年的核电装机容量亦将达到 602 吉瓦，是现有容量的 1.64 倍，而高方案将达到 3.67 倍（见表 12）。

表 12 WNA 核电装机容量预测

单位：吉瓦

	2008 年	2030 年		2060 年		2100 年	
		低方案	高方案	低方案	高方案	低方案	高方案
现有的核国家	367	559	1087	951	2939	1729	9137
计划进军核电的国家	0	30	123	78	300	126	910
潜在进入核电的国家	0	13	140	111	429	207	999
全球合计	367	602	1350	1140	3688	2062	11046

资料来源：WNA。

中国的民用核工业起步于 20 世纪 80 年代，从 1991 年 12 月秦山核电站一期的并网发电开始，经过"十五"计划期间的大规模建设，逐步掌握了核电站设计、制造、施工技术，实现了设计的自主化和设备的国产化。到现在为止已经具备了生产 30 万、60 万和 100 万千瓦级压水堆核电站燃料组件的能力，也掌握了一些具有自主知识产权的核电技术，如 CNP 600、CNP 1000、CPR 1000。目前正在采用"以市场换技术"的策略引进国外先进的第三代核电技术，并计划在引进消化吸收的基础上形成具有自主知识产权的 CAP 1400。

虽然我国已经初步建立了完整的核电产业，但核电装机容量仅为全部装机容量的 1%，核电发电量占全部发电量的比例不到 2%，与主要发达国家和全球平均水平相比，差距甚远，未来发展的空间十分广阔（参见图 66）。

将我国核电工业的发展阶段进行划分，可分为起步、腾飞和持续发展 3 个阶

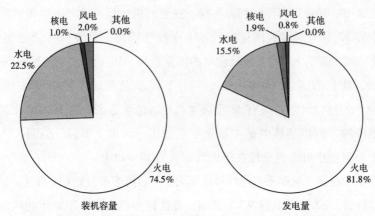

图 66　2009 年中国电力装机容量构成比例及中国发电量构成比例

资料来源：CEIC。

段：在 2000 年前为起步阶段，从 1991 年首座核电站的并网发电开始，掌握了核电站设计、制造、施工技术，实现了设计自主化和设备国产化，形成了完整的核电工业体系；2000～2020 年为腾飞阶段，我国的核电装机容量快速增加，核电设备已经进入小批量生产，并具备了生产 30 万、60 万和 100 万千瓦级压水堆核电站燃料组件的能力；2020～2050 年为持续发展阶段。

截至 2009 年底，中国内地一共有 4 座核电站 11 台机组运行，总计装机容量为 908 万千瓦（见表 13）。

表 13　2009 年底中国已投产项目一览

单位：万千瓦

项目名称	地区	机组	装机容量	开工时间	投运时间	所用技术	控股公司
秦山一期	浙江	1×31	31	1985 年 3 月	1991 年 4 月	CNP300	中　核
秦山二期	浙江	2×65	130	1996 年 6 月	2002 年 4 月/2004 年 3 月	CNP600	中　核
秦山三期	浙江	2×70	140	1998 年 6 月	2002 年 12 月/2003 年 11 月	Candu6	中　核
大 亚 湾	广东	2×98.4	197	1987 年 8 月	1994 年 2 月/1994 年 5 月	M310	中广核
岭澳一期	广东	2×99	198	1997 年 5 月	2002 年 5 月/2003 年 1 月	M310	中广核
田　湾	江苏	2×106	212	1999 年 1 月	2007 年 5 月/2007 年 8 月	AES-91	中　核
合　计			908				

资料来源：中国核能行业协会。

2007 年 10 月国家发改委发布了《核电中长期发展规划（2005～2020 年）》，其中将此前的核电战略由"适度发展"明确转为"积极发展"。金融危机爆发后，国家出台4万亿元的经济刺激计划，其中有很大比例投向了基础设施建设，核电站的建设也迅速开展起来，形成了现在约3500万千瓦的在建规模（见表14）。

表14　2009年底中国在建工程一览

单位：万千瓦

项目名称	地区	机组	装机容量	开工时间	计划投运时间	所用技术	控股公司
岭澳二期	广东	2×108	216	2006年5月	2010~2011年	CPR1000	中广核
秦山二期扩建	浙江	2×65	130	2006年4月	2011~2012年	CNP600	中核
红沿河	辽宁	4×111	444	2007年8月	2012~2014年	CPR1000	中广核
宁德	福建	4×108	432	2008年2月	2012~2015年	CPR1000	中广核
福清	福建	2×108	216	2008年11月	2013~2014年	CPR1000	中核
方家山	浙江	2×108	216	2008年12月	2013~2014年	CPR1000	中核
阳江	广东	6×108	654	2008年12月	2013~2017年	CPR1000	中广核
三门	浙江	2×125	250	2009年3月	2013~2014年	AP1000	中核
海阳	山东	2×125	250	2009年9月	2014~2015年	AP1000	中电投
台山	广东	2×175	350	2009年10月	2014~2015	EPR	中广核
昌江	海南	2×65	130	2010年4月	2014~2015年	CNP600	中核
石岛湾气冷堆	山东	1×20	20	2010年	2013年	HTR-PM	华能
防城港	广西	2×108	216	2010年7月	2015~2016年	CPR1000	中广核
合　计			3524				

资料来源：中国核能行业协会。

与世界核电的发展趋势类似，在能源需求和碳减排的巨大压力背景下，中国核电的装机容量目标一直在变动，准确地说应当是在不断上调（见表15）。

表15　不同时间提出的中国核电装机容量目标

提出时间	规　划　情　况
2020年规划	
2007年10月	国家发改委发布的《核电中长期发展规划》中提出到2020年要建成4000万千瓦(占全部发电装机容量计划100000万千瓦的4%)，在建1800万千瓦的核电规模
2008年3月	新成立的国家能源局表示2020年核电装机容量至少占全部装机容量的5%，据此推算2020年的核电装机容量至少为5000万千瓦
2008年6月	中电联预计到2020年核电装机容量为6000万千瓦左右
2009年7月	据报道，国务院正考虑将2020年核电装机容量规划提高到建成8600万千瓦，在建1800万千瓦的规模
2030年规划	
2007年3月	国家发改委表示到2030年我国核电的装机容量将达到1.6亿千瓦
2010年4月	中国核能协会预计2030年的装机容量为2亿千瓦

资料来源：中电联。

此外，根据世界核能协会（WNA）的预计，2020年包括建成、在建和规划中的中国核电的装机容量将达到1.35亿千瓦。国家发改委正在审核《新兴能源产业发展规划》，预计会配合"十二五"规划出台。当前市场普遍预期2020年的装机容量目标在8000万千瓦左右，远期2030年和2050年目标分别为2亿和4亿千瓦左右。由于核电建设的变数比较大，确切数据难以估计，但2020年8000万千瓦应该是可以达到的（目前运行＋在建＋规划的容量已经超过8000万千瓦）（见图67）。

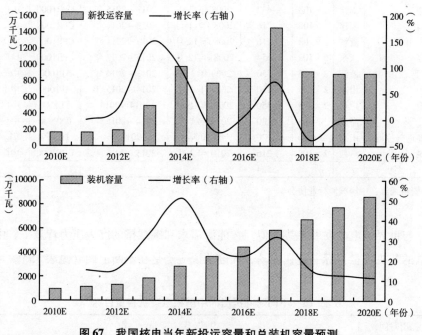

图67 我国核电当年新投运容量和总装机容量预测

资料来源：WNA。

2. 核电发展前景

第一，"十二五"能源规划重点在于调结构和降排放。我国碳排放全球第一，减排压力巨大。目前我国处在工业化和城镇化的快速进程中，碳排放量持续增加。2000年，我国发电厂碳排放为12.6亿吨，占全球第二，为美国的47%；到2007年，我国发电厂碳排放上升到了31.2亿吨，占全球第一，并超过美国10%；目前仍为全球第一位，因此我国面临的碳减排压力巨大。根据国务院的规划，预计到2020年我国一次能源消耗中非化石能源消费占比达到15%，碳排放较2005年降低 40%～45%。我国"十二五"能源规划以及新兴能源产业发展规划将围绕这两个重要目标，大力发展新能源产业和提高传统能源利用效率。在经济性方面，核电在新能源中具有明显优势，是未来新能源中发展最快的发电方式。

第二，发展核电是开发新能源的主要选择。核电利用小时数高。核电年利用小时数可达 7000～8000 小时，因此在各种形式的发电中处领先位置。核电具有技术成熟、运行稳定、容量大、运行小时数高、发电波动性小、经济成本低等诸多优点，因此可满足大规模开发应用，是我国降低碳排放的最重要途径（见图 68）。

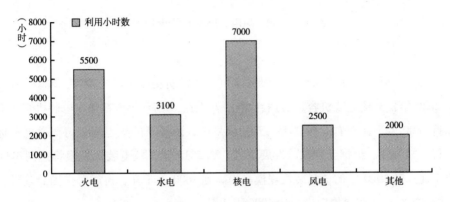

图 68 核电最高利用小时数达 7000 小时

资料来源：中电联。

核电经济性显著，可与火电相媲美；如果考虑碳排放成本，核电发电成本最低。欧盟的一项研究表明，在二氧化碳排放费用按 20 欧元/吨计算时，核电发电成本为 2.37 欧分/千瓦时，其中工程造价、操作和维护成本、燃料成本分别为 1.38、0.72、0.27 欧分，无二氧化碳排放成本；而如果考虑碳排放成本，煤电发电成本为 4.43 欧分/千瓦时，其中工程造价、操作和维护成本、燃料成本、二氧化碳成本分别为 0.76、0.74、1.31、1.62 欧分，二氧化碳成本占发电成本的 36%（参见图 69）。

目前核电装机占比低，未来提升空间大。我国核电装机容量占比约 1.1%，远低于全球平均水平。核发电量占比仅 2.2%，在 30 个有核电国家中排末位。全球有 16 个国家的核电发电量占比超过 25%，其中法国高达 76.2%，韩国为 35.6%，欧盟为 35%，日本为 24.9%，美国达 19.7%，因此未来我国核电发展空间巨大。

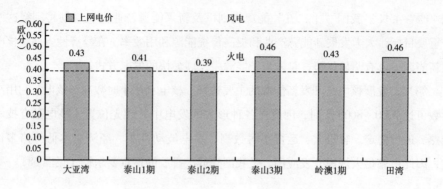

图69　核电、风电、火电上网电价比较

资料来源：中电联。

第三，核电行业规划明确。根据《核电中长期发展规划（2005～2020年）》，至2020年我国核电装机容量要达到4000万千瓦，2020年末在建核电装机容量应保持1800万千瓦左右。在"十二五"规划中，预计新的核电规划将对发展目标进行大幅调整。根据新的核电发展规划，到2015年，核电装机规模将达到4000万千瓦；到2020年的核电装机规模将提高到8600万千瓦，占届时全国总装机容量的5%左右，在建规模也高达4000万千瓦。

据国家能源局统计，截至2010年底，我国已核准34台核电机组，其中开工在建机组25台，是全球核电在建规模最大的国家。2010年全年完成核电建设投资额629亿元。大部分在建核电项目开工于2008～2010年，根据核电站一般5～6年的建设周期，这部分核电站建设对核电设备的需求将在"十二五"期间集中体现。根据规划，2020年投产核电装机要达到8600万千瓦，考虑到目前投产和在建的核电站接近4000万千瓦，"十二五"将是我国核电建设的高峰期。而2011年作为"十二五"开局年，预计需求大幅增长所带来的核电设备行业景气高峰将如期到来。

专栏2　日本核泄漏事件及其对我国核电发展的影响

2011年3月12日，日本遭遇9.0级大地震后，福岛第一核电站机组自动停止运行，用于冷却核反应堆的紧急发电机也全部停止运行，反应堆容器中的气压已达到设计值的1.5倍。日本经济产业大臣海江田万里当日凌晨表示，考虑释放核反应堆容器中的压力，但这会导致微量含有放射性物质的蒸汽外泄。东京电力公司表示，该核电站可能已经出现泄露。日本核安全部门表示，一个反应堆内部的辐射强度已达到正常水平的 1000 倍。

当日 6 时许，前往灾区视察的日本首相菅直人发出指示，要求将核电站周边的戒严区域从 3 公里扩大到 10 公里。为了防止安放核反应堆的容器内气压升高，导致容器无法承受压力而破损，保安院根据原子能灾害特别措施法，下令东京电力公司将福岛第一核电站的 1 号和 2 号机组反应堆容器内的蒸汽释放到外部。

3 月 13 日，福岛第一核电站 10 公里内出现放射性污染，21 万人被紧急疏散到安全地带。

3 月 14 日，福岛第一核电站 3 号反应堆发生两次氢爆炸。

3 月 15 日，福岛第一核电站 2 号机组 4 号机组连传爆炸声，附近辐射数值增 10 倍，日本原子能安全保安院 13 日按照"国际核能事件分级表"，把核电站爆炸泄漏事故定级为 4 级。

3 月 16 日，福岛第一核电站 3 号机组再爆炸，4 号机组再起火，第一核电站 1 号机组有 70% 的燃料受损，2 号机组有 33% 的燃料受损。

3 月 17 日，福岛第一核电站周边多处测得辐射超标。福岛第一核电站的四座反应堆先后发生多次重大险情。

就日本核泄露事件对我国核电发展的影响，中国环境保护部副部长张立军 3 月 12 日表示，中国已经启动了沿海城市的核安全监测装置，正在监测日本的核电泄露对中国是否造成影响。张立军表示，尽管日本发生核泄漏事故，中国将继续推行核能计划，但中国将从日本震后核能爆炸吸取经验，吸取日本方面的一些教训，在我国核电的发展战略上和发展规划上进行适当吸收。但是我国发展核电的决心和发展核电的安排是不会改变的。中国根据"十二五"能源规划，到 2015 年，中国将达到 4000 万千瓦的核能发电量。

四　电力体制改革建议

深化电力体制改革首先要在千头万绪的矛盾当中找到关键矛盾所在，有所为，有所不为。业内人士普遍认为电价改革是整个电力体制改革的核心所在。我国目前电力体系不健全，电力系统调度、电力交易结算、电力产权体系高度集中，没有形成竞争性的电力市场。虽然自 5 号文件以来，电力行业实现了"厂网分开"，发电环节初步实现了竞争，但终端电价仍由政府制定，电力消费者面对的仍然是垄断的电网企业，不具备相应的电价影响权。从某种程度上讲，最近几年电力短缺所导致的电力投资和建设的迅猛增长掩盖了现行体制与电力运行机制的诸多矛盾，减少了对改革的关注，弱化了进一步改革的动力。但不容忽视的是，由于体制制约，各种深层次矛盾正在显现，愈演愈烈的煤电之争正是这种矛盾的生动体现。由于我国煤炭市场的竞争格局基本形成，煤价形成一方面与国内供求密不可分；另一方面又深受国际能源市场的影响，价格弹性较强。在目前煤电联动关系还未理顺的情况下，煤价上涨带来的都是发电企业的被动接受，由于现行电价形成机制僵化，上网电价的上涨又会导致电网企业的亏损，在日益加深的煤电之争中，电力行业愈加被动，单纯依靠政府调节的局面难以长久，也不利于整个能源价格体系的正常运行。破解煤电困局的根本就在于打破电力市场的垄断格局，放开电价，实现煤电的市场化对接。

（一）聚焦阶梯电价

2010 年 10 月 9 日，国家发改委价格司公布了《关于居民生活用电实行阶梯电价的指导意见》，就在全国居民用电实施阶梯电价公开征求意见，并就电量档次划分提供了两个选择方案，将基本保障全国 70% ~ 80% 的居民用电价格保持稳定（见表16）。.

表16 居民生活阶梯电价全国平均电量分档标准

项目	第一档				第二档				第三档	
	用户覆盖率			全国平均分档标准（千瓦时/月）	用户覆盖率			全国平均分档标准（千瓦时/月）	用户覆盖率（%）	全国平均分档标准（千瓦时/月）
	合计（%）	城市（%）	农村（%）		合计（%）	城市（%）	农村（%）			
方案一	70	51	79	110	90	82	95	210	100	210 以上
方案二	80	65	88	140	95	90	98	270	100	270 以上

资料来源：国家发改委。

按照国家发改委的意见要求，此次阶梯电价改革是在居民用电所占比重逐年提高的背景下为公平负担水平和适度补偿成本而进行的尝试。长期以来，我国对居民电价采取低价政策所产生的能源、环境和负担水平的问题日益突出。近年来随着我国能源供应紧张，煤炭等一次能源价格持续攀升，使得电力成本随之提高，但我国居民电价的调整幅度和频率均低于其他行业用电，一直处于较低水平。这种现状，一方面没有合理体现资源价格，不利于资源节约；另一方面也衍生出负担水平的不合理，用电量越多的用户，享受的补贴越多，而用电量越少的用户，享受的补贴越少。

　　历史上，自2004年以来，国家对电价进行了8次调整。从严格意义上讲，居民用电位于电网供电末端，电压等级最低，其供电成本较高。但从我国的实际看，我国居民用电价格低于工业电价，使居民用电电价与供电成本倒挂，从而变相存在着各类用户之间的交叉补贴（参见表17）。

表17　近几年电价改革政策或措施

年份	电　价	政　策　或　措　施
2004	上网电价	分两次合计提高销售电价0.0284元/千瓦时,出台煤电价格联动机制的意见
	销售电价	施行差别电价、脱硫电价、可再生能源加价、峰谷及分时电价等政策
2005	上网电价	第一次煤电联动,销售电价每千瓦时平均提高2.52分钱,提价总额约450亿元
	销售电价	简化销售电价按用电用途分类的结构,逐步按负荷特性分档
2006	上网电价	第二次煤电联动
	销售电价	出台《关于完善差别电价政策的意见》
2007	上网电价	出台《新建发电机组进入商业运营管理办法》
	销售电价	出台《关于进一步贯彻落实差别电价政策有关问题的通知》
2008	上网电价	年内两次上调上网电价,合计幅度约11%
	销售电价	年内一次上调销售电价,幅度约4.7%
2009	上网电价	直购电试点
	销售电价	——
2010	上网电价	与发电环节竞争相适应的上网电价形成机制,引入竞争,市场定价(远景规划)
	销售电价	反映资源状况和电力供求的阶梯电价改革

　　资料来源：中电联。

　　此次阶梯电价的调整设计了两个可供选择的指导性方案，每个方案都涉及三档电价，将城乡居民每月用电量按照满足基本用电需求、正常合理用电需求和较

高生活质量用电需求划分为三档,电价实行分档递增。其中:

第一档电价原则上维持较低价格水平,三年之内保持基本稳定。

第二档电价逐步调整到弥补电力企业正常合理成本并获得合理收益的水平。起步阶段电价在现行基础上提价 10% 左右。今后电价按照略高于销售电价平均提价标准调整。

第三档电价在弥补电力企业正常合理成本和收益水平的基础上,再适当体现资源稀缺状况,补偿环境损害成本。起步阶段提价标准不低于每千瓦时电 0.2 元,今后按照略高于第二档调价标准的原则调整,最终电价控制在第二档电价的 1.5 倍左右。

从方案的设计来看,核心原则就是体现补偿成本与公平负担相结合,因此在至少保证 70% 居民家庭不受影响的情况下,要对剩下的 10% ~30% 的超额用电户提高电价,而按照 2009 年同期的用电水平测算,由电价提高带来的增收近 170 亿元。如果严格根据指导意见考察影响效果,由于此次居民用电实施阶梯电价改革只涉及销售电价,因而只与电网企业和少量拥有区域电网资产的发电类电力企业有直接关系,而和整个电力企业的关联度并不高,因此发电类上市公司难以直接受益,最主要的是增加了电网公司的收入水平,但按照测算的增收额度,相对电网 17000 亿元年收入而言影响甚微。

对于此次阶梯电价改革,将其归纳为对资本市场具体上市公司和行业的影响,可把其对上市公司的影响分为直接影响、间接影响和衍生影响三类。

1. 直接影响

直接影响就是直接受到电价调整影响的上市公司。正如上面所讲,严格来看,此次阶梯电价调整只涉及销售电价,与发电类上市公司的上网电价无关,因此对于发电类上市公司而言,只有那些拥有部分电网类资产的企业会直接受益。而当前 A 股电力上市公司中,拥有电网类资产的公司包括乐山电力、西昌电力、桂东电力、明星电力和文山电力等少数上市公司。这些公司可以直接从调增的电价中获得收益。但整体而言,这些公司所拥有的电网资产在营业收入中比重较小,因而受益程度相对有限。

2. 间接影响

间接影响就是不直接受益于电费的提高而在阶梯电价改革进程中对电力行业及相关产业的影响。

由于增收部分的投向方向比较明确，随着弥补节能减排等环境成本支出的增加以及弥补由于燃料成本上涨和居民用户电表改造支出的增加，对相关电力环保和设备类上市公司将形成利好。再加上我国目前以火力发电为主，环境污染成本较大，居民用电调整之后，势必将加大对电力脱硫的投入。电力环保设备行业中，主要从事电力除尘、烟气脱硫、脱硝的有九龙电力、菲达环保等上市公司。

另一个主要的间接影响就是煤电的对接问题，当前各地的上网电价均维持较低水平，中西部地区大多低于每千瓦时 0.4 元的水平，与此相对，则是煤炭价格的连续上涨，使电力企业的赢利水平大为减弱，此次终端电价上调，可以减轻上网电价上调的压力，结合此前国家各部委联合的电价调研，可以认为有利于煤炭的市场价格的稳定。

3. 衍生影响

衍生影响就是随着阶梯电价改革的推进和居民用电习惯的改变而对节能家电和居家用品的需求以及为节能目标而推出的诸如包括建筑节能及新材料应用等而衍生出的市场投资机会，诸如空调变频技术催生出对变频空调的需求、太阳能热水器的推广和使用等都属此列。对此，我们看好诸如格力电器、美的电器、青岛海尔等在节能电器领域具有技术和竞争优势的企业。

专栏 3 阶梯电价——借鉴美、日

从 20 世纪 70 年代中期开始，美国实行阶梯电价的收费机制，其一大特点是在阶梯定价基础上对夏季和冬季实行价格双轨制，夏季用电需求量大，定价稍高一些；冬天需求量小，定价就稍低一些。由于市场竞争，美国各州电价相差悬殊，以起档电量为例，宾夕法尼亚州在 6 月至 9 月的夏季，500 千瓦时以内用电量每千瓦时电价为 14.72 美分，超过 500 千瓦时的用电量每千瓦时电价为 16.74 美分，而在 10 月至次年 5 月的冬季，每千瓦时电一律为 14.63 美分。靠近墨西哥的亚利桑那州的电价则更便宜，起档电量放宽到 700 千瓦时，在 6 月到 9 月的夏季，700 千瓦时以内用电量每千瓦时电价 10.6 美分，700～2000 千瓦时之间的用电量，每千瓦时电价 12.4 美分，超过 2000 千瓦时的用电大户，每千瓦时电价升至 16 美分，而春秋季节，700 千瓦时以内用电价格是 10 美分，冬天更便宜，只要 7.3 美分。

早在 1974 年 6 月，日本就开始对居民用电实行了阶梯电价。日本电力部门根据居民每个月的用电量将电价划分为三个档次，各地电力公司对每档的定价略有差异。以东京为例，用电量在 120 千瓦时以内的电费是每千瓦时 17.87 日元（约合人民币 1.46 元），这是第一档。用电量是根据国民生活保障最低标准定出的。居民每个月的用电量若超过 120 千瓦时，但又不满 300 千瓦时，超出部分的电费价格以第二档来计算，每千瓦时的价格是 22.86 日元。这是根据当地标准家庭每个月的用电量定出的平均价格。用电量超过 300 千瓦时，为第三档价格，每千瓦时 24.13 日元，比第一档高出了 35%。

美国的一些电力公司已经开始计划采用新型电表计费。用精密电表每天实时自动监测每个用户消耗的电能，能精确到几时几分用了多少电。这项措施使电力公司能在一天的不同时间或者一年的不同季节，按不同的阶梯价格计费。在电力供应紧张或燃油价格特别高时，监管机构可通过提高电价来抑制用电需求，从而减少对电厂发电的需要。根据美国多家电力公司的收费标准，每天下午和晚上是用电高峰期，因此这两个时间段的电费是最高的。

日本东京电力公司为了鼓励居民错峰用电，还推出了分时电价的套餐。以其中一项为例，每个月所需缴纳的基本费用是 300 日元（大约合人民币 20 元）。但是购买了这一套餐以后，每天晚 11 点到次日早 7 点的 8 小时内，每千瓦时的电费价格是 9.17 日元，这比白天的电费要便宜一半左右。因此在日本，这种电价套餐受到不少人欢迎。

由于我国大部分地区采用燃煤发电，低谷时多发电可让发电机组效率更高，在阶梯电价的基础上采取峰谷电价可以引导用户合理用电，起到间接节能作用。基准电量的核算必须考虑地域和季节差异，不同地区经济发展水平不同、南北气候环境不同，居民用电量差别很大，甚至同一地区冬夏季节用电量也不同。

（二）改革建议

解决发电行业面临的问题，根本上要从两个方面入手，一方面要加快电力体制改革，尤其是加快输配电价的改革，加快推进竞价上网；另一方面也要从发电企业自身入手，提高企业经营效率，降低运营成本。

在当前电力体制改革进展缓慢、发电企业因为煤价上涨不断承受较大成本压力的情况下，降低煤炭行业准入门槛，让发电企业参股或者投资经营煤矿，进行更多的煤电联营似乎比煤电联动更切实际。

第一，煤电联营是产业发展的必然趋势。上下游产业间的互补和延伸，是产业融合的一种重要方式，通过融合，将赋予原有产业新的附加功能和更强的竞争力。我国煤炭行业与发电行业的关联度极高，我国煤炭需求的50%以上来自火电，而火电占到了发电总量的80%以上。煤与电作为关联度极高的两大上下游产业，通过资本和产权这个纽带，发电企业积极向上游煤炭行业拓展，寻求稳定的煤炭供给，而煤炭企业也可以向下游发电行业延伸，为煤炭产品寻找稳定市场，最终实现煤电双方的风险共担和利益共享，有利于煤、电两大产业长远发展。

第二，有助于平衡两大产业的市场话语权。近年来，随着经济快速发展带动煤炭需求持续增长，煤炭的资源属性得到越来越好的体现，煤炭价格一路向上。同时，煤炭行业资源整合、企业兼并重组也在快速推进，煤炭大集团快速发展，大型煤炭企业市场控制力和话语权明显提高，发电企业在与煤炭企业谈判过程中，愈发显得被动。对发电企业降低煤炭行业门槛，让发电企业拥有和控制更多的煤炭资源，提高煤电联营程度，无疑可以起到平衡煤、电两大产业市场话语权的作用，有助于市场平稳运行。

第三，有利于发电企业降低生产成本，缓解当前煤电矛盾。通过煤电联营，发电企业控制了更多的煤炭资源，在将外部成本内部化的同时，也可以将之前属于外部的收益内部化，从而提高整体赢利能力，缓解当前煤电矛盾。

参考文献

崔民选：《中国能源报告2010》，社会科学文献出版社，2010。

崔民选：《中国能源报告2009》，社会科学文献出版社，2009。

《中国统计年鉴2010》，中国统计出版社，2010。

《中国统计年鉴2009》，中国统计出版社，2009。

刘建平：《中国电力产业政策与产业发展》，中国电力出版社，2006。

"电力节能技术丛书"编委会：《电力节能政策与管理》，中国电力出版社，2008。

蔡树文：《国外电力市场化改革经验及对中国的启示》，《经济纵横》2006 年第 12 期。

李玉龙：《我国电力市场的风险与对策》，《当代经济》2009 年第 7 期。

周安石：《基于市场机制的电力系统规划理论研究》，《商业研究》2008 年第 11 期。

范永威：《风—水电联合优化运行研究》，《太阳能学报》2007 年第 8 期。

中国产业地图编委会、中国经济景气监测中心：《2006～2007 年中国能源产业地图》，社会科学文献出版社，2006。

杨秀媛、梁贵书：《风力发电的发展及其市场前景》，《电网技术》2003 年第 5 期。

国家发展改革委网站、环境保护部网站、新华社网站、中国电力企业联合会网站、国家电网网站等。

Grasping the Opportunities and Accelerating the Reform of Electric Power System

Abstract：Electricity power is an important basic industry and public utility. In the same time, electricity is the most widely used energy. The reform of electric power system plays a crucial role in the reform of whole economic system, especially the reform of the energy industry system. Compared with the past few years, the time for the reform of electric power is more suitable and ripe now. China's macroeconomics rapidly recovers from the global financial crisis. The economy runs well, which enables the whole society has better capabilities to bear the pressures of electronic reform. In addition, the government has a good financial situation, which can provide solid financial guarantee for this reform. Since 2002, the new round reform of electric power has achieved initial successes, such as the separation of power generation and supply has mostly done, departing the complementary parts will be carried out, the construction of regional pilots has accumulated certain experiences, all of which has laid a sound foundation for further reform.

Key Words：Reform of Electric Power; Conflict between Coal and Electricity; Stepwise Power Tariff

B.6

分报告五
新能源：迎来发展的春天

〔法〕韩怀远 刘 柱*

摘 要：新能源产业的发展既是整个能源供应系统的有效补充手段，也是环境治理和生态保护的重要措施，是满足人类社会可持续发展需要的最终能源选择。在低碳经济的全球博弈中，新能源被赋予抢占未来战略制高点的重任，成为各方关注的焦点。在中央"十二五"规划建议中，培养和发展新能源产业是重要的工作任务，其中包括发展核电、风能、太阳能和生物质能等。未来 10 年新能源产业将进入快速发展阶段，成长空间广阔。

关键词：新能源 结构调整 政策建议

一 世界新能源产业发展态势

自 20 世纪 90 年代开始，世界各国就开始大规模地开发利用新能源。从 2004 年开始，新能源在全世界范围内进入快速发展阶段。

（一）全球风能发展现状

风力发电机从 19 世纪开始提出，到 20 世纪 80 年代开始飞速发展。近 20 年，风机功率增大了 100 倍，成本也大幅下降。据估算，地球上的风能资源是水

---

* 〔法〕韩怀远，1983 年就读于南开大学经济系，1997 年获得法国埃克斯—马赛第三大学经济学博士学位，现为法国兰斯管理学院组织与人力资源系教授，主要教授经济学和中国谈判课程，近年来研究课题集中于中国能源政策和中国葡萄酒市场并发表多篇教学案例和学术论文；刘柱，中国社会科学院研究生院经济学硕士，研究方向为能源经济学、国民经济学。

能资源的 10 倍，高达每年 53 万亿千瓦时，目前被开发的只是微不足道的一部分。2009 年，世界风电装机继续保持快速增长，新增装机 37900 兆瓦，总装机达到 157900 兆瓦，较 2008 年增长 31.6%（见图 1）。

图 1　全球风能装机容量增长情况

资料来源：世界风能协会。

（二）全球太阳能光伏产业发展现状

　　CSIA 最新研究报告称，目前太阳能电池主要分为单晶硅电池、多晶硅电池和薄膜电池三种。单晶硅电池技术成熟，光电转换效率高，但其生产成本较高，技术要求高；多晶硅电池成本相对较低，技术成熟，但光电转换效率相对较低；而薄膜电池成本低，发光效率高，但目前其在技术稳定性和规模生产上均存在一定的困难。随着技术的进步，未来薄膜电池会有更好的发展前景。在各国政府的大力支持下，太阳能光伏产业得到了快速的发展。2006～2009 年，太阳能光伏电池产量的年均增长率为 60%。由于受到 2008 年金融危机的影响，2009 年前两个季度光伏电池产量的增长速度有所放缓，但随着 2009 年下半年市场需求的复苏，2009 年全年的太阳能电池产量达到了 10431 兆瓦，比 2008 年增长了 42.5%。目前太阳能光伏发电的成本大约是燃煤成本的 11～18 倍，因此目前各国光伏产业的发展大多依赖政府的补贴，政府的补贴规模决定着本国的光伏产业的发展规模。目前在政府的补贴力度上，以德国、西班牙、法国、美国、日本等发达国家的支持力度最大。2008年，西班牙推出了优厚的光伏产业补贴政策，使其国内光伏产业出现了爆发式发展的态势，一度占据了世界光伏电池产量的 1/3 强。2009 年，德国光伏组件安装量高达 3200 兆瓦，占全球总安装量的 50.4%（见图 2 和图 3）。

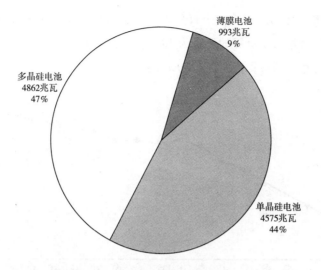

图2 2009年全球太阳能电池市场产品结构（按销售量）

资料来源：CSIA，2010年4月。

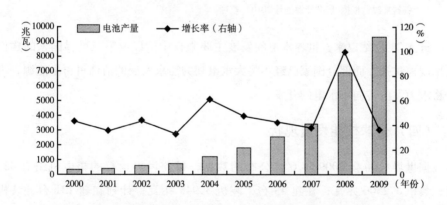

图3 2000～2009年世界太阳能电池产量增长情况

资料来源：CSIA，2010年4月。

（三）全球水电能发展现状

2009年，世界水电消费总量为3271.6万亿瓦时，比2008年增长1.5%（见图4）。2009年，水电在世界一次能源消费中所占比重为6.63%，比2008年提高了0.17个百分点。从主要国家看，水电消费比较集中，2009年，世界水电消费量前10名的国家排名没有发生变化，前5位国家占世界水电消费的比重达到

253

56.7%，比 2008 年提高了 1.4 个百分点。中国是世界水电消费量最大的国家，2009 年水电消费量占全世界的比重为 18.8%；加拿大列第二位，水电消费量占全世界的比重为 12.2%；巴西以 12.0% 列第三位。

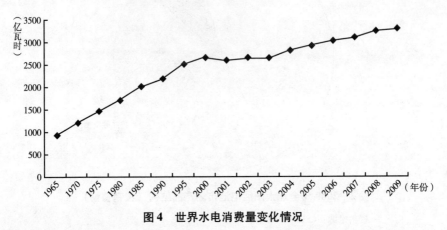

图 4   世界水电消费量变化情况

资料来源：根据《BP 能源统计 2010》整理。

进入 21 世纪以来，世界水电的发展主要来自中国以及第三世界国家的建设利用规模扩张。而部分国家已经不将大水电列为需求发展的清洁可再生能源，纷纷将水力发电转向小水电的开发。

（四）全球核能发展现状

据世界核协会 2009 年 6 月公布的数据，目前世界运行的核电机组有 436 台，装机 372500 兆瓦；在建 45 台，装机 39948 兆瓦；计划在建 131 台，装机 142885 兆瓦。其中运行机组最多的是美国，有 104 台，总装机 101119 兆瓦，其次是法国、日本、俄罗斯和德国，总装机分别为：63473 兆瓦、46236 兆瓦、21743 兆瓦、20339 兆瓦；中国运行核电机组 11 台，装机 8587 兆瓦，仅为美国的 8.49%（见图 5 和图 6）。

（五）全球地热能发展现状

2007 年，世界上共有 24 个国家建立了地热电厂，总装机容量 9700 兆瓦。美国的地热发电居世界第一，为 2687 兆瓦装机容量。据地热能源协会（GEA）发布的报告，2005～2010 年，全球地热发电装机增幅最大的国家分别是：美国、

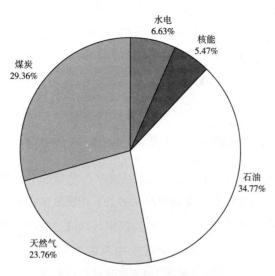

图5 2009年全球能源消费结构

资料来源：BP能源统计2010。

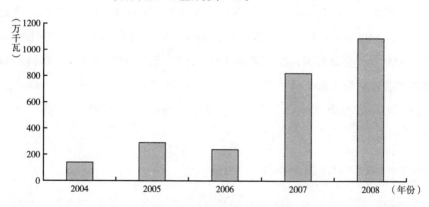

图6 世界开工核电装机量

资料来源：世界核协会。

印度尼西亚、冰岛、新西兰、土耳其。目前，有70个国家制定了地热发电的项目计划，正在开发的项目中，欧洲和非洲是增长最快的两个地区。2007年欧洲有10个国家开发地热项目，但到2010年这一数字翻了一番多。达到了24个国家。2007年非洲有6个国家开发地热项目，现在已经有11个国家积极开发地热资源。联合国环境署、世界银行等对地热开发利用发挥了积极推动作用。根据美国地热能源协会2010年发布的数据，地热发电已使美国总设置能力达到3.15吉

瓦，使美国成为世界最大的地热发电生产国。2009 年 12 月，菲律宾表示将在 9 个月内开发和部署 19 个地热能项目，19 个地热能项目涉及投资约 25 亿美元，将增加 620 兆瓦地热能利用量。肯尼亚期望到 2010 年生产 490 兆瓦地热电力，在 20 年内地热电力将高达 4000 兆瓦。土耳其的目标是到 2013 年达到 550 兆瓦地热发电投用。印度尼西亚设定目标是地热发电达 9500 兆瓦。

（六）全球生物质能发展现状

生物质能的利用形式主要包括：生物发电、生物柴油和燃料乙醇。对于生物发电，世界上发达国家和部分发展中国家多数采用厌氧消化技术。许多发展中国家，如印度、巴西、其他拉丁美洲和非洲国家等均通过燃烧糖醇生产中剩余的甘蔗渣发电。据估算，到 2013 年，全球生物质能发电装机容量将达到 60 吉瓦（Navigant，2003）。生物柴油最早于 1988 年问世，由德国聂尔公司以菜子油为原料提炼而成。经过几十年的发展，现在的生物柴油原料已经扩大至葵花子油、棕榈油等其他生物原料。2009 年，全球生物柴油产量达 1600 万吨。其中，欧盟产量最大，达 840 万吨；其次是美国，达到 180 万吨；巴西 140 万吨；阿根廷 120 万吨。2009 年，全球燃料乙醇产量达 8600 万吨。截至 2009 年 9 月，燃料乙醇和生物柴油的总量为 2.2mb/d（百万桶每日），2008 年中期的容量为 1.8mb/d。金融危机发生对生物质能产业发展产生了重大影响，许多生物燃料项目被取消（见图 7 和表 1）。

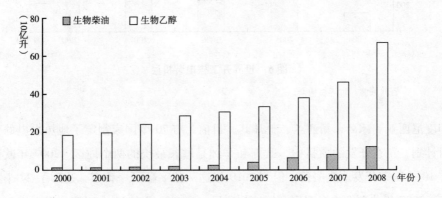

图 7　世界生物液体燃料发展情况

资料来源：世界可再生能源政策网络。

表1 截至2009年9月全球生物燃料生产能力

单位：kb/d（千桶每日）

状 态	2008年中期	2009年9月	状 态	2008年中期	2009年9月
运行中	1784	2174	设 计	864	485
闲 置	5	158	取 消	23	98
关 闭	0	55	未 知	0	137
在 建	820	395			

资料来源：WEO 2010年2月。

二 中国新能源产业发展态势

能源短缺和环境问题迫使全球走向低碳，而在低碳经济的全球博弈中，新能源被赋予抢占未来战略制高点的重任，成为各方关注的焦点。中国也对新能源产业的发展表现出前所未有的重视，取得了长足的发展。

（一）风能发展态势

1. 资源概况

根据中国气象局对全国风能资源进行的最新评估，全国陆上技术可开发风电资源26.8亿千瓦，考虑到实际土地利用面积以及其他制约因素，估计可以开发其中的30%，则陆上可开发的风能资源为8亿千瓦；近海（离岸20公里范围内）可开发风能约1.5亿千瓦，总计约10亿千瓦。若全部开发，每年可提供2万亿千瓦时的电量。

中国风能区划的划分采用三级区划指标体系：风能丰富区Ⅰ区：年平均有效风能密度大于200瓦/平方米、3～20米/秒风速的年累积小时数大于5000小时；风能较丰富区Ⅱ区：150～200瓦/平方米、3～20米/秒风速的年累积小时数在3000～5000小时；风能可利用区Ⅲ区：50～150瓦/平方米、3～20米/秒风速的年累积小时数在2000～3000小时；风能贫乏区Ⅳ区：50瓦/平方米以下、3～20米/秒风速的年累积小时数在2000小时。中国风能区划如图8所示。

2. 发展现状

截至2010年末，内蒙古、甘肃、河北分列中国风电新增装机及累计装机容量的前三位。其中内蒙古2010年新增风电装机达4661.85兆瓦，甘肃达3756兆

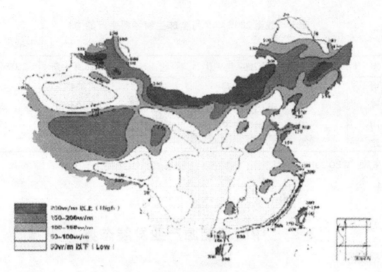

图8　国内风电可开发资源分布

资料来源：中国气象局。

瓦，河北达2133.4兆瓦。

在排名前20位的国内风电机组制造企业当中，华锐风电以4386兆瓦的新增装机容量和10038兆瓦的累计装机容量排名行业第一，新增装机容量市场份额达到23.2%，累计装机容量市场份额达22.4%。位列前三位的华锐、金风、东汽的新增装机容量和累计装机容量市场份额超过全部市场份额的一半（参见图9）。

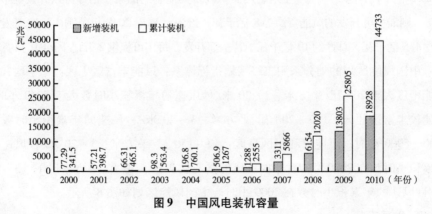

图9　中国风电装机容量

注：本统计中"风电装机容量"指风电场现场已完成吊装工程的风电机组容量，与风电并网装机容量及验收运行装机容量不同。

资料来源：《2010年中国风电装机容量统计》。

在中国风能协会发布的《2010 年中国风电装机容量统计》报告中显示，2010年中国新增安装风电机组 12904 台，装机容量 18927.99 兆瓦，年同比增长 37.1%；累计安装风电机组 34485 台，装机容量 44733.29 兆瓦，年同比增长 73.3%（见表 2）。

表2　2010 年全国部分地区新增及累计装机容量

单位：兆瓦

序号	地　区	2009 年累计	2010 年新增	2010 年累计
1	内蒙古	9196.16	4661.85	13858.01
2	甘　肃	1187.95	3756	4943.95
3	河　北	2788.1	2133.4	4921.5
4	辽　宁	2425.31	1641.55	4066.86
5	吉　林	2063.86	877	2940.86
6	山　东	1219.1	1418.7	2637.8
7	黑龙江	1659.75	710.3	2370.05
8	江　苏	1096.75	371	1467.75
9	新　疆	1002.56	361	1363.56
10	宁　夏	682.2	500.5	1182.7
11	山　西	320.5	627	947.5
12	广　东	569.34	319.44	888.78
13	福　建	567.25	266.45	833.7
14	云　南	120.75	309.75	430.5
15	浙　江	234.17	64	298.17
16	上　海	141.9	127.45	269.35
17	海　南	196.2	60.5	256.7
18	陕　西	—	177	177
19	北　京	152.5	—	152.5
20	安　徽	—	148.5	148.5
21	河　南	48.75	72.25	121
22	天　津		102.5	102.5
23	湖　南	4.95	92.3	97.25
24	江　西	84		84
25	湖　北	26.35	43.4	69.75
26	重　庆	13.6	33.15	46.75
27	贵　州	—	42	42
28	青　海	—	11	11
29	广　西	2.5	—	2.5
30	香　港	0.8		0.8
	汇　　总	25805.3	18927.99	44733.29
31	台　湾	77.9	—	—
	合　　计	25883.2	18927.99	44733.29

（二）太阳能发展态势

1. 资源分布

中国太阳能资源丰富，尤以西藏西部最丰富，最高达 2333 千瓦时/平方米（日辐射量 6.4 千瓦时/平方米），居世界第二位，仅次于撒哈拉大沙漠。

根据各地接受太阳总辐射量的多少，可将全国划分为五类地区。

一类地区为太阳能资源最丰富的地区，年太阳辐射总量 6680 ~ 8400 兆焦/平方米，相当于日辐射量 5.1 ~ 6.4 千瓦时/平方米。这些地区包括宁夏北部、甘肃北部、新疆东部、青海西部和西藏西部等地。

二类地区为太阳能资源较丰富地区，年太阳辐射总量为 5850 ~ 6680 兆焦/平方米，相当于日辐射量 4.5 ~ 5.1 千瓦时/平方米。这些地区包括河北西北部、山西北部、内蒙古南部、宁夏南部、甘肃中部、青海东部、西藏东南部和新疆南部等地。

三类地区为太阳能资源中等类型地区，年太阳辐射总量为 5000 ~ 5850 兆焦/平方米，相当于日辐射量 3.8 ~ 4.5 千瓦时/平方米。主要包括山东、河南、河北东南部、山西南部、新疆北部、吉林、辽宁、云南、陕西北部、甘肃东南部、广东南部、福建南部、苏北、皖北、台湾西南部等地。

四类地区是太阳能资源较差地区，年太阳辐射总量 4200 ~ 5000 兆焦/平方米，相当于日辐射量 3.2 ~ 3.8 千瓦时/平方米。这些地区包括湖南、湖北、广西、江西、浙江、福建北部、广东北部、陕西南部、江苏北部、安徽南部以及黑龙江、台湾东北部等地。

五类地区主要包括四川、贵州两省，是太阳能资源最少的地区，年太阳辐射总量 3350 ~ 4200 兆焦/平方米，相当于日辐射量只有 2.5 ~ 3.2 千瓦时/平方米。

2. 光伏产业发展现状

太阳能光伏产业链是由硅提纯、硅锭/硅片生产、光伏电池制作、光伏电池组件制作、应用系统五个部分组成的。在整个产业链中，从硅提纯到应用系统，技术门槛越来越低，相应的，企业数量分布也越来越多，且整个光伏产业链的利润主要是集中在上游的晶体硅生产环节，上游企业的赢利能力明显优于下游。

目前，中国已形成了完整的太阳能光伏产业链。从产业布局上来看，国内的"长三角"、环渤海、"珠三角"及中西部地区业已形成各具特色的区域产业集群，并涌现出无锡尚德、江西赛维、天威英利等一批知名企业。2009 年，中国太阳能电池产量为 9300 兆瓦，占全球总产量的 40% 以上，已成为全球太阳能电池生产第一大国（见图 10 和图 11）。

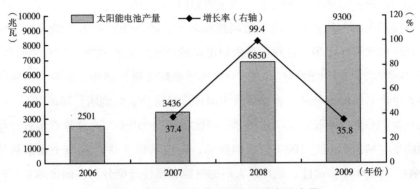

图 10　2006～2009 年中国太阳能电池产量

资料来源：CSIA 2010 年 4 月。

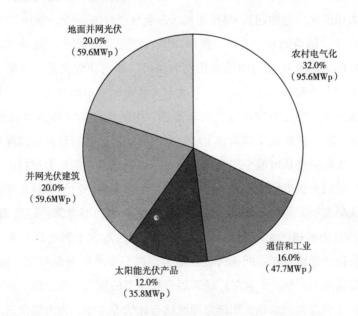

图 11　2009 年中国太阳能光伏产业应用分类（按装机总量）

资料来源：CSIA 2010 年 4 月。

虽然目前中国太阳能光伏产业规模居全球第一，但产业链发展不协调，且产业整体技术薄弱。在整个太阳能光伏产业链技术壁垒最大的多晶硅的生产中，国

外的主要厂商采用的是闭式改良西门子方法,而这在中国还是空白。中国的多晶硅生产企业使用的多为直接或者间接引进的俄罗斯的多晶硅的提纯技术,其成本高,耗能量高,重复性建设严重,在整个国际竞争中处于劣势,这也是在 2009 年初中国出现多晶硅"产能过剩"的主要原因。

目前中国国内的太阳能电池市场规模较小,国内生产的太阳能光伏电池的 97% 都出口到海外市场。这种过度依赖出口的产业发展模式导致行业风险很大,易受国际需求量变化的影响。如在 2008 年的全球金融危机中,因西方国家削减了对光电产品的价格补贴,直接导致中国许多光伏企业的倒闭。2010 年 1～9 月,中国光伏产品出口额超过 207 亿美元,同比增长约 110%,这意味着最近三年出口额的平均增速都超过 100%。数据显示,国内从事光伏产业的企业数量达到 580 余家。2009 年多晶硅、硅片、太阳能电池和组件产能分别占据全球总产能的 25%、65%、51% 和 61%。

在太阳能光伏发电方面,中国 2007 年已成为世界第一制造大国。2009 年中国生产的太阳能光伏电池超过 4000 兆瓦,占全球产量的 40%,预计 2010 年达到 7000 兆瓦以上。随着国家金太阳工程和 BIPV 示范工程的出台,加快了太阳能光伏应用的发展,2009 年底太阳能光伏发电装机已超过 300 兆瓦。目前,由于太阳能发电上网电价政策尚未落实,以及太阳光伏电池成本仍然几倍于常规发电成本,使得国内太阳能光电应用市场尚未形成。中国生产的太阳能电池 95% 以上出口到国外,在产品的成本和质量上已达到国际水准,具有较强的国际市场竞争力。但是,太阳能光伏电池生产线的核心设备以及部分关键配套材料依然依靠进口,已成为制约光伏电池成本进一步降低的主要因素之一。尽管这几年多晶硅材料有了较大的发展,但产品综合能耗、成本及生产能力等方面,还有很多不足,2010 年进口量仍然超过 4 万吨,上述问题需要通过落实上网电价政策、加大科技投入、组织产学研合作不断提升创新能力、进一步改进企业管理、提高质量、降低成本等措施加以解决,同时广泛开展多种类型的应用示范工程,建立与完善技术标准和工程规范,加强太阳能资源测试与评估等工作,为大规模进入应用市场打好基础。

为发挥西部地区太阳能资源优势,推动光伏发电技术进步和产业发展,积累大型光伏电站建设和管理经验,2010 年 6 月,国家能源局启动了国家第二批光伏电站特许权项目招标工作。本次招标总建设规模为 28 万千瓦,项目通过公开招标选择投资企业，采用特许权方式建设管理，特许经营期 25 年。

国家第二批光伏电站特许权项目招标和建设，将进一步加快中国光伏电站建设进程，国内光伏电站的建设由此开始大规模启动。

虽然中国光伏产品生产已经形成了比较完整的产业链，但光伏市场主要在国外，需要进一步延伸产业链，通过国内市场完善产业体系，进一步通过国内企业的技术研发能力和设备制造水平，积极培育出世界一流的光伏生产和设备制造企业。

3. 太阳能光热发展现状

根据聚热方式的不同，光热发电的技术路线可分为槽式、塔式、碟式和菲涅尔聚焦 4 种。而根据国际权威机构统计，截至 2009 年，在全世界运行的槽式太阳能热发电占整个太阳能聚热发电装置的 88%，占在建项目的 97.5%。未来 10 年，全世界光热发电规模将达到 2.4 万兆瓦。

在太阳能热利用方面，中国目前已经是生产太阳能热水器最多的国家，年产量已超过 3000 万平方米，累计使用量达到 1.45 亿平方米，为节能减排作出了重要贡献。随着太阳能中温热利用技术的发展，将为太阳能空调技术应用提供更有力的支持。太阳能热利用与光伏、地源热泵等技术通过系统集成，将会有力地促进新一代节能建筑、绿色建筑与低碳建筑的结合。近年来高温热发电技术得到发展，随着一些关键技术的突破，1 兆瓦塔式热发电示范电站正在建设当中，槽式、蝶式与菲涅尔式热发电技术也有新的进展。

到 2009 年，中国集热器累计推广总面积约 1.45 亿平方米，占世界总量的 76% 左右；年产量达 4000 多万平方米，接近世界总产量的 60%。2009 年，中国太阳能热水器总销售约 578.5 亿元，同比增长 34.5%；出口额近 2 亿美元，同比增长 66.6%。另据行业专家预计，2010 年太阳能光热产业有 40% 的增长。到 2020 年，中国光热发电市场规模可达 22.5 万亿元至 30 万亿元，光热发电总量可占全年总发电量的 30% ~ 40%。

2010 年 10 月底，位于内蒙古鄂尔多斯的 50 兆瓦太阳能光热发电特许权示范项目正式招标，开标时间定于 2011 年 1 月 20 日，这是国内迄今最大的太阳能热发电项目，在很多业内人士看来，该项目标志着中国光热发电之门正式开启。

事实上，早在中国 2007 年颁布的《可再生能源中长期发展规划》就明确计划在内蒙古、甘肃、新疆等地选择荒漠、戈壁、荒滩等空闲土地，建设太阳能热发电示范项目，并预计到 2010 年，建成大型并网光伏电站总容量 2 万千瓦、太

阳能热发电总容量达到5万千瓦；到2020年，全国太阳能光伏电站总容量达20万千瓦、太阳能热发电总容量达到20万千瓦。

但与目前国外已有数十万千瓦建设运行的光热电站相比，国内光热发电仍处于兆瓦级示范阶段。部分业内人士认为，技术、成本和政策是限制国内光热发电发展的三大瓶颈。

首先，中国仍缺乏明确的太阳能热发电产业发展规划，专业技术人才队伍建设滞后，尚未建立行业公共研究与测试认证平台。虽然国家明确表示对经营光热电站的企业给予补贴，但补贴细则没有具体化，这在一定程度上削减了企业进行技术研发的热情与积极性。其次，中国科研投入及技术积累不足，尚未建立从基础研究、关键技术、装备到产业化的可持续发展的产业支撑体系，太阳能热发电的自主创新能力和持续发展能力，与发达国家相比还存在较大差距。摆在中国太阳能光热发电发展面前最关键的问题是"高成本"。据了解，光热发电遵循着规模越大成本越低的规律，目前业界普遍认可的规模是1000兆瓦，届时发电成本能降低至0.7元每千瓦时到0.8元每千瓦时。但是每千兆瓦规模建设需要200亿元的前期投资，这是很多企业难以承受的。

（三）水电能发展态势

1. 资源概况

中国幅员辽阔，有着丰富的水能资源。据国家公布的数据，中国水能资源理论蕴藏量的总规模是6.89亿千瓦，技术可开发量是4.93亿千瓦，经济可开发量是3.95亿千瓦（见表3）。其中可供开发的小水电资源达1.2亿千瓦，占全国技术可开发的水能资源约22.2%。

表3 中国水能资源可利用情况

分 区	水能蕴藏量			可开发水能资源		
	平均出力（万千瓦）	年发电量（亿千瓦时）	占全国（%）	装机容量（万千瓦）	年发电量（亿千瓦时）	占全国（%）
长江	26802	23478	39.6	19724	10275	53.4
黄河	4055	3552	6	2800	1170	6.1
珠江	3348	2933	5	2485	1125	5.8
海河、滦河	294	258	0.4	214	52	0.3

续表

分　区	水能蕴藏量			可开发水能资源		
	平均出力 （万千瓦）	年发电量 （亿千瓦时）	占全国 （％）	装机容量 （万千瓦）	年发电量 （亿千瓦时）	占全国 （％）
淮河	145	127	0.2	66	19	0.1
东北诸河	1531	1341	2.3	1371	439	2.3
东南沿海诸河	2067	1811	3.1	1390	547	2.9
西南国际诸河	9690	8489	14.3	3768	2099	10.9
雅鲁藏布江及西藏其他河流	15974	13994	23.6	5038	2968	15.4
北方内陆及新疆诸河	3699	3240	5.5	997	539	2.8
全　国	67605	59222	100	37853	19233	100

资料来源：朱尔明：《命脉——新中国水利50年》，三峡出版社，2001。

中国水能资源分布有以下特点：首先，分布不均匀，西南地区水资源丰富，占全国水能资源的66.7％，而东部水能资源不到5％；其次，集中在大江大河，有利于建立水电基地，进行集中开发；再次，中小型水电多，分布地域广。

2. 发展现状

中国水电开发已进入高峰期。截至2010年底装机容量突破2亿千瓦，五年平均增长12.70％。水电装机容量21340万千瓦，基建新增发电装机容量1661万千瓦。华能云南小湾水电站、中电投拉西瓦水电站、国电大渡河瀑布沟水电站实现机组全部投产，标志着西部大开发和水电"西电东送"已取得重要阶段成果。云南小湾水电站4号机组成为全国水电装机突破2亿千瓦的标志性机组。水电开发步伐加快，西藏藏木水电站以及金沙江中下游一批水电工程陆续核准开工。

水电占全国电力总装机的22.18％（见表4），为经济社会发展提供了大量清洁电力。小水电资源技术可开发量达1.28亿千瓦，同样居世界首位。

表4　2002年以来电力总装机和水电装机情况

单位：万千瓦，%

年　份	2003	2004	2005	2006	2007	2008	2009	2010
期末全口径总装机	39141	44239	51718	62200	71329	79253	87407	96219
水电期末装机	9489.6	10524.2	11738.8	12875	14526	17152	19679	21340
水电期末装机份额	24.24	23.79	22.70	20.70	20.36	21.64	22.51	22.1

资料来源：中电联。

小水电迅速发展。中国已是水电装机第一大国，三峡工程的全面建成，使中国有了世界最大的综合性水电枢纽工程。中国的小水电也发挥了很重要的作用，在2009年水电装机容量1.97亿千瓦中，小水电占了近1/3，已达到6000多万千瓦。小水电对环境影响很小，是一个清洁、对环境更加友好、分布更广的水能开发方式。近几年来，抽水蓄能电站也得到了较快发展。水电开发在中国特别在西南地区还有一定的潜力，预计到2020年，水电装机容量将提高到3.5亿千瓦。

抽水蓄能电站发展势头迅猛。抽水蓄能电站利用用电低谷的多余电力抽水蓄能，在用电高峰时放水发电，是电力系统的一种储能调节工具。截至2009年底，我国投产17座抽水蓄能电站，装机容量1454.5万千瓦；在建12座，装机容量1114万千瓦。与欧美、日本等发达地区和国家相比，我国抽水蓄能电站建设起步较晚，20世纪90年代开始才进入快速发展期。目前世界发达国家抽水蓄能装机占发电总装机的比重在3%至10%之间，我国这一比重仅为1.66%，装机比例显著偏低，发展空间巨大，到2020年这个数字将达到3.6%。

（四）核能发展态势

1. 资源概况

核能作为一种优质高效的清洁能源，因其低二氧化碳排放量，相对于可再生能源的成本优势，以及较为成熟的技术，而被视为"目前我国保障能源供应安全、调整电力结构最具现实意义的替代能源"。

2008年，我国核电总装机容量和发电量分别是910万千瓦和684亿千瓦时，仅占全国总装机容量的1.1%和总发电量的1.99%，远低于世界17%的平均水平。随着新能源发展规划的出台，以及2009年9月25日国家发改委有关"中国将较大幅度提高原定核电所占比例的目标"的明确表态，核电企业将迎来新的发展机遇。目前中国拥有11个使用中的核电厂，总装机容量达910万千瓦，另有24个核电厂正在建设，可新增2540万千瓦。

2. 发展现状

（1）中国核电发展稳中有进。2005年，中国政府对核电发展思路做出调整，由"十五"期间的"适度"发展改为"十一五"的"积极"发展，核电建设也由此进入"快车道"。截至2010年，中国的核电总装机规模为1080万千瓦，在建机组28台，3097万千瓦，在建规模世界第一。"十二五"期间，中国核电总装机容量将超过4000万千瓦，在运行核电规模方面，将进入世界核电大国行列。

国家发改委2009年11月26日发布的一份报告显示，2008年，中国新核准14台百万千瓦级核电机组，核准在建的核电机组24组，总装机容量达2540万千瓦，是世界上核电在建规模最大的国家。进入2009年，中国核电建设呈现出不断加速之势，新项目、新订单、新协议、新厂址一个接着一个出炉，令人目不暇接。截至2009年底，全国在建核电机组20台，成为全世界在建机组最多的国家，在建规模2192万千瓦。2009年，中国开工建设浙江三门、山东海阳、广东台山等核电站，新核准开工的核电站总装机容量达到840万千瓦。这一规模已接近目前中国正在运行的核电站总装机容量（900万千瓦）。

2010年，中国建成2台新的核电机组，投入商运的核电机组增至13台，总装机容量达到1080万千瓦，占世界核电总装机容量（3.75亿千瓦）的2.88%；2010年，中国新开工建设10台核电机组，在建核电机组数达到28台，总装机容量为3097万千瓦，占全球在建核电总规模的40%以上。目前在建的28台机组在"十二五"期间将陆续建成，届时中国投运核电总装机容量将超过4000万千瓦。也就是说，核电中长期发展规划所确定的目标提前5年实现已无太大悬念。

（2）核电建设布局中心由沿海逐步向内陆地区转移。各地政府纷纷大力发展核电，国家核电建设布局中心逐步从沿海向一次性能源匮乏、能源供需矛盾突出的内陆地区倾斜。

广东省是中国目前已有和在建核电装机容量均居首位的省份，预计到2020年，广东核电装机总容量将达到2400万千瓦，从而进一步改善这个能源消费大省的能源消费结构。湖北省政府和中广核集团正通力合作，力争将湖北建设成为我国内陆重要的核电基地、核装备基地和核电科学发展示范区。中国广东核电集团有限公司与湖北省政府签署协议，共同加快推进我国内陆首座核电站——咸宁核电项目建设。随着广东岭澳核电站二期工程一号机组投产，中国电力装机突破9亿千瓦，标志着我国电力工业发展又迈上了一个新的台阶。

在广东、浙江、江苏等沿海省份发展核电的同时，核电呈现向内陆省份逐渐过渡发展的态势，中国在建或即将开工的核电项目以及拟建核电项目规划分别如图12和图13所示。

（3）中国开始投建开发第三代核能利用新技术。2009年4月，浙江三门核

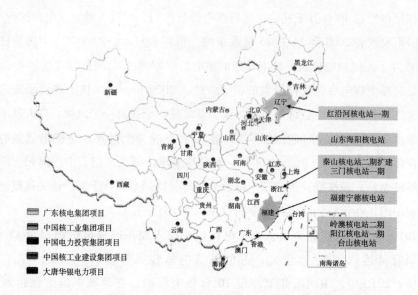

图12 中国在建或即将开工的核电项目分布

资料来源：中核二、三公司网站。

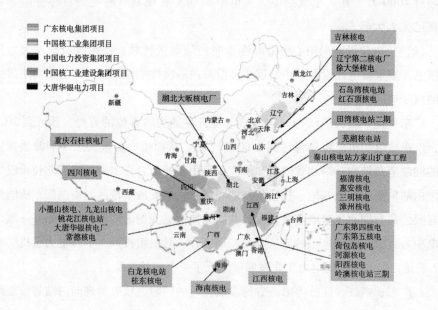

图13 中国拟建核电项目分布

资料来源：中核二、三公司网站。

电站 AP1000 自主化依托项目的正式开工，标志着中国通过引进美国第三代核电技术、加快发展自主核电技术与装备的战略开始全面实施，中国 20 多年核电自主化战略踏上了新的征程。三门核电工程计划建设 6 台 125 万千瓦的 AP1000 核电机组，分三期建设，一期工程 2 台机组计划于 2013 年和 2014 年先后建成发电。三门核电站的建设备受世界瞩目，其成功与否不仅关系到中国通过引进—消化—吸收—再创新—自主发展第三代核电的这条路径能否走得通、走得宽，也将深刻影响世界核电技术的发展进程。

2011 年 3 月，日本核危机敲响核电站安全的警钟。国家核安全局等有关部门表示，中国将采取多种措施促进核电安全，包括计划订立《原子能法》和推动技术改进和管理创新等，这必将进一步保障核电安全。然而并不一定只有第三代核电站才是安全的，第二代核反应堆也可以通过采用两路厂外供电、两列应急发电机，外加移动式柴油发电机等方法来保证紧急情况下的电源供应，同样可以满足安全要求。

（五）地热能发展态势

1. 资源概况

中国地热资源丰富，据初步勘探，我国地热资源以中低温为主，适用于工业加热、建筑采暖、保健疗养和种植养殖等，资源遍布全国各地。而适用于发电的高温地热资源较少，主要分布在藏南、川西、滇西地区，可装机潜力约为 600 万千瓦。初步估算，全国可采地热资源量折合约 33 亿吨标准煤。已经发现的地热显示区有 3200 多处，其中温度超过 150℃、可用于发电的只有 255 处。目前全国地热发电装机容量为 32.08 兆瓦，其中 88% 集中在西藏。据国土资源部的资料，全国可开发利用的地下热水资源量每年约 67 亿立方米，折合 3283 万吨标准煤。目前，我国年利用地热水约为 4.45 亿立方米，居世界第一，而且以每年近 10% 的速度增长。

2. 发展现状

地热利用可分为发电和直接利用两个方面。发电的地热流体要求温度较高，资源分布较少；直接利用（主要包括采暖、洗浴、温室种植等）对温度要求相对较低，资源遍布全国各地。从成本角度考量，如果单纯考虑电站建设和运行成本，国际地热发电成本在 2~5 美分/千瓦时，而我国地热的发电成本估计在 0.40 元/

千瓦时左右。如果加入勘探、打井等费用，估计成本将超过 1.0 元/千瓦时，因而相对其他发电方式，地热发电并不具有成本优势。不过，地热直接利用成本相对较低，在目前的技术水平下，地热直接热利用的价格折合为 0.25～0.45 元/千瓦时，因而具有一定的竞争力。

利用地源热泵技术开采浅层地热能为建筑物提供冬季供暖和夏季制冷具有节能和减排的巨大功效，世界上 20 年来的发展至今仍保持近 20% 的年增长率。该技术应用自 20 世纪末传入我国后迅速崛起，以沈阳、北京为首，在华北、东北等地区得到快速发展，至 2009 年全国地源热泵应用面积已超过 1 亿平方米，成为世界第二位，仅次于美国。据不完全统计，中国地源热泵市场的年销售额已经超过亿元，并以每年 20% 的速度增长。

虽然中国热利用在最近几年获得较快发展，但目前地热在我国能源结构中所占比例依然很低，尚不足 0.5%，我国地热开发利用还处在初级阶段。为此，要加强地热资源勘查评价、加快地热资源规划编制、加强创新技术和设备的研发等方面的工作力度。地热能热利用的技术路线主要包括以下两个方面：①推广地源热泵，对地表浅层地热进行基础性研究，针对不同地区，采用不同的利用技术，如北方的地源热泵采暖，南方的地源热泵冷热联供技术；②完善地热资源综合利用技术，地热采暖、养殖、干燥、洗浴等技术，优化地热资源的梯级利用。

国家鼓励对可再生能源的开发及优惠政策，使开发商有兴趣投入地热开发，包括常规地热资源的综合利用和地源热泵应用，甚至对科学前沿的"增强地热系统"，也已经从发展角度看到了将来特别巨大的前景，因此也愿意投入研究，决心开发。一年多来，国内已成立多家资金雄厚、有技术实力的地热能源开发公司，同时国内一些单位正在从事干热岩科学研究活动，希望在"十二五"规划时期得到国家进一步的支持。

（六）生物质能发展态势

1. 资源概况

初步估算，近几年中国每年可以利用的生物质能源总量约为 5 亿吨标准煤，全国生物质能主要原料的种类和估算量如图 14 所示。

（1）农作物秸秆，全国每年产量约 7 亿吨，可作为生物质能开发利用约 3 亿吨左右，折合 1.5 亿吨标准煤。

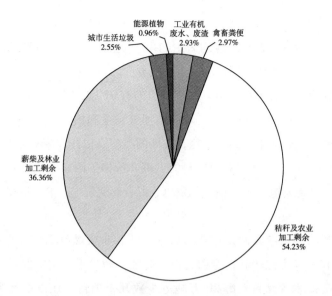

图 14　中国主要生物质资源可获得量当量值结构

资料来源：中经网数据库。

（2）工业有机废水和畜禽养殖场废水资源，理论上估算每年可以生产沼气800亿立方米，相当于节省5700万吨标准煤。

（3）全国薪炭林和林业及木材加工废物资源，如果能被有效加以利用，将相当于3亿吨标准煤。

（4）城市垃圾方面，如果全国范围内能有效储集和加工用来发电，每年大约可替代1300万吨标准煤。

（5）一些油料、含糖或淀粉类作物也可以用于制取液体燃料，如以棕榈油为原料的乙醇柴油，以甘薯或木薯为原料的乙醇汽油，在国内都有较丰富的资源储备量。

在生物燃料方面，中国现已查明的油料植物（种子植物）种类为151科697属1554种，其中种子含油量在40%以上的植物有154种。但是，分布广、适应性强、可用作建立规模化生物柴油原料基地的乔、灌木不足10种；分布集中成片可建立原料基地，并能利用荒山、沙地等宜林地进行造林建立起规模化的良种供应基地的生物柴油木本植物仅几种，如漆树科的黄连木、无患子科的文冠果、大戟科的麻风树、山茱萸科的光皮树等。

2. 发展现状

作为农业大国，以农林废弃物为主的生物质能源在中国有特殊的地位和意义，中国也一直把生物质能源作为重点发展方向之一。近年，全国完成立项程序的生物质发电项目已有 100 多项，建成投产的有 61 家，其中秸秆直接燃烧发电厂占 80% 以上，其他为垃圾发电、垃圾填埋气发电和沼气发电等。目前，生物质发电站主要建在农业生产的集中区，发展的类型以秸秆直接燃烧为主，发电规模基本在 12 兆瓦以上。在这方面原料的供给和价格等因素直接影响到生物质直燃发电效益。其他发电技术，如气化发电、混合燃烧发电、热电联供发电等仍没有显著的增长。

在生物质液体燃料方面，近期的重点是发展非粮燃料乙醇（包括木薯等）技术，各地积极性也比较高，意向建设生产能力超过千万吨，但目前真正投产的只有中粮北海木薯燃料乙醇 20 万吨等少数几个项目；在以秸秆为原料的纤维素燃料乙醇方面，全国研究和示范的单位有几十家，但大部分技术不成熟，生产成本很高，仍然没有进入产业化和商业化阶段，这一难题在国际上也还没有重大突破。在生物柴油方面，我国柴油机燃料调和用生物柴油（BD100）标准于 2007 年 5 月 1 日起实施，但没有国家收购或销售的配套规定，生物柴油市场尚未建立，可喜的是近年海南省成为国内第一个全面推广使用 B5 生物柴油的省份。目前全国有 100 多家企业进入生物柴油的生产领域，分布在 22 个省区（以福建、江苏、山东为主），其中有 2 家国外上市公司，其他基本上都是中小公司。

三　中国新能源产业发展展望

2010 年，国务院发布《关于加快培育和发展战略性新兴产业的决定》，正式确定将新能源作为战略性新兴产业七大领域之一。明确要积极研发新一代核能技术和先进反应堆，发展核能产业。加快太阳能热利用技术推广应用，开拓多元化的太阳能光伏光热发电市场。提高风电技术装备水平，有序推进风电规模化发展，加快适应新能源发展的智能电网及运行体系建设。因地制宜地开发利用生物质能。到 2020 年，新能源将成为国民经济的先导产业。可以说，不管过去新能源产业面临怎样的问题和困难，它都将迎来发展的春天。

（一）风能发展前景展望

国家发改委明确提出，要在中国风资源比较丰富的地区，集中开发建设大型风力发电基地，这将对我国的风电产业发展起到巨大的推动作用。到 2020 年，中国 8 个千万千瓦级风电基地的总装机容量将达 1.5 亿千瓦，再加上其他地方的风电，总装机容量将超过 2 亿千瓦。上述 8 个基地分别位于甘肃酒泉、新疆哈密、河北、吉林、内蒙古东部、内蒙古西部、江苏、山东等风能资源丰富地区。其中新疆规划在哈密东南部、三塘湖和淖毛湖 3 个区域建设风电场，2020 年达到 1080 万千瓦，上网电量约为 260 亿千瓦时；吉林西部规划到 2020 年达到 2700 万千瓦，风电上网电量约为 540 亿千瓦时，规划拟新建 10 个 500 千伏升压站，将风电送入吉林省和东北电网。此外，到 2020 年内蒙古自治区规划到 2020 年达到 5830 万千瓦，蒙西 3830 万千瓦，蒙东 2000 万千瓦，风电上网电量约 1300 亿千瓦时。2030 年以后，近海风电将进入大规模开发时期，届时风电装机可能达到 2 亿千瓦。到 2050 年传统的化石能源趋于枯竭时，中国风电装机规模有望达到 5 亿千瓦。

风能设备国产化程度与前几年相比有了很大的提高，在国家科技计划支持下，通过引进消化吸收与创新，1.5~2 兆瓦已成为主力机型，用于海上与陆上风电的 3 兆瓦风机已研制成功，第一个海上风电场已投入示范运行。用于城市与农村的小型风机也在不断发展。但我国制造的风机与国际先进水平相比，在产品的可靠性、效率以及运行管理等方面还有很大差距，一些核心技术，如控制系统等尚未很好掌握，需要进一步研发。海上风电与地面相比，具有更加复杂的环境和更高技术要求，目前尚不宜于大规模开发，需要扎扎实实做好研发与应用示范，为未来大规模开发利用打好基础。随着风电装机容量规模的快速增长，并入电网及远距离输电等问题越来越突出，需要加大研发力度加以解决。最近几年在国家"973"计划支持下，大规模非并网风电技术取得重要进展，特别是在高耗能工业应用、海水淡化以及制氢等方面展现出良好的前景。

（二）太阳能发展前景展望

目前，许多国家已把发展可再生能源作为未来实现可持续发展的重要方式，而中国也将以太阳能为代表的可再生能源作为未来低碳经济的重要组成部分。根据欧洲光伏产业协会报告预测，由于中国具有巨大的可再生能源发展潜力，且政府对新能源的支持力度不断加强，中国光伏市场将保持快速发展，并将在2013年成为除欧洲和美国以外的全球最主要的光伏市场（见图15）。

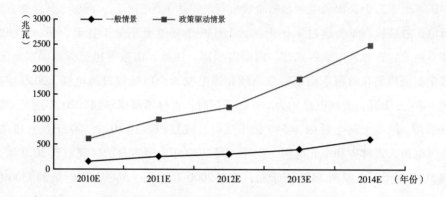

图15 2010～2014年中国光伏市场发展展望

近年来，国家财政对太阳能产业的补贴力度逐年增强。2008年，中国开始启动屋顶和大型地面并网光伏发电示范项目的建设；2009年初完成了甘肃敦煌10MWp级大型荒漠并网光伏电站的招标工作；同时太阳能屋顶计划与金太阳示范工程的财政补贴项目也相继推出，这一系列的政策措施给中国未来的太阳能光伏产业提供了一个广阔的发展空间（参见图16）。

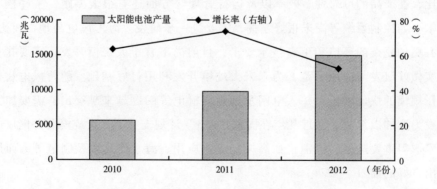

图16 2010～2012年中国太阳能电池产量预测

资料来源：CSIA 2010年4月。

国内光伏发电市场迟迟不能启动，主要原因在于光伏发电的成本太高。目前，中国光伏发电成本为1.3元/千瓦时~2.0元/千瓦时，仍远高于普通火电平均不到0.30元/千瓦时左右的发电成本、"太阳能屋顶"政策实施补贴后，光伏发电离传统火电成本更为接近了，但仍有一些差距。要达到快速发展的目标，光伏发电首先要解决的是平价上网的问题。随着光伏发电安装规模扩大和行业技术进步，光伏发电的成本也将逐步降低，平价上网的目标有望在5~10年内实现。从长远来看，随着技术的提升，太阳能光伏产业链各个环节成本的持续下降，以及其他传统能源形式的逐渐饱和，太阳能可能将在2030年以后成为主流的能源形式之一。

针对目前光伏发电成本高、国内产业对出口依存度过高的特点，中国应该加大政策指导和扶持力度，以此来发展和壮大太阳能光伏产业的国内市场。经验表明，中国政府的政策导向将在未来一段时间内决定着中国光伏产业的发展水准和市场需求。相信在节能减排、低碳经济的大背景下，在中国政府的大力扶持和倡导下，中国的太阳能光伏产业在未来一段时间内必将取得长足的发展。

（三）水电发展前景展望

《可再生能源发展"十一五"规划》中，水电是重点发展领域，考虑到资源分布特点、开发利用条件、经济发展水平和电力市场需求等因素，今后水电建设的重点是金沙江、雅砻江、大渡河、澜沧江、黄河上游和怒江等重点流域，同时，在水能资源丰富地区，结合农村电气化县建设和实施"小水电代燃料"工程的需要，加快开发小水电资源。

2020年前我国水电大规模开发主要以"十三大水电基地"为依托。根据2005年水力资源复查结果，"十三大水电基地"可开发容量达到27577万千瓦，占全国总开发容量的50.9%左右（见图17）。

按"十三大水电基地"开发进度来看，至2010年、2015年和2020年，其总体开发程度分别达到25.3%、49.3%和70.3%左右。

中国特大型水电主要集中于"十二五"和"十三五"期间投产。至2020年，西藏地区的水电装机容量约为210万千瓦，西藏水电开发程度为1.5%，2030年以后，全国主要水电基地水力资源开发殆尽，届时西藏水电开始接力。

装机容量（总规模）：275772兆瓦
◆ 统计口径为大中型电站（装机容量50兆瓦及以上）

图17　中国十三个水电基地

资料来源：联合证券。

（四）核能发展前景展望

国家统计局2009年发布的《新中国成立60周年能源发展报告》指出，根据中国核电产业发展规划，从沿海的广东、浙江、福建到内陆的湖北、湖南、江西将建设数十座核电站。到2020年，中国将建成13座核电站，拥有58台百万千瓦级核电机组，核电总装机容量达4000万千瓦，核电年发电量将超过2600亿千瓦时，届时核电占中国电力总装机容量的比重在4%左右，发电量占全国总发电量的6%以上。

根据国家发改委公布的《核电中长期发展规划（2005～2020年）》，从2005年起到2020年，新增投产3130万千瓦的核电站，将主要从沿海省份的厂址中优先选择，并考虑在尚无核电的山东、福建、广西等沿海省（区）各安排一座核电站开工建设。

根据《"十二五"规划草案》，我国将在确保安全的基础上高效发展核电，加快沿海省份核电发展，稳步推进中部省份核电建设，开工建设核电4000万千瓦。过去5年，我国核电建设取得了举世瞩目的成就。对于已经到来的"十二五"，就运行核电规模来说，我国将进入世界核电大国行列。今后5年，将会有

30 台左右核电机组建成投产，我国核电总装机容量将达到 4000 万千瓦，核电年发电量将达到 3200 亿千瓦时，核电占一次能源消费比重将达到 2.2%。首批第三代核电机组建成投产，将标志着我国第三代核电技术的引进，成功地走过了消化吸收全过程，对顺利推进后续项目建设和增强自主创新能力意义重大。2011 年 3 月日本核电事故给中国核电发展敲响了警钟，国家组织对国内核设施进行全面安全检查，并将抓紧编制核安全规划，调整完善核电发展中长期规划，核安全规划批准前，暂停审批核电项目包括开展前期工作的项目。今后我国核电站建设的进程估计会减缓，核电发展的步伐也会相应放慢。

目前在建的沿海核电站有浙江秦山核电站二期扩建工程、广东岭澳核电站二期、辽宁红沿河、福建的宁德，2011～2012 年两年内即将实现主体工程开工的有福建福清、广东阳江、浙江三门、山东海阳、广东台山，目前正在抓紧开展前期工作的核电新厂址还有浙江方家山、山东荣成、江西彭泽、湖北大畈、湖南桃花江、广西防城港、海南昌江等。其中，浙江三门 2 个机组、山东海阳 2 个机组都是采用 AP1000 第三代核电技术，每台机组装机容量均为百万千瓦级。除了核电站不断扩建外，核电站的装机容量也在迅速增加。三门核电站除了目前规划中的 6 台机组外，与其相临 20 公里还有另一个厂址是扩塘山，未来规划也是建造 6 台 125 万千瓦的机组，将在 2015 年左右动工，均采用 AP1000 的技术。如果能够实现这一项目，12 台机组，加上浙江能源准备开工的火电机组将达到 2000 万千瓦，全部满足整个华东电力的需求，届时三门肯定是世界最大的核电基地和电力基地。

核电设备国产化率将继续提高。表 5 为国家核电中长期发展规划核电国产化预期目标。

表 5　国家核电中长期发展规划 20 年内国产化预期目标

年　份	国产化率	年　份	国产化率
2005～2010	50%～70%	2020～2015	80%～85%
2010～2020	70%～80%		

（五）地热能发展前景展望

近年来，我国低温地热能的开发越来越受到重视，这将推动地热能利用的快

速发展。我国《可再生能源中长期发展规划》中提到，2010 年和 2020 年可再生能源发展的重点领域包括地热能。

我国积极推进地热能的开发利用。合理利用地热资源，推广满足环境保护和水资源保护要求的地热供暖、供热水和地源热泵技术，在夏热冬冷地区大力发展地源热泵，满足冬季供热需要。在具有高温地热资源的地区发展地热发电，研究开发深层地热发电技术。在长江流域和沿海地区发展地表水、地下水、土壤等浅层地热能进行建筑采暖、空调和生活热水供应。预计到 2010 年，地热能年利用量达到 400 万吨标准煤当量；到 2020 年，地热能年利用量达到 1200 万吨标准煤当量。

（六）生物质能发展前景展望

2008 年末，中国户用沼气已达到 3000 万口，年产沼气约 120 亿立方米；建成大型禽畜养殖场沼气工程和工业有机废水沼气工程 2500 处，年产沼气约 20 亿立方米。全国生物质发电装机容量约为 315 万千瓦。燃料乙醇年生产能力为 164.9 万吨，以甜高粱为原料生产燃料乙醇的技术已经初步具备商业化发展条件，试产规模达到年产 5000 万吨。

2008 年末，全国生物质发电累计装机容量约 315 万千瓦，主要是蔗渣热电联产、秸秆和林木质电站。由于受技术路线、原料收集存储等因素影响，生物质发电建设速度放缓。近年来，垃圾发电发展较快，全国垃圾发电装机约 100 万千瓦。在引进国外垃圾焚烧发电技术和设备的基础上，经过消化吸收，现已基本具备制造垃圾焚烧发电设备的能力。但总体来看，我国在生物质发电的原料收集、精华处理、燃烧设备制造等方面与国际先进水平还有一定差距。2009 年，全年新增生物质能发电设备容量 22.6 万千瓦；新增垃圾发电设备容量 12.54 万千瓦；新增秸秆发电 22.6 万千瓦；新增余温、余压等循环利用发电项目 10.9 万千瓦。

根据中国经济社会发展需要和生物质能利用技术状况，重点发展生物质发电、沼气、生物质固体成型燃料和生物液体燃料。到 2010 年，生物质发电总装机容量达到 550 万千瓦，生物质固体成型燃料年利用量达到 100 万吨，沼气年利用量达到 190 亿立方米，增加非粮原料燃料乙醇年利用量 200 万吨，生物柴油年利用量达到 20 万吨。到 2020 年，生物质发电总装机容量达到 3000 万千瓦，生物质固体成型燃料年利用量达到 5000 万吨，沼气年利用量达到 440 亿立方米，生物燃料乙醇年利用量达到 1000 万吨，生物柴油年利用量达到 200 万吨（见表6）。

表6 《国家可再生能源中长期发展规划》生物质能利用目标

	2010 年	2020 年		2010 年	2020 年
生物质发电	550 万千瓦	3000 万千瓦	非粮食燃料乙醇	200 万吨	1000 万吨
生物质成型材料	100 万吨	5000 万吨	生物柴油	20 万吨	200 万吨
沼气	190 万立方米	440 万立方米			

"十二五"期间，将重点发展以木薯、甜高粱等为原料的燃料乙醇，中、远期发展纤维素燃料乙醇技术，利用农林牧废弃物生产燃料乙醇和生物柴油，积极研究和发展微藻制油技术，大力发展生物基因技术以扩大生物质资源基础，发展"绿色石油"，为减少石油对外依存度作出一定的贡献。

四 新能源行业发展的政策建议

世界各国均非常重视发展新能源，各国都在根据当前能源形势调整各自的新能源政策。作为战略性新兴产业重点领域之一，新能源产业的健康发展也必将受到更大的重视。本部分在参考国内外的能源政策基础上，对中国的新能源政策提出一些建议，为中国新能源行业的快速、健康发展出谋划策，同时针对中国新能源发展过程中存在的问题，从政策角度提出一些改进的办法。

（一）建立健全规划实施机制，完善法律法规

据悉，国家正在紧锣密鼓地制定《战略性新兴产业发展规划》，新能源产业发展也将作为其中的一个专项规划。值得注意的是，制定科学发展规划的同时，也要建立完善的实施机制，以确保规划落实。在这方面，可借鉴新能源产业较发达的德国。德国分别在 2000 年制定了《可再生能源法》，这是世界上关于可再生能源最先进的立法，对德国未来的能源可持续发展作了重大铺垫；2004 年的《优先利用可再生能源法》强调对可再生能源的补贴、鼓励计划；2009 年的《新取暖法》是《德国可再生能源取暖法》的具体实施办法，具体规定了如何分配资金、哪些人可以申请补助等。中国虽然于 2005 年通过了《中华人民共和国可

再生能源法》，但在新能源与可再生能源法律、法规方面，仍显不足，建议中国进一步完善新能源法律、法规体系，为具体实施新能源战略建立良好的保障和实施机制。

规范市场，采取相应市场准入政策，给可再生能源的发展提供足够的市场空间，形成持续稳定的可再生能源市场。对非水电可再生能源规定强制性市场份额目标。不过，对可再生能源发电，在目前整体技术装备水平不高的发展初期，政府在规模上不宜规定太死，也不一定都要并入电网，以使小水电、风电、太阳能光伏发电等获取一定的发展空间。

（二）推动科技创新，重视科技作用

新能源是一个高技术行业，新能源的开发和利用，离不开科技的支撑。新能源需要科技撬动，以降低成本，形成规模化、产业化。同时新能源行业的发展，对于国内科技进步具有强大的推动作用，中国不仅要成为科技的应用大国，更要成为科技创新的大国，在新能源产业发展壮大过程中，将国内科研水平提高到一个更高的层次。

目前中国新能源产业的科技研发和管理方面的复合型人才比较缺乏，应结合国家人才发展计划，将新能源产业复合型人才队伍建设作为未来新能源产业发展的首要任务，着力培养具有战略思维和战略眼光的决策型科技人才和专门的高端科技研发人才，包括科技研发带头人、高校院所中的专业研发人员和企业中自主研发的科技力量。在大学里设立新能源专业学科，适度扩大招生规模，在研究机构和企业中加强专业人才培训，积极引进高端人才，广泛开展国际高端学术交流，从各方面为我国新能源产业的健康、自主、高效、高速发展提供人才支持。

此外，中国也没有健全的各种新能源国家级研究实验室体系，难以从战略角度把握各种新能源的前瞻性动态，也难以为国家基础性研究提供公共服务。美国能源部下设专门的可再生能源国家实验室，在新能源研究开发中占有举足轻重的位置，连通用电气这样的巨型跨国公司也要利用国家实验室的设施进行风电的研究开发。人口只有400万人的挪威设有拥有2000名研究人员的能源技术工业研究院，每年的科研经费高达2.4亿欧元，在海上风电、多晶硅材料、潮汐能利用、生物质能利用技术的研究开发上处于国际领先水平。新能源作为一个新型产业群，其持续性的发展，需要有长期、坚实的基础研究作支撑。

鉴于中国的新能源研究力量分散，缺乏系统化，也缺少跨学科整合，必须建立健全各种新能源的国家级研究机构，整合国内现有的科技资源，给予长期财政经费支持，组织协调开展基础性和公共性科学技术研发，加强科技交流与合作，以支持新能源产业的技术研发，促进新能源产业的持续发展。新能源的研发应紧紧围绕降低成本、大幅提高效益这个核心，努力创新自主品牌，建立自主知识产权。从多学科、多领域、多角度、多品种进行综合性、优选性的前瞻性研究。在搞好原始创新、集成创新、引进消化吸收再创新的基础上，努力使三种创新相结合。在立足自主创新的基础上，借鉴国内外成功的经验，努力提高研发水平。既要进行常规性的研发，又要进行超常规的研发，既要努力突破关键性科学技术，又要进行超前的科研探索。在努力创新科学技术和新能源产业的基础上，牢牢掌控新能源产业发展的制高点。

进一步完善鼓励自主创新的相关政策。首先是要坚持和落实已有行之有效的科技政策。实施自主化依托工程，通过依托项目推进新能源装备的自主化、国产化。其次，尽快落实《装备制造业调整和振兴规划》实施细则，建立使用国产首台（套）装备的风险补偿机制，鼓励保险公司开展国产首台重大技术装备保险业务。落实鼓励科技创新的税收优惠政策。再次，创新科研组织形式，引导创立产业创新联盟，产业化方面的政府资金重点支持产业联盟对共性技术和关键零部件的国产化进行攻关。

（三）加大财政支持的力度

1. 明确财政支持可再生能源的方向和重点

就中国的实际情况而言，支持的重点和方向应该是可再生能源技术和产品的研发、规模化生产。鉴于中国农村有着极为丰富的可再生能源，发展农村可再生能源有助于调整农村产业结构、拓宽农村就业渠道、增加农民收入、改善农村的生产和生活环境，国家的财政以新农村建设为契机，着力支持农村可再生能源建设。国家在安排"三农"财政投入时，把发展可再生能源作为一项重要内容加以考虑，以可再生能源的发展带动农村的发展，并推动整个国家能源战略的转变。

2. 明确中央政府在支持可再生能源发展方面的责任

明确界定中央可再生能源发展基金支持的重点，分清政府与企业的职责。中央可再生能源发展基金的使用范围应该确定为：①用于可再生能源开发利用的科

学研究活动，主要用来加大基础研究的投入，并促进研究技术成果的产业化，使可再生能源的生产成本逐步降低。目前支持的能源种类可重点考虑风能、生物质能、太阳能。②可再生能源基础管理工作（包括标准制定、信息系统建设等其他管理活动）。③可再生能源资源调查。④农村牧区生活用能的可再生能源利用项目补贴（包括安装太阳能热水器、风能发电机等）。⑤偏远地区和海岛可再生能源独立电力系统建设补贴。⑥支付可再生能源生产和利用的津贴（包括对风能发电按电力产出量或设备能力成本支付补贴、消费者购买可再生能源电力时可得奖励性津贴、消费者购买非化石能源电力时高出化石能源电力时的成本差额等）。⑦促进可再生能源开发利用设备的本地化生产。⑧支付符合条件项目的银行贷款贴息等。

3. 建立促进新能源产业发展的专项扶持基金

新能源是建立在高科技基础上的新生事物，对其研发和效益的提高是国家的重要能源战略。在对新能源研发和提高其效益的过程中，具有一定的风险，仅靠市场投资是难以实现的，主管部门必须给予一定的经费扶持。由于新能源的规模较大，培育时间相对较长，因此扶持需求的规模较大，持续的时间也较长。从其战略意义、规模、持续时间上考虑，必须建立国家专项扶持基金，建立健全新能源扶持基金的管理制度。新能源扶持基金的筹集办法、额度、主管部门、扶持原则、使用管理措施办法、效果考核等事项都要形成制度和实施细则，实行制度化、规范化的科学管理。

4. 扶持高科技研发和相关教育和培训

2008 年，我国科技研发经费支出 4570 亿元，同比增长 23.2%，2009 年达5630.24 亿元，若将 3% 用于新能源研发，研发经费将达到 168.91 亿元。研发经费要专款专用，只能用于研发具有自主知识产权的高新技术和国有品牌，对致力于新能源核心技术和关键零部件攻关的高校院所和国内企业给予重点支持，严格防止研发经费和新能源产品补贴流入拥有关键技术的国外企业和国内集成单位。研发经费集中使用，为新能源的研发奠定良好的物质基础，以促进研发水平的不断提高和高科技成果的不断涌现，为新能源产业的大发展提供高科技支撑。此外，重点要投资于大中专院校培养专门的高科技研发人才，同时投资于高级技工的培训，并投资建立科学技术网络，随时随地地进行技术指导。

最后，政府在能源集中采购上，要对可再生能源倾斜，在价格相同的情况下，应优先选择可再生能源，以体现政府对发展可再生能源的支持和消费可再生能源的导向。

（四）完善可再生能源产业投资制度

《可再生能源法》在第六章"经济激励与监督措施"中对可再生能源产业投资进行了框架性的规定。该法对可再生能源产业投资制度设计以政府为主导地位，但在未来的可再生能源产业投资中，要加速产业投资的市场化，如鼓励商业银行、民间资本的进入，能源基金、股票等都是需要大力发展的渠道。在全球化背景下，国际资金的进入对于中国的可再生能源产业走出国门具有积极意义。

1. 促进商业银行贷款投入

粗略估计，到2020年，能源工业基本建设和技改资金总需求预计将达8万亿元。这些资金将主要来源于企业自筹、社会募集和银行贷款三部分，银行融资要占整个行业资金总需求的40%左右。对于可再生能源产业而言，由于尚未形成成熟的产业模式，在技术、生产等环节还存在着一定的风险，因此，要采取措施积极鼓励商业银行的介入，使其成为国有银行可再生能源产业贷款的协助力量。

2. 吸引民间资本进入

2004年《国务院关于投资体制改革的决定》的颁布使得中国的投资体制出现多元化局面，对可再生能源领域的投资主体多元化也有积极影响，民间资本可以相对自由地进入可再生能源发电等项目。中国日益开放、稳定的投资环境以及可再生能源的广阔前景将会吸引越来越多的国际资本。

3. 争取风险投资基金支持

风险投资基金作为商业基金的一种，特点在于其投资的对象为高风险的高科技创新企业，要求基金的规模足够大。可再生能源领域成为风投近年关注的目标。一些国际风险投资基金开始进入中国的环保行业，目前活跃于中国的风险投资基金主要有"中国环保基金2002"和"新风险投资"等。

4. 开辟国际融资渠道

放眼全球，中国的可再生能源产业要想获得飞速发展，提高竞争力，走出国门，必须有通畅的国际融资渠道，吸引国际组织和发达国家参与中国新能源产业

建设。因此，要鼓励资本市场融资和外商直接投资，积极建立和拓宽融资渠道，通过多种融资方式、多渠道筹集资金推动新能源产业的商业化进程。

（五）加快电网等配套设施建设，加强新能源与电网规划的统一与协调

1. 有重点、分步骤地推进输电网、智能化配电网和储能设施建设

首先是要加快输电通道和新能源项目入网线路的建设，特别是要加快已建成新能源项目的接入线路建设，解决设备摞荒的问题。其次是在北京、上海等中心城市推进智能化、互动化配电网的建设。配电网的智能化和互动化是智能电网的核心，北京、上海等中心城市发展新能源的积极性很高，在太阳能屋顶发电、中小风电等分布式能源以及电动汽车的发展上居全国前列，对配电网的智能化和互动化提出相应的需求。另一方面，这些中心城市电网骨架坚强，用电负荷大，地方电力公司资金雄厚，具备推进智能配电网建设的实力，地方电力公司也正在寻找新的增长点，推动地方配电网智能化、互动化的积极性很高，因此这些中心城市在智能电网的建设上可先行一步，积累技术和运营经验，以便向全国推广。再次是加快储能设施的建设，密切关注新型储能技术的发展，鼓励在新能源基地和负荷中心建设储能设施，平抑电网波动，支撑新能源的发展。

2. 加强电源规划和电网规划的统一和协调

厂网分开以来，厂网不协调的问题就开始凸现，这一现象在新能源领域十分突出。要解决此问题，首先是明确规划主体，国家能源主管部门是新能源发展规划和电网发展规划的主体，电网企业和地方政府的相关规划必须与国家的总体规划一致。其次是提高规划的科学性和严肃性。保障科学性的一个重要机制是多方参与，电源企业、电网企业、政府规划部门共同参与电力规划。

参考文献

BP：《世界能源统计（2010）》，2010。

Global Wind Energy Council，Global Wind Energy Outlook（2010），2011.

International Energy Association，风能技术路线图，2010。

崔民选：《中国能源发展报告（2010）》，社科文献出版社，2010。

国家发展和改革委员会：《中华人民共和国可再生能源中长期发展规划》，2007。

国金证券：《各国光伏发展情况》，2010。

国信证券：《生物质能发电行业研究报告》，2010。

联合证券：《水电行业深度研究报告系列》，2010。

刘琦：《中国新能源发展研究》，《电网与清洁能源》2010 年第 1 期。

赛迪顾问：《2009～2010 年中国新能源产业发展研究年度报告》，2009。

世界风能联盟：World Wind Energy Report（2009），2010。

中国电力企业联合会：《全国电力工业统计快报（2010 年)》，2011 年 3 月 31 日。

New Energy：Ushering in the Spring of Development

Abstract：As the ultimate energy choice of satisfying social sustainable development, the development of new energy industry is not only effectively supplementary measure for the whole power supply system, but also a key way to environmental governance and ecology protection. In the global game of low carbon economy, the new energy has been granted the role of strategic commanding point in the future, and has attracted lots of attention. In the national Twelfth Five-Year Plan, cultivating and developing the new energy industries, such as nuclear power, wind energy, solar power and biomass energy, is becoming a very significant task. In the next ten years, the new energy industry will enter the stage of rapid growth with a broad space for development.

Key Words：New Energy；Structural Changes；Policy Suggestions

热点专题篇
Section Topic

B.7
分报告六

山西省国家资源型经济转型
综合配套改革试验区

王　宇　水名岳*

　　摘　要：2010 年 12 月，国务院正式批准设立山西省为"国家资源型经济转型综合配套改革试验区"。作为我国首个全省域、全方位、系统性的综合配套改革试验区，"山西转型综改区"享有"先行先试"权。该区以"以煤为基，多元发展"为主线，以"在产业结构多元化发展中创新传统的煤炭能源产业，以及发展壮大新型能源产业，培育新型工业支柱产业"为突破口，努力实现转型发展、跨越发展。

　　关键词：国家综合配套改革试验区　"先行先试"　转型发展

---

*　王宇，管理学硕士，经济师，现任中联煤层气有限公司人事部主任，曾发表相关文章多篇；水名岳，中国社会科学院研究生院经济学硕士，主要研究方向为国民经济学、能源经济学、制度经济学。

一　顶层设计："山西转型综改区"可"先行先试"

（一）"山西转型综改区"的提出、目标定位

2010 年 12 月 13 日，国务院正式批准设立山西省为"国家资源型经济转型综合配套改革试验区"（下简称为："山西转型综改区"）。作为我国第九个获批的国家级综合配套改革试验区①，此举或将成为自新中国成立以来中央给予山西省的一个最具"含金量"的优惠政策。

根据中共中央、国务院的部署，山西省实现转型发展、跨越发展的目标是："以构建国家新型能源和工业基地为基础，努力建设全国重要的现代制造业基地、中西部物流中心和生产性服务大省"；力争通过 10 年的不懈努力，即到 2020 年基本形成促进资源型经济转型的体制机制，其全国重要能源基地的战略地位得到全面提升。

目前，从宏观战略层面，已基本明确了建设山西省"国家资源型经济转型综合配套改革试验区"的主要任务及相关政策、措施保障。据称，山西省发改委正在紧锣密鼓地制定更为具体的、可操作的整体规划和实施方案，完成后将上报国家发改委审批。这一周期一般需要大约半年时间②。

（二）批设"山西转型综改区"的总体要求、发展重点

刚刚确立的我国"十二五"规划纲要明确提出，未来的一个时期要以科学发展为主题，以加快转变发展方式为主线，实现经济社会又好又快的发展。

---

① 此前，2005 年 6 月至 2010 年底，国务院已先后批准设立了上海浦东新区、天津滨海新区、深圳市、武汉城市圈、长株潭城市群、重庆市、成都市和沈阳市等八个"国家级综合配套改革试验区"。

② 预计具体方案将在 2011 年上半年推出。此前，自"十一五"中后期以来，山西省通过各项有关经济转型的"试点"工作，加速了经济社会和产业的转型发展，积累了体制改革创新的一些经验，获得了包括"一款三金"和财政专项转移支付等多项优惠经济政策的有力支持。这些都为"山西转型综改区"的各项综合配套试验"落地"奠定了良好的基础。通过近年来山西省经济社会发展的阶段性成果，以及刚刚制定的山西省"十二五"规划纲要，或可管窥其未来操作的总体思路和方向。

从宏观战略上看，山西省资源型经济转型综合配套改革试验，主要任务就是要通过深化改革，加快产业结构的优化升级和经济结构的战略性调整，加快科技进步和创新的步伐，建设资源节约型和环境友好型社会，统筹城乡发展，保障和改善民生。这充分贯彻了"十二五"规划的精神，是落实"十二五"规划建议的具体体现和重大实践。

国家对"山西转型综改区"提出的总的要求是：紧紧围绕"资源型经济转型"这个改革主题，进一步解放思想，改革创新，特别要注意处理好转型和发展改革的关系，在重点领域和关键环节坚持"先行先试"、锐意突破，为全国的经济发展方式转变走出一条新的路子。①

国家发改委权威人士特别强调指出：山西的"转型综改"工作，应注重妥善处理："产业结构转型升级与三次产业协调发展"；"资源利用、经济发展与生态环境保护"；"区域经济增长极发展与区域经济一体化"；以及"资源型经济发展与城乡一体化协调发展"等四个方面的关系。

作为我国重要的资源和能源基地，山西省长期以来为国家的能源安全、经济发展作出了巨大的贡献。新中国成立60多年来，山西生产原煤约120亿吨，其中约有3/4贡献给了全国各地。但在山西为确保国家能源安全、经济持续发展作出巨大贡献的同时，也客观存在着产业结构相对单一、省域经济结构脆弱等问题。

山西省经济和社会发展，长期处于"一煤独大"的产业结构主导下，煤、焦、冶、电等四个产业占其工业总产值的80%以上。煤炭开采业更是占到其中约六成左右。据《山西省2010年国民经济和社会发展统计公报》显示，截至2010年年底，煤炭、焦炭、冶金、电力等四大"煤"产业在山西省国民经济中占比超过80%（见表1）。

作为资源输出型省区，如此单一、脆弱的产业结构②，在抵御市场风险方面

---

① 全国有9个资源型省份、近120个资源型城市，山西省的"先行先试"要为这类地区"趟出一条路"。"山西转型综改区"闯出的转型路径、模式，是最具共性的，也最具普适性价值，必然要对同类地区的转型发展诉求提供宝贵的参考价值。

② 产业结构单一，经济稳定性脆弱，在山西体现得较为明显。一方面，上游资源开发产业粗放经营，产业链延伸较短，产业附加值低，能源财富大量"流失"；而另一方面，上游资源品附加值低，在经济社会发展中助长"浪费"倾向，资源过度消耗，且环境排放影响明显，外部性放大，既难以形成有效的市场竞争力，更缺乏长足发展的后劲。产业内部和经济系统内部财富积累率长期低下，对外部市场的价格波动往往难以抵御，产业结构相对脆弱。

表1　2010年山西省规模以上工业前五大行业占比情况

行业大类	工业增加值(亿元)	各大行业所占比重(%)
工业增加值(现价)	4446.28	100
其中:		
煤炭开采和洗选业	2559.66	57.57
黑色金属冶炼及压延加工业	429.64	9.66
石油加工、炼焦及核燃料加工业	364.06	8.19
电力、热力的生产和供应业	257.38	5.79
化学原料及化学制品制造业	114.89	2.58
合计(五大类行业)	3725.63	83.79

资料来源:《山西省2010年国民经济和社会发展统计公报》,山西省统计局、国家统计局山西调查总队。

回旋余地相对狭窄;尤其是近年来国内外经济形势不确定性中长期凸显,市场波动的风险逐渐暴露,往往率先受到冲击。较为典型的表现是,在1998年、2009年前后的两次经济危机和金融危机中,山西的经济发展均首当其冲受到波及。以2009年第一季度为例,在全国经济增长呈现稳健的复苏反弹(6.1%)时,山西省的GDP同比反而逆行下降8%左右,成为同期全国少有的经济负增长省份,降幅之深在历史上也极为罕见。[①]

综上原因,决定了"山西转型综改区"的首要任务是:"重点处理好传统产业转型和三次产业协调发展的关系,实现产业转型升级"。

其次,由于历史的原因,以及山西的经济发展偏重高碳排放的特征,造成了较为严重的环境污染以及"生态历史欠账"等问题。从资源约束来看,山西省已抵达"发展的极限",的确到了所谓不改不行的最后时刻。

近年来,"以煤为主"、过度依赖煤炭资源开采的山西省,因煤炭开采造成的环境污染,以及矿难频发而饱受国内外社会伦理道德的压力。同时,在资源储量方面,由于长期的过度开采和无序开采,依靠煤炭存活的山西也面临着煤炭资源枯竭的隐忧。有研究称,在未来的10年间,山西省五个大型煤炭集团公司或将有32处矿井面临资源枯竭,衰减生产能力高达5400万吨左右。

显然,山西省已到深化转型的关键时刻——既要摆脱经济上依赖上游煤炭挖

---

① 王君:《在一季度经济形势分析会上的讲话》,2009年4月16日,山西省人民政府,http://www.shanxigov.cn。

掘的尴尬现状，又需要改变山西"带血的煤炭经济"等不良的经济增长方式。

为此，山西的"转型综改"，要求在改革试验中一定要正确处理好产业发展和生态环境保护的关系。通过综合配套改革试验，能够真正促进山西在经济转型的同时，实现绿色发展、可持续发展。

再次，在区位经济和全国经济发展中，山西兼具中部经济增长极和国家重要能源基地两个重要角色，在综合配套改革试验过程中，处理好资源型经济转型和整个区域经济一体化的关系，对于中西部地区的发展，以及推动区域经济一体化，也具有制度创新的示范意义。

对于山西省来说，"转型发展"同时意味着经济和社会发展方面的双重"跨越式发展"；被赋予包括推动城乡统筹发展，为促进城乡生产要素自由流动，以及促进推进城乡之间公共服务的均等化等体制深层次改革的更为丰富的内涵。①

（三）"山西转型综改区"享有"先行先试"权

山西省"国家资源型经济转型综合配套改革试验区"，是目前批准的唯一一家在全省范围内全面开展的综合配套改革试验②。在全省域、全方位系统性地进行资源型经济转型综合配套改革试验，这是其区别于其他"国家综合配套改革试验区"最为重要、最为突出的特点。

历史地看待山西资源型经济发展的优势与劣势，实现可持续发展的机遇与挑战，也折射出我国整体经济从传统的计划经济向开放的、具有创新活力和竞争力的新型社会主义市场经济跨越发展中必将直面的一些体制和机制问题。③

---

① 由于资源禀赋、制度惯性和社会文化思维等方面区别于沿海开放经济区（带），作为中部省区客观上经济发展和社会发展具有不同步的特点，这也要求山西省能够通过"转型综改"等深层次的改革试验，更具有创新思维，更具有丰富的发展内涵，更为智慧地处理好资源型经济转型和城乡一体化的关系。

② 过去五年里，中部地区的城市经济区（带）作为综合配套改革试验区，此次山西是以全省域作为试验区，而非先前预期的太原城市群，凸显了国家对山西省资源型经济转型实践和样板意义的极为重视。

③ 这些问题或集中体现为：资源禀赋的相对储量丰富优势与粗放低效经营的高碳排放劣势之间的矛盾；经济社会对能源、环境资源反哺的理念迅速进步与过度消耗粗放排放排放的矛盾；局部经济优势迅速扩张与整体社会效益明显递减的矛盾；整体市场化改革不断深化与资源外部不经济"倒逼"政府扩大调控范围之间的矛盾；区域增长极产业集聚的财富扩散效应与极化效应之间的矛盾，等等。

进入21世纪以来，我国已相继批设了包括山西在内的九个综合配套改革试验区。与20世纪80年代初期的三大特区相比，如今的综合配套改革试验区，不再享受历史赋予的"对外开放，机制率先突破"的某些优先权；也不可能仅仅依靠中央财政相对有限的转移支付等外部扶持手段，彻底实现经济系统内生性竞争力重建。如今的综合配套改革试验区，具有内生性改革、经济社会系统性、协调发展性以及具有鲜明的触及存量格局的深层次利益调整的特点。① 这些综合配套改革试验区的发展主题就是："坚持科学发展、转变经济发展方式"。这意味着"山西转型综改区"等新特区，将站在历史的新平台上，用全新的战略视角谋求迥然不同的发展和跃升路径。②

如果将改革开放初期的经济特区的腾飞"奇迹"，归功于"在特定历史背景下分享资源链、产业链和价值链分工（分配）的全球化红利"，如今的"山西转型综改区"等新经济特区，则将在全球化进一步深化，中国的经济规模和经济利益话语权进一步提升的大背景下，充分分享中国作为"全球化价值链重新塑造力量之一"而必然带来的"大国经济红利"，以及"绿色低碳发展红利"。③

总体来看，对于山西省来说，转型综改试验区的实践，未来将紧紧围绕"资源型经济转型"这个改革主题，探索地区产业优化升级、战略性新兴产业发展以及资源型经济转型，实现绿色发展和可持续发展。

此外，与其他"综合配套改革试验区"不同，作为全国首个"全省域、全

---

① 主流社会主义市场经济理论认为，以进入21世纪作为时间节点，此前的改革阶段具有鲜明渐进式、边际增量改革而基本不触及存量的特点。自"十五"中后期以来，我国的社会主义市场经济改革进入了新的阶段。尤其对于资源领域，非战略性自然垄断行业，以及社会经济系统中绝大多数的体制机制进行深层次的改革；其间，势必重新调整和分配利益格局，触及既得利益群体的存量利益。故此，被称为改革的"深水区"。

② 山西省委书记将煤炭产业的新型道路概括为两个原则："高端化"，"循环化"。前者意味着煤炭能源将获得产业链更高端的价值定位，从而成为一种相对"昂贵"的资源。后者则意味着山西省的煤炭工业创新正在面临科技创新、产业创新以及市场机制等全方位创新的挑战和考验。

③ 这意味着此前山西可将自身定位为传统的"卖煤人"，将煤炭资源开采出来，供应国内外电力、钢铁、化工等工业企业，完成其在工业价值链中的使命，获得其相对较低的价值分配。但在席卷全球的低碳浪潮的推力下，煤炭等高碳能源的主体能源地位以及传统的工业化利用方式，正在面临新一轮来自国内外的"清洁能源革命"的冲击。这使传统的"采煤人"不得不考虑角色的变化，产业结构的调整，产业价值的提升，不可再生的化石能源财富的重新估值，以及山西省工业在全局经济系统中的重新定位。当然，煤炭的能源属性的嬗变和能源战略的调整，更是中国经济可持续发展中宏观战略中的核心和首要问题。

方位、系统性"的国家级综合改革配套试验区，山西省承载了包括资源型省市转型发展、构筑区域经济增长极、促进中部地区城乡统筹发展，以及高碳资源优势禀赋条件下"如何建设资源节约型和环境友好型社会"，"如何切实贯彻和落实可持续发展的科学发展观"等多元目标（见表2）。山西119个县（市、区）中有94个产煤县，资源型经济在全国最具典型性。作为目前唯一一个覆盖整个省域的综改区，决定了"山西转型综改区"不仅在省域内具有较强的改革和创新的区域典型示范作用，更应在区域经济发展、全国资源型地区经济转型试点、城乡统筹以及中部崛起、促进国内宏观经济区域发展平衡和产业结构再平衡方面具有鲜明的全局性示范意义。①

这使山西省获得在资源型经济转型和体制机制改革创新等领域的"先行先试"权②。从这个意义上看，"山西转型综改试验区获批，可谓意义深远"。

对此，国家发改委权威人士意味深长地指出：综改试验区最大的政策资源就是"先行先试"，是"体制机制的创新"。与发展目标相对单一的改革试验区不同，"先试先行"权不仅仅是在转移支付、投资以及土地划拨等方面的支持或倾斜，尤其，"先行先试"权在制度设计上体现在金融、土地、财税、投资等多个方面。

就目前所知，"山西转型综改区"已经确定获得的优惠扶持政策，主要包括煤炭工业可持续发展试点、资源税从价征收等能源财税改革试点、实行城乡建设用地增减挂钩试点③，以及完善采矿权及资源有偿使用机制等既定优惠扶持政策。其他政策优惠或将延伸到与煤炭工业可持续发展等相关的财政返还、煤层气开采优先权、深化金融改革，以及旧有煤矿用地审批权等多方面。此外，除了资源型经济转型的相关政策配套，其他综合配套改革试验区经过实践考验和积累获得的成功经验和相关政策，也可"优先"在"山西转型综改区"进行移植和推广（见表2）。

---

① 从产业结构特征、经济增长方式、区位特点，以及经济社会特征等多个角度，山西省谋求转型发展面临的机遇与挑战，也能够映射全国在加快转变经济发展方式方面的普遍性诉求。

② 所谓"先试先行"权，是指进入21世纪以来我国设立的多个新经济特区中，大体都采用这一做法：在省域或市域设立"先行先导区"，以政策落地的方式在重要领域、典型城市或区域进行体制机制的改革突破。之后，在约束条件类似的区域逐渐推广。

③ 山西省已被国土资源部列为城乡建设用地增减挂钩试点省，2010年已下达山西省1万亩周转指标。

表 2　国家级综合配套改革试验区概况*

名称	批准时间	类别	目标、改革诉求	比较优势	目前成就
上海浦东新区	2005 年 6 月	国家综合配套改革试验区	着重探讨政府职能转变，将经济体制改革与其他方面改革结合起来，探索并完善社会主义市场经济体制	区域经济优势；国际区位优势；机制创新优势；科技、人才、投资创新优势等	已较好地完成"国家综合配套改革试验区"任务，促进区域经济进一步发展、完善机制、构建良性区域增长极
天津滨海新区	2006 年 5 月	全国综合配套改革试验区	进一步扩大金融领域对外开放，加快金融产品创新，形成与经济发展水平相适应的金融服务体系；推进土地管理体制创新；推进新区行政管理体制改革等	区域经济优势；沿海区位优势；科技、人才、金融机制创新优势；行政管理体制创新优势；区域产业结构、物流优势等	目前已在金融创新领域取得长足进展，正在逐渐发挥环渤海区域大宗资源品"定价中心"的影响力
成都市和重庆市	2007 年 6 月	成渝全国统筹城乡综合配套改革试验区	探索统筹城乡发展的体制机制，促进城乡经济协调发展的改革路径，促进农村居民、进城务工人员及其家属与城市居民同等权利，均等化的公共服务，以及同质化的生活条件等	区位经济优势；工业基础优势；城市化水平；科技、人才优势；物流优势等	在城乡统筹、城乡经济社会协调发展、促进二元经济格局一体化方面，目前已作出重要贡献，形成较为丰富的成功经验和个案
武汉城市圈和长株潭（长沙、株洲、湘潭）城市群	2007 年 12 月	全国资源节约型和环境友好型社会建设综合配套改革试验区	探索解决资源、环境与经济发展矛盾的改革途径，避免走"先发展、后治理"的老路，切实走出一条有别于传统模式的工业化、城市化发展新路，推动体制改革，实现科学发展与社会和谐等	区位经济优势；工业基础优势；城市化水平优势；科技人才优势；物流、文化优势等	目前在探索科学发展与和谐社会建设方面，已取得较为丰富的成功经验

续表

名 称	批准时间	类 别	目标、改革诉求	比较优势	目前成就
深圳经济特区	2009年5月	深圳市综合配套改革试验区	争当"科学发展示范区、改革开放先行区、自主创新领先区、现代建设先发区、粤港澳合作先导区"，法制全国建设模范区"，强化全国经济中心城市和国家创新型城市地位，加快建设国际化城市和中国特色社会主义示范城市，做有特色的"新特区"	区域经济优势；国际区位优势；机制体制创新优势；科技、人才、投资创新优势等	目前在建设全国经济中心城市和国家创新型城市地位和国际化城市等方面，已积累了丰富的成功经验
沈阳经济区	2010年4月	沈阳经济区综合配套改革试验区	以区域发展、企业重组、科技研发、金融创新等方面体制机制创新为重点，紧扣"走新型工业化道路"主题，积极推进资源节约、环境保护、城乡统筹、对外开放、行政管理等体制机制创新	区位经济优势；工业基础优势；城市化水平优势；科技、人才优势；物流、文化优势等	"老工业基地振兴"任重道远、新型工业化道路方兴未艾；目前在区域发展、企业重组等方面创新率先获得体制机制创新成果
"山西转型综改区"	2010年12月	山西省国家资源型经济转型综合配套改革试验区	构建国家新型能源和工业基地，努力建设全国重要的现代物流大省，中西部地区生产性服务大省；力争到2020年，基本形成促进资源型经济转型的体制机制，全国重要能源基地战略地位全面提升	区位经济优势；能源等资源优势；工业基础优势；民营经济优势；民间金融创新优势；交通、物流、文化优势等	预计2011年年中，山西省"国家资源型经济转型综合配套改革试验"具体实施方案将出台，开启为期10年的全面建设、转型发展，跨越发展的新征程

* 目前看来，成渝全国统筹城乡综合配套改革试验区的城乡统筹和城乡一体化成功经验，天津滨海新区的行政管理创新和金融创新经验，沈阳经济区综合配套改革试验区的城乡区域发展，企业重组等资源枯竭型老工业基地再振兴经验，以及武汉城市圈和长株潭城市群建设"资源节约型和环境友好型社会"的经验，或有益于"山西转型综改区"。

资料来源：《山西晚报》等，2010年12月。

由于"山西转型综改区"是在广袤的省域范围内，在经济、社会的多个领域中抢抓机遇，全面实现跨越式发展，因此，在国家发改委的批复中，也特别提出要求：山西要秉持"先行先试"的精神，抓住与资源型经济转型密切相关的重点领域和关键环节，着力在以下五个方面大力推进改革，率先实现突破：应着力调整优化产业结构，推动工业化与信息化深度融合，提升发展的质量和产业竞争能力；应着力推动技术创新，形成并完善有利于自主创新和运用最新科学技术的体制机制，促进经济增长向主要依靠科学技术进步、劳动者素质提高、管理创新转变；应着力深化改革，完善宏观调控，充分发挥市场配置资源的基础性作用，建立健全资源要素价格形成机制和要素市场体系，推动产权多元化、竞争公平化和现代企业制度建设；应着力推动资源节约型、环境友好型社会建设，树立绿色、低碳发展理念，加快构建资源节约、环境友好的体制机制；应着力构建城乡统筹发展机制，促进工业化、城镇化和农业现代化协调发展，加快社会主义新农村建设。

二　有利条件：立足试点基础，用足经济政策

2006 年以来，为促进山西资源型经济转型，国家发改委等机构已相继推出三个大型产业转型试点及政策优惠。继 2006 年国务院确定山西为"煤炭工业可持续发展政策措施试点省"之后，2007 年以来山西先后获批"全国循环经济试点省"以及"生态建设试点省"。①

经过五年来的转型试点发展，自 2007 年以来，通过"煤炭工业可持续发展试点省"、"生态示范试点省"，以及"全国循环经济示范试点省"的建设，在产业基础方面，山西省已在一定程度上积累了以循环经济机制改造和提升煤炭产业；以及通过煤炭工业可持续发展带动工业产业、经济社会和生态建设"三位一体"顺向和谐发展的转型经验和丰富的成功案例。

同时，在经济政策和可支配财力方面，随着"煤炭工业可持续发展政策措施"的逐项落实，通过"勘探权和采矿权价款"②、"煤炭工业可持续发展基

---

① 2007 年 9 月，国家环保总局批复山西省为全国第 14 个"生态建设试点省"。

② 据《山西省煤炭资源整合和有偿使用办法》，采矿权人除缴纳"采矿权使用费"以外，还要按资源储量缴纳"采矿权价款"。

金"、"矿山生态环境恢复治理保证金",以及"煤矿转产发展资金"（"两款三金"①）等经济政策创新，通过财政划拨、专项基金征收、企业专项基金提取等经济政策的落实，为山西省进行"转型综改"的前提探索提供了充足的发展动能。

目前，该项试点在健全矿业权有偿转让、建立煤炭开采综合补偿机制，以及建立煤矿转产发展资金等重大改革方面发挥了重要的作用，经过 5 年多的运作，已逐步形成良好的运行机制。

（一）山西省"煤炭工业可持续发展政策措施试点"

2007 年 4 月启动的山西省"煤炭工业可持续发展试点"工作，是国家第一次尝试在一个省域内探索完整的煤炭工业发展途径。其主要任务包括：加强煤炭行业宏观管理；完善煤矿安全生产长效机制；深化煤炭企业改革，如分离企业办社会、组建大型企业集团等；促进煤炭资源有偿使用和合理开发；加强生态环境综合治理；以及加快煤矿转产和产煤地区经济转型。

参考发达国家资源型地区成功转型的经验，在山西省"煤炭工业可持续发展"工作中，重点建立和完善资源开发利用补偿机制和生态环境恢复补偿机制，建立衰退产业援助机制，大力发展接续产业。

根据国务院的有关批复（2006 年 6 月，国务院批复同意在山西省开展"煤炭工业可持续发展政策措施试点"工作），山西省制订了《煤炭工业可持续发展政策措施试点工作总体实施方案》，确立了"征收煤炭工业可持续发展相关基金和资金、建立煤炭开采生态环境恢复补偿机制"等八条综合配套政策措施。

山西省"煤炭工业可持续发展试点"，主要包含 4 项经济政策：征收"煤炭可持续发展基金"、有偿出让煤炭资源矿业权、"提取矿山环境治理恢复保证金"和"提取煤矿转产发展资金"等。其中，在山西省层面建立并用好可持续发展基金是"试点"工作的核心内容和关键环节（见表 3）。

---

① 具体措施包括：按吨煤平均收取 20 元的标准，每年约提取 160 亿元煤炭可持续发展基金；按吨煤 10 元的标准提取矿山生态环境恢复治理保证金；以及按吨煤 5 元的标准逐月提取煤矿转产发展资金等。

表3 煤炭可持续发展征收、提取"三金"相关情况

类　别	"三金"的征收、提取、使用、管理
①煤炭可持续发展基金	
征收标准	按照按动用/消耗资源储量、区分不同煤种,确定适用煤种征收标准为:动力煤5～15元/吨、无烟煤10～20元/吨、焦煤15～20元/吨。具体的年度征收标准由山西省人民政府另行确定。2010年征收煤炭可持续发展基金煤种征收标准规定为:焦煤20元/吨,无烟煤18元/吨,动力煤14元/吨
管理责任	煤炭可持续发展基金征收主体为省人民政府。省地方税务局、省财政部门、省发展改革部门负责基金的征收、使用综合平衡及各项管理等
适用领域	按50%、30%、20%比例用于单个企业难以解决的跨区域生态环境治理、支持产煤地区转型和重点接替产业发展,以及解决因采煤引起的社会问题等
使用情况	2007～2010年4年间(2010年10月),山西省预算安排使用煤炭可持续发展基金共计590.18亿元,其中156.17亿元用于跨区域生态环境治理
相关文件	《山西省煤炭可持续发展基金征收管理办法》,山西省人民政府令第203号,2007年3月10日;国务院《关于同意〈在山西省开展煤炭工业可持续发展政策措施试点意见〉的批复》(国函[2006]52号)
②矿山生态环境恢复治理保证金	
提取标准及管理	按照每吨煤10元的标准,提取矿山生态环境恢复治理保证金,遵照"企业所有、专款专用、专户储存、政府监管"的原则管理
适用领域	用于解决企业自身产生的环境生态问题
使用情况	2006年以来,山西省重点煤炭集团共提取矿山生态环境恢复治理保证金103亿元,使用保证金33亿元。(以中煤集团平朔煤业公司为例,截至2010年8月,平朔公司累计提取矿山恢复保证金23.38亿元,累计支出18.56亿元用于矿区生态环境治理、煤矸石综合利用等项目)
相关文件	《山西省矿山生态环境恢复治理方案编制大纲(试行)》,山西省环保厅,2009年11月11日
③煤矿转产发展资金	
提取标准	转产发展资金的提取标准为每吨原煤产量5元,按月提取。原煤产量以征收煤炭可持续发展基金核定的产量为准
使用管理及监管	转产发展资金提取和使用管理,应当遵循"成本列支、自提自用、专款专用、政府监管"的原则。各级政府财政、发展改革、经委和煤炭部门按照职能分工,对转产发展资金的提取和使用管理进行监督

类　　别	"三金"的征收、提取、使用、管理
使用范围	发展循环经济的科研和设备支出;发展第三产业的投资支出;破产企业、煤矿转岗、自谋职业、自主创业等人员安置、创业补助等支出;职工技能培训支出;接续资源的勘察、受让支出;迁移异地相关支出;发展资源延伸产业支出;其他社会保障支出;其他直接与接续发展相关的支出
相关文件	《山西省煤矿转产发展资金提取使用管理办法(试行)》,山西省人民政府办公厅,2007 年 11 月 19 日印发(晋政发〔2007〕40 号);财政部、国家发改委《关于〈山西省煤矿转产发展资金提取使用管理办法(试行)〉的复函》(财建函〔2007〕20 号)

资料来源:参见表中相关文件;山西省人民政府公开数据,2011 年 3 月。

截至目前,2007~2010 年 4 年间,山西省预算安排使用煤炭可持续发展基金共计 590.18 亿元①,其中,省级安排使用 363.34 亿元。在省级计划安排的"煤炭可持续发展基金(309.56 亿元)"中,按照国家规定的 50%、30%、20%的比例,分别用于跨区域生态环境治理②、支持产煤地区转型和重点接替产业发展③,以及用于解决采煤引起的其他社会问题④等三个方面的支出。

截至 2011 年 3 月底,"煤炭工业可持续发展政策措施试点"已进入"收官"阶段。迄今,山西省已基本建立起"煤炭开采资源补偿机制"、"煤炭资源开发生态环境保护企业责任机制"、"生态环境恢复补偿机制",以及"煤炭城市转型、重点煤炭接替产业发展援助机制"等。其中,为促进"生态环境恢复补偿机制"长效落实,山西省通过体制和机制创新,多元化筹措资金,以期用时 10年左右彻底"清欠"煤炭工业开采对环境和生态造成的现实和历史"欠账"。

一方面,通过向煤炭开采企业收取或提取煤炭工业可持续发展基金、矿山环境治理恢复保证金、煤矿转产发展资金,通过对资金严格管理和使用,建立起煤

① 山西按照每吨煤平均征收 20 元的标准和省、市、县三级 6∶2∶2 的留成比例,每年征收煤炭可持续发展基金规模约 160 亿元。
② 跨区域生态环境治理,主要内容包括:煤炭开采所造成的水系破坏、水资源损失、水体污染;大气污染和煤矸石污染;植被破坏、水土流失、生态退化;土地破坏和沉陷引起的地质灾害等。
③ 支持资源型城市、产煤地区转型和重点接替产业发展,主要包括:重要基础设施;符合国家产业政策要求的煤化工、装备制造、材料工业、旅游业、服务业、高新技术产业、特色农业等。
④ 解决因采煤引起的社会问题包括:分离企业办社会;棚户区改造;与煤炭工业可持续发展密切相关的科技、教育、文化、卫生、就业和社会保障等社会事业发展。

炭开发的"事前防范、过程控制、事后处置"的"生态环境恢复补偿机制"。

另一方面，山西省还尝试其他方式汇集专项资金，以解决矿山生态环境治理的"历史欠账"问题。包括：山西省使用部分"煤炭资源矿业权有偿出让价款"，用于解决由于煤炭开采所造成历史性生态环境问题的恢复治理。同时，争取中央财政转移支付和专项资金，资助以及鼓励矿山生态环境恢复治理投向市场。此外，山西省还通过积极改革和创新机制，按照"谁投资、谁受益"的原则，由相关部门制定优惠政策，引导社会资金进入矿山生态环境治理。

（二）发展循环经济，促进煤炭工业产业链转型升级

进入 21 世纪以来的十年间，在低碳经济浪潮的推动下，面对可持续发展以及创新"资源节约型、环境友好型"社会的科学发展目标，如何摆脱对煤炭资源的过分依赖，一直是山西地方政府的目标。煤炭资源始终是山西省等资源型区域经济的主体和优势禀赋，如何用好煤炭，充分挖掘煤炭能源财富，发展循环经济，延伸和构筑高端煤炭产业链，成为山西省寻求煤炭工业可持续发展的新的方向和出路。

经过两年来不懈推进，循环经济试点项目、试点企业、试点园区的示范作用逐渐显现，目前山西省已初步形成了具有山西产业特色的、"以企业为主体，企业与企业、产业与产业之间有机耦合"的循环经济发展模式。

2007 年，山西省被国家发改委列为"第二批全国循环经济示范试点省"。与此同时，"山西省循环节约领导小组"也确定了全省一批循环经济试点单位，试点单位涵盖了企业、行业、园区、社区、区域 5 个层面，包括：太钢集团、山西焦化等 31 个试点企业，同煤集团塔山工业园区、交城经济开发区等 14 个试点园区，晋城市泰昌社区等 11 个试点社区，清徐、介休等 11 个试点县，以及运城、长治两个试点城市。

从试点企业层面来说，煤炭行业呈现了明显的产业提升和产业链延伸的产业格局变革。

山西省的煤炭全行业共确定了山西焦煤集团西山煤电股份有限公司、山西潞安矿业（集团）有限责任公司等 6 个循环经济试点企业，各试点单位用循环经济理念指导新型能源基地建设，大力发展煤炭产业链，着眼于煤炭以及相关产品的开发和升级，形成煤基多元化新型产业格局。

山西省煤炭行业推进"循环经济示范"工作的典型经验体现在如下三个方面：

能源蓝皮书

第一，在煤炭开采环节，加大实现以"煤矿机械化、集约化、高产高效"为目标的矿井生产技术改造，大力发展综采综掘技术，开发新型高效安全的深层开采技术，提高煤炭开采的集约化程度；既提高了资源的使用效率，更提高了煤炭工业生产的安全水平，促进传统工业的现代化和科技进步。

第二，在煤炭高端产业链建设方面，"以煤炭和煤炭精深加工为主，建立主导产业链，促进产业链耦合"。目前，已主要形成"煤炭—焦炭—煤化工"；"煤炭—电力—高载能产品（电解铝、铁合金等）"；以及"煤炭—电力—建材等产业链"。通过高端产业链的建设，山西煤炭产业彻底从"煤—电"、"煤—焦"、"煤—钢"的较短产业链，延伸到煤化工、高载能产品以及建材等非煤领域，实现了对煤炭"从传统低附加值能源向资源化等高附加值的产业改造和资源革命"。

第三，作为不可再生的化石能源，煤炭及其衍生资源，具有资源属性。通过循环经济机制和技术创新，山西煤炭行业实现了煤炭资源的全面改造；不仅加大了煤炭资源化的力度，对煤炭开采过程中的煤层瓦斯气、煤矸石以及低品位矿等伴生矿产资源及其他次级资源加以综合利用，形成延伸到非煤炭领域的多种跨产业价值链条：包括"煤矿开采—煤矸石—采空区充填—土地资源利用"、"煤矿开采—煤矸石—建筑材料"以及"煤矿开采—瓦斯气—燃料—化工原料"等。

专栏　有利于转型发展的现有试点工作基础

作为一个资源型经济省份，根据国家的要求，山西省近年来已进行了一些有益的探索，受到了国家的重视和肯定。山西省委、省政府带领全省人民做了四个方面的工作。

第一，淘汰落后产能。

山西省产业结构以煤、焦、冶、电四大行业为主。为了摆脱"一煤独大"的局面，山西省以壮士断腕的勇气和坚韧，在煤炭领域进行了大规模的煤炭资源整合。经过几年的重组，从过去的2600座矿，整合为现在的1000座矿；从平均一个矿30万吨的产能，提升为90万吨的产能。焦炭行业曾高达22000万吨的焦炭产能压缩为12000吨的产能。在冶金行业，全国近年来压缩钢铁产能17000万吨，其中，山西压缩了近5000万吨。在电力行业，山西近年来也关停了10万千瓦以下的装机能力达400万千瓦。

第二，积极治理污染。

在 2004 年国家环保总局公布全国污染最严重的十大城市中，山西占到其中 3 席。通过近年的努力，山西省污染最严重的 3 个城市，全部摘掉了"黑帽子"，彻底退出了污染最严重城市前十位的榜单。

第三，着力生态修复。

"十一五"期间，通过下大力气实施植树造林绿化，每年达 400 万亩，同时大力推进以汾河流域生态修复为龙头的一系列生态修复项目，山西省将本已干涸的"母亲河"——汾河恢复了部分生态原貌。如今，汾河已实行了全线复流，现在汾河流域的地下水位全面回升了 3 米以上。

第四，狠抓生产安全。

由于煤炭产业上游曾经长期处于"过度竞争"的分散开采格局，煤炭工业的安全生产形势始终极其严峻。安全生产成为山西经济和社会发展中的"隐痛"。"十一五"中后期以来，通过全省上下的切实努力，在国内外各界有力敦促下，山西安全生产的形势呈现了较为明显的好转。截至 2010 年，煤炭工业生产的百万吨死亡率，已从 2005 年的 0.9（人），下降为 0.19（人）。

三　着力点、突破口："以煤为基，多元发展"

（一）总体思路："转型发展，跨越发展"

作为我国首个全省域、全方位、系统性的综合配套改革试验区，山西省实现"转型发展"、"跨越发展"面临极为复杂的考验。"山西转型综改区"将如何破题？

山西省委书记袁纯清明确了"山西转型综改区"实现"落地"的明晰思路。

他认为，作为新中国成立以来中央赋予山西最大的综合性政策，"山西转型综改区"是山西省域经济的"大品牌、大载体、大平台"，为山西发展提供了难得的政策机遇、空间机遇、项目机遇，以及开放机遇。

他认为："试验区的灵魂是先行先试，最大的政策是先行先试；试验区的建设重在开放、改革、创新，必须善于把试验区带来的关注度和知名度转化为影响力、吸引力，转化为实施和引进项目及投资的现实成果。"

目前国家为"山西转型综改区"安排的主要任务是：以循环经济为基本路径，全面推进产业结构转型，统筹推进城乡协调发展，深入推进节能减排和生态环境保护，大力加强区域创新体系建设，有效破解影响山西全面协调可持续发展的深层次矛盾和问题，实现山西这个老工业基地和能源基地的全面创新、全面转型和又好又快发展。

"抓住用好这一难得的机遇，山西就可以打破'资源诅咒'，可以走出一条资源型地区科学发展的路子。"

同时，通过山西省"十一五"中后期以来牢牢把握"以转型发展为主线"的跨越发展实践，也可以看出，山西经济社会正在稳健地迈入通过"各项综合配套改革和体制机制全面创新"，实现"转型发展"的轨道。

刚刚确定的山西省经济社会发展"十二五"规划纲要明确指出：未来一段时期，山西的发展，将"以转型发展为主线，以赶超发展为战略，以跨越发展为目标，以建设国家新型能源和工业基地为基础，建设全国重要的现代制造业基地、中西部现代物流中心和生产性服务业大省、中部地区经济强省和文化强省"。

从人类推进工业革命的历史线索来看，当前，山西省经济社会总体上已具有进入"转型发展"新时期的外部环境条件。进入21世纪的第二个十年，经过近年来的世界经济大系统的深刻调整和资源配置的全球整合，面对工业化、信息化、城镇化、市场化、国际化加快推进的历史趋势，面对工业化跃升期、城镇化加速期、节能环保攻坚期、新技术革命成长期、基础设施建设加大期的时代特征，经济增长方式的全面转型，通过机制体制创新改革和改善经济社会系统内部深层次的矛盾，彻底解放生产力，推动山西实现"转型发展"、"跨越发展"，已成为山西省经济社会保持可持续发展势头的必由之路和"单行道"。

在省域经济和区域经济层面上，根据国家对资源型经济转型试验的要求，根据中央科学发展观的要求，山西省已在2011年年初提出和明确了"转型发展"、"跨越发展"的战略部署。其总的要求是：资源型产业要实现新型化，接续替代产业要实现规模化，经济系统内部要实现三个产业的协调、均衡、科学发展。

具体而言，2011 年《山西省政府工作报告》将山西"资源型经济转型"的未来框定为：实现"山西新四化"："工业新型化、农业现代化、市域城镇化，以及城乡生态化"。

就体制机制微观创新而言，山西的经济发展方式的转变，集中体现并将面临"资源型经济改革"的多种关系和矛盾的深刻调整；包括：必须要处理好经济市场主导和政府引导的关系；处理好体制创新和依法行政的关系；处理好技术创新、体制创新和产业创新的关系；处理好国有经济和非公经济的关系；并通过体制机制创新以促进营造经济系统内生驱动力，以促进山西的产业结构优化、区域布局优化和经济结构优化发展。

落实在产业层面，"山西转型综改区"目前已明确了最关键的发力点在于："打好循环经济这张牌，走好高端化发展的路子"。

袁纯清认为，发展循环经济不仅能降低能耗、控制污染、提高效益，还可以催生新的产业，创造发展机遇，不仅是传统产业优化提升的推动力，也是新兴产业加快发展的催化剂。顺着循环经济的路径走下去，可以有效激发废弃物资源化的潜能和特质，实现变废为宝、物尽其用，将一种资源优势放大和扩展成几种资源优势，为经济社会发展提供有力的资源保障和产业支撑。

据了解，经过"十一五"以来的长足发展和产业积淀，目前，山西省在借力"循环经济机制改造和提升传统煤炭经济"领域，已经基本摸索出一条具有区域经济适用性，并颇具推广价值的道路。

目前，山西的煤炭等资源行业、工业领域，坚持全循环、抓高端，加快推进清洁生产，建设循环工业园区，实现土地集约利用、废物交换利用、能量梯级利用、废水循环利用和污染物集中处理，构筑纵向延伸、横向耦合、链接循环的产业体系；在焦炉煤气制甲醇制烯烃、矿井水回收利用、煤矸石发电、粉煤灰提取氧化铝等方面有大的突破，多个市县和企业集团已经走出发展初期"循环而不经济"的困惑，切实实现了绿色发展、清洁发展和低碳发展。同时，循环经济的理念和机制创新，正在延伸到资源经济之外的农业和经济社会全系统；通过坚持全循环、抓高效，提高农业资源利用率，减少农业环境污染，推进农业副产物高效循环利用，使农业产业化走上良性循环发展路子；通过坚持全循环、抓集

约，构筑城镇组群间循环共生网络，统筹建设循环经济基础设施，建立健全静脉产业一体化发展体系；通过坚持全循环、抓绿色，严把循环经济准入门槛，着力推进节能减排，着力推进生态治理，着力推进绿色创建，使循环经济的理念深入人心、融入社会。

（二）着力点、突破口：“以煤为基，多元发展”

长期以来，资源型城市因资源枯竭而导致经济系统“死亡”而衰落是一个世界性难题①。即使在发达国家，对于资源型城市的“再振兴”，也需要凭借雄厚的经济实力，通过必要的制度安排进行干预，通过制定合适的产业政策，以及积极进行产业转移等一系列调控，使资源枯竭的城市获得较好的经济转型较好效果，转型后的城市也能够长期保持较快的经济增长。这一转型过程也较为漫长。目前，德国、日本、美国的资源型城市转型发展重获“新生”一般也需要 30 ~ 40 年时间。

除资源枯竭的客观约束之外，人力资源的创新更是转型发展的“瓶颈”。与国外相比，在计划经济时期我国的资源型城市长期低价输出原材料，高价购入制成品，处于经济上的“双向失血”状态；这也使得当资源枯竭时，这些劳动力人口多从事简单的体力劳动，难以短期获得技术和职业能力，实现转岗。② 因此，在资源和劳动力转移双重制约下，如在短期内实现资源型城市的转型发展和复兴，就必须依靠政府的公共财政能力，在产业创新、机制创新方面，给予这些城市更多强有力的政策扶持。

如何借鉴国外老工业城市转型的经验教训，完善资源开发利用补偿机制和生态环境恢复补偿机制，建立衰退产业援助机制，大力发展接续产业，促进资源型

---

① 资源型城市是指因自然资源开发而兴起，并以资源开采为主导产业的城市，具有强烈的资源指向性。资源型城市曾经为国家源源不断地输送了大量能源和资源，为我国经济腾飞作出了巨大贡献。但受资源的日益减少，开采过程中环境问题凸显和国家经济政策等因素的影响，资源型城市的可持续发展面临着诸多问题，承受了巨大压力，如不加大力度研究资源型城市可持续发展，势必影响到这类城市的存续。面对资源枯竭等困扰，资源型城市如何转型，实现全面协调可持续发展，已是摆在我们面前的刻不容缓的任务。

② 我国的资源型经济转型并非新问题。早在 20 世纪 70 年代中后期，多个东北老工业基地城市，因资源枯竭和产业竞争力下降而长期处于“城市僵死”的状态，经过多年的恢复、重建和城市经济面貌重塑，已有所改观。

城市经济转型和可持续发展，更好地发挥城市的辐射和带动作用，对当今中国而言仍具有极其重要的现实意义。

为破解资源型城市转型这一世界性难题，实现城市可持续发展，我国的许多资源型城市都进行了不懈探索，积累了丰富的、宝贵的经验。对此，国内专家也提出了很多具有创新意义和实践价值的政策建议。

总体来看，专家们认为，山西抓住"综改区"机遇，切实落实"转型发展"，应坚持制度机制创新，坚持市场化改革的大方向。"转型综改区"机遇是外在的条件，山西省域经济在根本上重新获得经济系统成长的活力，从根本上解放生产力，为山西经济和社会创造更多财富，促进科学发展、可持续发展；还应在现有经济系统内部的机制改革、科技创新、观念创新方面做文章。

从经济系统内在的规律运行来看，资源禀赋决定了经济系统的基本格局和增长方式。在长期的经济变革和产业演进中，作为我国经济和社会发展中不可或缺的能源安全基地，山西形成"一煤独大"的超重型产业格局，是由于能源和经济系统运行的历史阶段性决定的。因此，对于山西来说，能不能实现所谓"跨越发展"，关键是能不能"通过经济系统和产业内部的机制体制创新，从根本上革除不利于生产力解放的弊端"，从促进和完善能源经济系统内生发展动力方面，在科学发展观指导下切实和长足地促进实现省域经济科学发展、开放发展、绿色发展、可持续发展。

在长期的发展和变革中，山西省尝试了多种突破和创新，最终还将回归"以煤为基，多元发展"这一转型跨越的着力点和发展依托。

目前，山西省实现跨越型发展和转型发展的核心和基本矛盾在于："山西的主导产业几乎都是与煤关联度极高的产业。这种产业模式造成了对煤炭资源的严重依赖，因此产业价值链长期处于低端层面"。这表明，山西经济社会发展，不是"不要搞煤炭经济"，而是"如何搞好煤炭经济"的问题。

具体来说，山西转型跨越的着力点在于"以煤为基，多元发展"，突破口在于多元发展中如何发展壮大新型产业，培育新的支柱产业；并如何有效地促进产业走出去、引进来。

山西必须从战略层面上，实现由"能源基地"向"能源中心"转变，即由原有的"基地"式平面发展模式转向新的"中心"式立体发展模式，将山西打

造成为集能源原材料生产加工、技术研发、产品交易、金融服务为一体的全国性
"能源中心"。这是一个发展定位问题，也是解决各种看似复杂、纠结的诸多矛
盾的实质。煤炭仍然是山西产业发展的"树干"，而其他相关行业皆为"枝叶"。
当然，"树干壮，则枝叶茂"，因此必须认清的是："山西煤炭为基是实现转型发
展、跨越发展的关键"。当然，"以煤炭为基础"，并非简单指"挖煤开矿"，当
自然资源的"初级搬运工"，而是应当深刻研究"如何深化与煤炭相关联的产
业发展"，也就是近年来山西上下努力实践探索的"如何深化煤炭产业链的延
伸问题"。目前看来，"以煤为基，实现多元发展"，具体包括：发展煤焦、煤
化、煤气、煤电、煤铝产业等，均是山西经济发展的基础，是打造能源中心的
根基。

具体来看，山西实现落实"以煤为基，多元发展"，有几个具有实践意义、
切实可行，亦具有"试验推广示范价值"的路径。

比如，以煤化工业为基础，不仅要打造这个根基的效益支撑点，而且要使这
个根基形成动态循环，在循环发展、附加发展、效益发展上做好文章；同时在煤
化工业效益支撑基础上，反哺新兴产业，促进培育新兴产业的不断壮大。

同时，在做好产业深化与优化并举的过程中，应建立具有创新意义、丰富内
涵和高端价值特征的"创新产业服务体系"。所谓创新产业服务体系是指：不仅
要与流通服务业挂钩，要与机械制造装备业衔接，更要去请教"老祖宗的智
慧"，着力金融业的基本运行体系的时代创新。目前看来，作为不可再生的化石
资源，煤炭能源的高端价值属性正在逐渐凸显。或应将已确立的"能源产业基
金体系"尽快落实运作，焦炭期货品种已于近期开行，山西作为重要煤炭能源
基地，其在国内和国际市场的煤炭商品定价权能力正在逐步彰显。这些都是各界
有识之士早在21世纪初期2003~2006年即大声呼吁建立的金融服务工具。如能
借"综合转型改革试验区"的大好机遇推出，这对山西实现"跨越发展"、"转
型发展"具有不可限量的战略意义。

山西综合转型改革试验区的落实和长足发展，也需要在文化和观念方面实现
创新。长久以来，在我国宏观经济的总体布局中，山西的定位是能源工业基地，
源源不断的黑金大量外流。"国内每10吨外运煤炭中，有8吨是山西供应"。根
据山西煤炭工业厅目前的数据，2010年山西煤炭产量近7亿吨，其中铁路外运
量4亿吨，占总产量的一半以上。很显然，若不转型，若仍然停留于长期的思维

惯性中，山西还将仍然延续"能源供应者"的角色。

在这种模式之下，山西以输出初级产品为主，整个经济处于产业链的前端和价值链的低端；高度依赖外部市场的模式下，形成大进大出的特殊贸易结构。这意味着，山西省域经济将无法与外界形成真正的"效益型循环对等系统"，因此，山西真正的开放不应仅停留在引资招商方面，贵在促进自身产业结构逐步实现"高端化"，形成对外发展的具有效益的竞争贸易格局。实现"跨越发展"、"转型发展"，意味着"我们需要看到煤炭之外的山西"。这应是山西落实"综合转型改革试验区"，实现发展的关键点、着力点与重要突破口。

（三）"气化山西"，开启新型能源产业振兴机遇

根据目前确定的山西省"十二五"规划纲要，山西将在获得国家资源型经济转型综合配套改革试验区的基础上，大力推进工业新型化，即充分利用高新技术和先进适用技术改造提升传统产业，实现传统产业优化升级、产品更新换代。其中明确了：将推进山西省"7＋2"战略性新兴产业取得突破性发展，在国家确定的新能源、节能环保、生物、高端装备制造、新型材料、新一代信息技术和新能源汽车七大产业的基础上，增加了"煤层气产业和现代煤化工产业"。这意味着，作为能源大省，山西省将煤层气和现代煤化工列为"战略性新兴产业"，具有绿色能源特征、高附加值、高科技含量的现代煤化工产业或将成为未来山西省域经济的支柱性产业。

值得一提的是，煤层气和现代煤化工得到特别关注，与我国能源战略、宏观经济战略以及区域经济发展战略，向实现低碳增长、科学和可持续发展的方向演进，总体上一脉相承。

随着我国国民经济的总量规模达到"世界第二大经济体"的历史高度，而同时，我们的经济增长方式和能源资源效率水平已很难继续支撑此前的粗放经营和简单扩张，因此，能源战略和经济增长方式的调整，已成为我国宏观经济发展的核心任务、重中之重。其中，能源消费结构呈现出迅速"气体化"的趋势和特点，而作为非常规天然气能源中最具有现实意义和资源禀赋优势的煤层气产业的迅速发展，自然提到能源战略转型的首要日程之上。目前我国的煤层气产业还处于前期阶段，山西沁水盆地的煤层气资源和开发仍是我国煤层气产业的"主

力军"。因此，借山西落实"综合转型改革试验区"之机，很好地发展煤层气产业，在"气化山西"方略的指导下，将煤炭资源的开发和利用提高到一个新的水平上，更好地解放煤炭行业的生产力，焕发煤炭传统资源的财富活力，对于山西的能源经济转型和创新，多有裨益。

尤其在煤层气开发方面，由于此前我国的煤炭和油气分别交给不同行业开采，煤层气开发审批权一直在中央政府机构，实践中也多倾向于由专业油气类中央企业开发利用。但在生产开发实践中，由于资源禀赋和开采技术的客观限制，掌握煤层气开采垄断权的部分央企，未能充分开发利用好山西地区的煤层气资源。长期以来，我国煤层气领域面临着"采气权和采矿权割裂"，煤层气资源开发利用与煤炭开采生产不同步、不和谐，甚至因"采气滞后"影响煤炭生产的混乱局面。

目前，山西省在"转型综改试验区"方案中提出："允许山西煤炭企业在获得煤炭资源开采权的前提下，同时拥有优先开采煤层气的权利"，即"气随煤走、两权合一"，并已获得批复。这对于山西煤炭行业提升煤炭资源产业、促进科技进步以及重新定位煤炭传统资源等方面，尤具重要意义。①

此外，在煤炭能源实现清洁化利用方面，山西作为煤炭能源大省，也将面临很多科技创新、产业创新、机制创新的空间和机遇。

从宏观能源战略来看，我国的一次能源生产、消费结构和煤炭资源储量特点，决定了我国"以煤为主"的能源特点。我国是世界上最大的煤炭产煤国和消费国，同时，我国开发、生产、利用煤炭能源资源的历史悠久，长期以来，国民经济和社会发展已形成对煤炭资源的深度"依赖"。在一次能源生产和消费结构中，煤炭占比长期超过70%。但同时，作为化石能源，资源的物理化学特性也决定了煤炭本身是一种环境排放较高、外部性巨大、污染极为严重的资源。②

---

① 目前晋煤集团已获得煤层气开采权。同时，兰花科创、阳煤集团以及在煤基替代燃油化工领域领军企业潞安集团等，也有望获得资源开发和利用的发展机遇。

② 我国的煤炭能源大多具有高硫、低热值的特点，煤炭工业整体技术装备欠发达。我国的煤炭资源，从开采、生产、运输到以燃烧为主的利用等，各工业流程及消费环节均对大气环境、水环境、地表和地下土壤环境等造成严重污染或破坏，不仅威胁人民群众的身体健康，更对人类赖以生存的自然环境造成难以恢复的恶劣影响。

国民经济和社会发展的深度"依赖",以及严重污染环境的负外部性的双重特征,即"离不开煤炭能源而用煤的环境污染又难以承受",这决定了在我国能源产业战略调整中,煤炭产业必须走一条清洁化利用的、可持续发展的道路。

显然,煤炭资源的清洁化利用,不仅能够提高煤炭能源效率,减少能源排放污染,促进人与自然、工业现代化与生态环境之间的和谐与协调发展,而且,能够相应降低对油气等相对短缺能源的国际化依赖,将成为从根本上解决我国能源战略安全、供给安全,提高经济性,优化环境清洁性的必由之路。

进入21世纪以来,在国际能源清洁化利用的主流趋势引领之下,目前,我国煤炭能源清洁化利用领域也取得了初步进展,总体上处于前沿技术跟踪、技术引进和转化,以及工业化示范等阶段。与我国煤炭行业优势应用结合较为紧密的一些领域的技术创新和产业化应用已居前列,引领潮头。

我国煤炭清洁化利用领域的主要技术创新与应用,目前形成三大领域:以整体煤气化联合循环发电系统(IGCC)及超(超)临界燃煤技术为主的高效清洁燃烧领域①;以碳捕集与封存(CCS)等先进技术为核心的碳排放管理领域②;包括煤炭气化技术,以及煤制油等煤基替代液体燃料等煤炭液化技术等为基本内容的煤炭能量形式转化领域。这些领域,由于规划明确、实践丰富、资源基础和工业基础良好,我国在煤炭气化、煤炭液化(尤其是煤基液体替代油品)等煤炭转化技术领域,研发、工业示范及产业化应用等都取得了不同程度的进展,其中一些领域已达到较高工业化利用水平。

此外,煤层气产业化开发以及煤矸石等煤炭副产品的资源化利用,正在成为我国煤炭资源深化利用的重要补充内容。

结合山西煤炭工业可持续发展的试点经验,目前,在煤层气产业化开发利用、煤矸石发电等煤炭副产品资源化利用,以及煤基替代液体燃料等新型煤化工方面,山西都积累了丰富的实践经验,前景辽阔。

---

① 在燃煤机组高效清洁燃烧技术领域,我国总体处于技术自主创新、积极主动跟踪和引进主流技术并实现国产化的局面。

② 在煤炭能源碳排放管理等最前沿领域,对于碳捕集与封存(CCS)等技术方法先进而发展理念激进的技术,目前,我国已有一些具体的技术引进和示范试验,但还处于碳捕集及工业化综合利用阶段,总体处于研发和跟踪阶段。

参考文献

袁纯清：《以转型发展为主线为实现山西经济社会跨越发展努力奋斗——在全省领导干部大会上的讲话》，山西省人民政府，2010 年 7 月 31 日。

王君：《在山西省第十一届人民代表大会第五次会议上的政府工作报告》，山西省人民政府，2011 年 01 月 26 日。

2007～2011 年《山西省政府工作报告》，山西省人民政府，截至 2011 年 3 月。

《山西省 2010 年国民经济和社会发展统计公报》，山西省统计局、国家统计局山西调查总队，2011 年 2 月 24 日发布。

《关于山西省国民经济和社会发展第十一个五年规划纲要的报告》，2006 年 1 月 10 日，山西省人民政府。

山西省统计局研究报告：《回望"十一五"：加快培育接续产业，促进经济转型跨越》，2011 年 3 月 09 日。

《国务院〈关于同意在山西省开展煤炭工业可持续发展政策措施试点意见〉的批复》（国函〔2006〕52 号）。

《山西省人民政府〈关于印发山西省循环经济发展规划〉的通知》（晋政发〔2006〕51 号），山西省发改委。

《两会特稿：先行先试，转型之路更宽广》，2011 年 3 月 9 日《山西日报》。

《破"资源诅咒"走发展新路——山西省委书记袁纯清代表谈综改试验区建设》，2011 年 3 月 8 日《光明日报》。

《如何看待山西经济负增长》，2009 年 8 月 21 日《人民日报》。

《煤业可持续发展试点接近"收官"》，2011 年 3 月 28 日《中国能源报》。

《发展现代煤化工产业，做到清洁利用煤炭》，2011 年 1 月 21 日《山西经济日报》。

《地方国有企业获准开发煤层气》，2010 年 10 月 17 日《山西晚报》。

《地方与央企"争气"：山西综改艰难前行》，2011 年 1 月 20 日《21 世纪经济报道》。

《初步形成煤基产品链、价值链，晋煤集团煤基多元化战略受关注》，2011 年 2 月 21 日《山西经济日报》。

崔民选主编《中国能源发展报告（2009）》，社会科学文献出版社，2009。

崔民选主编《中国能源发展报告（2010）》，社会科学文献出版社，2010。

张亮等：《煤基气态能源产业化发展问题研究》，《中国能源发展报告（2009）》，社会科学文献出版社，2009。

范维唐：《洁净煤技术的发展与展望》，中国工程院（院士）未公开出版资料，2006 年 9 月。

李淑强等：《煤矸石能源化高效清洁利用技术研究现状与发展趋势》，《电站系统工程》

2008 年 5 期。

张海滨：《浅析我国发展煤制天然气的必要性及其风险》，《中国高新技术企业》2009 年第 6 期。

《聚焦"十二五"，"气化山西"是关键战略》，《国金证券研究报告》，2010 年 12 月 15 日。

ShanXi Province：the National Test Zone of Coordinated Reform of Economy Transformation of Resource-Based City

Abstract：In December 2010, The State Council officially approved ShanXi province as the National Test Zone of Coordinated Reform of Economy Transformation of Resource-Based City. As the first systematic Test Zones of Coordinated Reform in all the province-range, ShanXi's Test Zone, which is based on coal and seeks diverse development, is endowed the first trial rights. In the background of muti-industry development, ShanXi attempts to realize the restructuring and forward development by innovating the traditional coal industry, strengthening new energy industry, and cultivating new industrial pillars.

Key Words：National Test Zone of Coordinated Reform；The First Trial；Restructuring Development

B.8
分报告七
能源低碳背景下中国产业结构发展方向

孟宪威 郝吉 王帅*

摘　要：21 世纪以来，我国经济一直保持快速增长的势态，其产业结构也出现显著的重化工业化趋势。由于重工业化的推进方式具有明显的粗放型和外延性特点，导致能源产品高消耗和供给紧张，随之带来的对环境破坏的影响也被迅速放大。现阶段，中国经济要实现可持续发展，就必须解决经济发展与资源环境约束之间的矛盾。因此，如何使能源低碳化与中国产业结构结合成为本文要探讨的问题。

关键词：能源低碳化　产业结构　绿色能源　节能减排

经济全球化发展给中国经济带来了黄金发展时期，中国经济迅速增长并成为世界制造业大国之一，在制造业行业 30 多个大类中，有半数以上行业生产规模居世界第一。但同时我们看到，我国原有的产业增长格局带来了一系列经济和社会问题，比如能源消耗迅速提升、能源供应不足、环境污染恶化、劳动力价格低估等，这些来自国内外日益突出的矛盾使得原有的产业结构难以为继，中国经济发展受到严重束缚。

---

* 孟宪威，北京大学经济学硕士，中国社会科学院国民经济管理博士研究生，曾任《证券时报》常务副总编，现任深圳市金伯维投资管理公司董事长，曾参与上百家股份制企业改制重组工作；郝吉，中国社会科学院研究生院硕士，主要研究领域为能源经济学；王帅，上海交通大学工业工程硕士，曾在法国液化空气集团总部（巴黎）工作，现任职于上海电气集团，研究方向为服务型制造。

一 中国能源低碳化发展

（一）中国发展能源低碳化的必然性

由于过多、过度、粗放式地使用能源，使全球能源进一步枯竭。世界能源储量可用时间已经不能满足人类的持续发展。单位能耗与单位资源耗量过高，利用化石能源的经济成本越来越高，技术要求也越来越多，这要求我们不仅要做到高碳能源低碳化，而且要开发利用可再生资源及新能源，同时在发展模式上做出创新。

1. 发展低碳经济是中国经济发展的必然选择

在当前世界经济和中国经济发展的大背景下，发展低碳经济是中国经济发展实现可持续发展的必然选择。

首先，"低碳经济"的提出是以全球气候变暖对人类生存和发展的严峻挑战为大背景的。随着全球人口和经济规模的不断增长，能源使用带来的环境问题及其诱因不断地为人们所认识，在此背景下，有关"低碳经济"的一系列新概念、新政策应运而生。这种能源与经济以至价值观变革的结果，将为世界经济发展逐步迈向生态文明走出一条新路，即摒弃传统的经济增长模式，应用21世纪的创新技术与创新机制，通过低碳经济模式与低碳生活方式，实现经济社会可持续发展。

其次，具体到中国而言，由于目前正处于工业化、城市化、现代化加速发展的阶段，能源需求快速增长，大规模基础设施建设不可能停止，这更带来能源消费的持续增长。以高能源、高消耗为特征的粗放型增长方式已成为中国可持续发展的一大制约。同时由于我国的资源条件以及以第二产业为主体的产业结构，决定了我国能源结构以煤为主，低碳能源资源的选择有限；而工业生产技术的落后，更加重了经济的高碳特征。2007年，国家主席胡锦涛在出席亚太经合组织（APEC）会议时明确主张发展低碳经济，并提出促进低碳经济发展的若干设想。2009年12月7日闭幕的中央经济工作会议强调要"发展战略性新兴产业，推进产业结构调整"，在培育新经济增长点的同时，将坚决管住产能过剩行业新上项目，开展低碳经济试点，努力控制温室气体排放。中国势必要在资源整合的基础上，走新型工业化道路，培育新兴产业，实施重点带动战略，构筑优势的产业体系。各地区要按照国家和本省重点产业调整振兴规划要求，进一步抓好小有色、小冶炼、小造纸等行业落后产能淘汰工作，限制过剩产能发展；要开展冶炼行业集中清理整治专项行动，停产整治和关闭高污染企业。与此同时，低碳经济的研究和试验在国内一些地方也已开始启动。如广东省已启动"广东省发展低碳经济路线图及促进政策研究"项目，发展低碳经济路线图预计于2011年3月完成，并提出将珠海申请为中国第一个"低碳经济示范区"；吉林市已被国家有关部门列为低碳经济区案例研究试点城市；上海已拟定在南汇区、临港新城、崇明岛等地建立"低碳经济实践区"。2009年8月1日，湖南省提出在长株潭建设全球首个低碳城市群试点，并提出要把发展低碳经济作为长株潭"两型社会"试验区改革建设的重要内容，在发展低碳产业、技术等方面先行先试，探索经验。调整经济结构，发展低碳经济，成为我国实现科学发展的必由之路。

2. 能源低碳化是解决全球气候变暖的关键

自工业革命以来，大量燃烧化石能源的活动人为地增加了二氧化碳等温室气体的流通量，使自然界碳循环失去平衡，成为全球暖化的主要原因，这已是世界各国的共识。降低以二氧化碳为主的温室气体的排放，遏制全球进一步暖化，能源的低碳化发展是关键。从历史的进程来看，发达国家的发展程度已经进入逐渐减少高碳能源为主要动力的阶段。发达国家的现有水平可以不完全依赖于高碳能源，尤其是煤炭的生产和消费。从发达国家的工业化进程看，主要发达国家英、美等国在20世纪就已完成了工业化和城市化的历史任务，已经走过了大量依靠煤炭、石油等化学能源的阶段。这些国家在反思当代人的发展途径时，意识到高碳消耗使人们面临的环境及资源困境，由此提出了"能源低碳化"、"低碳能源"、"低碳经济"、"低碳生活"等新概念、新政策。这意味着人们在促进经济社会发展的同时，也在进行能源与经济的价值观的探索与变革。

相关单位最近公布了首份按行业估算的2010年二氧化碳排放量名单。名单显示，分列"贡献排行榜"2~5位的产业是石油加工、炼焦及核燃料加工业，黑色金属冶炼及压延加工业，非金属矿物制品业，化学原料及化学制品制造业。其中，来源于煤炭消费的二氧化碳排放量中，排在前5位的产业部门是电力、热力的生产和供应业，黑色金属冶炼及压延加工业，石油加工、炼焦及核燃料加工业，非金属矿物制品业，煤炭开采和洗选业；来源于石油消费的二氧化碳排放量中，排在前 5 位的产业部门是：石油加工、炼焦及核燃料加工业，交通运输、仓储和邮政业，化学原料及化学制品制造业，农业，其他服务业；来源于天然气消费的二氧化碳排放量中，排在前 5 位的产业部门是：化学原料及化学制品制造业，石油和天然气开采业，生活消费，非金属矿物制品业，石油加工、炼焦及核燃料加工业。

由于高碳性化石燃料燃烧活动是导致大气中温室气体增加的主要原因，因此减少化石燃料燃烧活动是减少温室气体的主要途径。减少化石燃料燃烧活动可以通过在总量上减少能源消耗或消费达到目的，也可以通过增加替代性的低碳能源或低碳化能源的供应使能源结构低碳化来达到目的。显然，由于经济社会发展对能源的需求仍在不断扩张，能源的低碳化才是一种现实选择。

3. 发展能源低碳化指引新的经济发展模式

能源低碳是相对于能源高碳而言的，是与无约束的碳密集能源生产方式和能源消费方式相对的。所以在发展能源低碳化时，要降低单位能源消费量的碳排放量，降低能源的消耗强度，严格控制二氧化碳的排放量。其次，能源低碳化是相对于新能源而言的，是与以往依靠化石能源的经济发展模式相对的。因此，要促进经济增长方式的转变和经济结构的调整，必须避免经济增长速度与能源消费引起的碳排放量成正比，实现经济增长与碳排放之间的脱钩。努力做到碳排放的低增长、零增长乃至负增长，通过寻找替代能源、发展低碳能源和无碳能源达到经济增长逐渐脱离对碳能源的依赖。能源低碳化要求人们改变原有的高碳消费倾向和偏好，逐渐减少化石能源的消费量，减少碳排放量，以实现低碳生存。

（二）能源低碳化在发达国家的发展现状

在"能源低碳化"这条道路上，发达国家无疑是先行者。无论是低碳技术的发展，还是低碳发展战略法规的制定，发达国家都有很多值得我们借鉴和学习的地方。

气候变化是人类面临的长期性挑战，能源作为最大的碳排放源成为解决全球气候变化的核心。全球能源体系转型迫在眉睫，发展绿色经济、低碳技术、清洁能源、新能源成为国际社会的共识，各国都在加快向低碳清洁能源转型的步伐，

发展核电、电动汽车、太阳能、风能、水能和生物质能等，推广节能技术以提高能源使用效率，有实力的国家还在进行碳捕获、储存和利用以及智能电网等方面的探索。抢占新能源技术制高点成为新一轮能源革命的关键。

英国在能源低碳化的道路上一直走在世界的前列。英国政府率先发布《英国低碳转换计划》和《英国可再生能源战略》，成为世界上第一个在政府预算框架内设立碳排放管理规划的国家。它在欧盟内部的"减排量分担协议"中承诺2012年温室气体排放量在1990年的基础上减排12.5%，而且力求在2010年减排二氧化碳（CO_2）20%，2050年减排60%。为了实现这些承诺，英国采取的手段之一是征收气候变化税，实质上是一种"能源使用税"，计税依据为使用的煤炭、天然气和电能的数量，而使用热电联产、可再生能源等则可减免税收。该税的征收目的是为了提高能源效率和促进节能投资。据推算，至2010年英国每年可减少250多万吨的碳排放。可再生能源配额政策是英国的另一项支撑能源低碳化的政策。要求所有注册的电力供应商都制约于一定的可再生能源法定配额：生产的电力中有一定比例是来自可再生能源的，配额是逐年增加的。

日本是《京都议定书》的发起和倡导国，由于国内的能源资源匮乏，日本一直重视能源多样化，并在如何提高能源使用率、节能减排等方面做出了很多努力。如投入巨资开发太阳能、风能、光能、氢能、燃料电池等替代能源和可再生能源；积极开展潮汐能、水能、地热等方面的研究；通过法规和激励措施鼓励和推动节能降耗；停止或限制高能耗产业发展，鼓励高能耗产业向国外转移等。

为顺应能源低碳化发展道路，奥巴马政府于2009年发布新能源战略。主要表现为以下三个方面。一是计划10年内投资1500亿美元用于清洁能源和可再生能源生产，使太阳能、风能等新能源产量在未来3年内增加1倍，使其占美国电力的比例由目前的8%提高到2012年的10%。二是通过减少传统交通燃料的消费来降低石油需求，包括每年将汽车能耗标准提高4%，直接减少汽油消耗；大力发展混合动力汽车，通过减税和政府定向采购使得2015年美国电动汽车达到100万辆，同时强制所有的新生产的汽车为混合动力汽车。三是通过技术创新来实现新能源政策目标。如发展新一代生物燃料生产技术工艺、建设智能电网、发展碳捕捉和碳封存技术、开发混合动力汽车技术等。

（三）能源低碳化在中国的发展

近几年来，能源低碳化在我国获得了很大的发展。相关政策日益完善，低碳法规愈发健全，低碳理念深入人心，这些都是我们进一步发展能源低碳化的有利条件。同时，我们也要清醒地认识到，在自身拥有很多发展能源低碳化的有利条件之外，也存在着极大的挑战。可以说在我国发展能源低碳化是机遇和挑战并存。

2006～2010 年，中国以能源消费年均 6.6% 的增速支撑了国民经济年均11.2% 的增速，能源消费弹性系数由"十五"时期（2001～2005 年）的 1.04 下降到 0.59，能源供需矛盾有所缓解。在中国能源消耗中，工业消耗的能源占70%。据中国社会科学院课题组测算，中国在 2018 年前后将基本实现工业化和城市化，届时能源消费需求才有可能放缓。在此之前，由于重工业发展比重大，高耗能产业大量存在，节能技术的利用尚需过程等因素，工业发展对能源的需求还将很大，再加上城市化的发展和民众生活水平的提高，中国对能源的需求将一直处于高增长期。

1. 我国能源总量较丰富

我国是世界第二大能源生产国和第二能源消费国，能源消费主要靠国内供应，能源自给率为 94%。2009 年，我国能源生产总量为 27.46 亿万吨标准煤，比上年增长 54.0%。其中，原煤生产占能源生产总量的 77.3%，水电生产占7.9%，天然气生产占 4.1%，水电、核电、风电生产占 8.7%。截至 2010 年11 月，我国洗煤、原油、天然气、电力等主要能源产品产量继续保持增长势头。2010 年 1～11 月洗煤产量 8.36 亿吨，同比增长 22.0%；天然原油产量1.86 亿吨，同比增长 6.6%；天然气的产量 867.4 亿立方米，同比增长 11.8%；原油加工量、汽油、煤油、柴油、润滑油、燃料油、火电、水电、核电原油加工量为 3.85 亿吨，同比增长 13.6%；汽油产量 0.699 亿吨，同比增长 5.3%；煤油产量 0.158 亿吨，同比增长 17.0%；柴油产量 1.44 亿吨，同比增长 12.3%；润滑油产量 0.078 亿吨，同比增长 13.1%；燃料油产量 1.94 亿吨，同比增长17.0%；火电发电量 30197.5 亿千瓦时，同比增长 13.0%；水电发电量 6148.2亿千瓦时，同比增长 17.5%；核电发电量 668.6 亿千瓦时；同比增长 4.8%（见表 1 和表 2）。

表1 2010年1~11月中国能源生产统计

产　品	单位	产　量		比上年同期增长(%)	
		11月	1~11月	11月	1~11月
洗　煤	千吨	82768	835567	16.2	22.0
天然原油	千吨	17520	185557	11.8	6.6
天然气	十亿立方米	8.42	86.74	5.8	11.8
原油加工量	千吨	36653	384603	10.3	13.6
汽　油	千吨	6597	69857	2.1	5.3
煤　油	千吨	1353	15791	2.3	17.0
柴　油	千吨	14179	144284	13.7	12.3
润滑油	千吨	771	7766	9.8	13.1
燃料油	千吨	1778	19424	14.9	17.0
发电量	十亿千瓦时	345.34	3774.46	5.6	14.0
火　电	十亿千瓦时	278.95	3019.75	0.5	13.0
水　电	十亿千瓦时	50.72	614.82	33.0	17.5
核　电	十亿千瓦时	7.03	66.86	27.6	4.8

资料来源：2010年12月《中国统计月报》。

表2 2001~2009年中国能源生产总量统计

单位：万吨标准煤

年份	能源生产总量	原煤生产总量	水电生产总量
2001	143875	105028.75	11366.13
2002	150656	110732.16	11751.17
2003	171906	130992.37	12033.42
2004	196648	151615.61	14355.30
2005	216219	167785.94	16000.21
2006	232167	180625.93	17412.53
2007	247279	192135.78	19287.76
2008	260552	200103.94	22459.58
2009	274618	212279.71	23891.77

资料来源：中国统计数据应用支持系统。

2. 人均能源量较低、分布不均、开发较难且利用率低

我国能源人均拥有量较低。煤炭和水力资源人均拥有量相当于世界平均水平的50%，石油、天然气人均资源量仅相当世界平均水平的1/15左右。耕地资源不足世界人均水平的30%，生物质能源开发也受到制约。目前石油供应的对外依存度已超过 30%，按现在的发展速度，到 2020 年石油对外依存度将达到 60%。同时，中国人均水资源仅相当于世界人均水平的 1/4，全国目前已有 108 个城市严重缺水。

能源分布不均。煤炭资源主要存在于华北、西北地区，水力资源主要分布在西南地区，石油、天然气资源主要存在于东北、西部地区和海域。而我国主要能源消费区集中在东南沿海经济发达地区，资源赋存与能源消费地域存在明显差别。如 2010 年我国原煤产量 32.4 亿吨，75% 需要通过铁路和公路跨省外运，煤炭运输约占铁路货物总运量的 50%，跨省区输煤与输电比例为 20∶1，输煤在能源资源配置中所占比重偏高，就会给交通运输带来巨大压力。

能源开发难度较大，且能源利用率较低。与世界能源资源开发条件相比，中国煤炭资源地质开采条件较差，大部分储量需要井下开采，极少量可供露天开采。石油、天然气资源地质条件复杂，埋藏深，勘探开发技术要求较高。未开发的水力资源多集中在西南部的高山深谷，远离负荷中心，开发难度和成本较大。非常规能源资源勘探程度低，经济性较差。据统计，我国能源利用率只有 32% 左右，比发达国家低了 10 个百分点。过去的 20 年中，我国发电量以每年 8%～9% 的速度增长，2020 年装机容量和发电量预计达到 2000 年的 3 倍，相当于整个西欧 2020 年预测发电量的总和。目前水电提供了全国 20% 的电力供应，从现在起再建设 12 座三峡水电站的装机容量，仅可满足 2020 年发电量的 28%，占当年一次能源需求的 12% 左右。由美国耶鲁大学和哥伦比亚大学根据各国环境卫生、环境保护、削减温室气体排放量、减少空气污染和浪费等五个方面的表现对全球各国的环境绩效进行排名，中国能源绩效指数排名由 2010 年的第 105 位降至第 121 位。

3. 我国能源消费巨大，能源负担加重

就目前中国经济发展来说，由于单位能源产出效率低，经济是以"大量生产、大量消费、大量废弃"为特征的粗放型增长方式，主要依靠的是以增加能源的投入维持发展速度。据统计，近 30 年，我国的能源消耗总量相当于 445.8 亿吨标准煤，年均增幅 5.5%，21 世纪以来的 10 年间，年均增速更达 9.1%，2010 年我国能源消耗总量达 33.8 亿吨标准煤，而每年全球消耗能源新增部分，我国占近 3/4，巨大的能源需求与我国有限的能源开采已形成尖锐矛盾。在 2001～2009 年的 9 年内，煤在能源消费比重中一直占将近七成左右的比例，传统的以

燃煤为主的中国能源结构并没有重大改变。到 2009 年底，我国原煤生产量为 21.22 亿吨，消费量为 21.59 亿吨，仍存在 0.37 亿吨的缺口。与此同时，中国石油对外依存度超过 40%（参见表 3）。2020 年预计将超过 60%。能源运输方式 90% 依靠海运，存在导致油路中断的众多不安全因素；油价一路走高，这些对经济将产生重大的影响。这些局面出现的原因是多方面的，由于我国现在正处于重化工业迅速发展的工业化中期，城镇化进程加快，经济发展呈现出速度高、能耗大等特征，同时一些高耗能行业的过度发展和对节能重视不够、技术水平低。所以说必须大力遏制高能耗高排放行业过快增长，节能减排刻不容缓。

表 3   2001～2009 年中国能源消费总量统计

年份	能源生产总量 （万吨标准煤）	原煤生产总量 （万吨标准煤）	水电生产总量 （万吨标准煤）
2001	150406.00	102727.30	11280.45
2002	159431.00	108413.08	11638.46
2003	183792.00	128286.82	11946.48
2004	213456.00	148351.92	14301.55
2005	235997.00	167085.88	16047.80
2006	258676.00	183918.64	17331.29
2007	280508.00	199441.19	19074.54
2008	291448.29	204887.94	22441.50
2009	306647.00	215879.49	23918.47

资料来源：中国统计数据应用支持系统。

4. 我国能源消费结构不平衡，优质能源消费比例小

能源结构的构成包括煤、石油、天然气、核能、水电以及许多新能源如风能、太阳能、潮汐能等，目前中国的主要能源是煤炭、石油和天然气。中国总的能源状况是富煤、缺油、少气。长期以来，我国能源消费的 70% 以上依赖于煤炭。相比其他国家，中国的能源结构存在过度依赖煤炭的问题。虽然随着能源消费结构的调整，煤炭消费的比重在逐渐减少，能源消费结构在逐步优化，但是我国以煤为主的资源状况也决定了在相当长的一段时间内我国还将持续以煤为主的能源消费结构。因此，在各种能源消费量的相对变化上，煤炭资源消费的绝对消费量不断上升，但其所占总能源消费量的比重呈现出缓慢下降趋势。

石油消费占能源总消费量的比重则与煤炭相反，经历了先升后降的过程，这种趋势与国际油价的波动有着很高的关联性。近年来，国际油价频频攀升，一些企业不得不采用相对低廉的煤炭来代替石油。虽然我国天然气储量巨大，但是天然气开采才刚刚起步，而且天然气运输、利用的基础设施建设落后于天然气的开采，我国天然气消费量增幅较小的主要原因也在此。中国对地热、太阳能、风能等能源消费虽然近些年在政府的大力鼓励和支持下发展呈现良好态势，但从整体来看，在整个能源消费结构中比重微乎其微。水电、核电等清洁能源的消费量一直处于稳定状态。

从能源消费总体上来看，我国煤炭资源相对比较丰富，所以长期以来煤炭都是我国最主要的能源，也是我国能源消费的有力保障。但是如果中国继续以煤炭为主要能源资源，将会带来能源利用效率低下、能源高碳化和严重的环境污染等问题。如果转而更多地消费石油、天然气，国内供给会严重不足，若单纯依赖进口石油、天然气以弥补国内消费缺口，将会使中国能源进口的依存度不断提高，石油安全问题会日益严重。

5. 能源问题导致环境污染问题严重

优质能源消费不足、能源利用效率不高带来的直接问题就是环境污染。长期以来，煤炭占能源消费的比重很大，造成的环境问题日积月累。这种大量消费煤炭，特别是大量以终端直接燃烧方式消费煤炭，是造成大气环境污染的主要原因。我国二氧化硫排放量的 75%、二氧化碳排放量的 85%、一氧化氮排放量的60% 和悬浮颗粒物的 70% 都来自于燃煤发电。由煤炭燃烧释放出来的这些气体对全球气候变化影响很大。而且伴随这些年煤炭的盲目开采，煤炭质量不断下降，优质煤越来越少，剩余的低质煤将会对环境造成更严重的污染，严重制约着人类的生存。

6. 新型能源有很大的开发潜力，但发展阻力较大

以水电、核电和风电为代表的新型能源在能源供应中的比重相对较轻，从1990 年到 2009 年仅上升了 2.9 个百分点。从发电装机总量上看，水电在新型能源中的比例最大。2009 年，我国水电、核电和风电的生产总量为 2.39 亿吨标准煤，远远低于原煤生产量。由于技术、政策等因素的影响，我国新型能源的开发力度有限，我国水电资源开发程度约 30% 左右，低于发达国家 60% ～70% 的平均水平，水电成为近期利用潜力最大的能源（参见表4）。

表4 1990～2009年能源生产构成统计

单位：%

年份	占能源生产总量的比重			
	原煤	原油	天然气	水电、核电、风电
1990	74.2	19.0	2.0	4.8
1991	74.1	19.2	2.0	4.7
1992	74.3	18.9	2.0	4.8
1993	74.0	18.7	2.0	5.3
1994	74.6	17.6	1.9	5.9
1995	75.3	16.6	1.9	6.2
1996	75.0	16.9	2.0	6.1
1997	74.3	17.2	2.1	6.5
1998	73.3	17.7	2.2	6.8
1999	73.9	17.3	2.5	6.8
2000	73.2	17.2	2.7	6.9
2001	73.0	16.3	2.8	7.9
2002	73.5	15.4	2.9	7.8
2003	76.2	14.1	2.7	7.0
2004	77.1	12.8	2.8	7.3
2005	77.6	12.0	3.0	7.4
2006	77.8	11.3	3.4	7.5
2007	77.7	10.8	3.7	7.8
2008	76.8	10.5	4.1	8.6
2009	77.3	9.9	4.1	8.7

资料来源：《中国统计年鉴2010》。

但是，在看到新型能源巨大潜力的同时，我们也不能忽略新型能源在中国发展遇到的困难和阻力。一是成本太高，市场竞争力弱。除太阳能热水器外，绝大多数利用新能源生产的电力、热力、液体燃料产品的成本仍然高于常规能源产品，缺乏经济竞争优势，不具备完全自主商业化发展的能力。二是自主创新能力不强，产业体系薄弱。虽然我国在新能源利用关键技术研发水平和创新能力方面有所提高，但总体上和国外发达国家相比仍然明显落后，技术研究水平和科研投入水平都相对较低。在关键工艺、设备和原材料供应方面，仍严重依赖进口，受制于国外技术的垄断，如大型风电机组的轴承、太阳能电池的核心生产装备、纤维素乙醇所需的高效生物酶等。三是新能源政策体系不完善，措施不配套。虽然我国颁布了《可再生能源法》，其制度建设要求也比较全面，但是政策措施和制度建设不配套，尚未完全适应新能源产业发展的要求。主要表现在：新能源发展的专项规划或发展路线图未能及时出台，尚未形成明确的规划目标引导机制；缺乏市场监管机制，对于能源垄断企业的责任、权利和义务没有明确规定；缺乏产品质量检测认证体系；新能源的规划、项目审批、专项资金安排、价格机制等缺乏统一的协调机制；规划、政策制定和项目决策缺乏公开透明度；缺乏法律实施的报告、监督和自我完善体系；缺乏新能源与社会和自然生态环境保护的协调发展保障机制和政策，特别是水电、生物质能还需要完善移民安置、土地利用和生态保护配套政策等。

7. 政府部门对能源低碳化的重视

2009 年 9 月，胡锦涛总书记在联合国气候变化峰会上的讲话明确提出，我国要大力发展绿色经济，积极发展低碳经济。2009 年 11 月，国务院常务会议决定，到 2020 年我国单位国内生产总值二氧化碳排放比 2005 年下降 40% ~ 45%，并作为约束性指标纳入"十二五"规划中。2011 年是中国进入"十二五"发展的第一年，在"十二五"期间，围绕低碳经济的能源技术将成为新的经济增长点，将成为各国抢占的制高点。"十二五"能源规划的制订，也重点围绕加快新能源、电动汽车、智能电网等低碳技术的开发利用展开，以调整结构为主线，以保护生态环境为基本的行动准则，以节能优先为根本途径，以体制改革为保证，最终构建高效公平的体系。在"十二五"期间，将采取有效措施加大节能减排，提高传统能源清洁化利用水平，稳步推进替代产业发展，加快推进水电和核电建设等可再生能源的转化利用。预计"十二五"期间，能源需求总量将可控制在 40 亿吨标煤以内；煤炭在一次能源中的比重由 2010 年的 70% 下降到 66% 左右；非化石能源的比重提高 2% 左右，达到 12% 左右；能源率进一步提高。

二　我国产业结构优化要走能源低碳化道路

我国目前的能源问题、环境问题归结其最终源头还是中国产业发展方式造成的，因此，解决能源问题、环境问题关键途径是解决中国产业发展方式问题，但能源问题、消费问题反过来又会影响产业发展。这就造成了我国产业结构的复杂性、解决产业发展问题的困难性。

（一）目前我国产业结构的特点

1. 我国三次产业非均衡发展

我国产业结构演变的非均衡特征仍十分突出，与世界各国工业化过程的"一般模式"相比，还存在明显偏差。从三次产业产值占国内生产总值的比重来看，第一产业产值比重处于持续下降趋势，而第二产业、第三产业比重则是持续上升，特别是第二产业产值比重上升更为明显，逐步发展成为拉动经济增长的主导产业。1978 年三次产业比例分别为 28∶48∶24，1990 年为 27∶41∶32，2000 年为 15∶46∶39，2010 为 10∶47∶43。从发展速度看，第二产业发展速度最快，其次是第三产业，第一产业发展速度最慢（见表 5）。产业结构的非均衡发展部分导致了能源消费的非均衡特征，反之，能源消费非均衡进一步制约了产业结构的发展。

表5　1990~2010 年中国三次产业结构

单位：%

年份	各次产业占国内生产总值的比重		
	第一产业	第二产业	第三产业
1990	27	41	32
1991	25	42	34
1992	22	43	35
1993	20	47	34
1994	20	47	34
1995	20	47	33
1996	20	48	33
1997	18	48	34
1998	18	46	36
1999	16	46	38
2000	15	46	39
2001	14	45	40
2002	14	45	41
2003	13	46	41
2004	13	46	40
2005	12	47	41
2006	11	48	41
2007	11	47	42
2008	11	47	42
2009	10	46	43
2010	10	47	43

资料来源：《中国统计年鉴 2010》。

2. 资金密集型和资源消耗型的重化工业成为带动经济增长的主导产业

工业一直是第二产业中的主导产业，从总体上来看，第二产业的快速增长依赖于工业的快速增长，通过历年的数据分析，第二产业的增长与工业的增长方向相同，并且工业产值的增长速度高，第二产业产值的增长速度也高。工业逐步成为带动经济增长的主导产业。而在工业内部，一些资金密集型和资源消耗型的重化工业成为带动经济增长的主导产业。自20世纪90年代以来，制造业内部结构呈现出重工业化和高加工度化的趋势，由以轻型制造业为主向以重型制造业为主转变，重型制造业从以原材料制造业为主向以加工组装型制造业为主转变。"十一五"以来的数据显示，我国重工业产值占整个规模以上工业总产值的比重保持在70%以上，工业结构重型化的趋势十分明显。

3. 服务业发展加快，比重提高

改革开放以来，中国服务业有了长足的发展，1978～2005年的27年间，服务业平均增速超过10%，高于同期国内生产总值的平均增长速度。2006～2010年，第三产业年均增长11.9%，比"十五"时期快1.4个百分点。服务业比重的不断提升，表现为我国产业结构正逐渐向第三产业转移，服务业将逐渐成长为带动国民经济增长的主要拉动力量。

4. 产业的发展带有明显的粗放式特征

从整体上来讲，我国目前的产业结构属于能源消耗型和资源依赖型。我国目前的一、二、三产业的发展是以土地、资源、环境的高度消耗和破坏为代价的，其中包括大量对资源进行初级生产加工的产品、以矿产资源和高能耗为基础的产品甚至是能源资源的直接出口，以牺牲全社会的利益和长远利益为代价，片面追求短期经济利益。

（二）能源供给约束我国产业结构优化

1. 能源供给紧张、绩效低下制约产业发展

产业发展，国家经济才能增长。从产业总体来看，大规模的产业化目前正受到自然资源和能源的制约。近年来，我国产业发展迅速，能源消费量增长较快。大量消费能源，推动了中国经济的高速增长，但也使中国经济增长越来越接近资源和环境条件的约束边界。然而，我国产业面临的本质问题是如何发展的问题。在能源供给充足时期，产业发展似乎一帆风顺，但是一旦能源供给紧张，产业自

身的弊端就暴露无遗：能源利用效率低下；企业降低能源强度的自觉意识尚未普遍形成，多数企业在企业管理中还没有将能源环境因素纳入成本核算范围，为追求增长只考虑产出，而不考虑能源资源和环境的投入代价。不少企业常常只短视地衡量节能即期投入和收益的不对称，却很少考虑长期的投资回报率，缺乏筹措和运作节能投资的积极性；国内通用设备的平均总体水平和效率偏低等。

2. 高消耗的产业结构为环境污染付出高昂代价

能源消费量不断攀升和能源消费结构的非均衡导致环境污染结构性特点突出。产业能源消耗引起的环境污染对整个国民经济发展造成负面影响越来越严重，而我国环境污染排放管制松懈，管理制度漏洞百出，使得企业造成的环境污染成本由社会承担，企业缺乏提高能源利用效率的激励，在面对国际竞争时，我国企业整体处于劣势，整个产业的发展也受阻。

我国工业化付出了高昂的环境代价。工业，特别是重工业的高速增长的同时也造成环境污染、生态恶化。目前，工业对环境的污染，特别是对水和大气环境的污染，是影响环境的主要问题。2010 年，我国以 56.065 亿吨位居二氧化碳排放总量的世界第二位，仅比美国低 30 万吨，甲烷、氧化亚氮等温室气体的排放量也居世界前列。原因在于我国企业排污设备落后，技术水平低下，企业废弃物处理意识不强。如此恶性循环最后当能源环境资源瓶颈严重时，产业面临进退两难的绝境。

3. 能源运输成本高，使得产业集中化、规模化难以实现

能源分布地区间的不平衡，使得我国大型能源依赖型产业的发展受到限制，尽管这些大型企业集中度高，规模效应明显，能源综合配置、利用水平比小型企业高，造成的污染小，但是这些企业往往集中在离能源产地较远的区域，能源运输所消耗的能源也必须计算在内。举例来说，2010 年我国原煤产量 32.4 亿吨，75% 需要通过铁路和公路跨省外运，煤炭运输约占铁路货物总运量的 50%，跨省区输煤与输电比例为 20∶1，输煤在能源资源配置中所占比重太高，给交通运输带来巨大压力，也使产业难以实现集中化。因此，即使一些大型企业在生产现场的能耗和成本可能是低的，但如果考虑将铁矿石、焦炭和燃煤千里迢迢运到炼钢厂，再将钢材产品运到四面八方的市场上销售，从整个系统的综合能耗分析，大规模生产的优势未必都带来更好的竞争效益和更低的能源环境代价。

4. 国际制造业竞争力相对缺乏

国际贸易对拉动我国国内生产总值增长有很大贡献，从总体上看，我国的对外贸易结构并没有发生明显的变化，出口一直是以机电产品、纺织品为主，仅从价值方面来衡量，我国的对外贸易影响是举足轻重的，但是从出口产品结构来看，初级产品又占据国际贸易的重要位置，而这些产品的生产大多是以能源高消耗实现的。从对外贸易结构来看，我国巨大的能源需求不仅来自中国国内，还来自国际需求。按照我国目前商品出口的趋势，工业制成品所占比重还会进一步提高。为了扩大出口、降低成本，国内工业企业必然要扩大规模，提高产量，对于能源的需求会进一步加大。我国工业制成品能够在全球贸易竞争中胜出是由于低廉的价格，而低廉的价格来自国内低廉的劳动力成本、低廉的能源环境等资源成本，而随着这些成本的不断上升，以及近年来一些发展中国家制造业成本优势的凸现，中国的工业制成品在国际市场中逐渐丧失价格优势，这将进一步影响中国的经济。而且与其他国家相比，我国的能源产出效率也偏低，单位产出耗能远高于发达国家，这使得我国在经济保持高速发展的同时，要面临更加严峻的能源形势。除了利用我国劳动力资源优势外，我国相对宽松的能源、环境等条件不能说不是对外贸易增长的一个重要影响因素。因此，如何在国际贸易分工的前提下，调整我国进出口产品结构，降低能源消费的增长速度，这不仅对降低能源消费强度会产生重要影响，同时也会对降低污染物排放量作出贡献。

（三）走能源低碳化道路促进产业结构的升级

能源低碳化的基础就是低能耗、低污染、低排放。发展能源低碳化，现有的产业结构必然会出现调整与升级。一方面因为通过对钢铁、化工等传统高能耗产业进行技术改造、节能减排，从而实现了产业结构的升级；另一方面是因为通过对新能源、环保产业的大力发展，实现产业结构的合理化。所以开发新能源、发展可再生能源等低碳能源成为我国实现能源低碳发展的重要途径，是我国产业结构调整的重要方向。而且中国走能源低碳化道路所形成的巨大市场和商机也吸引着跨国公司。跨国公司利用其在新能源、减排领域内技术的优势和资金实力，纷纷在中国开始布局，既有新能源生产领域，也有新能源设备制造领域，从另一个角度实现中国产业结构的升级。如世界第一大能源巨头英国石油公司（BP）利用其在煤炭清洁利用技术、风力发电等优势，在未来的5年内，将投资不少于5

亿美元用于中国煤炭清洁利用技术战略整合及商业化、风力发电及醋酸生产等3个方面。还有在可再生能源开发利用方面领先的通用电气公司（GE）已在中国开发了39个风力发电场。诸如此类的投资还有很多，但是我们在欣喜的同时，也应该清醒地认识到，事物是两面的，跨国公司凭借其在技术、资金上的优势，固然会帮助我国产业结构快速升级，但是也会对国内相同类型的企业产生严重的挤压，会对我国产业结构的调整和产业升级产生严重的影响。

未来，将是低碳的竞争。走能源低碳化道路对中国来说，既是机遇，又是挑战。应该看到，我们正处于工业化和城市化加快发展的时期，在一定时期内，一些高碳产业仍是支撑经济发展的主导产业。我们要通过产业政策调整，努力增强产业的自主创新能力，开发低碳技术和低碳产品，以技术进步带动整个产业升级。要尽快改造传统产品生产流程，通过新技术减少能源消耗、提高投入产出率；要积极发展新能源和可再生能源，做好产学研联动工作，引导和鼓励各界进行新能源开发和设备制造，逐步推广新能源；要善于运用《联合国气候变化框架公约》和《京都议定书》中有关发达国家有义务向发展中国家提供技术转让的相关规定，尽量降低技术转移成本。总之，采用一切合法手段，通过消化、吸收和再创新，形成我国具有自主知识产权的中国低碳技术和产品，从根本上提升我国的产业竞争力。

（四）走能源低碳化道路催生低碳产业和新型产业，丰富现有产业结构

能源低碳化的特征就是以减少温室气体的排放为目标，构筑低能耗、低污染为基础的能源体系，既要节能减排，又要提高能源的综合利用率，最终形成低碳化产业体系。中国现在发展的低碳产业体系主要可分为以下几类：首先是新能源、清洁能源以及节能产业。包括风能、太阳能、地热能、潮汐能、生物质能等新能源，也包括清洁能源的水电、核电等。还包括能源的传输方式，比如高压、超高压以及由此衍生出的智能电网业务。也包括工业节能，建筑节能等。其次是环保产业。主要包括污水处理、固定废弃物的处理等。再次是减排产业。包括余热回收、余热循环与余热发电等循环经济产业等。

除了孕育出低碳产业之外，中国走能源低碳化道路，还会在现有行业发展的基础上进行创新而衍生出新的产业。比如发展具有自主知识产权和高附加值的创

意产业。创意产业的知识密集型、高附加值、高整合性，对于提升我国产业发展水平、优化产业结构具有不可低估的作用。在当前外部环境不景气、国内经济转型的情况下，创意产业在经济发展中将发挥重要的作用。再如发展生态旅游业。由于生态旅游要求保护旅游资源，有利于对历史文化古迹的保护与传承；生态旅游强调旅游规模小型化，限定在承受能力范围之内，这样既有利于游人的观光质量，又不会对旅游地造成大的环境破坏，所以可以把建设宜居城市与当地民风、民俗结合起来，形成具有民族特色的生态旅游观光产业。还可以发展的新的产业就是都市农业。在发达国家，都市农业的重点是生态恢复和生态保护。如英国想通过发展都市生态防护和园林园艺农业措施改善城市生态环境；德国采用生态保护农业措施恢复城郊矿山废地生态；新加坡则通过发展都市农业，不仅改善了国家生态环境，把新加坡变成了世界著名的花园国家，而且已经改变了国家农业食物生产短缺的现象，实现了肉类供应完全自给和25%的蔬菜的自给。由这些国家的经验可见，发展都市农业的经济效益、社会效益、生态效益和人文效益都非常显著。

（五）走能源低碳化道路促使产业结构调整向中高端产业和服务创新集聚

能源向低碳化、高效化方向发展，使得我国的产业结构开始向第三产业发展。政府将会结合低碳化发展的大趋势，加快发展高新技术产业和现代服务业，以服务业结构升级作为调整产业结构的突破口；将会创新政府管理方式，加快农业现代化建设，积极发展和创新各种形式的都市农业；将会引导工业健康发展，增强企业技术改造和自主创新的能力；将会制定和实施产业集群和产业链计划，注重培育中高端产业集群和产业链的形成发展机制以及要素集聚机制；将会加快现有工业向新能源、新材料、新技术方向发展，把产业结构调整与发展循环经济结合起来。只有坚持走能源低碳化道路，才会大力提升整体环境质量水平，促进高端产业的聚集，从而发挥中高端产业集聚的强辐射作用，对周边区域乃至国内外产生影响和带动力。而且由低碳化带来的绿色服务、绿色消费意识，对服务业也提出了更高的发展要求，促进城市文化教育、体育娱乐、医疗保健、旅游度假、法律诉讼等行业朝更高层次方向发展。

三 能源低碳化背景下，产业结构升级调整建议

产业结构升级调整的方向就是将产业结构朝向横向协调化和纵向高度化方向演进。产业结构协调化指产业发展过程中要合理配置生产要素，协调各产业部门之间的比例关系，促进各种生产要素的有效利用，为实现高质量的经济增长打下基础。产业结构高度化指产业结构从低级水平状态向较高水平状态发展的动态过程，它以新兴产业比例的提高为前提，主要标志是产业技术层次不断提高和新兴产业不断成为主导产业。因此，产业结构升级调整包括两方面含义：一是结构效益优化，即产业结构演进过程中经济效益不断提高；二是转换能力优化，即产业结构对技术进步、社会资源供给状况和市场需求状况的适应能力的优化。

（一）我国产业结构升级的总体策略

在我国的工业化进程中，重工业一直占据着重要位置，并在今后一段时间内将继续占据主导优势，但是重化工业恰恰是能耗高、污染严重的产业。发达国家在自己的工业化过程中都经历了"先发展、后治理"的模式，而我国作为世界上最大的发展中国家，也远远未摆脱发达国家走过的"先污染、后治理"道路，但中国已经不能享有当时工业化国家所拥有的资源和环境容量了。在全球有限的能源和环境容量约束下，对发展中国家来讲，传统的发展模式难以为继。如今，在我国产业结构的调整中，引入可持续发展的思想，意味着在产业结构调整的过程中，要将眼前利益和长远利益结合起来，实现能源环境的可持续发展，一方面优化能源在各产业间及产业内部的配置；另一方面要降低能源造成的环境污染的排放，其实质就是进行产业结构调整。从短期来说，只能调整能源要素投入的结构变量，严格控制污染的排放；长期来说，就要调节产业的技术构成，实现产业结构的高级化。

但是，由于中国产业间技术水平存在差异、产业间能源利用效率参差不齐的客观事实，使得产业间的产出效率高低并存，同样能源供给条件下，产出效率高的产业对经济增长的贡献大。第二产业能源消耗占我国能源消费总量的很大部分，支柱性产业往往都是高能耗企业，若一味追求工业规模的壮大和发展，则会推动能源消费增长，并可能加重环境恶化，甚至引发能源安全等一系列问题。借鉴发达国家的经验，我国政府可借助税收、法律等手段约束和引导相关产业向低能耗、高能效的方向发展。对于能耗高的支柱性产业，可以从政策上对使用节能型设备的企业予以鼓励和支持；对于能耗高的非支柱性产业，可适当限制其发展规模，使产业结构朝着有利于可持续发展的方向调整。对于我国目前的发展阶段来说，经济发展需既要产业外部结构的合理，更需要产业结构内部的不断优化。具体策略如下。

1. 转变经济增长方式和消费方式

加快转变经济发展方式、谋求绿色发展，是我国"十二五"规划的主要任务和目标。要实现中国产业结构的低碳化发展，一定要制定更严格的节能环保规划，除满足单位 GDP 能耗和二氧化碳下降的约束性指标外，还要强化环保、质量等指标的约束性作用，要推进资源品的价税改革，尽快形成有利于落后产能退出的长效机制。最终将传统的粗放型经济增长方式，转变为知识技术集约型的增长方式。同时优化能源消费结构，在消费领域全面推广和普及节约技术，合理引导消费方式，鼓励消费能源资源节约型产品，逐步形成节约型的消费方式。

2. 加速能源高消耗产业的整合速度，构建淘汰落后产能的长效机制

2010 年国家相继出台的《关于促进企业兼并重组的意见》、《关于加快煤矿企业兼并重组若干意见的通知》、《钢铁行业生产经营规范条件》、《工信部 20 项汽车行业标准》等一系列推进行业兼并重组、淘汰落后产能的政策，就是国家对能源高消耗产业进行整合的"第一步"。以煤炭为例，目前，在全国超过亿吨级的煤炭企业集团只有神化和中煤 2 家，超过 5000 万吨级的仅为 6 家，国家制定的"十二五"目标是形成 8 ~ 10 个亿吨级和 8 ~ 10 个 5000 万吨级特大型煤炭企业集团，这预示着国家对传统高能耗产业整合将会加速，最终达到提高行业集中度、推进技术进步和自主创新、淘汰落后产能、压缩过剩产能、促进节能减排的效果。预计未来 5 ~ 10 年将会出现实质性的突破。

3. 调整产业结构，推动产业结构的技术升级

产业结构调整的关键在于提高技术创新能力，逐步淘汰高消耗、高污染、低产出的传统夕阳产业，同时在引进国外资本、技术和产业的时候，充分考虑产业结构升级的需要，不能被动接受发达国家转移出来的高能耗、高污染的产业，要大力发展节能、低耗、环保的朝阳产业，生产高附加值产品，提高我国产业在全球价值链中的位置。一方面通过加快技术创新，加快产品的更新改造速度，淘汰

落后工艺技术和设备，采用先进工艺技术和设备，提高科技贡献率和能源利用效率，降低能源消耗密度，优化能源消费结构；另一方面，在招商引资的产业结构导向上，要提高"高碳"产业准入门槛，强化机制，要以是否有利于建设资源能源节约、环境友好型的产业系统为基本的取舍标准。在能源、水、土地、矿产资源消耗以及环境保护方面要实行更严格的产业准入标准，制定和完善各类产业标准、行业标准和产品标准，加快产业能效准入标准和污染排放准入标准的制定，设置"产业门槛"、"能效门槛"和"环境准入门槛"，变"盲目引资"为"慎重选资"。

4. 坚持市场调节和政府引导相结合

一方面，政府和市场应该各司其职。政府不能越俎代庖，该放手的要放手，特别是放松对能源资源节约体制机制的管制，交给市场去调节。另一方面，政府应该为市场的良好运行构建合理的制度框架，要推动发展循环经济，促进资源循环式利用，鼓励企业循环式生产，推动产业循环式组合；要设置能源资源效率和最低技术水平准入标准，实施高消耗落后技术、工艺和产品的强制性淘汰制度；要完善企业排污制度和调控手段，形成有利于节约能源资源的市场环境和长效机制；要营造可再生能源发展、替代能源发展、替代技术发展的环境；要制定鼓励资源节约、限制资源过度消费和奢侈浪费的税收政策。只有政府和市场的职能得到有效发挥，由政府制定的产业结构调整政策才能达到其最终的效果。总之，政府的主要作用是制定合理的产业结构调整方向，同时完善经济法律等制度，在此框架下，由市场这只"看不见的手"发挥其配置资源、优胜劣汰的职能。

（二）我国产业结构升级的具体策略

1. 能源产业结构升级策略

目前，中国能源产业内部各行业发展不平衡，结构失衡严重。中国要实现能源产业结构的升级，主要从以下两个方面进行。一是传统化石能源产业低碳化，二是新能源、绿色能源的产业培育。

（1）传统化石能源产业升级策略。就目前来说，石油和化工等传统化石产业在节能减排工作方面存在三方面缺陷：一是高耗能、高污染产品产能增长过快，抑制难度大。近几年来，氮肥、纯碱、烧碱、电石、黄磷等产业的投资均以30%左右的速度递增，产能过剩问题严重。同时调控机制不力和地方保护，使国家产业政策不能得到贯彻落实，扭转高耗能、高污染产品产能增长过快的势头难度很大。二是行业节能减排的基础工作薄弱。能源消耗和污染物排放的统计办法很不健全，有的是十多年前制订的，已不适应当前行业的需要；有的根本没有标准，需要立即研究制订。即使是国家统计局的统计数据，也有很多需要各行业协会帮助核实。另外，节能减排的统计和管理队伍薄弱，许多企业没有专职的能源和环保管理人员。三是节能减排技术的开发、推广力度不够。推进节能减排工作需要技术支撑。这些年企业在扩大规模上投入较多，而用于节能减排的技术开发投入不足。即使有一些企业开发了好的节能减排技术，出于自身利益的考虑，有的也不愿意在行业内共享。此外，对于已经具有成套节能减排成熟技术的行业，国家在推广技术、设立专项支持方面，也显得力度不够。

因此，如果我国要调整传统化石能源行业，只能通过以下途径：

第一，要继续加大节能减排力度。首先是通过大力招商引资，积极引进战略投资者，加快对传统高碳产业的技术改造，提高能源利用率，节约能源；其次是严格限制高耗能工业项目的投资建设；再次是加快落后产能的淘汰力度，有计划地关、停、并、转一批高耗能、高排放、高污染企业；最后要做到加强节能减排目标责任的评价考核，做好监测标准体系建设。

第二，更有效的途径是加快煤炭的低碳化利用，即发展新型煤化工技术。神华的直接液化煤制油、伊泰的间接液化煤制油示范项目开车成功以及万吨级煤制乙二醇装置的鉴定，标志着我国新型煤化工产业进入实质性发展阶段。新型煤化工以煤炭为原料生产洁净能源和化学品等，不仅可替代能源和石油化工产品，如柴油、汽油、电力、热力等，而且通过多联产可以削减电力、石化、建材、冶炼等行业的污染源和民用分散污染源以及汽车的污染排放。

中国要继续发展新型煤化工技术，就必须做到以下几点：

一是科学统筹、有序发展。煤炭利用所涉及的部门、行业、区域太多，如果进行调控，必须要做到全面的科学统筹，才可以使得煤炭业得到可持续发展。要做到从能源替代、资源、市场、技术、交通、贸易、环保等诸多方面进行统筹，跳出部门、行业、区域的界限，从国家利益出发，科学地、有前瞻性地进行规划。国家应尽早谋划煤炭利用的综合性中长期规划（包含能源替代、煤化工、冶金、建材、交通、煤炭开采等），并成立总体协调机构，出台煤炭与煤化工的相关政策，有效遏制地方盲目无序发展的局面。

二是实现高碳资源低碳化技术的突破，建设多联产煤化工综合产业群。当前和今后一段时间，主要应突破的技术包括超临界发电技术、IGCC、多联产技术、褐煤等劣质煤利用技术、先进燃烧技术、多种原料、碳氢比可调的大规模气化工艺，煤、电、气一体化和合成气的下游应用技术等。这些技术都是低碳技术，也是低碳经济的核心。在未来较长的一段时间内，我们要做到的是打破行业界限，利用新型煤化工技术将电力（IGCC）、冶金、水泥、电石、焦化、煤气化以及风能等多个行业有机结合起来，通过互补延伸产业链，建成示范性、循环经济型、多联产新型煤化工综合产业群，从而实现煤、电、化、热、冶、建材等多产业的综合一体化建设。

三是制定资源绩效与环境政策，实现煤炭及相关资源充分利用。我国煤炭储量相对较为丰富，但品质差异较大，部分品种短缺。为了合理高效利用，国家应该根据热值、灰分、含硫量、危害元素含量等多种指标，科学区分各种煤炭的使用范围（包括行业与地区），制定全国分地区煤炭基价目录，规范煤炭资源管理。从环境政策着手，结合新能源的开发与替代，制定相应的环境经济政策和更为严格的排放标准，从而改善环境质量，促进清洁能源的推广使用。同时，着眼于碳元素循环利用，以减少温室气体二氧化碳为目标，使电石、焦化、煤化、氯碱、电力、水泥等行业有机结合，实现煤中碳元素、硫元素的最大化资源利用。另外，我国应尽快研究制定排放二氧化碳的相关经济政策，引导碳元素的循环使用，减少温室气体排放。

四是建设可持续发展的煤炭工业及煤化工产业。环境保护不是经济过程的尾端，现代经济发展已经将环境保护推至前端和中心位置，不是仅仅处理"三废"和"你排我治"。环保部门应将可持续发展的环保理念渗透到经济领域，学会利用可持续发展的模式解决环境问题，不能只考虑脱硫、脱硝等末段治污手段，转而研究如何改变煤炭利用方式与途径，做到少产污或不产污。

在制定煤化工产业发展战略时，要综合考虑水资源、市场、运输、生态环境、酸雨、温室气体、汞污染以及固体废物等多要素，结合二氧化碳的处置成本，对煤炭业如何发展进行多方案或多种模式的战略比较。如在富煤富水区域，可以建设坑口煤化工基地，延长煤化工产业链，尽可能延伸到市场终端产品，减轻化学品运输压力和环境风险；而水资源不支持的富煤区域，还可以进行输煤、输电、引水、输气等多方案比选，从而起到环保优化经济发展的实际效果。

（2）培育绿色能源①产业化。发展绿色能源是解决我国能源短缺、节约矿产资源、减小能源环境压力的必由之路。用产业化方式发展绿色能源能有效地推进环保事业，带动结构调整，促进相关产业发展。

第一，绿色能源的开发和利用应以政府支持的示范工程为先导，社会融资为主体。从投资规模和风险度来看，一般企业没有实力和能力来做绿色能源的投资，只有一些大的能源集团才有可能承接这些项目。大的能源集团应承担一定的社会责任，从事绿色能源的开发和利用。但是仅有社会责任也是不够的，虽然绿色能源产业前景非常乐观，但是从一无所有到产业腾飞，发展过程较为艰难也风险重重，即使是大的能源投资集团也会对这些投资持审慎态度。因此，需要国家推行示范工程。在示范的过程中，发现绿色能源在发展中可能出现的问题，并逐步摸索需要配套哪些政策才能解决这些问题。但是，绿色能源的产业化是市场的产业化。国家投资几个示范工程问题不大，但是把整个产业的发展都寄托在国家投资的示范工程上，是不科学的。因此，政府首先要明确绿色能源发展的方向和重点，分步骤、有序地给予财政支持；然后要理清政府与企业的职责，完善财政补贴政策；最后要进一步完善绿色能源产业投融资制度，促进商业银行贷款投入，吸引民间资本进入，设立绿色能源投资基金，争取风险投资基金支持，开辟国际融资渠道等。

第二，加强核心技术的自主研发，尽快摆脱技术受制于人的局面。绿色能源技术更新是发展绿色能源的关键。拓展绿色能源的采集领域、降低生产成本、实现安全储运、增加应用领域等都需要科技进步的支撑。因此，核心技术的缺位已成为绿色能源产业模式化的主要掣肘，突破绿色能源的核心技术已成当务之急。中国首先要强化对基础理论和基本技术研发领域的倾斜，建立国家战略技术储备库。对风电产业，应尽快攻克核心零部件（如轴承、变流器、控制系统、齿轮箱等）的生产技术；对太阳能光伏产业，要尽快突破多晶硅的提纯技术；对新能源汽车领域，要注重电机、电池和电控系统等核心技术及提高动力电池能量密度与充放电性能等关键技术的突破；对预建的智能电网领域，要加强电网调控和

---

① 绿色能源也称清洁能源，它可分为狭义和广义两种概念。狭义的绿色能源是指可再生能源，如水能、生物能、太阳能、风能、地热能和海洋能。广义的绿色能源则包括在能源的生产及消费过程中，选用对生态环境低污染或无污染的能源，如天然气、清洁煤（将煤通过化学反应转变成煤"气"或煤"油"，通过高新技术严密控制的燃烧转变成电力）和核能等。

调度技术的研究等。我国只有突破了绿色能源核心技术的路径依赖，才能从根本上降低绿色能源的运营成本，提高能源的综合利用效率，使绿色能源尽早实现产业化。

第三，强化基础学科和基本技术领域的人才引入力度。目前我国发展绿色能源产业所需要的基础理论和基础技术方面的人才十分短缺，亟须培养或引进。一是涉及能源材料学、电喷学、分子物理学、能源化学、能源生态和工业设计学及能源管理学等方面的基础理论人才奇缺。表现在汽车研发方面，缺乏跨行业的数据共享，各种钢材的用料配比、钢材耐用性和硬度，都没有共享的平台。风能、太阳能都需要这些基础数据测试能源材料的耐用性，企业只能按图索骥，效率很低。二是涉及能源基本技术方面的人才奇缺，包括能源收集技术、转换技术、储能技术、原材料提纯技术及智能电网的建设和维护等技术人才。这些基础人才的缺乏已成为影响绿色能源产业化的重要瓶颈，只有建立起上述所需要的基础人才培养体系，才有望突破这种瓶颈。

第四，建立多层次多领域绿色能源相互补偿体系。为了解决再生能源零散、分散和自然波动性，需要风能、水能、生物能、太阳能、地热能等多种形式协同，不同技术介入，各种规模产业主体参与。目前，一方面通过电网化零为整，克服储能技术落后、成本过高的问题；另一方面也要积极开发不依赖电网，独立运作的绿色能源，以减轻电网压力。各种独立运作的小型风电、太阳能、生物能源可以聚沙成塔，缓解能源短缺，节约电网建设。中长期要在产业形成和技术研发的基础上，建立一些中型或大型绿色电力基地，就近增加一些缺电地区的电力供给。要积极探索大规模利用荒漠、海洋、草原发展风能、太阳能、潮汐能等再生能源规模化生产的可能性。

第五，绿色能源与清洁能源的整合。由于大规模运用再生能源必须与储能系统或电网协同，因此，还必须发展清洁能源。首先是煤炭和煤电的清洁化。从源头上增加煤炭洗选比例，在末端强化煤电的"三废"治理，可以大幅度提高我国环境质量。为了实现这两步净化，同时提高煤炭的能源转化率，宏观导向应让更多的煤退出直接燃烧，进入电厂转化成二次能源，并严控电厂"三废"治理。通过电厂还可以对其他"三废"进行治理，我国已研制出用二氧化碳制造降解塑料的技术，期待今后能与电厂结合，变废为宝。其次是加快核电建设。随着核电技术日益成熟，其安全可靠性不断加强，发展核电可以有效地增加电力供应，加快电网建设，这又为再生能源上网、绿色电力的稳定奠定了基础。

第六，调控绿色能源与环保事业的互动发展。绿色能源可以带动环保装备工业和材料工业发展。具体包括风电、水电、沼气、太阳能利用装置、建筑节能设施、节能汽车等，促进相关的基础研究、技术进步和产业发展。用再生能源能够促进生态建设，通过生物链实现生物能循环利用，使物种相互补偿，多样化发展。如沼气就是一种特定生物质能。我国是荒漠化严重的国家，通过产业政策引导光电、风电和某些耗能产业与沙漠荒滩结合，集成为"沙产业"的组成部分，可以推进国土资源综合利用。建立与矿物能源关联的绿化产业。把部分从矿物能源收取的外部性费用投入生态建设，特别是荒漠绿化，以平衡二氧化碳吞吐，调节气候和水文循环，同时推动荒漠绿化技术发展，促进就业。

第七，尽快完善有关政策法规体系，为实现绿色能源产业化提供政策和制度保障。在政策法规方面，无论是发达的市场化国家还是发展中国家均制订了各级各类以促进节能产业发展为目标的政策、法规且已形成体系。借鉴国外的经验，我国应从国家战略高度尽快建立绿色能源的政策法规体系，针对各企业的生产方式、工艺流程和应用推广程度等差异应分别施以不同的政策法规。在推广方面，我国可适当借鉴德国的购电法、日本的初装补贴法和美国的抵税法，制定一个有利于我国新能源和可再生能源应用的政策规范。

第八，充分发挥协调机构的作用，为促进绿色能源产业化搭建平台。绿色能源的产业化单靠企业恐怕难以完成，如果没有专门的机构从全局上予以协调，产业化过程很容易出现脱节的现象。因此，政府应设立专门的协调机构，从总体上协调各部门之间的关系，促进各部门、各单位协调一致地参与到产业化过程中。协调机构要加强企业间及企业与科研机构间的产学研联系，推动建立产学研、大中小企业紧密结合的技术合作创新体系，为关键技术攻关、分工合作开展基础研究、技术推广应用及经验交流等搭建平台，确保企业风险同担、资源共享，这样不但可以避免各企业间无序、低水平的竞争，降低各企业研发与生产成本，还可以集中有限资源进行关键技术研发，不断推动绿色能源的产业化进程。

2. 健全产业市场环境

（1）明晰环境产权。自然资源作为商品进入市场进行权能交换时，前提是明晰环境资源的产权关系，因此，资源综合体或资源系统的环境所有权是保护环境的关键，也是按照价值规律公平竞争的前提，这里的核心是环境资源产权是否可以划分。环境具有公共性，如果环境资源是公有产权，那就会导致名义上有主体实际上主体缺位的现象出现，进而也就会产生环境破坏、生态失衡等问题。公有产权失灵起不到有效配置资源、发挥其激励和促进的功效。所以，要真正发挥环境产权的激励功效，就必须最大限度地细分产权，把实在无法划分的或界定成本过高的环境产权，放置到公共环境产权领域，把公共产权这部分力争缩到最小范围。当环境的公共产权被划分后，就可以明晰各产权主体的环保职责，消除"搭便车"的不经济行为，真正建立起个人、集体、国家共同治理环境的环保主体体系。因此，政府不仅要通过法律维护环境产权，还要树立全民的维权意识，并利用市场来运行环境产权，从而发挥环境产权的最高功效，才能确保每个产权主体最终都能拥有优良环境，整个社会才能拥有良好的环境基础。

（2）加强能源需求管理。当前，我国已经成为世界上能源消费增长最快的国家，这与中国经济的高速增长、城镇化和现代化进程的不断加快密切相关。中国能源消费需求愈发强烈。能源供需形势十分严峻，难以满足中国当前和长远发展的需要。再加上能源开发和利用上中央与地方的条块冲突、地方政府对短期利益的角逐、粗放增长方式导致的能源高投入与低效使用、经济结构调整相对缓慢、人口持续缓慢增长以及老龄化社会逐步凸现、重工化的迅速发展、国际制造业向中国的快速转移等都使得能源需求进一步急剧膨胀。因此，从战略层面上加强能源需求管理，成为解除中国发展束缚的"良药"。

（3）加强新项目审批，遏制高资源类、能源类产品消耗的源头。为了控制经济过热，我国这些年来对新开工的投资项目进行了严格的控制。仿照这种做法，在新项目审批中，加入对高资源、能源类产品消耗项目的控制是一种在源头上控制资源、能源消耗的方式。为此，应该抓紧研究制定投资项目节能降耗评估和审查具体办法，把资源和能源消耗标准作为项目审批、核准和备案的强制性门槛，遏制高资源、高能源消耗行业过快增长。强制规定未进行节能降耗评估的项目一律不准"上马"。同时，督促重点资源、能源消耗行业企业开展资源、能源审计，编制节能降耗规划。

（4）抓好重点行业和基础设施节能。抓重点行业的节能，例如交通、运输、建筑和工业部门的节能，比管理最终用户和千百万市民的消费行为要容易见效。可以建立和完善重点行业节能考核指标体系和监督体系；可以发展循环经济，促进回收利用与再制造工程；可以推进技术和工艺的创新，加快产品和高耗能工艺的升级换代，加大淘汰落后工艺和产品的力度；可以加强标准、行规、培训、交流等节能减排基础性工作。此外，强化各级政府的节能管理机构并使其职能法制化和规范化，建立政府节能管理机构与相关政府部门之间的工作协调机制也是加强能源需求管理的重要保障条件。要改变目前政府节能管理人员过少和社会节能服务机构少、能力弱的现状。进一步推进能源管理、能源服务、能源监测和监督系统的能力建设；实施重点行业企业的能效水平评价和公报制度，建立起比较完善的能源统计体系；积极探索在公共财政框架内持续支持节能能力建设的扶持政策，增强重点行业和基础设施的节能能力。

（5）采取全方位的配套政策。第一，要建立节能减排奖励机制，包括奖励企业节能技术改造，鼓励企业开发、生产节能减排产品，建立装备制造业节能减排基金，为中小企业节能减排提供融资服务等；第二，要建立绿色行业准入制度，积极推动企业重组，优化企业能源消费结构；第三，建立和完善节能规范、标准，建立和完善与《节约能源法》配套的行业实施规范（标准）；第四，要充分发挥专业研究人才的重要作用，加快节能减排技术成果的转化；第五，要建立公众节能意识，要安排一定的财力支持开展大规模的宣传、教育和培训，引入先进的、环保的、可持续发展的社会发展理念和生活理念，明确建立在新发展观基础上的社会发展方向，鼓励社会做出合理的能源消费选择。

（6）制定合理的能源价格。我国的资源环境成本没有得到体现，资源环境价格偏低，既没有反映资源的稀缺程度，也没有反映环境治理成本和资源枯竭后的退出成本。不仅难以抑制能源的不合理消费，甚至有鼓励低成本使用的倾向。能源和资源的价格比较刚性，缺乏灵活性，并没有发挥价格机制和调节供需作用的过多余地。"谁污染谁付费"的原则在有些地方没有得到很好贯彻，污染企业的违法成本很低。因此，推进节能降耗首先要理顺资源类、能源类产品价格，改变以低成本使用资源和能源的经济发展模式。这就需要形成充分反映资源类、能源类产品稀缺程度的价格机制，充分发挥市场配置资源的基础性作用。

具体方式为：①双重价格，渐进调价。逐步抬高绿色能源价格，在未到位之前，根据能源消费量的多少采用累进计价，用加价的方法抑制过量消费，扶持再生能源。②采用再生能源的平均价格调节能源供求。在目前再生能源价格较高的情况下，用能源高价政策促进结构调整，加快节能事业发展，转变消费观念和方式。同时国家应采用多种方式，确保矿物能源和煤电价格上涨部分用于再生能源

开发，用市场的力量促进再生能源的研究、开发和生产，降低再生能源成本，加大供给能力。与此同时，理顺矿物能源价格。当再生能源的生产价格低于矿物能源的再生产价格时，矿物能源就会被市场逐渐排斥。在合理价格基础的前提下，宏观节能调控应集中于能耗大、增幅快的工业、建筑和交通政策。

此外，政府应当继续完善一系列有利于节能的约束和优惠措施，理顺能源产品价格，抑制能源低成本消费，将低成本使用能源的鼓励政策改为高成本使用能源的约束政策。

（7）建设低碳经济特区。向低碳经济转型已经成为世界经济发展的大趋势，发展低碳经济将会成为中国未来社会经济发展的主流模式，成为促进国内节能减排和应对全球气候变化的重要战略选择。如果说深圳代表了中国的第一次工业革命，那么低碳经济示范区将成为中国下一次工业革命的示范区、未来中国大规模经济转型的实验地。

低碳经济示范区建设是有成本的。从我国目前的节能减排工作来看，在就业压力和税收压力较大的情况下，淘汰落后产能，加快结构调整存在困难，因此，建设低碳经济示范区需要付出很大的成本代价。但是不可否认，低碳经济示范区建设也是有收益的。植树造林，增加碳汇的生态效益是显而易见的；提高能量物质效率可以更大程度地使用能源。建设低碳经济特区将为低碳产业创造发展机遇，带来气候友善的投资环境，低碳行业、产品形成新的核心竞争力，低碳技术研发形成新的增长点。更为重要的是，低碳经济示范区和当年的经济特区一样，不仅会受到国内外的广泛关注，也一定会得到国内政策的大力支持，形成政策"洼地"，吸引国内外的资金、人才和技术。

3. 健全完善碳市场交易

中国的碳市场发展目前存在三重难题。第一是碳市场划分。这种分割主要来自中国政府对于减排指标的分解，即政府把减排指标分解到各个省市，指标分解的办法和地域分割的地方行政界限割据了碳市场。比如，"北京的减排指标，就很难卖到山西"。第二是碳核算。碳核算是碳交易的前提，二氧化碳的单位无法准确确定、交易方法不统一、交易数据信息不透明等都会严重影响碳的交易。第三是政府监管。中国目前欠缺一个较为完美的碳交易体制架构，不仅需要政府的扶持与监管，还需要企业的自我监管。

总之，要健全碳市场交易，需要做到以下几点。

（1）合理分解减排指标。2010年底，工信部节能与综合利用司副司长高东升表示，"十二五"期间，"国家节能减排的指标将分解到企业头上"。"十二五"约束性指标的分配对象将由地方政府转向行业和企业。也就是说，电力和石油化工行业等将按行业分解碳减排指标，然后在行业间划行政区域去做一些交易；至于城市交通、建筑业等与政府政策、规划直接相关的产业，则可将减排指标分给地方政府；汽车制造、机械制造、化工、纺织、印染、冶金等竞争性行业将安排过渡方案，减排指标从向地方分解转化为向行业分解。

（2）以碳核算为基础，指导社会合理使用能源。国家相关部门应设立碳核算计量研究机构，以数据为依据，指导低碳材料和低碳产品的排序，依次区分不同的支持度；要将每个材料和产品都标示出排碳量，从而可以指导社会尽量使用低碳材料；要对每个单位，规定耗能和排碳量指标，从而达到节约资源、调配社会合理使用能源的目的。

（3）政府要起到规范、监管碳市场交易的责任。碳排放权交易在我国尚属刚刚起步，体制很不健全，缺乏国家法律、政策的保障和规范。因此政府首先必须通过提供补贴或增加直接投资，激励企业加大清洁能源的研发，以帮助电力、交通运输以及其他高碳企业降低实现碳减排目标的成本；要制定出煤电企业燃煤效率标准，汽车、家电、建筑以及工业能耗标准等行业标准以促进能源利用效率的提高；同时设立绿色基金，专项用于资助低碳技术的推广、电动或混合动力汽车的研发以及加强基础研究等。其次，要起到监管碳交易市场的责任。要建立和完善国家环境管理部门和地方环境管理部门，制定相关政策、法律对碳交易进行管理、调控和监督。

（4）构建碳交易总量管制与排放交易机制。"总量—交易"机制是帮助我国以最低成本实现减排目标的重要机制。在该机制下，环境成本真正成为企业投资决策的一部分，从而激励企业加大减排领域的研发与投资，进而实现节能减排。对此，我国可以借鉴《京都议定书》下的国际排放贸易机制和欧盟排放贸易体系的经验，建立基于总量控制和排放贸易的市场机制。

（5）培育碳市场交易体系。碳价格是反映宏观经济运行和引导资金流动的关键要素，而这依赖于机制完善和交投活跃的碳市场。目前，我国碳市场尚处于发展初期，碳市场建设相对滞后，不利于价格形成和价格发现，所以我们要加快碳市场建设，建立一个统一的碳市场，鼓励有资格进行碳交易的个人和各种组

织，包括具有碳排放许可的国内各地区企业、政府、中介机构、投资商等积极参与交易，活跃市场。此外，要完善中介市场的培育，鼓励机构投资者，特别是碳基金进入碳市场。中介市场要有利于推动国内碳中和交易的达成，活跃国内碳交易市场；要有利于在国际合作中降低卖方与买方的信息不对称，提高与境外企业的博弈能力。

（6）鼓励金融机构参与碳市场，促进相关碳金融服务的发展。金融机构已经成为全球碳排放权交易市场的主要参与者。但是我国碳金融发展的不足，使得碳配额及其相关衍生产品的定价权旁落他国，也制约了企业参与碳市场的积极性。对此，我国金融机构可创新信贷业务，根据"赤道原则"增加对节能减排企业的信贷支持，一并提供相关的咨询服务；可依托我国 CDM 供给大国的地位，积极开发 CDM 项目的相关金融服务，发放以 CER 收益权作为质押的贷款，开发与 CER 有关的金融产品，为 CDM 项目开发企业提供担保等；还可为投资者进行风险管理提供新的金融投资工具，如债券、理财产品、绿色信用卡等其他标准化金融产品。

参考文献

崔民选：《中国能源发展报告（2009）》，社会科学文献出版社，2009。

崔民选：《中国能源发展报告（2010）》，社会科学文献出版社，2010。

闫笑非等：《中国能源消费与产业结构变化关系的实证研究》，《改革与战略》2009 年第 2 期。

杨伟利：《中国可再生能源产业化步伐趋紧》，《绿色经济》2007 年第 3 期。

张宇：《中国将坚定不移加快能源产业结构调整》，2009 年 6 月 12 日《证券日报》。

周雪双等：《中国高碳资源低碳化利用的环保思索》，《中国人口·资源与环境》2010 年第 5 期。

刑小军等：《中国产业结构对能源需求影响的机理》，《内蒙古社会科学（汉文版）》2008 年第 3 期。

王晶：《新能源产业化瓶颈何在》，2008 年 7 月 2 日《江苏经济报》。

崔木花：《新能源产业化的路径探讨》，《集体经济》2010 年第 3 期。

沈璘等：《我国可再生能源产业化的开发风险》，《安徽农业科学》2007 年第 1 期。

刘满屏：《我国产业结构变化与能源供给、消费的协调发展研究》，《中国经贸导刊》2006 年第 5 期。

刘鸿鹏等：《推进我国能源和可再生能源产业化发展的基本设想》，《中国能源》1997年第10期。

沙景华等：《浅论中国能源产业结构优化问题——由"缺电"引发的思考》，《资源·产业》2005年第5期。

张晓理：《绿色能源产业化的市场环境及宏观调控》，《生产力研究》2005年第5期。

陈甲斌：《关于我国可再生能源产业化措施的探讨》，《福建能源开发与节约》2003年第4期。

申宝宏等：《高碳能源低碳化利用途径分析》，《中国能源》2010年第1期。

李金铠：《中国未来需求预测与潜在危机》，《财经问题研究》2009年第2期。

张晓华等：《中国未来能源需求趋势分析》，《清华大学学报（自然科学版）》2006年第6期。

杜悦英：《中国碳市场发展面临三重难题》，2010年10月14日《中国经济时报》。

高广阔等：《中国能源需求预测及供给对策》，《电力技术经济》2005年第3期。

陈正：《中国能源需求结构预测分析》，《统计与信息论坛》2010年第11期。

朱益：《中国能源市场现状研究——兼论中国能源市场国际化》，《浙江经济》2004年第8期。

江淑敏等：《我国碳市场构建的设想》，《中国新技术新产品》2009年第10期。

曾胜等：《我国能源需求与能源供给分析》，《商业现代化》2006年第7期。

许明珠：《碳市场发展探析》，《中国财政》2008年第17期。

崔立新等：《全球碳市场的实践及其对我国的启示》，《金融发展》2010年第5期。

吴洁等：《论全球碳市场机制的完善及中国的对策选择》，《亚太经济》2010年第4期。

孙世强等：《环境产权与经济增长》，《哈尔滨工业大学学报（社会科学版）》2004年第3期。

荆哲峰：《国际碳市场状况及对我国碳市场建立的启示》，《北方经济》2010年第8期。

陈红英等：《低碳经济与低碳技术》，《改革与开放》2009年第9期。

The Development Direction of China's Industrial Structure in the Background of Low-Carbon Economy

Abstract：Since 21st century, China's economy has maintained a rapid growth pace, and there is a heavy industrialization trend of the industrial structure. The development mode of heavy industrialization is extensive, which leads to high energy

consumption and tight supply. Meanwhile, the negative impact of environmental disruption will be enlarged very quickly. Currently, in order to maintain sustainable development, China must solve the conflict between economic development and the restrictions of the resources and environment. Therefore, how to combine low carbonization and China's industrial structure is the key issue that this article will discuss.

Key Words: Low Carbonization; Industrial Structure; Green Energy Resource; Saving Energy and Reducing Emissions

B.9

分报告八

合同能源管理"破茧待飞"

张存萍 吴 迪*

摘 要：合同能源管理是运用市场手段促进节能的服务机制，积极推进合同能源管理是完成节能降耗任务的一个重要措施。随着我国税收扶持、金融服务等加快推进合同能源管理发展的相关政策出台，合同能源管理迎来了高速发展的机遇期。由于合同能源管理在我国发展的历史还比较短，为了更好地发展合同能源管理，当前还需要解决信用缺失、资金筹措、风险管控等几个关键问题。

关键词：合同能源管理 节能机制 融资 信用缺失 风险管控

随着我国构建和谐社会举措的逐步实施及新型工业化步伐的不断加快，原有粗放式、高耗能的生产和生活模式将逐步被集约式、节能环保的生产和生活方式所替代。我国在发展经济的同时，如何节约和充分利用能源成为首先加以考虑的问题。作为耗能的主体，企业能源成本已经占到企业总成本相当大的比重，如何降低能耗费用，如何开源节流，也已成为各个企业积极探索的问题之一。20世纪70年代中期，一种基于市场的、全新的节能项目投资机制——"合同能源管理"（EPC）在市场经济国家中逐步发展起来，该机制实质是以减少的能源费用来支付节能项目全部成本的节能投资方式。这种节能投资方式允

---

* 张存萍，金融硕士，北京财贸职业学院副教授，曾主编、参编金融证券类著作多部，论文数十篇；吴迪，华东理工大学硕士，美国工程师协会会员，注册能源管理师、能效评估师，现任通标标准技术服务有限公司研发主任，主要研究低碳经济、合同能源管理、可持续发展等问题。

许用户使用未来的节能收益为工厂和设备升级，降低目前的运行成本，提高能源利用效率。

一　合同能源管理的发展概况

第一个应用"合同能源管理"这个概念的是蒸汽机的发明者詹姆斯·瓦特，当时他为了推销他的蒸汽机，给客户以下承诺："我们免费提供你蒸汽机并安装和调试，同时给你提供5年的服务。我们向你保证，蒸汽机可以替代马匹作同样的工作，机器中燃煤的费用，比你用马匹和及其饲料更加节省。我们唯一想得到的报酬就是：节省下来的金额的三分之一。"很快他的机器得到了推广。同时，"合同能源管理"这一概念也产生了，它是技术革新的产物。

ESCO（Energy Service Company），中文名为节能服务公司，又称能源管理公司，在中国又称为 EMC（Energy Management Company），是一种基于合同能源管理机制运作的、以赢利为目的的专业化公司。EMCo 与愿意进行节能改造的客户签订节能服务合同，向客户提供能源审计、可行性研究、项目设计、项目融资、设备和材料采购、工程施工、人员培训、节能量监测、改造系统的运行、维护和管理等服务，并通过与客户分享项目实施后产生的节能效益，或承诺节能项目的节能效益，或承包整体能源费用的方式为客户提供节能服务，并获得利润，滚动发展。

在市场经济国家中，合同能源管理和节能服务公司是在 20 世纪 70 年代中期以后逐步发展起来的，当时由于第二次能源危机的发生，有些能源供应公用事业公司为降低兴建电厂的压力，提出需量管理概念，并配合种种诱因，希望用户能采用较高效率的设备。同时能源服务公司也利用这些诱因推展业务，本身投资或成立能源服务公司来服务他们自己的用户，并在业务中逐渐使用合同能源管理的模式（见表1）。

目前合同能源管理在西方国家，特别在工业领域及其能源供给领域应用非常广泛，有非常多的专业公司从事合同能源管理服务。最主要的是附属于能源供给公司（例如供电公司、供热公司等）的节能服务公司，其次是专业能源承包公司（这些公司往往在一些方面的技术很强，主要在工业供热、供冷、高压蒸汽等方面提供服务）（见表2）。

表1　世界节能服务公司出现时间

国　家	第一个节能服务公司出现的时间	国　家	第一个节能服务公司出现的时间
阿 根 廷	20世纪90年代	匈 牙 利	20世纪80年代
澳 大 利 亚	1990年	印　　度	1994年
奥 地 利	1995年	日　　本	1997年
比 利 时	1990年	肯 尼 亚	1997年
巴　　西	1992年	韩　　国	1992年
保 加 利 亚	1995年	立 陶 宛	1998年
加 拿 大	1982年	墨 西 哥	1998年
智　　利	1996年	尼 泊 尔	2002年
中　　国	1995年	波　　兰	1995年
哥 伦 比 亚	1997年	斯 洛 伐 克	1995年
捷　　克	1993年	南　　非	1998年
埃　　及	1996年	瑞　　典	1978年
爱 沙 尼 亚	1986年	瑞　　士	1995年
芬　　兰	2000年	泰　　国	2000年
德　　国	1990年	乌 克 兰	1996年
加　　纳	1996年	美　　国	20世纪70年代

资料来源：中国节能技术与产品网。

表2　节能服务公司的行业分布

行　业	各国节能服务公司的行业分布情况
商　业	许多节能服务公司在此行业的业务达40%,其中印度、日本和墨西哥的节能服务公司在此行业的业务在50%以上
工　业	有50%以上的国家的节能服务公司分布在工业行业,其中保加利亚、埃及、肯尼亚、菲律宾、泰国和乌克兰的节能服务公司的业务占70%以上
市　政	部分国家的节能服务公司在此行业有业务,其中奥地利、加拿大、捷克和波兰等国的节能服务公司的业务占50%以上
居　民	有7个国家的节能服务公司在此行业有10%以上的业务,其中包括尼泊尔(30%)和南非(15%)
农　业	只有爱沙尼亚和南非的节能服务公司分布在此行业

资料来源：中国节能技术与产品网。

（一）国外合同能源管理发展概况

节能服务公司的发展因各国国情不同而各有千秋，其中，美国、加拿大等国家由于政府的重视和支持，资金来源比较充足，节能服务公司的信用体系建立较为完善，其合同能源管理机制的实施较为有效，节能服务公司的成长较发展中国家早，而且节能领域涉及面广。

1. 美国——合同能源管理的领导者

美国是合同能源管理事业的发源地，是节能服务产业最为发达的国家，美国合同能源管理和节能服务产业的起源是在 20 世纪 70 年代末。1973 年的阿拉伯地区的石油禁运和 1979 年的伊朗革命引起了能源价格的显著上升，由此给降低客户能源费用的业务提供了机会，促使一批节能服务公司应运而生。由于得到了联邦政府的支持，采用合同能源管理机制进行业务运作的节能服务公司得到了迅速发展。

20 世纪 80 年代末，美国联邦政府开始考虑发挥节能服务公司的作用来为政府楼宇节能项目筹集资金。

1992 年 10 月，美国国会正式颁布了《能源政策法案》（EPAct），要求政府机构与节能服务公司合作进行合同能源管理。这为节能服务公司的发展打开了方便之门，新的节能服务公司在美国不断涌现。

1995 年，联邦政府开始执行"联邦政府能源管理计划"（FEMP），该计划的一个重要内容是帮助节能服务公司在联邦政府的办公楼宇实施合同能源管理。

1998 年，美国加州通过的一个法案规定，节能服务公司以节能效益分享方式在联邦政府的办公楼宇实施合同能源管理所应得到的资金，可直接从政府机构原应向能源供应部门（如电力公司）交付的账单中取得，这样节能服务公司的资金回收更有了保障。

2006 年，美国节能服务公司的年收入达到 36 亿美元，在减少能源消耗、改善电网运行方式、保护环境等方面取得了显著的成效，合同能源管理机制经过 20 多年的发展日益成熟，其自身特点已趋于完善。

根据美国能源服务公司协会的研究，美国节能服务公司主要由表 3 中的四种类型组成。

表3　美国节能服务公司的类型

类　型	特　　　点	代表企业
独立的 ECSO	最早出现,服务范围比较广泛,有学校、医院、商业建筑、公共服务设施、政府机关、居民和工厂企业。这些公司的业务随市场需求的变化而调整,也常常有自己独特的专业优势	Ameresco, Lockheed Martin Services Inc
附属于节能设备制造商的 ECSO	节能设备制造商自己创办的附属的 ECSO,这些ECSO 以自己所生产的设备,组合各种成熟技术,打开节能服务市场	Carrier, Honeywell Building Solutions SES, Johnson Controls Government Systems
附属于公用事业公司的 ECSO	电力公司开办的 ECSO,不仅能弥补因节电而引起的电力公司的销售损失,而且还可以通过 ECSO 的服务,提高供电质量,改善电力公司在电力供应市场中的竞争地位	ConEdison, Constellation
附属于能源/工程公司的 ECSO	国际性的石油/天然气公司和大型工程公司建立的ECSO,可以抵消用户减少能源使用量的损失,并改善自身企业形象	Chevron Energy Solutions, Planergy Inc

资料来源:美国能源服务公司协会。

美国节能服务的主要技术和项目包括发电设备的安装、大型中央厂房设备,以及可再生能源技术等。其中,节能技术和能效提高方面的服务产值最高,占整个产业产值的73%,从节能服务利润的来源来看,能效管理服务取得的利润占据了约69%的份额。

从图1~图3可以看到,美国节能服务里面技术节能和能效提高产值最高,占整个产业产值的3/4,约为40亿美元,发动机/涡轮发电机安装占节能服务产业产值的6%,约为2.18亿美元。

2. 加拿大——潜力巨大

在加拿大,由于20世纪70年代石油危机后能源价格的上升和环境保护意识的加强,很多能源专家对能源用户的能源利用效率进行了分析。分析结果一致认为,全社会的节能潜力很大,节能对保障能源供应、经济持续发展、保护环境具有十分重要的意义。但是,即使在市场经济条件下仍然有诸多的节能市场障碍。当时,有眼光的企业家注意到了这一点,认为建立一种专业化的节能服务公司可以克服这些节能市场的障碍,这些公司将具有广阔的业务市场。加拿大联邦政府和地方政府对此十分重视,在联邦政府的支持下,魁北克省政府与电力公司合作

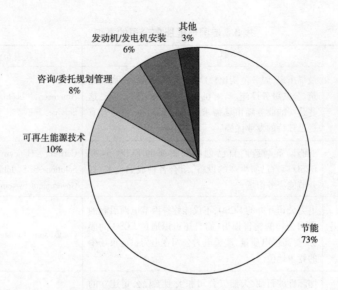

图 1   美国合同能源管理的技术/项目类型

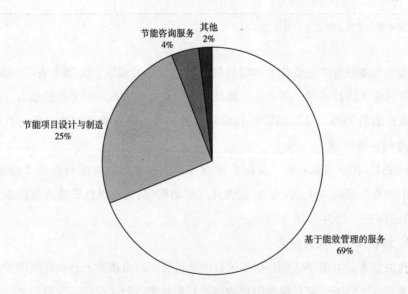

图 2   美国合同能源管理的利润来源

成立了第一个节能服务公司。该节能服务公司是商业性的服务公司，经过几年运行显示了它的赢利机会和生命力，此后该类公司迅速发展。加拿大节能服务公司的主要业务市场为政府大楼、商业建筑、学校、医院的节能改造，工业企业的节能技术改造，居民用能设备的升级。据加拿大节能服务公司协会保守的估计，加

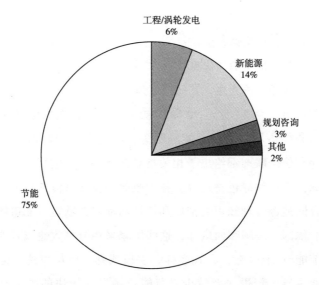

图 3 2008 年美国 ECSO 市场项目类型分类

资料来源：美国 ESCO 工业调查。

拿大的节能服务市场潜力约 200 亿加元。2000～2004 年，该协会所属公司的营业额每年递增 40%。协会 50 多个成员单位共完成合同能源管理项目金额 20 亿加元。2004 年完成的合同能源管理项目金额约 8 亿加元，平均每个项目 350 万加元，并且合同能源管理项目的规模逐渐扩大。2005 年有一个公司签署了一个 8000 万至 1 亿加元的项目，该项目是建筑物照明、空调、供热等综合性的节能改造项目。加拿大联邦政府和地方政府都支持节能服务产业的发展，不仅要求政府机关带头接受节能服务公司的服务，同时鼓励企业和居民接受节能服务公司的服务。加拿大的六家大银行也都支持节能服务产业的发展，银行也积极对用户和项目进行评估，并给予资金支持。

为促进政府机关带头接受节能服务公司的服务，加拿大联邦政府做了大量的工作。1992 年，加拿大政府开始实施"联邦政府建筑物节能促进计划"（The Federal Buildings Initiative，简称 FBI 计划），其目的是帮助各联邦政府机构与节能服务公司合作进行办公楼宇的节能工作，并制订了在 2000 年前联邦政府机构节能 30% 的目标。政府在实施"联邦政府建筑物节能促进计划"中提供的服务包括：

（1）培训；

（2）编制服务指南和合同样本；

（3）审查节能服务公司的资格；

（4）审查合同，提出修改建议；

（5）认可设备加速折旧的优惠。

3. 欧盟——公用设施为主，其他领域为辅

欧洲的节能市场在 20 世纪 90 年代初开始起步，在大多数国家中发展迅速。为了纯净节能市场发展，对能源服务，欧盟和各国政府都出台了诸多政策，建筑能耗和热电联产都给出了相关指导条例，同时进行了多个节能工程如绿色照明、绿色交通和绿色建筑等。各国政府不仅在具体项目上提供支持，还定期进行了合同能源管理知识的推广和培训活动。在欧盟节能市场最为成熟的国家是英国、德国、法国和西班牙，这些国家采用分享收益或者能源购买合同的方式进行节能/产能改造，方式多样，手段成熟，市场发达，但市场主要由少数几个企业主导，新进入者较少。节能市场发展较快的国家有捷克和意大利，前者是因为政府强制性的节能审查措施，后者是政府推行了名为"白色证书"的节能厂商认证制度。由于欧盟国家情况复杂，各国节能市场发展不均，不少国家像希腊、土耳其、马其顿和塞浦路斯等基本上没有节能产业，而荷兰、丹麦和立陶宛，由于国家不大，完全依靠政府基金进行节能改造，没有采用合同能源管理的方式。

从表 4 中可看到，大部分项目都在公用领域，主要原因是这些客户回款有保障，同时很多国家都有针对公用设施的节能改造促进计划。各国主要以楼宇厂房和公用设施的照明、供暖通风为开端，随后进行热电联供和可再生能源项目。

表4　2008 年欧盟国家节能服务市场概况

国　　家	节能服务公司数量	市场规模（亿欧元）	主要客户	次要客户
西班牙	10～15 个私有；数个国有公司	无统计	公共设施	工　　业
德　国	50	16（年产值）	公共建筑	私有建筑
英　国	20～24	9（年产值）	工　　业	商业和公用
法　国	3 个大公司，100 个以上小公司	30（潜在市场）	公共设施	工业和住宅
奥地利	30	5	公共建筑	私有建筑
芬　兰	9～11	2.2（1998～2004 年）	工　　业	
匈牙利	30	1.5～2	建　　筑	工　　业

资料来源：A European ESCO Update，JRC European Commission，国金证券报告。

4. 日本——政府节能的典范

日本政府对合同能源管理事业（ESCO）非常支持，经济产业省、日本节能中心等从政策层面；日本新能源及产业技术综合开发机构（以下简称 NEDO）、日本政策投资银行等从资金层面给予大力支持。日本地方政府大力扶持 ESCO 事业，其中，尤以大阪府 ESCO 工作开展最早、最有成效。大阪府 ESCO 协会，会员包括大阪府、池田市等政府单位以及 40 家 ESCO 公司，设有事务局、监事等机构，承担政策咨询、专业培训、技术交流、展览展示等工作。NEDO 设有"合理利用能源企业支援制度"等补助制度，对 ESCO 事业进行补助，一般按照合同额提供约 1/3 的费用补助。

日本 ESCO 合同主要形式是节能效益分享型，以大阪府 ESCO 事业为例，政府选定拟改造的建筑物，为确定节能策略先进行初步诊断、咨询，然后通过招标确定 ESCO；由中标 ESCO 投资进行详细节能诊断，设计改造方案，进行改造施工，直至运行调试；产生节能效益后，双方进行分享。

大阪府政府住宅城建部公共建筑设备课（属于政府部门）具体负责节能改造工作。针对公共财政支持的医院、政府大楼、学校、研究机构等大型建筑物实施节能改造。由公共建筑设备课选定拟改造项目，招标确定 ESCO，实行全过程改造。据了解，日本节能改造的平均节能率约为 20%，与北京市正在进行的政府机构节能改造预计节能效果大体相当。

日本节能改造涉及的范围和内容是：采用高效、节能技术对空调、采暖、通风、照明等系统进行改造，对屋顶进行保温和绿化，对厨房、卫生间实施节水改造。与北京市不同之处是：日本节能改造不对外围护系统进行改造，认为此类改造应列入建筑物装饰、装修工程，不应列入节能改造范畴。日本已拥有许多节能新技术，如光触媒清洁太阳能吸收板、窗户玻璃抗红外线涂料、人感传感器自动控制灯光、高效非晶变压器、逆变器控制技术等。这些技术在日本已实施，技术成熟，效果明显。

（1）大阪府为了推进 ESCO 事业，将包括诊断、设计、施工、检测等服务的 ESCO 事业作为"节能服务"，作为特定劳务，不作为建筑工程，签订服务合同，以"委托费"的方式支付。这样，避免了与基本建设方面的法律、程序冲突，有效推进了日本 ESCO 事业。

（2）日本政府规定 2000 平方米以上非住宅建筑物的所有者必须报告所采取

的节能措施,各级地方政府可根据需要进行检查、指导或处罚,促使企业、大型公建、行业协会等主动行动起来,促进了建筑物节能,为 ESCO 事业的发展创造了较好的外部条件。

(3) 日本节能中心每年组织进行国家"能源管理士"资格考试,日本第一类能源管理指定单位必须任命具有"能源管理士"资格的人员负责能源管理工作。

(二) 我国合同能源管理发展概况

1998 年,国家经贸委和世界银行及全球环境基金开始在中国合作开展节能促进项目,选择了三个省市进行节能服务试点,引进合同能源管理模式,探索在中国将节能减排引入市场化的长效机制。自此,拉开了合同能源管理在中国不断发展壮大的序幕。该项目的目标是引进、示范、推广合同能源管理模式,建立基于市场的节能新机制,以达到以下目的:①克服市场障碍,促使各类节能项目的普遍实施,提高中国的能源效率,减少 CO_2 及其他污染物的排放,保护全球及地区的环境;②推广节能新机制,组建各种类型的新的节能服务公司,形成中国的节能产业;③吸引各类投资者,向节能项目进行商业性投资,促使节能产业的迅速发展。该项目的内容:Ⅰ期支持成立 3 个示范性的节能服务公司,建立国家级的节能信息传播中心,为项目提供技术援助(见图4);Ⅱ期在Ⅰ期示范成功的基础上建立更多的、各种类型的节能服务公司,并为它们的组建、运营和发展,提供强有力的支持,促使中国节能产业的形成。

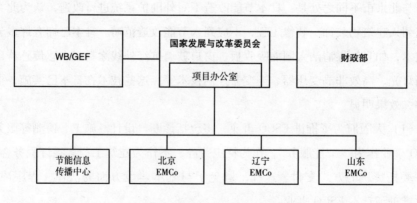

图4 项目Ⅰ期执行机制

截至 2006 年 6 月 30 日，3 家示范 ESCO 资产从组建时的 7440 万元增至 7.3 亿元，增长了近 10 倍；节能投资逐年稳步增长，3 家 ESCO 采用合同能源管理机制累计为客户实施了 475 个节能项目，投资总额达 13.3 亿元，获得净收益 4.8 亿元，而客户的净收益则为 ESCO 的 8 ~ 10 倍（见表 5）。

表 5　项目 I 期概况（截至 2006 年 6 月 30 日）

	北京 ESCO	辽宁 ESCO	山东 ESCO	合计
组建时间	1996 年 4 月	1996 年 5 月	1996 年 11 月	—
注册资金(万元)	2000	2000	3440	7440
总资产(万元)	20584	28056	24797	73437
已实施项目(个)	96	274	105	475
投资总额(万元)	34298	50834	47891	133023
累计营业收入(万元)	18258	44913	34092	97263

资料来源：世行/GEF：《中国节能促进项目 I 期总结报告》（内部资料），2007 年 3 月。

为延续项目 I 期取得的成果，进一步推广合同能源管理机制的应用，建立可持续发展、适应市场要求的 ESCO 项目运作体系，给予新 ESCO 公司技术援助并增强其市场融资能力，WB/GEF 中国节能促进项目 II 期于 2003 年 11 月正式启动，至 2009 年底结束。项目 II 期的启动，标志着中国 ESCO 产业进入了发展阶段。项目 II 期的主要内容：开展 ESCO 服务；成立中国节能协会节能服务产业委员会（EMCA），对中国 ESCO 进行节能技术援助和咨询、合同能源管理机制培训和节能信息传播；实施 ESCO 融资担保计划：增加 ESCO 从国内银行获得商业贷款机会，使 ESCO 的能效项目投资最大化（见图 5）。

II 期计划的中国节能协会节能服务产业委员会（EMCA）于 2004 年 4 月 3 日经中华人民共和国民政部批准正式成立。该协会主要业务范围为：①推介节能新技术；②召开会员年会，合同能源管理业务国际国内发展论坛/研讨会，创办期刊或出版物；③借助世界银行/GEF 中国节能项目 II 期贷款担保计划，帮助新兴/潜在 EMCo 克服资金障碍，建立良好的资信，从商业银行获得节能项目所需资金；④对节能服务公司进行认定并予以公布；⑤发布最新的项目动态，推荐适合合同能源管理方式运作的项目线、产品和技术目录；⑥加强与公用事业机构及其附属机构、相关的行业协会、律师、金融机构、国际机构的联系和合作，扩大 ESCO 的服务范围和服务对象；⑦向 ESCO 提供各种有偿服务，接受企业赞助，维持自身的持续发展。

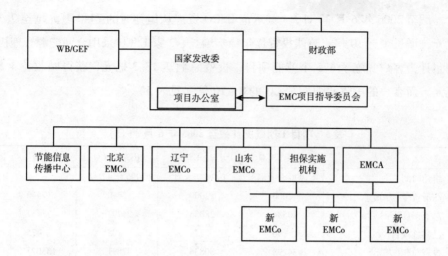

图 5 项目 II 期执行机制

在此背景下，节能服务产业近年来得到了空前的发展，据中国节能协会节能服务产业委员会（EMCA）统计，自 2003 年以来，节能服务产业总产值从 2003 年的 17.67 亿元增长到 2009 年的 587.68 亿元，年复合增长率高达 79.33%（见图 6）。其中工业、建筑和交通对节能服务的需求分别约为 63%、33% 和 4%，而工业领域的节能需求主要集中在冶金、建材、火电和石化等领域，其中电机系统是最主要的节能环节。

合同能源管理项目的投资额从 2003 年的 8.51 亿元增长到 2007 年的 116.70 亿元和 2008 年的 195.32 亿元及 2009 年的 195.32 亿元（见图 7）。

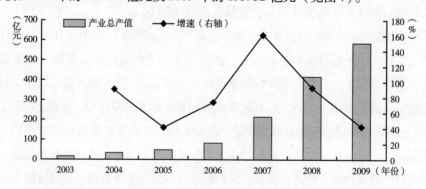

图 6 我国节能服务产业总产值及年增长率（2003～2009 年）

资料来源：EMCA。

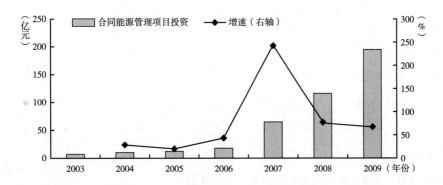

图7 我国合同能源管理项目投资额及增长率（2003～2009年）

资料来源：EMCA。

运用合同能源管理机制实施节能项目的节能服务公司从2007年底的229家增长到2009年底的502家（见图8）。

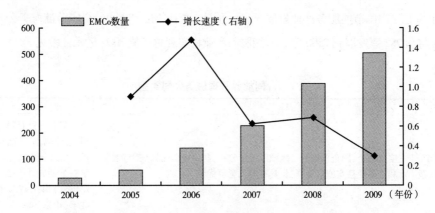

图8 我国节能服务公司数量及年增长率（2004～2009年）

资料来源：EMCA。

2008～2009年，节能服务产业为国家实现年节能1235.12万吨标准煤和1757.90万吨标准煤，减少二氧化碳排放796.85万吨和1133.85万吨。

我国合同能源管理项目已由原来的世界银行和全球环境基金缓慢推动推广阶段发展到现在的由政府主导、企业和社会积极参与的快速发展阶段。合同能源管理涉及的行业已经由传统的工业和建筑业领域向港口运营、多媒体教育等新兴市场延伸（见表6）。

表6 2010年"合同能源管理"新兴行业案例

合同 签订时间	行 业	制造业企业 或其他机构	节能 服务公司	节能产品和 技术提供商	节能 项目内容
2010年1月	纺织业	新疆溢达纺织	宝钢工程技术集 团检测公司	富瑞得伍兹	节能型风机 叶轮
2010年5月	港口运营	天津空港经济区	江森自控		建筑节能
2010年6月	摩托车制造	重庆宗申动力	重庆川燃节能技 术有限公司	施奈德电气	发动机等零 部件节能
2010年6月	多媒体教育	博大伟业	中国趋势		电脑系统节能
2010年6月	旅游物业	宁波阳光集团	中国趋势		阳光海湾低 碳旅游项目
2010年7月	炼焦	四川达兴能源	中国节能环保集 团	正在招标	余热发电等

"十一五"初期，我国运用合同能源管理机制的节能服务公司还只有76家，到"十一五"末，运用合同能源管理机制的节能服务公司已经达到了782家。据《"十一五"中国节能服务产业发展报告》预计，"十二五"期间，全国节能服务公司数量将从782家发展到2500家，节能服务产业将实现总产值3000亿元（参见表7）。

表7 合同能源管理服务公司类型

类型	特 点	相关公司
资金 依托型	主要是央企、国企下属的二级或三级子公司,利用资金优势整合节能技术和节能产品实施节能项目,具有较大竞争优势	中国节能投资有限公司,北京源深节能技术（北京 EMCo）,辽宁省节能技术（辽宁 EMCo）,山东省节能技术（山东 EMCo）
市场 依托型	拥有特定行业的客户资源优势,用所掌控的客户资源整合相应的节能技术和节能产品来实施节能项目,容易获得客户对节能项目的直接融资,开发市场的成本较低,来自客户端的风险较小,但技术风险相对较高,需要很好地选择技术合作伙伴,有效控制技术风险	泰豪科技,赛为智能
技术 依托型	以某种节能技术和节能产品为基础发展起来的节能服务公司(EMCo),节能技术和节能产品是公司的核心竞争力,通过节能技术和节能产品的优势开拓市场,逐步完成资本的原始积累,并不断寻求新的融资渠道,获得更大的市场份额。这种类型的节能服务公司(EMCo)大多拥有自主知识产权,实施节能项目的技术风险可控,项目收益率较高。这种类型的节能服务公司(EMCo)目标市场定位明确,有利于在某一特定行业形成竞争力,如果既能保持技术不断创新,又能很好地解决融资障碍,企业的发展速度将十分可观。中小节能服务企业占比最大	双良股份,烟台冰轮,合康变频,九州电气,华光股份,海陆重工,科达机电,德豪润达

二　合同能源管理的困境与对策

从 EMC 模式在我国的发展过程，可以部分看出我国节能减排力度欠缺的原因。该模式在 20 世纪末引入国内，至今在我国并未实现大规模的应用，归结起来，主要受到以下几方面因素制约。

（一）融资困难

由于需要事先垫付所有投资，合同能源管理项目的实施必须以充足的资金为前提。因此，强有力的融资支持成为节能服务类企业发展壮大的生命线。但是，我国大多数节能服务公司尚处于发展初期，普遍存在注册资本较小、财务制度不规范等问题，在银行贷款审核过程中信用评级较低，银行必然以提高担保要求等措施来弥补。通常，我国节能服务公司获得贷款担保的可行办法，是通过向中国经济技术投资担保有限责任公司申请使用合同能源管理项目担保基金为其担保。但是，要获得这样的担保却并不容易，到 2008 年底，在全国 300 多家从事合同能源管理的节能服务公司中，只有 41 家获得了贷款担保，大多数节能服务公司依然处在融资乏力的困境中。自身担保资源有限以及得不到外部担保，制约了节能服务企业融资的进行。加之，目前我国银行还没有与合同能源管理这一模式相配套的贷款品种以及合同能源管理仍存在一定风险等原因，导致我国节能服务公司很难通过银行等金融机构为项目融资。据统计，我国的节能服务公司有 92%面临融资困难问题。

为了解决合同能源管理的融资难问题，我们应该多方尝试创新的融资模式。比如根据节能单位的具体情况，将重大耗能企业的应收账款，即远期收益变现融资就是一种创新举措。目前攀钢和武钢等单位采用的就是这种方式来进行前期节能融资的。此外，节能服务产业委员会的会员单位之间资金合作也能够在企业间形成互补优势。一些传统的融资方式，像股权融资、风险投资、客户融资、融资租赁也可以组合使用，从而解决企业的融资困难。

除了国内资本，海外基金也开始瞄准中国的节能市场。目前美、韩、澳等国均有资金介入中国节能项目，它们在一定程度上也能够缓解节能服务公司的资金之急，比如美国 ALCOA 和 USAID 参与的世界资源研究所 WRI 发起的中国能效

融资项目、亚洲开发银行 ADB 节能担保贷款等。主要的节能融资项目如下。

1. 中国节能融资项目（项目Ⅲ期）

利用世行贷款通过转贷银行开发可持续发展的节能贷款业务，支持重点用能行业的大中型企业节能技术改造。中国进出口银行和华夏银行为转贷银行。利用世界银行提供的 2 亿美元贷款，并按 1∶1 比例配套资金，GEF 提供每家银行约 300 万美元的赠款。期限 17 年，含宽限期 4 年。转贷项目的期限，最长不超过 7 年。单一项目可用世行贷款不超过 1200 万美元。项目将限定于在原有设备和系统上进行技术改造；正在规划和实施的新建项目不能作为节能项目；项目由于节能产生的现金流，可以在 10 年内覆盖项目投资。借款企业单项 700 万美元以上以及总包合同在 1000 万美元以上的采购要求采用国际竞标性招标。利用 GEF 赠款，一是加强银行节能贷款业务能力建设；二是支持国家节能政策执行能力建设。

2. 中国节能减排能效融资计划（CHUEE）

由 IFC、全球环境基金、芬兰和挪威政府共同出资创立。此计划的目的在于通过建立一个可持续融资机制，为节能减排、清洁能源和可再生能源提供资金支持，从而实现温室气体的减排。IFC 依据与中国合作金融机构（兴业银行、北京银行和上海浦东发展银行）签订的《损失分担协议》，为商业银行发放的节能减排融资贷款提供风险分担，同时供咨询服务。该项目为期 6 年，分三期实施。CHUEE 支持的能效项目规模包括 4 类："小型"项目：平均规模为 25 万美元；"中型"项目：平均规模为 75 万美元；"大型"项目：平均规模为 200 万美元；"非常大型"项目：平均规模为 400 万美元以上。

项目贷款期为 3~5 年；项目客户要首付项目成本的 20%~30% 自有资金；按月返还贷款本金；宽限期为 6 个月；贷款利息由合作银行自己决定。借贷者可以是终端用户也可以是节能服务公司。

到 2009 年 9 月，实施项目 117 个，项目一期 44 个，贷款金额 200 万~4000 万美元不等，平均 1750 万美元，总贷款额 43 亿美元，最长贷款 31 个月；总投资额 50 多亿美元，投资回收期 0.68~7 年，平均 3.74 年，内部收益率 14.9%~60%，平均 21%。

3. 法国开发署（AFD）绿色信贷

2003 年 12 月，法国政府授权 AFD 与中国合作，主要致力于在应对气候变化领域内提供资助。是外国政府贷款领域内第一个专门用于应对气候变化的中间信贷项目。该项目为节能项目、可再生能源项目提供优惠贷款。项目分两期实施，在项目一期里，AFD 以主权贷款的形式向中国财政部提供 6000 万欧元的中间信贷，通过三家中资银行（上海浦东开发银行、华夏银行、中国招商银行）转贷，以低于市场利率（Euribor-100BP）贷款条件发给贷款申请企业，主权贷款期限为 10 年，单一项目的法国贷款不超过 400 万欧元或等值人民币。法国世界环境基金（FFEM）提供用于该项目技术援助的 60 万欧元。

在选择节能项目时，一般以节能率为 20% 的项目为认可的合格能效项目。

4. 亚洲开发银行 ADB 节能担保贷款

2008 年 10 月，ADB 宣布了一项节能融资计划，即将投入 8 亿元人民币提供损失分担机制，旨在支持中国中小私营企业的节能计划。选择渣打银行作为试点项目的首家合作金融机构。该项目首先将关注建筑节能领域，改造现有的楼宇设施，支持打造节约能源的"绿色建筑物"。在该项计划中，ADB 将与节能服务公司江森自控和渣打银行（中国）有限公司合作，改造中国现有的楼宇设施。江森自控将负责对楼宇节约能源的潜在性进行分析和评估。

该计划是亚行"能源效率计划"的一部分，对现有楼宇进行节能改造，可节省 15% ~ 40% 的能源。在这些建筑物中投入的"绿色"技术，3 年即可收回投资。

5. 中国气候变化框架贷款协议（CCCFL）

EIB 在 2008 到 2010 年 3 年中向中国提供 5 亿欧元贷款，单个项目不低于 2500 万欧元。支持能源和工业行业减少温室气体和其他污染物排放而设计，包括：可再生能源使用，能效提升，捕获、使用和储存温室气体，造林。

截至 2007 年 11 月，国家发改委、财政部审核并确定的总计 2.2 亿欧元的首批 3 个项目：①扩大森林覆盖 0.5 亿欧元，江西（种植可生产生物柴油和食用油的植物）；内蒙古（控制沙漠化）。② 4 个风电项目，254 兆瓦，1.35 亿欧元，河南，海南，广东。③广东某钢厂，焦化，提高能效，减少污染，0.35 亿欧元。

贷款条件为：贷款币种可以选择欧元或美元，计息方式可选择固定利率或固定利差浮动利率。贷款期 25 年，含宽限期 5 年。无承诺费、先征费、管理费及评估费。采用国际竞争性招标方式（ICB），以采购为主。

（二）税负较重

一直以来，我国税务部门都把节能服务公司视为一般的节能设备销售商，误认为它是通过转卖节能设备从中获利，因此把节能服务合同看成设备购销合同。这样，税务部门就把节能服务费视同一般节能设备销售商的加价，纳入增值税的规范，也就是说，把本应该是适用税率为5%的服务业营业税的部分变成了17%的增值税，税负较重，不利于合同能源管理的发展。

为了解决税负给合同能源管理带来的障碍，2010年4月2日（国发办〔2010〕25号）国家发展改革委等部门《关于加快推行合同能源管理促进节能服务产业发展的意见》专门对税收出台了优惠政策：暂免征收营业税；对其无偿转让给用能单位的因实施合同能源管理项目形成的资产，免征增值税；第一年至第三年免征企业所得税，第四年至第六年减半征收企业所得税；与节能服务公司签订符合条件的能源管理合同的用能企业，按照能源管理合同实际交付给节能服务公司的有关的合理的支出，均可以在计算当期应纳税所得额时扣除，不再区分服务费用和资产价款进行税务处理；合同期满，节能服务公司提供给用能单位的因实施合同能源管理项目形成的资产，按折旧或摊销期满的资产进行税务处理。随着这一意见的出台，税收障碍得以清除，合同能源管理这一机制"破茧待飞"，正迎来最好的发展时期。

（三）财务制度障碍

政府机关、公用事业等是节能服务的重点领域，但是，这些单位的财务管理制度对合同能源管理项目的实施却存在着政策阻碍。

一方面，中央和地方财政预算的单位没有支付节能服务收益的对应科目，财政预算没有办法为节能服务提供资金，节能服务公司开具的节能服务发票也不能视同能源费用入账抵扣，使得节能服务公司即使为政府机关、公用事业单位实施了合同能源管理项目并取得了预期的效果，也难以取得服务收益。

另一方面，我国财政实行"收支两条线"，按照现行政策，实行合同能源管理节约的能源费用也不能由用能单位进行处置。而且，作为政府机关、公用事业等单位，每年的水电等能源费用都有固定预算，如果能耗开支当年降低很多，那么下一个财政年度该项拨款就可能被减少。例如，一家政府机关每年的用电费用为 100 万元，引入能源服务降至 60 万元，但是，根据政府部门实报实销的财务制度，该政府机关不但无法将省下来的 40 万元节能效益拿出来与节能服务公司分享，而且下一年度的电费还有可能减少。这样一来，不仅节能服务公司的投资无法收回，而且上述这些用能单位也没有引入能源服务的积极性。

为了扫清会计制度给合同能源管理带来的障碍，国发办［2010］25 号意见做了完善会计处理制度的说明，意见指出，政府机构采用合同能源管理方式实施节能改造，按照合同支付给节能服务公司的支出视同能源费用进行列支；事业单位采用合同能源管理方式实施节能改造，按照合同支付给节能服务公司的支出计入相关支出；企业采用合同能源管理方式实施节能改造，如购建资产和接受服务能合理区分单独计量的，按照国家统一的会计准则制度处理；如不能合理区分或虽能区分但不能单独计量的，企业实际支付给节能服务公司的支出作为费用列支，能源管理合同期满，用能单位取得相关资产作为接受捐赠处理，节能服务公司作为赠与处理。

（四）信用缺失

目前，我国企业的信誉环境尚待改进，无论是节能服务公司还是耗能企业，都存在这个问题（见表 8）。企业怀疑节能服务公司的承诺是否是真的；节能服务公司怀疑客户能否真正按合同分享节能效益。由于节能服务公司投资的不是独立项目，合同能源管理项目的运行依附在客户身上，由于自身没有主动权，因此节能服务公司风险很大，往往是项目已经实施了，等到向客户分享节能效益时，对方却以种种理由（比如，没有达到合同规定的节能量等）拒绝付款。特别是一旦客户出现重大人事变更、分立、改制、法律诉讼等情况时，节能服务公司的收益更是难以保障。同时，节能服务公司面对的往往是一些需要通过节能改造降低成本的经济效益较差的企业，进一步加大了节能服务公司分享节能效益的风险。由于回款风险问题，节能服务公司虽然面对大量的合同能源管理项目，却举步维艰。

EPC 项目失信行为是围绕节能服务合同的开展发生的。结合节能服务合同的执行程序分析其相关信用缺失的产生，在分析的过程中针对具体的信用缺失行为提出应对策略和实现手段，最终达到一定的控制 EPC 项目信用缺失的目的（见表 9）。

表 8　信用缺失分析

主　体	主体可能发生的失信行为
EMC 公司	EMC 在合同签订之前故意隐瞒自身财务状况不良、技术不达标等信用不良历史； EMC 在合同执行中居于信息不对称的有利位置，没有按合同约定提供高质量的节能设备； EMC 在施工过程中采用其他失信行为引发了节能工程质量低下、达不到应有的节能量； EMC 在工程完成后，没有按规定指导节能设备的后期运营，导致设备的过早老化，从而损害了用能单位的利益，更严重的还可能损害整个社会的效益
用能方	用能方在合同签订之前存在恶意隐瞒行为，诱使 EMC 对其投资； 用能方在合同执行中，通过各种手段来转移项目的节能收益； 用能方在节能改造项目发生效益时，故意采取行为不节能的方式导致合同的节能量达不到； 用能方不愿支付属于 EMC 享有的节能效益部分； 投资市场竞争加剧，其他节能公司给予更优惠的条件，用能方终止合同，强迫 EMC 给予更多优惠； 用能方改制或更换领导班子，新一届领导班子不愿履行合同
政　府	政府相关部门与可能的各方单独联合，引发腐败案件
投资方	投资方故意隐藏投资资金的来源，提高 EPC 项目的财务成本； 投资方未按合同约定及时、足额提供资金，导致节能项目不能按期进行，影响节能改造项目的正常实施
第三方	第三方与政府的"寻租"行为； 第三方与用能方串通，在节能报告上的欺诈行为； 第三方与 EMC 合谋，使节能工作虚假达标

表 9　信用缺失的对策

项目实施过程	对　　策
EMC 与用能方接触	①提高 EMC 的进入门槛（政府规制）； ②提高用能方的甄别能力（用能方内控）； ③进行 EMC 信誉和项目评级（第三方监督）； ④开展第三方信用担保（第三方支持）
初步审计	①加强用能方的过程参与（用能方监督）； ②提高 EMC 的进入门槛（政府规制）； ③列"黑名单"惩罚高风险 EMC（第三方监督）
审核能源成本数据，估算节能量	①提高能源管理部门的监管力度，重点查处偷能行为（政府规制）； ②提高 EMC 的甄别能力（EMC 内控）
提交节能项目建议	①第三方提供用能方节能项目咨询（第三方支持）； ②提高用能方的甄别能力（用能方内控）
用能方承诺并签署节能项目意向书	①EMC 提高对用能方真实意图的甄别能力（EMC 内控）

续表

项目实施过程	对　　　　策
详尽的能耗调研	①加强投资方对 EMC 的合同约束机制,提高违约惩罚力度(投资方内控和合同约束); ②政府约束设备供应商的行为,提高政府对合谋行为的惩罚力度(政府规制); ③研究机构提供标准,清晰化信息传导过程(第三方支持)
签订合同阶段	①强调节能服务合同条款设置的激励与约束力度(合同激励与约束); ②加强政府对违反节能服务合同条款的法律约束力度(政府规制)
对耗能设备进行监测	①在节能服务合同中加入对 EMC 行为的激励措施(合同激励); ②惩罚 EMC 的故意隐瞒行为(合同约束); ③加强用能方、第三方、投资方对项目过程参与、监督、协调(用能方、第三方与投资方监督协调)
工程设计	①在节能服务合同中加入对 EMC 技术能力的规制机制(合同约束); ②提高 EMC 的进入门槛(政府规制); ③采取信息披露的方式惩罚高风险 EMC(第三方监督)
建设和安装	①提高节能服务合同对合谋行为的惩罚力度(合同约束); ②激励 EMC 的工作积极性(合同激励); ③加强政府对设备供应商违法行为的惩罚力度(政府规制); ④加强第三方技术监管部门的监督审查力度(第三方监督)
项目验收	①在节能服务合同中加入培训不力的惩罚措施(合同约束); ②提高用能方的甄别能力(用能方内控)
节能量监测	①节能服务合同充分约束 EMC 与其他部门的"寻租"行为(合同约束); ②加强政府对第三方的监督力度和政府对第三方的激励(政府规制与支持)
分享项目产出节能效益或	①在节能服务合同中约束用能方后期的行为(合同约束); ②加强政府法律对合同双方的约束力度(政府规制)

　　国家出台的相关政策成功解决了上述障碍,为我国 EMC 行业进入高速发展期创造了条件。从国际经验看,EMC 的推广都与政府支持紧密相连,这种支持包括资金、税收、制度完善等各个方面。随着相关政策的完善,我国合同能源管理的春天已然来临,在"十二五"节能减排的大政策环境下,该行业必然会迎来一个高速增长期。

三　合同能源管理的风险与管控

(一)　合同能源管理的风险

　　EMCo 通常对客户的节能项目进行投资,并向客户承诺节能项目的节能效益,因此,EMCo 承担了节能项目的大多数风险。可以说,EMC 业务是一项高风

险业务。EMC业务的成败关键在于对节能项目的各种风险的分析和管理。我们应该对EMC项目的选项、设计、建设、运营阶段里有可能发生的不确定性风险进行系统、连续的认识和归类，并分析产生风险的原因。

1. 客户风险

根据国内示范EMCo的经验，客户风险有时比项目自身风险还要高。许多项目的可行性评价为优良，实际运行中的节能效益也很显著，但EMCo却难以最终实现预期的收益。其中很大程度是由于客户原因所致。因此，我们对这种风险要引起足够重视。通常，客户风险主要有以下三种。

（1）客户的信用风险：客户信用状况好坏，是否会按合同如期付款。中国目前的信用机制尚不完善，信用状况差的现象较普遍。客户信用差的情况有：

①客户从一开始就存在恶意隐瞒行为，目的是诱使EMCo对其投资；

②合同执行过程中，客户通过各种手段来转移项目的节能收益；

③客户想方设法迟迟不支付属于EMCo享有的节能效益部分；

④投资市场竞争加剧，其他节能公司给予更优惠的条件，客户违约而与其他节能公司合作；

⑥客户单位改制或更换领导班子，新一届领导班子不愿履行合同等。

（2）客户的经营风险：一旦客户由于经营不善，赢利能力下降，若无其他更好的措施，势必会压缩生产规模，这样节能改造后的设备就达不到预定负荷，能耗就会减少，预计的节能量及效益就会下降，从而导致EMCo的利润下降。另外，客户还有可能由于卷入法律纠纷而发生风险。如客户由于从事非法经营或其他重大问题而导致停业或关闭，致使EMCo遭受损失。

对策：在准备阶段一定要做好客户风险的控制，而要保证做好客户风险的控制，其关键是要对客户有一个全面的了解和评价。在对客户进行详细的评价基础上，尽可能地选择优良的客户。这类客户应是真正有节能潜力，而且真诚地愿意与EMCo合作的，而不是由于急需使用资金或出于其他目的。

2. 政策风险

合同能源管理项目的实施在我国迎来良好的发展机遇得益于政策利好，2010年以来，财政部、国家发改委、国家税务总局陆续颁布《关于加快推行合同能源管理促进节能服务产业发展的意见》、《合同能源管理项目财政奖励资金管理暂行办法》《国家发展改革委办公厅关于组织申报资源节约和环境保护2011年中央预算内

投资备选项目的通知》等在内的多项旨在通过加快推行合同能源管理来促进节能
服务产业发展的政策措施，鼓励节能公司和能源使用单位实施合同能源管理项目。
由国家发改委资源节约和环境保护司提出，中国标准化研究院、中国节能协会节能
服务产业委员会等单位负责起草的行业具体执行规则——《合同能源管理技术通
则》（GB/T24915–2010）于2010年8月9日发布，2011年1月1日起正式实施。
如果国家节能降耗政策将来发生由积极到保守的根本性转变，势必将直接影响合同
能源管理项目在我国的推广实施，对相关节能服务公司的业务发展带来不利影响。

对策：企业安排专人随时跟踪开展合同能源管理所需政策的动向。比如，实
时收集和分析国家宏观政策及产业政策的变化，以保证经营决策与国家政策之间
的高度一致性；收集不同省市区域的合同能源管理项目的补贴申请标准、奖励规
则和流程，以合理切合当地的相关政策（参见表10和表11）。

表10 合同能源管理相关的政策汇总

日　期	内　　容
2000年6月	《关于进一步推广合同能源管理机制的通告》，节能服务公司发展初期的纲领性文件
2008年8月	《公共机构节能条例》、《民用建筑节能条例》，成为建筑节能纲领性文件，为合同能源管理在建筑节能中推广奠定基础
2008年6月	《上海市合同能源管理实施操作指南》，实施合同能源管理的项目，前期发生的检测费用，由政府给予一次性专项补贴；3亿元授信支持中小企业搞合同能源管理
2009年6月15	北京《合同能源管理项目扶持办法（试行）》发布，对大型公共建筑推行合同能源管理
2009年	各省出台鼓励合同能源管理发展的文件，并为后续出台优惠政策做准备，如福建《关于既有建筑节能改造推广合同能源管理的意见》；深圳市出台《深圳南山区政府投资项目合同能源管理暂行办法》；以及山东省经贸委、广东省科技厅、云南省都先后出台了对节能服务机构的管理办法
2010年4月6日	国家发改委等发布《关于加快推行合同能源管理促进节能服务产业发展的意见》
2010年6月5日	中国节能协会节能服务产业委员会与北京环境交易所合作，正式推出全球首个合同能源管理投融资交易平台
2010年6月3日	财政部、国家发改委等印发《合同能源管理项目财政奖励资金管理暂行办法》。办法提出财政奖励资金支持的对象是实施节能效益分享型合同能源管理项目的节能服务公司。财政对合同能源管理项目按年节能量和规定标准给予一次性奖励。中央财政奖励标准为240元/吨标准煤，省级财政奖励标准不低于60元/吨标准煤
2010年6月29日	财政部、国家发改委等印发《关于合同能源管理财政奖励资金需求及节能服务公司审核备案有关事项的通知》（财办建[2010]60号），各地据此申报了一批节能服务公司
2010年8月9日	GB/T24915–2010《合同能源管理技术通则》公布
2010年8月31日	国家发改委、财政部公告2010年第22号《节能服务公司备案名单（第一批）》公布
2010年10月19日	国家发展改革委办公厅、财政部办公厅《关于财政奖励合同能源管理项目有关事项的补充通知》

表11 "十一五"期间公布的节能减排主要政策和考核办法

政策名称	发布单位	主 要 内 容
十七大报告	中共中央	落实节能减排的工作责任制
政府工作报告	国务院	要求把节能减排指标完成情况纳入各地经济社会发展综合评价体系,作为领导干部综合考核评价和企业负责人业绩考核的重要内容
《单位GDP能耗考核实施办法》	国家发改委	制订了考核单位GDP能耗的量化指标,并规定了具体的考核程序和步骤。考核结果经国务院审定后,由国家发改委向社会公布,对地方政府官员实行"一票否决"
《"十一五"主要污染物总量减排考核办法》		
《"十一五"主要污染物减排监测办法》	国务院	"十一五"主要污染物减排考核工作的三大体系
《"十一五"主要污染物总量减排统计办法》		

资料来源:根据新华网等网站整理。

3. 金融和财务风险

金融风险包括:宏观经济运行周期,能否如期获得银行贷款,合同期内的通货膨胀率变化、利率变化,或许还要考虑汇率变化。财务风险则因考虑不周致使测算项目的节能效益有误。为避免这种风险,EMCo应周全地将项目所有可能的费用都计算在内。

对策:企业需要进行专门适用于合同能源管理业务的财务计划设计,确定效益分成或固定回报的具体比例和期限、客户的支付能力,评估企业领导更换可能带来的财务变化,跟踪分析国家节能政策、能源价格政策变化带来的收益影响等。

4. 技术风险

包括技术选择、技术购买、技术的先进性和成熟度,所安装的设备能否正常运行不出问题。涉及分包商的还需要考虑分包商能否按预定的进度和预算保质保量地完成合同中规定的各项工作,及其信誉程度、技术培训、后期维护能力。

对策:对项目进行技术风险评估,对可能影响到施工改造方面的情况需要进行界定,并在合同中加以说明。只使用经过考验的技术,EMCo不应在其业务中进行新技术的应用试验;采用有可靠性记录的设备,例如,很多电子镇流器都具有极好的性能，但在实际项目中，应选用有良好运行记录的镇流器。

5. 合同风险

根据国内 EMCo 的经验，EMCo 与客户签订的合同往往不是非常完善的，对一些细节规定得不够详尽。合同的不完善，导致在合同执行过程中及合同纠纷解决时存在着大量的风险。

对策：对项目可行性需要进行专门评价，合同中对项目实施过程中的 8 大环节都需要进行详细界定及附件说明。

（二）合同能源管理的风险管控

合同能源管理是从发达国家引进的舶来品，它的生存土壤是市场经济。在市场经济环境下，企业必须具备搏击风浪的能力才能获得生存的机会。这就要求企业有一套内生机制，在自身管理上下工夫，分阶段地对风险采取回避、预防、转移、分散等多种组合运用来进行综合管控，从而达到降低企业自身风险的目的。

1. 选项阶段

项目选项阶段，由财务人员和项目经理组成企业资信评估小组，根据对企业经营状况和财务状况的分析，进行企业资信评估，并形成分析报告。评估内容包括：企业规模、偿债能力、经营管理能力、赢利能力。项目经理对企业的总体特征进行调查分析并形成调查报告。调查内容包括：企业总体情况、产品、原料、生产、销售等方面。项目经理在技术专家的指导下，对项目拟采用的技术进行技术风险评估。项目评估小组根据以上分析，做出项目可行性结论。拟实施项目必须得到分管经理和总经理的签字批准后，才能签订正式合同。非文本合同必须经过公司法律顾问的审查。

在选项阶段一定要做好客户风险的控制，而要保证做好客户风险的控制，其关键是要对客户有一个全面的了解和评价。客户评价主要包括以下三项：

基本情况评价：客户公司成立时间、注册资本额、资本到位情况、股东名称及实力、经济形式、与政府关系类别、企业组织架构、企业综合素质等；

财务状况评价：了解客户的主营业务和兼营业务、了解经营情况、关注财务报表的审计情况、对客户的财务状况以及银行负债偿债能力进行分析；

重大事项了解：分析客户近期可能进行的重大建设项目或重大投资进行了

解，对于资本结构变化、高层人员变动等也可以通过多种渠道对客户进行全面了解，通过银行、其他客户、客户上级主管部门、客户的客户等去了解客户的各方面情况。

2. 实施阶段

项目实施阶段，由项目经理、财务人员和施工管理人员组成项目过程控制小组，及时了解和发现风险，使风险始终处在控制之中。这一阶段的风险主要是技术或设备风险以及施工风险。在此EMC可采用风险转移的方法，将风险通过合同或协议合理地转移给设备供应商和安装商。

在实施阶段，一定要注意降低建设风险，EMCo必须按合同规定的时间完成项目，以使客户按时向其付款。如果建设期比计划期延长了许多，EMCo的贷款利息就会增加，其他费用也可能会增加。所以在制定施工进度表之前确定各有关设备的交付日期，仔细地计划施工步骤，让客户方面相关的管理人员和操作人员介入这一过程，以便他们能指出潜在的施工问题，让EMCo的项目经理对项目施工全面负责；在施工进度表中留有一定的时间余量，以防可能发生的工期延迟。

项目执行过程中还可能发生一些意外风险：①前期准备：项目相关手续不能及时办理，以至影响工期；②供货：由于意外原因，导致供货时间、供货范围、供货质量发生变化，尤其是计划外的供货要求；③安装调试：隐蔽工程，严重影响工期的意外质量事故和安全事故；④项目验收及交付使用：客户（尤其是最终使用者）采取消极态度。对于这部分风险，可以通过制定较为细致的工作计划安排予以规避。

3. 运营阶段

项目运营阶段即效益分享阶段，密切关注客户的生产经营情况、管理层变动情况和项目运作状况，建立客户回访制度、回款催收制度、项目运行管理制度。切实可行的风险控制措施包括：①通过理想的付款方式规定来保证回款（适用于非合同能源管理项目）；②封闭回款资金，即项目回款资金在客户体外循环；③采取非常规避措施；④运用法律手段。项目风险规避是一项较为复杂的工作，需要多部门分工合作，建立起一套严密、可行的管理机制，使制度程序化。

EMCo应成为项目成本分析的专家，这是取得项目利润的重要前提。降低财务风险的方法有：不要忽视项目中发生的各种杂费，它们累计起来很可观，例如，更换荧光灯镇流器时，要用的导线和连接件，这些材料的成本虽然低，也应计入项目的成本内；应将"间接"成本如交通费用、清理现场垃圾费用等都计入项目成本内；明确可能的"附加"成本，应让客户清楚地理解这些都是项目的额外成本，例如，要更换泵或风机上的电机时，应将滑轮、密封件、皮带等的费用包括进去，如果门窗玻璃或百叶窗损坏了，EMCo 更换时就有额外费用发生。

对于合同能源管理各个阶段存在的风险，我们可以运用风险回避、风险降低（减轻）、风险抵消、风险分离、风险分散、风险转移和风险自留等多种方式的组合来进行风险控制。

4. 风险回避

EMCo 项目的风险回避是指在决策中对高风险的领域、项目和方案进行回避，进行低风险选择。风险回避有三种：回避高风险的风险投资领域、回避高风险的风险投资项目和回避高风险的风险投资方案。风险回避是一种事前控制的方法，它能够在风险事件发生前完全消除某一特定风险可能造成的各种损失。所以风险回避的主要优点是将损失出现的概率保持在零的水平，并消除以前曾经存在的损失出现的机会，简便易行，经济安全。EMCo 公司针对一些不可控的风险因素，如由于宏观政策环境、市场需求所导致的风险因素，对影响这类风险事件的存在与发生的风险因素尽量进行把握，则可采用风险回避的风险管理方式回避其风险。

根据国内示范 EMCo 的经验和教训，回避此类风险的方法有：知己知彼，主动安全。只有全面了解客户的情况，才能做到防患于未然，并在出现风险时有相应的对策来化解。必须在合同谈判时就与客户将节能效益分享及期限谈清楚，并向客户解释清楚"为什么"和"怎么做"。如辽宁 EMCo 采用资金封闭运行机制，就较好地保证了 EMCo 的投资回报，同时也使客户容易接受。必须在合同谈判时就与客户将效益分享及期限谈清楚，并向客户解释清楚"为什么"和"怎么做"。制定合理的分享年限，并留有一定的应变余量，以保证在客户方面出现任何不利变化时，EMCo 仍然能收回全部投资。

选择权威的第三方监测项目节能量，以保证能公平合理地进行项目的能耗评估和节能效益分析。EMCo 在评估项目效益时，应注意回避与客户的不同意见，以避免可能导致的效益分享风险。由于项目带给客户的效益不仅是通过节能方式，还有可能是通过降低设备维护费用，延长设备使用寿命，提高产量、质量，

降低原材料消耗、降低环境成本等多种渠道来实现降低成本，提高效益的目的。

5. 风险转移

风险转移是风险控制的基本技术。它是指风险承担主体以一定的代价和方式，有意识地将损失或与损失有关的财务后果转嫁给他人的方式。风险转移的主要方式有风险共担、参与保险、转移引起风险的活动等。

（1）风险共担即在 EMC 项目投资中吸引多种来源的资金如实行联合投资、联合开发、增发新股、发行债券等方式，使多个主体参与风险损失和风险收益的分摊。它主要通过合同的某些条款将某些潜在的风险转移出去。

（2）参与保险的方式是通过向保险公司支付一定的保险费用，将风险投资未来的损失转移给出保人。EMCo 可通过参与科技保险或项目保险获得补偿，使保险公司承担技术创新和风险投资项目失败的部分风险。

（3）转移引起风险损失活动是转移会引起风险及损失的活动，即将可能遭受损失的财产及有关活动转移出去。这种随所有权的转移而实现风险转移属风险控制型转型，是风险转移的一个非常重要的方式。如通过 EMC 项目的及时退出转移风险或损失，通过技术转让、特许经营、战略联盟、租赁经营和业务外包等方式转移经营风险，通过委托开发、购买专利等转移技术风险，出售已过时的生产线或设备等。由于风险转移必然带来利益的转移，在风险投资过程中，采用何种方式转移，需要进行仔细权衡。一般来说，自然风险可采用保险转移；当技术风险、生产风险较小，而财务风险较大时，可采用风险共担或财务转移；当技术风险、生产风险较大时，可采用主体转移。

EMCo 采用其他措施来保证合同正常履行，减少风险发生。如可以要求客户提供第三方担保或者资产抵押等有效担保方式。

6. 风险分散

风险分散是在项目运作中时，EMCo 对不同风险的投资项目或发展阶段的投资进行优化组合，通过项目间的报酬和损失的抵消，消除非系统风险，达到减少整体风险损失的目的。项目风险分散可以采取以下组合方式：

（1）高风险和低风险项目在数量上适当搭配。这样可以用低风险的项目弥补高风险项目失败带来的损失。强调数量上的适当搭配是因为项目太少时，风险分散作用不明显，项目过多时，项目组织难度过大，影响效果。

（2）采取对处于生命周期不同阶段的 EMC 项目采用组合投资的方法，进行风险投资。因为在 EMC 项目不同发展阶段，投资者面临的风险大小和性质是不同的，投资者要选择好在什么时机进入 EMC 项目可获得收益最大，同时面临的风险最低。

（3）集合多个投资者，联手进行投资活动分散风险。这被证明是一种有效地推动发展、分摊风险的方法。一般来说，组合方式有六种：风险资本组织内部的投资主体组合、与其他的风险投资公司合作、与其他非专业但愿意进行风险投资的公司合作、与金融服务机构合作、与大学或其他机构合作以及上述多个主体合作。这种合作的结果不仅可以降低每个合作主体的风险，也可以综合各主体的管理能力，使总体风险降低。为了减少 EMCo 承担的风险，在有条件时，应尽可能分散风险。如由客户投入部分项目所需资金，以减少 EMCo 资金投入量；邀请设备制造商共同参与实施节能项目，用节能效益分期偿还设备费用等方式。

参考文献

朱霖：《国外节能服务公司的发展概况》，《电力需求侧管理》2003 年第 1 期。

杨振宇、赵剑锋、王书保：《合同能源管理在中国的发展及存在的问题》，《节能与环保》2004 年第 12 期。

国家发改委节能信息传播中心课题组：《中国节能服务项目间接融资障碍与对策》，《中国创业投资与高科技》2004 年第 8 期。

徐晓音：《为中小企业融资增信——基于不对称信息视角的分析》，《当代经济》2007 年第 5 期。

许艳：《中美合同能源管理模式的比较》，《节能与环保》2009 年第 7 期。

赵乾明等：《合同能源管理专题分析》，《国金证券研究报告》，2010。

《EMC 能源管理服务公司的国际经验》，《中国科技财富》2006 年第 4 期。

谢仲华：《上海市合同能源管理》，《中国能源》2006 年第 6 期。

费朵、邹家继：《项目风险识别方法探讨》，《物流科技》2008 年第 8 期。

周剑、夏洪胜：《国内 EMCo 与国外 ESCO 发展的对比分析》，《商场现代化》2006 年第 27 期。

周亮：《合同能源管理风险评价研究》，复旦大学，2009。

胡珀：《合同能源管理项目的风险管理研究》，华北电力大学（河北），2007。

金伟峰：《我国 EMC 项目运作中风险控制研究》，河海大学，2007。

张仕廉、蔡贺年、朴国峰：《合同能源管理项目信用缺失及对策研究》，《建筑经济》2009 年第 1 期。

Franceseo Ciampe、王金、陈小仙：《第三方融资与能源合同——有效利用能源的综合金融管理方法》，《能源工程》2004 年第 1 期。

王腾宁、周靖：《合同能源管理机制和 EMC》，《山东机械》2001 年第 5 期。

吴刚：《美国合同能源管理（EPC）市场发展现状》，《上海节能》2005 年第 4 期。

杨蕾、陈静春：《加快建设中小企业信用担保体系》，《探索》2001 年第 3 期。

陈志昂：《论政府在信用体系建设中的职能》，《商业经济与管理》2002 年第 5 期。

吴刚：《美国合同能源管理（EPC）市场发展现状》，《大众用电》2006 年第 6 期。

Bertoldi P, M. Renzio, J. Adnot, and E Vine. How EU ESCOs are behaving and how to create a real ESCO market. ECEEE 2003 Study-Time to turn down energy dem and, France, European Council for a Energy Efficient Economy. 2003.

Mills, E. Risk transfer via energy savings insurance. Energy Policy, 2003, 31 : 273 – 281.

Edward Vine. "An international survey of the energy servicecompany (ESCO) industry", *Energy Policy*, 2005, (33) : 691 – 704.

NAKAGAMI HIDETOSHI. Future energy conservation society developed by ESCo business. Market scale of ESCo business and review. Energy Conservation, 2004, VOL. 56; (NO. 1;) : PAGE. 18 – 21.

Vincent Berrutto, Paolo Bertoldi. Developing an ESCo Industry in the European Union. Environmental Sciences and Policy, 2003, (5).

Paolo Bertoldia, Silvia Rezessyb, Edward Vine. Energy service companies in European countries: Current status and a strategy to foster their development. Energy Policy, 2006, Volume 34 (Issue 14) : Pages1818 – 1832.

H. Geller, S. Nadel. "Market Transformation Strategies to Promote End-Use Efficiency", *Annual Review of Energy and the Environment*. Vol. 19 : 301 – 346.

Paolo Bertoldi, Mark Hinnells, Silvia Rezessy. Liberating the power of Energy Services and ESCos in a liberalized energy market. http://www. eci. ox. ac. uk/research/energy/downloads/bmt – report3. pdf.

K. H. Ng. "Operational Planning for Energy Service Company", *Iowa State University*, Ames, July 1999.

K. H. Ng, G. B. Sheble. Risk Management Tools for an ESCo Operation. Proc 6th International Conference on Probabilistic Methods Applied to Power Systems. September 2000.

Gerald B. Sheble, Daniel Berleant. "Bounding the Composite Value at Risk for Energy Service Company Operation with DEnv, an Interval-Based Algorithm", *Energy Policy*, 2005, Volume 33 (Issue 5) : pp. 691 – 704.

Adriaan Perrelsa, Katrin Ostertagb, "George Henderson. Reshaping markets for the benefit of energy saving", *Energy Policy*, 2006, Volume 34 (Issue 2) : pp. 121 – 128.

Hughes, P. J. Reducing Financing Costs for Federal ESPCs. http://www. osti. gov. 2007. 3.

Sandra Makinson. "Consultant, Public Finance Mechanisms to Increase Investment in Energy Efficiency", *Basel Agency for Sustainable Energy* (BASE), 2006.

Alan Douglas Poole, Thomas H. Stoner. Alternative Financing Models for Energy Efficiency Performance Contracting. http://www.inee.org.

J. P. Painuly, H. Park, M. K. Lee, J. Noh. "Promoting energy efficiency financing and ESCos in developing countries: mechanisms and barriers", *Journal of Cleaner Production*, 2003, Volume 11 (Issue 6): pp. 659 – 665.

Steve Sorrell. "The economics of energy service contracts", *Energy Policy*, 2007, Volume 35 (Issue 1): pp. 507 – 521.

Energy Management Contracting:
Getting Better after Initial Breakthrough

Abstract: Energy management contracting (EMC) is a service mechanism that applies market to promoting energy saving. So, endeavoring to facilitate EMC is a vital measure to complete the task of energy saving and reducing consumption. With carrying out relevant policies including tax support and finance service, EMC now ushers in a high-speed development opportunity period. Since the history of EMC in China is very short, promoting the development of EMC should well solve the following key issues, such as lack of credit, financing and risk management.

Key Words: EMC; Energy-Saving Mechanism; Financing; Lack of Credit; Risk Management

B.10

分报告九
能源财税体制对能源产业转型影响分析

王璐 葛化彬 谢辉*

摘 要：随着经济发展对于能源的依赖程度的加深，能源战略已经上升为国家战略。"十一五"末期，通过包括关停小火电、淘汰落后产能、拉闸限电等各种手段终于勉强完成了节能减排的任务，显示着资源瓶颈对经济发展的制约，让人们切实感受到能源安全的重要性。"十二五"期间，"加快转变经济发展方式和调整经济结构"成为主攻方向。能源结构的优化、能源效率的提高成为经济发展中面临的重要任务。应该加快能源财税政策调整，出台资源税、能源税、碳税等政策，以有力的财税政策为杠杆，调整能源价格，强化资源管理，完善各类准入能效标准等，从而实现能源产业的转型。

关键词：能源 结构调整 财税政策

一 能源财税政策促进我国能源产业转型

（一）两大压力促能源结构调整

2009 年哥本哈根会议之前，我国首次正式公布节能减排目标：到 2020 年我国单位国内生产总值二氧化碳排放比 2005 年下降 40% ~ 45%，其中"十一五"

* 王璐，经济学硕士，《经济日报》编辑，曾撰写多篇财经文章；葛化彬，北京大学博士，曾在富达国际、银河证券、海通证券工作，研究领域涉及经济增长理论、金融产品定价理论、制度演化的博弈分析；谢辉，中国人民银行研究生部硕士，中国社会科学院金融研究所博士，主要研究领域为货币政策、房地产金融、产业结构。

期间完成单位 GDP 能耗相对 2005 年降低 20%，主要污染物排放总量减少 10%。

1. 经济高增长带来的能源压力

回顾"十一五"五年的经济发展，总量一直保持"平稳较快"的增长势头，到 2010 年国内生产总值已达到 39.8 万亿元，跃居世界第二位，年均增长 11.2%，财政收入从 3.16 万亿元增加到 8.31 万亿元。

经济持续高增长带来的能源压力十分明显，中国已跻身于世界最主要的能源消费国和温室气体排放国家之列。到"十一五"末，通过包括关停小火电、淘汰落后产能、拉闸限电等各种手段终于勉强完成了节能减排的任务，五年累计，单位国内生产总值能耗下降 19.1%，化学需氧量、二氧化硫排放量分别下降 12.45%、14.29%。以能源消费年均 6.6% 的增速支撑了国民经济年均 11.2% 的增速，能源消费弹性系数由"十五"时期的 1.04 下降到 0.59。

"十二五"规划出台，目标和任务变化显著。经济增长的预期目标下降至年均增长 7%，按 2010 年价格计算，2015 年国内生产总值将超过 55 万亿元，而"加快转变经济发展方式和调整经济结构"成为主攻方向。

能源战略方面，纲要原则为坚持"节约优先、立足国内、多元发展、保护环境"，加强国际互利合作，调整优化能源结构，构建安全、稳定、经济、清洁的现代能源产业体系。约束性目标包括非化石能源占一次能源消费比重达到 11.4%。单位国内生产总值能源消耗降低 16%，单位国内生产总值二氧化碳排放降低 17%。主要污染物排放总量显著减少，化学需氧量、二氧化硫排放分别减少 8%，氨氮、氮氧化物排放分别减少 10%。尽管数字上比"十一五"要低，但实际难度更大，此前采用的一些较为初级的手段的效果将逐步递减，未来将主要依靠产业结构和能源结构调整才有可能完成任务。

2. 石油、煤炭价格攀升

石油和煤炭价格持续攀升也给我国的经济运行带来前所未有的压力，并使全球能源安全的问题凸显。如今影响能源安全的因素更加复杂多变，石油供需关系、恐怖袭击威胁、地缘政治冲突加剧、产油国局势不稳、重大自然灾害都牵动能源供应和价格的敏感神经。同时根据国家能源局的公开信息，"十二五"期间的煤炭总量控制预期增强，规模可能会限制在 38 亿~40 亿吨左右。在此背景下，能源结构的调整也应借势提速。

截至 2010 年底，火力发电在总装机量中仍占主导地位（见图 1）。非化石能

源装机比重合计占 26.6%，比上年提高 1.1 个百分点，累计发电量 7862 亿千瓦时，按发电煤耗折算约合 2.63 亿吨标准煤（见图 2）。2010 年，全国电源工程建设完成投资 3641 亿元，非化石能源建设投资占电源建设总投资的比重达到 63.5%。

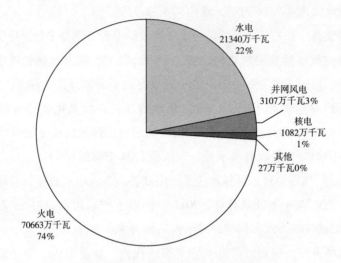

图 1　2010 年末我国发电装机容量结构

资料来源：国家能源局。

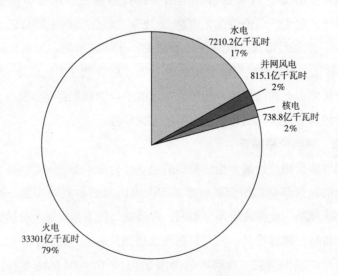

图 2　2010 年末我国发电量结构

资料来源：国家能源局。

（二）我国设定三层能源战略规划

我国的国家能源战略体系设计分为三个层次：一是国家能源战略，设计到2050年我国能源发展的框架和总体思路；二是能源中长期规划纲要，规划到2030年的能源产业重点布局；三是能源"十二五"规划，以未来五年能源发展的重点项目为主。

中国目前仍处于工业化中期阶段，多数行业沿用的仍是"高消耗、高产出、高排放"的线性经济模式。在经济高速发展的同时，消耗大量资源，生态环境和人居环境趋于恶化。在持续多年经济高速增长的背后，是高能耗、高物耗和对环境的高损害。据2004年瑞士洛桑学院《全球竞争力年鉴》显示，中国竞争力有所上升，2000年以来，国内的国际竞争力一直在第24位到第26位之间徘徊，2003年一度降至第29位。2004年的排名是第24位，比上年提高5位。但竞争力主要在于GDP的增长，其他结构性的指标并没有多大改善，突出表现为经济增长中能源消耗快速增长。在2003年，对中国的"环境污染是否严重影响经济发展的基础"这一调查指标中，中国排名第27位，但到了2004年，排名下降到第59位。一个不得不承认的事实是，中国的经济增长是以牺牲环境和对能源的过度消耗为代价的。2003～2006年，各地相继出现的"电荒"，高耗能的建材行业高速增长就是一个明证。由于中国经济发展道路走的不是节能型发展模式。目前，国内每创造1美元的GDP，消耗掉的能源约为美国的3倍、日本的6.6倍。中国亟待走出能源粗放使用的模式。

根据我国的能源战略规划体系，2050年前40年是我国能源体系的转型期，届时我国的能源消费结构中，清洁能源的消费比重将达到50%。2030年前20年是转型期中的重点期，是攻坚任务能否完成的关键期。

中长期能源战略规划的内涵是科学、高效、绿色、低碳能源战略。"科学"是总的战略特点，指在科学发展观指导下，在科技进步的支撑下，用能源领域的科学发展支撑经济社会的科学发展；"高效"，一是进一步强调节能优先，实现在节能提效基础上的科学的能源工序平衡，二是高水平的能源经济效益；"绿色"（环保）是要实现环境友好的能源开发和利用；"低碳"是指明显降低温室气体排放强度，并有效控制温室气体排放的增长。

2020年前10年，特别是"十二五"时期，"低碳"将是能源发展的重要特

征，必须优化煤炭产业，大力发展天然气，加快大型水电核电建设，科学发展风电和太阳能，大力发展其他生物质发电。

根据这三个层次的能源战略规划，各个阶段能耗总量控制设定的目标为：到2020年实现能源消费总量为40亿吨标准煤，到2030年能源消费总量为45亿吨标准煤，2050年能源消费总量为50亿~55亿吨标准煤。

从世界能源发展的历史过程看，已经历过两次能源变革，即由煤炭代替薪柴、油气代替煤炭，目前正处在第三次能源变革，即可再生能源和新能源组合将在能源消费结构中占据主导地位。

（三）"十二五"是我国能源结构进行重大调整的关键时期

1. "十二五"期间我国能源结构必须进行重大调整

我国即将成为世界第一能源消费大国，如果我国能源消费保持21世纪以来平均8%~9%的增速，则2020年我国的能源消耗将达近80亿吨标准煤，占目前世界能源消费总量的一半以上。即使我国经济继续以8%~9%的速度增长，而且我国能够持续实现每五年GDP单位耗能下降20%，那么在2020年之后我国的能源消费也将占世界的30%以上。

因此，这种经济增长方式将受到能源资源的严重制约，为支撑经济社会的科学发展，必须对能源消费提出必要的总量控制目标，统筹发展速度、产业结构和消费模式。

目前，我国GDP占世界生产总量的7%，却消耗了世界能源消费总量的17.7%，原因是现在的增长过高依靠传统的固定资产投资和出口外需，使产业结构过于偏重第二产业，偏重基础原材料和一般制造业。同时，用能装备能效低，煤炭比例高，也进一步降低了能源的效率。为此，未来我国的能源发展一定要转向高效、绿色和低碳。

我国能源产业要实现转型，将在2050年之后完成。届时，我国将拥有一个中国特色的能源新体系，进入比较自由的绿色低碳能源发展阶段。那么在2050年前的40年，是我国能源体系的转型期，能源产业将发生革命性的变革。

2. "十二五"发展三大重点能源

"十二五"期间需要重点推进核电、水电和天然气的发展。

经过国产和进口并举努力，铀资源已不构成对我国核电发展的根本制约因素，因此，在确保安全措施能达标的前提下，积极发展核电是我国能源的长期重大战略选择，也是重要的绿色能源支柱。预计到 2020 年核电可望达到建成7000 万～8000 万千瓦，到 2030 年建成 2 亿千瓦，2050 年达到 4 亿千瓦以上，届时可以提供 15% 以上的一次能源。

在发展水电方面，水电是 2030 年前可再生能源发展的第一重点，要积极有序加快发展水电，大力发展非水可再生能源，使可再生能源战略地位逐步提升，成为我国新的绿色能源支柱。预计到 2020 年、2030 年和 2050 年，我国水力装机容量可望分别达到装机 3 亿千瓦、4 亿千瓦和 4.5 亿～5 亿千瓦。

在发展天然气（含煤层气、页岩气）方面，2030 年可达到国内产天然气3000 亿立方米，加上进口可达 4000 亿～5000 亿立方米，将占到一次能源的10%，成为我国能源发展战略中的一个亮点和绿色能源支柱之一。

3. "调结构"重在优化

"调结构"，这个频频出现在各大产业振兴规划中的词汇，如今再一次成为能源发展"十二五"规划的主题。

"十二五"能源规划将分为"两级三类"。其中，"两级"是指国家和省两级，"三类"是指总体规划、专项规划和重点区域规划。而煤、电、石油、可再生能源、能源科技装备等将纳入"十二五"规划中的专项规划。

"十二五"能源规划的初步轮廓为：第一，加快核电建设，大力发展风能、太阳能和生物质能，发展煤炭的清洁利用产业；第二，加强传统能源的产业，保证建设大型能源基地，努力发展煤电大型能源企业；第三，提高能源综合安全保障机制，统筹国内外能源的开发和利用，加强能源布局和平衡的协调衔接；第四，强化科技创新，推进能源综合开发利用，健全资源开发的合理机制和生态修复的机制；第五，改善城乡居民的用电条件，加强广大农村地区的建设。

优化能源结构分为两方面：一方面，大力推进传统能源清洁利用，发展高附加值能源产业；另一方面，继续淘汰落后生产能力，优化能源产业组织结构，提高能源效率。

具体说来，在电力行业，大力发展核电、风电、光伏、生物质发电等清洁电源，并积极推广热电联产、分布式能源等节能技术，降低单位发电能耗以及污染物排放。值得注意的一点是，尽管水电在清洁电源中所占的比例最大，但由于移民、生态等问题，能否在未来的"十二五"能源规划中仍旧列入"积极"发展

的一类，还有待观察。

在煤炭行业，"十二五"期间将继续做好近两年大力推进的煤矿整合与煤炭企业兼并重组，实现一个矿区一个开发主体，并最终形成少数几大煤炭集团主导全国范围内煤炭资源开发的局面，这将成为煤炭行业结构调整的主要形式。

石油石化行业的结构调整主要基于两点：一是国际合作与竞争的加剧要求中国的石油石化行业进一步做大做强，形成核心竞争力，到国际市场上获取更多资源；二是目前国内石化行业已经由数量短缺变为质量短缺，低附加值石化产品过剩，高附加值石化产品缺乏，因此结构调整也属必然。

与"十一五"能源规划"加大生产、节约优先，立足国内"的国家能源战略相比，"十二五"能源规划的总体思路已经发生了转变，尽管依然强调节约优先和立足国内，但同时也强调优化结构和国际合作。

之所以有这样的转变，主要是受国际、国内两方面大环境的影响。在国际上，气候变化日益成为国际社会关注的焦点，中国的能耗与排放已经跃居世界前列，受到各方的压力越来越大。而在国内，整个"十一五"期间，尽管国家在优化能源结构方面决心很大，但中国单位 GDP 的能源消耗的减少，依然任重道远。有关资源价格方面的改革进展缓慢，厂网分开已经基本实现，但输配分离依然遥遥无期，而这些，都是优化能源结构上的根本之举。可以说，距离一个多元化的、开放的、竞争有序的现代能源市场，我们还有很长的路要走。

所以，"优化能源结构"不仅包括优化能源产业结构的层面，而且还有进一步优化能源体制结构的深层意义。

（四）税收手段应纳入"十二五"能源政策

"十二五"是我国能源转型攻坚任务能否完成的关键期，需重点推进核电、水电和天然气的发展，加快煤炭洁净化和安全生产，支持非水可再生能源的创新发展，采取有力措施改变汽车业和建筑业的发展模式等。

应该加快能源相关政策调整，以有力的经济政策为杠杆，形成地方和企业节能减排的内在动力。出台资源税、能耗税、排放税、碳税、物业税等政策，以进一步调整能源价格，强化资源管理，完善各类准入能效标准等。

其中，物业税的确就是针对房地产的税收项目。实际上，目前我国的建筑业耗能较大，没有形成建筑节能的刚性约束。要通过物业税约束建筑物使用节能材料和节能设计，减少建筑物的能耗，形成以节能建筑为主流的建筑供应。

二　我国能源财税政策状况

节约有限的能源，大力发展循环经济，建设节能型社会，是贯彻落实科学发展观的内在要求，也是实现我国经济社会可持续发展的必然选择。发展循环经济离不开财税部门的支持。近年来，财政部、国家税务总局以及各地政府部门根据党中央、国务院转变经济增长方式的重要指示精神，认真研究和出台了一系列财政税收政策，从财政上给予支持，从税收上实施调控，以达到发展循环经济、有效利用能源资源和防治污染的目的。

（一）能源财税政策的功能

系统的能源财税政策涉及对一些产业的限制和对一些产业的鼓励及支持。

煤炭等化石能源占我国能源比重仍在 70% 以上，这一状况在今后很长时间内不会有根本性改变。可再生能源要实现在我国能源结构中占比较大，还是很遥远的事情。因此置可再生能源于优先发展地位，明显与我国实际情况不符。一方面要鼓励促进可再生能源形成新的可替代能源，但同时更应该强调煤炭等化石能源的清洁、高效和综合利用。

从财税政策的具体功能上来看，可包括如下三方面。

1. 限制不可再生资源及高环境污染产业发展的政策

比如，资源税、矿区使用费、矿产资源补偿费、探矿权采矿权使用费，均是对于资源、矿产的开采、使用进行收费，起到了对资源、矿产开发的限制作用。

2. 支持新能源产业的政策

例如，《关于对利用废弃的动植物油生产纯生物柴油免征消费税的通知》对生物柴油免征消费税，有利于促进新型可再生能源的发展，缓解我国石油资源紧缺的压力，保障能源安全，有利于生态环境保护。《多晶硅行业准入条件》从建设条件与生产布局、生产规模与技术设备、资源回收利用及能耗、环境保护等方面对多晶硅行业的准入条件予以细化，有利于该行业的有序发展。

3. 鼓励对能源的清洁、高效、综合利用的政策

比如，《车船税法》中体现对汽车消费和节能减排的政策导向，对节约能源、使用新能源的车船可以减征或免征车船税，对占汽车总量72%左右的乘用车（也就是载客少于9人的汽车）的税负，按发动机排气量大小分别做了降低、不变和提高的结构性调整。《关于调整部分燃料油消费税政策通知》对乙烯、芳烃等化工产品的燃料油免征消费税，引导炼化企业加大产品深加工的力度。

除了以上功能，能源财税政策本身也是一个不断完善的体系。比如：《成品油价税费改革方案》中，取消公路养路费、航道养护费、公路运输管理费、公路客货运附加费、水路运输管理费和水运客货运附加费，逐步有序取消已审批的政府还贷二级公路收费，就是我国能源财税政策系统性完善的一个表现。《新疆原油天然气资源税改革若干问题的规定》中，对新疆原油、天然气资源税实行从价计征，税率为5%，这是我国资源税改革的重要一步，标志着我国能源财税体系的进一步完善。

（二） 当前我国能源财税政策分析

1. 资源税

资源税、级差资源税和一般资源的概念资源税是对自然资源征税的税种的总称。级差资源税是国家对开发和利用自然资源的单位和个人，由于资源条件的差别所取得的级差收入课征的一种税。一般资源税就是国家对国有资源，如我国宪法规定的城市土地。矿藏、水流、森林、山岭、草原、荒地、滩涂等，根据国家的需要，对使用某种自然资源的单位和个人，为取得应税资源的使用权而征收的一种税。

1984年，为了逐步建立和健全我国的资源税体系，我国开始征收资源税。鉴于当时的一些客观原因，资源税税目只有煤炭、石油和天然气三种，后来又扩大到对铁矿石征税。1987年4月和1988年11月我国相继建立了耕地占用税制度和城镇土地使用税制度。

国务院于1993年12月25日重新修订颁布了《中华人民共和国资源税暂行条例》，财政部同年发布了资源税实施细则，自1994年1月1日起执行。修订后的条例扩大了资源税的征收范围，资源税范围限定如表1所示。

表1 资源税范围限定

编号	类别	详 细 解 释
1	原油	指专门开采的天然原油,不包括人造石油
2	天然气	指专门开采或与原油同时开采的天然气,暂不包括煤矿生产的天然气。海上石油、天然气也应属于资源税的征收范围,但考虑到海上油气资源的勘探和开采难度大、投入和风险也大,过去一直按照国际惯例对其征收矿区使用费,为了保持涉外经济政策的稳定性,目前对海上石油、天然气的开采仍然征收矿区使用费,暂不改为征收资源税
3	煤炭	指原煤,不包括洗煤、选煤及其他煤炭制品
4	其他非金属矿原矿	是指上列产品和井矿盐以外的非金属矿原矿
5	黑色金属矿原矿	是指纳税人开采后自用、销售的,用于直接入炉冶炼或作为主产品先入选精矿、制造人工矿、再最终入炉冶炼的金属矿石原矿
6	有色金属矿原矿	是指纳税人开采后自用、销售的,用于直接入炉冶炼或作为主产品先入选精矿、制造人工矿、再最终入炉冶炼的金属矿石原矿
7	盐	包括固体盐和液体盐。固体盐是指海盐原盐、湖盐原盐和井矿盐。液体盐(俗称卤水)是指氯化钠含量达到一定浓度的溶液,是用于生产碱和其他产品的原料

资料来源:财政部,国家税务总局。

2005年7月29日,财政部和国家税务总局联合发布《关于调整原油天然气资源税税额标准的通知》,调整油田企业原油、天然气资源税税额标准。

资源税的应纳税额,按照应纳税产品的课税数量和规定的单位税额计算。应纳税额计算公式为:

$$应纳税额 = 课税数量 \times 单位税额$$

有表2所列情形之一的,减征或者免征资源税:

1999～2009年我国资源税收入见图3。

表2 减征或者免征资源税的条件

编号	内 容
1	开采原油过程中用于加热、修井的原油,免税
2	纳税人开采或者生产应税产品过程中,因意外事故或者自然灾害等原因遭受重大损失的,由各省、自治区、直辖市人民政府酌情决定减征或者免税
3	国务院规定的其他减税、免税项目

资料来源:财政部,国家税务总局。

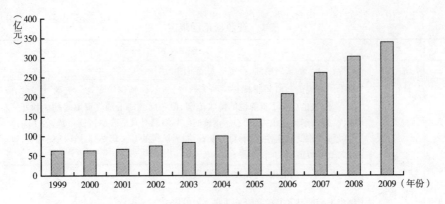

图 3　我国资源税收入

资料来源：国家税务总局。

2. 矿区使用费

1995 年 7 月 28 日，财政部和国家税务总局联合发布了《关于修订〈中外合作开采陆上石油资源缴纳矿区使用费暂行规定〉》的通知，矿区使用费按照每个油、气田日历年度原油或者天然气总产量分别计征。

矿区使用费费率如下：

（1）位于青海、西藏、新疆三省、区及浅海地区的中外合作油气田适用表 3 的矿区使用费费率：

表 3　位于青海、西藏、新疆及浅海地区的中外合作油气田适用以下矿区使用费费率

	每个油田日历年度原油总产量	矿区使用费费率
原　油	不超过 100 万吨的部分	免征
	超过 100 万吨至 150 万吨的部分	4%
	超过 150 万吨至 200 万吨的部分	6%
	超过 200 万吨至 300 万吨的部分	8%
	超过 300 万吨至 400 万吨的部分	10%
	超过 400 万吨的部分	12.5%
	每个气田日历年度天然气总产量	矿区使用费费率
天然气	不超过 20 亿标立方米的部分	免征
	超过 20 亿标立方米至 35 亿标立方米的部分	1%
	超过 35 亿标立方米至 50 亿标立方米的部分	2%
	超过 50 亿标立方米的部分	3%

资料来源：财政部，国家税务总局。

（2）位于其他省、自治区、直辖市的中外合作油气田适用表 4 的矿区使用费费率：

表 4　位于其他省、自治区、直辖市的中外合作油气田适用以下矿区使用费费率

	每个油田日历年度原油总产量	矿区使用费费率
原　油	不超过 50 万吨的部分	免征
	超过 50 万吨至 100 万吨的部分	2%
	超过 100 万吨至 150 万吨的部分	3%
	超过 150 万吨至 200 万吨的部分	6%
	超过 200 万吨至 300 万吨的部分	8%
	超过 300 万吨至 400 万吨的部分	10%
	超过 400 万吨的部分	12.5%
	每个气田日历年度天然气总产量	矿区使用费费率
天然气	不超过 10 亿标立方米的部分	免征
	超过 10 亿标立方米至 25 亿标立方米的部分	1%
	超过 25 亿标立方米至 50 亿标立方米的部分	2%
	超过 50 亿标立方米的部分	3%

资料来源：财政部，国家税务总局。

3. 矿产资源补偿费

矿产资源补偿费是指国家作为矿产资源所有者，依法向开采矿产资源的单位和个人收取的费用。自 1994 年 4 月 1 日起施行的《矿产资源补偿费征收管理规定》，1997 年 7 月 3 日，国务院发布《国务院关于修改〈矿产资源补偿费征收管理规定〉的决定》，规定：矿产资源补偿费按照矿产品销售收入的一定比例计征。企业缴纳的矿产资源补偿费列入管理费用。

矿产资源补偿费按照下列方式计算：

征收矿产资源补偿费金额 = 矿产品销售收入 × 补偿费费率 × 开采回采率系数

开采回采率系数 = 核定开采回采率 / 实际开采回采率

核定开采回采率，以按照国家有关规定经批准的矿山设计为准。

征收的矿产资源补偿费，应当及时全额上缴，并按照下列规定的中央与省、自治区、直辖市的分成比例分别入库，年终不再结算。

中央与省、直辖市矿产资源补偿费的分成比例为 5 : 5；中央与自治区矿产资源补偿费的分成比例为 4 : 6。

采矿权人有表5所列情形之一的，经省级人民政府地质矿产主管部门会同同级财政部门批准，可以免缴矿产资源补偿费：

表5 免缴矿产资源补偿费的条件

编号	内　　　容
1	从废石(矸石)中回收矿产品的
2	按照国家有关规定经批准开采已关闭矿山的非保安残留矿体的
3	国务院地质矿产主管部门会同国务院财政部门认定免缴的其他情形

资料来源：财政部，国家税务总局。

采矿权人有表6所列情况之一的，经省级人民政府地质矿产主管部门会同同级财政部门批准，可以减缴矿产资源补偿费：

表6 减缴矿产资源补偿费

编号	内　　　容
1	从尾矿中回收矿产品的
2	开采未达到工业品位或者未计算储量的低品位矿产资源的
3	依法开采水体下、建筑物下、交通要道下的矿产资源的
4	由于执行国家定价而形成政策性亏损的
5	国务院地质矿产主管部门会同国务院财政部门认定减缴的其他情形

资料来源：财政部，国家税务总局。

4. 探矿权采矿权使用费

1999年6月7日，财政部和国土资源部联合发布了《探矿权采矿权使用费和价款管理办法》。

探矿权采矿权使用费和价款的含义如表7所示。

表7 探矿权采矿权使用费和价款的含义

探矿权采矿权使用费	
探矿权使用费	国家将矿产资源探矿权出让给探矿权人，按规定向探矿权人收取的使用费
采矿权使用费	国家将矿产资源采矿权出让给采矿权人，按规定向采矿权人收取的使用费
探矿权采矿权价款	
探矿权价款	国家将其出资勘查形成的探矿权出让给探矿权人，按规定向探矿权人收取的价款
采矿权价款	国家将其出资勘查形成的采矿权出让给采矿权人，按规定向采矿权人收取的价款

资料来源：财政部，国土资源部。

探矿权采矿权使用费和价款收取标准如表8所示。

表8 探矿权采矿权使用费和价款收取标准

探矿权使用费	
第一个勘查年度至第三个勘查年度	每平方公里每年缴纳100元
从第四个勘查年度起	每平方公里每年增加100元,最高不超过每平方公里每年500元
采矿权使用费	
按矿区范围面积逐年缴纳,每平方公里每年1000元	
探矿权采矿权价款	
以国务院地质矿产主管部门确认的评估价格为依据,一次或分期缴纳;但探矿权价款缴纳期限最长不得超过2年,采矿权价款缴纳期限最长不得超过6年	

资料来源:财政部,国土资源部。

5.《关于对利用废弃的动植物油生产纯生物柴油免征消费税的通知》

2010年12月27日,财政部、国家税务总局联合下发《关于对利用废弃的动植物油生产纯生物柴油免征消费税的通知》,明确对利用废弃动植物油脂生产的纯生物柴油免征消费税。对生产纯生物柴油免征消费税的优惠举措从2009年1月1日起开始实施,对于在《通知》下发前已缴纳消费税的生产企业,将按照规定予以退还(见表9)。

表9 免征消费税的纯生物柴油条件

编号	内 容
1	生产原料中废弃的动物油和植物油用量所占比重不低于70%
2	生产的纯生物柴油符合国家《柴油机燃料调合生物柴油(BD100)》标准

资料来源:财政部,国家税务总局。

石油短缺已成为制约我国经济可持续发展的瓶颈,而生物柴油是优质的石化柴油代用品,也是一种清洁能源。财政部表示,对生物柴油免征消费税,有利于促进新型可再生能源的发展,缓解我国石油资源紧缺的压力,保障能源安全,有利于生态环境保护。

生物柴油是指由动植物油脂与甲醇(或乙醇)在催化剂作用下制成的可代替石化柴油的再生性柴油燃料。目前,国内生产生物柴油的主要原料是废弃动植物油脂,包括油脂工业产生的"下脚油"和餐饮废油即"地沟油"。

据测算，对生物柴油免征消费税后，每吨生物柴油的生产成本将降低约900元。这一举措有利于增强生物柴油的市场竞争力，促进生物柴油行业的发展。对有效防止"地沟油"回流餐桌也具有十分重要的作用。

6.《多晶硅行业准入条件》

2010年12月31日，工业和信息化部等发布《多晶硅行业准入条件》，从建设条件与生产布局、生产规模与技术设备、资源回收利用及能耗、环境保护等方面对多晶硅行业的准入条件予以细化。

项目建设条件方面，要求资本金比例不低于30%，在政府投资项目核准新目录出台前，新建项目原则上不再批准。对每期规模做出限定，太阳能级大于3000吨/年，半导体级大于1000吨/年。

对于能耗、还原尾气回收率等给出了具体指标，太阳能级多晶硅还原电耗2011年底前要小于60千瓦时/千克，2011年底前将淘汰综合电耗大于200千瓦时/千克的太阳能级多晶硅生产线。监管上，现有项目将报工信部审核，形成《多晶硅行业准入名单》；新建和改扩建项目，投产半年内申请进入准入名单。

短期对多晶硅供给面影响有限，长期低成本规模化企业胜出，原料成本降低更有利于光伏行业迈向平价上网。高纯多晶硅是制备单晶硅（包括区熔单晶硅和直拉单晶硅）、铸造多晶硅的原料，是半导体和光伏产业的基础。2007年以来，光伏用多晶硅的需求已经超过半导体行业，国内新建和在建多晶硅项目的下游主要还是在光伏行业。2010年国内进口多晶硅超过4万吨，国内产量预计在4万吨左右，2010年三季度现货硅料由于供应紧张，价格曾接近780元/千克。在准入条件出台之后，一些高能耗高成本小规模的厂商产能将会关闭，但此类厂商本身体量很小，对实际市场的供需影响很有限；准入条件有利于促进企业更快达产以达到相关指标，未来新上项目则会倾向于以较大产能规模申报，均有利于行业形成集群优势，而具体能耗等指标的规定又有利于厂商加快达产周期和以低成本低能耗为目标进行产业升级。因此，准入条件的出台短期对行业供需的影响有限：现货市场价格主要由国内前几大多晶硅厂商定价，他们在规模、指标、环保等方面均达到准入要求，因此现货价格会受到扰动的机会很小。长期看，准入条件有利于行业加速整合，低能耗低成本方向最终有利于终端组件成本的降低，实现平价上网。

7. 《车船税法》

2011 年 2 月 25 日，第十一届全国人民代表大会常务委员会第十九次会议通过了《中华人民共和国车船税法》（以下简称《车船税法》）。同日，国家主席胡锦涛签署第 43 号主席令予以公布，自 2012 年 1 月 1 日起施行。

2006 年 12 月，国务院废止《车船使用牌照税暂行条例》和《车船使用税暂行条例》，制定了《车船税暂行条例》。《车船税暂行条例》自 2007 年 1 月 1 日施行以来，取得了较好效果。2010 年车船税收入 241.6 亿元，比 2006 年车船使用牌照税和车船使用税收入总额增长 3.8 倍。

据统计，截至 2010 年 10 月，我国汽车产量和销量均超过美国，居世界第一，全社会机动车保有量达到 1.99 亿辆，成为仅次于美国的第二大机动车保有国。在我国人均资源拥有量少，经济社会发展资源环境承载能力较低，生态环境日益脆弱的情况下，汽车生产与消费的快速增长，面临着石油紧缺、交通拥堵、空气污染等问题。

为更好地发挥车船税的调节功能，体现对汽车消费和节能减排的政策导向，《车船税法》对占汽车总量 72% 左右的乘用车（也就是载客少于 9 人的汽车）的税负，按发动机排气量大小分别作了降低、不变和提高的结构性调整。一是占现有乘用车总量 87% 左右、排气量在 2.0 升及以下的乘用车，税额幅度适当降低或维持不变；二是占现有乘用车总量 10% 左右、排气量为 2.0 升至 2.5 升（含）的中等排量车，税额幅度比现行税额幅度适当调高；三是占现有乘用车总量 3% 左右、排气量为 2.5 升以上的较大和大排量车，税额幅度比现行税额幅度有较大提高。

《车船税法》除了保留《车船税暂行条例》规定的省、自治区、直辖市人民政府可以对公共交通车船给予定期减、免税优惠外，还增加了以下三项优惠规定：一是对节约能源、使用新能源的车船可以减征或免征车船税；二是各省、自治区、直辖市人民政府根据当地实际情况，可以对农村居民拥有并主要在农村地区使用的摩托车、三轮汽车和低速载货汽车定期减征或免征车船税；三是对受严重自然灾害影响、纳税困难以及有其他特殊原因确需减、免税的，可以减征或免征车船税。

8. 《关于调整部分燃料油消费税政策通知》

2010 年 8 月 20 日，财政部和国家税务总局联合发布了《关于调整部分燃料油消费税政策通知》，该通知决定从 2010 年 1 月 1 日起到 12 月 31 日，对用做生产乙烯、芳烃等化工产品原料的国产燃料油免征消费税，对用做生产乙烯、芳烃

等化工产品原料的进口燃料油返还消费税。其中，用燃料油生产乙烯、芳烃等化工产品的产量占企业用燃料油生产产品总产量的50%以上（含50%）的企业，享受该通知中的优惠政策。

此次对乙烯、芳烃等化工产品的燃料油免征消费税，一方面，可以减轻乙烯、芳烃等化工产品原料相关生产企业的负担，扶持我国乙烯等石油化工产业的发展；另一方面，也可以缓解地方炼厂的税负压力，引导炼化企业加大产品深加工的力度。

政策引导燃油深加工。由于燃料油属于"两高一资"行业，近年来国家政策一直予以打压，这也导致了国内燃料油市场的不断萎缩。此项政策出台其实并没有放松对燃料油作为烧火用油的打压，另一方面，又积极引导燃料油向深加工、高附加值的方向发展。

由于我国乙烯自给率低，发展相对缓慢。到2010年底，我国乙烯消费缺口超过1300万吨。目前国内燃料油生产烯烃的主要还是集中在地炼厂家，且因原料供应及生产装置相对落后等，烯烃产量很低。此项政策出台之后，将使得中石化、中石油等大型冶炼厂家重视通过燃料油生产烯烃产品。同时，目前烯烃行业存在较大的利润空间，再加上国家政策扶持，未来燃料油的更多用途将向深加工方向发展。

我国调整燃料油消费税也是对即将来临的中东乙烯进口冲击的提前应对。预计中东地区到2013年将新增乙烯产能1600万吨/年，约占世界乙烯新增产能的47%。届时全球约90%的乙烯衍生物和70%的丙烯衍生物净出口将来自中东。受来自中东地区具有成本优势产品的冲击，亚洲地区的聚乙烯生产商将面临利润被大幅挤压的困境。

9. 《成品油价税费改革方案》

国家发改委2008年12月5日发布《成品油价税费改革方案》，提出2009年1月1日实施成品油价税费改革：一是取消公路养路费、航道养护费、公路运输管理费、公路客货运附加费、水路运输管理费和水运客货运附加费，逐步有序取消已审批的政府还贷二级公路收费。二是将柴油、航空煤油和燃料油消费税单位税额由每升0.1元提高到每升0.8元。当时由于成品油定价机制的运行，汽油、石脑油、溶剂油和润滑油、柴油、航空煤油等消费税单位税额全部上涨至0.8元到1元每升不等。

汽、柴油等成品油消费税实行从量定额计征，不是从价计征，与油品价格变动没有关系，征税多少只与用油量多少相关联。提高成品油单位税额后，现行汽、柴油价格不提高。也就是说，提高的税额包含在现行油品价格之中，属于价内征收，不是在价格之上再加一块税收。燃油税是将现有的养路费转换成燃油税，实行捆绑收费，通过将养路费捆绑进油价，将每辆汽车要缴的养路费转换成税费，体现了"多用多缴，少用少缴"的原则。

10. 《新疆原油天然气资源税改革若干问题的规定》

中央新疆工作会议 2010 年 5 月 20 日在北京召开，为加快新疆发展，中央批准喀什设立经济特区。新疆将在全国率先试点资源税费改革。

2010 年 6 月 1 日，财政部和国家税务总局联合印发《新疆原油天然气资源税改革若干问题的规定》的通知，新疆原油、天然气资源税实行从价计征，税率为 5%。规定自 2010 年 6 月 1 日起执行。

$$应纳税额 = 总销售额 \times 实际征收率$$

$$综合减征率 = \sum (减税项目销售额 \times 减征幅度 \times 5\%) \div 总销售额$$

$$实际征收率 = 5\% - 综合减征率$$

综合减征率和实际征收率由财政部和国家税务总局确定，并根据原油、天然气产品结构的实际变化情况每年进行调整。

有表 10 所列情形之一的，免征或者减征资源税：

表 10　免征或者减征资源税的条件

编号	内　容
1	油田范围内运输稠油过程中用于加热的原油、天然气，免征资源税
2	稠油、高凝油和高含硫天然气资源税减征 40%； 稠油，是指地层原油黏度大于或等于 50 毫帕/秒或原油密度大于或等于 0.92 克/立方厘米的原油； 高凝油，是指凝固点大于 40℃ 的原油。高含硫天然气，是指硫化氢含量大于或等于 30 克/立方米的天然气
3	三次采油资源税减征 30%； 三次采油，是指二次采油后继续以聚合物驱、三元复合驱、泡沫驱、二氧化碳驱、微生物驱等方式进行采油

资料来源：财政部，国家税务总局。

三　我国能源财税政策展望

（一）资源税改革

我国现行资源税实行从量定额征收，一方面使国家税收收入因产品销售价格、成本和利润变化而受到影响，从而保证财政收入的稳定性和连续性；另一方面也有利于促进资源开采企业降低成本，提高经济效率。同时，我国资源税按照"资源条件好、收入多的多征；资源条件差、收入少的少征"的原则，根据矿产资源等级和分布地域分别确定不同的税额，以有效调节资源级差收入。

近年来，随着我国经济的飞速发展，资源产品日益增长的需求与资源天然的有限性、稀缺性之间的矛盾日渐凸显。根据国际惯例以及我国实际国情，一些资源产品，尤其是原油、天然气等能源产品的现有资源税税额征收标准已明显偏低，不利于资源的合理开发和节约使用。此外，在从量定额征税方式下，资源税税额标准不能随着产品价格的变化及时调整，不利于发挥税收对社会分配的调节作用。还有一点就是，资源税属于地方税，由于资源税税负较低，地方政府所获受益并不明显等。

1. 我国资源税体制有待改革

我国经济体制转轨时期实行征收资源税费制度，在加强矿业市场建设，促进矿业经济持续发展，维护矿产资源国家所有权益等方面发挥了重要作用。随着我国经济体制改革不断深化以及世界矿业市场发生新变化，经济社会发展对矿产资源的需求剧增，现行资源税费制度已不能适应矿业经济发展。

作为对矿产资源耗竭的补偿及其所有者权益的一种维护，现行制度规定资源补偿费按矿产品销售后收入的一定比例缴纳，不是从量计征，不与耗竭资源量挂钩，而且费率不变，费额偏低，矿产品价格翻倍上涨，不能充分体现矿产资源国家所有的权益及对耗竭性资源的等量补偿。

现行资源税制度从量计征，征收范围窄，税额偏低。这样不能体现资源禀赋的差别，不能反映市场资源产品价格和资源企业收益的变化，过低的税负与资源的稀缺状况不匹配，必然导致资源利用效率低下，资源浪费严重。近几年矿产品价格飙升，矿业开发成本偏低，利润很高，造成行业分配不均。

现行矿产资源税费制度没有设置对生态破坏补偿征收的费用，造成资源开发活动对生态环境的破坏日趋严重，不利于转变发展方式。

2. 资源税改革的建议

首先，改革资源税征收办法，实行从价计征。

从价计征资源税，可以继续实行地区差别税率，调节资源级差收入。但由于应征税额与资源产品价格挂起钩来，可以将经济增长、资源紧缺、价格上涨的结果，充分地体现到财政增收上，从而鼓励中部资源大省在输出资源的同时，有效增加地方财政收入，缩小同东部经济发达地区的差距，有利于进一步发挥资源税在调节经济、促进资源合理保护利用方面的积极作用，使资源丰富地区实现资源优势向经济优势、财政优势的真正转化。

其次，及时调高资源类收费的征收比率，逐步实施税费合并改革。

另外，现行资源税和矿产资源补偿费征收对象和功能存在很大重叠，资源多头管理，企业协调难度较大。建议将资源税和矿产资源补偿费合并，继续实行地区差别比例税率，但征收要引入开采回收率系数。

再次，正确处理资源类企业生产所在地与企业总部利益分配关系。

对于资源开采地与企业总部所在地不一致的资源类企业，如何合理调整两地的利益分配关系至关重要。企业利润是留归企业、企业总部或上缴国务院国资委的，而资源开采造成的治理问题却要资源所在地承担和承受。为此，建议国家通过税收调节，逐步提高资源类企业生产所在地的收益留成比例，对企业利润进行再调节，所得部分用于所在地资源治理。

最后，实事求是拓宽资源类专项资金使用范围。

建议修改《矿产资源补偿费使用办法》和《探矿权采矿权使用费及价款使用管理办法（试行）》，结合市县以下实际情况，本着统筹财力、解决因资源开采造成的经济社会问题的原则，允许矿产资源补偿费、采矿权使用费及价款除了解决矿产资源勘查、保护、征收部门管理支出、地质环境治理及关闭煤矿补偿之外，按照类似于煤炭可持续发展基金使用范围的投向，用于解决生态环境治理、资源型城市转型、重点接替产业的发展和解决因资源开采引起的社会问题等诸多领域。这样，市县财政就有了统筹安排、合理使用资源类专项资金的法定依据。

3. 推进新疆试点工作

资源税改革的启动对于合理保护、开发现有资源、节约资源能源具有重大的

意义。

资源税改革方案曾两次被暂时搁置，一次是 2007 年担心经济过热时推出会加速物价上涨，增加通胀压力；一次是 2008 年国际金融危机致使国内经济迅速下滑，担心加重企业负担，影响企业发展。

2010 年，中央在新疆率先进行资源税改革，不但将原油、天然气资源税由从量计征改为从价计征，还适当放宽在新疆具备资源优势、在本地区和周边地区有市场需求行业的准入限制，并逐步放宽天然气利用政策，增加当地利用天然气规模。这样的综合性措施才有助于资源税改革的推进。

仅以石油一项计，在资源税改革后，每年就可为当地政府带来丰厚的收入。新疆拥有克拉玛依、塔里木、吐哈三大油田，以 2009 年生产原油 2518 万吨计算，资源税由"从量计征"改为"从价计征"后，每年可为当地政府增收 40亿~50 亿元。再加上其他资源，则可为当地财政增加近 100 亿元的收入。

新疆油气等矿产资源丰富，国家决定在新疆率先进行资源税费改革，将原油、天然气资源税由从量计征改为从价计征体现了对新疆的特殊支持，也是促进全国资源税改革从酝酿走向实施的一个突破口，选择在新疆试点有利于为资源税改革的全面推行提供经验和借鉴。

新疆资源税改革的主要内容：首先，将原油、天然气资源税以其销售额为计税依据，实行从价计征，税率为 5%；其次，为了鼓励一些低品位和难采资源的开采，提高资源回采率，对稠油、高凝油和高含硫天然气和三次采油实施减征资源税的政策；再次，为便于征管，对开采稠油、高凝油、高含硫天然气和三次采油的纳税人暂按综合减征率的办法落实资源税减税政策。

其中该改革的重中之重便是将资源税由从量计征改为从价计征，如此改革主要出于以下几点考虑：

第一，原油、天然气是资源税的主要征税品目，目前从量定额的计征方式，资源税税负水平相对较低，实行从价计征有助于缓解主要资源品目高价格与低税负之间的矛盾。

第二，我国油、气资源相对集中在经济欠发达的中西部地区，实行从价计征使资源税收入与产品价格挂钩，有利于保障地方财政收入，统筹区域协调发展。

第三，我国原油价格已与国际市场接轨，天然气出厂价格实行政府指导价，实行从价计征具有可行性。

资源税改革对当地能源巨头的影响：此次资源税改革将不利于中石油，但对中石化影响的程度略低，对中海油则没有影响。当前在从量计征的资源税制下，不同油田和气田缴纳的税费分别为人民币 14～30 元/吨和人民币 7～15 元/千立方米。总体而言，中石油和中石化的原油和天然气税费分别约为 0.5 美元/桶和 0.05 美元/千立方英尺。如果按收入的 5% 纳税，根据我们的计算，当 WTI 原油价格为 70～90 美元/桶时两公司需缴纳的税费约为 3.1～4.0 美元/桶，天然气税费约合 0.18 美元/千立方英尺。在中国三大石油企业中，受改革负面影响最大的是中石油，因为其在新疆的陆上油气生产业务比重最大（约占中石油 2010 年油气总产量的 23%）；中石化新疆业务比重相对较少（新疆产量占其 2010 年油气总产量的 15% 左右）；而中海油不会受到影响，因为其国内业务为近海业务，已经按 5% 的从价税率缴纳资源税。

4. 试点扩大的相关讨论

资源税改革的试点何时从新疆推广到更大范围甚至全国范围，目前尚未有一个明确的说法。待试点成熟有一定基础后，再向全国推广。资源税改革推广在很大程度上取决于以下几点因素：

首先，等待煤炭价格自行回落，为推行资源税从价征收腾出空间。不过，煤价有可能回落，但近期大幅度回落可能性不大，一方面由于煤炭资源整合，煤炭供给受到影响，煤炭企业话语权增强；另一方面，经济仍然较快增长，煤炭需求依然旺盛。

其次，CPI 下降，煤电联动得以实现，为煤价腾出上涨空间。但是只要宽松的货币政策还在实行，CPI 就将保持上涨的压力，煤电联动的难度就会很大。

再次，影响经济增长的不利因素消除，政府打消加息顾虑，从而有条件在实行煤电联动的同时进行全国范围的资源税改革。

除了资源税改革推广到其他地区或全国范围的时间存在很大程度上的不确定性之外，还有两点同样是不确定的，颇受市场和广大能源矿山企业关注。

其一是资源税征收的品种：现行资源税征收的对象主要是 7 个品种，今后的资源税改革是否会在现有的 7 个品种基础上扩大到其他资源，比如水等。

其二是从价计征的征收方式是否要扩大到油气之外的品种。虽然在某些矿种上存在一定的操作空间，但是难度较大。以煤炭为例，现行煤炭资源的市场化已经较为成熟，如果实行资源税改革，那么煤炭的价格可能会进一步上升，如果仍

按住电价不放，煤电矛盾将继续加剧，如果电价上升，则会引起商业和居民经营和生活成本增加，从而会引发一系列问题。

（二）矿产资源补偿费

矿产资源是不可再生资源，因此，开发者必须向所有者支付一定的费用，即矿产资源补偿费。1994 年国务院颁布的《矿产资源补偿征收管理规定》明确要求，在中华人民共和国领域开采矿产资源，要缴纳矿产资源补偿费。但是，与国际水平相比，我国现行的矿产资源补偿费明显偏低。

根据《矿产资源补偿征收管理规定》，补偿费按照矿产品销售收入的一定比例计征，根据不同的矿产资源，按其销售收入的 0.5% ~ 4% 征收，而国际上多数国家，多数矿产资源的权利金费率都在 2% ~ 8% 之间。中国的石油、天然气、煤炭、煤层气等重要能源的补偿费都只有 1%，而国外石油天然气矿产资源补偿费征收率一般为 10% ~ 16%，即使是美国这样一个矿产资源远比中国丰富的国家，其石油、天然气、煤炭（露天矿）权利金费率也高达 12.5%。

1. 矿产资源补偿费偏低的不良后果

首先，矿产资源的价值被大大低估。这一方面会人为地压低由矿产资源加工而来的最终产品特别是各种能源的价格，从而刺激这类产品的需求不合理膨胀。另一方面会人为地提高矿产资源开发和加工行业的利润，从而导致对矿产资源过度过早地开采。这两方面的扭曲都会造成我国矿产资源的极大浪费，加剧我国矿产资源的稀缺程度，从而严重影响我国经济的可持续发展。

其次，把本来应该以矿产资源补偿费形式交给国家和地方的矿产资源收益，以利润的形式或者消费者剩余的形式转移到开发商或最终产品使用者手里，使矿产资源的国家所有权不能完全实现，造成收入分配关系的扭曲。"产品高价，资源低价，环境无价"的格局使得企业利益的获取在某种程度上讲，是在损害国家和公众利益的基础上获得的。

最后，由于许多矿产资源都分布在我国西部地区，过低的矿产资源补偿费必然使得西部的自然资源优势不仅不能转变为产业优势和经济优势，反而会延缓西部的可持续发展，进一步扩大东西部之间的差距。

2. 相关建议

第一，针对我国能源高度短缺的状况，参照国际标准，大幅度提高我国油气、煤炭等矿产资源补偿费标准，由原来的1%调整到10%左右，并将其更名为"矿产资源绝对补偿费"。

第二，将原来的矿产资源税由从量税改为从价税，并更名为"矿产资源级差补偿费"。把从量税改为从价税并实现税费合一，既能更准确地体现矿产资源所有者与使用者之间的经济关系，也保证了矿产资源使用者之间以及采掘业与其他行业之间平等竞争的经济关系。

第三，由于按现行矿法，资源税是地方税种，取消资源税后，为减少地方财政收入的损失，建议在矿产资源补偿费的分配比例中，适当提高地方分成比例。可以考虑绝对补偿费归中央，级差补偿费归地方。

第四，在矿产资源开发中要照顾当地群众利益。尽快建立矿产资源开采企业对开采地环境破坏补偿机制，国家应规定中央企业上缴开采地的税收比例，所有矿产资源开采企业不论企业所属地在哪里，都应在矿产资源开采地登记注册，就地缴纳所得税。对新增的矿产资源初级产品，多留一部分在当地深加工，延长产业链，走资源工业发展的新型道路，把资源优势转化为经济优势。

第五，建立科学民主的矿产资源开发项目可行性论证制度。诸如"西气东输"这样的工程，一定要经过经济学家、社会学家、地质学家、工程技术人员等多方面专家的科学论证，确定合理的矿产资源补偿标准，协调好中央政府和地方政府、国家和企业、企业与消费者等各方面的利益关系。不能边施工边论证，更不能不论证就施工。

（三）优化能源税收政策

1. 加快改进以能源税收为重点的相关税制

能源是经济社会发展的重要物质基础。我国面临的能源问题正日益严峻。虽然多年来我国制定和实施了一些与能源相关的税收政策，对促进能源行业的健康发展发挥出一定作用，但相关政策较为分散，其政策力度和系统化配套不够，不足以适应更加注重资源集约合理开发、珍惜使用不可再生能源、提高能效、鼓励新能源开发利用，以及控制和减少环境污染等方面的客观需要。

为保证我国经济可持续发展战略目标的实现，迫切需要政府制定并出台有力的能源调控政策措施。资源税和其他相关税收范畴内的能源税收，是应当重视的可用经济调控杠杆。

加快改进以能源税收为重点的相关税制，时机已经出现。崇尚节约与环保的氛围正在全社会逐步形成；目前的财政支出压力较大，向上调整能源税负可在一定程度缓解财政减收压力，提高困难时期财政的承受力。

能源税收调整不可能单独设计，而应该作为一揽子环境能源政策及税制优化方案的组成部分看待和处理。比如：

其一，增加能源开发环节的资源税负。提高化石能源矿山资源税的从量定额征税标准，加大从价定率征收的力度，有条件的地方还应考虑实行与探明储量适当挂钩的征税方案。

其二，在已实行燃油消费税改革的基础上，重点考虑增加煤炭等其他化石能源使用者的税负。

其三，对于可再生能源、清洁能源、循环经济型能源的开发、生产和使用推广，应制定一套税收减免优惠和适当补助支持的鼓励政策。对支持此类项目开发、产品使用、技术示范推广、设备制造行为的政策性金融机构和融资支持主体，也应辅以优惠、激励的政策措施。

其四，在考虑化石能源开发环节的负担调整时，除税收手段外，还需要考虑诸如建立权利金制度、矿业权制度、生态补偿与修复基金制度、安全生产保证金制度等其他必要举措。

其五，化石能源税收负担调整需要考虑对低收入人群的影响。由于此类能源在我国现实能源结构中占有绝大部分，其价格上升对低收入人群支出负担的影响较大，因此政策出台需特别考虑对低收入者进行直接补贴。

有关部门应研究以能源税收为重点，调整资源税税负和其他可以加大新能源、清洁能源开发推广力度的税收优惠措施，通过税收发挥杠杆作用，促进发展资源节约型、环境友好型、质量效益型、科技先导型的产业、企业和工艺技术，支持节能降耗和集约开发，加快我国经济发展方式的转变。

2. 积极制定并完善能源法

我国能源法制定取得积极进展，在一些重大政策取向上认识进一步明晰。国家能源委员会将明确写入能源法，煤炭等化石能源的清洁、高效和综合利用将被强调，可再生能源将不确立为优先发展地位。按计划，能源法草案将于2011年底前报国务院审议。

我国能源法的制定自2005年10月启动以来一直在紧锣密鼓地进行。自2008

年 11 月收到能源法起草稿后，国务院法制办立即开展了多项工作。例如，广泛征求意见，包括国务院部门、地方政府、能源企业、行业协会、专家、研究机构等，共计 152 个单位；成立了跨部门的审查工作小组，涉及全国人大有关机构、国务院十几个部门；召开专家论证会、部门座谈会和中外研讨会等。2010 年以来，经过反复修改，能源法最新修改稿将考虑提交跨部门审查工作小组讨论，再次修改后，拟进行第二次广泛征求意见。按计划于 2011 年年底前报国务院审议。

目前能源法制定进展明显，体例结构更趋于合理。例如：把综合监管并入总则中；把能源开发利用，分为一般规定、化石能源、非化石能源三节，更加突出体现不同能源领域的不同政策取向；对能源财税价格政策，分散到各章节中做出相应规定。

能源法制定进一步明晰了一些重大政策取向。比如：能源法是否应将可再生能源放在优先地位？专家们认为，煤炭等化石能源占我国能源比重仍在 70% 以上，这一状况在今后很长时间内不会有根本性改变。可再生能源要实现在我国能源结构中占比较大，还是很遥远的事情。因此置可再生能源于优先发展地位，明显与我国实际情况不符。一方面要鼓励促进可再生能源形成新的可替代能源，但同时更应该强调煤炭等化石能源的清洁、高效和综合利用；能源管理体制的表述，也将更加符合现实情况，同时留有余地。

（四）我国需要形成系统的能源财税政策

2010 年 6 月 1 日，新疆率先进行资源税改革，原油、天然气资源税实行从价计征，税率为 5%。这意味着我国的资源税改革正式开启。该项改革开启了我国能源税、环境税等改革的序幕，体现了国家为实现可持续发展目标所作的努力，的确是意义重大，但并不见得作用显著。

1. "从价征收"难治本源

我们必须肯定国家资源税改革从"从量征收"改为"从价征收"，增加税负，提高了不可再生资源的使用成本，促使企业珍惜使用不可再生能源、想办法提高能效的积极作用。但是也应看到，这种单一提高一种或两种不可再生资源税负的措施并不能有效实现保护和合理使用不可再生能源、鼓励新能源开发利用、减少环境污染等方面的目标。相反，由于资源使用成本的提高，使得生产企业不得不通过提高资源产品价格来转嫁成本，从而使得能源供需矛盾进一步恶化。从根本上说，这是因为我国的新能源的发展还处于起步阶段，新能源的各个产业远

不具备以低成本提供大量产品满足社会经济发展需求的能力。换句话说，也就是目前的市场没能提供我们所依赖的各种不可再生资源的替代商品。这一情况可能导致的结果是，生产成本提高，能源产品价格上涨，由于缺少替代能源，能源需求并不减少。最终，使得供需矛盾更加紧张，受价格信号指引，不可再生资源开采扩大，污染增加，而新能源的开发利用仍然发展缓慢。所以说，该项措施不一定行之有效。而要真正实现能源的可持续供应和我国社会经济的可持续发展，我们必须构建一套系统的财税政策。系统的能源财税政策就是指把整个能源产业视为一个由众多的二级产业组成而各个二级产业相互影响的整体，在充分考虑各个二级产业相互影响的情况下，制定的一套完整能源财税政策。

2. 亟须构建系统的能源财税政策

系统的能源财税政策涉及对一些产业的限制和对一些产业的鼓励及支持。从内容上来看，系统的财税政策应该包括对于不可再生资源开发、生产和应用的税制改革，对于可再生能源、清洁能源的开发、生产和使用推广一套税收减免优惠和适当补助支持的鼓励政策。通过系统的财税政策引导社会资金从不可再生资源领域转移到清洁能源、可再生能源的产业；珍惜使用不可再生资源的同时，使替代的清洁能源产品能保证社会经济发展对能源的需求。具体一些来说，系统的财税政策应该主要由以下几个方面的内容组成。

第一，限制不可再生资源及高环境污染产业发展的税制改革。

改革资源税，提高利用不可再生资源的使用成本。如果只是简单、单一地提高使用不可再生资源的成本对于实现能源的可持续供应和社会经济的可持续发展作用不大。所以，我们这里的提高资源使用成本的资源税是在一整套系统财税政策中的，配合发展新能源的别的措施，这样资源税才能真正发挥其引导企业珍惜使用不可再生资源、提高资源利用效率的作用。

开征环境税，补偿和治理开采能源资源带来的环境污染。根据不同产业及企业生产方式制定不同环境税的税率，通过高额的税收严格限制高污染产业的发展。

改革资源税和开征环境税综合起来要实现三个目标：一是通过资源税税制保证不可再生资源被合理利用；二是通过重税率等限制高污染产业发展；三是应用两税的税收收入补贴和支持新能源产业的发展。

第二，支持新能源产业的财政政策。

加大新能源研究开发的政策支持力度。新能源开发利用中一个重要特征，就是科技领先。发展科技的重要内容就是加强基础研究和新技术应用推广。调整能源研发费用分配，加大向新能源倾斜力度，以切实有效地增加其投入，促进新能源的产学研结合，推进新能源的技术进步。在基础研究阶段，需要制定相应的财政政策，加大财政对研究领域的直接投入；在应用推广阶段，需要必要的直接投入，这样财政政策会发挥"四两拨千斤"的作用，带动和鼓励社会各投资主体进入该领域。

完善国家财政对新能源的补贴政策。实施财政补贴政策对新能源发展具有极其重要的作用，它不仅有利于直接增加政府对新能源发展的投入，降低新能源企业的负担，而且这一政策信号，有利于鼓励并吸引社会各方面加强对可再生能源的投入，从而拓展投入渠道，扩大总体规模，加速新能源发展。

第三，鼓励新能源产业的税收政策。

适当的固定资产投资方向调节税。固定资产投资方向调节税政策是为了应对投资过热而特意设计的。固定资产投资方向调节税可以作为政府产业政策的一个辅助工具来使用。对新能源类的投资项目暂停征收（或永远不再征收）固定资产投资方向调节税（即税率为零）；对不可再生资源类投资项目按一定税率征收；对高污染项按高税率征收。对不同的投资项目实行差别化管理能够体现出国家的产业政策意图，而又不需要采用行政手段来限产、停产。

优惠的企业所得税和增值税政策。对于从事新能源产业的企业给予优惠的企业所得税和增值税税率。如实行投资抵免制度，即可再生能源企业的投资可以用新增所得税抵免一部分；实行加速折旧，加大研发费用的支出份额等。

新能源设备进口关税政策。国内自有资金进口国外先进的相关新能源设备应该享受优惠关税政策，以确保内外资企业的同等待遇，从而推动新能源的发展，保证国家的能源安全。

参考文献

国家能源局：《张国宝同志在 2010 中国国际煤炭发展高层论坛开幕式上的致辞》，2010年 10 月 27 日。

《2020 年单位 GDP 碳排放较 2005 年下降四成》，2009 年 12 月 7 日《上海证券报》。

国家能源局：《吴吟同志在 2010 中国国际煤炭展览会开幕式上的致辞》，2010 年 10 月 26 日。

国家能源局：《刘铁男赴主要发电集团公司调研煤电矛盾问题》，2011 年 4 月。

国家能源局：《吴吟同志在 2010 中国国际煤炭发展高层论坛暨展览会组委会（扩大）会议上的讲话》，2010 年 8 月 11 日。

国家能源局：《刘铁男强调要"远近结合标本兼治破解煤电矛盾"》，2011 年 4 月。

新华网：《我国设定三层能源战略规划发展三大重点能源》，2010 年 6 月 30 日。

韩洁、罗沙：《新疆先行试点：资源税改革拉开大幕》，新华网，2010 年 6 月 2 日。

刘飞：《单一的资源税改或难奏效》，中国能源网，2010 年 9 月 25 日。

《〈节约能源法〉实施检查情况喜中有忧》，2010 年 12 月 29 日《中国能源报》。

The Influence of Energy Tax System
on the Transformation of Energy Industries

Abstract：Energy strategy is considered as national strategy due to there is an increasing tendency that economic development is more and more dependent on energy resources. At the end of Eleventh Five-Year period, the targets for saving energy and reducing emissions is just barely completed by cutting down the small fossil fuel-fired power units, eliminating backward production capacity, and limiting power by pulling brake. All of these measures not only reveal the restrictions of resources on economic development, but also manifest the significance of energy safety. Therefore, the cardinal directions are accelerating transformation of the mode of economic development and adjusting the economic structure during the Twelfth Five-Year Period, which means that the essential tasks of economic development are optimizing energy structure and improving the energy efficiency. Accordingly, the adjustments of fiscal and taxation policies are urgent. By using powerful fiscal leverage, such as carrying out resources tax, energy tax and carbon tax, adjusting energy prices, reinforcing resources management, and perfecting access standard, the goal of promoting the transformation of energy industries will be finally accomplished.

Key Words：Energy; Structural Changes; Fiscal and Taxation Policies

专家数据解析 权威资讯发布

社会科学文献出版社 皮书系列

皮书是非常珍贵实用的资讯，对社会各阶层、各行业的人士都能提供有益的帮助，适合各级党政部门决策人员、科研机构研究人员、企事业单位领导、管理工作者、媒体记者、国外驻华商社和使领事馆工作人员，以及关注中国和世界经济、社会形势的各界人士阅读使用。

"皮书系列"是社会科学文献出版社十多年来连续推出的大型系列图书，由一系列权威研究报告组成，在每年的岁末年初对每一年度有关中国与世界的经济、社会、文化、法治、国际形势、行业等各个领域以及各区域的现状和发展态势进行分析和预测，年出版百余种。

"皮书系列"的作者以中国社会科学院的专家为主，多为国内一流研究机构的一流专家，他们的看法和观点体现和反映了对中国与世界的现实和未来最高水平的解读与分析，具有不容置疑的权威性。

图书在版编目（CIP）数据

中国能源发展报告. 2011/崔民选主编. —北京：社会科学文献
出版社，2011.7
（能源蓝皮书）
ISBN 978 - 7 - 5097 - 2471 - 2

Ⅰ. ①中… Ⅱ. ①崔… Ⅲ. ①能源工业 - 经济发展战略 - 研究
报告 - 中国 - 2011 Ⅳ. ①F426.2

中国版本图书馆 CIP 数据核字（2011）第 119517 号

能源蓝皮书
中国能源发展报告（2011）

主　　编／崔民选
副 主 编／王军生　陈义和

出 版 人／谢寿光
总 编 辑／邹东涛
出 版 者／社会科学文献出版社
地　　址／北京市西城区北三环中路甲 29 号院 3 号楼华龙大厦
邮政编码／100029

责任部门／财经与管理图书事业部（010）59367226　　责任编辑／张景增
电子信箱／caijingbu@ssap.cn　　责任校对／杜若佳
项目统筹／恽　薇　王玉水　　责任印制／董　然
总 经 销／社会科学文献出版社发行部（010）59367081　59367089
读者服务／读者服务中心（010）59367028

印　　装／北京季蜂印刷有限公司
开　　本／787mm×1092mm　1/16　　印　张／26.25
版　　次／2011 年 7 月第 1 版　　字　数／450 千字
印　　次／2011 年 7 月第 1 次印刷
书　　号／ISBN 978 - 7 - 5097 - 2471 - 2
定　　价／79.00 元

盘点年度资讯 预测时代前程

从"盘阅读"到全程在线阅读
皮书数据库完美升级

·产品更多样

从纸书到电子书，再到全程在线阅读，皮书系列产品更加多样化。从2010年开始，皮书系列随书附赠产品由原先的电子光盘改为更具价值的皮书数据库阅读卡。纸书的购买者凭借附赠的阅读卡将获得皮书数据库高价值的免费阅读服务。

·内容更丰富

皮书数据库以皮书系列为基础，整合国内外其他相关资讯构建而成，内容包括建社以来的700余种皮书、20000多篇文章，并且每年以近140种皮书、5000篇文章的数量增加，可以为读者提供更加广泛的资讯服务。皮书数据库开创便捷的检索系统，可以实现精确查找与模糊匹配，为读者提供更加准确的资讯服务。

·流程更简便

登录皮书数据库网站www.pishu.com.cn，注册、登录、充值后，即可实现下载阅读。购买本书赠送您100元充值卡，请按以下方法进行充值。

充值卡使用步骤：

第一步
· 刮开下面密码涂层
· 登录 www.pishu.com.cn
  点击"注册"进行用户注册

SSDB
社科文献资源库
SOCIAL SCIENCE
DATABASE

第二步
登录后点击"会员中心"进入会员中心。

社会科学文献出版社
SOCIAL SCIENCES ACADEMIC PRESS (CHINA)
皮书系列
卡号：6320714514194251
密码：

（本卡为图书内容的一部分，不购书刮卡，视为盗书）

第三步
· 点击"在线充值"的"充值卡充值"，
· 输入正确的"卡号"和"密码"，即可使用。

如果您还有疑问，可以点击网站的"使用帮助"或电话垂询010-59367227。